国家社科基金项目（项目批准号11BZW070）成果

李剑波 著

清代诗坛对宋诗范式的重建与创新

中国社会科学出版社

图书在版编目（CIP）数据

清代诗坛对宋诗范式的重建与创新／李剑波著 . —北京：
中国社会科学出版社，2015.12
ISBN 978 - 7 - 5161 - 7404 - 3

Ⅰ.①清…　Ⅱ.①李…　Ⅲ.①宋诗—诗歌研究—清代
Ⅳ.①I207.22

中国版本图书馆 CIP 数据核字（2015）第 309497 号

出 版 人	赵剑英	
责任编辑	罗　莉	
责任校对	芦　苇	
责任印制	戴　宽	

出　　　版	中国社会科学出版社	
社　　　址	北京鼓楼西大街甲 158 号	
邮　　　编	100720	
网　　　址	http://www.csspw.cn	
发 行 部	010 - 84083685	
门 市 部	010 - 84029450	
经　　　销	新华书店及其他书店	

印　　　刷	北京明恒达印务有限公司	
装　　　订	廊坊市广阳区广增装订厂	
版　　　次	2015 年 12 月第 1 版	
印　　　次	2015 年 12 月第 1 次印刷	

开　　　本	710×1000　1/16	
印　　　张	22	
插　　　页	2	
字　　　数	373 千字	
定　　　价	80.00 元	

目　　录

绪　　论

　　中国古典诗歌发展到唐代，进入到了一个巅峰时期，不仅前无古人，而且也后无来者。这种巨大的成功，起到了一个为后来者树立楷模和法则的作用，使后人自觉不自觉地要向它看齐，乃至去师法、效仿它，以其成功经验为法则，落入它的窠臼。后来的人们想要超越它，就变得很不容易。但宋代诗人善于学唐，并且在学习唐诗的过程中找到了自我发展的突破点，走出了一条新路，形成了自己的特色，取得了巨大的成功。于是，宋诗与唐诗就成为中国古代诗歌史上双峰并峙的两种基本的范式。这两种范式都是后人的师法对象。但是，这样一来，也为诗坛开启了长达数百年的唐宋诗之争，那就是作为诗坛后学，到底应该学唐还是学宋呢？尊唐与宗宋之争绵延金元明清数代。在元明两代，诗坛以尊唐为主流，特别是在明代，宋诗被严重地边缘化，人们可以毫无顾忌地贬斥宋诗，几至于以宋诗为畏途的程度。长期一味地尊唐也带来许多弊端，并且日益明显。于是从明末清初开始，诗坛又渐渐转向宗宋。宋诗的价值重新获得了人们的认识，宋诗范式重新在诗坛得以重建。这是一件极具意义的大事。就清诗研究来说，宗宋正体现了清诗不同于金元明诗歌的一个显著特点，这是认识清诗特色的一个重要视角和切入点。就文学史研究来说，这是认识宋诗的文学史意义和近古文学发展的一个不可或缺的内容。正是基于这样的认识，本书以清代宗宋诗歌作为研究对象，通过揭示清代诗坛宗宋诗风发生、发展的过程，及其阶段性特征，以期揭示清代诗坛对宋诗范式的重建与创新历程。

第一节　宋诗范式

　　什么是范式？什么是宋诗范式？这是本书研究的基础范畴和逻辑起

点。我们有必要首先对这些基本概念做些说明和界定。

一　宋诗范式概念

（一）范式

"范式"是由科学哲学引入文学批评的一个术语，源自当代美国科学哲学家托马斯·萨缪尔·库恩所著《科学革命的结构》一书。对此，中国学者有着较为简明而精当的介绍：一个时期占主导地位，被学术共同体所遵循的定律、理论等，构成了科学研究的范式即模型。库恩认为，科学的变革与进步，归根结底，表现为新旧范式的不断更替。在科学发展的常态时期，某一范式为科学共同体所一致拥有，科学家们在此范式的指导、制约下进行研究活动；当新的科学研究成果与发现无法纳入既有的范式之中时，科学就会陷入危机，导致原有的共同体解体，于是各种新的理论构架竞相出现，力争成为大家公认和遵循的新的范式，于是，实现了科学革命。汉斯·罗伯特·姚斯从库恩那里借用了范式概念。他于1969年发表的一篇文章《文学范式的改变》将范式作为一个重要概念加以运用。姚斯认为，文学批评也有着为文学共同体所一致遵循的范式。文学批评的范式也在不断变化和更替。如果文学研究的范式无法满足进一步研究新的文学作品的需要，人们就会废弃它，用一种新的、更适合于文学研究的范式取而代之。①

范式概念现在已经广泛运用于我国的人文社会科学研究。但是，库恩和姚斯都没有对范式概念进行过明确的界定和内涵说明。后来使用这个概念的人们也没有对这个概念作出一个为众人广泛接受的定义。尽管如此，却并不妨碍人们对它的运用。因为它的基本内涵实际上还是比较明确的，这就是：它是一种理论或实践模式、模型，是一个被学术共同体普遍接受和遵循的具有制约性、规范性的规则体系。

（二）宋诗范式

在中国古代诗歌史上，唐诗与宋诗被认为是两种具有不同审美趣味和艺术特质的诗歌类型，因为唐诗与宋诗分别有着自己独特的审美特质，有着各自不同的艺术法则和创作理念，形成了各自独特的艺术风貌，分别是中国古代诗歌的两种不同创作模式，这两种诗歌类型被后世诗坛视为两种

---

① 金元浦：《接受反应文论》，山东教育出版社1998年版，第27页。

师法的对象，而按照唐诗或宋诗的不同规范来进行创作，不论作者是哪个时代的人，都会创作出自己的"唐声诗"或"宋调诗"，所以，唐诗与宋诗都是一种自具特色的诗歌审美和艺术创作的规则体系，是一种诗歌审美类型，诗歌创作的模式，也就是诗歌范式。

关于唐诗与宋诗作为古代诗歌的两种基本范式，现在已经得到了学术界广泛的认同，并且写进了高校通行的中国文学史教材。不过有的学术论著称之为"范型"，但其含义等同于"范式"，有的还将二者混用，似亦并无不可。

唐宋诗两种不同范式的存在，对宋代以后的诗坛产生了深远影响，金、元、明、清数代诗坛都要为宗唐还是宗宋，以及唐宋诗究竟有何区别，又如何评价唐宋诗歌等，颇费神思，乃至于长期论争，喋喋不休。对这一问题的不同看法与处理方式，深刻地影响了历代诗歌创作的基本特点与风貌。唐诗范式与宋诗范式如影随形地牵连着金元明清诗坛，使之始终摆脱不了。所以，研究后世诗歌就必须研究它所遵循的唐、宋诗范式，研究清代诗歌就必须研究它所宗法的宋诗范式，因为宋诗范式决定了清代诗歌的基本风貌，它是清代诗歌的灵魂。值得注意的是，清代诗歌并非简单地复制宋诗，清代人创作的宗宋诗歌绝不等同于宋代人的宋诗。也就是说，宋诗范式在清代是有所创变的，清代诗坛的宋诗范式不能完全等同于宋代诗人的宋诗范式。所以，研究清代诗歌必须研究宋诗范式在清代的接受与衍变，只有了解它，才能真正知道清代诗歌的特色、本质与价值所在，并且更好地了解宋诗在诗歌史上的深远影响。

二 宋诗范式的基本内涵

关于宋诗范式的概念虽然出现较晚，但是，自古至今的诗论家们一直都在把宋诗作为一种与唐诗相对的诗歌类型来看待并且进行深入研究。虽无范式之名，却有范式之实。尤其是对宋诗的特点，作了相当深入与广泛的探讨、论述，揭示了宋诗范式的基本内涵。

（一）思想内容

宋诗在思想内容方面表现出了一些迥异乎前代诗歌的品格与新貌，这体现出了宋诗的审美新质。

1. 以意为主

宋诗较之此前历代诗歌的一个突出特点是，以意为主，以筋骨思理见胜。这一点已经为当今学术界所公认。

> 宋诗以意胜，故精能，而贵深折透辟。①
> 宋人之诗，主意者也，意亦莫高于宋。②
> 宋诗多以筋骨思理见胜。③

　　所谓以意为主，"这个'意'是观念性、精神性的东西，包括感觉、情绪、意志、观念、认知等精神性内容，是诗人向内省察的结果"。④ 换句话说，宋诗注重表现诗人的思致、意志、观念、认知、看法、思想等理性化较强的精神内容。它不同于唐诗等前代诗歌多写景状物和抒情，有别于前代诗歌多表现激情与印象、感受的写法。其实，唐诗等前代诗歌也并不是没有思想、认知、意志之类的理性内容，但前人都竭力将这些内容隐含于写景状物或者叙事当中，它们直接呈现给读者的主要是一种情感体验、一种感官印象层面的东西。理性内容被尽可能地掩盖和包裹，只能由读者去慢慢体味和领悟。而宋诗主要是直接地传达出诗人的认知、意念，宋人总想把自己的思想、意念清晰、明确地说出来。

　　所以，"如果说六朝之诗是'穷情写物'，唐诗是'假象见意'，那么宋诗则是'意足不求颜色似'"。⑤ 较之前代诗歌，宋诗的意对于物象、事象的依赖大大减少，离客体世界较远了，甚至轻视写景状物。于是，缘情和体物被弱化了，在六朝诗歌与唐诗中它们是主体，或者就是诗歌的全部；而在宋诗中，它们经常被作为表意的手段，作为意理的构成因素，而失去了独立的审美意义。典型的宋调诗歌常常是意理压倒物象成为诗歌的主要成分。⑥ 不仅如此，由于缘情与体物都服从于表意的需要，都承担着传达意理的任务，缘情不再是纯粹的抒情，而体物也不再是纯粹的体物，都包含着达意的成分，两者的界限模糊了。

　　从创作心理上看，"唐诗人之心多为激情与想象，宋诗人之心多为理

---

① 缪钺：《诗词散论》，上海古籍出版社1982年版，第36页。
② 程千帆：《古诗考索》，上海人民出版社1984年版，第384页。
③ 钱锺书：《谈艺录》，中华书局1984年版，第2页。
④ 周裕锴：《宋代诗学通论》，上海古籍出版社2007年版，第85页。
⑤ 同上。
⑥ 同上书，第87页。

智与思索"。① 由于唐代诗人重视抒情，重视写景状物，借用物象来表现情感体验，唐诗作者内心充盈着充沛的感情，以其喜怒哀乐的情感作为创作的动力，同时也是作为诗歌创作的表现对象。他们还必须细致观察和善于摄取客观世界的动人瞬间，或通过想象、联想来驾驭客观世界，从而在诗中实现对客观世界的再现，总的来说，在主客观关系上，心与物是契合的。而宋代诗人更注重传达内心的意念、思致，更主要地依靠理智与思索，通过理性的认知来把握世界，以富于理性的思致给人以诗性的启迪。宋诗表现的重心显然由对物质世界的再现与美感体验转到对诗人内心世界的认知理性的传达上来了。纯粹的感官经验与形象的直觉不再是宋代诗人注意的中心，自我意识的表达成为诗歌的首要内容。人们常常说宋代诗人及其诗歌具有内敛、内省的特点，这就是一个显著的表征。传统的体物、抒情在宋诗中被写意所代替。在主客观关系上，心与物被分隔开来，唐诗那种心物合一、情景交融的平衡结构被打破了，凸显的是心对物的分离和独立。其意念超越于物质世界而存在。心与物在宋诗中不仅往往处于分离状态，有时甚至于是对立的状态，即物象的描写与所传达的意理完全相反。这种"心物悖反"是宋诗的一个特点。②

2. 强烈的社会、政治意识

反映社会、政治问题的诗歌历来就有，这是中国古代诗歌中一个现实主义的优良传统。在宋诗中，政治和社会问题题材的诗歌较之前代又得到了极大的发展，变得更加突出了。这说明，宋代诗人及其诗歌具有更加强烈的社会、政治意识。这不是偶然的。

这首先与宋代社会文化环境以及宋代士人的社会地位有着很重要的关系。宋代的官僚政治与文化政策都比较开明，朝廷重视选拔文人，并注意发挥文人的作用。宋代是中国历史上文人最受器重、地位最高，也最能施展抱负的时期。所以，宋代文人也往往踌躇满志，以天下为己任，以继承道统自居，几欲以所持道统与帝王的治统相并列，具有强烈的明道致用意识和使命感。所以，他们的诗文创作常常具有很强烈的教化与讽谏的意识，欲以笔下文字干预现实政治，教化百姓，纲纪人伦，讽谏朝政。

此外，宋朝又是处在一个边患频仍的时代，外族政权与之长期并存，

① 周裕锴：《宋代诗学通论》，第91页。
② 同上书，第89页。

对赵宋王朝虎视眈眈，不断袭扰、索取、蚕食赵宋中土。具有强烈政治使命感的文人对此不能不格外关注，产生一种深沉的忧患意识。这种忧患意识在诗歌中也表现为一种关注现实的社会、政治意识：担忧国家前途命运，关注君主朝政，体恤民间疾苦。这都是宋诗中十分常见的思想内容，它是那个特定的社会环境中最强烈的时代精神。

3. 崇尚品节，人品与诗品相统一

宋代文人注重节操，重视道德涵养、道德自省和道德自律。总体来说，有宋一代堪称士风良好。在这方面，范仲淹是宋代士人的楷模与代表。"一时士大夫矫厉尚风节，自仲淹倡之。"① 正因为文人崇尚风节，所以，在宋代诗学话语中，诗人的品德修养也成为关注的重要内容。关于诗人的道德品质，前人也不乏论述。但是，到宋代，这种思想更是变成了一种前所未有的强大的时代思潮。

宋代社会对士人节操与人品的要求，与理学的日益兴盛有较大的关系。理学特别强调人的道德涵养，讲求正心诚意，治心养气，砥砺品节。理学对赵宋及以后历代士人的道德精神与节操的培育都有着不可磨灭的功绩。它自然也影响了宋代诗坛。"宋人特别注意道德理性对诗歌内容的严格制约。"② 在这一点上，黄庭坚是非常值得注意的。"黄庭坚正是将理学的心性修养功夫移植于诗学的关键人物"③ 他深受理学影响，在讨论诗学问题时也自觉不自觉地掺杂着理学话语，以理学的道德论来要求诗人人品修养。由于他在诗坛的崇高地位，不仅追随者众多，而且其诗学思想也深刻地影响了以江西诗派为代表的诗坛。江西派的诗人们往往都将砥砺人品、崇尚气节视为做人的重要准则，其创作也常常表现出安贫乐道、淡泊名利、超尘脱俗的道德境界。整个宋代诗坛大抵如此。"宋诗人中很少有无行文人。"④ "宋人评诗，不重才情禀赋，而重德行学养，相信诗中的人格'必有不能掩者'。"⑤ 他们认为人格高尚者其诗歌创作自有其特殊的价值。宋人论诗，虽然也主张吟咏性情，但诗人发乎情必须止乎礼义，合乎道德原则。宋人认为，诗歌的价值就在

---

① 《宋史·范仲淹传》。
② 周裕锴：《宋代诗学通论》，第 95 页。
③ 同上书，第 139 页。
④ 同上书，第 143 页。
⑤ 同上书，第 22 页。

于帮助读者提高自己的道德修养，通过读诗而获得性情之正。正如南宋理学家真德秀所说："三百五篇之诗，其正言义理者盖无几，而讽咏之间，悠然得其性情之正，即所谓义理也。后世之作，虽未可同日而语，然其间兴寄高远，读之使人忘宠辱，却鄙吝，翛然有自得之趣……其为性情心术之助，反有过于他文者。盖不必专言性命，而后为有关义理也。"① 诗歌应该使人们变得道德高尚，能帮助人们净化性情心术。真德秀虽然是理学家，但他的话却在很大程度上代表了当时诗坛的诗歌价值观。宋代诗坛普遍重视道德人品，崇尚节操，都与理学倡导治心养气有着莫大的关系。

由于宋人重品节，所以，宋人常常从道德视角来审视诗人诗作。面对悠久的诗歌艺术传统和丰富的艺术资源，他们特别看重诗歌史上具有道德意义的诗人陶渊明和杜甫，把陶渊明、杜甫奉为最高的典范。"宋人几乎无不以虔诚的口气论陶潜，毫无微词；他们也几乎无不谈到杜甫，崇之为'诗圣'，其作品则被崇之为'经'，反复注释与发挥。"② 宋人欣赏陶渊明澹泊旷达、随顺自然的生活态度；赞赏杜甫忧国忧民、每饭不忘君的崇高品格。与此同时，他们对为人处世或者诗歌创作不能体现性情之正和道德涵养的诗人诗作都不予认同。即使如李白诗歌喜言妇人与酒，韩愈诗歌或作不平之鸣，孟郊诗歌时有穷愁哀怨，李贺诗歌描写牛鬼蛇神的荒诞怪异，贾岛诗歌发出寒俭的苦吟，等等，皆不为宋人所接受。③

由于理学的影响，宋人认为无论人事与艺事皆通于道，统一于道，都是道的体现。人事与艺事并非二途，二者实际上是统一而不可分割的。所以，宋人认为，艺事是人事的表现，诗品即是人品。人格高尚者其言蔼如，人品低下者其言不屑。故宋人论诗，乃至论书、论画，皆以人品比附艺品。他们论诗人也常常强调修身。

由于重视人品与道德，宋人诗论中多标举"格"、"气格"等概念，气是一种道德精神，故有养气之说，孟子曾说"养吾浩然之气"；格是诗人之气、诗人的道德精神在诗中体现出来的品质。气格就是人品与诗品的统一体。

---

① 《文章正宗纲目·诗赋》，《四部丛刊》本。
② 萧华荣：《中国诗学思想史》，华东师范大学出版社 1996 年版，第 170 页。
③ 周裕锴：《宋代诗学通论》，第 55 页。

4. 关注日常生活，多写生活琐事

宋诗的一个重要特点是关切日常生活，将日常生活中以往被人们忽视，或者认为没有审美价值而不宜入诗的琐事俗务摄入到了诗歌中。

中国古代诗歌从一开始就被赋予了崇高的社会政治使命，朝野文人都想要以之经夫妇，成孝敬，厚人伦，了解政治得失，化育百姓万民，也就是兴观群怨、美刺讽谏云云。因此，诗歌创作讲究立意高远，宏大叙事，关注社稷君国、民生疾苦、天下兴衰或者是表现诗人的情志怀抱、具有社会意义的生活经历等。至于普通人的日常生活琐碎，则被视为卑之无足道者，不能进入诗歌的大雅之堂，对其熟视无睹。对此率先进行突破和开拓的是杜甫。在杜甫之前的诗人很少描写日常生活中的琐事细节，而杜甫将众人所忽视的日常生活琐事摄入自己的诗歌创作中，他写与老妻乘小艇出游，写稚子怒叫索饭，写野人送来朱樱，等等，平凡的生活小事因之具有了审美意义，诗歌的表现范围得到了开拓。

杜甫之后继承这种创作倾向的是韩愈等人。韩愈诗歌有不少描写了日常生活细节，如《赠侯喜》写自己与友人到洛水垂钓，值洛水干枯，他们只得到了寸许长的小鱼。《赠刘师服》写自己牙齿掉了，所以只能吃些烂饭。《落齿》、《嘲酣睡》、《郑群赠簟》从标题上就知道其世俗生活内容。韩愈沿着杜甫开辟的艺术道路，又写了不少细碎庸常的生活小事，继续拓展了诗歌的描写对象，在描写对象上表现出了鲜明的日常化倾向。

在宋代诗论中，梅尧臣、苏轼、黄庭坚等宋诗代表人物都表达过"以俗为雅"的主张。陈师道《后山诗话》载："闽士有好诗者，不用陈语常谈，写投梅圣俞。答书曰：'子诗诚工，但未能以故为新，以俗为雅尔。'"① 苏轼《题柳子厚诗》云："诗须要有为而作，用事当以故为新，以俗为雅。"② 黄庭坚《再次韵（杨明叔）并引》云："盖以俗为雅，以故为新，百战百胜，如孙吴之兵。"③ 从中可以看出，与前人相比较，宋人显得更亲近日常世俗生活，更乐意也更善于从世俗生活中发现审美价值，俗中见雅。因此，宋代诗人与诗歌自觉继承了杜甫、韩愈表现世俗琐细的艺术传统。梅尧臣是宋诗的重要奠基人之一，从他开始，就自觉地将

---

① 王大鹏等：《中国历代诗话选》一，岳麓书社1985年版，第269页。
② 同上书，第205页。
③ 刘尚荣校点：《黄庭坚诗集注》，中华书局2003年版，第441页。

审美的目光投向生活的每个角落。如梅尧臣诗《扪虱得蚤》、《范饶州坐中客语食河豚鱼》、《七月十六日赴庾直有怀》、《八月九日晨兴如厕有鸦啄蛆》、《食荠》、《师厚云虱古未有诗邀予赋之》、《秀叔头虱》、《蚯蚓》、《聚蚊》等，都是以日常生活中的庸常细事为题材进行创作的。

　　这一传统为苏轼、黄庭坚、陈师道等宋诗代表人物所继承和发扬光大。在苏、黄、陈笔下，描写日常生活琐屑细故题材的诗歌愈发增多，已经屡见不鲜了。苏轼将俗世中的琐事，不论他人认为可否入诗，都一概拿来用于诗中，化腐朽为神奇，开辟了诗歌题材内容的新领域，取得了很好的艺术效果。明代人李东阳从诗歌史的角度高度赞扬了苏轼的这一成就。其《麓堂诗话》云："汉魏以前，诗格简古，世间一切细事长语，皆著不得，其势必久而渐穷。赖杜诗一出，乃稍为开扩，庶几可尽天下之情事。韩一衍之，苏再衍之，于是情与事，无不可尽，而其为格亦渐粗矣。然非具宏才博学，逢源而泛应，谁与开后学之路哉！"① 从诗歌题材的开拓和发展过程来看，苏轼继杜甫、韩愈之后，继续将世俗生活的"细事"摄入诗歌创作中，使诗歌的表现范围无所不包，而"情与事无不可尽"，厥功甚伟。在苏轼之后，黄庭坚、陈师道等人又都继往开来，踵事增华。黄庭坚诗歌《乞猫》、《谢周文之送猫儿》、《催公静碾茶》、《用前韵戏公静》写猫、写饮茶，无非生活中的琐事。他常常以一种游戏笔墨来表现其生活中的平凡小事。陈师道诗的主要内容即为个人生活琐事。在黄庭坚、陈师道等人的影响下，江西派诗人也都纷纷把自己的日常生活当作诗歌创作的重要表现内容。由此，广泛影响了宋代诗坛，成为宋代诗坛的一种风尚。因此，宋人在表现日常生活方面大大超越了包括唐人在内的前辈诗人。这是宋诗的一个重要特色。

　　5. 情感表达的节制与平和

　　宋代理学盛行，深刻地影响了整个文人群体，同样也对诗人的诗歌创作产生了深刻影响。理学要求人们修身养性，保持中正和平之心，节制感情，符合中庸之道。根据理学的要求，士人应该以一种平和、澹泊的心境来立身处世，这样就能面对人生的种种劫难与困窘，而获得自我消解，就能化痛楚为淡定，化忧愁为旷达，化愤激为平和，化酸楚为等闲，这是士大夫人生修养应当追求的崇高境界，也是士大夫安身立命的基本原则。在

---

① 丁福保辑：《历代诗话续编》下，中华书局 1983 年版，第 1386 页。

宋人看来，诗歌应该成为涵泳性情、修养德行之具，诗歌创作不应是情感的放纵，而应是激情的消解。好的诗歌应该就是诗人平和情性的表达，应该出于澹泊空静之心。所以，在诗歌创作中，也要求人们保持一种平和的心态。文天祥："诗所以发性情之和也。"① 由此可以看出，宋人对诗歌情感的看法，以及他们对"性情之和"的自觉追求。以此之故，宋诗的言情，要求是一种相对平和的情感。所以，宋人诗歌较少大悲大喜、放纵情感的宣泄，较少表现剧烈的喜怒哀乐，较少呼天抢地、捶胸顿足或者怒发冲冠、破口大骂的情感表达。

中国古代历来有"诗可以怨"、"不平则鸣"的说法，但是，在宋代诗论中，却并不怎么为宋人所赞同，因为宋人"欣赏悠然自得的生命情调，不满悲哀怨愤的感伤倾向"。② 宋人主张以理性的控持取代激情的宣泄。宋人对"不平则鸣"、对诗歌发泄激情的说法时有不满和微词。诗歌是情感的表达工具，人生不可能没有痛苦忧伤和喜怒哀乐，但是，对于诗人的深哀巨痛和狂怒大喜，宋人还是坚持主张要保持个人情感的自持。所谓自持，就是自我控制，"以理性的控持取代激情的宣泄，以智慧的愉悦取代痴迷的痛苦"，③ 保持自己情绪的平和中正，也就是保持情感符合中庸之道，体现性情修养和道德规范。所以在宋诗中，常常可以看到，诗人们面对人生的种种困境，往往是以达观、澹泊、闲适的态度从容面对，以自嘲、调侃、戏谑、诙谐的方式化解痛苦，调适自我，即使有巨痛大悲和难忍之愤也能处以较为冷静、平缓的表达。"宋诗多达者之词而少穷者之词"，④ 究其原因，不可能是因为宋代诗人都地位显达、万事胜意，合理的解释只能是宋人身处困窘而内心旷达。

（二）艺术技巧

宋诗范式在艺术上也体现出许多独特之处。

1. 散文化，多叙述，描写细致、委曲

宋诗的一个重要特点是散文化，或者说就是以文为诗。以文为诗的方法由来已久，有的说源自杜甫，有的说源自陶渊明，比较多的人认为源自韩愈。陶渊明和杜甫的诗歌中确实有一些散文化现象，如句式打破固有的

---

① 《罗主簿一鹗诗序》，《文山先生全集》，《四部丛刊初编》本，卷九。
② 周裕锴：《宋代诗学通论》，第62页。
③ 同上书，第58页。
④ 同上书，第64页。

音节，还出现了一些运用虚字的诗句。特别是杜甫，更为显著，如杜诗："尔之生也甚正直"（《桃竹杖引赠章留后》），"观乎舂陵作"（《同元使君舂陵行》），"结也实国桢"（《同元使君舂陵行》），"伐竹者谁子"（《石龛》）。杜甫诗歌《述怀》、《北征》等还运用了"赋"的手法，即类似于散文的叙事方式。所有这些，无疑都是散文化的表现。

但是，真正比较典型地运用散文化手法的是韩愈。韩愈诗歌较多运用虚字入诗，较多运用散文句式，如："事去矣时若发机。"（《送区宏南归》）"乃一龙一猪。"（《符读书城南》）他还用古文章法写诗，如《八月十五日夜赠张功曹》，方东树评曰："一篇古文章法。"① 又如《山石》，方东树评曰："只是篇游记，而叙写简妙，犹是古文手笔。"② 他还较多运用铺张排比等常见于散文的表现方式。方东树评论其《南山诗》曰："盖以京都赋体而移之于诗也。"③ 这些都是明证，说明韩愈在诗歌散文化方面的自觉意识，也说明其诗歌散文化的规模和程度都业已超过了陶渊明、杜甫。

进入宋代以后，人们沿着韩愈以文为诗的艺术道路，又走得更远了。欧阳修、梅尧臣、苏舜钦、王安石、苏轼等宋初诗人就开始运用了以文为诗手法。欧阳修诗歌率先借鉴散文的叙事手段。梅尧臣诗歌以散文章法布局谋篇，运用散文句式，又多以虚字入诗。苏舜钦以文为诗早已为前人所注意。《宋史·苏舜钦传》："当天圣中，学者为文多病偶对，独舜钦与河南穆修好为古文歌诗。"王安石诗歌更是多方面地体现以文为诗的特点，较欧、梅、苏又有发展。

在宋诗中推广以文为诗手法，苏轼尤其堪称关键人物，他的作用与贡献得到后人的高度评价。赵翼《瓯北诗话》评价说：

> 以文为诗，自昌黎始。至东坡益大放厥词，别开生面，成一代之大观。今试平心读之，大概才思横溢，触处生春，胸中书卷繁富，又足以供其左旋右抽，无不如志。尤其不可及者，天生健笔一枝，爽如哀梨，快如并剪，有必达之隐，无难显之情。此所以继李杜后为一大

① 钱仲联集释：《韩昌黎诗系年集释》卷三，上海古籍社1994年版。
② 钱仲联集释：《韩昌黎诗系年集释》卷二。
③ 钱仲联集释：《韩昌黎诗系年集释》卷五。

家也。①

在赵翼看来，苏轼是继承韩愈以文为诗手法而大大推进诗歌艺术的绝大功臣。苏诗的以文为诗，主要表现在：在诗中使用散文意味很强的多音节词；使用方言土语入诗；把一些按传统艺术标准不能入诗的通俗用语写入诗中；把一般人认为不能入诗的散文、话本小说中的语汇广泛地应用于诗。

在苏轼的影响下，黄庭坚等江西派诗人广泛运用以文为诗手法，使之最终成为宋诗的一大特色。

2. 表现义理，议论多

以议论为诗被人们公认为宋诗的重要特点之一，因为诗歌是不宜于议论说理的，即使要表现某种意见、义理，也必须结合艺术形象和情感抒发，所谓"带情韵以行"②；同时还必须控制在一定的限度之内。这是唐代以及此前的历代诗人们都严格遵守的艺术规则。直到宋诗出现，打破了这一法则，所以成为宋诗范式的一种新质。

宋诗尚理，绝非偶然。从文艺自身的发展历史与规律来看，此前的诗歌创作确实有一些说理的成功例子，为历来诗人所景仰的诗圣杜甫，其诗歌创作就存在说理的现象，只是并不多见，比较克制。宋诗在唐诗之后，为了寻找艺术发展的突破口，于是，将这一罕见的手法扩大开来，变成了一种常用的艺术技巧。同时，这也是宋诗以文为诗的一种形式。

然而，除此之外，还有更为深刻的原因，就是与宋代哲学——主要是理学的极大发展和兴盛有着密切的关系。哲学思维引导人们探求宇宙万物的道理，把揭示自然与社会、人生的义理视为自己的职志、使命。由此塑造了一代士人高度理性化的思维方式和精神追求。所以，宋代文人很少有不与理学沾边的，宋代诗学也不可避免地受到理学的影响。

所以，在宋代诗学中，人们于传统诗歌理论的志、情、景、象、境等范畴之外，特别揭橥出"理"这一重要概念，特别关注理和与理相关的一些问题，如世间万事万物的普遍规律、道理，客观事物的特性，社会政

---

① 郭绍虞编：《清诗话续编》二，上海古籍出版社 1983 年版，第 1195 页。

② 沈德潜：《说诗晬语》，《原诗·一瓢诗话·说诗晬语》，人民文学出版社 1979 年版，第 250 页。

治、伦理与社会生活的规则、人生的真谛、为人处世的方法，等等，表现出尚理的美学取向。尚理于是成为宋代诗人普遍的创作心态。在宋诗中，诗人对宇宙人生、万事万物之理的探求与揭示，其兴趣超过了对客观事物的摹写。写景状物的工巧已经不再像从前那么重要了，深刻地揭示社会、人生哲理才是诗人的动机所在。诗歌中的写景状物经常只是充当表现哲理的中介和辅助手段，宋人感兴趣的不是艺术形象本身，而是它寄寓和包含的宇宙人生哲理。也因为如此，宋人甚至认为，学诗如学道。学习诗歌有助于人们加强对理的认识，有助于人的道德涵养。而从事诗歌创作要体现人的道德理性。在这样的情况下，有些宋人就标榜学者之诗，就是蕴含着义理的哲理诗，实则就是理学诗。但是，这种理学诗是偏离了诗歌艺术本质的非诗文字，在尚理的道路上已经走得太远了。于是，多数人主张诗歌要表现理趣。理趣就是说理而要有情韵，富于趣味，让理在诗中以趣的形式表现出来，而不是枯燥无味地纯粹说理议论。理趣以幽默、机智、理性、巧慧为其特点，它具有意味深长的艺术效果，是宋人的尚理精神和人生智慧的结晶和诗化形式，也是宋诗的重要审美理想和追求。

3. 以学为诗

自严羽指出，宋人以才学为诗，其说遂为人们所接受，举世认为它是宋诗的一个重要标志和特点。不过，此处所谓"才学"是个偏义复词，实际上指的是学，而非才。宋诗的特点就是主学。

宋人主学的诗学思想深深地根植于当时的学术文化——主要是理学文化土壤之中。宋代是中国古代史上在先秦诸子百家之后又一个学术文化发展的高峰时期，而作为这个时代学术成就代表的就是理学。在这个学术氛围非常浓厚的时代中，宋诗学特别强调诗人的学术涵养，即一种学术的气质。"宋诗人力倡读书的最真实的想法在于'资书以为诗'。"[1] 应该说，诗人们重视读书与学殖，在其诗歌创作中资书以为诗，饾饤学问，显示自己的博学与腹笥丰厚，既符合当下的审美趣味，也是人之常情。所以宋诗用典用事甚多，向往无一字无来处的诗艺境界。

但是，还有更为深层次的原因，就是道统和文统的合流。唐代韩愈提出，先秦儒家的传统已经隔断了上千年，直到他出来才又继承了古圣先贤的统绪，是谓道统。宋代学者对此多深信不疑。而宋代诗坛、文坛，都继

---

① 周裕锴：《宋代诗学通论》，第149页。

承了韩愈的统绪。具有自己特色的宋诗，是继承杜甫特别是韩愈的诗歌艺术传统而来的。宋初以欧阳修为代表的诗文革新运动，就是韩柳古文运动的继续。韩愈的文学思想就是文与道的统一，文以载道。宋代诗坛、文坛继承了这个文学精神。在这种情况下，宋代诗学受到理学的影响，将诗歌创作与理学所倡导的人格修养包括经学修养、道德涵养等结合起来，认为好诗源于高尚人格，人格修养依靠读书研经，为人、学养、诗品合一，诗品是人品的外化，人品离不开学养。人格高尚者其诗文必有价值，而学养深厚者其人其诗文就必然超拔，读书治学既是理学入道和人格升华的功夫，也为诗学进境的途径。这就叫作"腹有诗书气自华"。① 所以，诗人们无论从涵养道德还是提高诗艺的角度来说，都应该广泛地读书学习。"宋人论及诗人的人格修养，往往以读书求学相号召"。② 这是宋代诗人较之其他时代人们更为重学的根本原因。从中国古代诗歌史和诗学思想史来看，无论先唐诗歌还是唐诗，都是重视诗人的才华、天分的，而宋人以学为诗，重视诗人的学殖，是一种创作理念的深刻转变，意味着一种新的艺术特质的形成，诗歌风貌的彻底革新。

4. 多人文意象

周裕锴《宋代诗学通论》："人文意象在宋诗中上升到突出的地位。""所谓人文意象主要指琴、棋、书、画、纸、笔、墨、砚、金石古玩、服饰器物、园林亭馆等等人类智力活动的文明产物。"③ 宋代社会重视文人，注意选拔和任用文人，加之科举制度得到进一步完善，为文人进入上流社会提供了更多的机会，文人们无须再向往驰骋沙场、勒名燕然的豪迈人生，也不再以"百夫长"而鄙视"一书生"。众多文人被吸引到了书斋，"把更多的注意力转向以读书、著书为中心的精神文化的创造、欣赏和研究上来。人文活动占据了宋代士人的大部分日常生活"，④ 以此造就了宋代文人包括诗人的人文旨趣和书卷精神。

这直接影响到了宋诗的题材内容和艺术风貌。以此之故，文人的风雅生活和人文景观也进入了诗人的诗歌表现范围，宋诗因此有着较多的人文意象。此前的唐诗，以及先唐诗歌，都重视自然山水景物与社会环境的描

---

① 《和董传留别》，王文诰辑注：《苏轼诗集》，中华书局1982年版，第221页。
② 周裕锴：《宋代诗学通论》，第148页。
③ 同上书，105页。
④ 同上书，第102页。

写，往往通过写景状物来寄托诗人的思想情感，以体物为能事，以情景交融为追求的境界。诗人的抒情或者隐藏于物象的描绘中，或者要借景物以兴感、生发。因此，诗人们往往都关注对自然景物的摄取和摹写。风云月露、鸟兽虫鱼、草树花卉、峰岭山陵、江河湖海、舟楫车船、阡陌街衢、市井庐墓，等等，都是诗歌的主要物象。此前诗歌也表现人们的生活与思想，军旅行役、樵渔稼穑、商旅贩运、游子思妇、访友探亲、品茶饮酒，等等，都是诗歌的表现对象。但是，这些内容是对古代社会中的所有人而言的，并非特定身份的人群。

在宋诗中，对人们生活的表现，突出了文人生活题材。关于文人的风雅生活，文人的思想怀抱，都成为诗歌的重要表现对象。这是一个不同于以往的新现象。生活优裕的宋代文人，以风雅自命，文化与文艺活动成为他们重要的生活追求和生活内容。诗歌是文人风雅生活中不可或缺的内容之一，文人的生活也是诗歌的重要内容，他们的风雅生活中随处而有的诗意因之都被发掘出来。文人生活题材成为诗歌创作的新的增长点。随着文人生活内容的增多，文人生活中必不可少的琴棋书画、笔墨纸砚、金石古玩、服饰器物、香扇屏杖、园林亭馆等内容，作为人文意象在宋诗中上升到突出地位。在宋诗中对人文意象的表现已经取代唐诗的风花雪月、伤春悲秋、征戍迁谪、宫怨闺愁而成为最重要的主题。

宋诗中依然离不开自然意象，但是，较之以往，它们已经悄然发生了某种变化。宋诗中的自然意象往往多以写意性、概括性为主要特色，诗人也不再追求对自然景物的提炼和精工描绘，不在乎其形似、神似，许多自然意象只是意义链条上的一个仅仅起到辅助作用的组成部分，已经不再具有独立的审美意义，自然意象淡化，相反，人文意象成为诗歌表意的中心，借以反映宋人的人文情趣。由于诗歌多表现人文旨趣，宋诗中的自然意象有时也因为被诗人的心态、情感所投射，而带有人文性的象征意义。如宋诗人常常把自然山水比作图画。联想、比喻、拟人化等手法常常作为一种重要手段使自然意象人文化。正如周裕锴所言："自然意象在宋诗中具有人文化倾向。"①

5. 语言

宋诗在语言文字的表达方面极有特色，形成了自己独特的艺术规范。

---

① 周裕锴：《宋代诗学通论》，第106页。

　　第一，讲求句法字法。

　　文学是语言的艺术，故诗歌创作不可能不讲究语言技巧。以语言艺术技巧而为人们所推崇的古诗人中，以"诗律细"著称的杜甫堪称首屈一指，历代诗人都把杜甫诗歌作为揣摩诗艺的范本。宋代诗人对其语不惊人死不休的精神十分赞赏，对其艺术技巧更是着意效法。江西诗派黄庭坚就是代表人物。黄庭坚师法杜甫，主张通过对诗律句法的细致揣摩和雕琢来提高诗歌创作的艺术境界。他发扬杜甫"诗律细"的思想，孜孜于手法技巧的创新，从而提出了自己的"句法"理论。其所谓句法，是一个比较宽泛的概念，既指诗歌的字法、句法、篇章结构之法，以及格律的运用技巧，又包括语言风格。黄庭坚把句法看作是诗歌最重要的艺术因素，予以极大的关注，因此，讲求句法成为江西诗派的重要标志。① 在古代诗歌史上真正把句法问题作为诗歌创作的中心问题予以强调、倡导的是黄庭坚。在黄庭坚的影响下，宋人对诗歌艺术技巧的重视可谓前无古人。黄庭坚大大发展和开拓了杜甫有关"诗律细"的理论，在若干方面实现了创新。

　　（1）以文字为诗

　　宋人极为重视字词的选用，醉心于炼字、炼词，总是力图将最准确、最生动传神、最新奇和富于表现力的字安排到诗中，谓之"诗眼"。同时，宋人继承韩愈的衣钵，热心雕琢文字，选用奇字缀茸成诗，追求陌生化效果。

　　（2）用韵与声调

　　六朝、唐代诗歌提倡音韵的和谐协调，而宋人却有意识地破坏这种和谐协调。宋人喜欢押险韵。所谓黄鲁直体，押险韵是其最突出的特征。又喜步韵、叠韵，因难见巧。还常常于当下平字处下仄字，欲其音节奇异，通过拗字来别创一种兀傲奇崛之响，以拗戾生涩的声韵来体现一种奇峭劲健的风格。

　　（3）对偶精细

　　诗歌的对偶手法起自六朝，但当时还相当粗糙、简单。至唐人时已经成熟。对偶手法到宋代已经变得极为精致、工整，规则更细了，各种名目更多了。宋人以艺术形式的工巧为能事，使艺术手法又有了明显的进步。

---

　　①　周裕锴：《宋代诗学通论》，第204页。

（4）句法生新

先唐诗歌的语言主要按照常规的逻辑和语序构成，但是六朝诗歌出现的骈偶化倾向开始解构句式的逻辑关系，打乱正常的语序。洎乎唐诗，省略句子成分更是屡见不鲜，变成了诗人们普遍采用的句法结构。

江西诗派作家热衷于句式的创新，其途径主要有二：

一是用散语、常语，以经史子集中的散语入诗，用语助词使诗歌语言变成散文语言，引进散文的语法逻辑，有意识用语序完整、类似散文的语言形式取代语序省略的语言形式，注重诗歌句式的逻辑关系和语序的日常化。诗歌语言呈现一种历时性的意义凸现的线性结构，从而使诗歌变得反常新颖。

二是作硬语、拗句，也就是不仅有悖于日常语言标准，而且也不同于一般诗歌语言的扞格难通的语句。江西诗派追求诗歌语言陌生化的审美效果，着意作硬语拗句，用省略、倒装、错综、浓缩、离析、词汇活用等手段，打破正常语法的配合规则和语言习惯，解构工稳和谐的句法结构，造成一种反思维逻辑的结构，以矫凡俗和陈腐。在诗中有意识地作硬语拗句，始于杜甫。但杜甫诗中并不多见。黄庭坚则从杜诗中学得此法，变本加厉，甚至还大作拗体诗，发展了拗句和拗律的体制，使之成为宋诗的一个特点。使杜甫原本不甚惹人注意的拗体在宋代格外得到人们的青睐，大放异彩。

第二，语言通俗。

宋诗有许多诗歌甚为通俗，甚至写得明白如话。原因是宋人追求平淡风格，倡导以俗为雅。表现在语言方面，他们多使用日常化、散文化的语言，以及口语、俗语、谚语、歇后语。这是具有变革精神和超越前人的创新。李树滋《石樵诗话》："用俗语入诗，始于宋人，而要莫善于杨诚斋。"[①] 虽不能说宋以前没有采用俗语的诗歌，但是，有意识地采俗语于诗，并将其作为一种具有理论自觉的审美追求，而且在艺术上取得重要成就，的确自宋人始。因此这也成为宋诗的一个重要的艺术特色。宋人的这一举动，不仅带来了诗歌语言的通俗，也为诗歌语言增添了鲜活、灵动的源泉。

6. 平淡、渊雅的审美趣味

平淡、渊雅是宋诗的总体风格。

---

① 湛之：《杨万里范成大资料汇编》，中华书局 1964 年版，第 94 页。

宋初欧阳修、梅尧臣、苏舜钦等人即有意识地倡导平淡诗风。因此，在有宋一代的诗论中，常常谈到平淡。平淡的审美趣味是宋人在诗歌审美领域的一种新开拓。"平淡作为一种理想诗歌风格而确立，并成为一种理论自觉，应该说是始自宋代。"① 宋诗的平淡风格理想来自陶渊明。陶渊明与杜甫在宋代同被确立为诗学楷模，而加以追捧。陶渊明是宋人心目中人品与诗品俱佳的典范。宋人学习陶渊明，首先是学习他那平淡处世的性情与态度，他那冲淡的襟抱，以及由此显现于诗歌的澹泊、平淡心境；其次是学习陶诗情感、色彩、语言的平淡，以及平淡中的隽永韵味。

宋诗的渊雅源自它的人文旨趣，它的学养根柢。深受理学影响的宋代人强调艺通于道，重视诗人的心性修养，主张通过读书来助益道德涵养，也十分重视读书与学殖对诗歌创作的重要意义，倡导读书来提高自己的艺术素养。因此，宋代诗人较之以往任何时代的作家都要具有更高的文化素养，更多的书卷气，更多的高情雅趣和人文意味。他们使其诗歌创作建立在深厚学养的基础之上，无论是否资书为诗，都不能遮蔽其渊雅的气质和书卷意味。黄庭坚曾经倡导"不俗"——为人不俗，为诗不俗，所谓不俗，就是这种渊雅精神的体现。

第二节　元明诗坛扬唐抑宋思潮的形成

中国古代诗歌史到宋代之后，出现了唐诗与宋诗两种基本的审美范式，于是诗坛也就出现了审美判断与价值选择的疑惑，不知道该以什么作为诗歌创作的美学规范了，因此就出现了或尊唐，或宗宋的分歧，这就是所谓唐宋诗之争。唐宋诗之争在宋代就已经开始萌发了，延及金元明清乃至民初，但是，这不是一场势均力敌的论争，而是呈现出一边倒的态势，在金元明的几百年中一步步演变成了扬唐抑宋的诗学思潮。尊唐成为数百年中诗坛的主流。

诗坛尊唐从宋初就开始了，这是时间和诗坛习尚的顺延所致。

在宋初的几十年中，诗坛上先后出现了白体、晚唐体、西昆体的诗派。白体诗歌始于宋太祖朝，而盛于真宗朝。白体诗人有徐铉、李昉、徐楷、王奇、王禹偁等，尤以王禹偁成就最高，影响最大。白体诗人学习、

---

① 　周裕锴：《宋代诗学通论》，第333页。

效仿白居易与朋友元稹作唱和诗，较量诗艺。他们学习白居易诗歌的通俗浅易、直白流畅，以及现实主义精神，诗歌语言则力求浅俗、平易。

晚唐体诗人是继白体诗人之后出现的一个诗学流派。其成员主要有九僧、寇准、林逋等，其中以林逋影响最著。他们主要继承了中晚唐诗人贾岛、姚合一派的艺术传统，多描写山林风物等题材内容，以表现隐逸与恬淡之趣为其主题取向，多表现山野林泉以及个人的情感世界，冥搜物象，着力描写深、细、小、巧的自然景物，多用独、孤、寒、苦、冷、懒、病、慵等词语，以及落日、残雪、荒原、瘦马、废城等意象，刻意苦吟和锻字炼句，诗风清新、明丽、精致、细腻。

西昆体稍晚于晚唐派而活跃在宋初诗坛上，是宋初诗坛影响最大、最广泛的诗派。西昆体诗派的代表人物主要有杨亿、刘筠、钱惟演。景德二年（1005）秋，宋真宗命王钦若、杨亿等人聚集内廷编纂大型类书《册府元龟》。编书之暇，杨亿与同事们互相唱和，到大中祥符元年（1008）都为一册，取名《西昆酬唱集》，杨亿为之作序。以此称为西昆派。西昆派以李商隐为师法对象，主要学习李商隐诗歌词采精丽、组织工致、锻炼新警和使事用典的艺术特点，在诗歌艺术上追求绮丽、典雅、精工、富艳。在题材内容上，多咏物、酬赠、游览、颂德之作，表现出点缀升平、颂扬王政以及讽谕之义。

宋初的六十余年中，诗坛相继学习中晚唐诸诗人、诗体、诗派，肯定和继承了唐诗的艺术传统，扩大了唐诗的影响。

宋人在学习唐诗的基础上，经过不断探索，不断选择，经过欧阳修、梅尧臣、苏舜钦、王安石、苏轼、黄庭坚等人的长期不懈的努力，终于形成了具有当代特色的创作，这就是宋调诗歌，宋诗范式。作为宋调诗歌和宋诗范式代表的就是江西诗派的创作。南宋前期，江西诗派获得极大发展，在唐诗之外找到了诗歌发展的崭新道路，成功地开辟了诗歌艺术表现的新领域，创造了中国古代诗歌史上的又一诗歌艺术新范式。

但是，江西诗派在取得巨大创作成就的同时，也不无弊端。于是，就在当时，便遭到了不少非议。特别是南宋诗论家张戒对江西诗派进行了严厉批评。张戒《岁寒堂诗话》："苏黄用事押韵之工，至矣尽矣，然究其实，乃诗人中一害。使后生只知用事押韵之为诗，而不知咏物之为工，言志之为本也。风雅自此扫地矣。""自汉魏以来，诗妙于子建，成于李杜，而坏于苏黄。余之此论，固未易为俗人言也。子瞻以议论为诗，鲁直又专以补缀奇字，学者未得其所长，而先得其所短，诗人之意扫地矣。"① 张戒对宋诗代表人物苏、黄及其议论为诗、用事用典、用奇字押险韵等艺术特点，予以了彻底否定，说成是"诗人中一害"。这是对江西诗派宋调诗歌的否定。相反，张戒《岁寒堂诗话》在诸多具体的诗人诗作评论中对唐诗则多有肯定，尤其高度评价了以曹植为代表的汉魏诗歌以及以李杜为代表的唐诗，认为诗歌艺术"成于李杜"，旗帜鲜明地揭橥了唐诗艺术传统。

随着江西派诗歌弊端的显露，南宋中后期，永嘉四灵，乃至江湖诗派又努力回归晚唐，以此作为对江西诗派的某种救偏补弊。这是诗歌创作道路的一次重大转折。叶适对此在理论上予以大力支持。叶适云：

> 庆历、嘉祐以来，天下以杜甫为师，始黜唐人之学，而江西宗派章焉。然而格有高下，技有工拙，趣有浅深，材有大小。以夫汗漫广莫，徒枵然从之而不足充其所求，曾不如豨吻决，出豪芒之奇，可以运转而无极也。故近岁学者，已复稍趋于唐而有获焉。②

还说：

> 然则发今人未悟之机，回百年已废之学，使后复言唐诗自君始，不亦词人墨卿之一快也！③

叶适认为宋人没有杜甫的才学而学杜，于是以江西派为师法，走上歧途，所以人们认识到了这个失误之后又回归唐诗，叶适对此坚决支持，热切盼望。

在宋代，批评江西诗派而鼓吹唐诗最有力者还数严羽。严羽《沧浪诗话》总结江西派诗人诗歌的特点是"以文字为诗，以才学为诗，以议论为诗"，并说"诗而至此，可谓一厄也"。④ 严羽对江西派诗歌特点的总结虽未免有偏颇之失，但所说三点却也正中要害。只是视江西派诗歌为

---

① 丁福保辑：《历代诗话续编》，中华书局 1983 年版，第 452 页。
② 叶适：《徐斯远文集序》，《水心文集》，《四部丛刊》本。
③ 叶适：《徐道晖墓志铭》，《水心文集》。
④ 郭绍虞校释：《沧浪诗话校释》，人民文学出版社 1983 年版，第 26 页。

"一厄"，过于悲观了。然而，严羽及其《沧浪诗话》对后世产生了极其深远的影响。人们每一涉及宋诗就会想到严羽的上述评论，以及他的别材、别趣之说，等等，在很长的时间里，严羽之说成为人们对宋诗的共识和基本看法，成为人们排斥宋诗的理论依据。严羽在贬抑宋诗的同时，还极力倡导学习汉魏晋盛唐诗歌。《沧浪诗话》云："夫学诗者以识为主，入门须正，立志须高；以汉魏晋盛唐为师，不作开元天宝以下人物。"① 又云："学者须从最上乘，具正法眼，悟第一义……汉魏晋与盛唐之诗，则第一义也。"② 又云："予不自度量，辄定诗之宗旨，且借禅以为喻，推源汉魏以来，而截然谓当以盛唐为法。"③ 严羽将盛唐诗歌视为诗歌艺术的巅峰，也是学习诗歌艺术的最佳样本。他的这一思想也同样深远地影响了后来的诗坛，成为后来人们尊唐和学习盛唐的思想基础。

金代诗坛是以借才于异代为起点的。大量宋代文人和文学典籍进入金代，成为金代诗坛的主体，正因为这样，宋代诗坛的余风也就深刻地影响了金代诗坛。所以金代诗坛前中期多学苏、黄。但是，久而久之，诗坛学宋的弊端就表露无遗了，引起了人们的不满。到后期，金代诗坛于是自行反拨，逐渐弃宋学唐。

赵秉文是金代诗坛后期的领袖。他早年转益多师，后来便主要学唐人，尤其是李杜和王孟韦柳一派诗人。赵秉文是金代较早重视学唐的诗人，起到了开风气的作用。元好问《赵闲闲书拟和韦苏州诗跋》云："百年以来，诗人多学坡、谷，能拟韦苏州、王右丞者，惟公一人。"④ 刘祁《归潜志》云：赵秉文"晚年诗多法唐人李、杜诸公，然未尝语于人。已而，麻知几、李长源、元裕之辈鼎出，故后进作诗者争以唐人为法也"。⑤ 上述诸论，都隐然肯定了赵秉文开启诗坛学唐风气的作用。至于说后进诗人"争以唐人为法"云云，足见赵秉文之后诗坛学唐已经蔚成风气了。元初诗人王恽说："金自南渡后，诗学为盛，其格律精严，辞语清壮，度越前宋，直以唐人为指归。"⑥ 此说可为佐证。

_____

① 郭绍虞校释：《沧浪诗话校释》，第 1 页。
② 同上书，第 11 页。
③ 同上书，第 27 页。
④ 姚奠中主编：《元好问全集》，山西古籍出版社 2004 年版，第 844 页。
⑤ 《归潜志》卷八，中华书局 1983 年版。
⑥ 《西岩赵君文集序》，《秋涧先生大全集》，《四部丛刊》本，卷四十三。

从理论到创作上明确弃宋学唐，并且产生了重要影响的代表人物是元好问。元好问与南宋的严羽差不多同时崛起于诗坛，不约而同地批评江西诗派，倡导唐诗。元好问《论诗三十首》云："论诗宁下涪翁拜，未作江西社里人。"① 他后来更加明确地说："幸矣！学者之得以唐人为指归也"。② 元好问尤为推崇陈子昂、杜甫、白居易、李商隐等人。他的《论诗三十首》第八首说："合著黄金铸子昂"。③ 他最心仪杜甫，专门写了《杜诗学》一书，可见他对杜甫诗歌的喜好之深，同时也开创了以杜诗为专门之学的先例。元好问的诗学思想在金元时期得以广泛传播，一时间成为诗坛的理论指南。有人评价说："百年以还……别裁伪体，溯流穷源，论者以先生为标准。"④

正因为赵秉文、元好问等诗坛领袖人物的提倡和身体力行，金代诗坛终究弃宋学唐，形成了尊唐、学唐的诗学潮流。

元代诗坛延续了宋金末期宗唐的诗学思想。元初郝经（1223—1275）认为唐诗是中国诗歌史上最繁盛的时期，体现了古代诗歌的最高成就，他选编汉代至唐五代诗歌为《一王雅》，明确倡导学习汉魏与唐诗，特别是李杜韩白等诗人，中云："李唐一代诗文最盛，而杜少陵、李太白、韩吏部、柳柳州、白太傅等为之冠。"⑤ 元初的主要诗人戴表元（1244—1310）也主张学习汉魏晋与唐诗，他批评宋代以来各时期诗坛不能很好地继承唐诗艺术传统并深表不满，其所为《洪潜甫诗序》云："唐且不暇为，尚安得古？"⑥ 这就是所谓的"宗唐得古"说。此说确实代表了元代诗坛很多人的基本诗学主张，从一开始就奠定了整个元代诗坛的发展趋向。

但是，江西诗派在元代前期还有一些余风。与戴表元同时的方回仍在努力赓续和弘扬江西派的传统。他编纂了一部唐宋诗选《瀛奎律髓》，并且提出了以杜甫为始祖，以黄庭坚、陈师道、陈与义为宗主的所谓"一宗三祖"说，意在通过描述江西派源自杜甫诗歌的艺术渊源与传承统绪，树立江西派的正统地位。因此，元代前期，诗坛仍在通过批评江西派为代

① 狄宝心校注：《元好问诗编年校注》一，中华书局2011年版，第72页。
② 《杨叔能小亨集引》，姚奠中主编：《元好问全集》，山西古籍出版社2004年版，第763页。
③ 狄宝心校注：《元好问诗编年校注》一，第52页。
④ 《元好问小传》，顾嗣立《元诗选》初集，中华书局1987年版。
⑤ 《陵川集》，《四库全书》本，卷二十八。
⑥ 《剡源戴先生文集》，《四部丛刊》本，卷九。

表的宋诗来为唐诗鼓吹。如袁桷（1266—1327）就表现出了鲜明的尊唐
贬宋的诗学思想，他说："理学兴而诗始废。"① 又说："诗盛于唐，终唐
盛衰，其律体尤为最精，各得所长，而音节流畅，情致深浅，不越乎律
吕，后之言诗者不能也。"② 他认为，唐诗取得了高超的艺术成就，后人
无以超越。宋人因为深受理学之害，所以其诗歌未能差强人意。

　　到元代延祐时期，宗唐学古的诗风进入鼎盛发展阶段。如揭傒斯
（1274—1344）《诗宗正法眼藏》："学诗宜以唐人为宗"；"然诗至唐方可
学。欲学诗，且须宗唐诸名家。诸名家又当以杜为正宗。"③ 又，欧阳玄
（1274—1358）《罗舜美诗序》云："我元延祐以来，弥文日盛，京师诸名
公，咸宗魏晋唐，一去宋金季世之弊，而趋于雅正。"④ 又，顾嗣立《寒
厅诗话》云："元诗承宋金之季……尽洗宋金余习，而诗学为之一变。延
祐、天历之间，风气日开，赫然鸣治平者，有虞杨范揭，一以唐为宗，而
趋于雅，推一代之极盛。"⑤ 据此可知，延祐时，诗坛已经完全摆脱了宋
金诗歌余风，而专师魏晋唐诗歌，洵可谓宗唐得古，而所谓元诗四大家正
是这个时期的弄潮儿。他们都在这个时代有力倡导了宗唐诗学。与此相呼
应，杨士弘编选了一部重要的唐诗选本《唐音》。这是第一部专门以盛唐
诗歌为对象的选本，也是史上首部从源流、正变的角度来辑录唐诗的选
本。该书包括《始音》、《正音》、《遗响》三部分。它以初盛唐诗歌和与
之格调相近的中、晚唐诗歌为正格，是为《正音》；又选初唐的王、杨、
卢、骆四家诗一卷，为《正音》出现之前未纯的《始音》；另有《遗响》
收录初、盛、中、晚各时期的诗歌，作为正格之外的变格。三部分相结
合，既揭示唐诗的正变，又突出唐诗的正体高格以为揭橥。该书体现了元
代唐诗学的最高成就，对明代诗坛的宗唐诗学产生了极其深远的影响，在
明代嘉靖之前的诗坛上泽被至广，对明初高棅的《唐诗品汇》也有着十
分明显的影响。弃宋、学古、宗唐，尤其重视学习盛唐，这些诗学思想最
终风行于元代诗坛，并且一直延续到元末。

　　明初宋濂（1310—1381）对明代的宗唐诗学具有开启意义。他对唐

---

① 《乐侍郎诗集序》，《清容居士集》，《四部丛刊》本，卷二十一。
② 《书番阳生诗》，《清容居士集》，《四部丛刊》本，卷四十九。
③ 《中国历代诗话选》，岳麓书社 1985 年版，第 1058 页。
④ 《圭斋文集》，《四部丛刊》本，卷八。
⑤ 《清诗话》上，上海古籍出版社 1983 年版，第 83 页。

代诗人给予了很高的评价。他说，陈子昂"可谓挺然不群之士，复古之功，于是为大"；李白诗歌"其格极高"；杜甫诗歌"真所谓集大成者，而诸作皆废矣"；韦应物"能一寄秾鲜于简淡之中，渊明以来，盖一人而已"；大历之际"诗道于是为最盛"；韩柳"撑决于天地之垠"。①宋濂对唐代诗人的高度评价与肯定，表现出了鲜明的尊唐主张。以其在明初诗坛的崇高地位，其主张具有巨大的号召力和导向作用。

　　与之同时的众多诗人都表现出了尊唐主张。贝琼（1314—1379）盛赞唐诗。他所著《乾坤清气集序》云："诗盛于唐，尚矣！盛唐之诗，称李太白、杜少陵而止。"②吴宽也表示了相同的意见："夫诗自魏晋以下，莫盛于唐。唐之诗，如李杜二家，不可及已。"③以唐诗为古代诗歌的最高成就，标举盛唐，推尊李杜，这开启了后来明代诗坛尊崇盛唐、李杜的诗学取向。又，王祎（1322—1373）《浦阳戴先生诗序》："《三百篇》而下，莫古于汉魏，莫盛于盛唐。"④这也是后来七子派古体尊汉魏，近体法盛唐的先声。

　　稍晚，高棅（1350—1423）编纂了对明代诗坛产生过深远影响的唐诗选本《唐诗品汇》。这是明代唐诗学的第一个范本。高棅的编纂目的就是揭橥唐诗艺术。其《凡例》说该书的编纂思路："大略以初唐为正始，盛唐为正宗、大家、名家、羽翼，中唐为接武，晚唐为正变、余响，方外异人等诗为旁流。"⑤《总叙》说该书的编纂目的是"以为学唐诗者之门径"。可见高棅是编分别指出各体诗歌的源流和各发展阶段的代表诗人诗作，辨别正体与别体，以各体诗歌的正宗诗人诗作为最高典范，就是想要通过这个选本来为学诗者指导学诗门径。这部书在明代中后期影响甚著。《明史·文苑传》甚至说："终明之世，馆阁以此书为宗。"由于《唐诗品汇》卷帙浩繁，不利于传播，于是高棅又在其基础上精选了一部《唐诗正声》。该书详于盛唐，主中正和平之音。对七子派以声论诗、诗必盛唐的诗学观具有直接影响。高棅的这两部诗选，都是明代唐诗学的重要典籍，对明代诗坛的尊唐发挥了极为重要的指导作用。胡应麟评价二书云：

① 宋濂：《答章秀才论诗书》，《宋文宪公全集》，《四部备要》本，卷三十七。
② 偶桓：《乾坤清气集》，《四库全书》本。
③ 吴宽：《完庵诗集序》，《匏翁家藏集》，《四部丛刊》本，卷四十四。
④ 《王忠文公集》，《四库全书》本，卷四。
⑤ 高棅：《唐诗品汇》，上海古籍出版社1982年版。

"盖至明高廷礼《品汇》而始备，《正声》而始精，习唐诗者必熟二书，始无他岐之惑。"① 《明史·高棅传》说："其所选《唐诗品汇》、《唐诗正声》，终明之世，馆阁宗之。"

明代早期有以李东阳为代表的茶陵派。李东阳历仕四朝，官至吏部尚书，居高位而主文柄，他倡导学唐，是成化、弘治间文学风气转变的关键人物。胡应麟说："成化以还，诗道旁落，唐人风致，几于尽隳。独李文正才具宏通，格律严谨，高步一时，兴起李何，厥功甚伟。是时中晚、宋元诸调杂兴，此老砥柱其间，故不易也。"② 胡应麟对于李东阳在诸种诗学思想纷起的时候，力挽唐人风致，从而启迪李、何的功绩，给予了很高的评价。

在李东阳倡导的尊唐诗学道路上，出现了前七子等人。他们继承、发挥，也扬弃了李东阳的诗学思想，并且将学唐主张进一步具体化。《明史·文苑传》说："弘治时，宰相李东阳主文柄，天下翕然从之。梦阳独讥其萎弱，倡言文必秦汉，诗必盛唐，非是者弗道……与景明、祯卿、贡、海、九思、王廷相号七才子。"上述"文必秦汉，诗必盛唐"之说被认为是七子派的理论旗帜。其实并不准确。对其进行准确描述的是钱谦益："献吉（李梦阳）以复古自命，曰古诗必汉魏，必三谢；今体必初盛唐，必杜，舍是无诗焉。"③ 这是整个七子派，也是明中叶之后诗坛的基本诗学取向。他们在积极学唐的同时，还不遗余力地贬斥宋诗。如李梦阳《缶音序》云："宋人主理，作理语，于是薄风云月露，一切铲去不为。又作诗话教人，人不复知诗矣。"李梦阳《潜虬山人记》说"宋无诗"。④ 何景明也有"宋无诗"说。⑤ 以七子派为代表，明中叶诗坛几乎到了以宋诗为仇雠的地步。

前七子之后，紧接着又有后七子一派。后七子包括李攀龙、王世贞、谢榛、宗臣、梁有誉、徐中行、吴国伦等人。他们的诗学主张与前七子基本一致。他们也极力揭橥唐诗、推尊盛唐，同时贬抑宋诗。李攀龙编纂有一个诗歌选本《古今诗删》，该书选辑收录古逸、汉魏、晋南北朝、唐、

---

① 《诗薮》外编，上海古籍出版社 1979 年版，卷四。
② 《诗薮》续编，卷一。
③ 《列朝诗集小传》丙集，上海古籍出版社 1983 年版。
④ 《空同集》，《四库全书》本，卷四十八。
⑤ 李梦阳：《杂言》，《何大复先生集》，《四库全书》本，卷三十八。

明代诗人诗作，凡 2200 余首。不选宋、元诗歌。其中唐诗 740 首，盛唐诗歌大约占了 60%。这个选本体现了标举盛唐，贬斥宋、元的诗学立场。该书受到高棅《唐诗品汇》的影响，其中所选唐诗主要采自《唐诗品汇》。李攀龙后来又从《古今诗删》中摘出唐诗部分而成《唐诗选》一书，单独印行。这是从明万历中期到清初的半个世纪中最流行的唐诗选本。谢榛是后七子的重要理论家。他从艺术上论证了尊唐贬宋的理由。谢榛《四溟诗话》："诗有辞前意、辞后意，唐人兼之，婉而有味，浑而无迹。宋人必先命意，涉于理路，殊无思致。"① 谢榛认为唐诗言近旨远、委婉含蓄而有韵味，而宋诗涉于理路，殊无思致。他对唐宋诗基本特点的认识是准确的，这也是他的主张具有号召力的原因所在。因此，后七子不仅接续了前七子的艺术主张，并且在其之后又延伸出来所谓末五子、续五子、广五子，等等。

末五子之一的胡应麟是七子派之后的重要理论代表，也是将七子派尊唐诗学进一步深化的人物。《诗薮》是胡应麟（1551—1602）的主要诗学理论著作。《诗薮》对诗歌史的基本看法是"体以代变，格以代降"。② 他认为，诗歌的体裁随着时代的变化而有兴衰演变；诗歌的艺术品格则越来越趋于卑下。所以他主张学诗者要师法各诗歌题材最繁盛时期的典型格调，即所谓正体高格。而各体诗歌的正体高格基本都是以初盛唐特别是盛唐诗歌为代表。

许学夷（1563—1633）是继胡应麟而起的诗论家，他继承了七子派特别是胡应麟的诗学思想。他所著《诗源辨体》云："古诗以汉魏为正，太康、元嘉、永明为变，至梁、陈而古诗尽亡；律诗以初盛唐为正，大历、元和为变，至唐末而律诗尽弊。"③ 许学夷通过描述诗歌发展的源流，分辨正变，揭示出诗歌演变的脉络与线索。该书揭示了诗歌各体式的正宗、正变、小变、大变、变怪等艺术形态。该书明显继承了胡应麟《诗薮》的诗学思想。

从前后七子到胡应麟、许学夷等人，尊唐主张不断理论化、系统化，最终形成了一个十分完备的唐诗学理论体系，构建了唐诗范式严谨的阐释

① 丁福保辑：《历代诗话续编》下，中华书局 1983 年版，第 1149 页。
② 《诗薮》内编，卷一。
③ 《诗源辨体》卷一，人民文学出版社 1983 年版。

学构架。由此也产生了巨大的影响，其追求者绵延不绝，直到清代前中期仍有嗣响。

蔚为大观的尊唐诗学稳稳地占据了明代诗坛的主流，掌握了绝对话语权。与此同时，宋诗学则受到排挤、冷落，彻底被边缘化了。人们忌言宋诗，或者肆无忌惮地攻击宋诗。很少有人认真地阅读宋诗，乃至于连宋诗典籍也不容易见到了。几乎整个明代诗坛都笼罩在扬唐抑宋的思潮之中。

但是，这也并不意味着完全没有人认同宋诗了。事实上，一直都有人知道宋诗，并且为宋诗争地位。其较著者如方孝孺（1357—1402），明前期著名诗文家，他就旗帜鲜明地为宋诗辩护。他的《谈诗五首》之二："前宋文章配两周，盛时诗律亦无俦。今人未识昆仑派，却笑黄河是浊流。"① 他认为优秀的宋诗作品也是鲜有匹敌的，那些肆意诋毁宋诗的人根本不明就里，纯粹是坐井观天。

瞿佑（1341—1427）也为众口一词的尊唐贬宋鸣不平。其《归田诗话》卷上："世人但知宗唐，于宋则弃不取。众口一词，至有诗盛于唐、坏于宋之说。私独不谓然。""吟窗玩味韦编绝，举世宗唐恐未公。"② 瞿佑根据自己的阅读经验，断定众口一词、举世尊唐的做法不符合唐宋诗创作的实际情况，实在有失公平。瞿佑之言表现了一种实事求是和特立独行的理论勇气。

都穆（1459—1525）也是力挺宋诗的。他的《南濠诗话》云："昔人谓'诗盛于唐，坏于宋'，近亦有谓元诗过宋诗者，陋哉见也！刘后村云：'宋诗岂惟不愧于唐，盖过之矣。'予观欧梅苏黄二陈至石湖放翁诸公，其诗视唐未可便谓之过，然真无愧色者也。"③ 都穆之言，有理有据，公允地评价了宋诗代表作家，立论稳妥，足以振聋发聩，是对宋诗的肯定，也是有识之言。

这些人在举世尊唐的时候，不随波逐流，而能够独立思考，并且毅然为宋诗辩护，甚至高度评价宋诗，真是卓识超人，堪称空谷足音。可惜的是，这样的人实在太少，这样的言论力量太弱，彻底湮没于一片学唐的喧哗声中，完全被人们忽视了。

---

① 方孝孺：《逊志斋集》，《四部丛刊》本，卷二十四。
② 丁福保辑：《历代诗话续编》下，中华书局1983年版，第1249页。
③ 同上书，第1344页。

第三节　清代诗坛的诗学宗尚

清代是中国古代诗歌发展集大成的时期，也是诗学理论与流派最为纷繁复杂的时期，多种诗学主张与思潮在清代诗坛涌现，尊盛唐、师法中晚唐、宗宋、学汉魏六朝、标榜性灵等多种诗学思想和流派同时存在，形成了百家争鸣的局面。

此前的整个元明时期，诗坛主流都是尊唐的，但以明代为尤著。明代尊唐之风接续元代余绪，所以很早便已开始。自明初高棅编纂《唐诗品汇》出来便奠定了有明一代尊唐的理论与文献基础。其后又有以李梦阳、何景明、李攀龙、王世贞等为代表的前、后七子接踵而来，提倡宗奉盛唐，尊唐之风于是达到顶峰，至谓"诗必盛唐"。七子之后，并未偃旗息鼓，而是余波荡漾，又出现了所谓末五子、广五子、续五子，等等。余风所及，明末清初时，又有以陈子龙为代表的云间派，再次引发和掀起了一个尊唐的小高潮，云间派主要作家包括陈子龙、李雯、宋征舆等所谓"云间三子"，以及陈子龙的弟子夏完淳。他们推崇盛唐，尊崇明七子，五言学汉魏，近体法盛唐。

除此之外，还有在陈子龙影响下形成的西泠派。西泠派包括陆圻、柴绍炳、吴百朋、陈廷会、孙治、丁澎、虞黄昊、沈谦、毛先舒、张丹等所谓"西泠十子"，该派以陆圻为首。西泠派的创作倾向与云间派相近，同样推尊汉魏盛唐，继承了明七子派的衣钵。

陈子龙及其影响下的云间派、西泠派在清初影响很大，响应者甚众。其著者有吴伟业及其所代表的娄东派，包括所谓"太仓十子"：周肇、王揆、许旭、黄与坚、王撰、王昊、王抃、王曜升、顾湄、王摅。吴伟业与陈子龙为同科举人，二人关系密切。受其影响，吴伟业论诗与陈子龙、云间派等相近，该派的诗学主张与七子派基本相同，可以说就是七子派的余绪。

另外，顺治年间在诗坛上还有所谓"燕台七子"，包括宋琬、施闰章、赵宾、严沆、丁澎、张文光、陈祚明等人。他们活动于北京，一时颇有影响。"七子"之名，拟同明七子之谓。在诗歌理论与创作上也确实属于明七子、云间派一路。

许多明代人在七子派影响下狂热地尊唐，却视宋诗为仇雠，对宋诗极尽贬抑、攻击之能事。因此，明代诗坛的主流是黜宋尊唐的。但这也积蓄着诗坛风向的变革潜流。随着前、后七子派末流的流弊日益显露，公安派出而以性灵相标榜，欲以矫正七子派诗风自任。他们既然倡导性灵，则其作诗就唯以性灵的表达为诉求，无关乎唐宋，学宋也就没有障碍而变得顺理成章了。故袁宗道就推崇白居易、苏轼，并且名其斋为"白苏斋"，名其诗文集为《白苏斋集》。

　　钱谦益（1582—1664）在诗学思想上受到公安派的启迪，其诗学历程也由盛唐而及中晚，由唐诗而及宋元。他学习的宋代诗人主要有苏轼、黄庭坚、陆游、范成大等人。其诗歌创作时或化用宋诗。在钱谦益的倡导下，晚明"天启、崇祯中，忽崇尚宋诗"①。是故，毛奇龄《盛元白诗序》云："海内宗虞山教言，于南渡推放翁。"② 乔亿《剑溪说诗》云："自钱受之力诋弘、正诸公，始缵宋人余绪，诸诗老继之，皆名唐而实宋，此风气一大变也。"③ 钱谦益在明末清初诗坛上享有很高的声望，其诗学思想对清初诗人产生了重要影响。

　　清初黄宗羲（1610—1696）与钱谦益交厚，自觉接受了钱谦益的影响，肯定宋诗。他从宋诗对唐诗传统的继承上来肯定宋诗。所以他说："天下皆知宗唐诗，余以为善学唐者唯宋。"④ 又说："夫宋诗之佳，亦谓其能唐耳，非谓舍唐之外能自为诗也。"⑤ 又说："以文字为诗，以才学为诗，以议论为诗，莫非唐音。"⑥ 在此基础上他提出："宋元各有优长，岂宜沟而出诸于外，若异域然。"⑦ 他论诗重学问，强调经史为本。在创作上他兼师唐宋，多学韩愈、黄庭坚，多用宋典。以黄宗羲在清初学术界的地位，对时人与后世都产生了重要影响。他被认为是后来浙派的先祖。

　　与黄宗羲相交游的吴之振、吕留良等人也是宗宋者。吴之振（1640—1717）诗学苏轼、黄庭坚、杨万里，所作纯乎宋诗面目。因此，

---

　　① 贺裳：《载酒园诗话》"陆游"条，《清诗话续编》一，上海古籍出版社1983年版，第453页。

　　② 《西河文集》卷二十八，《万有文库》本。

　　③ 《清诗话续编》二，上海古籍出版社1983年版，第1104页。

　　④ 《姜山启彭山诗稿序》，《黄宗羲全集》第十册，浙江古籍出版社1994年版，第60页。

　　⑤ 《张心友诗序》，《黄宗羲全集》第十册，第50页。

　　⑥ 同上。

　　⑦ 同上。

叶燮说:"时之论孟举之诗者必曰学宋。"① 吴氏还积极宣传宋诗,为宋诗辩护,汪懋麟说他"论诗喜宋人"。② 吕留良(1629—1683)自称"自来喜读宋人书",③ 其诗歌创作多学习杨万里,兼及苏轼、黄庭坚、陈师道、陈与义、范成大等宋代杰出诗人,体现出鲜明的宗宋特点。故徐世昌《晚晴簃诗话》言其"诗纯用宋法"。④ 吴、吕、黄等人曾经于康熙初年合编了一部《宋诗钞》,该书旗帜鲜明地宣传宋诗,其序云:"黜宋诗者曰腐,此未见宋诗也。宋人之诗,变化于唐,而出其所自得,皮毛落尽,精神独存。"⑤ 该书影响很大。宋荦《漫堂说诗》云:"至余友吴孟举《宋诗钞》出,几于家有其书矣。"⑥ 它的出版发行,使得人们有机会看到长期以来难以见到的宋诗,于是,人们仿佛在一夜之间发现了宋诗。王崇简《吴孟举以所辑宋诗相贻赋赠》诗之二称赞道:"卓识开千古,从今宋有诗。"⑦

随着《宋诗钞》的广泛传播,在全国范围内迅速形成了一股宋诗热。此期的重要诗人有宋琬、周容、孙枝蔚、汪琬、陈维崧、姜宸英、宋荦、汪懋麟、张谦宜、叶燮、朱彝尊、查慎行。他们都从理论和创作实践上来肯定宋诗。比如,汪琬(1624—1691)从宋诗对唐诗继承的角度来肯定宋诗。他说:"宋诗未有不出于唐者也。"⑧ 在创作上,他主要学习范成大、陆游。汪懋麟(1640—1688)主张宋诗与唐诗各有其价值。其所作《宋金元诗选序》云:"余尝论唐人诗如粟肉布丝,金犀象珠,足以利民用而济其穷,诚不可一日无。若宋元诸作,则异修奇景、山海罕怪之物,味改而面目新。学之者必贵家富室,无所不蓄,然后间出其奇,譬舍纨縠而衣布素,却金玉而陈陶匏,其豪侈隐然见也。"⑨ 他自称其创作"涉笔于昌黎、香山、东坡、放翁之间"。(《百尺梧桐阁诗集·凡例》)又谓

---

① 《黄叶村庄诗集序》,《吴之振诗集》,浙江古籍出版社 2012 年版,第 1 页。
② 《送孟举归石门用昌黎东都遇春韵》,《百尺梧桐阁集》,上海古籍出版社 1980 年影印本,诗集卷十。
③ 《答张菊人书》,《吕留良诗文集》上,浙江古籍出版社 2011 年版,第 29 页。
④ 徐世昌著,傅卜棠编校:《晚晴簃诗话》,华东师范大学出版社 2009 年版,第 246 页。
⑤ 吴之振等:《宋诗钞》,中华书局 1986 年版。
⑥ 《清诗话》上册,上海古籍出版社 1963 年版,第 416 页。
⑦ 吴之振:《黄叶村庄诗集》光绪本卷首题词,《吴之振诗集》,浙江古籍出版社 2012 年版,第 297 页。
⑧ 《皇清诗选序》,《尧峰文钞》,《四库全书》本,卷二十七。
⑨ 《百尺梧桐阁集》,上海古籍出版社 1980 年影印本,文集卷二。

"颓放真宜学宋诗"。① 查慎行（1650—1727）堪称是清初宗宋诗人的代表。论诗主张唐宋互参，而反对明七子派，其诗多学苏轼、黄庭坚、陆游、杨万里等人，喜议论，有的诗歌表现了深于人情物理的精辟见解。论诗强调学养，但并不卖弄学问，作诗以白描见长。他作论诗诗道："插架徒然万卷余，只图遮眼不翻书。诗成亦用白描法，免得人讥獭祭鱼。"②

这个时期宗宋诗学的特点是，人们从反思明代七子派以来诗坛恪守唐诗门户的弊端出发，开始探索、寻找新的诗学途径。宋诗之美被重新发现。他们学习宋诗大家，进而自觉地发掘宋诗价值，努力为宋诗辩护，肯定宋诗成就。但由于时代的局限，他们为宋诗辩护时，往往不能理直气壮地肯定宋诗的独特价值，常常要从继承唐诗传统的角度来说明宋诗之可取。他们也不都是旗帜鲜明地以学习宋诗为号召，而是多以唐宋并重的方式来为宋诗争取地位。宗宋思想至清康熙前期终于酝酿成了宋诗热，但尚未形成真正的流派。其诗学倾向也不尽一样。时人多学习苏轼、黄庭坚、陆游而上溯至杜甫、韩愈、白居易。

清初宋诗热的影响是深远的，值得一说的是王士祯。王士祯是清初神韵派的开创者和代表诗人，他编纂有《唐贤三昧集》，倡导唐诗，特别是王孟韦柳一派的山水诗，追求冲淡清远的诗风。但是，在如火如荼的宗宋诗风影响下，人到中年的王士祯也不禁"越三唐而事两宋"。只是后来他还是回到了宗唐的路径上去了。

王士祯之后，宗唐而特别著名的有沈德潜。沈德潜是有清一代屈指可数的著名的诗论家之一，他著有诗论名著《说诗晬语》，编纂有《唐诗别裁集》、《古诗选》、《明诗别裁集》、《清诗别裁集》等著名诗歌选本。在《唐诗别裁集序》中，他说："德潜于束发后，即喜钞唐人诗集，时竞尚宋、元，适相笑也。"③ 这里清楚地表明了沈德潜扬唐抑宋的诗学思想。又其门生王昶说："先生独综合今古，无藉而成，本源汉魏，效法盛唐，先宗老杜，次及昌黎、义山、东坡、遗山，下至青邱、崆峒、大复、卧子、阮亭，皆能兼综条贯。"④ 由此可以进一步看出沈德潜尊唐的诗学宗

---

① 《酬吴孟举》，《百尺梧桐阁集》，诗集卷九。

② 《东木与楚望叠鱼字凡七章，连翩传示。再拈二首，以答来意》之二，查慎行：《敬业堂诗集》下，上海古籍出版社 1986 年版，第 1627 页。

③ 沈德潜：《唐诗别裁集》，上海古籍出版社 1979 年版。

④ 王昶：《湖海诗传·蒲褐山房诗话》，《续修四库全书》本。

尚。沈德潜倡导格调说和温柔敦厚诗教，重视辨体，讲究诗法，倡导含蓄蕴藉的风格，推崇唐诗，对乾隆时期诗坛的尊唐诗风具有重大影响。

清初的宋诗热发展到雍、乾时期，在人文荟萃之地浙江产生了宗宋的诗学流派——浙派和秀水派。浙派主要活动于雍正至乾隆前期。浙派的产生与黄宗羲等浙籍前贤的开拓有很大关系。黄宗羲是浙东学派的领袖，在学界地位崇高，影响广泛。他在治史的同时兼作诗，倡导宋诗。门生好友亦多有受其影响者。与宗羲一起编选《宋诗钞》的吴之振、吕留良，清初对宋诗热衷的杰出诗人查慎行都是浙江人。正是在这样的传统之下，浙派得以崛起。浙派的主要诗人有李邺嗣、郑梁、万斯备、万斯同、姜宸英、厉鹗、全祖望、杭世骏、金农、汪师韩、符曾、丁敬、吴颖芳、汪沆、吴锡麟等人。

浙派的代表人物是厉鹗（1692—1752）。厉鹗为人，不谐世俗。他论诗重学养，尝云："诗至少陵止矣，而其得力处，乃在读万卷书，且读而能破致之。""故有读书而不能诗，未有能诗而不读书。"① 其诗主要学习永嘉四灵、姜夔等人。在创作上，厉鹗的诗歌多写自然山水，或谓之"十诗九山水"，其诗确以对自然风光的描摹而见长。诗中多写荒寒衰老意象，表现一种清幽秀美，以及诗人的孤介情怀，于社会生活则不甚关心。因为厉鹗学养深厚，尤熟知宋代典籍，并且编撰过《宋诗纪事》、《南宋院画录》等书，故在表现手法上，喜用典，特别是佛道典籍、野史笔记、说部丛书中的冷僻典故，以及一般人不常用的宋人遗闻逸事。又喜用借代字，用新鲜、生僻的字眼代替熟习常见的说法，比如以"谢豹"指代杜鹃，以"军持"指代"瓶"。这样努力造成一种因难见巧、以僻求新的艺术效果。其诗歌体现了宋诗以学为诗和诗歌语言求生新的特点。其他重要诗人如：金农（1687—1763）赋性幽复、耿介，喜漫游，喜与山林俊僧隐流、钵单孤笠之徒往还。其创作多苦硬清峭之思、清寒野逸意象，喜欢取高车駃辇不至之境、不道之语，以及新僻之典，刻意避俗。陈衍云："浙派诗喜用新僻小典，妆点极工致。其贻讥饾饤即在此。樊榭亦然，冬心尤以此自喜。"② 关于其诗学路径，他曾自云："乃鄙意所好，常在玉溪（按玉溪生李商隐）、天随（按天随子陆龟蒙）之间……然宁必

---

① 《绿杉野屋集序》，《樊榭山房集》中，上海古籍出版社 2012 年版，第 742 页。
② 《石遗室诗话》，《陈衍诗论合集》上册，福建人民出版社 1999 年版，第 319 页。

规玉溪而范天随哉？予之诗，不玉溪、不天随，即玉溪、天随耳。"① 而陈衍则以"贾岛林逋留派别"论之。② 符曾（1688—1755 年后）是查慎行的及门弟子。性情雅洁萧淡，所居几案无纤尘，书签、画卷、茗碗、香炉、名花，列置左右。诗学姜白石，写景时见清幽秀美之境，言意独抒其淡逸孤峭之怀。杭世骏（1695—1772）以史学家而兼诗人。他为人忼爽，敢于面责人过。曾因策论满汉平等，险遭不测。他论诗，重视诗人的学养，认为学问是作为大诗人之所必需。其创作亦以学问为根柢。但并不多用典而炫耀学问。诗学路径取法杜甫、韩愈、苏轼。全祖望（1705—1755）是浙东学派中的著名史学家。为人耿介、刚正。其诗充满强烈的民族主义和道德意识，以及对现实政治的批判精神。其诗学山谷以及柳宗元、梅尧臣、姜夔。喜用掌故，尤多关于南宋朱明之事。好论兴亡，而少见个人的闲情逸致。汪师韩（1707—？）诗学韩愈，诗风奇崛生新险拗，意象苍老奇异、斑驳陆离，笔法生硬。以学为诗，部分诗歌中杂入金石鼎彝之类的考据学内容，自己又加入注解，造成诗歌涩闷。因其堆砌学问，袁枚有"类书"之讥③。吴锡麟（1746—1818）是著名的骈文家、词人，在浙派后期诗人中亦是成就较大者。性情耿介，不肯依附权奸和珅。其诗清峭脱俗而有散淡野逸之趣。诗风略近厉鹗。

　　浙派诗人的特点：不少人性情耿介，在政治上秉持一种在野心态。在诗歌创作上，喜欢模山范水，喜欢写荒寒古物，具有野逸情趣。既学习江西诗派但又不专宗江西派，或学江湖派、四灵派。以学为诗，多用典，特别是有关宋诗本事的稗官史乘。厌俗熟而喜生新。

　　秀水派极盛于乾隆时期。秀水派与浙派并没有根本的不同。因此人们将其视为广义的浙派，或者是浙派发展的后期阶段，不无道理。秀水派的主要诗人有钱载、诸锦、王又曾、万光泰、朱休度、钱陈群、金德瑛、钱仪吉、钱泰吉、汪孟铒、汪仲钤。其中，钱载（1708—1793）是秀水派的代表人物。钱载是乾隆皇帝的文学侍臣，所作时见应制赓歌、粉饰太平者。诗学杜甫、韩愈、黄庭坚一路。以文为诗，诗歌语言具有散文化特点，又喜欢故意造成句子成分的错位，以追求句法的生硬拗折和陌生化效

　　① 《自序》，侯辉点校：《冬心先生集》，西泠印社出版社 2012 年版。

　　② 《戏用上下平韵作论诗绝句三十首》，《陈石遗集》上，福建人民出版社 2001 年版，第 159 页。

　　③ 《随园诗话》，人民文学出版社 1960 年版，第 119 页。

果。却不似韩愈等人那样喜用生新字眼，而是喜用通俗平易的字词语汇。故陈衍《石遗室诗话》云："《择石斋诗》，造语盘崛，专于章句上争奇，而罕用僻字僻典，盖学韩而力求变化者。"① 又，朱休度（1732—1812）自言诗学南宋、金元小家，作诗不为俗语、熟语、凡近语，生涩苦硬。钱仪吉（1783—1850），钱陈群之曾孙。其诗师法梅尧臣、黄庭坚，诗歌创作生涩奥深硬拙。秀水派诗人的特点：较之浙派，秀水派诗人更加趋近江西派诗风。较之浙派的野逸之气，他们更具有馆阁气。句法拗折险怪，呈现出生硬特点。

浙派和秀水派都有着重要的共同特点：学习宋诗，运用宋诗美学原则——比如以学为诗、避俗趋雅、追求语言的生新、散文化等进行创作，希冀复现宋诗之美。

在乾隆年间，正当沈德潜的尊唐诗学与厉鹗的宗宋诗歌等大行其道的时候，以倡导性灵而著称的袁枚、赵翼等人崛起了。性灵派代表人物袁枚，论诗标举性灵，不论唐宋。他说："夫诗，无所谓唐、宋也。唐、宋者，一代之国号耳，与诗无与也。诗者，各人之性情耳，与唐、宋无与也。若拘拘焉持唐、宋以相敌，是子之胸中有已亡之国号，而无自得之性情，于诗之本旨已失矣。"② 袁枚的所谓性灵，就是发自诗人本性的真实的思想感情。其性灵说强调真实表达诗人本真的生活感受与情感体验，强调诗人才情的发挥，重视灵感在创作中的作用，倡导诗人个性的表达，主张信手信口地创作。袁枚的性灵说在当时影响甚剧。他以性灵为武器，猛烈地批判沈德潜、厉鹗以及翁方纲等人的诗学思想。

清代乾嘉时期，在诗坛上同时出现了两个诗学流派——肌理派和桐城派。他们是学问家、古文家而兼作诗、论诗，其人并不以诗为主业。这两个流派在理论上是有着渊源关系的。翁方纲诗论的基本思想主要都来自桐城派理论家刘大櫆、方苞。他们的共同特点是重视义理、考据、学问的参会融合。

桐城派既是散文流派，又是具有一定影响的诗歌流派。其代表人物有刘大櫆、姚鼐、方东树、梅曾亮等。刘大櫆（1698—1780）思想进步而性情豪迈，其诗歌具有一定的思想深度和批判现实精神，每多悲歌慷慨，

---

① 《陈衍诗论合集》上册，福建人民出版社1999年版，第319页。
② 《答施兰垞论诗书》，袁枚：《小仓山房诗文集》，上海古籍出版社1988年版，第119页。

淋漓激昂，气势充沛。其诗学杜甫、黄庭坚，以文为诗，将散文的跌宕迂回手法运用于诗歌之中，或为近体而行之以古文的单行之气，又不避俗字，语言奔放、流畅乃至不免粗率，具有一种豪迈之气、阳刚之美。姚鼐（1731—1815）性情狷直，学问渊雅。诗学思想深受其伯父姚范的影响，主张熔铸唐宋。部分继承了明代前后七子一派的诗学主张。其《与陈硕士》云："学诗不经明李、何、王、李路入，终不深入。"① 又较多取法韩愈、黄庭坚。其诗歌创作散文化现象突出，有的诗歌在结构上类似古文之层次繁富、跌宕。诗风雅洁、清古，超凡脱俗，有阳刚之美。亦偶有以学为诗的现象，但并不同于浙派专门在僻典上用力。桐城诗派至姚鼐出而规模始大。方东树（1772—1851）以桐城派古文方法论诗，标举"气"、"元气"，推崇杜甫、韩愈、黄庭坚，强调诗人的修养、学殖。《昭昧詹言》云："杜、韩之真气脉作用，在读圣贤古人书、义理志气胸襟源头本领上。"② 其诗歌内容关心时世国运，感情充沛，具有强烈的时代气息。诗中多用比兴，时出新意，具有阳刚之气。梅曾亮（1786—1856）的诗歌学习李商隐、黄庭坚，又步趋姚鼐。重视诗歌的曲折、含蓄。倡导以文为诗，所作《题桐城张元道诗稿》云："以文为诗古有之，拟经拟子斯尤奇。"③ 其诗歌语言杂入古文句式。一些诗歌呈现出典雅的特点，表现了诗人的良好学养，但诗中并不炫耀学问。善于叙事。其诗叙事抒情往往气势充沛，语言喷薄而出，具阳刚之美。

桐城派的基本特点是：唐宋兼取，受到明代七子派诗论的一些影响，而主要学习黄庭坚、韩愈、李商隐。强调道德气节和人格修养。重视思想内容。重视学养，但主张化学为才，反对卖弄学问。以古文之法论诗，诗歌有层次跌宕之妙，重视诗歌的气势与阳刚之美，标举雅正、雅洁，反作对凡俗语。

翁方纲（1733—1818）是肌理说的倡导者和肌理派的主要代表人物。他是金石、经史、考据学家。其诗学主张的核心是考据、文章、义理合为一体。文理之理，同于义理之理；文章之事，同于考据之事。其《吴怀舟时文序》云："有义理之学，有考订之学，有辞章之学……果以其人之

---

① 《姚惜抱尺牍》，上海新文化书社1935年版，第71页。

② 方东树著，汪绍楹校点：《昭昧詹言》，人民文学出版社1961年版，第211页。

③ 《柏枧山房诗文集》，上海古籍出版社2005年版，第608页。

真气贯彻而出之，则三者一原耳。"① 又其《志言集序》云："义理之理，即文理之理，即肌理之理也。"② 又其《蛾术集序》也说："考订训诂之事与辞章之事未可判为二途。"③ 也就是说，义理、考据、辞章是三者相通的、一体的和不可分离的。肌理派的诗歌理论与创作有几个特点：一是主理，即诗歌要表现义理，他说"天下未有舍理而言文者"。④ 二是重学，他赞叹"宋人精诣，全在刻抉入里，而皆从各自读书学古中来，所以不蹈袭唐人也"。⑤ 肌理派诗人之"学"，即是义理、考据。他们的以学为诗，即是以考据、义理入诗，打上了鲜明的时代烙印。在他们看来，学问不仅是诗人的根柢，也可作为诗歌的题材和表现内容。《清史稿》卷四八五本传评价他："所为诗，自诸经注疏以及史传之考订，金石文字之爬梳，皆贯彻洋溢其中，论者谓能以学为诗。"他直接把学术问题作为诗歌的表现内容而写入诗歌之中，使得诗歌如同押韵的学术论文，佶屈聱牙，艰涩费解。诗坛上历来存在的以学为诗倾向被翁方纲推向了极端，较之宋人的喜欢用典，他已走得更远了。翁方纲的诗学思想受到了方苞本之于《易》的"义法"说（义即"言有物"，法即"言有序"）的影响，更受到了姚鼐"义理、考证、文章"相济说的影响。

桐城派与肌理派都试图将诗歌与学术、古文相交融，其实质是根据清代学术文化语境的特点和要求来接受宋诗美学原则，因为清代是一个学术非常昌明、学术风气非常浓厚的时代，汉学和宋学互相竞争又彼此调和，义理、考证、文章的结合既体现了学术对诗歌的渗透，又体现了汉宋学术的调和。其结果则是导致了宋诗美学原则的清代化和新变。

道咸年间和同光年间，诗坛相继出现了所谓宋诗运动和同光体诗派。二者具有一脉相承的关系。他们在学习宋诗的基础上，形成了具有清诗特色的诗学理念，这就是主张学人之诗与诗人之诗合二为一。

宋诗运动出现于道咸年间，其代表人物是程恩泽、祁寯藻、何绍基、郑珍、莫友芝、曾国藩。其中，何绍基（1799—1873）是著名学者、书法家而兼诗人，学问渊雅。他是宋诗运动的理论代表。论诗主"不俗"，

---

① 《复初斋文集》，《续修四库全书》本，卷四。
② 同上。
③ 同上。
④ 《杜诗"熟精文选理""理"字说》，《复初斋文集》卷十。
⑤ 《石洲诗话》，郭绍虞编：《历代诗话续编》三，上海古籍出版社1983年版，第1427页。

要求诗人具有高尚人格，在创作上不落凡俗，做到诗品与人品相统一。他说："人与文一，是为人成，是为诗文之家成。"① 他提倡多读书，推重苏轼、黄庭坚，而其诗风尤近苏轼，又主张表现自己的艺术个性与创新。其《与汪菊士论诗》云："诗是自家做的，便要说自家的话，凡可以彼此公共通融的话头，都与自己无涉。"② 观其所为诗，确能以其个性化的表达方式写出自己的真实情感体验。特别值得称道的是他的山水写景之作，多以白描手法予以刻画，而生意益然，语言亦平易，不炫耀学问。郑珍（1806—1864）擅长经学与小学，以学人而兼诗人，才从学出。论诗贵读书、养气、砥砺人品。他所作《论诗示诸生，时代者将至》云："固宜多读书，尤贵养其气。气正斯有我，学赡乃相济。"③ 或谓其所作诗以杜、韩、苏、黄之风骨，而饰以元、白之面目，语必惊人，奥衍深秀，然并不多用典故，而以白描见长，又多采日常俚俗之事及口语白话以提炼、熔铸其中。或能将典故古语和俚俗事语很好地结合起来。其诗歌充分体现了学人之诗与诗人之诗的结合。他是宋诗运动最优秀的诗人。莫友芝（1811—1871）是擅长音韵、考据的学者，论诗重视学问、人品。他在《巢经巢诗钞序》中说："古今所称圣于诗，大宗于诗，有不儒行绝特、破万卷、理万物而能者邪？"④ 陈衍《石遗室诗话》说他的诗歌是"学人诗"、"长于考证"。⑤ 其诗确实表现出以学为诗的倾向，喜好考证、用典和旁征博引，又喜用古奥生僻文字，还多议论。曾国藩（1811—1872）诗学杜甫、韩愈、李商隐、苏轼、黄庭坚，而特别倡导宗尚黄庭坚。其诗学主张影响诗坛甚广。陈衍《近代诗钞述评》说："坡诗盛行于南宋、金、元，至有清几于户诵。山谷则江西宗派外，千百年寂寂无颂声。湘乡（曾国藩）出而诗字皆宗涪翁。"⑥ 其诗学观受到理学的影响，认为艺通于道，诗歌创作必须首先读书积理、养气。其诗歌语言奥衍生涩，风格奇崛雄肆，多阳刚之气。

宋诗运动的特点：陈衍《近代诗钞》评论宋诗运动"诸公率以开元、

---

① 《使黔草自序》，《东洲草堂文钞》，《续修四库全书》本，卷三。
② 郭绍虞主编：《中国历代文论选》第四册，上海古籍出版社1980年版，第35页。
③ 郑珍著，白敦仁笺注：《巢经巢诗钞笺注》上，巴蜀书社1996年版，第595页。
④ 郑珍著，白敦仁笺注：《巢经巢诗钞笺注》下，巴蜀书社1996年版，第1505页。
⑤ 钱仲联编校：《陈衍诗论合集》，福建人民出版社1999年版，第382页。
⑥ 同上书，第882页。

天宝、元和、元祐诸大家为职志……盖合学人诗人之诗二而一之也"。①
他们不满王士禛神韵派、沈德潜格调派以来专尊唐诗的风气以及袁枚性灵
派，大抵学习杜甫、韩愈、苏轼、黄庭坚，特别是经过曾国藩大力鼓吹之
后重点学习黄庭坚。他们主张诗品与人品相统一，诗人要有气节和人格，
诗歌要追新求奇，是为不俗；他们力求以学人之诗与诗人之诗相结合，主
张多读书，主张以考据为诗，以议论为诗，以才学为诗。所以他们的有些
诗歌生涩难懂。

　　同光年间又出现了同光体诗派。主要诗人有陈三立、沈曾植、陈衍、
郑孝胥。陈三立（1852—1937）是有民族气节的诗人，为拒任日本伪职
绝食而死。他是同光体赣派的代表人物，亦堪称整个同光体诗派的代表。
他取法韩愈、黄庭坚。其诗歌内容关注时世、国运，立意高，表现出一种
高尚的人格精神。艺术上恶俗恶熟，不肯作习见语，注意炼字炼句，刻意
在文字上翻新求奇。以古文句式入诗，以古文之法谋篇，诗意曲折。意象
荒寒萧索。所作诗歌艰涩难懂。沈曾植（1850—1922）是同光体浙派的
代表人物。在诗学主张上，于陈衍的"开元、元和、元祐"三元说之外，
又提出"元嘉、元和、元祐"的新三元说，又称"三关说"②，其目的是
在学习黄庭坚、韩愈的基础上进而上溯晋宋。其所作诗歌喜用奇字僻典、
佛典道藏，诗风生涩奥衍。陈衍（1856—1937）是同光体闽派人物，也
是同光体的理论代表。他提出了三元说："盖余谓诗莫盛于三元：上元开
元，中元元和，下元元祐也。"③ 又提出了"合学人、诗人之诗二而一之"
的理论。这些理论既是对宋诗派创作经验的总结，同时也是同光体诗派的
创作主张。他还反对诗歌浅俗，其《石遗室诗话》云："诗最患浅俗。何
谓浅？人人能道语是也。何谓俗？人人所喜语是也。"④ 这也体现了同光
体派学人之诗的审美取向。郑孝胥（1860—1938）是同光体闽派的代表
人物。以其投靠日寇而为世所不齿。诗学路径大抵师法颜延之、谢灵运、
柳宗元、孟郊、梅尧臣、王安石、黄庭坚等人。诗歌意象奇崛，语言较为
晓畅，诗风清幽苍峭。

---

①　《近代诗钞》"祁寯藻"条，《陈衍诗论合集》，福建人民出版社 1999 年版，第 879 页。
②　《与金潜庐太守论诗书》，郭绍虞主编：《中国历代文论选》第四册，上海古籍出版社
1980 年版，第 291 页。
③　《石遗室诗话》，《陈衍诗论合集》，福建人民出版社 1999 年版，第 9 页。
④　钱仲联编校：《陈衍诗论合集》，第 317 页。

　　同光体诗人们自称是"同光以来诗人不专宗盛唐"者，隐然以明代七子派以来专宗盛唐诗学主张的反对者自居。同光体诗人主要学习以杜甫、韩愈、黄庭坚为代表的开元、元和、元祐时期的诗歌。他们绍述了宋诗运动的诗学思想，自觉于学人之诗与诗人之诗的结合。在艺术表达上刻意避俗避熟，一意在字句上翻新求奇，语言佶屈聱牙，艰涩难懂。

　　从宋诗运动到同光体诗派都以"学人之诗与诗人之诗合"为其重要诗学理念。对这一诗学理念的倡导与实践是宋诗运动和同光体诗派的重要特点和成就。虽然这个概念此前早有人论及，但是其内涵尚简单，且影响有限。从宋诗运动到同光体诗派，愈发鲜明地提出了"学人之诗与诗人之诗合"的诗学理念并加以广泛实践，这既是对长期以来学习宋诗的经验总结，更是一种理论升华，它说明清代诗人在学习宋诗的过程中形成了一种具有自我个性和时代特色的诗歌理念，完成了从发现宋诗之美、再现宋诗之美、宋诗美学原则当代化，到自我创新的飞跃与质变。

　　在宋诗运动和同光体诗派蓬勃兴起之时，另有一个以宋诗反对者身份出现的诗派悄然崛起，这就是以王闿运为代表的汉魏六朝派，或谓之湖湘诗派。该派起自咸丰初年，迄于民国前期。诗派初期的代表人物主要有李寿蓉、龙汝霖、邓辅纶、邓绎等；后期作家主要有释敬安、杨度、陈锐、曾广钧等人。湖湘诗派尊奉汉魏六朝，尤其是汉代诗歌，特别喜欢汉乐府和文人五言诗，多作古体而少作近体诗。他们推崇《楚辞》而酷爱《文选》，故其创作贵尚绮丽。他们不满于韩愈以下的中晚唐诗人和宋代诗人，表现出与宋诗派、同光体截然不同的诗学宗尚。

　　晚清还有以樊增祥、易顺鼎为代表的中晚唐诗派。樊增祥诗歌首先师法袁枚、赵翼、吴伟业，后又专门学习韩愈、白居易、温庭筠、李商隐。易顺鼎多学李贺、卢仝，特别是温庭筠、李商隐。他们的诗歌追求对仗、用典的工巧，风格绮丽，喜为艳体诗。中晚唐诗派一直延续到民国早期。

　　纵观有清一代诗坛，其诗学宗尚多种多样，但是，它并非众语喧哗而没有中心，杂乱无章，而是形成了一个以宗宋为主流的诗学宗尚。以此之故，清代成为了近古诗坛艺术宗尚的一个重要的转型时期。元明数百年来以压倒优势占据诗坛的尊唐之风，至此逐步转变成为以宗宋为特色的诗坛主流宗尚。值得注意的是，清代诗坛包容性较强，不固执偏狭，清代人总是试图弥纶群言，并且善于将多种诗学主张融会贯通起来，具有一种博大气象。因此清代宗宋者一般都不会排斥尊唐，绝不会像明代许多人那样尊唐而视宋诗为仇雠。所以，清诗宗宋实际上是唐宋兼师而以宗宋为特色的。清代诗坛以宗宋为主流的宗尚是其重建宋诗范式的前提和基础。

第四节　清代诗坛宗宋的原因

如前所述，元明以来的诗坛主流都是尊唐的，宋调诗歌在那时被边缘化，甚至受到排挤。因此清代诗坛的宗宋是近古诗坛的一件引人注目的事情，宗宋是清代诗坛的一个重要特点。值得思考的是，清代诗坛为什么一反数百年来的尊唐风气转而宗宋呢？弄清其中原委，对于深刻认识清诗，无疑有着重要意义。

一　它与清代的学术文化有着密切关系

清朝是古代学术事业的黄金时期。其学术之昌隆，不仅远胜于元明，而且在中国历史上也是少有的。这一文化因素对清代诗坛的宗宋产生了重要影响。

第一，清代社会学风浓郁，影响到诗坛的审美趣味，就是喜爱以学为诗、以说理议论为诗的宋诗。

有清一代充盈着浓厚的学术空气。学术事业长盛不衰，与清王朝相始终。清代开国伊始，学术研究即呈现出博大气象。清初学者于学不囿于一经一史，只要有助于了解天下治乱、民生利病者，无不深入探究。故其学问博赡贯通，视野开阔，出现了一批大师级人物。如顾炎武，治学广泛涉及中国历代社会制度、历代政治制度、历代风土礼俗、历代官制、历史地理、经济史、思想史、史学史、文化史、文献学、文字学、音韵学、训诂学、版本目录学、校勘学、诗文评等诸多方面。王夫之治学也遍及经史子集各部。黄宗羲也广泛涉猎于史学、经学、数学、舆地、天文、历法、版本目录、律吕、诗文等多方面的学问。此外还有刘继庄、颜元、李塨、唐甄、陆世仪、费密、毛奇龄、阎若璩、胡渭、陈确、万斯同、谈迁、顾祖禹、梁份、刘献廷、梅文鼎、王锡阐等一大批著名学者，他们治学也都博闻淹通，思想活跃，敢于破除旧说，别开生面，他们的著作往往体大思精。他们的学术成就显示了清初学术的博大恢宏气象。清中叶的乾嘉时代，学术走向了专精考证。其时学术最著者有吴派和皖派。吴派以惠栋为代表，还有王鸣盛、钱大昕、江藩、沈彤、江声、余萧客等著名学者。其治学以求古为特点。皖派以戴震为代表，还有段玉裁、王念孙、王引之等一批著名学者。其治学以求是为特点。这些学者均以考证为治学的基本方法。其研究的基本范围，是以经学为中心，旁及小学、史学、天文、历算、舆地、金石、典章制度，等等。此外，还有扬州学派，主要人物有汪中、任大椿、阮元、焦循、刘台拱、凌廷堪，等等，其学术渊源乃从吴派与皖派发展而来，但他们继承吴、皖两派的学术传统而有自己的创新。乾嘉学术的成就主要集中在考据学、文献学，其治学特点是专而精。乾嘉学术代表了清代学术的主要成就。晚清学术领域得到开拓，除了传统学术继续发展之外，又有今文经学、边疆史地学兴起，以及西方学术和新思想的传入。今文经学主要是公羊学，其重要人物有庄存与、刘逢禄、龚自珍、魏源等。边疆史地学的著名学者有祁韵士、徐松、龚自珍、魏源、张穆、何秋涛，以及姚莹、曹廷杰、李文田、丁谦等。而魏源、王韬、黄遵宪、严复是学习、介绍、研究西方新思想的代表人物。晚清学术界可谓新学流布。人们认识了新的治学方法、开拓了新的治学内容，也取得了新的成绩。

总之，有清一代学术昌明，这是一个产生了大量学问家、大量优秀学术成果的时代。在这个时期中，学术事业始终旺盛，全社会始终洋溢着浓厚的学术风气，这样的社会氛围使得人们尊崇学问，热衷学问，标榜学问。它也很容易影响人们的审美趣味，那就是：（1）喜爱具有书卷气和学问意味浓厚的东西，表现在诗坛上，就是喜欢以学为诗的宋代诗歌。（2）喜爱重义理和具有思想性、思辨性的东西，表现在诗坛上，就是喜爱长于说理、议论的宋诗。

说到人们喜爱诗中义理和议论的原因，还要特别指出宋学的影响。

在清代考据学、文献学等所谓汉学兴盛的同时，长期以来作为国家主流意识形态的宋明理学也依然是一种官方哲学，得到朝廷的提倡，形式上占据着学术思想界的统治地位，这就是所谓宋学。宋学的特点是注重以义理训释儒家经典，援引天理、性命为说，兼杂佛道以解经。在儒家经典中尤重四书，崇尚程颐、朱熹的经注，摒弃汉唐旧注，使经学理学化。在清代，宋学虽然不及汉学那样轰轰烈烈，但作为官方学术，其影响也未可小视。它始终与汉学争高下，最终在嘉、道之际形成了汉宋调和的局面，宋学家认可考据，而汉学家也赞成考据必须以寻求义理为依归。宋学对诗歌不可避免地产生了一定的影响，影响较为严重的就如姚鼐、翁方纲等人论文、论诗都主张义理、考据与辞章相结合；影响较为轻微的则是喜爱主"意"、主"理"和以说理、议论为诗的宋诗。

第二，清代学术重征实、轻蹈虚，使人容易对被认为具有质实特征的宋诗产生认同感。

清代学术在整体上具有崇实黜虚的特征。清初学者反思明代灭亡的原因，把政权、政治的失败归结为士人学术空疏，圣贤真谛被湮没不彰。于是，他们提倡实学，以经世致用为号召，治学务求为世所用，必须依赖于详尽而真实可靠的材料作为其研究基础，其学术具有实用、实证、征实的特点。清代前期，宋明理学受到批判而呈现日渐式微之势。清代统治者也逐渐认识到理学家空言虚论之弊，转而崇实黜虚，倡导经学。与此同时，在经世致用思想的指导下，清初学者特别重视经史之学。人们认为经学可以经世，史学可以应务。在经学研究中，顾炎武提出由"知音"而"考文"、由"考文"而"通经"的治学方法。以此启迪了乾嘉学术的兴起。乾嘉学者们主要从事文献真伪辨别、古书辑佚校勘、经史训诂笺释、编撰方志、校刻丛书等工作。他们的治学方法是：凡立一义，必凭证据，无征不信；且必多方取证，孤证不为定说。常常罗列诸多同类事项，通过比较研究，求得合理的结论。凡采旧说，务必指明出处。文贵简洁，最忌言辞枝蔓。这种"实事求是"的精神和"无征不信"的研究方法体现出鲜明的实证特征。由于乾嘉考据学者日渐脱离社会生活，当时的学者章学诚又重倡清初的经世致用思想。主张学术必切于人伦日用，学者应精通当代典章制度与历史。嘉道以后，公羊今文经学中兴。龚自珍、魏源等人发挥公羊学以抨击时政，将学术研究与现实生活密切结合起来。公羊学后来还成为维新派鼓吹变革的思想武器。嘉道之际，边疆史地学兴起。道光之后，西学东渐。这些学术都为着时代的现实需要而产生，也都具有很强的征实性、实用性。

清代学术浓厚的征实风气，在诗歌领域产生了广泛的影响。

首先，它影响到了诗歌评注与研究。诗学家们把学术研究的方法运用到诗歌的注释、评点上来。这在杜甫诗歌的评注上表现得尤为明显。清初诗坛形成了一股尊杜思潮，辑注杜诗成为一时风气，受到学术界证经考史学风的影响，它也表现出明显的征实倾向。其时的杜诗学著作如钱谦益的《杜工部集笺注》、朱鹤龄的《杜工部诗集辑注》、张远的《杜诗会粹》、张溍的《读书堂杜工部诗注解》、仇兆鳌的《杜诗详注》、黄生的《杜诗说》、卢元昌的《杜诗阐》等，都是清初注释、评点、研究杜诗的重要成果。这些著作往往在不同程度上受到征实学风的影响。仇兆鳌《杜诗详注凡例》说钱谦益注杜"于《唐书》年月，释典道藏，参考精详"；朱鹤龄注杜"于经史典故及地理职官，考据分明"；卢元昌《杜诗阐》"征引时事，间有前人所未言"；张远《杜诗会粹》"搜寻故实，能补旧注所未见"。① 仅从仇兆鳌的这些评价中，我们对当时杜诗评注的特点已可见一斑。

其次，它影响了清代诗坛的诗学观念。征实的学风使得清代人以一种实证的态度来看待诗歌，十分重视诗歌的写实性和史学价值。他们认为诗歌可以弥补史传的不足，可以与史传相发明，是为"诗史"。如黄宗羲《万履安先生诗序》强调以诗补史：

> 今之称杜诗者，以为诗史，亦信然矣。然注杜者但见以史证诗，未闻以诗补史之阙。虽曰诗史，史固无借乎诗也。逮夫流极之运，东观、兰台但记事功，而天地之所以不毁，名教之所以仅存者，多在亡国之人物，血心流注，朝露同晞，史于是亡矣。犹幸野制遥传，苦语难销，此耿耿者明灭于烂纸昏墨之余，九原可作，地起泥香，庸讵知史亡而后诗作乎？是故景炎、祥兴，《宋史》且不为之立本纪，非《指南集》在，何由知闽广之兴废？非《水云》之诗，何由知亡国之惨？……元之亡也，渡海乞援之事，见于九灵之诗，而铁崖之乐府，鹤年、席帽之痛哭，犹然金版之出土地也，皆非史之所能尽矣。明室既亡，分国鲛人，纪年鬼窟，较之前代干戈久无条序。其从亡之士，章皇草泽之民，不无危苦之词。以余之所见，石斋、次野、介子、霞舟、希声、苍水、密之十余家，无关受命之笔，然故国之铿尔，不可不谓之史也。②

按，《指南集》作者文天祥；《水云集》作者汪元量。黄宗羲言之凿凿地论证了诗歌补史之阙的功用。这代表了清代人的诗史观。清人的诗史观念非常强烈，显然是征实的学术风气在诗学上的反映。

---

① 仇兆鳌：《杜诗详注》第一册，中华书局 1979 年版，第 24 页。
② 《黄宗羲全集》第十册，浙江古籍出版社 2005 年版，第 49 页。

　　正是从这样的观念出发，清代人对于具有征实特点的宋诗十分赞赏。翁方纲《石洲诗话》云："唐诗妙境在虚处，宋诗妙境在实处……如熙宁、元祐一切用人行政，往往有史传所不及载，而于诸公赠答议论之章略见其概。至于茶马、盐法、河渠、市货，一一皆可推析。南渡而后，如武林之遗事，汴土之旧闻，故老名臣之言行、学术，师承之绪论、渊源，莫不借诗以资考据。"① 显然，清代人对宋诗的喜爱，原因之一就是因为宋诗在一定程度上具有征实性，从中可以考见宋代的政治、经济诸方面情况。这样的诗学观念正是清代征实的学风使然。

　　第三，宗宋诗学的许多代表人物都学殖深厚，甚至是以学问家而兼诗人。深厚的学问决定了他们的诗歌理论和创作必然选择学人之诗与诗人之诗相结合的路径，从而宗宋。

　　清代的宗宋派诗人，尤其是他们的代表人物，有不少人是有着深厚的学殖的，有些人甚至是学问家。如钱谦益是知名学者、藏书家，他博览群籍，尤精于史学。黄宗羲是著名的史学家、哲学家和思想家。他是浙东史学的代表人物。他创立了学案体这一全新的史体形式，在制度史、学术史、历史记叙与文学整理等方面皆有建树，其史学成就得到了人们的公认。吕留良是著名思想家、理学家，为学尊朱辟王，推明儒学本旨，精治《四书》，其著述由门人辑为《四书语录》、《四书讲义》、《吕子评语》等。万斯同是著名史学家，著作宏富，有《明史稿》、《历代史表》、《读礼通考》、《河渠考》、《儒林宗派》、《石经考》等，共计 20 余种、500 多卷。全祖望是史学名家，注重史料校订，精研宋末及南明史事，并留心乡邦文献。曾续修黄宗羲《宗元学案》，七次校订《水经注》，又三笺《困学纪闻》。所著《鲒埼亭集》，采辑大量明清之际人物碑传，极富史料价值。杭世骏长于史学与小学，所著有《石经考异》、《续方言》、《三国志补注》、《金史补》、《史汉北齐疏证》、《历代艺文志》等。厉鹗学问渊博，著有《宋诗纪事》、《南宋院画录》、《辽史拾遗》等。翁方纲精于考据、金石之学，著作有《两汉金石记》、《粤东金石略》、《汉石经残字考》等。程恩泽是汉学家，出其乡凌廷堪之门，故其治学主张凡欲通义理者必自训诂始，学问广博，从经史到天文地理、金石书画、医算等，无不涉。何绍基出入于阮元、程恩泽之门，通晓经史、律算之学，尤精于

---

　　① 郭绍虞编选：《清诗话续编》三，上海古籍出版社 1983 年版，第 1428 页。

小学，并且旁及金石碑版文字，晚年主持苏州、扬州书局，校刊《十三经注疏》，著有《惜道味斋经说》、《说文段注驳正》等。祁寯藻对训诂学、西北史地学都有浓厚的兴趣，是著名的学者，清代道光、咸丰、同光三代帝王的老师，著有《勤学斋笔记》、《马首农言》等。郑珍在经学、史学、文字学等方面都取得了突出的成就。主要著作有《巢经巢经说》、《仪礼私笺》、《说文大旨》、《说文谐音》、《转注考》、《释名证读》等。莫友芝是著名的学者和藏书家，他毕生穷究经史，精于版本目录、金石的考证。与郑珍合撰有《遵义府志》，又为郑珍《樗茧谱》作注，还有《黔诗纪略》、《声韵考略》、《即亭经学》、《古刻抄》、《旧本未见书经眼录》等。沈曾植精通辽、金、元三史，与边疆历史地理及中外交通史事，以及古今律令。生平著述繁富，著有《元秘史笺注》、《蒙古源流笺证》、《西北舆地考》、《乙卯稿》、《汉律辑补》、《晋书刑法志》、《元经世大典笺注》等。陈衍长于史学、经学，在史学方面有《周礼疑义辨正》、《礼记疑义辨正》、《考工记辨正》等；在史学方面有《福建通志》、《闽侯县志》等。由上我们看到，清代宗宋的诗人中，确有不少人是知名学者。其实除了这些学术名家之外，宗宋诗人往往多是学养深厚之人。这是不同于以往任何一派的诗人群体的。这样的身份特点和知识结构，不可避免地影响他们的审美趣味，不可避免地对他们从事诗歌创作活动产生深刻影响。因此，他们喜爱典雅、深邃、具有思想深度、丰富内涵和较高知识含量的诗歌，而宋诗正是这种诗歌的代表，因此他们也就特别推崇宋诗。他们的创作中也喜欢用典，喜欢表现学问，喜欢议论说理，所以他们的诗歌就不同于此前诗人们的诗歌，它既是诗人之诗，也是学人之诗，是两者的结合体。

二　它是总结明诗经验教训的结果

　　清诗与明代诗歌有着千丝万缕的联系，它是在总结明诗经验教训、对明诗进行抉择扬弃的基础上直接发展而来的。

　　第一，明代七子派学唐而流于平熟，其弊至清初犹存。人情厌故喜新，故学宋诗。

　　整个有明一代，诗坛主流尊唐。尊唐之风自明代前期开始，至前、后七子达到顶峰，乃至有"诗必盛唐"之说。七子之后，又余波荡漾，有所谓末五子、广五子、续五子，等等。入清以后，又有以陈子龙为代表的云间派，以及在他的影响下形成的西泠派继承了明七子派的衣钵，他们的诗学主张与七子派基本相同，可以说就是七子派的余绪。陈子龙及其云间派在清初影响所及，响应者甚众。其著者有吴伟业及其所代表的娄东派。吴伟业与陈子龙为同科举人，二人关系密切。受其影响，吴伟业论诗与陈子龙、云间派相近。顺治年间在诗坛上还有所谓"燕台七子"，包括宋琬、施闰章、赵宾、严沆、丁澎、张文光、陈祚明等人。他们活动于北京，一时颇有影响。"七子"之名，拟同明七子之谓。在诗歌理论与创作上也确实属于明七子、云间派一路。

　　明代七子派以来诗坛长期尊崇唐诗，而这些人尊唐的同时还往往意味着排拒宋诗。这样就不可避免地产生了一些弊端：长期研习唐诗，固然对唐诗的艺术手法烂熟于心、驾轻就熟了，但是它也势必使得诗歌创作流于平熟和习常，让人司空见惯没有新鲜感，就如赵翼所说："李杜文章万口传，至今已觉不新鲜。"① 这样的诗歌自然会使人们产生审美疲劳。至于一些不善于学唐者，拘泥于唐诗之形貌，流于模拟剽窃，更是等而下之了。七子派及其追随者中就不乏其人。他们因此而颇为人所非议。长期学唐的积弊使人们反思，并且试图改变这种局面。审美疲劳驱使人们去寻求新变，因为人心都是喜新厌故的。模拟之害让人们去寻找个性和创新。宋诗恰恰迎合了诗坛的这种需要。因为宋诗正是对唐诗的新变，在唐诗之外开辟了新的发展道路。人们长期以来远离宋诗，此时，宋诗给诗坛带来了一股新鲜的空气，开辟了一片广阔的天地。在这样的情况之下，人们转而学宋就是顺理成章的了。

　　第二，公安派、竟陵派反拨七子派而自失。但是他们对宋元诗的倡导，为诗坛带来了一股新鲜空气，启迪了人们学习宋诗。

　　明代诗坛长期尊唐、拟唐的弊端，在明末就引起了一些人的反思和反对，公安派就是作为其对立面而出现的。公安派主将袁宏道揭露七子派模拟弊端，指责他们陈陈相因，拾人余唾，失去个性，"一个八寸三分帽子，人人戴得"②。针对七子派的弊端，公安派主张独抒性灵，不拘格套，信口信手，唯求真率。针对七子派的文必秦汉、诗必盛唐之说，袁宏道故

---

① 《论诗》，《赵翼诗编年全集》第三册，天津古籍出版社 1996 年版，第 821 页。
② 《张幼于》，袁宏道著，钱伯城笺校：《袁宏道集笺校》卷十一，上海古籍出版社 1981 年版。

作矫枉过正的论述道："世人喜唐，仆则曰唐无诗；世人喜秦汉，仆则曰秦汉无文；世人卑宋黜元，仆则曰诗文在宋元诸大家"。① 对于宋诗作家，袁宏道最推尊苏轼。其《答梅客生开府》云："苏公之诗，出世入世，粗言细语，总归玄奥，恍惚变怪，无非情实。"苏公诗"无一字不佳者"。②《与李龙湖》云："苏公诗高古不如老杜，而超脱变怪过之，有天地来一人而已。"③ 袁宏道在高度评价苏轼的同时，也倾心学习苏轼。其诗《偶作赠方子》云："近日裁诗心转细，每将长句学东坡。"④ 公安派袁氏兄弟中，袁宗道也是苏轼的狂热崇拜者。因为他最喜爱的二位诗人是白居易、苏轼，所以他将自己的书房取名为"白苏斋"。其弟袁中道说，袁宗道"所之必葺一室，扫地焚香宴坐，而所居之室必以白苏名"。⑤ 其弟袁宏道说："伯修酷爱白、苏二公，而嗜长公尤甚。每下直辄焚香静坐，命小奴伸纸，书二公闲适诗，或小文，或诗余一二幅，倦则手一编而卧。"⑥ 钱谦益也说：袁宗道"于唐好香山，于宋好眉山，名其斋曰白苏，所以自别于时流也"。⑦

　　对于苏轼的推崇，不独袁氏兄弟，公安派及其声气相同者多是这样。如李贽《与周友山》说自己"求复为东坡身"，⑧ 焦竑《刻坡仙集抄引》云："古今之文，至东坡先生无余能矣，引物连类，千转万变而不可方物。即不可摹之状与甚难显之情，无不随形立肖，跃然现前者，此千古一快也。"⑨ 陶望龄《与袁六休书》云："弟初读苏诗，以为少陵之后，一人而已；再读，更谓过之。初言之，亦觉骇人，及见子由已先有此论，兄言又暗合，益知非谬。"⑩

　　公安派对七子派的批判和反拨是有其历史功绩的，但是他们本身特别是他们的后继者也很快表现出许多弊端，如俚俗、浅露、轻佻等，皆为人

---

　　① 《张幼于》，袁宏道著，钱伯城笺校：《袁宏道集笺校》卷十一，上海古籍出版社1981年版。

　　② 袁宏道著，钱伯城笺校：《袁宏道集笺校》卷二十一，上海古籍出版社1981年版。

　　③ 同上。

　　④ 同上书，卷十二。

　　⑤ 《白苏斋记》，袁中道：《柯雪斋集》，上海古籍出版社1989年版，第532页。

　　⑥ 《识伯修遗墨后》，《袁宏道集笺校》卷三十五。

　　⑦ 《列朝诗集小传》，上海古籍出版社1983年版，第566页。

　　⑧ 李贽：《续焚书》卷一，陈仁仁校释：《焚书·续焚书校释》，岳麓书社2011年版。

　　⑨ 《苏轼资料汇编》上编三，中华书局1994年版，第1021页。

　　⑩ 《歇庵集》，《续修四库全书》本，卷十五。

所诟病。张谦宜《绠斋诗谈》评袁宏道："半是浪漫障狂语，读之令人闷闷，吟坛一魔也。"① 沈德潜《明诗别裁集》："公安兄弟意矫王、李之弊，而入于俳谐，又一变而之竟陵，诗道遂不复振。"② 这一切都说明，公安派对七子派的矫正意义很有限，诗歌的发展必须寻找新的路径。

尽管如此，公安派对宋诗的提倡，给了人们很大的启发。于是，人们把目光投向了公安派所倡导的宋诗。《四库全书总目提要·唐贤三昧集提要》云："诗自太仓、历下，以雄浑、博丽为主，其失也肤；公安、竟陵，以清新、幽渺为宗，其失也诡。学者两途并穷，不得不折而入宋。"按照清代人自己的说法，清代诗坛就是因为七子派、公安派的路子都走不通，所以选择了学宋的道路。但是，公安派倡导宋诗的意义是不能忽视的。

三　清人宗宋之初往往还带有一定的民族意识

清代人宗宋，至少有一部分人是带有一定的民族情绪的。

第一，宋代丧于异族，清代也在异族的统治之下，这使得清代人对宋代人似乎有一种同病相怜，在宋诗中寻找相同的精神体验，甚而以说宋为自我表达。

清代与宋代有一些相似的地方，即宋代是丧于异族之手，清代是在异族的统治之下。因为中国的传统文化历来都特别重视华夷之辨，所以，清代人对异族统治特别敏感，特别难以释怀。明清易代使人们受打击的程度远远超过了其他封建政权改朝换代时人们的感受，令当时人有"天崩地坼"之感。顾炎武《日知录》说："易姓改号，谓之亡国。仁义充塞，而至于率兽食人，人将相食，谓之亡天下。""保国者，其君其臣肉食者谋之"。"保天下者，匹夫之贱，与有责焉。"③ "华夷之防，所系者在天下"。"夫以君臣之分，犹不敌华裔之防。"④ 顾炎武认为，一般的朝代更替只不过是封建王朝一家一姓的事，而异族入主中原是普天下的奇耻大辱，天下人都有责任奋起抗争。顾炎武的话很大程度上代表了当时人们对明亡清兴的看法。这样的思想体现了清初人强烈的民族意识。

---

① 郭绍虞编选：《清诗话续编》二，上海古籍出版社 1983 年版，第 871 页。
② 沈德潜：《明诗别裁集》，上海古籍出版社 1979 年版，第 254 页。
③ 《正始》，《日知录》卷十三。
④ 《管仲不死子纠》，《日知录》卷七。

再则，清王朝在统一全国的过程中采取了极为严酷的手段，更激起了文人士大夫的民族意识。清朝统治者为征服全国采取了极其凶狠野蛮和血腥的手段，进行残酷镇压。较为严重的如"扬州十日"，"嘉定三屠"，令人不寒而栗。此外留存于各种野史杂记或传闻的还有苏州之屠，江阴之屠，南昌之屠，赣州之屠，昆山之屠，嘉兴之屠，常熟之屠，海宁之屠，济南之屠，金华之屠，厦门之屠，潮州之屠，舟山之屠，沅江之屠，湘潭之屠，南雄之屠，泾县之屠，大同之屠，广州之屠……虽情节、程度不尽相同，但清兵所到之处，确是常常肆意奸淫、掳掠、烧杀，甚至灭门、灭族、灭城，手段之野蛮、残忍，令人触目惊心。即使某些记载不甚准确，但至少其残酷的杀戮已成为一个民族的恐怖记忆。一部清人征服史在人们的心灵中就是一部灭绝人性大屠杀的可怕历史。这样严酷可耻的行径只能更加激起人们特别是文人士大夫的民族意识。

清代人强烈的民族意识、民族情绪不可能不宣泄出来。但是直接表达却是难以想象的。清代的文网之严密尽人皆知。遭受压抑的结果是，文人们以一种委婉、隐晦的方式来进行表达。中国文学中自古就有借汉说唐的传统。如白居易《长恨歌》所云"汉皇重色思倾国"、"闻道汉家天子使"，其中所谓的"汉"，无疑就是借指"唐"。这是古代文学中习见的现象。于是，清代人便沿用借汉说唐之成法，借宋以说清，通过自比宋人来寄寓其民族感情。如清初有的明代遗民就把自己比作元初的宋代遗民。陈忱即是著例。《水浒后传》作者陈忱（1613—1670?）是一个民族情绪很强烈的明代遗民，他在《过长生塔院访沈云樵徐松之兼呈此山师》诗中说："故国栖迟遗老在，新亭慷慨几人知。"（《陈忱诗抄》，郑公盾《水浒传论文集》，宁夏人民出版社1983年版）其中的遗民心态显而易见。清顺治年间他曾经与顾炎武、归庄等组织惊隐诗社，进行秘密抗清活动。清顺治年间他创作小说《水浒后传》，在该书上署名"古宋遗民著"，在《水浒后传序》中说："我知古宋遗民之心矣，穷愁潦倒，满眼牢骚，胸中块磊，无酒可浇，故借此残局著成之。"① 在首回回前题诗云："千秋万世恨无极，白发孤灯续旧编。"又在《水浒后传论》中说"《后传》乃泄愤之书"。可见该书是一部为明代遗民写心书愤的作品。他就是以宋人身份说宋事，借宋为自我言说。这种借宋说清的方法在明清易代之际因为有

① 《古本小说集成》影印本，上海古籍出版社1991年版。

着特殊的时代土壤而成为一个常见的现象。赵园《明清之际士大夫研究》云："明人好说宋,明清易代之际,更以说宋为自我述说。"① 在诗坛,人们也借宋为自我言说。诗歌是人们情感和思想的载体,清代人每每能够从宋人诗歌中看到自己的处境,找到与自己相似的精神体验,从而寄托着惺惺相惜、同病相怜的幽隐之情。人们还学习宋诗,按宋诗的格调来创作,把宋调诗歌作为自己的抒情手段,甚至在诗歌创作中用宋典,说宋事,这样来寄托自己难以言表的民族感情,借说宋为自我言说,从而形成一股宗宋的风气。这种意义在学术最著的浙江人那里表现得尤为突出。

浙江历来是人文荟萃之地。民族文化和民族精神在这里得到了很好的传扬。浙江人在清人统一全国的过程中,不仅进行了顽强抵抗,而且始终保持着不屈的民族主义思想。对此,清朝统治者对浙江人也是明显心存芥蒂的。《大义觉迷录》卷四载雍正帝一再指责"浙省风俗恶薄"、"浙省风俗浇漓,人怀不逞"、"浙省人心风俗之害可忧者甚大",此所谓"风俗"云云,不如说就是民族意识、民族思想,由此也可见统治者对浙江人是何等恨之入骨。也因为这样,清代前期的文字狱不少是针对浙江人的。与清廷隔膜的浙江人恰恰是清代前中期鼓吹学宋最有力者,这使人不能不意会到其中的某种联系,使人不能不感到宗宋诗歌作为浙江士人寄托民族情感、借以为自我言说的意义。事实上这也不为无据。清代前中期的宋诗热和浙派在宗宋的过程中,其诗歌创作每每表现出一种与当局、与现实相疏离甚至相抵触、对抗的在野心态。黄宗羲、吕留良、吴之振、李邺嗣、厉鹗、全祖望等人的诗歌或眷恋故国,歌颂气节;或赏玩古物、徜徉山水;或表现出远离尘俗、绝意仕进的高蹈之情;或表现出傲岸孤僻、迥不犹人的独特人格。他们的诗歌创作时时流露出一种对政治中心的疏离。

第二,具有民族意识的清代人把宋代文化视为中原华夏文化的象征,并在对宋代文化的学习中寄托着一种难以言表的认同、缅怀以及保存华夏文化的民族感情。

强烈的民族意识使清代人甚至还把同样灭亡于异族的宋明王朝、宋明文化视为中原华夏文化的象征,以为保存和赓续宋明文化,便具有保存华夏文化的意义。

纂修明史就是清初一些人为保存明代文化而进行的一种努力。明末清

---

① 赵园:《明清之际士大夫研究》,北京大学出版社 1999 年版,第 274 页。

初时期出现了中国史学史上私家修史的一个高潮。以清初而言，私史领域有不少史家借修撰史书来保存有明一代之史，寄托对亡明的一种追念。如张煌言著《北征纪略》，查继佐著《罪惟录》，夏允彝著《幸存录》，夏完淳著《续幸存录》，钱肃润著《南忠记》，吴孟坚著《南都记略》，苏国佑著《易箦遗言》，瞿共美著《天南逸史》，杨山松著《孤儿吁天录》等。由于史书可以保存亡明的信息，在这些人看来，只要有了明史，那么它的文化精神就能得以传承，中原文化就不会亡于异族。

灭亡于异族的宋代文化同样凸显着民族文化的象征意义。保存宋代文化同样具有保存民族文化的意义，而相对于明代来说，清代人谈论宋代更为安全、方便。所以，一些具有民族意识的清初人也把存宋作为保存民族文化的手段。李楷（叔则）是明代天启四年举人。顺治二年被迫出任宝应知县。他是有着民族意识的人。所作《宋遗民广录序》云："夫宋亡之恸，非犹夫昔之亡国者，宋存而中国存，宋亡而中国亡，中国之存亡，千古之大变也夫！"[1] 为什么宋亡有别于其他朝代的颠覆呢？无非是宋王朝亡于异族之手，所以才使人格外的耿耿于怀。正因为它是亡于异族，所以它就特别彰显出民族文化的意义。因此保存宋代文化也就保存了中原华夏文化，"中国"也就不会灭亡了。李楷的思想很典型地体现了当时人们的思想和思维逻辑。既然宋代文化是中原华夏文化的象征，那么人们继承和发扬宋诗传统，也就隐含着一种令人难以名状而又心照不宣的民族主义情绪。

第五节　清代诗坛对宋诗的接受

清代诗坛的主流是宗宋，它是以宗宋为特色的，但是，它显然与宋诗又并不完全相同，它不像明代前后七子派等人学唐诗而被人讥讽为"拟古"、"邯郸学步"或"假唐诗"。这就是说，清代诗人虽然宗宋，却并不是亦步亦趋地照搬宋诗，而是有着自己的选择的。那么，清代诗人在哪些方面接受了宋诗的影响呢？这个问题较复杂，但它不仅关系到对清诗特点与价值的评价，也关系到对于宋诗影响与价值的认识，意义十分重大。这里聊做初步探讨。

---

[1]　转引潘承玉《清初诗坛：卓尔堪与〈遗民诗〉研究》，中华书局 2004 年版，第 204 页。

一　重视人品与气节，强调诗品与人品的统一和不俗

宋代社会理学兴盛，在这种文化氛围之中，士人们普遍崇尚道德理性，重视人格修养，注重立身行事、出处大节。同时也认为文学是作者人格的表现，常常以人格比附诗文风格，将诗品作为人品的体现，乃至根据诗文来评论作者人品，一些诗文创作内容不甚符合某些道德规范的作家因此而受到贬斥。即如前人李白，由于其诗歌中表现出豪放不拘的个性，也不免遭人讥讽。反之，由于宋人崇尚品节高尚的作家，陶渊明、杜甫因此而成为诗坛学习的典范。陶渊明的高洁品质使之获得了前所未有的崇高地位。杜甫被尊为诗圣，一时间诗坛趋之若鹜，至有"千家注杜"。相比之下，李白诗歌则鲜有注家，显得格外冷清。所有这一切，都只是因为对道德精神的强调之故。

清代诗坛继承了这一传统。清初思想家认为明末士人的不矜品行是导致社会风气腐化并最终导致国家倾颓的原因之一，于是，清人从开国起即十分重视人的操守、气节和道德担当。晚明士人的放浪形骸不再有人喝彩。对人品的重视自然也反映在诗歌评论与创作上。清代的宗宋诗人在做人与作诗的各方面，往往态度都比较严肃。他们大多重视人品，提倡道德精神，弘扬气节。清代的重要宗宋诗人中极少有放浪形骸和品行卑污之人。宗宋诗人认为诗品与人品应该相统一，诗歌创作要表现高尚的人品气节。

桐城诗派就是典型代表。桐城派很强调道德气节和人格修养，也很重视诗歌的思想内容。以其代表作家姚鼐为例。姚鼐是理学家，理学思想是他做人与作诗的思想原则，他强调文人要有道德责任和道德气节。为人处世，先要修身养性，要树立远大志向和崇高理想，要从细微处渐渐涵养自己的道德情操，忧道不忧贫，然后像古代圣贤那样，为社稷民生建功立业。这是儒家修齐治平思想的体现，也体现了宋明理学对于人们修身养性、涵养道德的要求。在诗歌中我们也可以看到，作为理学信徒，姚鼐在兢兢于道德修养的同时，总有一种失节之虞，总是保持着一种对于操守不保的警惕。

宋诗运动也主张诗人要有气节和人格，诗品与人品相统一，为此他们以"不俗"相标榜。何绍基是宋诗运动的理论代表。其《使黔草自序》云：

顾其用力之要何在乎？曰："不俗"二字尽之矣。非必庸恶陋劣之甚也。同流合污，胸无是非，或逐时好，或傍古人，是之谓俗。直起直落，独来独往，有感则通，见义则赴，是谓"不俗"……前哲戒俗之言多矣，莫善于涪翁之言曰："临大节而不可夺，谓之不俗。"欲学为人，学为诗文，举不外斯旨。[①]

由此可见，何绍基十分推崇并继承了黄庭坚的"不俗"论。所谓不俗，即要求大节不可夺，品德高尚，特立独行。这是何绍基对于诗歌创作的美学追求的艺术原则，也是对诗人人品的要求。他要求诗人必须做到诗品与人品相统一，既要具有高尚的人格，又要在创作上不落凡俗。所以他的诗歌创作摒弃"一切豪诞语、牢骚语、绮艳语、疵贬语"[②]，以体现为人与为诗均"不俗"的要求。

总之，清代诗坛十分重视人品与气节，强调诗品与人品的统一和不俗。尽管这一诗学思想源远流长，但是，它最突出地体现在清代与宋代，其原因，在宋代因为理学盛行而使然，在清代固然也有理学的基础，但更多的是有惩于晚明士人的教训之故。关于诗品与人品相统一和不俗的思想，源于宋，而清代诗坛使它前所未有地发扬光大了。

二　较多表现人文内容、文人生活

宋诗和唐诗有一个重要的区别就是，唐诗较多地描写了客观世界和自然景物，而宋诗开始较多地表现人文内容，因而文人生活也成为诗歌的重要题材。原因是唐人身处国势强大之时，往往充满着一种蓬勃向上的时代精神，一种渴望从戎报国、建功立业的冲动，而不甘于仅仅做一个书斋中的文士。所谓"宁为百夫长，胜做一书生"，就是这种心态的写照。即使不能如此，他们也不辞疲倦地南北奔波，寻找实现其价值的途径，似乎不大愿意以书生自处。总之，事功是唐人追求的最高人生理想，"立功"的渴望远远高出"立言"之上。所以，他们的诗歌热衷于江河大川、黄沙大漠或者风云月露等客观世界景物的描写。宋代则不然。宋代的文人有着

---

① 《东洲草堂文钞》卷三。
② 《自序》，《东洲草堂诗集》，上海古籍出版社 2006 年版，第 1 页。

对于他们来说是历史上最好的生存环境，文人栖身理想场所就在他们的书斋，就是他们的风雅艺文与学术活动。因此，宋诗开始前所未有地表现文人生活、人文内容，以此形成了宋诗的一个重要特色。

宋诗的这个特点也为清代宗宋诗人所继承。他们大量地描写人文内容、文人生活，诸如文人日常的相互酬唱赠答、题诗题画、谈艺论文以及品鉴文物古董，等等。

翁方纲是肌理派的主要代表人物。他的大量诗歌就是以古代的钟、鼎、石刻、碑拓、铜鼓、书画、印章、砚池、善本书籍等文物古董为题材来进行创作的。翁方纲是金石学家，于书法亦造诣很深。他长期热衷于搜集那些古代的金石作品，并进行赏玩与学术研究。他的大量诗歌就是描述获得文物的经历，讲述文物的历史，考辨文物的真伪，阐释文物的内容，等等。他还有许多诗歌写的是次韵、唱酬、题咏之作。这是文人之间的风雅之举。这些诗歌占据了翁方纲诗歌的绝大部分，真实地记录了他的这种文人、学者生活。

桐城派代表人物之一梅曾亮的诗歌也很典型地体现了文人学士的儒雅生活情趣。他的诗歌中题画诗和赠答诗都不少，要明显多出一般诗人所作。题画诗本身就是文人儒士高雅生活的表征。梅曾亮的这些题画诗使他的诗集随处透露出诗人儒雅生活痕迹。他的赠答诗也多言及诗文书画与饮酒宴集等文人生活内容，记录其作为文人儒士流连诗酒，在审美化生活中自得其乐的生存状态和心态。

表现文人生活是道咸宗宋派诗人的非常普遍的特点，何绍基诗歌在题材内容上多题画诗，多唱酬、次韵、赠答诗，还有就是多纪游之作，这几类诗歌在其《东洲草堂诗集》中占有很大的比例，这些诗歌就是封建时代正统文人的日常生活与儒雅活动的写照，表现了封建士大夫的思想情趣与精神风貌。其诗歌主要就是记录诗人的吟诗、赏画、书法等艺术活动，以及游历、雅集、社交、日常生活，等等。郑珍诗歌的题材内容主要集中于两类：一是山水游览；二是写景抒情。其他，则还有咏物、怀古、赠答、题识、谈艺、考订等方面的题材。基本都是文人生活内容。曾国藩诗歌的题材内容主要有三类：一是记事写人；二是赠酬送别；三是题咏。题咏诗包括题画、题诗文书稿、题砚等内容。这些都是文人的日常生活。沈曾植诗歌主要包括抒情、寄赠、唱酬、题咏等几类题材。其中抒情诗多为作者感物起兴和人生感怀之作；寄赠、唱酬、题咏诗则是作者与友朋交往之什。其诗歌题材囿于文人生活圈，大抵是作者文人生活的写照。

　　清诗在表现人文内容、文人生活方面完全继承了宋诗传统，并且有过之而无不及。之所以这样，是因为清代社会的人文气息十分浓厚。清代是学术文化事业非常繁盛的时期，在中国文化史上，清代的学术文化之繁荣，足以与宋代相媲美。因为清代的历朝皇帝几乎全都以高雅自命，悉心向学，尤其是康熙、乾隆皇帝，钻研学术文化孜孜不倦，其文化水平与学力甚至远远超过一般文人学者，他们在日常生活中的重要内容之一就是读书、写作、题咏，祖孙二人的诗文创作都是数量惊人。乾隆皇帝的诗歌达到三万多首，更是自古未有。他们以天子之身而表现出一副饱学之士的姿态。在政治层面，他们还大兴文化建设，投入大量人力与巨额资金，旷日持久地修撰《四库全书》、《古今图书集成》等大型图书。所有这些，都有力地促进了清代社会的文化事业，使得清代社会的人文气息格外浓郁，使得清代人生活的人文内涵较以往任何时候都要丰富。全社会敬重读书人，崇尚文化事业，很多商人在发迹之后也赞助文化事业，或者附庸风雅。建书院、办书塾、修藏书楼、赞助文人笔会雅集，成为许多有钱人的选择。至于文人自身，更是把相互诗酒酬唱、题诗题画、谈艺论文以及品鉴文物古董，作为一种体现自身品位与价值的高雅生活。当然，除了这种生活本身具有的魅力之外，清代文人还有一种不得不如此的无奈，那就是他们所处的政治环境迫使他们没有宋代文人那样的人生目标和政治理想。宋代的政治环境比较宽松，文人士子普遍以道统的担当为己任，心忧天下，乃至敢于以道统为武器，批评政治，指点江山。他们的人生理想往往在于兼济天下，救世济民。风雅的文人生活只是其休闲或者不得已"独善其身"时的选择，绝不是他们的主要兴趣或者首先。清代文人就没有这样的幸运了。清代文人也想要以道统自任，但是，最高统治者却绝不允许他们以道统与治统相抗衡，否则予以打击。清代文人绝不能像宋代文人那样期待承担道义并在政治上大显身手。他们即使身处庙堂之上也只能唯唯诺诺，如履薄冰，全无独立思考能力，全无对现实政治与历史文化的批判精神。当众多的文人士子失去了修齐治平、兼济天下的希望的时候，他们的兴趣与价值就集中到了自身日常的诗酒酬唱、题诗题画、谈艺论文以及品鉴文物古董等风雅生活之中了。所以他们的诗歌创作甚多文人生活的描写，体现出浓烈的人文旨趣。

三 突出主观感受的表达，客观描写相对削弱

诗歌是诗人的主观情感与客观表现对象的统一体。诗歌要写景状物，再现客观世界，同时又要表现诗人的情感体验与思想。从诗歌艺术的发展过程来看，它们又是相互消长，矛盾共处的。在唐代与先唐的诗歌艺术史中，诗歌的客观描写更多一些，抒情只是隐含于诗歌的形象世界之中或者偶尔的直抒胸臆。总体上直接抒情在诗歌中的比例较小，往往只是作为形象描写基础上的发挥和点染、升华。在创作理念上，我国古代诗歌传统和唐以前绝大多数诗歌的最高境界就是情景交融，即以写景状物为主，而将诗人的情感寄托于其中。诗歌展示给读者的是物象、事象，情感则常常被隐藏于艺术形象之中。因此，诗歌中的客观因素往往比主观因素更为明显和突出。这个特点被认为是唐诗的传统。宋诗则有明显的改变。宋诗中诗人大大重视主观情感的表达了，诗人由对客观世界的关注，转向了对诗人自我内心世界和情感体验的表达，诗歌呈现出"向内转"的态势，诗人不再像唐人那样刻意追求对客观自然景物的细致而逼肖的刻画、再现，而是更多地向内心发掘诗人自己的感受与体验，宋诗中常常可以看到对诗人主观感受的直接表达，诗歌的主观成分明显增强，主观的成分经常超过了再现的成分。而对外部世界的客观描绘则相对减弱了。所以常有人说，宋诗是内敛的，它更多地观照诗人的内在体验和心理精神世界。

清代宗宋诗歌完全继承并大大地发挥了宋诗的这个特点，诗歌的主观性更加突出，比例更大，与此同时则是客观描写进一步削弱了。

清初诗人中万斯同诗歌相对来说较少创作那种纯粹写景状物，以客观世界作为描摹对象的作品。比如他的《石园诗文集》卷一中就很难找到纯粹的写景状物的诗歌。即使有些诗歌描写了景物，他也似乎更乐于表现景物的历史、人文意义而不是景物本身。其诗歌创作多是以述怀、抒情为主，以抒写诗人怀抱为旨归，以传达诗人的内心体验与情感世界为其艺术诉求，亦即以表达自己的主观体验、感受和情感为主旨，而不是以写景状物、再现客观世界为目的，表现型的诗歌较多而再现型的诗歌较少，呈现出重主观观照，向诗人自我的内心世界开掘与内敛化的特点。

金德瑛的诗歌创作虽有不少善于描状自然景物、山水风光的佳作，但同时也可以看到，在其诗歌中有不少作品突出了诗人主观感受的表达。这些诗歌在整体上主要是表现诗人的思致意绪的，虽有若干形象描写，却是

包含于诗人意绪的理路当中。因此，这些诗歌突出了诗人主观感受的表达。

浙派诗人朱休度诗歌有一个明显的特点就是突出主观感受的表达。概言之，主要有两个方面：首先，他常常在创作中直接言志、抒情。他的不少诗歌较少写景状物，较少意象的创造，而是较多地直陈意见，直接抒怀，诗歌中虽然也有少量的意象，但是，这不是诗歌的主要内容，这些诗歌不以意象创造为目的，意象往往是作为陈述意见和抒情的一个辅助工具，没有独立的审美意义和价值。同时，他还在诗歌的写景状物中加入较多的主观表现的内容。他的许多诗歌是有感于四时风物景致的触景生情之作。在通常情况下，古人创作这类作品的常态是多对客观景物、自然风光进行描摹与再现。而朱休度常常在写景状物的内容中，加入较多的主观情绪、主观体验的因素，使得诗歌的主观抽象成分显著增加。

宋诗运动诗人何绍基的诗歌突出主观意识的表达，他的游历诗、题画诗都比较多，这些诗歌，通常都被认为属于写景状物的题材，在绝大多数的诗人那里都会去着力选择意象，描状景物，创造意境。但他的山水诗歌不重视山水景物的描写，他的题画之作也不刻意进行画中情景的再现。何绍基却在这些通常被人们认为应该刻画客观景物与环境的作品中，写了很多的主观性的东西：诗人的知觉、思考、意见，诗歌以表现意理、思致为主，理性判断压倒了感性再现。所有这些都说明他的诗歌创作重在主体意理、思致的表达，而不是客观世界的描摹，对自身知觉的重视超过了对外部世界的关注。

同光体诗人郑孝胥诗歌总体上非常注重主体感受、主观情感体验的表达，其诗歌即使是写景状物之作，他也常常是以我观物，按照我的主观感受来抒写，具有明显的写意的特点，至于客观表现对象的形状、颜色、大小之类的外在特征，则不甚关心，不在乎是否形似。可以说，高度的主观化是郑孝胥写景状物之类诗歌的一个鲜明特点。它们揭示出郑孝胥诗歌创作心态的一个特点：内敛——诗人重在自我的内在情感体验与感受的表达，而将外在表现对象的再现置于次要地位。

清诗之所以会继承宋诗突出主观感受的表达的这个特点，实非偶然。首先，清代宗宋诗歌与宋诗一样，也面临着对唐诗的超越。宋诗出现于唐诗之后，面对唐诗取得的伟大成就，宋人感到难以企及，于是一方面学习唐诗，另一方面寻找突破口，最终在向内转这一点上找到了自己的出路和特色。清诗在金元明以来几百年学唐的传统之后，面对学唐带来的一系列问题：各种自然意象被反复描写，风云月露、雨雪晴霁、花鸟虫鱼、牛羊犬豕、草树苗木、山水河渠、岭谷峰峦、阡陌街衢、舟船车马、庵寺庙观、亭台楼阁、僻壤通都、驿站客舍等古人生活的环境、景物，早已被千百年来的诗人们反复吟咏，在各种诗集中早已比比皆是，使人常常有似曾相识的感觉，而诗人们对那些景物、意象也是早已烂熟于心，下笔作诗时也是不假思索、随手拈来，这就造成了诗歌创作的熟滑、俗滥，失去了艺术创作的新鲜感和魅力。于是清代诗人面临着如何创新的问题。为了解决这个问题，他们向宋人宋诗学习，把诗笔指向个人的主观感受，向内转，写自己的情感体验，即使需要描写客观景物时，也是写自己体会到的主观化的景物，而不是追求对客观景物的再现与客观摹写。

其次，清代士人较之其他时代的人们更加突出个体感受与思考。这主要是因为：（1）清代文人普遍关注学术，重视对未知世界的探讨与思考，即使并非专门从事学术研究的文人，其文集中也总要或多或少地谈论一些学术问题，总有一些对学问的思考；（2）清代人多关注和思考社会问题。由于清代社会的特殊性，各种矛盾始终困扰着清王朝：清初因为鼎革带来的民族矛盾，清前期中央政府与地方势力、藩镇的矛盾，晚清政府与绵延不断的农民起义的矛盾，清政府与狼群一般的帝国主义列强的矛盾，每一种矛盾都是足以动摇清朝统治基础的你死我活的斗争，每一种矛盾都造成生灵涂炭、民不聊生。在各种矛盾中士人们都无法置身事外，甚至往往是首当其冲。因此，他们不能不思考，不能不发表自己的看法。于是他们要求将学术研究与现实生活联系起来，经世致用，也在文学创作中表达自身的感受与对社会生活的关注与思考。这些都导致了其诗歌创作向内转的发生。

四　重视读书与学殖，以学为诗，并标榜学人之诗

宋代诗人群体在整体上文化水平要高于以往各时代诗人。因此，他们也比前人更加重视读书与学养。他们不仅认为，读书与积累学问是学习诗歌创作的必要前提与手段，而且他们也认为读书学习是修身养性的必要功夫，文人学士不仅需要有诗文才能，而且必须具备较好的道德涵养，具备高洁的胸襟品节，必须做一个道德高尚的人。所以，宋代文人重视读书，重视学殖。这一点不能不影响到他们的诗歌创作。由此形成了宋诗的一个

突出特点，就是以学为诗。他们不仅平时以学问相矜，在诗歌创作中也时不时地找机会一逞才学，主要表现为多用典，人称掉书袋、"獭祭鱼"，常为人所诟病。

宋诗的这一特点完全为清代诗人所接受。因为清代与宋代有很多相似之处。清代与宋代一样是中国古代学术较为昌明的时期，学术文化气氛极为浓厚，社会崇尚学术。因此，诗人群体的学养普遍较高，有不少著名的诗人本身就是学者。严羽曾经批评江西派诗人以学为诗，并且在较长一段时间里产生了重要影响，人们往往以其所说的"诗有别材，非关书也"之说批评江西诗派。进入清代之后，众多诗人和诗论家们对严羽之说进行了辩驳，反复申明读书与学殖对于诗歌创作的重要性。清代人认为学殖是诗人进行诗歌创作的必不可少的基础和前提。深厚的学殖可以为诗人提供学诗的文化基础，更可以扩大诗人的胸襟和眼界，还可以为诗人提供取之不尽的诗材。因此，他们前所未有地高调张扬学问对于诗歌的意义，并且以学人之诗为旗帜，在创作上予以践行。其具体表现是：（1）用典，尤其是使用冷僻的典故；（2）在诗歌中讨论学术问题，或者以考据为诗。

清初最早提倡宋诗的诗人黄宗羲论诗重学问，强调经史为本。其《马虞卿制义序》云："昔之为诗者，一生经史子集之学，尽注于诗。夫经史子集，何与于诗？然必如此而后工。"① 其《诗历题辞》云："然后知诗非学之而致，盖多读书则诗不期工而自工。若学诗以求其工，则必不可得。读经史百家，则虽不见一诗而诗在其中。"② 由此可知，黄宗羲十分清楚和强调学问对于诗歌创作的重要性。但他不是主张以学为诗，堆砌学问，而是要求以学问作为诗人的修养、根柢，通过充实诗人的腹笥来助益其诗歌创作。黄宗羲诗歌用典不是特别多，但有特色，他喜欢用宋典、宋事，化用诗人诗句。这与他熟悉宋代历史典籍、喜爱宋诗不无关系。

吕留良诗歌用宋典的比例较大，而且他所用宋典多是宋代遗民故事。他常常用那些宋遗民典故来表达他的亡国之痛、故国之思，或是表现其坚贞的民族气节。

浙派诗人往往重学殖，以学为诗。厉鹗论诗重学养，尝云："诗至少陵止矣，而其得力处，乃在读万卷书，且读而能破致之。""故有读书而

① 《黄宗羲全集》第十册，浙江古籍出版社 2005 年版，第 74 页。
② 《黄梨洲诗集》，中华书局 1959 年版。

不能诗，未有能诗而不读书。"① 于此可见，厉鹗认为书卷、学问虽不等同于诗歌，能读书未必能作诗，但诗人不能不读书，不能不以学问为之根柢。而优秀的诗人也必是善于读书善于借力于书卷者。

全祖望的诗歌创作喜爱考证史实，探寻描写对象的历史面貌与真相。在全祖望的诗歌中有不少是以历史人物、历史事件为题材进行创作的。他追求将笔下的描写对象写得实实在在，言之有据。诗歌呈现出一种质实的特征，可补史传之阙。

翁方纲总结宋人的成功经验在于其读书多，他赞叹"宋人精诣，全在刻抉入里，而皆从各自读书学古中来，所以不蹈袭唐人也"。② 翁方纲的诗学理论主张义理、考据、词章相结合，而他又精于考据学，因此，这个学术专长被他有意带到了诗歌创作中。他时不时地在诗中表现其考据成果，甚至直接进行考据。翁方纲不仅仅以考据入诗，他还在诗歌中谈论各种学术问题。举凡古籍版本、碑刻、古文字、名物、地理、书学、历史、诗学等方面的问题，他都喜欢予以探讨。

道咸开始，重视读书和以学为诗愈发成为风气。

郑珍非常重视读书与学养。他直言"读书有益"，"宜多读书"，还认为多读书将会提高诗人的鉴赏水平。郑珍自己是饱学之士，于经学、小学造诣颇深。所以在诗歌创作中他也就左右逢源、随心所欲地驱使经史百家学问融入其诗篇中。郑珍诗歌表现最多的学术内容是考据问题。

莫友芝诗歌的以学为诗主要是以考据为特色。陈衍《石遗室诗话》云："郑莫并称，而子偲学人之诗，长于考证，与子尹有迥不相同者，如《芦酒诗》后记一二千言，《遵乱纪事》廿余首，《哭杜杏东》亦有记千百言附后，皆有注，可称诗史。"③ 陈衍明确指出了莫友芝诗歌的重要特征是"学人之诗"、"长于考证"。莫友芝诗歌时或涉及一些学问意味非常浓厚的考据问题。清代的学人之诗往往都喜爱以考据为诗，其表现则多为在诗歌中谈论、涉及考据问题，也就是把考据当成诗歌题材、内容。莫友芝诗歌正是如此。

沈曾植学殖深厚，所以在诗歌创作时，他随时从经史百子、佛典道

---

① 《绿杉野屋集序》，《樊榭山房集》中，上海古籍出版社 2012 年版，第 742 页。
② 《石洲诗话》，郭绍虞编选：《清诗话续编》三，上海古籍出版社 1983 年版，第 1427 页。
③ 钱仲联编校：《陈衍诗论合集》，福建人民出版社 1999 年版，第 382 页。

藏、诗词文赋、稗官小说中找到诗材熔铸其中，所以其创作用典极多，几乎到了每首诗必用典，甚至一句诗用到几个典故的地步。沈氏用典密度之大，在古代诗人中，如果不是首屈一指，也可以说是罕有其比的。钱仲联说："（沈曾植）诗中佛典浩博，为前此诗家所未有。"① 沈氏用典还有一个特点就是喜用佛典。佛典在其诗集中比比皆是，占了相当大的比例。

由上可见，由于相同的学术文化背景，清代诗坛接受宋代诗人的以学为诗理念，不仅多用典故，而且用僻典，还以考据入诗，在诗中讨论学术问题，更在理论上强调读书与学殖根柢的培养，进而以学人之诗为标榜，清代诗坛在以学为诗的问题上比宋人走得更远。

五 以意为主，以议论为诗

宋诗与唐诗的一个主要区别是，唐诗主情，宋诗主意。主情则多景物描写，主意则多议论说理，故用意深折透辟，以筋骨思理见胜。

清诗完全继承了宋诗的这个传统，许多清代诗人强调义理对于诗歌的意义，说理、议论多，工于言理，尽事理之精微。

曾国藩强调读书积理，而且把诗歌作为检验积理的工具。他自言"每月作诗文数首，以验积理之多寡，养气之盛否"。② 他所谓的理，就是道理、识见、理性精神和理性思维等。在曾国藩看来，欲知自己积理几何，诗歌创作就是一把尺子，从诗歌内容就可以看出积理的多少了。从这样的观念出发，曾国藩诗歌创作体现出了鲜明的主意主理的特点，突出表现为议论说理，表现为对人生、事理的深刻认识。

陈三立的诗歌创作喜发议论。他本是很有思想的人，加之他处在那样一个万方多难的时代，国家、民族的命运危在旦夕，这使他不能无动于衷，促使他去不断思考一些问题，探求一些新知识。而他的这些思考和思想观念也不时地融入其诗中，使其诗歌的议论更有思想深度和新意。

沈曾植诗歌重意理的表达，多议论。他的诗歌很少纯粹的描写，也很少纯粹的抒情，较多的是议论或者包含意理的叙述。古代诗歌中常见的情景交融的手法，在其诗歌中很难见到。沈曾植大量的诗歌都是这样以意理的表达为主，即在诗歌中表达思想与意见，而不是写景抒情。由于他不追

---

① 《发凡》，钱仲联校注：《沈曾植集校注》，中华书局2001年版。
② 《曾国藩全集·日记》，岳麓书社1987年版，第138页。

求对客观世界的逼真再现，因此，在他的诗歌中，很难找到一首纯粹的写景状物的诗歌。有不少诗歌从题目来看，应该是咏物或者写景之作，但是实际上他并不致力于对客观物象的摹画，也不着力于意象与意境的营造，而是叙述、议论，表达出丰富的理性内容。

郑孝胥诗歌创作喜议论，不少诗作通篇议论说理。他的议论说理往往有见解，有深致，能给人以启迪。他的有些议论表现出了对世事人生的深刻洞察。有些议论精警、堂皇。有的议论深于艺道学理。有的议论表现了对人生哲理的深刻体悟。郑孝胥诗歌的议论往往表现出对人生与社会的种种问题的深刻理解，意涵深蕴，以理取胜。这也充分体现了学人之诗的特点和学殖的作用。

清代诗坛接受宋诗影响而以意为主，以议论为诗，有其自身原因，这源自清代士人理性精神的增强。清代士人较之其他时代的人们表现出了更多的独立思考精神与探索精神。如前所言，清代人较多思考学术与社会问题。处在清代社会学术繁荣的时代氛围之中，同时也是处在多事之秋的清代士人，普遍热衷探索与思考学术问题，并且不由自主地关注和思考社会问题。即使是诗文作家，尽管他们的主业和主要兴趣都并不在于研究学术，也不一定想要干预政治，但他们常常不由自主地去思考、表达对学术问题、社会问题和自身出处的思考与看法，并且在诗文创作中流露出来，因此而形成了他们以意为主，以议论为诗的诗歌风貌。

六 以文为诗

以文为诗是宋诗的一个重要特点。诗与文分属不同的文学体裁，本来有着各自的体裁要求与特点，不宜混同。唐代以及之前的诗人们往往都比较注意按照体裁规范来进行创作。到宋代，人们常常打破这种规则，以谋求艺术创新。其结果是各有利弊。但在文学史上，人们对此往往是一边倒似的批评，肯定的声音很弱。到了清代，随着宗宋诗风的兴起，以文为诗被人们所普遍接受，并成为清诗的一个显著特点。在清诗中的以文为诗要比宋诗表现更加突出，更加广泛。其表现有：

第一，以散文章法为诗。由于体裁差异，散文与诗歌的章法是很不相同的。散文在内容安排上自由度较大，可以任意挥写，只要不脱离本文主旨即可，是谓"形散神聚"。又，散文最忌平铺直叙，崇尚纡徐委曲。而诗歌由于其篇幅短小，一般只能摄取生活中最精彩的片段来写，难以追求章节的层层转折以及内容的随意铺展。以散文章法为诗，就是诗歌的结构层次繁复、委曲，开合变化，纡徐婉转。有时显得较为随意。写法上多叙述，描写细致，工于委曲。

第二，使用散文句式。通常情况下，诗歌语言与散文语言有着明显的区别：诗歌语言凝练，语意断续、跳跃，句子成分可以缺省，词序可以颠倒，讲究节奏、韵律，句子长度也有限，与日常语言——无论是口语还是书面语都有着较大差别。而散文语言往往就是一种普通的书面语。但是，清代宗宋诗歌中就杂入了地道的散文语言。字数参差，句子较长，没有节奏，也不押韵，完全是散文句式而不是诗歌句式。

第三，赋法，就是主要采用叙述、陈述的手法。诗歌与散文都使用叙述手法。但是诗歌的叙述与散文不一样，诗歌中的叙述特别讲究精练，往往具有较大的跳跃性，多用于叙述特别重要的内容，难以在有限的篇幅中叙说一些琐碎、平常的内容。而散文则不同，散文的内容可以极散，可以娓娓道来，不必思维跳跃。以赋法为诗，则其叙述、陈述意脉连贯，近乎散文的叙说；从内容上看，常常以诗歌檃栝散文内容，仿如用散文改写而成的诗歌。

以文为诗的现象在清初即有体现。吕留良的部分诗歌出现了明显的散文化倾向。其表现：一是诗歌的内容安排和结构形式仿如散文，由诗歌内容形成明显的段落，段落与段落之间有着一定的逻辑关系，章法井然，粗略一看，它就是一篇用整齐句式写成的散文。二是诗歌中的有些句子纯粹是散文句式，而不是诗歌句式。总体来说，吕留良诗歌散文化现象在清初宗宋诗人当中是最为突出的。

万斯同诗歌偏重于自我内在精神体验与内在情感的倾诉，所以多用叙述、陈述的方法即赋法。这种赋法在情感的倾诉与表达中，具有一种内在的意脉与逻辑性。诗句与诗句之间形成一种虽不是十分紧密却十分合乎情理，从而也较好理解的意义的链条，诗歌的语句之间没有太大的意义间隔与跳跃，相互衔接。这样，其诗歌表达出来的意义就与散文距离不远，很容易用散文体裁来檃栝。这正是赋的手法。

清中叶翁方纲诗歌也具有明显的散文化倾向，主要有两种情况：一是多用赋法。翁方纲诗歌时或运之以赋法。其特点是，如同散文那样直言其事，以意为主，很少形象的刻画，虽有意象也是包含于意理的链条和意义的表达之中而没有独立的审美意义；前后语言的意脉相连，逻辑联系分明，没有跳跃性和意义的间隔。二是使用散文句式。

刘大櫆诗歌也明显存在散文化的倾向。他将散文的章法运用于诗歌之中。其诗歌在内容上自由、随意，有散文"形散"的特点。并且诗歌层次丰富，委婉曲折。他的诗本来篇幅不长，但他力求尺水兴波，把篇幅较短的诗歌写得层次繁复，层层变换，山移水转，移步换景。刘大櫆诗歌也多用散文化的叙述手法。他还使用散文句式。

姚鼐诗歌同样具有散文化倾向，其主要表现是按照散文创作的构思方法和思路来创作诗歌，使诗歌呈现出散文的章法形式，在结构上类似古文之层次繁复、跌宕。偶尔也有采用散文句式的现象，但并不多。

道咸诗人中，何绍基诗歌的散文化现象很突出。他的诗歌内容多意理、思致的表达，多关注诗人的主体知觉与思维活动，而淡化、减少了写景状物，以意为主，而且有些诗歌所言之意拉拉杂杂，层次繁复，从内容上、结构上都类似于散文，给人的感觉是他是用诗歌来代替信、柬、小品、札记等承担的功能，就像是韵文化了的散文，可以说是以文为诗，也可以说是以诗为文，诗文的界限模糊了。何绍基诗歌在语言表达上多散文句式。它们有的是一气单行，而且上下句之间具有明显的逻辑联系。有的句子是由复句构成。有的诗句是将一个单句分拆成上下两句。

曾国藩诗歌也有散文化的特点。其部分诗歌内容比较细碎、零散，不是集中描写一个形象或者具有表现力的情节片段，而是以意为主，完全是采用一种叙述的方式，向读者做一个复杂意义的讲述，而非形象与画面的展示。在结构的安排上层次丰富跌宕，峰回路转，完全是以散文的手法表达散文的内容，仅仅在语言形式上是韵文而已。

同光体诗派以陈三立与郑孝胥较为典型。陈三立诗歌时常采用古文章法来谋篇，其特点是诗歌内容不很集中和凝练，而是像散文那样繁复而多层次，因而也是显得纡徐曲折。陈三立的一些诗歌在内容上以意为主，层次繁复曲折，有多层意思，不断转换，不是普通诗歌的写景抒情或者专门叙述一个事件，没有绝大多数诗歌那种凝练性、概括性，整首诗就像是用韵文写成的散文，或者说就是用韵文来表达散文的内容。

郑孝胥诗歌明显具有"以文字为诗"的特点。这表现在以下几个方面：一是采用散文笔法来进行写作。二是其诗歌多用散文句式，常常采用一些超越了诗歌语言常规的散文化语言。三是多采用虚词进入诗句。诗歌语言由于其字数有限，且要求高度凝练，一般尽量不用虚词，特别是连词、助词、感叹词等，而散文则无此禁忌。郑孝胥诗歌使用虚词的现象比比皆是。

清代诗坛接受宋诗影响而以文为诗，也是合乎诗歌发展逻辑的。清诗是对明诗的反拨。在明代，诗坛的辨体意识非常浓厚，人们非常严格地遵循各种文学体裁的界限，不仅诗文等不同文体不可相混，而且即使是在诗歌内部，古体与近体、五律与七律等，也必须严格遵循其体裁规范，甚至五律、七律、五古、七古等体裁的创作都要遵循其发展史上最繁盛时期代表作家作品的典型格调，方为正体高格。前后七子派就是如此，从高棅到胡应麟、许学夷等理论家都反复阐述了这样的思想。以此之故，他们对于诗歌体裁，古体师法汉魏、近体师法盛唐时期的代表作家，以为这样才是学其正宗，取法乎上。结果是使得诗歌的发展道路越走越窄。清代诗坛欲改变这种狭窄的诗学路径，转益多师，广师唐宋，势必打破这种严格的辨体观念。因此到清代，人们远不像明代人那样对辨体的话题津津乐道了。相反，人们开始以一种开放的心态尝试各种破体以创新。在文学创作中，人们以诗为词、以赋为词、以文为词、以文为诗、以学为词，打破了诗词文之间的界限。后来桐城派甚至提出了诗文相通的理论，系统探讨了以文为诗的方法，使文学史上以文为诗的手法终于得到了理论上的认可，而且大行其道。

七　语言的困难见巧和生新艰涩

宋诗在语言上体现出因难见巧、生涩硬拗、淡朴、渊雅的总体风格。宋人运用僻字、奇字、典故、险韵、拗折句式，等等，使诗歌一改唐诗的滑熟，变而生涩、硬拗，呈现出一种陌生化和创新面目。

这个特点为清代宗宋诗人所接受。清代宗宋诗人自觉地追求语言的奇奥生新：一是使用生僻字眼、典故，以奇字、虚字缀茸成诗。二是句法生新。

这种现象在清代诗坛的各个时期都有。但是以道咸宋诗运动和同光体诗人最为典型。

莫友芝是宋诗运动诗人中这方面的典型。他喜欢在诗中使用一些古籍中存在而平时不多见的事物、器物名词。还有就是，有一些本来在现实生活中是寻常的事物，但是诗人偏偏使用一些偏僻的古汉语词汇来表达，令人感到懵然难懂。再有一种情况是，使用一些较为罕见的生僻文字；或者是本来有通行的文字，但使用其罕见的异体字、假借字，结果使人难以辨认或者不易理解。他也喜欢使用一些名物的不常用的别称，以求得诗歌语言的生新感和陌生化效果。

沈曾植是同光体诗派在这方面的代表。沈曾植的诗歌风格具有生涩奥衍的特点。陈三立评价其诗说："其诗沈博奥邃，陆离斑驳，如列古鼎彝法物，对之气敛而神肃。"① 其诗歌的生涩奥衍，完全是由饾饤典故、句式新奇拗折以及谈论学问等方面的原因所致。沈曾植诗歌因为大量用典特别是使用僻典、难典，而造成诗歌的深奥、隐晦、曲折。他不仅多用典，而且他"用典多不取原义，而别有所指。即使尽得其出处，而本义终不可知"。② 此外，沈曾植诗歌的用典，"恒喜融两典或数典为一"。③ 这样的用典方法，使得其诗歌的思想内容就显得十分奥博和艰深了。沈曾植诗歌语言还经常使用一些在节奏上有悖常规的特殊句式，以造成语言的生涩。有的诗句则故意破坏正常的语法关系，造成语言的拗折。

陈三立诗歌创作"恶俗"、"恶熟"。他刻意在文字上翻新求奇，致力于字句的锤炼，在措词用字上可谓雕肝镂肾，苦心推敲。陈三立还在句式上求变化，主要是使用拗折的句式，或者打破诗歌语言的固有节奏，代之以散文句式，等等，努力翻新求奇，由此导致了其诗歌硬拗晦涩的毛病。

因难见巧和生涩硬拗是宋诗的一个特点、一种新质，但是很多宋诗并非如此。清代诗坛继承了宋诗的这个特点，并将其大大发扬、强化，使之成为一个较为突出、较为普遍的艺术特点。其所以如此的原因与宋诗相同，都是为了寻找唐型诗歌的新变。略有不同的是，宋诗如此是为了在唐诗之外找到诗歌发展的新路径，清代宗宋诗歌主要是针对明代以来的宗唐诗歌的滑熟、俗滥，而寻求陌生化。

---

① 陈三立：《海日楼诗集跋》，钱仲联：《沈曾植集校注》上，中华书局2001年版，第18页。

② 夏承焘：《天风阁学词日记》记张尔田语，转引钱仲联《沈曾植集校注》前言，中华书局2001年版，第5页。

③ 《沈曾植集校注·发凡》，中华书局2001年版。

第一章 清初宗宋诗风的形成：
宋诗范式的重新认识

　　金、元、明以来的诗坛主流都是尊唐的。宋诗被漠视、贬抑乃至排斥，从而在诗歌审美领域遭到边缘化，宋诗范式的意义无以得到肯定和体现。洎乎明末清初，诗歌审美发生变化，诗学出现转型，人们开始正视和关注宋诗。到康熙年间，形成了全国性的宋诗热。宋诗之美和宋诗范式的价值于是得到了重新认识和发现。

第一节　概说

　　这个时期诗坛的特点是在钱谦益、黄宗羲等人的倡导下，开启了学习宋诗的新风气，一时间形成了遍及全国的学习宋诗的热潮。

一　清初诗坛的基本情况

　　清初诗坛呈现出非常复杂的情形：流派纷呈，百家争鸣。

　　清初，明七子余风尚在，并且还有相当的势力。陈子龙是继承了七子派衣钵的重要诗人。在陈子龙的影响下形成了云间派、西泠派两个诗派，其诗学主张基本相同，大抵都是尊唐和前后七子一路。

　　受到陈子龙影响的还有以吴伟业为代表的娄东派，吴伟业与陈子龙是挚友，其诗学主张也大致相同，创作上除学习盛唐之外又多出入白居易、元稹、陆游，其娄东派包括周肇、王揆、许旭、黄与坚、王撰、王昊、王摅、王曜升、顾湄、王抃等所谓"太仓十子"，诗学取向也是尊唐。

　　另有宋琬、施闰章、赵宾、严沆、丁澎、张文光、陈祚明等所谓"燕台七子"，编有《燕台七子诗刻》，也是宗唐派，其"七子"之名即是自拟明七子。

又有申涵光、殷岳、张盖、刘逢源、赵湛、路泽浓等河朔诗派，也主要宗奉唐诗，尤其推崇杜甫，申涵光主张"诗之必唐，唐之必盛，盛必以杜为宗"①，对明代前后七子特别是李梦阳、何景明、李攀龙多有肯定。

由此可见，清初诗坛有相当多的人一仍明七子之旧，习惯性地尊唐。故有人说，"宗唐乃清代立国之初的诗学主流，直至康熙前期依旧未变。"② 但是，与此同时，钱谦益由明入清，在清初诗坛拥有较高地位。钱谦益受到明末公安派同调程家燧的影响，主张转益多师，不仅学唐，而且广泛学习宋元诸大家，冯班《钝吟杂录》卷七云："钱牧翁学元裕之，不啻过之。每称宋元人，矫王李之失也。"③ 钱谦益的诗学路径主要是学习杜、韩、苏、陆、元好问等人。其诗学思想对清初诗坛产生了广泛的影响。虞山诗派是受到钱谦益影响而形成的一个诗派。在钱谦益的影响下虞山派多倾向于学习宋诗。不但虞山诗派，钱谦益的影响实则波及甚广。尤侗云："大抵云间诗派，源流七子，迨虞山著论诋諆，相率而入宋元一路。"④ 乔亿云："自钱受之力诋弘、正诸公，始缵宋人余绪，诸诗老继之，皆名唐而实宋，此风气一大变也。"⑤ 钱谦益宗宋的诗学思想日渐为人所接受，这些人中，吕留良、吴之振等是声气相同者，吕留良自称"自来喜读宋人书，爬罗缮买，积有卷帙"。⑥ 而叶燮为吴之振《黄叶村庄诗集》作序亦称"时之论孟举之诗者，必曰学宋"。⑦ 这些人都喜爱宋诗，但是，由于长期以来尊唐贬宋思潮的影响，宋诗典籍已经十分稀少，不易获得，正如吴之振所说："自嘉、隆以还，言诗家尊唐而黜宋。宋人集，覆瓿糊壁，弃之若不克尽，故今日蒐购最难得。"⑧ 于是吴之振、黄宗羲、吕留良等人于康熙二年开始编纂《宋诗钞》一书，并于康熙九年刊刻于南京。此书一出，让人们看到了久违的宋诗，对宗宋起到了推波助澜的巨大作用，宗宋终究成为诗坛的一种巨大势力和普遍的风气，诗人宋荦《漫堂说诗》："明自嘉、隆以后，称诗家皆讳言宋，至举以相訾。故宋人

---

① 《青箱堂近诗序》，《聪山集》，《四库存目丛书》本，卷一。
② 王英志：《清代唐宋诗之争流变史》，人民文学出版社2012年版，第215页。
③ 《丛书集成新编》第八册，台湾新文丰出版公司1986年版，第92页。
④ 《彭孝绪诗文序》，《西堂全集·艮斋稿》卷三，《续修四库全书》本。
⑤ 《剑溪说诗》，郭绍虞编选：《清诗话续编》二，上海古籍出版社1983年版，第1104页。
⑥ 《答张菊人书》，徐正等点校：《吕留良诗文集》，浙江古籍出版社2011年版，第29页。
⑦ 吴之振撰，徐正点校：《吴之振诗集》，浙江古籍出版社2012年版，第1页。
⑧ 《宋诗钞序》，吴之振等：《宋诗钞》，中华书局1986年版。

诗集庋阁不行。近二十年来，乃专尚宋诗。至余友吴孟举《宋诗钞》出，几于家有其书矣。"① 由于《宋诗钞》出来之后，产生了巨大的影响，于是，接着又有多部宋诗选集编刻问世，如陈焯的《宋诗会》（康熙二十二年）、曹溶的《宋诗选》（康熙二十四年）、陆次云的《宋诗善鸣集》（康熙二十六年）、吴曹直和储右文的《宋诗选》（康熙二十六年）、陈訏的《宋十五家诗选》（康熙三十二年）、潘问奇和祖应世的《宋诗啜醨集》（康熙三十二年）、邵喦和柯弘祚的《宋诗删》（康熙三十三年）、顾贞观的《积书岩宋诗选》（康熙三十五年）、周之鳞和柴升的《宋四名家诗选》（康熙四十八年）、张豫章等的《御选宋诗》（康熙四十八年）、王史鉴的《宋诗类选》（康熙五十一年），等等。这些宋诗选本适应宗宋思潮应运而生，又为宗宋思潮推波助澜，进一步扩大了宋诗的影响。

宗宋风气所及，甚至连一些原本尊唐的诗人诗派也受到了影响。比如尊唐的申涵光对宋诗亦偶有所取，他说："宋贤自眉山、放翁而外，如永叔、山谷、圣俞、子美，非不峥嵘一代。"② 王士禛是力主尊唐诗者，在清初的宗宋思潮中，他"亦尝泛滥出入于有宋诸名家"。③ "兼取南北宋、元明诸家之诗"。④ 王士禛后来回顾其诗学道路说："中岁越三唐而事两宋，良由物情厌故，笔意喜生，耳目为之顿新，心思于焉避熟……当其燕市逢人，征途揖客，争相提倡，远近翕然宗之。"⑤ 康熙十六年王士禛还编选了《十子诗略》，收录了宋荦、王又旦、颜光敏、叶封、田雯、谢重辉、丁炜、曹禾、汪懋麟、曹贞吉等人的诗歌。这十个人大抵都像王士禛一样，由唐而入宋。如宋荦自言其诗学经历云："初接王、李之余波，后守三唐之成法，于古人精意，毫未窥见。康熙壬子、癸丑间屡入长安，与海内名宿尊酒细论，又阑入宋人畛域。"⑥ 汪懋麟自道其创作"涉笔于昌黎、香山、东坡、放翁之间"。⑦ 田雯之诗，沈德潜评论道："山姜诗才力既高，取材复富，欲兼唐宋而擅之，山左诗家中另开一径。"⑧ 要之，《十

---

① 《清诗话》上，上海古籍出版社 1983 年版，第 416 页。
② 《青箱堂近诗序》，《聪山集》，《四库存目丛书》本，卷一。
③ 韩菼：《序》，王士禛：《十种唐诗选》，《四库全书存目丛书》本。
④ 徐乾学：《渔洋山人续集序》，转引张健《清代诗学研究》，第 394 页。
⑤ 俞兆晟：《渔洋诗话序》，《王士禛全集》六，齐鲁书社 2007 年版，第 4749 页。
⑥ 《漫堂说诗》，《清诗话》上，上海古籍出版社 1983 年版，第 420 页。
⑦ 《百尺梧桐阁诗集·凡例》，《百尺梧桐阁集》，上海古籍出版社 1980 年版。
⑧ 沈德潜：《清诗别裁集》，上海古籍出版社 1984 年版，第 216 页。

子诗略》的编选刊刻，见证了王士禛中年越三唐而事两宋的巨大变化，也说明了清初宗宋诗风影响至巨。

二　清初诗坛宗宋的特点

钱谦益是清初率先倡导宋诗的人。钱谦益主要追摹苏轼、陆游等人，因此，在钱谦益等人的影响下，学习苏轼、陆游、范成大成为一时风气。所以沈德潜《与陈耻庵书》说："钱氏之学行于天下，较前此为盛矣……相沿既久，家务观而户致能。"① 叶燮也批评当时"推崇宋诗者，窃陆游、范成大与元之元好问主人婉秀便丽之句，以为秘本"。② 由于钱谦益倡导学习苏轼、陆游以及范成大等而不尊崇江西诗派，因此清初诗坛即使如深受钱谦益影响的虞山派中一些诗人也不重江西诗派。其中冯舒冯班兄弟更是偏爱晚唐李商隐而抨击江西诗派。冯舒《瀛奎律髓》批语："江西之体，大略如农夫之指掌，驴夫之脚跟，本臭硬可憎也，而曰强健。"③ 冯班《同人拟西昆体诗序》："呜呼，自江西派盛，斯文之废久矣。"④ 宋诗范式尚未成为诗坛的普遍选择。

到康熙年间宗宋风潮形成，其时的宋诗提倡者的诗学祈向发生了一些变化，他们标举黄庭坚及其江西诗派。吴之振等人编纂的《宋诗钞》中黄庭坚小传云："宋初诗承唐余，其苏、梅、欧阳，变以大雅，然各极其天才笔力，非必锻炼勤苦而成也。庭坚出而荟萃百家句律之长，究极历代体制之变，自成一家，虽只字半句不轻出，为宋诗家宗祖，江西诗派皆师承之。史称自黔州以后，句法尤高，实天下之奇作，自宋兴以来，一人而已，非规模唐调者所能梦见也。"由此可见，黄庭坚以及他所代表的江西诗派在宗宋诗人心目中有了何等重要的地位。这是认识宋诗范式的起点。

在这个阶段，人们还只有对宋诗的初步认识，还不能认识到宋诗的独特价值和宋诗范式的重要意义，他们只能从继承唐宋的角度来肯定宋诗，不能旗帜鲜明地肯定宋诗价值。即如康熙时期提倡宋诗的重要人物黄宗羲说："天下皆知宗唐诗，余以为善学唐者唯宋。"⑤ 又说："夫宋诗之佳，

---

①　《沈德潜诗文集》三，人民文学出版社 2011 年版，第 1379 页。

②　《原诗》，《原诗·一瓢诗话·说诗晬语》，人民文学出版社 1979 年版，第 10 页。

③　李庆甲集评校点：《瀛奎律髓汇评》下，上海古籍出版社 2005 年版，第 1714 页。

④　傅璇琮：《黄庭坚和江西诗派资料汇编》下，中华书局 1978 年版，第 458 页。

⑤　《姜山启彭山诗稿序》，《黄宗羲全集》第十册，浙江古籍出版社 1994 年版，第 60 页。

亦谓其能唐耳，非谓舍唐之外能自为诗也。"① 又说："以文字为诗，以才学为诗，以议论为诗，莫非唐音。"② 由上可以看出，黄宗羲虽然有意倡导宋诗并且极力为宋诗辩护，但是他也只是说宋诗善于学唐，继承了唐诗传统云云，借唐诗来为宋诗张目，如此讷讷自辩实则毫无说服力——既然宋诗也不过是善于学唐者，那么人们只需学唐好了，何必宗宋？这就是认识的局限性。

这在一些宋诗选本中也有类似的问题。本来，编纂宋诗选本就是为了传播宋诗，但是，当时的一些选家一面编选宋诗，一面又在为宋诗风潮担忧，邵昌《宋诗删序》就说："尊唐而不能为唐，时或逗而之宋。于是，一二骚坛之士更取宋诗而尸祝之，然不无矫枉过正。向之选唐诗者，济南裁数百首，或病其隘，高廷礼取材极富，不过数千，而今《宋诗初集》之钞已至万余首，几欲多宋而少唐。"③ 陈訏《宋十五家诗选》卷首道："昔蔽于举世皆唐，而今蔽于举世皆宋……而空疏率易，不复知规矩绳墨与陶铸洗伐为何等事。"④ 这些人在传播宋诗时，做了错事似的，惴惴不安，担心谬种流传，担心宋诗盖过了唐诗。

而且在学习对象的选择上，这个时期诗坛最喜爱的也并非宋诗的代表作家黄庭坚等江西诗派作家，而是宋诗特色相对来说不那么突出的其他诗人，如苏轼、陆游、杨万里、范成大等。从当时的诗歌选本来看，即使高度评价黄庭坚的《宋诗钞》，所选陆游诗歌 936 首，苏轼诗歌 461 首，而选黄庭坚诗歌 268 首，低于杨万里、梅尧臣、张耒、范成大、刘克庄、戴复古。其他如陈訏《宋十五家诗选》选黄庭坚诗 132 首，远低于陆游（966 首）、苏轼（320 首），也低于范成大、杨万里、欧阳修、王安石、苏辙、曾巩、王十朋等人，在"十五家"中仅居第十位。顾贞观《积书岩宋诗选》选黄庭坚诗 32 首，低于陆游（129 首）、王安石（102 首）、刘克庄（102 首）、苏轼（92 首）、范成大（87 首）、欧阳修（85 首）、朱熹（67 首）、梅尧臣（66 首）。陆次云《宋诗善鸣集》选陆游诗 64 首，杨万里诗 37 首，梅尧臣诗 35 首，林逋诗 28 首，苏轼诗 25 首，欧阳修 13 首，选黄庭坚诗仅 5 首。邵昌、柯弘祚《宋诗删》选陆游诗 34 首，梅尧

---

① 《张心友诗序》，《黄宗羲全集》第十册，浙江古籍出版社 1994 年版，第 50 页。
② 同上。
③ 邵昌、柯弘祚：《宋诗删》卷首，康熙刻本。
④ 《四库存目丛书》集部，第四百一十册。

臣诗 30 首，杨万里诗 18 首，陈与义诗 17 首，刘克庄诗 17 首，谢翱诗 17
首，欧阳修诗 16 首，苏轼诗 14 首，林景熙诗 12 首，苏舜钦诗 10 首，范
成大诗 10 首，而黄庭坚诗仅仅 7 首。潘问奇、祖应世的《宋诗啜醨集》
选陆游诗 56 首，杨万里诗 30 首，范成大诗 27 首，赵师秀诗 26 首，林景
熙诗 20 首，刘克庄诗 19 首，方岳诗 17 首，苏轼诗 16 首，张耒诗 12 首，
陈与义诗 12 首，欧阳修诗 11 首，徐照诗 11 首，黄庭坚诗仅 6 首。吴绮
《宋金元诗永·凡例》更是明说其选诗标准："是选人惟两宋，时逮金元，
而其诗之品骨气味，规圆矩方，要不与李唐丰格致有天渊之别。"① 所以，
该书是以近乎唐诗的标准和趣味来选宋诗的，全书收录宋代诗人 382 家，
诗歌 1494 首，其中陆游 67 首，范成大 48 首，为宋代诗人之冠。

从当时的诗歌评论来看，人们也多是推崇苏轼、陆游等人。清初人贺
裳所作《载酒园诗话》说："天启、崇祯中，忽崇尚宋诗，迄今未已。究
未知宋人三百年间本末也，仅见陆务观一人。"② 康熙二十七年孙鋐为所
编《皇清诗选》所撰《刻略》中说："数年以来，又家眉山而户剑南
矣。"③ 又，邵长蘅《渐细斋集序》说："今海内谈艺家盛宗宋诗，玉局、
剑南，几于人挟一编。"④ 主要生活于康熙时期的张世炜所作《宋十五家
诗删序》也说："今三十年来，天下之诗皆宋人之诗。天下之家诵户习，
皆东坡、放翁之句也。"⑤ 这些评论与诗选也大致可以互相印证。这些都
说明，清初诗坛的宗宋，重视的是那些略近乎唐、宋诗特色不是特别突出
的诗人和诗歌，对于宋诗范式的独特审美价值还不十分清楚。

三　诗学理论

在诗歌创作酝酿着由尊唐向宗宋转型的时候，这个时期的诗学理论与
诗歌创作相呼应，也在探索着宋诗的理论问题，最突出的是以学为诗
问题。

（一）以学为诗

严羽提出别材别趣说之以后，影响极为广泛、深远，被很多人所接

---

① 《四库全书存目丛书》集部，第三百九十三册。
② 郭绍虞编选：《清诗话续编》，第 453 页。
③ 《四库全书总目》卷一百九十四《皇清诗选提要》，第 1771 页。
④ 邵长蘅：《邵子湘全集·青门簏稿》卷七，《四库全书存目丛书》集部，第二百四十
七册。
⑤ 《秀野山房二集》，道光三年重刊本。

受。特别是尊唐的明代，诗坛对于宋诗的以学为诗非常反感，视之为不懂诗、非诗的表现。而入清以后，人们开始认识到诗人学问的重要性，越来越明确地强调学问于诗的意义。于是，首先，在理论界开始了对严羽别材别趣说的检讨。

朱彝尊说：

> 诗篇虽小技，其源本经史。必也万卷储，始足供驱使。别材非关学，严叟不晓事。……①

又说：

> 今之诗家空疏浅薄，皆由严仪卿"诗有别才非关学"一语启之，天下岂有舍学言诗之理？②

又说：

> 严仪卿论诗谓"诗有别才，非关学也"，其言似是而非，不学墙面，焉能作诗？自公安、竟陵派行，空疏者得以藉口，果尔，则少陵何苦读书破万卷乎？③

虞山派的周容说：

> 诗有别材，非关书也；诗有别趣，非关理也。此严沧浪之言，无不奉为心印。不知是言误后人不浅。请看盛唐诸大家，有一字不本于学者否？有一语不深于理者否？④

朱彝尊、周容都指责严羽诗论在历史上产生了重大影响。朱彝尊更是反思明代性灵派、竟陵派以降的空疏诗风，将其弊端完全归咎于严羽诗论

---

① 《斋中读书十二首》之一。
② 《棟亭诗序》，《曝书亭集》卷三十九。
③ 《静志居诗话》，人民文学出版社 1990 年版，第 549 页。
④ 《春酒堂诗话》，郭绍虞编选：《清诗话续编》，上海古籍出版社 1983 年版，第 107 页。

的为害。他们都以取得了巨大创作成就的唐代诗人为依据来证明，诗歌创作必本于学，舍学而为诗是行不通的。朱彝尊还从诗歌源本经史，学问可为诗人创作提供可资驱使的材料等立论，说明诗歌创作离不开学问。清初诗论家的这些诗论都具有一种从理论上为后来宗宋诗歌扫清障碍、开辟道路的意义。

其次，清初诗论家还从诗人学养的角度来强调学问的重要性。如黄宗羲说：

> 诗非学而致，盖多读书，则诗不期而自工……读经史百家，则虽不见一诗，而诗自在其中。①
>
> 昔之为诗者，一生经史子集之学，尽注于诗。夫经史子集，何与于诗？然必如此而后工。②

黄宗羲清楚地认识到，"诗非学而致"，诗歌并不是从学问中得来的，学问不是诗歌，经史子集与诗歌也没有直接的关系。但是，多读书则有助于诗歌创作，能使诗歌创作不期而自工，从这个意义上说，经史之中自有诗歌。黄宗羲所言，讲的就是学问对于诗人来说，是一种有益和必备的修养。有深厚的修养才能创作出好的诗歌。

对此，冯班讲得更为明显。冯班（1614—1681）说："余不能教人作诗，然喜劝人读书，有一分学识，便有一分文章，但得古今十分贯穿，自然才力百倍。""多读书则胸次自高。"③ 又说："杜子美云：'读书破万卷，下笔如有神'。涉览既多，才识自倍，资于吟咏，亦不专在用事……凡我同人，纵使嗜好不同，慎勿自隐短薄，憎人学问，便谓诗人不课书史也。"④ 在冯班看来，学问有着神奇的作用：首先是学问使人胸次更高，更有学识、识见；继而学识能够转化为诗人的才力——故成为才识，这种才力、才识就能够助益诗人的吟咏，而且并非仅仅为了用事用典。冯班对于学问提高诗人修养的意义，讲得相当透彻。

最后，人们把学问作为诗歌发生的一个成因。钱谦益说："诗文之

---

① 《诗历题辞》，《黄梨洲诗集》，中华书局1959年版。
② 《马虞卿制义序》，《黄宗羲全集》第十册，第74页。
③ 《正俗》，《钝吟杂录》，《四库全书》本，卷三。
④ 《社约》，《钝吟杂录》卷七。

道，萌折于灵心，蛰启于世运，而苗长于学问。"① 在钱谦益看来，诗歌的产生需要灵心、世运、学问。从灵心、世运中萌发的诗歌需要借学问而苗壮成长。

（二）人品与诗品

清初，有惩于明末士人的放诞和不检点，着意强调作者的人品，不仅认为人品决定诗品，而且认为人品重于诗品。如：

归庄（1613—1673）《天启崇祯两朝遗诗序》云："古人之诗，未有不本于其志与其性情者也。故读其诗，可以知其人。后世多作伪，于是有离情与志而为诗者。离情与志而为诗，则诗不足以定其人之贤否，故当先论其人，后观其诗。夫诗既论其人，苟其人无足取，诗不必多存也。"② 归庄认为，古人的诗品与人品是统一的。诗品是人品的表现，所以由诗歌可以了解人品，后世人们作伪，使得两者相分离了。因此应该先看人、后看诗，人品无足取则其诗不必存。在他看来，人品显然是高于诗品的。

冯班（1614—1681）也表达了类似的意见，他说："借诗存人，人不得滥；以人重诗，诗不必尽工。"③ 在诗与人的关系上，冯班将人品标准绝对化，人品佳则诗歌欠缺一点也无妨，诗歌可以因人品而借重；不言而喻，如果人品有亏，则其诗无足取，以免滥存其人。

四　意义

这一个时期诗学的特点是，诗坛由元明以来数百年的尊唐开始注意学习宋诗了。这是宋诗经过长期边缘化之后重新向诗坛主流的回归，是人们对宋诗价值和宋诗范式的重新认识、重新发现，它不仅开辟了诗歌发展的新途径，而且在中国古代诗歌发展史上具有划时代的意义。

第二节　钱谦益对宋诗的学习和提倡

在清代诗坛由尊唐到广师唐宋的诗风转变中，钱谦益是一个起到了重要作用的人物。他提倡学习宋元大家，为清代诗坛开一代风气。

---

① 《题杜苍略自评诗文》，《钱牧斋全集》四，上海古籍出版社 2003 年版，第 1594 页。
② 陈济生编：《天启崇祯两朝遗诗》，中华书局 1958 年版。
③ 《社约》，《钝吟杂录》卷七。

　　钱谦益（1582—1664），字受之，号牧翁，又号牧斋老人，江苏常熟人，明万历三十八年（1610）进士，授翰林院编修，天启元年（1621）典试浙江，后以东林党魁罪名革职，崇祯改元，擢升礼部右侍郎兼翰林院侍读学士，旋被削籍归田，崇祯七年（1634）获罪下狱，崇祯十七年（1644）南明小朝廷在南京建立，钱谦益谄事阉党余孽马士英、阮大铖，被起用为礼部尚书。次年清兵南下，钱谦益率先降清。清顺治三年（1646）正月授礼部右侍郎兼管秘书院事，充纂修《明史》副总裁，五月托病辞归。晚年隐居乡里，秘密从事反清复明活动。

　　钱谦益的遗著今有《钱牧斋全集》，钱曾笺注，钱仲联标校，上海古籍出版社 2003 年版。

一　钱谦益接受和提倡宋诗的时代背景

（一）明末诗坛宗宋思想的萌发

　　明代诗坛的主流是黜宋尊唐的。但随着七子派末流的流弊日益显露，公安派出而以性灵相标榜。他们既倡性灵，则其作诗就无关乎唐宋——只要是性灵之作，则无论是唐也可，宋也可，于是学宋也就是顺理成章的了。故袁宗道就推崇白居易、苏轼，并且名其斋为"白苏斋"，名其诗文集为《白苏斋集》。其弟中道在《白苏斋记》一文中说宗道"所之必葺一室，扫地焚香宴坐，而所居之室，必以'白苏'名"。①

　　袁宏道也极力鼓吹苏诗，他的文章《答梅客生开府》说：

　　　　苏公诗无一字不佳者。青莲能虚，工部能实。青莲惟一于虚，故目前每有遗景；工部惟一于实，故其诗能人而不能天，能大能化而不能神。苏公之诗，出世入世，粗言细语，总归玄奥，恍惚变怪，无非情实。盖其才力既高，而学问识见又迥出二公之上，故宜卓越千古。至其道不如杜，逸不如李，此自气运使然，非才之过也。②

　　又其《与李龙湖》云：

---

　　①　袁中道：《柯雪斋集》，上海古籍出版社 1989 年版，第 532 页。
　　②　袁宏道著，钱伯城笺校：《袁宏道集笺校》，上海古籍出版社 1981 年版，卷二十一。

苏公诗高古不如老杜，而超脱变怪过之，有天地来，一人而已。仆尝谓六朝无诗，陶公有诗趣，谢公有诗料，余子碌碌，无足观者。至李杜而诗道始大。韩、柳、元、白、欧，诗之圣也；苏，诗之神也。①

袁宏道"每以长苏自命"，② 还说："近日裁诗心转细，每将长句学东坡。"③ 可见，袁宏道对苏轼是十分心仪和崇敬的，简直就是顶礼膜拜了。

袁氏兄弟在明末一时间声名藉甚，追随者众多。在袁氏兄弟的影响下，明末诗坛学习白居易、苏轼成为一时风气。钱谦益《陶仲璞遁园集序》云："万历之季，海内皆诋訾王李，以乐天、子瞻为宗。"④ 这与袁氏兄弟大力倡导是很有关系的。

不过，宗宋形成气候，主要是在天启、崇祯年间，程家燧与深受其影响的钱谦益是关键人物。程家燧特别推崇陆游，其次还有苏轼。程家燧的主张在诗坛也有一定的影响。因为陆游诗歌不仅句律精工、法度谨严，而且忧国忧民、感时叹世、情感沉郁，与许多晚明士人在心灵上有着相通之处。所以晚明诗坛学习陆游诗歌一度形成风气。

正因为这些人的倡导，所以宗宋思想在明末诗坛已经开始萌发。

（二）明末诗坛宗宋思想对钱谦益的影响

明末诗坛的宗宋思想对钱谦益有着重要的启迪和影响。这从钱谦益自己的文字中可以找到依据。如钱谦益《复遵王书》云："仆少先学，熟烂空同、弇州之书；中年奉教孟阳诸老，始知改辕易向。孟阳论诗自初盛及钱、刘、元、白诸家，无析骨杂刻髓，尚未能及六朝以上。晚始放而之剑川、遗山，余之津涉无相上下。汤临川亦从六朝起手，晚而效香山、眉山。袁氏兄弟则从眉山起手，眼明手快，能洗近代窠臼。"⑤ 又，钱谦益《姚叔祥过明发堂共论近代词人戏作绝句十六首》："孟阳诗律是吾师。"⑥ 从钱谦益本人的以上言论即可看出，他是奉程家燧为师的。他青年时期本

---

① 袁宏道著，钱伯城笺校：《袁宏道集笺校》卷二十一。
② 孙锡蕃：《袁宏道传》，袁宏道著，钱伯城笺校：《袁宏道集笺校》，附录二。
③ 《偶作赠方子》，《袁宏道集笺校》卷十二。
④ 钱仲联标校：《钱牧斋全集》二，上海古籍出版社 2003 年版，第 918 页。
⑤ 钱仲联标校：《钱牧斋全集》六，第 1359 页。
⑥ 钱仲联标校：《钱牧斋全集》一，第 601 页。

来虔诚地追随明七子一派，但由于程家燧的诗学路径由初盛唐而及于全唐，乃至宋元大家；公安三袁、汤显祖等人也是与之同调，钱谦益与袁氏兄弟等人关系较为密切，常常在一起诗酒切磋，互相影响。于是，钱谦益同时受到来自程家燧、袁氏兄弟等师友的影响。钱谦益的诗学路径由初盛唐而全唐，而宋元，正可以在此找到渊源。

二　钱谦益对宋诗的学习、提倡及其影响

（一）钱谦益学习宋诗

1. 钱谦益学习宋诗的学理依据

钱谦益学习宋诗的一个重要学理依据是宋诗继承了杜诗艺术传统。钱谦益《曾房仲诗序》云："自唐以来，诗家之途辙总萃于杜氏。大历后以诗名家者，靡不飙杜而出。韩之南山，白之讽喻，非杜乎？若郊，若岛，若二李，若卢仝、马异之流，盘空排奡，横从谲诡，非得杜之一枝者乎……宋元之能者，亦飙是也。"① 又其《薛行屋诗序》云："自宋以来，学诗者多师法少陵。"② 钱谦益指出，杜甫的诗歌创作是诸多诗家的艺术渊源，中晚唐、宋元的许多重要代表诗人皆受其影响，宋元优秀诗人正是很好地继承发扬了杜甫诗歌的艺术传统。这个论断肯定了学杜的极端重要性，也肯定了学宋的合理性——它是杜诗艺术传统的优秀传承者。基于这样的认识，钱谦益花费了很大气力研究杜诗。他为杜诗作注，钱注杜诗是清代少数几部享有盛名的杜诗注本之一。他也积极地学习宋元优秀作家。他学习的宋代诗人主要有陆游、苏轼，以及黄庭坚、范成大等人。钱谦益的弟子瞿式耜说："先生之诗，以杜韩为宗，而出入于香山、樊川、松陵，以迨东坡、放翁、遗山诸家。"③

2. 钱谦益学习宋诗的表现

钱谦益学习宋诗，最明显的表现是以学为诗，喜欢用典用事。如钱诗《天启乙丑五月奉诏削籍南归，自潞河登舟，两月方达京口，途中衔恩感事，杂然成咏，凡得十首》其六："尘世荣枯通与苓，蜀庄只合老沉冥。麟游不省戕胎卵，龙斗何知及螳蜓。心静六时闻刻漏，眼明五岳见真形。

---

①　钱仲联标校：《钱牧斋全集》二，第928页。
②　钱仲联标校：《钱牧斋全集》八，第665页。
③　《牧斋先生初学集目录后序》，钱仲联标校《钱牧斋全集》一，第53页。

江天云物清明候，或有人看处士星。"按钱曾注，首联上句，王临川《登小茅山》有诗句云："人间荣愿付苓通。"方回《瀛奎律髓》云："马矢为通，猪矢为苓。身登绝境，视世之荣利如粪土，故云"。下句，《法言·问明篇》："蜀庄沉冥。"吴秘曰："庄遵，字君平，蜀人也。晦迹不仕，故曰沉冥。"颔联上句，《家语》："孔子曰：刳胎杀夭，则麒麟不至其郊；竭泽而渔，则蛟龙不处其渊；覆巢破卵，则凤凰不翔其邑。何则？君子违伤其类者也。"下句，京房《易传》："众心不安，厥妖龙斗。"颈联上句，张乔《寄山僧绝句》："远公独刻莲花漏，犹向山中礼六时。"下句，《黄帝传》："黄帝以四岳皆有佐命之山，而南岳孤特无辅，乃章词三天，命霍山为储君，潜山为衡岳之副以佐之，躬写形象，为《五岳真形图》。"尾联下句，《史记·天官书》："少微。"《天官占》云："一名处士星。"这首诗凡八句而用典者七，可谓好用典矣。然而这种用典的例子比比皆是，不胜枚举。

钱谦益的诗歌用事用典时，特别喜欢化用古人的诗句，如宋代的苏轼、陆游等人的诗句。这里分别列举数例如下。

（1）化用陆游诗

钱诗《柳絮词为徐于作六首》其六："沈园柳老绵吹尽，梦断春销向阿谁。"化用陆诗《沈园》其二："梦断香消四十年，沈园柳老不吹绵。"

钱诗《崇祯元年元日立春》："钓船游屐须排日，先踏西山万树梅。"化用陆诗《小饮梅花下作》："排日醉过梅落后，通宵吟到雪残时。"

钱诗《西山道中二首》其二："软红尘土原如许，一如东华便可嗟叹。"化用陆诗《书怀》："愁向东华踏软红。"

钱诗《次韵答士龙二首》其一："白首孤臣践骇机，天门梦断翮犹飞。"化用陆诗《书感》："铄金消骨从来事，老矣何心践骇机。"

钱诗《赠星士》："万事未曾唯有死，此生自断岂由天。"化用陆诗《秋晚书怀》："颓然兀兀复腾腾，万事唯除死未曾。"

钱诗《戊辰七月应召赴阙车中言怀十首》之八："心如乳燕初辞社，身似飞蓬乍转科。"化用陆诗《秋日怀东胡》："身如巢燕临归日，心似堂僧欲动时。"

（2）化用苏轼诗

钱诗《崇祯元年元日立春》："故知青帝攒新令，不是天公厌两回。"化用苏诗《次韵秦少游王仲至元日立春三首》其一："省事天公厌两回，新年春日并相催。"

钱诗《渡江二首》:"何事眉山老,归期只问田?"化用苏诗《金山》:"我谢江神岂得已,有田不归如江水。"

钱诗《过滁州怀李三长蘅,长蘅偕上公车,爱滁阳山水,有异时吏隐之约,故及之》:"行役总归鸿爪迹,怀人仍在马蹄间。"化用苏诗《和子由》:"人生到处知何似,应似飞鸿踏雪泥。"

钱诗《徐州杂题五绝句》其四:"磨盘岭过出淮东,捍索如雷百丈洪。"化用苏诗《过淮》:"晚来洪泽口,捍索响如雷。"

钱诗《济上逢总河李侍郎》:"执手俱为未死人,参差病鹤记城闉。"化用苏诗《次韵蒋颖叔钱穆父从驾景灵宫二首》其一:"归来病鹤记城闉,旧踏松枝雨露新。"

钱诗《赠胡泌水》:"甲第轩车互却迎,万人如海隐王城。"化用苏诗《病中闻子由得告不赴商州三首》其一:"惟有王城最堪隐,万人如海一身藏。"

从以上所举,只是钱谦益化用苏轼、陆游诗歌的极小一部分,但由此我们可以看到钱谦益对宋诗的熟悉、喜爱和自觉学习。他将苏轼、陆游等宋代优秀作家的佳什烂熟于心,内化为自己的诗材诗料,从而在创作中左右逢源,随手拈来,熔铸到自己的诗篇当中。所以钱谦益的诗歌创作得益于宋人者确实是不少的。

(二) 钱谦益提倡宋诗及其在诗坛的影响

钱谦益以自己的诗歌理论和创作肯定宋诗,继承和发扬了宋诗的艺术传统。由于他在明末以来文坛上的影响颇为巨大,从而在清代诗坛上起到了很好的宣传和提倡宋诗的作用,产生了深远的影响。

在明末清初诗坛上有不少人受到钱谦益的影响,甚至是他的追随者,而钱谦益本人也乐于奖掖后学青年,由此更使他的诗学思想广为传播。其影响甚著者如王士禛,钱谦益对他多有扶持帮助,王士禛称钱谦益为"平生第一知己"。王士禛曾经一度越三唐而事两宋,即与钱谦益的影响不无关系。再如黄宗羲也深受钱谦益的影响。黄宗羲年少于钱谦益二三十岁而与之声气相投,结为忘年交,其《八哀诗》之五《钱宗伯牧斋》称钱谦益为"平生知己"。他接受钱谦益的衣钵,在诗学理论与创作上倾向于宗宋,并且参与吴之振等人编选《宋诗钞》的活动,倡导宋诗,他深刻地影响到了浙派的形成,被视为浙派初祖。要之,钱谦益不仅借助其文学思想与创作，而且通过培养文学新人，推动了宋诗在清代文坛的传播。时人对此多有肯定。如毛奇龄《西河诗话》云："宗伯（钱谦益）素称宋人诗当学务观。"① 毛奇龄《盛元白诗序》云："海内宗虞山教言，于南渡推放翁。"② 毛奇龄《沈方舟诗序》云："时局大变，阴袭虞山之旨，反唐为宋。"③ 乔亿《剑溪说诗》云："自钱受之力诋弘、正诸公，始缵宋人余绪，诸诗老继之，皆名唐而实宋，此风气一大变也。"④ 计东《南昌喻氏诗序》云："自宋黄文节公兴而天下有江西诗派，至于今不废。近代最称江西诗者，莫过虞山钱受之，继之者为今日汪钝翁、王阮亭。"⑤ 贺裳《载酒园诗话》云：在钱谦益的倡导下，"天启、崇祯中，忽崇尚宋诗"。⑥ 所有这些，都说明了钱谦益提倡宋诗的实绩。

第三节　《宋诗钞》：清初宗宋诗学的形成标志

在清初诗坛由尊唐而宗宋的诗风转变中，一部宋诗总集——《宋诗钞》的选编、刻印对宋诗的传播、倡导和宗宋诗风的形成起到了十分重要的作用，成为清初宗宋诗风形成的标志。

一　《宋诗钞》的编纂及其意义

（一）编刻情况和基本内容

《宋诗钞》的编纂者主要有吴之振、吕留良、吴自牧以及黄宗羲、高旦中等人。该书于康熙二年（1663）夏开始编纂，康熙十年（1671）仲秋编定，前后历时九年有余。

该书收诗人100家，但其中刘弇、邓肃、黄干、魏了翁、方逢辰、宋伯仁、冯时行、岳珂、严羽、裘万顷、谢枋得、吕定、郑思肖、王柏、葛长庚、朱淑真等16家有目无书，故实际收录诗人诗作84家。凡94集，共收诗1.2万余首。每集之首，系以小传，并加品评或考证。除杨万里选

---

① 《陆游资料汇编》，中华书局1962年版，第145页。
② 《西河文集》，《万有文库》本，卷二十八。
③ 同上。
④ 郭绍虞编选：《清诗话续编》二，上海古籍出版社1983年版，第1104页。
⑤ 《改亭集》，康熙刊本，卷四。
⑥ 郭绍虞编选：《清诗话续编》一，上海古籍出版社1983年版，第453页。

了 9 集，谢翱选了 2 集外，其余都是一人一集。所收宋人诗作，原已成集者按时代先后为序；原已成集但选诗不满五首者与原未成集者合为一编，附在全集之后。

《宋诗钞》有 1986 年中华书局标点本。

（二）编纂的目的、意义和产生的重大影响

编纂该书的目的就是为了宣传和倡导宋诗。吴之振、吕留良、黄宗羲等人提倡宋诗，有感于"宋诗向无总集，亦无专选"①，既有的某些选集又"见闻俭陋"、取舍失当，导致人们对宋诗缺乏了解，于是着手编选了卷帙浩繁的《宋诗钞》。其编纂目的就是要展示宋诗之美，"尽宋人之长，使各极其致"，"欲天下黜宋者得见宋之为宋如此"。② 该书旗帜鲜明地宣传宋诗，其《序》云："黜宋诗者曰腐，此未见宋诗也。宋人之诗，变化于唐，而出其所自得，皮毛落尽，精神独存。"

该书的出现具有重要意义。这是文学史上第一部按照宋诗审美特点来编纂的大型宋诗选集。选刻宋人诗，实际上宋代就已有之。南宋陈起编《江湖小集》95 卷，选宋代江湖诗人 62 家；又《江湖后集》24 卷，选 49 人。明代诗坛长期由七子派主宰，因为七子派认为"宋无诗"，故有明一代诗坛主流往往排斥宋诗，宋诗读物难觅，正如《宋诗钞序》所云："自嘉、隆以还，言诗家尊唐而黜宋。宋人集，覆瓿糊壁，弃之若不克尽，故今日蒐购最难得。"其中，较为人知的宋诗总集或选本有李蓘（字于田）所编的《宋艺圃集》，22 卷，收入 237 位诗人的 2000 多首诗，该书编成于隆庆丁卯年（1567）。该书虽选宋诗，实际上是按照唐诗的审美标准来抉择的。还有曹学佺（1576—1646，字能始，号雁泽，又号石仓）编选的《石仓历代诗选》（又名《石仓十二代诗选》），所选百数十家，共计506 卷，其中宋诗 107 卷。该书也有着与李蓘《宋艺圃集》相同的毛病。故吴之振《宋诗钞·序》称："李蓘选宋诗，取其离远于宋而近附乎唐者。曹学佺亦云：'选自莱公，以其近唐调也。'以此意选宋诗，其所谓唐终不可近也，而宋人之诗则已亡矣。"

《宋诗钞》是真正按照宋诗的审美价值尺度来选编的，旨在全面介绍和传播宋诗，取径很宽，如其《凡例》所云："是选于一代之中，各家俱

---

① 《凡例》，吴之振等：《宋诗钞》，中华书局 1986 年版。
② 《宋诗钞·序》。

收，一家之中，各法俱在。"它的刻印发行，使人们有机会看到长期以来难以见到的宋诗，使人感到耳目一新，故其问世之后，迅速广为流传，影响很大。宋荦《漫堂说诗》云："至余友吴孟举《宋诗钞》出，几于家有其书矣。"① 于是，人们仿佛在一夜之间发现了宋诗。王崇简《吴孟举以所辑宋诗相贻赋赠》诗称赞道："卓识开千古，从今宋有诗。"② 可以说，《宋诗钞》的出现为人们学习宋诗提供了重要的文本条件，推动了宗宋诗风的形成。

在《宋诗钞》出来之后的康熙二三十年，各种宋诗选本相继问世。如康熙十七年吴绮《宋金元诗永·宋诗永》、康熙二十二年陈焯《宋元诗会·宋诗会》、康熙二十四年曹溶《宋诗选》、康熙二十六年陆次云《宋诗善鸣集》、康熙二十六年高士奇《南宋二高诗》、康熙二十六年吴曹直和储右文《宋诗选》、康熙三十二年陈訏《宋十五家诗选》、康熙三十二年潘问奇和祖应世《宋诗啜醨集》、康熙三十二年周之鳞和柴升《宋四名家诗选》、康熙三十三年邵曾和柯弘祚《宋诗删》、康熙三十五年顾贞观《积书岩宋诗选》、康熙四十八年张豫章等《御选宋诗》、康熙五十一年王史鉴《宋诗类选》，等等，形成了清代宋诗选本编纂的一个高潮。有学者统计，已知清代的宋诗选本有 170 种，其中断代诗选 90 种（含 28 种具体年代不详者），通代诗选 80 种（含 25 种具体年代不详者），而康熙朝的宋诗选本，断代诗选有 23 种，通代诗选有 20 种，为清代各时期宋诗选本数目之冠。③

需要说明的是，并非所有宋诗选本的编纂都是为了倡导学习宋诗，有的选家恰恰是为了反对《宋诗钞》以及当时的宗宋诗风而来，他们编选宋诗却是要倡导学唐。毛奇龄《王舍人选刻宋元诗序》就说道："舍人王君唯恐以今之为宋元者，如昔之为唐而仍蹈其弊，于是搜讨遴录，遍辑宋金元之诗，而以拣以料，扬其粃而汰其砾，取夫宋金元之近唐者而存之。"④ 袁景辂《国朝松陵诗征》："（沈亮）与钱旭威有《宋元诗选》七卷，合两朝诗得八百余首，世疑其太简。盖尔时风尚渐趋宋元，不早为之

---

① 《清诗话》上，第 416 页。
② 吴之振：《黄叶村庄诗集》光绪本卷首题词，《吴之振诗集》，浙江古籍出版社 2012 年版，第 297 页。
③ 谢海林：《清代宋诗选本研究》，第 34 页。
④ 转引自蒋寅《清代诗学史》第一卷，第 517 页。

防，必流为放纵不止。两先生此选，音不合唐不采，格不入唐不收，欲引学宋元者仍以唐为归宿。"① 所谓"取夫宋金元之近唐者"，所谓"欲引学宋元者仍以唐为归宿"，目的都是在不满举世宗宋而又无力回天的情况下，把宗宋诗人导入学唐的道路上去。不过，"尽管这些选本都出自批评宋诗派的立场，矛头直指学宋诗风，但它们的编选、刊行客观上起了传播和普及宋诗的作用。"② 它们作为对《宋诗钞》和宗宋诗风的回应和争鸣，并未抑止和阻遏宗宋潮流，反而使得宗宋思潮的影响更大了。

值得注意的是，《宋诗钞》还成为清代许多宋诗文献的重要来源与依据。清代有不少后出的宋诗选本都不同程度地依赖《宋诗钞》，据此作为源文献来编撰新的选本，如顾有孝的《宋朝名家七律英华》、陆次云的《宋诗善鸣集》、邵喦的《宋诗删》、潘问奇的《宋诗啜醨集》、范大士的《历代诗发》、郑鉽的《宋诗选》、马维翰的《宋诗选》等皆是主要或者全部取材于《宋诗钞》的。③ 由此也可以看出《宋诗钞》的重要文献价值。

由于《宋诗钞》还有刘弇、邓肃、黄干、魏了翁等 16 家有目而并未收录其诗作，实际上就是没有完成编选工作。这是一个很大的遗憾。于是，到乾隆五年，又有曹庭栋着手编选一部《宋百家诗存》，以补其阙，阅两载告蒇。曹庭栋（1699—1785），字楷人，号六圃，嘉善人，诸生。《宋百家诗存》收录共计 100 家，都是吴之振《宋诗钞》所未收录的诗人。它是《宋诗钞》的续补之作和姊妹篇。该书在保存、整理宋诗文献方面，具有独特意义。"《诗存》在保存宋诗方面最主要的贡献便是将众多钞本的'僻集'付诸枣梨，广为流布。"④ 对于该书，王友胜评价说："此书以保存宋集原貌为特色，以选录中小作家为主旨，尤其注重选录那些未经刊刻，流布未广的'僻集'，这些虽非宋诗之重镇，然对存录一代诗歌史料，极有益处，固不可谓之无功。读《宋诗钞》中的大中作家，辅之以兹编的中小诗人，则宋诗大略已见其端。"⑤ 该书为收录的百位诗人写有小传，言语虽然简短，但它探析诗人源流、辨别诗人体派与风格，

---

① 转引自蒋寅《清代诗学史》第一卷，第 517 页。
② 同上。
③ 参见申屠青松《宋诗钞与清代诗学》，《暨南学报》2010 年第 5 期。
④ 谢海林：《清代宋诗选本研究》，第 213 页。
⑤ 王友胜：《清人编撰的三部宋诗总集述评》，《湘潭师范学院学报》1998 年第 4 期。

独具慧眼。因此，该书成为清代重要的宋诗文献，与《宋诗钞》一起广为流传，几于家置一编，而且也成为后出宋诗选本的重要文献来源，深刻地促进了宋诗在清代的流播。① 郑孝胥评价说："惟吴之振之《宋诗钞》、曹庭栋之《宋百家诗存》，为两宋诗人菁华之所在。治宋诗者，孰能舍此？"②

二　《宋诗钞》的主要编纂者

《宋诗钞》的主要编纂者是吴之振、吕留良、吴自牧、黄宗羲、高旦中等人。

（一）吴之振：论诗喜宋人

吴之振（1640—1717），字孟举，号橙斋，又号黄叶村农，浙江石门人。官内阁中书。有《黄叶村庄诗集》八卷，收诗约 600 首；《续集》一卷，收诗约 220 首；《后集》一卷，收诗约 200 首，共计收诗 1000 余首。③ 吴之振诗学苏轼、黄庭坚、杨万里，徐世昌《晚晴簃诗汇》说："橙斋纂《宋诗钞》凡百家，自言尽宋人之长，使各尽其致。门户甚博，不以一说蔽古人，意在力矫嘉隆后尊唐黜宋之偏，隐以挽回风气自任。故其诗亦近宋，出入于宛陵、东坡、山谷诸家，晚年诗律尤细。"④ 吴之振较之黄宗羲、吕留良都要更加旗帜鲜明地倡导宋诗。其诗《次韵答毗陵杨古度》云："两宋诗篇古墨香，删除几涤俗人肠。"其诗《陆鹤亭赴孝丰广文任次韵赠之》其四云："力屏西泠删俗派，功摩北宋张吾军。"其诗《次韵答谢浮病中见简二首》其二云："玉堂戏写清癯句，便作江西社里人。"其诗《次韵酬嘉善魏禹平》云："招携同入江西社，俗眼何曾别爱憎。"所以，汪懋麟说他"论诗喜宋人"。⑤ 清初诗坛大抵都认为吴之振诗歌的特点就是学宋。叶燮说："时之论孟举之诗者必曰学宋。"⑥

吴之振诗歌在题材内容方面的特点是以次韵唱和与题咏之作为最多，

---

① 谢海林：《清代宋诗选本研究》，第 215 页。
② 郑孝胥跋，管庭芬补：《宋诗钞补》，商务印书馆 1915 年版。
③ 见于《四库全书存目丛书》集部，第二百三十七册。
④ 《晚晴簃诗话》，华东师范大学出版社 2009 年版，第 245 页。
⑤ 《送孟举归石门用昌黎东都遇春韵》，《百尺梧桐阁集》，上海古籍出版社 1980 年版，诗集卷十。
⑥ 《黄叶村庄诗集》序，《吴之振诗集》，浙江古籍出版社 2012 年版，第 1 页。

其次是抒情写景之作。在思想内容方面最值得注意的有两方面。

1. 描写农村生活情景

吴之振的诗歌描写了清代早期农村的社会生活情景，显示了康熙时期的社会特点。如

> 下车容易上车难，水到田头渐渐干。莫惮苦辛齐著力，十分收得总输官。(《常州八首》)
>
> 三日晴和两日阴，初生蚕子细如针。家家禁忌行人绝，吠犬鸣鸡亦断音。(《课蚕词》)
>
> 三起三眠日夜忙，早蚕将熟恰清凉。争传叶价俄腾贵，两桨如飞去采桑。(《课蚕词》)

这几首诗写了农民灌溉农田和采桑养蚕的辛劳，展示了一幅幅农村社会生活的生动图景。吴之振诗歌所描写的社会生活特点是，老百姓基本上能够安居乐业，全力发展生产，致力于农事活动，为提高和改善自己的生活而劳作，并且也时或取得较好的收成，百姓生活中的最大难处不是社会动荡、兵燹、徭役，而是如何克服自然灾害，获得五谷丰登。老百姓总体上对当下的生存状态是能够接受的，没有很尖锐的社会矛盾，只是对官税有点不满。这是清代所谓康乾盛世的开端。

2. 亲情、乡情

吴之振诗歌中还有一些写得比较感人的作品，主要是那些描写亲情、乡情的篇章，往往都是真情结撰。如《寄内二首》："儿女真无赖，娇痴恼阿娘。好花当槛折，新黛溙头妆。不去争梨栗，还来索酒浆。小同初解事，描字几成行。"诗歌描写年幼儿女的情态，极其生动地写出了他们的娇憨调皮的性格特点，字里行间洋溢着诗人作为父亲的浓浓爱意。再如《宿瓜州》："打叠闲情不忆家，偏憎归梦绕天涯。眼前儿女争梨栗，却是邻舟语笑哗。"这首诗写自己的亲情和乡情，诗人思念自己的儿女，虽然努力自抑这种情感，仍然在梦中呈现出来。邻舟的喧哗使诗人在梦中误为儿女的吵闹声。再如《万年闸逢浙僧》："闸口逢僧操浙音，羁人偏搅故乡心。归来独对油缸坐，费尽蓬窗几苦吟。"这首诗着力写诗人的乡情，诗人邂逅一个操浙江口音的僧人，便勾起了自己强烈的思乡之情。回来后，独对油灯，思绪万千，乡情绵绵，于是借苦吟来抒发自己的情愫。这

类诗歌是吴之振诗歌创作中比较具有感染力的，他们出自诗人的真情实感，能够以情动人。

吴之振诗歌在艺术上有着自己的特点，主要表现为：

1. 善于写景状物与抒情

吴之振的诗歌中比较具有感染力的部分是那些写景状物的抒情之作。这些诗以对景物真切传神的描写而见长，往往使人有身临其境的感觉。如《过新庵》："避竹因成径，编荆亦当扉。荷锄童子出，乞食老僧归。白板临残帖，青氆补衲衣。喜无蔬笋气，言笑各忘机。"诗人描写新庵的环境：坐落于竹林中，编制荆条为门，极朴实而清幽僻静。在这里，童子荷锄劳动，老僧外出化斋归来，庵中主人缝补衲衣，摹习残帖，悠然自处。诗歌的写景、写人，栩栩如生，而且其中饱含诗人的情感志趣。再如《渡黄河二首》："四宿黄河口，魂惊梦未安。风欺灯焰短，雨咽鼓声残。浪急舟频撼，沙回岸渐盘。只愁迟岁月，那怕路途艰。"诗歌摹写渡黄河的感受：风雨交加，水漩浪急，小舟摇晃，舟上人魂梦不安。诗歌将渡黄河的险恶情景和诗人的忧愁都极其逼真地表现出来了。又如《舟行杂咏》："地入冈峦迥，苍茫尽日迷。遥知村落近，鹅鹜浴前溪。"诗人乘舟随着冈峦婉转而穿行于江流之中，只见四围一片苍茫，难以分辨方向，突然前面出现了鹅鸭等家禽的身影，于是知道附近就有村庄了。诗歌不仅写出了小舟行驶的具体环境，而且把诗人的心理活动十分真切和准确地表现出来了。上述诗歌都说明了诗人写景状物的深厚功力。这是吴之振诗歌中写得比较好的作品。

2. 以意为主，突出主观表达

吴之振诗歌的一个十分显著特点是突出诗人主观感受的表达，以意为主，相对减少了对外在的客观景物的描摹。他的很多诗歌就是纯粹地倾诉个人的思想、意见、感受和情感，较少借助于客观意象来寓托。甚至一些在一般诗人笔下通常必须以写景状物为主的诗歌题材中，吴之振也可以将其写成以意见表达为主的诗歌。如《高旦中以诗索画竹次韵答之》："风流旧债费寻思，笔墨同源画即诗。身外只供千载论，眼前犹喜寸心知。为君淡写蓁蓁篠，莫讶春生曲曲篱。携入乱云何处去，明年莫负看山期。"高旦中以诗代书来要求诗人为之画竹，诗人照办了，并写此诗作为回应。诗人是就画竹这一中心内容来写此诗的，照常理，诗歌免不了对竹子做一些形象描绘，往往会以竹子意象的创造为中心。但是，在这首诗中，诗人主要是表达自己的看法，充溢于诗歌中的不是竹子意象，而是诗人的思想与意见。

再如《同晚村东庄看梅》："隔岁心情似死灰，梅花堆里暂看开。吹将王冕横枝下，炼得林逋断句回。已分色香难品第，不烦桃李作重台。落英桃李团成片，研入春醪饮一杯。"既然是看梅花，按理就应该摹写梅花的色、香、形态等，然后借题发挥，以期形神兼备之妙。历来写梅花的诗人诗作都很多，大抵就是用的这样一种方法。但是，吴之振在此诗中的旨趣却完全不同。该诗的主要内容不是描状梅花，而是叙写诗人自己的想法、心情，以主观意见的表达为主，对梅花的客观描述几乎没有。

总之，吴之振诗歌重在诗人主观感受与情感体验的表达，他对诗人内心世界的发掘远远超过了对外在世界的关注，在这一点上体现出了鲜明的宗宋特色。

3. 多叙说、陈述

与其重视主观表达与以意为主相关的是，吴之振诗歌在艺术手法上表现出多叙说、陈述的特点。这是因为主观意见的表达需要叙说，需要赋的手法，而不是诗人们通常使用的摹写、刻画，以及比兴的手法。如《题墨竹》："志气转颓落，笔墨就简易。竹石自成家，发兴随所寄。本无求工心，曷取六法备。十日五日画松石，疲精耗神色憔悴。不过唐宋千年间，标榜画院置一位。卷束绢素度高阁，布被蒙头足美睡。"作为题画诗，没有围绕画中的墨竹来创造意象与意境，而是叙说画家作画的心境，自己关于作画的艺术见解，诗歌总体上都是运用陈述、叙说的手法，以意义与思想为基本内容，按照时间顺序而线性呈现，而不是以意象、画面为内容，在空间中展开。又如《得孙志喜兼寄儿子宝林》："我年廿八方生汝，十七年头汝诞儿。好继门风还朴鲁，能成宅相定魁奇。祓除灾难依三宝，郑重寒暄记四时。汝母篝灯勤致语，书中还絮汝应知。"这首诗浑如一封家书，完全是父亲对儿子的告诫叮咛，讲述持家与为人的道理，其表达手法就是叙说，没有比兴，没有形象刻画。

总之，叙说、陈述是吴之振诗歌的基本手法。其特点是将作者的意见与感受以精练的语言表达出来，像散文那样具有较强的逻辑性，意脉连贯，较少意象和形象刻画，即使有一些意象也是服从于意义的表达。

4. 攫取琐细题材

吴之振诗歌的题材以次韵赠答与题咏居多，其他诗歌主要是写景状物抒情之作，题材范围并不算广泛。但值得注意的是，他却注意攫取一些在一般人看来没有太大审美价值的诗歌题材来进行创作。如他所写的《水车》、《鞭陀罗》、《斗纸牌》、《铁哨子》、《饘饘》、《踢石毬》、《纸顶槅》、《纸幡钱》、《风钟》、《高丽纸》、《淘井》、《秃鹜》、《淘井》等诗歌，从诗歌标题上就可以看出，这都是一些微不足道的日常生活的细物琐事。以往的诗人多不认为它们具有审美价值，而将其摒弃于诗歌创作之外。这些琐细题材却得到了吴之振的重视。虽然它们在吴之振诗歌中也不是主流，却显示了诗人试图开拓诗歌题材范围的自觉意识，并且为其诗歌创作增色不少，增加了其诗歌的生活气息，同时，还体现了诗人学习宋诗的态度。

5. 理趣

吴之振诗歌时或体现出一种理趣。在状物抒情中给人一种启迪。如：

野鹜家鸡是也非，随时饮啄渐依依。不缘毛羽摧颓甚，岂惜开笼放尔飞。(《锦鸡》)

饮啄不自饱，文章致杀身。鹦雀莫相诮，皮毛犹世珍。（《锦鸡》)

以上是两首同题咏物诗，都是写锦鸡。前一首写锦鸡为人所驯服、豢养、囚禁，寄食于人，没有自由，因为人们需要欣赏它的羽毛。羽毛的美丽给它带来的是囚禁。但是，当它的羽毛摧颓太多，失去了曾经的华丽之后，主人反而开笼将它放飞了。实在是因祸得福。后一首写锦鸡饮食不能自饱，生活艰苦，而又因其全身美丽的"文章"招致亵玩者的杀戮，结局悲惨。鹦雀等些小禽鸟，反而嘲笑有着华丽文采的锦鸡的遭遇，诗人站出来为之辩护：锦鸡虽然死去了，但是它留下的华美羽毛却长久地为人们所珍爱。这两首诗虽然都是写锦鸡，却揭示了深刻的生活哲理，令人回味无穷，又深受启发。

总的来说，吴之振诗歌重视理趣的发掘，但是，他并不喜欢通篇纯粹的说理，他多是在写景抒情或者是叙说当中恰如其分地插入一些具有理趣意味的内容，提升诗歌的主旨，又避免对诗歌韵味的损害。

6. 语言自然朴素，通俗流畅

吴之振诗歌的语言总体上比较自然、朴素、通俗流畅。聊举数例：

> 下车容易上车难，水到田头渐渐干。莫惮苦辛齐著力，十分收得
> 总输官。(《常州歌八首》之一)
> 风风雨雨怨皇天，造化无私也偶然。新谷登场满仓舍，鸡豚只去
> 谢田官。(《常州歌八首》之五)
> 偶然失脚走天涯，刺眼风尘扑面沙。不报重阳消息早，今年端的
> 负黄花。(《见菊花》)
> 好友裁春服，轻罗称体匀。那知风雨过，春尽已三分。(《舟行
> 杂咏》)

由上可见吴之振诗歌具有以下几个特点：一是较少使用典故，也较少使用过于艰涩的文言语汇，更没有难字僻字，而是较多地运用普通的日常语汇。二是语言句法符合日常表达习惯，乃至近乎口语，意脉贯通，逻辑性强，较少意义的跳跃与断续，所以读起来比较流畅，好懂。

(二) 吕留良："诗纯用宋法"

吕留良 (1629—1683) 有《吕晚村东庄诗集》，凡 7 集，收诗 263 题，400 余首。① 吕留良自称"自来喜读宋人书"，其诗歌创作多学习杨万里，兼及苏轼、黄庭坚、陈师道、陈与义、范成大等宋代杰出诗人，体现出鲜明的宗宋特点。故徐世昌《晚晴簃诗汇》言其"诗纯用宋法"。② 吕留良诗歌在内容上有一个突出的特点就是表现了强烈的反清复明的思想和民族意识。其诗歌《题如此江山图》、《钱墓松歌》、《紫云山古柏相传南宋时物》等都是著例。《题如此江山图》从民族主义立场出发，同情宋遗民而批评张昱、杨维桢以元遗民身份自居，诗人肯定明王朝，批评清朝统治，还说要收拾残山剩水。其民族主义情绪是极其鲜明和强烈的。《钱墓松歌》写明代万历举人钱与映墓上的松树，上有宋代松树和明代松树，没有元代松树，诗人借机发挥，说元代的几十年"天荒地塌非人间"，不

---

① 见于《四库禁毁书丛刊》集部九十四，北京出版社 1998 年版。
② 《晚晴簃诗话》上，华东师范大学出版社 2009 年版，第 246 页。

妨忽略，这样"宋松明松正相接"。还说"明堂太室"（按，明堂即帝王宣明政教的地方；太室即太庙）会重建，将要用这些松树去做栋梁。《紫云山古柏相传南宋时物》写紫云山古柏树相传是南宋时的古物，"曾记宋亡年"，江潮至今犹怒吼不已，诗人要"与君同洗冬青恨，再见妖狐出殿前"。这是借亡宋说清朝。

一些诗歌大胆揭露了清人征服者的残暴和血腥杀戮，及其给人民造成的巨大灾难。如《乱后过嘉兴》三首：

> 兹地三年别，浑如未识时。路穿台榭础，井汲髑髅泥。生面频惊看，乡音易受欺。烽烟一怅望，洒泪独题诗。（其一）
> 间有生还者，无从问故宫。残魂明夜火，老眼湿秋风。粉黛青苔里，亲朋白骨中。新来邻里别，只说破城功。（其三）

这些诗歌真实描写了清人军队残酷屠杀嘉兴人民的惨状：房屋毁坏，尸横遍野，城市换了居民，少数幸存者反而受到外来者的欺凌，制造人间惨剧的人竟然夸耀屠城的功劳。

一些诗歌表现了吕留良的遗民气节。如《东庄闲居贻孙子度、念恭兄》：

> 大地无宫阙，羞称山泽臣。未能言决绝，直以恋交亲。海雾留烟客，江云傍路人。近传深谷里，犹戴谷皮巾。

该诗写自己虽然没有殉国，但是也绝不肯向清王朝称臣。《次韵和黄九烟民部思古堂诗》："跃马谁当据要津，骑牛何处会真人。闭门甲子书亡国，阖户丁男坐不臣。黥卒敢争荳豆食，髡钳未许漆涂身。纵然不死冰霜下，到底难回漠北春。"该诗写自己虽然处境艰难，复国无望，但是绝不臣服清廷。《访王元倬留饮同州来、子固》诗：

> 古屋灯明窗眼红，深夜拄杖立秋风。上书却聘谢枋得，持咒盟神郑亿翁。万事已非吾舌在，九原可作此心同。当年曾广遗民录，岂谓牵连附传中。

该诗说自己与宋代遗民谢枋得、郑亿翁（郑思肖）心气相同，表达了自己绝不依附清朝的立场。

吕留良诗歌艺术特点如下。

1. 散文化和议论说理

吕留良的部分诗歌出现了明显的散文化倾向。其表现：一是诗歌的内容安排和结构形式仿如散文，由诗歌内容形成明显的段落，段落与段落之间有着一定的逻辑关系，章法井然，粗略一看，它就是一篇用整齐句式写成的散文。二是诗歌中的有些句子纯粹是散文句式，而不是诗歌句式。试举数例如下。

《真进士歌赠黄九烟》首先批评科举制度下的进士，除了做八股之外，没有什么实际才能，却贪污、搜刮，断送了社稷江山。接着说明这些庸俗进士所憎有数种："第一最憎孔孟儒"，"其次大部线装书"，"其三同年及僚旧"，"其四憎好诗词者"，"其五贫士尤可憎"——而黄九烟则数者兼备，故不为众多庸俗进士所喜。最后诗人发表评论意见，把黄九烟比作宋代宝祐四年 600 进士中的杰出人物文天祥、陆秀夫、谢枋得，肯定黄九烟的人品："如君进士方为真"。全篇诗歌的内容安排和篇章结构完全是散文化的。至于其中的 "第一"、"其次"、"其三"、"其四"、"其五"等，尤显散文特色。

《题如此江山图》首先交代了图画的作者、题画者、图画的大致内容以及诗人自己的疑问，继而从画面中领悟到，作画人与题画人是宋代遗民，他们借此图画来隐约地表达其亡国之痛。"以今视昔昔犹今，吞声不用枚衔嘴"是诗人对作画人与图画人的理解。接下来，诗人又针对在画上题诗作序的张昱、杨维桢等人，不为明王朝的建立感到高兴，反而有亡国之痛，真是不明大义。诗人认为元朝的灭亡不值得悲痛，宋代的亡国之痛也因之得以洗雪，明王朝的建立更是如 "山川开霁故璧完"，江山回归到了华夏汉族手中。最后 "拜乞丽农为我重作图，收拾残山与剩水"。该诗通篇叙述、议论，从内容来看，如同一篇夹叙夹议的说理散文。其中的许多语句，如开头一段话 "其为宋之南渡耶？如此江山真可耻。其为崖山以后耶？如此江山不忍视。吾不知作亭之人与命名之旨，但闻面会稽之山，俯钱塘之涘，庆忌之墓枕其背，伍员之祠附其趾，宋之大内实其腹，中间仿佛有遗址……" 这就是典型的散文化语言。

《看宋石门画辋川图依太冲韵》：

今观尺山村树尚画四五丈，其中亭榭艇子、帐帷几榻、炉碗瓶罍、砚床书册、茶灶药砲、弦琴酒杯、禅座变相、宾客僮仆、娱心乐志之具莫不备。不知思明跋扈、回纥贪残，百里内何以无兵至？

这是散文的句式，通常情况下诗歌中是不会使用这样的语句的。

总体来说，吕留良诗歌散文化现象在清初宗宋诗人当中是最为突出的。

吕留良诗歌在散文化的同时往往又以议论为诗。如《东庄杂诗》："老樵不谋隐，所居本自高。名士矫清节，恐无松柏操。""跛者命在杖，渡者命在舟。人生依万物，得失不自由。""巢许薄四海，商贾论只钱。自利同一私，意趣冰炭然。"又如《人日同黄九烟饮》："鸡狗猪羊马复牛，算来件件压人头。此曹更以儒为贱，吾道原无食可谋。"《题如此江山图》："人生泪落须有情，为宋为元请所倚。为宋则迂元则狂，两者何居俱可已。""胡为梨眉覆瓿诗，亡国之痛不绝齿。此曹岂云不读书，直是未明大义耳。兴亡节义不可磨，说起一部十七史。十七史后天地翻，只此一翻不与亡国比。"吕留良诗歌的议论往往不是追求思致的深邃和语言的警拔、精辟，而是深入浅出地说理，平易地向读者讲述、论证某个道理。

2. 多用宋典尤其是宋遗民典故

相对来说，吕留良诗歌的用典不是特别的多，但是，他用宋典的比例较大，而且他所用宋典多是宋代遗民故事。他往往是用那些宋遗民典故来表达他的亡国之痛、故国之思，或是表现其坚贞的民族气节。不妨胪列数例如下。

《访王元倬留饮同州来、子固》："上书却聘谢枋得，持咒盟神郑亿翁。"谢枋得、郑亿翁皆宋遗民。郑亿翁即郑思肖，号所南，宋亡后，隐居吴下，与客交往，坐必南向，闻北语必掩耳疾走。

《后耦耕诗》："白石肯从修竹老，玉山终傍铁崖开。"按，白石即林景熙，南宋诗人，入元不仕。其诗常常感怀宋室。修竹即王英孙，宋人，宋亡后，与人诗酒往还。

《迁耕瑶亭与改斋同坐次改斋韵》："画得兰根无好土，拔来莲叶出污泥。"此处用郑思肖事，南宋郑思肖擅画墨兰，宋亡后画兰不画土和根，以寓国土沦亡之意。

《得孟举书志怀》："故人谁似程文海，便恐催归谢叠山。"按，程文海，字钜夫，号雪楼，宋人，入元授应奉翰林文字，累迁集贤直学士。他为元朝搜访遗逸，荐举赵孟頫等多人，皆被擢用。谢叠山，即谢枋得，宋代宝祐四年进士，宋亡后，因元朝迫其出仕，乃绝食死。

《九日书感》："亭隅独下西台泪，岛畔谁招东郭魂。"西台泪，指宋谢翱哭祭文天祥事。谢翱在文天祥殉国后，只身游浙东桐庐，登西台，设文天祥牌位哭祭亡灵。

《喜考夫至山》："鸡狗猪羊今日异，丙丁甲乙几人来。"此处化用宋遗民谢翱《登西台恸哭记》"与友甲乙若丙约"。

由上可见，吕留良诗歌喜用宋典，而且其用典与诗歌内容上的表现遗民志节和民族精神是密切相关的。

3. 善于托物咏怀

吕留良的诗歌善于托物咏怀。他往往是借助联想、拟人等多种手法来发掘普通事物的意蕴内涵，从而达到抒情言志的目的。

如《题白虹砚》："但有虹贯日，竟无柯入秦。可怜易水上，愁杀白衣人。"吕留良得到了一方白虹砚池，所谓白虹，实际上就是砚石上的纹理有些像白虹罢了。诗人于是联想到白虹贯日的传说：古人认为白虹贯日则人间必有非常之事出现。诗人又联想到荆轲刺秦王的史实：《史记·鲁仲连邹阳列传》云："昔者荆轲慕燕丹之义，白虹贯日，太子畏之。"《史记·刺客列传》：荆轲出燕京时"太子及宾客知其事者，皆白衣冠以送之。至易水之上，既祖，取道，高渐离击筑，荆轲和而歌，为变徵之声，士皆垂泪涕泣"。吕留良又自号"南阳村白衣人"。于是他深深地感慨，当前反清复明"竟无柯入秦"，所以"愁杀白衣人"！本是一方普通的砚池，被诗人寄托了无穷的政治感慨。

再如《钱墓松歌》，本是写钱氏墓上的松树，诗人却由宋松、明松写到朝代更替、历史兴亡，写出对异族统治者的仇恨与蔑视，写出无限的亡国之痛，写出重建明堂太室的期待。

又如《憎蚊》，写蚊子为害甚剧，但并不加害于"居高华"者，寓意深远。

又如《放雪猫》，写雪猫外表可爱，养尊处优，但是"羊质蒙皋比，小勇大敌怯。不敢搏飞鼯，颇善扑游蝶"。诗人感叹"留尔伤群生，安能建功业"。真是言近旨远。

吕留良的这类托物咏怀的诗歌往往都善于从一些极其平凡的事物中找到其社会意义，从而寄托诗人的人生感慨。

4. 追求孤凄清寒之美

吕留良诗歌还喜欢表现具有孤凄、清寒意味的意象与意境。如《次韵和汝典》："欲傍高贤买一坪，喜来矮阁话多情。梅妻鹤子同心隐，海若山灵割臂盟。细酌灯花寒有焰，微吟茶浪静无声。坡翁佳处君知否，风雨凄然岁未更。"诗人说，他想傍高贤隐居于山林湖海之间，过着寒灯细酌、品茶微吟的生活，"风雨凄然岁未更"就是最令人陶醉的生活。这是一种孤凄的意境。《雪夜宿湖中》："群山尽没海天开，糅碎寒花当落梅。灯下推窗问三老，几人卧看雪湖来。"（按，"三老"谓船工）诗人雪夜宿湖上，把漫天飞舞的寒花（雪花）当作梅花来欣赏，还以少有人能像他一样观赏美而感到十分自豪。诗歌体现出一种孤寂、清寒的情味。《从湖上晚归戏得四绝句》："仙人大笑子何愚，雨里寒梅雪里湖。天上清缘兹第一，寻常美景那家无。"诗人借"仙人"的口吻说，"雨里寒梅雪里湖"这样的"清缘"美景非同寻常。清寒是该诗的特点。《悟空寺观梅》："海门瘦月远天斜，潮退虚声吼白沙。短袖闲叉无事手，荆山野寺看梅花。"瘦月远天之下，清闲无事的诗人到荆山野寺观赏梅花，唯听得远处传来退潮的水声。诗中透出诗人孤寂、恬退的心态。《游德清名园》："苦竹丛生出坏篱，干荷衰柳亦相宜。名园半落游僧得，古屋将崩老蠹知。秋壑湖山愁客醉，平泉树石笑人痴。一杯且与蛮童语，不让宾哗伎吹时。"诗人觉得，这种苦竹坏篱、干荷衰柳、名园古屋、秋壑湖山、平泉树石之类的景物令人流连忘返，胜过喧哗伎吹的繁华之地。该诗尽显诗人落寞、孤凄、淡远的情怀。《雪夜再宿湖中》："二月西湖雪，谁能秉烛游。白铺山作骨，青破树为头。海内疑无地，空中别有楼。莫愁波浪阔，万古剩虚舟。"诗人认为这种雪夜湖山美景令人思接万古，是值得秉烛游观的。诗歌的意境清远、凄寒。

以上诸诗都是把那种孤寂、凄寒、清远之类的景物作为最美、最值得观赏的景物来描写的，其中所表达的意蕴也是一种孤独、落寞的情绪体验。这是与诗人的抗清经历和遗民意识密切相关的。诗人一生都抱着一种强烈的民族主义和反清复明的信念，并且曾经为之付诸行动，然而终究失败了，诗人心有不甘，却又大势已去，已不再有群众的广泛参与和热情，甚至得不到人们的理解和支持,因而内心非常孤独。"九鼎兴亡谁挂齿,一瓢成败独关情"就是当时世情的写照和诗人孤独心态的表达。尽管如此,诗人丝毫未改其初衷,依然坚持不向清朝统治者臣服,不与清朝统治者合作的遗民气节,只是屏居山野,著述讲学,高蹈出世,所以其诗歌特别喜欢表现那种清远、孤凄的意象与意境,在这些意象中尤多梅花,这是诗人心态和人格精神的表现。

(三) 黄宗羲:"善学唐者唯宋"

黄宗羲 (1610—1696),字太冲,号梨洲,余姚人。其父黄尊素是东林党的著名人物。黄宗羲 14 岁补诸生,顺治二年至顺治十六年奔走于钱塘江一带从事抗清活动。此后,专意著述讲学。他是东南学术界的宗主。万斯同、万斯大、仇兆鳌等人都出自其门下。黄宗羲主要以史学、学术著称,但在清诗史上亦有不容忽视的地位。其诗学思想和创作对时人与后世都产生了重要影响。他被认为是后来浙派的先祖。

其著作有《黄梨洲诗集》,1959 年中华书局出版。另有《黄宗羲全集》,浙江古籍出版社 2005 年出版。其中第十册为《南雷诗文集》(上),第十一册为《南雷诗文集》(下)。黄宗羲的诗歌收录于第十一册之中,计有《南雷诗历》四卷(录诗 426 首),《南雷诗历补遗》一卷(录诗 50 首),《匡庐游录附诗》一卷(录诗 35 首),《南雷诗补遗》一卷(录诗 38 首),总计录诗 549 首。[①]

黄宗羲与钱谦益交厚,接受了钱谦益的影响,肯定宋诗,反对门户之见。他从宋诗对唐诗传统的继承上来肯定宋诗。他说:"天下皆知宗唐诗,余以为善学唐者唯宋。"[②] 又说:"夫宋诗之佳,亦谓其能唐耳,非谓舍唐之外能自为诗也。"[③] 又说:"以文字为诗,以才学为诗,以议论为诗,莫非唐音。"(《张心友诗序》)在此基础上他提出:"宋元各有优长,岂宜沟而出诸于外,若异域然。"[④] 总之,黄宗羲尊唐而又倡导宋诗,认为宋诗最善于学唐,宋诗历来多为人所诟病的"以文字为诗、以议论为诗、以才学为诗"等特点也是学唐使然,所以竭力肯定宋诗的价值。

他论诗重学问,强调经史为本。其《马虞卿制义序》云:"昔之为诗

---

① 本书所引黄宗羲诗歌均出自《黄宗羲全集》第十一册,以下不再另行说明。
② 《姜山启彭山诗稿序》,《黄宗羲全集》第十册,浙江古籍出版社 2005 年版,第 60 页。
③ 《张心友诗序》,《黄宗羲全集》第十册,第 50 页。
④ 同上。

者，一生经史子集之学，尽注于诗。夫经史子集，何与于诗？然必如此而后工。"① 其《诗历题辞》云："然后知诗非学之而致，盖多读书则诗不期工而自工。若学诗以求其工，则必不可得。读经史百家，则虽不见一诗而诗在其中。"② 由此可知，黄宗羲十分清楚和强调学问对于诗歌创作的重要性。但他不是主张以学为诗，堆砌学问，而是要求以学问作为诗人的修养、根柢，通过充实诗人的腹笥来助益其诗歌创作。

　　他论诗还倡导性情。其《寒邨诗稿序》云："诗之为道，从性情而出。"③ 但他又认为性情是有高下之别的。其《马雪航诗序》云："盖有一时之性情，有万古之性情。夫吴歈越唱，怨女逐臣，触景感物，言乎其所不得不言，此一时之性情也；孔子删之，以合乎兴观群怨、思无邪之旨，此万古之性情也。吾人诵法孔子，苟其言诗，亦必当以孔子之性情为性情。"④ 黄宗羲虽然并不反对表达个人的"一时之性情"，但他主张按照儒家圣贤的思想来规范性情，表达具有崇高社会意义的"万古之性情"，这是与明清诗坛许多性情论者有较大区别的。

　　在创作上他兼师唐宋，不主一家，他对汉魏、中晚唐、宋代诗人都有所学习，尤喜苏轼、黄庭坚。黄宗羲的诗歌创作特点如下。

　　在思想内容上，黄宗羲诗歌最动人的部分是那些表现自己亲情、追悼亲人的内容，其中以哭悼其子寿儿居多，还有追念其孙女迎儿和阿好、其儿媳孙氏的。其篇什有《至化安山送寿儿葬》、《梦寿儿》、《忆化安山》、《再入化安山送子妇孙氏葬》、《梦寿儿持两杯盘置烛台上》、《初度梦寿儿》、《上寿儿墓》、《思寿儿》、《寒食哭寿儿墓》、《圆通寺梦寿儿》、《闰五月十六日梦寿儿》等十多首。这些诗歌都是真情结撰，字字含泪，句句泣血，往往感人至深。如《梦寿儿》诗中有句曰：

　　　　自从儿殡后，无日不寒霖。天意犹怜汝，老夫何复心。看书皆寿字，入梦契中阴。

　　再如《思寿儿》：

---

① 《黄宗羲全集》第十册，第74页。
② 《黄梨洲诗集》，中华书局1959年版。
③ 《黄宗羲全集》第十册，浙江古籍出版社2005年版，第56页。
④ 同上书，第95页。

世路相看真两厌，闭门匡坐只寒灰。去年记得娇儿在，一日相呼有百回。

又如《再入化安山送子妇孙氏葬》诗：

可怜肠断小坟边，又向枫根筑墓田。昔日嫂曾梳短发，今来儿不怯啼鹃。红花都是啼痕染，明月难随恨地圆。只道出门还偶尔，谁知竟不到门前。

又如《寒食哭寿儿墓》：

小坟两度逢寒食，始得纸钱挂树傍。却为恨深愁绪重，纵他风起不飞扬。
既设松花寒食饭，旋烧黄纸降真香。儿年才五妇十七，叔嫂同盘也不妨。

从这些诗歌中，我们可以体会到诗人的巨大痛楚：诗人从儿子寿儿去世后的阴雨天气感受到满世界的悲伤，连读书时看到"寿"字都情不自禁地想起自己的寿儿；诗人失去儿子以后，闭门不出，心如寒灰，痛不欲生，精神几近崩溃；诗人难以接受儿子已经去世的事实，感觉寿儿好像依然活着，只是偶尔出门玩耍去了；他看到寿儿墓旁挂在树上的纸钱没有被风吹动，联想到这是愁恨太深重之故；还有，吕留良的儿媳死后，其坟墓与寿儿相邻。诗人由此设想，在另一个世界里十七岁的儿媳可以照顾年仅五岁的寿儿。所有这些都非常细腻地展示了诗人的内心世界，这些诗歌都是血泪文字，全是真性情的流淌，写出了一个父亲的失子之痛，爱子之情，故其入人也深。

黄宗羲诗歌在思想倾向上表现出一种坚定、倔强的民族气节。他早年亲身参加过抗清斗争，虽然后来失败了，但是他却坚决保持其民族意识和遗民气节。他后来主要从事学术研究和讲学活动，但其不少诗歌仍然关注抗清事业，缅怀抗清志士，歌颂抗清英烈，褒扬遗民气节。其诗歌也表现了诗人自身的不屈精神和高尚志节。如《山居杂咏》之一："锋镝牢囚取次过，依然不废我弦歌。死犹未肯输心去，贫亦其能奈我何。廿两棉花装破被，三根松木煮空锅。一冬也是堂堂地，岂信人间胜著多。"

> 五十栖迟一老生，残书破砚日纵横。深山雪合无人迹，终夜风来只虎声。卖药修琴才入市，谈僧算客与同盟。岂期好事如明府，累向人前举姓名。(《答何令见讯》)

前一首诗表现了黄宗羲虽然身经磨难，但他不畏贫，不怕死，依然弦歌不辍，信念坚定，斗志昂扬。后一首诗乃是地方官欲向朝廷推荐黄宗羲，黄宗羲于是作诗拒绝并婉责对方。在诗中，作者描述了自己屏退人事、寄身山野的恬淡生活，表明了自己绝不与当局合作的坚定立场。这样的思想倾向使黄宗羲诗歌体现了鲜明的遗民诗特色，也是黄宗羲诗歌的一个重要亮点。

在艺术上，黄宗羲诗歌具有如下特点。

1. 议论说理

黄宗羲的诗歌创作不乏议论说理。如《将进酒》：

> 中坐胡为君莫觯，谈忠说孝含讽刺。君不见秦缪丑和议，《陈书》全孝弟？又不见贾似道易箦青词鉴忠义？飞章陷冀诬李固，《忠经》煌煌悬书肆。是非黑白何由定，谁言盖棺有成议。圣贤笺注忠孝不甚明，何妨劝进之手索考异。对酒宁与时人争，渊意顿涸徒憔悴。尧舜千钟孔百壶，周公《酒诰》又非类。牵经引礼总乱丝，放驾朝歌且莫避。

这首诗虽然用的是《将进酒》这样一个旧题，却迥异于前人、他人的同题诗作。诗歌没有饮酒的情境描写，缺乏物象、事象，完全是诗人借饮酒这个名目议论历史人物与事件，从而借古讽今。其说理议论喷薄而出，滔滔不绝，有雄辩家之风。这种议论带有强烈的情绪色彩，但是诗歌总体上仍然是以意为主。又，《不寐》诗说理与议论相结合，从少年晚睡、老年早醒入手，议论人生短促。《有感》二首之一讲述自己的平生遭际与感受。《喜万贞一至自南浔以近文求正》一诗乃是为黄宗羲应万贞一向他讨教古文而作。诗歌谈论明末以来文坛风气，品评作家，指点文章做法，纯粹说理。《脚气诗十首》整个一组诗全部采用议论手法写成，谈古说今，评论历史与时事，伦理与政治，世风与士气、科举与学术，等等。纵观黄宗羲诗歌的议论说理，主要是两种情况，一种是议论而兼有情绪表达，如《将进酒》、《不寐》、《有感》二首之一等诗，这类诗因为具有一定的抒情成分和情韵，从而也较有诗味和可读性；另一种是纯粹议论说理，如《喜万贞一至自南浔以近文求正》、《脚气诗十首》，几乎是通篇说理，很少情味，可读性也较差。

2. 散文化

黄宗羲诗歌表现出了一定的散文化倾向。如：

> 吾处荒山间，数里无邻舍。（《麂鸣》）
>
> 我未尝见之，不敢明其假。（《麂鸣》）
>
> 虽章句细微，而无言不酬。（《次徐立斋先生见赠》）
>
> 八月初八日，我生是夜半。（《病疟》）
>
> 是日吾之生，是日子之化。（《病疟》）
>
> 墓林遗秽何心也，石椁鸣琴是礼欤。（《过史嵩之墓》）
>
> 辛辛苦苦一茅屋。（《岁尽出龙虎山》）
>
> 而吾平生玩物心，扰扰无殊于野马。〔《读上蔡语录。上蔡家极有好玩，后尽舍之，一好砚亦与人，慨然赋此》（第 232 页）〕
>
> 业既不精专，所以两堕矣。（《答陈介眉太史五十韵》）
>
> 豪猪健狗尚足畏，何况虎乃毅兽乎。（《题简石骑虎图》）

上述诸例句中，"我未尝见之，不敢明其假"、"虽章句细微，而无言不酬"是两个复句；"八月初八日，我生是夜半"是一个单句。这些诗句都是将一个散文句子截断成为诗歌的两句，实际上就是所谓"分行的散文"。"墓林遗秽何心也，石椁鸣琴是礼欤"、"而吾平生玩物心，扰扰无殊于野马"是典型的古文句法。"是日吾之生，是日子之化"、"辛辛苦苦一茅屋"也不是诗歌句法，而呈现出散文化的特点。

3. 使用宋典宋事

黄宗羲诗歌用典不是特别多，但有特色，他喜欢用宋典、宋事，化用诗人诗句。这与他熟悉宋代历史典籍、喜爱宋诗不无关系。如天章古寺山南垂，义士曾将龙穴移。绕地犹流呜咽水，（原注：林霁山诗："水到兰亭转呜咽"）满山不见万年枝。（原注：唐钰诗："遥遥翠盖万年枝"）空将余恨酬来客，竟不开花尝所知。（原注：谢翱云："此树终有开花时"）却怪从前三百载，竟无片石署哀辞。（《宿天章寺》）

五老新瀑近方出，朱子闻之爽然失。溅来喷雪发梦寐，恨未一往起衰疾。黄陈二子图新泉，摩挲坐起张一室。（原注：以上皆朱子书中语）……（《三叠泉》）

不知谁启双乌石，亦有横飞两白龙。（原注：东坡《庐山开元寺》诗"飞出两白龙"，言瀑布也。敝山亦有双瀑。）（《何伯兴雨中至龙虎山见赠次韵》）

欲书元祐开皇极，（原注：山谷赠文潜句）愧我健笔非苏门。（《史滨若惠洮石砚》）

非因佛藏传遗集，端为庐峰爇瓣香。（原注：王梅溪诗：庐峰矶边香，敬为白公堂。）（《白公草堂》）

以上诸诗，仅从作者自己的注释即可看出，它们都是化用宋人诗句，或使用宋典、宋事。当然，还有更多的情形是没有出注的，如《王九公邀集湖舫同毛会侯、许霜岩、王献廷祝儿》、《后赤壁赋有是岁十月之望余家居逢是日因赋》化用苏轼诗句或使用苏轼典故；《九日同仇沧柱陈子荣子文查夏重范文园出北门沿惜字庵至范文清东篱》用陆游典故；《过史嵩之墓》写的就是宋代人物史嵩。尽管如此，这已经可以窥其一斑了。

4. 浅易通俗

黄宗羲诗歌的一个很重要的特点是浅易通俗。这是他的自觉追求。其诗《与唐翼修广文论文》有句云："至文不过家书写。"在他看来，好的诗文就应该是像家书一般平易亲切的。观其所作，也确是比较通俗明白的。试看：

知君好士喜文人，试问文人若个真？七十年来所见者，可怜空费此精神。（《寿闻人老者》二首之二）

江水绕孤村，芳菲在何处？春是啼鸟来，啼是春归去。（《江村》二首之一）

不识山村路纵横，但随流水小桥行。一春尚未闻黄鸟，玉女峰前第一声。(《五月二十八日书诗人壁》之一)

不钩帘幕昼沉沉，难向庸医话病深。不识诗人容易病，一春花鸟总关心。(《五月二十八日书诗人壁》之三)

昨夕松风对短檠，病中无语不酸情。月光今夜偏无赖，江北山头分外明。(《书事》其三)

同是山中听雨人，相逢那得不相亲。春寒难许牡丹放，雨后且看瀑布新。已试一身忧患易，谁言千古是非真。还留未尽灯余话，约到西湖共采莼。(《王不庵以易注见示》)

从以上诸多例子，可以清初地看到：黄宗羲诗歌是比较通俗易懂的。这是因为：其一，其诗歌语言具有生活化的倾向，如"同是山中听雨人，相逢那得不相亲"，"春是啼鸟来，啼是春归去"，等等，就有的接近口语。其二，相对其他诗人而言，黄宗羲诗歌较少用典，也较少使用很典雅、很生僻的语汇，其诗歌语言大多使用那种使用比较广泛的通用语汇。

第四节　清初宋诗热衷的重要诗人

随着《宋诗钞》的广泛传播，在全国范围内迅速形成了一股学习宋诗的风潮，或谓之宋诗热①。重要诗人有宋琬、周容、孙枝蔚、汪琬、陈维崧、姜宸英、宋荦、汪懋麟、张谦宜、叶燮、李邺嗣、郑梁、万斯同、万斯备、查慎行，等等。他们都从理论来肯定宋诗或在创作上学习宋诗。

这个时期诗坛宗宋的特点是，人们从反思明代七子派以来诗坛恪守唐诗门户的弊端出发，开始探索、寻找新的诗学途径，宋诗之美被重新发现。他们自觉地发掘宋诗价值，努力为宋诗辩护，肯定宋诗成就，创作上着意师法宋诗大家。

宗宋诗学思想至清康熙前期虽然酝酿成了宋诗热，但尚未形成真正的流派。其诗学倾向也不尽一样。他们比较趋近的是，多学习苏轼、黄庭坚、陆游，甚而上溯至杜甫、韩愈、白居易。

---

① 见张健《清代诗学研究》，北京大学出版社 1999 年版，第 362 页。

一　宋琬：由七子派而陶冶唐宋

宋琬（1614—1674），字玉叔，号荔裳，山东莱阳人。父亲宋应亨，明天启五年（1625）进士，授清丰知县，官至吏部郎中，有德政。在父亲中进士的同年，12 岁的宋琬被选为拔贡生。其后则科场失意，屡试不第。顺治三年（1646）他 33 岁，参加清朝的乡试，以第二名中举。顺治四年（1647）又中了进士。顺治七年（1650）他 37 岁时，为逆仆诬告下狱，不久复出。顺治十年（1653）他 40 岁时，授官分巡陇右道兼兵备金事。顺治十四年（1657）调直隶永平道，有政声。顺治十七年（1660）赴浙江以左参政分守绍兴，次年擢升为浙江按察史。当年，宋琬的族侄诬宋一炳告宋琬与于七同谋反清，全家下狱。康熙元年（1662）至康熙三年（1664），即宋琬 49—51 岁时，服刑狱中。康熙十年（1671），宋琬重新启用，入京待命补官。康熙十一年（1672），补四川按察史。次年入觐京师。康熙十三年（1674），吴三桂叛军攻陷成都，宋琬在京而家眷皆在蜀，因此义愤忧悸而死。

宋琬与王士祯、朱彝尊、查慎行、赵执信、施闰章有清初六大家之称，又与施闰章有"南施北宋"之称。著有《宋琬全集》，齐鲁书社 2003 年 8 月出版。收录诗歌 1333 首。其中收录诗歌的有《安雅堂诗》和《安雅堂未刻稿》等两个集子。《安雅堂诗》刊刻于顺治十七年，即宋琬到浙江做官的第一年，这就说明该集中所有诗歌应当写于顺治十七年之前。而《安雅堂未刻稿》刊刻于乾隆三十一年，说明该集应是或主要是顺治十七年为官浙江之后所写的诗歌。

宋琬的诗歌创作，可以顺治十七年赴任浙江为标志，分为前后两个时期。前期主要学唐，学习明七子。叶矫然《龙性堂诗话初集》云："莱阳荔裳初年心仪王李，时论以七子目之，信然。中年所作诸体，大非曩制，淡远清新，揆之古人，无所不合。"[1] 可见，清代人认为宋琬的诗歌创作确有前后期的不同，早年被人们视为七子派之流。但上面所说"中年"的变化又是从什么时候开始的呢？王士祯《渔洋诗话》云："宋浙江后诗，颇似放翁。"[2] 这里说明当时人认为宋琬官浙江后的诗歌具有比较鲜

---

[1]　郭绍虞编选：《清诗话续编》二，上海古籍出版社 1983 年版，第 995 页。

[2]　《清诗话》上，第 204 页。

明的宗宋特征。现存宋琬的两个诗集分别是前后两个时期的创作。

宋琬诗歌为什么以顺治十七年诗人赴任浙江为标志，分为宗唐为主和宗宋为主的前后两个时期呢？这里有多种因素与可能的原因。外部原因如明末以来，先后有公安派袁氏兄弟、程嘉燧、钱谦益等人强力主张突破盛唐藩篱，学习全唐，学习宋、元诸大家。在这种情况下，宋琬受其影响而学宋就不足为奇。就其自身原因来说，宋琬早年追随明七子，学习盛唐，后来日久生厌，审美趣味发生变化，也是再自然不过的事。毕竟很难有人能够从小到老一辈子都是相同的审美趣味。还有一个原因就是，顺治十七年后，宋琬碰到了一些始料未及的磨难。他连续两次遭逢不白之冤、牢狱之灾，即使出了大狱，但还是丢了官，生活维艰。等到获得启用了，远派四川，旋即又独自入觐京师，与家眷离别，处于兵荒马乱的年代中惶惶不可终日，统共三年就忧悸而死。这样的经历，若要形之于诗，怕是难有盛唐诗歌的气象。所以，宋琬转而学习晚唐，学习宋诗，也是合乎情理的事。

关于宋琬前期诗歌创作的尊唐，除了叶矫然之外，朱庭珍《筱园诗话》也说：宋琬"七古法高岑王李……五律亦是高岑王李一派。七律虽不脱七子面目，往往堕入空声，至其合作，固北地、信阳之俦也，所少者变化之妙耳。然而宗法既正，规格复整，固是节制之师，唐贤典型，于斯未坠"。[1] 不独他人视宋琬为明七子一派尊唐遗绪，还可以在宋琬自己的言行中找到依据。宋琬《周釜山诗序》云："明诗一盛于弘治，而李空同、何大复为之冠；再盛于嘉靖，而李于鳞、王元美为之冠。余尝以为前七子，唐之陈、杜、沈、宋也；后七子，唐之高、岑、王、孟也。"[2] 宋琬把明七子派代表人物拟同盛唐杰出诗人，称之"一盛"、"再盛"云云，不胜赞美之意。由此可见他的诗学立场。此外，顺治年间，宋琬在京师与施闰章、严沆、丁澎、陈祚明、张文光、赵宾等一共 7 人经常诗酒酬唱，"仿王、李、宗、梁之遗事，有燕台七子诗行世。"[3] 这就是所谓"燕台七子"，而七子之谓也是仿效明七子而来。足见其诗学取向。再看其诗歌创作，也是鲜明地体现出明七子一路尊唐的特点。《安雅堂诗》基本是盛唐

---

[1] 郭绍虞编选：《清诗话续编》四，第 2357 页。

[2] 《宋琬全集》，第 13 页。

[3] 《严母江太孺人七十寿序》，《宋琬全集》，第 129 页。

面目，从中往往依稀可见高适、岑参等人的影子。再如宋琬《送傅介侯督饷宁夏》："贺兰西望郁嵯峨，使者乘春揽辔过。三辅征输何日近，二陵风雨至今多。边城杨柳楼中笛，羌女葡萄塞下歌。君到坐传青海箭，不妨草檄倚珊戈。"① 沈德潜《清诗别裁集》评论："七子遗响，尤近沧溟。"② 该诗编入《安雅堂未刻稿》，可能是后期仍在习惯性地学习明七子，也可能是前期作品的遗存。总之宋琬学习明七子和尊唐确是事实。

宋琬后期不再拘泥于七子派专尊盛唐的路径，开始陶冶唐宋，对中晚唐诗歌和宋诗均有所取法。比如他说他喜爱晚唐诗，《初秋即事》云："瘦骨秋来强自支，愁中喜读晚唐诗。孤灯寂寂阶虫寝，秋雨秋风总不知。"对于宋人，宋琬较喜陆游。其诗《读剑南集》云："高人最爱孔巢父，佳句惊看陆放翁。"又，《峡中山水歌》云："我读陆游《入蜀记》，拟到峡中当续笔。"还有他的诗歌《舟中病齿效陆放翁体三首》直接模仿陆游诗歌。所以王士禛《渔洋诗话》说："宋浙江后诗，颇似放翁，五言歌行时闯杜韩之奥。"③

宋琬诗歌在内容上有一个突出特点，就是生动、深刻地表现了诗人自己平生两次无端受到他人构陷而下狱的痛苦遭遇和骚怨哀愁。如《九哀歌》："有妇有妇勤纺织，薄宦驰驱到江国。突如其来缇骑至，举家相对无人色。小臣系累罪所当，何意妻孥辕亦北。寸帛铢钿不着身，罗网高张何处匿。穷愁慰藉叔与兄，兄也客死悲殊域。老母眼枯双耳聋，坐起相依视眠食。呜呼四歌兮不忍言，书空咄咄声还吞。"按，《九哀歌》是一组诗歌，凡九首，此其四。这组诗分别写了诗人遭逢家难时，其兄弟、嫂子、女儿、妻子、妹妹、侄子、外甥、仆人以及诗人自己遭受的劫难。该诗写大祸陡然来到之时，全家人猝不及防，陷入极其困窘的境地。诗人对无端受祸且株连家人哀痛不已，愁怨之至。

　　　　听钟鸣，所听非一声。一声才到枕，双泪忽纵横。白头老乌作鬼语，群飞哑哑还相惊。明星落，悲风哀，关山宕子行不返，高楼思妇难为怀。何况在罗网，夜半闻殷雷，无糜复无褐，肠内为崩摧。听钟

---

① 《宋琬全集》，第 538 页。
② 沈德潜：《清诗别裁体》，上海古籍出版社 1984 年版，第 70 页。
③ 《清诗话》上，第 204 页。

鸣，心独苦。狱吏抱钥来，不许吞声哭。(《听钟鸣》)

该诗原有小序，从略。序云，诗人系身囹圄时每闻晨钟而"心飞魂慄"，故做此题。该篇写了诗人系狱时忍受冻饿和忧愁的巨大折磨，却连哭泣的权利都没有。

兵火心犹栗，音书骨尚惊。下殇怜弱子，肯构赖吾兄。假寐时求夜，无言坐到明。故园当此际，安敢问人情。(《纪愁诗》癸未八首其四)

中夜起彷徨，胡为滞北方。泪如浮枕去，梦不信家亡。仰面霜盈屋，开扉月满梁。曾闻飞海水，今日果沧桑。(《纪愁诗》癸未八首其六)

这两首诗极其深刻地写出了诗人在蒙受无妄之灾时的痛苦心情：家破人亡的巨大变故令诗人心如死灰，唯有以泪洗面，似有天塌地陷之感。

这一类表现诗人在遭祸时愁苦骚怨情感的诗歌还有不少，有的是直接叙事抒情，有的是托物咏怀，婉转达意，总之，这是宋琬诗歌的一个很重要也很引人注目的内容，它使宋琬诗歌具有一种特殊情感的巨大感染力，从而以情动人，入人也深。

宋琬诗歌在艺术上体现了若干宗宋特点。

1. 多议论

宋琬诗歌喜议论，或通篇发表议论，或诗中夹杂议论。比较典型的如：

鹪鹩虽小禽，不肯栖危枝。雄鸡断其尾，窃恐将为牺。荣瘁无定辙，祸福还相基。柱下有犹龙，所贵守吾雌。奈何今之人，翘翘忘此规。临歧空叹息，羽括何由追。(《感怀》)

昔人作山水，凝神在磅礴。经营惨淡间，不苟等戏谑。作者与赏心，要当富丘壑。吴生大雅人，清姿如野鹤。豪端走神鬼，古人庶无作。持赠万里行，披图俨酬酢。诵君远游诗，不减谢康乐。征鸿去悠悠，相望何寥廓。葡萄江水深，勿使蛟龙攫。(《题吴渔山仿吴仲圭画》)

这类作品还有《咏史（八首之八）》、《赠胡省游》、《题王西樵长斋绣佛图》、《题金孝章次子运甓图》、《寄姚六康》，等等。

宋琬诗歌的议论往往表现出对人情事理的深刻理解，或在其中寄托着某种人生感慨，如《感怀》诗，以鹡鸰、雄鸡避祸求生起兴，讲述做人要守拙的道理。《题金孝章次子运甓图》说陶渊明志在匡济，辛劳不辍，而其子嗣却全然不似乃父，故教子之事必须慎之又慎。这是深于世事之言。《题王西樵长斋绣佛图》一诗的开头说："浮生能几何，忧患居其半。当其在罻罗，刀俎何由逭。"这正是作者浮萍身世、忧患人生的沉痛总结。宋琬诗歌论及艺文之事，亦有精彩之言，如《题吴渔山仿吴仲圭画》说的就是作画与赏画的道理，他说作者画山水，要"凝神在磅礴"，而无论作者与欣赏者都必须胸有丘壑。《寄姚六康》谈到读书，强调"学者读书须读史，坐穷理乱知臧否"。《赠胡省游》说文人裒集古玩碑帖，实为通人达士借以寄托孤怀高情，非关玩物。

2. 多叙述而以意为主，象在意中

宋琬诗歌喜爱采用一种叙述的笔法来写，而这种叙述方法不同于一般的叙事，因为它不是记叙一个事件；也不同于状物描写，因为它不是描摹一个物体；也明显不同于一般的抒情、议论，因为它情不外露，理不直说。它是一种陈述、叙说，这一点与叙事、记叙手法相同；与之不同的是，它的概括性很强，所讲述的往往不是完整的具体事件和过程，而是事件的部分事象、物象，而且其事象、物象往往包含于作者的某种意见、情绪之中，服务于某种意见、情绪的表达，因而它是象在意中、以意为主而兼有叙事、抒情。如：

> 暂谢华虫侣，来依青雀舟。应无稻粱志，不待网罗求。敢望颁章服，惟应舞画楼。失身山自炫，感叹不能休。（《锦鸡》）
>
> 文章谁复狎齐盟，共说江东陆士衡。官自左迁忘世法，人从垂死见交情。小山最爱淮南赋，大雅空惭稷下生。暇日追随频载酒，看花莫负雨初晴。（《雨中饮汪茗文斋中》）

这类作品还有《雨中读书》、《寿戴岩荦先生》、《赋赠方尔止》之一、《叶星期话旧》、《酬赠方尔止》、《峡中山水歌》、《三峡猿声歌》、

《滟滪堆》，等等。

按照通常的写法，《锦鸡》是一首咏物诗，它应该描摹锦鸡的形貌特征，在此基础上加以发挥。但该诗显然并没有状物描写，而是借物言志，将其拟人化表白诗人的心志。它所使用的是叙述语言，传达的是体现诗人精神品格的思想、意见。《雨中饮汪苕文斋中》一诗从标题来看应是叙事，但实际上它是以一种叙述的笔法讲述自己与友人的交情、爱好，叙述之中体现着一种评论，仍是以意为主。这样的叙述手法，以意为主，兼有抒情的意味，又不同于纯粹的叙事、抒情、议论，在唐宋诗歌当中都有存在，但是在宋诗中尤为突出，更代表宋诗特征。

3. 语言文雅，喜用典

宋琬诗歌的语言比较文雅，虽然也不乏较为通俗的诗句，但在总体上还是呈现出雅的特征，属于比较典型的书面语，因为他的措词、用字大都是出自文言文的语汇，其语气、口吻也呈现出书面语的语体特征。此外，宋琬诗歌语言的雅和他的用典不无关系。在其诗中，典故随处可见，有时一首诗中用到数个典故。如《乌鸦》：

> 三匝栖乌梦不安，哀鸣睥睨晓霜寒。岂云宕子从军乐，似诉征人行路难。金井辘轳梧乍脱，白门楼阁柳初残。贱臣哭后头终黑，肠断当年太子丹。

这首诗首联上句出自曹操诗歌《短歌行》中"月明星稀，乌鹊南飞。绕树三匝，何枝可依"。颔联上句用了"从军乐"的典故，王粲《从军诗五首》其一有句云"从军有苦乐"；又，唐代韩翃《送戴迪赴凤翔幕府》："只有从军乐，何须怨解携。"颔联下句化用了古乐府旧题《行路难》名称。颈联上句"金井辘轳"出自南朝梁费昶《行路难》之一诗句"唯闻哑哑城上乌，玉栏金井牵辘轳"。颈联下句使用了古乐府《杨叛儿》"暂出白门前，杨柳可藏乌"的典故。尾联使用了荆轲的典故。《史记·刺客列传》："世言荆轲，其称太子丹之命，天雨粟，马生角也。"司马贞索隐："燕丹求归，秦王曰：乌头白，马生角，乃许耳！"

宋琬诗歌用典之多，可以《安雅堂未刻稿》第四卷为例，窥见一斑。这一集所收均为七律。粗略翻检一下，即可看到其中涉及的典故人物有孔巢父、高渐离、王珣、魏征、欧阳修、王献之、张季鹰、东方朔、董仲

舒、陈琳、庾信、扬雄、阮籍、皋陶、潘岳、老莱子、嵇康、张旭、刘
桢、司马相如、陆游、桓温、陆机、屈原、唐玄宗、燕太子丹、荆轲、王
昭君、汲黯、湘妃、班婕妤、孙皓、周勃、蔡邕、墨翟、王维、陶侃、廉
颇、孟嘉、马援、陶渊明、杨朱、司马迁、陈番、王粲、何逊、杜预、韩
佗胄、冯夷、范滂、蔡文姬、红线、周瑜、韦孟、戴逵、王烈、冯轼、贾
谊、邹枚、邓尉、刘表、马少游、谢安、支遁、郭子仪、卢循、周颙、李
广、陈元龙、温峤、韦皋、王褒、阮孚、谢翱、管仲、乐毅、郭隗、郑康
成、闵仲叔、周瑜、宋玉、刘琨等八十余人。由于诗歌用典甚多，因此使
得其语言文字显得较为文雅。当然，宋琬不同体裁的诗歌中用典情况是不
一样的。以上说的是七律，其五律诗歌的创作用典就相对较少。但尽管如
此，其语言还是比较文雅。

二　陈维崧：多学杜韩苏陆

陈维崧（1625—1682），字其年，号迦陵，江苏宜兴人。其父陈贞
慧，与冒襄、侯方域、吴应箕（一说为方以智）并称为明末四公子，明
亡后坚守遗民气节。陈维崧幼承家教，天才卓绝，与彭师度、吴兆骞有
"江左三凤凰"之目。他长期处于穷困潦倒、客游四方的境地。康熙十
八年（1679）陈维崧55岁时，被荐试博学鸿词科，以第一等第十名授
职翰林院检讨，参与修撰《明史》。越三年即逝于官。陈维崧诗词文皆
佳，与吴绮、章藻功被称为"骈体三家"。尤以词著称，他是阳羡词派
的领袖。存诗一千余首，其诗作有广陵书社2006年整理出版的《陈维
崧集》。

陈维崧的诗歌创作师法很广。他早年多学六朝，其乐府诗大多模仿汉
魏古乐府之作；五古、七古诗学习汉魏六朝的痕迹也很明显，对象也很
广，不专主一家。中年以后，他于杜甫、韩愈、白居易、李商隐、李贺、
苏轼、陆游、陈子龙、吴伟业等，都曾有所学习。他说自己晚年的诗歌
"多学少陵、昌黎、东坡、放翁"，还说"吾诗在唐宋元明之间"。[①]

陈维崧诗歌的思想内容特色：

陈维崧诗歌最主要的题材内容是抒情写景、唱和题赠。其诗歌主要是
表现诗人个人生活与行踪、交游的内容，较少直接涉及时代风云与社会生

①　陈维岳：《湖海楼诗集跋》，《陈维崧集》下，上海古籍出版社2010年版。

活。这是有些耐人寻味的。因为 1644 年清朝刚刚建立时，他正好 20 岁，他是耳闻目睹了那个时代天崩地坼般的巨大变化的，而且在这个变故中，他的父亲陈贞慧表现出了坚贞的遗民气节。陈维崧虽然不是遗民，但是他内心自然是有着自己的价值判断的。为什么在他的诗集中难以看到时代社会的风云变幻呢？这有几个方面的原因：一是随着清王朝政权的日益稳固，士人、民心逐渐承认了改朝换代的现实。陈维崧起初自然对清王朝有排拒心理，但他毕竟不是遗民，并无伦理与舆论的障碍，比较容易接受现实。事实上他很快就参加清王朝的科举考试以谋求晋升之阶。所以他一生中起码在绝大部分时间里是认同清王朝的。这就决定了他的诗歌创作不会有太多的篇幅来表现时代的腥风血雨。二是我们今天见到的陈维崧诗集，编刻时间较晚。如今天所见到的《湖海楼诗稿》（该集收录顺治十八年以前的作品）是由陈维崧的儿子陈履端于康熙六十年刻印的。患立堂刻本《湖海楼诗集》（该集收录顺治十八年至去世前的作品）是由陈维崧的四弟陈宗石于康熙二十八年刻印的。浩然堂刻本《湖海楼诗集》是由陈维崧从孙陈淮于乾隆六十年刻印的。由于这些诗集刻印较晚，即使当初其中有一些涉及现实的内容，也可能因为不合时宜，为了免祸，而将其删去了。

　　陈维崧的诗歌虽然不怎么写时代风云，但还是有少数反映社会现实、反映民瘼的作品，如《鞏雒道中书所见》、《开河》、《地震行》、《二日雪不止》，等等，其中写得较好的是《二日雪不止》："新年雪压客年雪，昨日风吹今日风。豗声只欲发人屋，骇势苦遭飔满空。田夫龟手拾马矢，邻媪猬缩眠牛宫。安得普天免冻馁，白头蹇拙甘途穷。"这首诗写寒冷的冬天连下大雪，寒风凛冽，贫苦百姓的生活非常艰难，或蜷缩在牛栏中，或顶风冒雪去拾马粪做燃料。诗人自己的生活处境也不好，但他希望能够让普天下的人们都免于饥寒，这样的话即使自己穷困终身也心甘情愿。这使人不禁想起杜甫的《茅屋为秋风所破歌》，这确实是一种杜甫似的悲天悯人的情感和推己及人的精神。

　　在陈维崧的诗歌中比较突出地表现了他的客居生活体验与情感心态。陈维崧长期漂泊他乡，这样的生活经历决定了他有一种很强烈的客居意识，这种意识在诗歌中表现为一种强烈的漂泊、孤独、思乡、离愁、迟暮之感。他在写景、抒情、酬唱等许多情况下都会情不自禁地想到自己是一个客居者，或者以客居的情感体验来理解他人。如其诗《寄诸弟二首》：

"汝兄今作客，流寓阖闾城。多病哀僮仆，无家累友生。卖歌非得已，弹铗岂忘情。慎莫耽嬉戏，天涯泪眼明。"这首诗很典型地表现出了陈维崧的客居心理：他感觉到自己是"流寓"他乡"作客"者，贫病交加，累及他人，情非得已，欲归难归，十分痛苦。这样的文字还有很多，可谓俯拾即是。

与客居之情伴生的是异乡漂泊感、孤独感，如《洛阳除夕》："五更残腊竟归去，丈夫漂荡仍天涯。千里外人客宛雏，十年前事愁江淮。"《寄半雪纬云两弟》："孤儿被酒愁无极，独客封书恨不穷。已向冰天惊浪迹，且拼金鼓逼衰翁。"《谒徐元直祠》："草色只连孤店口，客心况值暮春时。"

还有思乡之情，如《夏日河间舟次》："他乡云水愁中迹，故国阴凉梦里缘。"《九日前一日同钱舍人宝汾等长椿寺妙光阁》："万里思乡吾较切，一官慢世尔长贫。"

还有离别之恨，《春日至芝兰堂有感》："北去残年仍作客，南归孤馆恰相思。"《寄弟其白都下四绝句》之一："鲥鱼触网楝花开，三换春衣我未回。料尔回乡吟更苦，十年留滞郭隗台。"《怀弟半雪同叔岵梁紫赋》："此景总输家弟乐，中原独立意茫茫。"

还有老大无成的迟暮感，如《留滞城中几及旬月，叔岵见访不值，作诗见示，次韵一首》："情多作客怀偏左，老至伤春愿总违。"《风雪中束西村侯六丈》："萧萧老客谋生拙，莽莽中原对酒哀。"《月夜渡江作》："不是百端今始集，十年已愧鬓如丝。"《九日前一日刘震修沛玄招同宋右之集七业堂分赋》："作客西风旅鬓摧。"

从以上大量的例证中我们可以清楚地看到，客居生活以及由此带来的孤独、思乡、离别、迟暮之感是陈维崧诗歌中不断重复与强调的情感内容。这是其诗歌思想内容上的一个重要特色。

陈维崧诗歌在艺术上也自具特色，这就是：

1. 多用赋法，时用散文章法

陈维崧诗歌在艺术手法上有一个非常突出的特点就是大量使用赋的手法进行创作。所谓赋，就是不用比兴，直接进行敷陈、描写，其特点是具有陈述性、叙事性、描绘性。陈维崧的诗歌或通篇用赋，或部分用赋，赋的运用随处可见。

以赋法为叙述者如《丁圣瑞丈人招饮即席分赋》、《见鸟为狸奴所攫食而叹之，用梅村集中松鼠韵》、《汝南咏古五首》之五、《竹鼠》、《酬赠戴二无忝并送其南归兼寄务旃次原韵》、《春夜朱锡鬯、陆义山两君招饮，馔甚甘腴，一饱之后快然成诗，得二十四韵》、《赠董侍讲默庵三首》、《卖字翁歌为方坦庵先生赋》、《赠范羽元》、《喜汉槎入关和健庵先生原韵》、《金墉城》，等等。这些诗作都是以赋的手法进行叙述的，但它们与唐诗中的叙事诗不同：它们往往不去描述事件的细节和详细经过，而只是高度概括地陈述事件的梗概，或讲述事物的性质、人物的基本情况，不一定有完整的事件，抒情成分也较少。如《卖字翁歌为方坦庵先生赋》介绍方坦庵的身体、性情、处境、儿子、出处、经历等情况，全诗没有情节性，只是用一种叙述的方式介绍情况。

在其叙述中常常有主意、主理的特点，如《赠任王谷三首》、《汝南咏古五首》、《寿王阮亭先生》、《题萧凌曦为西樵所作图》等诗歌，都是以诗歌的形式来表达某些理性的内容。以《赠任王谷三首》之一为例："烈士日矗矗，君子恒兢兢。古之征迈者，学与时运增。卫武古圣人，耄犹凛寝兴。蓬瑗贤大夫，知非昔所称。矧兹风波民，能不怀渊冰。我兄战胜肥，道义填胸膺。挺身欲有为，敛气无所凭。独善以乐天，肃然古闵曾。"这首诗是以叙述的方法来写的，但它的基本内容是思想的表达、道理的讲述，因此它是主意的、主理的，与说理议论的差别不大。

陈维崧诗歌也常常运用赋的手法描绘景物与人物，如《赠成都费密》、《左宁南与柳敬亭军中说剑图歌》、《齐景公墓中食器歌》、《荷兰国入贡歌》等诗歌都是这方面的代表之作。且看《左宁南与柳敬亭军中说剑图歌》，这首诗首先以赋的手法描绘了说剑图中柳敬亭说书的环境与场景布置，然后描写了柳敬亭的外貌，讲述了他的经历与性情，末尾处抒发披图阅览的感慨。该诗运用铺陈的手法，对图中的人物、景物进行了再现。陈维崧这些以赋法进行描绘的诗歌不同于唐诗中的状物诗：它往往是用一种比较概括的语言进行简单的描状，较少精细的雕刻，而且其描绘也只是叙述中的一部分，较少做单纯的和静态的描绘。

陈维崧诗歌还时用散文章法来写，如《将发如皋留别冒巢民先生》、《再搬寓示一二友人》、《王大司马胥庭先生招饮怡园同陆翼王邓孝威毛大可田髯渊朱锡鬯李武曾周次修分赋》、《上大司寇宋蓼天先生五言古诗一百二十韵》、《火药局行》、《丁圣瑞丈人招饮即席分赋》、《竹鼠》，等等，都是这方面的著例。如《将发如皋留别冒巢民先生》一诗，先写自己当年前往如皋冒襄（巢民）家时的具体经过，再写在冒家时受到的种种关怀，然后又写自己离开冒家后冒襄给予自己的种种帮助，以及离开家乡时去告别冒襄的过程，诗中还讲到在冒家与其同性恋伙伴阿云的交往。这首诗将寄食冒家始末一一道来，琐细不捐，逐次条陈，有头有尾，如同散文。

再如《王大司马胥庭先生招饮怡园同陆翼王邓孝威毛大可田髯渊朱锡鬯李武曾周次修分赋》一诗，先从九州园圃说起，再说到怡园主人，然后又写怡园主人介绍造园的目的，继而诗人感慨其造园娱亲之意，接下来又写游览怡园，最后抒发游园的快意。该诗完全按照时间顺序来写，层次分明，首尾完整，脉络清晰，正是游记的写法。

又如《上大司寇宋蓼天先生五言古诗一百二十韵》，该诗首先介绍宋先生的文采和政声、人品，继而说到宋先生的父亲含冤，以及宋先生为父亲申冤，接下来又写宋先生与其兄弟的情谊，又写宋先生的家教与其儿子的表现，其后又写宋先生对诗人的知遇之恩，最后诗人表达自己的感恩之情。该诗的内容颇为繁杂，通常情况下，一般作家会以散文的形式来表达，如果非得写成诗歌不可的话，也会写成组诗，其中的每一首诗表达一个内容，组合起来形成一个内容全面的整体。但陈维崧既不是用散文来写也不是以组诗的形式来写，偏偏将所有的内容纳入一首诗中，形成一个长篇。

又如《竹鼠》一诗，这首诗首先介绍遂安的地理位置和环境——那里竹林茂盛，然后说到那里有竹鼠，并介绍竹鼠的特性，以及当地人食用竹鼠。又说老朋友毛氏请自己喝酒，食竹鼠肉。诗人由此大发感慨：老鼠咬坏东西，且形貌丑陋，固然杀之不可惜；而竹鼠藏身竹林中，无害于物，亦被烹煮，真是"求生生转蹙，远患患偏剧"。这首诗由食竹鼠肉写了竹鼠的特性和生长环境，以及民俗，还就竹鼠议论抒情，内容之层叠繁复如同散文。

陈维崧的这些诗歌都与唐诗经典之作有着明显的区别，它们不是选择最典型的生活场景、生活细节进行刻画，或选择最深刻的生活体验和感受进行抒写，虽有抒情、写景却都不是诗歌表现的中心。这些诗歌的任务是陈述，但又不是围绕一个中心事件来叙述，不同于一般的叙事诗，它陈述的对象是诗人的各种经历、感受、见闻，它有层次有条理地叙述，但内容芜杂，有散文的"形散"。它就像是一篇散文改写成的诗歌，或者说就是诗歌形态的散文。

2. 议论说理

陈维崧诗歌除了主意、主理的较多之外，还有一些是直接议论说理的。如：

> 外黄奴张耳，平阳役郑季。当其轗壈时，有身竟为累。一朝藉风云，顾盼无不遂。所以国士心，踌躇但熟视。饮马长城窟，风寒缩如猬。莫嗟伏枥冤，谁令尔为骥。（《咏史》之二）

> 仕宦当至执金吾，生子当如孙仲谋。人生两者难并得，不尔有儿如虎他何求。（《人日为巢民先生文孙弥月赋赠》）

> 男儿富贵须少年，不尔便拟求神仙。安能老大弄文籍，衣裙轻撇公卿前。（《甲午除夕》）

> 魏家弄戟儿，王氏蜡凤戏。当其少年时，亦何所不至。（《杂作》三首之一）

陈维崧诗歌中的这些说理议论或者充斥全篇，或者夹杂于叙述、抒情之中，或三两句，或一小段。他议论得比较多的是关于人生遭际问题，可能与其平生坎坷和郁郁不得志有关，每每涉及此话题，他就忍不住站出来直接发表一通议论，以泄心中的不满。从议论说理的话语形式来看，主要是普通的生活诉求和一般人的思想意识和思想方法，没有深刻和抽象的玄思，只有实在而平易的言说。

3. 辞藻华丽，时将词中语汇入诗，有富丽堂皇气象

陈维崧诗歌语言喜藻饰，主要表现为喜用典，还时用神话故事，如《行路难》、《苦热行》等诗歌都使用神话故事。用典的情况很多，不可枚举。用典和使用神话故事，都会使诗歌显得文采斐然，富丽堂皇。不过这里要着重指出的是，陈维崧诗歌常常将词中惯用的词汇用于诗歌当中。如：兰堂、琱戈、玉兔、画溪、玉箫、银烛、金尊、玉床、银筝、玉铃、银缸、珠帘、金钿、绮罗、画阁、画舫、金阙、金闺、朱门、玉笛、彩笔、绣户、桂桡、组练、绮阁、华榭、玉墀、绮栊、纨扇、玉树、玉珂、绮幔、琼瑶、雕梁、翠羽、华屋、瑶华、华组、丹阁、华筵、珍羽、华灯、华烛、雕甍、华轩、琼居、琼扉、瑶瑟、琼枝、黄金锁、白玉盆、翡翠苑、绿玉杖、龙帆凤舶、碧殿朱旗、玉靶珠鞭、金箫玉管、玉街烟暖、

御柳宫莺、香车宝马，等等。这些词汇在词中是十分常见的，其特点是绮丽、华美、富贵，多以金、银、宝、珍、玉、珠、瑶、琼、绮、绣、锦、纨、华、雕等文字为修饰。这是词这种文体所要求的，因为词与诗不同，词的语言贵尚华美、绮丽，而诗不然。诗中的一叶扁舟，在词中必说成兰舟、桂桡、画舫；诗中的浊酒，在词中必说成金尊、琼浆、玉液；诗中的草堂、柴门，在词中必说成雕甍、丹阁、珠帘、玉墀、琼扉，等等。陈维崧是清初词坛巨子，词名犹在诗名之上。故其诗歌创作中不自觉地将词创作中的常用语汇融入诗中也是不足为奇的。这样就造成了他的诗歌多藻饰和富丽堂皇的气象。

4. 艺术形式与手法的变化创新

陈维崧诗歌创作重视形式技巧的变化创新。在艺术形式方面最为突出的是，古体诗创作运用对仗手法，而近体诗创作则运以单行之气。

且看古体诗中的对仗。《教坊行》是一首七古，可是其中夹杂了不少的对仗："红罗陌上逢秦氏，绿幰街前谒董郎。""绮户沉沉咽玉笙，铜街隐隐流金犊。""狎客千金争买笑，妖姬一曲不知愁。""俱邀北府龙骧尉，尽识西京燕颔侯。""辉辉绛蜡迷仙仗，蠢蠢青槐夹御沟。"这一类的诗歌还有《送宋右之太史北上》、《赠范赤生学博》、《送宋右之太史北上》、《徐郎曲》、《秦箫曲》、《杨枝曲》等，数量很多。

与此相反的是，陈维崧的近体诗创作却时常运以单行之气，且看：

> 天上一轮月，人间万户秋。未沉龙塞底，先上凤城头。玉匣何愁极，金闺泪岂收。清光如有意，为妾照凉州。（《十五夜对月》）
> 一片河桥月，经年矼客舟。不知春已尽，犹傍尔同游。灯火烟中暝，人家水上游浮。浊醪吾已醉，莫问大刀头。（《同梅杓司夜泊河桥二首》之一）

以上两首诗都是五律。本来，近体诗由于颔联、颈联要求对仗，往往造成全诗内容、意义的跳跃、不连贯，但是陈维崧偏偏以流水对的形式，运以单行之气，尽力使对仗的两联在意义上贯通无碍。至于首尾两联更加便于施以单行之法，这样全诗一体贯通。

陈维崧近体诗中这种以单行之气贯通的情形很多，其中多在颔联体现出来，如：

由来行乐地，不道艳阳无。（《酒垆曲》颔联）

长城何路是，久戍使人惊。（《早春杂感三首》之二颔联）

今来烟似柳，怆哭乐游原。（《早春杂感三首》之三颔联）

谁将关塞月，长作可怜宵。（《十三夜对月》颔联）

及到如皋日，新荷已满地。（《新荷》颔联）

乘兴且长啸，无人知我心。（《新桐》颔联）

陈维崧的不少近体诗在颔联中采用单行句式，有的是运用流水对使然，这种情形是很正常的。但有的是不对仗使然，这就违反了近体诗的形式要求，是为破体。他是有意为之。陈维崧故意在古体诗创作中对仗，而在近体诗创作中运以单行之气乃至不对仗，以此求得形式上的创新。

陈维崧诗歌善于运用多种艺术手法进行创作。这里列举数例略加说明。

以虚写实。以《苦热行》为例，这首诗写夏日的炎热难耐，诗人从神话入手，说"祝融司方沸温泉"，"有如后羿霜弓折，九乌重与升绛天。又如鲁阳雕戈挥，六龙不得归虞渊。"全诗笼罩在一片神话世界之中，却把人们在酷暑中煎熬的现实感受形象地表现出来了。

排比。《寓舍逼近市廛晨夕闻货卖者谇嚣声援笔漫述》一诗写诗人听到集市的喧嚣声："或如邻翁鼾，震撼到屏塌；或如猛士哄，汹涌作盟歃；或如妇勃谿，戟手詈里甲；或如鳌嘤嘤，中夜絮匼乏。"该诗通过一系列的比喻，把集市的喧哗声惟妙惟肖地描状出来了。

铺垫。《赠泗州戚缓耳》一诗首先花较多的笔墨写了一个畸人黄九烟，他个性峻嶒怪异，不同凡俗，但他十分推崇戚缓耳，并向诗人介绍。然后再写自己与戚缓耳的相识与交往，以及后来的更多了解，正面描写戚缓耳其人。这样的铺垫手法起到了一种先声夺人的作用。

罗列。如《咏史十首》之三："潘令善乾没，乃为母所让。陆机慨慷人，白帢但惆怅。范晔盛词藻，无行类斯养。庾信工文赋，暮年颇棲怆。我生鄙轻薄，相期在倜傥。空嗟李将军，单于不一当。"诗人在这里通过罗列数位古人虽有诸般才能，却不免有不得志之时，极有力地说明了士不遇的主题。

在陈维崧的诗歌中运用各种艺术技巧、修辞手法的情况很多，不胜枚举，这里仅举数例以窥其一斑。

5. 悲沉、刚健的艺术风格

陈维崧诗歌在整体上呈现一种悲沉、刚健的艺术风格。之所以悲沉，是因为如前所述，其诗歌中比较突出地表现了一种很强烈的客居意识，一种强烈的漂泊、孤独、思乡、离愁、迟暮之感。这些情感因素共同构建了一种悲戚、沉郁的情感氛围与基调。这种客居意识不仅在文字上表现为诗歌话语形式，而且更是诗人最真实的生活状态和创作心态，是诗人创作的情感源泉和原初动力，也是诗人观察生活、表现自我的重要视角。陈维崧长期飘零，他不能不时时感受到自己客居的尴尬生存状态，不能不以此作为立身行事、待人接物的出发点，不能不影响到他看待自我和世界的方式，不能不影响到他的情感和思想，所以也就不能不影响到他的诗歌的基本格调。这是陈维崧诗歌之所以悲沉的深层的也是最根本的原因。

其诗歌之所以刚健，由多方面的因素造成。首先是他的诗歌多描写广大、壮阔的境界。如《登江阴君山同侯朝宗赋》一诗："清秋万壑路漫漫，极目层宵望里寒。拍岸波涛终浩淼，登楼吴楚在阑干。多情墓草荒今古，无意江风冷佩环。更忆昔年曾战伐，孤城屑瑟与君看。"诗人"极目"云天，纵览"吴楚"，俯瞰"万壑"，思接"今古"，直面"浩淼"的"拍岸波涛"，这样的情景，这样的时间空间，都是极其广大、刚健的。

其次还因为其诗歌往往体现出坚毅的生活态度。《岁暮客居自述仿渭南体柬知我数公十首》之二："三间老屋朔风啼，土炕灰堆掩蕨藜。懒极诗瓢凭压叠，贫来酱瓿累提携。晴央阿段晨编栅，雨走奴星暮乞醯。自笑一生矜阔达，今年屏当到鸡栖。"诗中所描写的内容足以说明诗人的穷困潦倒："客居"中，老屋破旧难挡风寒，生活物资严重匮乏，但尽管如此，诗人还是以"阔达"自诩。这样坚毅的生活态度显示出一种刚健的人格之美。还有《辛亥除夕》："浪迹天涯岁又徂，萧然饘粥断空厨。三条烛尽他乡酒，一夜霜喧匝树乌。小妇髻添新彩胜，中年人比旧桃符。明春纵有干时兴，其奈雕虫愧壮夫。"尽管"浪迹天涯"的诗人已经贫苦不堪了，可是，他还是表示，绝不"干时"。这是一种坚毅的精神，使诗歌表现出刚健的风格。

最后还因为其诗歌常常表现出一种进取精神与豪气。如《湘中阁望雪》二首之一："杰阁森森蹴百盘，过江独客只凭栏。古龙劈海天无影，老鹤摩霄月末乾。词赋高夸高宋玉，乾坤真拟送燕丹。登楼把酒人虽健，羡杀横刀马上看。"诗人虽然只是一名"过江独客"，但是面对眼前的壮阔景色，他豪情万丈，想起了宋玉、燕丹，想要横刀马上，建功立业。这样，虽在"客"中，而不失刚健之风。

三　万斯同：师法黄宗羲

万斯同（1638—1702），字季野，号石园。浙江鄞县（今宁波）人。受业于黄宗羲，后又博览天一阁藏书，淹通诸史，尤精明代史事掌故，康熙十八年起参与《明史》修撰，先后历经 19 年。《明史》稿 500 卷，皆出其手定。著有《石园文集》、《明乐府》、《补历代史表》、《宋季忠义录》、《南宋六陵遗事》等多种著作。

《石园文集》，收入张寿镛主编《四明丛书》，共计 8 卷，前两卷为诗，其中卷一收录各体诗近百首，多为抒情、寄赠之作；卷二为《鄮西竹枝词》50 首，分咏鄞县（鄞县城东有鄮山，故云）人文风物。《明乐府》66 首，专写明代史事人物。据《万季野先生行状》记载万斯同的话说，他于弱冠时，热心欲古文词诗歌的创作，后来认为这些东西没有实用，遂改为攻读经国有用之学，钻研历代典章制度以及一切有用之学，再后来又觉得此道迂远，而且典籍所载只需有心人去查考施行即可，而明代尚缺乏史传，于是转而撰述明史。由此可知，万斯同一生的角色和人生理想经历了诗词文作家、实学学者到明史专家的转变。文学创作只是他早年的理想与事业。但这些作品颇具特色，取得了一定成就。

万斯同诗歌在思想内容方面有以下几个方面的特点。

1. 揭示了征服者和战乱造成的社会惨象

万斯同出生的时间只比清人建国的时间略早几年，因此，他只能算作清朝人，并没有真正沐浴过明王朝的皇恩，更不是明朝遗民。但是，他却有非常强烈的民族主义思想，而且其民族意识与气节并不亚于真正的明遗民。这与其家庭环境有很大关系。万斯同的父亲万泰（1598—1657），崇祯时举人，与黄宗羲关系密切，一起师事理学（心学）家刘宗周。刘宗周在南明政权灭亡之后绝食 20 天而死，黄宗羲也是保持民族气节的明遗民。万斯同师从黄宗羲，并有"高第弟子"之称。万泰明末加入复社，以激扬名节自任。后任户部主事。清兵入浙时，他竭力救援抗清人士，以义声著称。万泰、黄宗羲的品节、思想对万斯同影响极其深刻。这些都熏陶了万斯同的民族主义思想和反抗性格，使他也是以遗民自居。他一生中花费大量精力研究和撰述明史，立志为明王朝存一代之史，就是证明。佚名《万季野先生墓志铭》云："季野自以世受国恩，思以文章报国，值鼎社迁改，无可为力者，遂喟然曰：三百年祖功宗德，于亘古无两，而国史承讹袭谬，迄未有成书，乃发愤以史事为己任，以谓庶持此志上告列祖在天耳。"① 所以在其诗歌中也表现了浓厚的民族感情，表现了对清朝统治者的强烈不满。这首先体现为对清朝征服者的揭露。如其诗歌《再寄五兄公择》中写到被清军铁蹄践踏的江南："孤帆指江南，共说江南好。岂知兵燹余，家室不相保。润州为战场，金陵成畏道。苍鼠穴城头，青燐散木杪。风物已萧条，客怀自潦倒……"历来在人们的心目中江南都是美丽富饶的好地方。可是，经过清军铁蹄的践踏，它却变得满目疮痍了，就连六朝以来金粉繁华的古都金陵，也成了人们不敢涉足的畏道。人民家破人亡，城墙成了断垣颓壁，林木间飘忽着鬼火。这就是清朝征服者制造的人间惨剧。诗人通过冷静客观的描述，于字里行间揭露出征服者的罪恶。又如《放歌行》描写当时的社会生活状况："官奴城外秋草肥，官奴城中鸡犬稀。十年不见笙歌乐，但看烽火照人衣。我生忧患何缠缚，一廛陋巷资饘粥。终朝泠泠听胡笳，清夜凄凄闻塞曲。何处深山有紫芝，田园虽芜不成归……"诗歌中写到官奴城中鸡犬稀少了，城外则土地荒芜了，十年之中没有笙歌，没有欢乐，只听得清军士卒的胡笳与塞曲。贤人们逃入深山，田园荒废了。这就是清王朝治下的情形。万斯同的诗歌以写实的手法毫不留情地揭示了清朝征服者对社会生活和人民生命财产造成的巨大破坏，揭示了广大百姓在清军铁蹄践踏下的水深火热的生活。

2. 对明朝的悲剧命运表示同情

万斯同的遗民立场和思想在诗歌中还表现为对明王朝被颠覆的命运寄予了极大的同情。

　　宫殿凄凄宿暮鸦，建康城里日堪嗟。禁中已是他人住，莫问当时百姓家。（《寄侄贞一问金陵事》四首之三）

　　万里寒江烟雨高，金山突兀涌惊涛。只今新恨犹难洗，那有余情溯六朝。（《寄侄贞一问金陵事》四首之四）

---

① 《石园文集》卷首，张寿镛编：《四明丛书》本。

万斯同的侄子万言（字贞一）向他问金陵史事，斯同乃作此组诗。组诗之三描写了建康（即金陵）城日益衰败凄凉的惨象，诗人面对物是人非、生灵涂炭的现实，表达了自己的沉痛心情。诗歌特别强调"禁中"易主，对南明王朝的痛惜之情溢于言表。组诗之四，首二句借寒江烟雨和金山惊涛渲染了一种难以化解的愁绪和汹涌不平的愤激之情。由于金陵是六朝古都，历代兴亡相续，从来的文人骚客都喜欢到此凭吊历史，感叹废替，怀思古之幽情。诗人则只把追思痛惜之情倾注于不久前覆败的明王朝，表达了对明王朝被覆灭的"新恨难洗"的愤激之情。可见他完全不同于一般文士诗人词客的怀古，而是以明王朝为其感情的归宿，对其寄予了自己的全部同情。

又如其诗《谒黄忠端公墓》：

> 四尺新茔土未干，金瓯倏忽变衣冠。如公真不欺明主，在帝何曾杀谏官。夹道长楸冤自语，缘阶细草血同丹。千秋碑记巍然在，读罢凄风六月寒。

该诗为诗人拜谒黄道周坟墓所作。黄道周是明代大儒和民族英雄。崇祯时，他以敢言而遭贬逐。明亡后，他募兵抗清，兵败被俘，坚拒洪承畴的劝降，从容就义。对于这样的一个为明王朝殉难的人物，万斯同公然称赞他"不欺明主"，留下了"千秋碑记"，对明王朝、对效忠于明王朝的烈士旗帜鲜明地表现了一种肯定、敬佩和赞美之情。

总之，万斯同的诗歌缅怀明王朝忠义英烈，同情明王朝遭遇，表现了鲜明的民族主义立场。

3. 隐逸

万斯同虽然学问渊博，成为一代鸿儒，但是，他却绝不愿意与当朝统治者合作，不肯为世所用。康熙十七年他被举博学鸿儒却坚辞不就。次年清廷开局修《明史》，凡入史局者署翰林院纂修衔，授七品俸禄。徐元文任《明史》总裁，想要荐举万斯同为纂修官，万斯同虽然认为修史是关系评价一朝治乱忠奸是非善恶的大事，有志参与其事，但不愿意接受清廷的官衔与俸禄，终由徐元文延致其家，万斯同以布衣参与史局，不署衔，不受俸。万斯同与人文字往还，亦常常自署"布衣万斯同"。由此可见，万斯同总是保持一种与当朝统治者相疏离的在野心态、布衣心态。这种在野心态和布衣心态体现在其诗歌中，则是借隐逸诗以明志。如《寒松斋即事》四首之四："乱余思避世，三径理生涯。寄目园中槿，惊心梦后筇。魂依庾岭月，泪落杜鹃花。十载羁孤意，难寻新岁华。"这首诗写自己经历了多年的战火乱离生活，留下了太多的伤感，至今听到胡笳仍然心有余悸，只愿寻找一个安全僻静的地方隐居起来，躲避世事纷乱。《佛顶山庄》二首之一："先人遗旧业，卜筑向山椒。饭有胡麻种，园多黄独苗。一竿消永日，万籁度清宵。会得林泉意，商山不用招。"这首诗讲到自己有先人遗下的祖业，据此可以衣食自足，过着悠闲的生活，自得林泉之乐，根本不用入世谋求俸禄。《赠缩斋先生》（卷一）："竹篱短短任纵横，一架茅檐户不扃。浊世藏名三径足，荒山投老一身轻。茶铛药里终年计，鸟语松涛彻夜声。但得数椽容膝稳，何妨澹泊过余生。"这首诗写自己秉性澹泊，只求有数椽容身之处，在山中安闲地生活，便很知足了。以上三首诗，分别从其个人经历、物资条件、生活要求与秉性等几个方面表达了诗人隐居度日、不求闻达的愿望。

4. 亲情

万斯同的诗歌中有一些表现亲情——主要是兄弟深情的诗歌，很令人感动，堪称佳作。万斯同的父亲死于 1657 年，其时万斯同才虚龄 20 岁。他母亲则更是早在他年仅 9 岁时就去世了。刚成年的万斯同最亲近的就是兄长们了。万斯同有兄弟八人，均受业于黄宗羲，人称"万氏八龙"，万斯同最幼。万斯同对诸位兄长感情甚笃。《寄五兄公择》五首、《再寄五兄公择》四首、《寄七兄允诚》等诗歌都透出了浓浓的兄弟深情。《寄五兄公择》五首之二：

> 饮食不求精，冠裳不求好。但求免饥寒，骨肉常相保。微愿终难遂，分飞各远道。欣欣向荣木，喈喈投林鸟。我乃不如斯，喟然伤怀抱。

诗人的生活理想非常朴素：食不求精，衣不求好，只要勉强维持温饱即可，唯一的要求就是与诸兄们骨肉团聚。这是早失父母的万斯同的心愿，也是人之常情。所以他的诗歌中反复表现了兄弟团圆愿望，反复表现了兄弟分别的悲伤，反复表现了对诸兄的担忧和思念。这是人性中至真至纯的情感，也是真性情的结撰，感人至深，很有价值。《石园诗集》顾祖禹题词云："读季野寄公择诗并述旧诸作，语语天性，字字至情。"所言极是。

万斯同诗歌在艺术上个性鲜明，体现了唐宋兼师的特点。

1. 突出主观体验，又注意形象描写

细检万斯同的诗集，不难发现它有这样一个特点，就是相对来说较少创作那种纯粹写景状物，以客观世界作为描摹对象的作品。《石园诗文集》卷一最能说明这个问题，在本卷中很难找到纯粹的写景状物的诗歌。卷二中的 50 首竹枝词是对应于李邺嗣所作"鄞东竹枝词"而作"鄞西竹枝词"，其内容是分咏鄞西（鄞县）的人文景物，较为特殊；但尽管如此，也仅有不多的一部分是完全以写景状物为目的的诗歌。他似乎更愿意吟咏景物的历史、人文意义而不是景物本身。他的诗歌多是以述怀、抒情为目的，亦即以表达自己的主观体验、感受和情感为主旨，表现型的诗歌较多而再现型的诗歌较少，呈现出重主观观照，向诗人自我的内心世界开掘与内敛化的特点。但与此同时，其诗歌又不缺乏具体的形象描写，重视意象与意境的创造。

如《冬日言怀》三首之一："危楼登眺久徘徊，濡翰难矜作赋才。目送闲云江上去，心随寒鸟日边回。人间岁月愁中尽，世外烟尘梦里猜。白首放歌长若此，悠悠情事待谁开。"该诗抒发了诗人难以排解的愁情，但他没有明言这种愁情为何物。他化用王粲作《登楼赋》的典故，刻画了危楼登眺的诗人形象，诗人看到辽阔的江山，引起无限愁绪与感伤，不能排遣，虽有王粲那般才华来濡翰作赋亦不能一吐内心的万种情愫，只能在那里无奈地徘徊，任思绪伴随着天上的闲云与寒鸟翩翩游走。自己的光阴就是在这样的愁绪中消耗，无人能够排解。诗人的情感非常浓烈，又非常含蓄，他是借助于多个意象来表达，情感寓于意象。

又如《寒松斋即事》四首之一："春逝愁还在，琴书兴已抛。落花消客意，倦鸟引人嘲。身贱思游侠，时危拟息交。苍天不可问，且此守吾巢。"这是一首抒怀之作。它弥漫着诗人的愁情，因为这种无尽的愁绪，诗人对琴书等在文人日常生活中不可或缺的雅事也毫无兴趣了，甚至面对艰危的时局也不想与人交往了，感到世事人生没有天理公道可言，自己只能本分守拙而已。诗歌的主旨是抒情，全诗情感充溢，但是，诗人并不是简单地直言怀抱与情事，而是借助于春去、花落、倦鸟、琴书等物象来表达，情与景结合。

以上两诗都是以抒写诗人怀抱为旨归，都是以传达诗人的内心体验与情感世界为其艺术诉求，而不是以写景状物、再现客观世界为目的，但是，这种以发掘内在精神世界为主的写作方式并未抛却客观物象，甚至在其他一些诗中还有很精到的描摹。这是万斯同诗歌的一个特点。如果说，前者体现了宋诗的美学特质与其诗歌的宗宋特点的话，那么后者则是保留了唐诗的美学原则。

2. 多用赋法

万斯同诗歌倾向于对内心情感与内在心理体验的发掘，这使其诗歌在艺术上也相应地比较重视赋法的运用，具体表现为运用陈述、叙述的方式来倾吐其内心情感与怀抱。

《寄五兄公择》五首之五：

> 别我岁方始，荏苒春已暮。中宵频梦君，知在西陵路。客怀夫如何，生计应靳迈。遥寄一束书，俯仰愁无绪。异乡风景哀，晨夕谁与度。相劝早回车，归与妻孥聚。

这首诗在总体上是以诗人的内在情感的叙述为旨归的，情感是诗歌的主要内容，也是诗歌隐含的脉络、线索。但情感的表达主要是通过一种合乎逻辑的线性叙说来实现的。诗歌没有在其他人的诗歌中很常见的句与句之间彼此独立的写景状物，甚至也没有因为句与句之间意义太远而造成独立的意义单元，他的诗句与诗句之间形成一种虽不是十分紧密却十分合乎情理，从而也较好理解的意义的链条，诗歌的语句之间没有太大的意义间隔与跳跃，相互衔接。这样，其诗歌表达出来的意义就与散文距离不远，很容易用散文体裁来檃栝。这正是赋的手法。

《述旧》一诗讲述自己一家的遭遇：自己九岁失去了母亲，正值兵荒马乱，连母亲的殡葬也进行得很艰难。诗人与兄弟几人到处躲藏，衣食无着。终于回到家里，则又早已田园荒芜了。于是重新灌园耕耨，决心全力务农时又被迫随父亲去城里读书，读书渐入佳境时，父亲又为饥寒所驱，去了岭外，好不容易等到父亲返程时却又死在路上。将父亲灵柩归葬后，结庐守护三年，依然魂不守舍。全诗就是一种陈述，平实地讲述诗人及其一家在动荡年代的遭遇。这种陈述有条有理，意脉清楚，是非常典型的赋法。

总之，由于万斯同诗歌的内敛化，偏重于自我内在精神体验与内在情感的倾诉，所以多用叙述、陈述的赋法。这种赋法在情感的倾诉与表达中，具有一种内在的意脉与逻辑性。但又不是说理议论。相反，他的这类诗歌还常常夹杂一些意象或者写景状物的片段，不过其意象与写景状物往往不具备独立的美学意义，而是为情感的叙说服务，熔铸于情感逻辑的链条之中了。

3. 议论说理

万斯同诗歌存在议论说理的现象。《寄五兄公择》五首之四：

> 陶令常乞食，颜公亦求米。古来贤达人，所遇犹如此。况我处今时，冻馁固其理。且当守故居，量力营菽水。得食且安眠，聚庐亦可喜。君胡事远游，经旬去乡里。不见张长公，白首田园里。

诗人以陶渊明曾经乞食，颜真卿曾经乞米，说明纵然如陶、颜之贤达尚且不免困窘，何况我们处在当今这个令人尴尬的时代里，虽受冻挨饿亦不足为奇。我们只需固守自己的乡土，量力而为，有点吃的即安，骨肉团聚则喜，不必离乡背井去远游。这是万斯同给他的五哥的劝告。万斯同苦口婆心地给五哥讲这番道理，目的就是想要留住五哥，让兄弟们永远团聚在一起。诗歌的背后是浓情，诗歌当中是议论说理。

又如《鄞西有广德湖东有东钱湖，均为一郡之利。宋徽宗时蔡京当国，诏天下守令能增赋者得优擢。鄞人楼异言废广德湖为田可益赋四万石，遂得以馆阁知乡郡》："楼公本意媚权臣，遂使千秋遗迹湮。何事还留丰惠庙，高墙大屋坐称神。"诗人说，当年楼异废广德湖为田来增加赋税的做法，不过是向权臣蔡京献媚的丑恶伎俩，此举导致千秋遗迹被湮没，可恨至极，为什么还要为他建造庙宇，让他坐在高墙大屋之中称神呢？全诗纯粹议论说理。其议论颇为精辟。数百年来，人们一直把楼异当作贤良供奉，实则没有认识到此人大奸若忠，奸在骨髓；也没有认识到他的举动看似有益，实则为害至深。这样的蠢事直到 20 世纪还有人在做。这也难怪几百年中的人们不能洞察其弊。但是，万斯同却察若观火，洞烛其奸。这说明了他超人的史识。

万斯同诗歌的说理议论有两种情形：一种与赋法的运用有关，如前例，诗人在陈述自己的内心感受与情感体验时不知不觉就流于议论说理了。这种情况的说理议论有的还与抒情或者意象相结合。另一种则纯粹是为了阐述道理而进行议论说理，如后例，这种说理议论思辨性和逻辑性都较强，往往比较深刻和有见地，体现出作者的史家卓识和学者本色。

4. 幽僻、荒寒的意象

万斯同诗歌喜用幽僻、荒寒的意象。如：

> 旧家鸡犬他年尽，古墓松杉此日悲。之二：荒城满目狼烟色，旷野惊心狐火寒。（《秋怀》之一）
>
> 檐畔草封新履迹，壁头蜗没旧题诗。破篱漫绕千竿竹，荒径犹开一树梨。（《初至西园》）
>
> 野梅缘径路，寒鸟啄苍苔。（《游剡中》四首之一）
>
> 乱云霾野径，积雪舞荒园。（《游剡中》四首之四）
>
> 绝壁泉生千丈碧，阴崖苔滑四时幽。（《同游人观瀑布》）
>
> 霜冷岩花落，风高墓木哀。（《永思堂即事》二首之二）
>
> 独鸟啼霜树，寒蛩织夜苔。（《永思堂即事》二首之二）
>
> 客散庭空日已沉，绕篱黄叶气萧森。郊原折戟埋荒草，城阙悲笳杂暮砧。（《秋怀》之三）

上述诸例中的古墓、荒城、旷野、破篱、荒径、寒鸟、苍苔、荒园、野径、墓木、荒草、悲笳、草封履迹、壁上蜗涎、独鸟霜树、霜冷花落、阴崖滑苔、郊原折戟、萧森黄叶、客散庭空等，都是荒寒幽僻的意象，此类意象正是万斯同诗歌中很喜欢选用的。这些意象的特点就是，大抵都属于深幽僻静的景物，这样的地方往往是人迹罕至，或者是因为战祸等缘故造成了荒废而带有荒寒幽僻特点的地方。这类意象往往是渲染一种情感氛围，借以烘托和含蓄表达诗人的一种未曾明言的幽怀。幽僻而荒寒的景物，在诗中多寄予着诗人对灾难制造者的怨恨，或者内心无处诉说的孤苦愁绪，或者是高蹈出世的情怀。

5. 语言浅易、平实、流畅

万斯同诗歌比较通俗浅易，不需怎么费劲。其原因是他的诗歌语言较少运用典故，虽然他是有清一代的饱学之士，却并不愿意在诗歌中饾饤学问，以腹笥骄人。即便使用典故，他也不用生典僻典，如《寄五兄公择》

五首之四是万斯同诗歌中用典较多的，诗歌开头就连用了两个典故："陶令常乞食，颜公亦求米。"这里所言"乞食"，出自陶渊明所作《乞食》诗；所言"求米"，出自颜真卿所书《乞米帖》。这两个典故都是出自历史上著名人物的重要作品，所以读者并不陌生。万斯同还尽量将典故用得不露痕迹。如《冬日言怀》三首之一："危楼登眺久徘徊，濡翰难矜作赋才。"这里实际上使用了王粲做《登楼赋》的典故，但是，他化用其意，将登楼者刻画成诗歌抒情主人公的形象，这样即使不了解王粲《登楼赋》的典故，也并未对诗歌的理解带来太大的困难。正因为这样，所以万斯同诗歌比较浅易。

同时，万斯同在语言文字的运用上，并不像有些诗人那样标新立异，追求语言文字的陌生化，如采用生僻字词、用拗折或词序倒装的句式、押险韵，等等。万斯同则只是运用最普通的语言文字，在形式上十分朴素、平实，甚至连诗歌语言特有的语意间隔和跳跃性也比一般诗人的要相对少一些，因为他运用单行散句较多一些，句与句之间的逻辑关系较为明显，意脉相连，语气也比较贯通，形成了其诗歌语言流畅的特点。

6. 风格幽怨愁苦

万斯同诗歌呈现出幽怨愁苦的艺术风格。这种艺术风格的形成决定于诗歌的内容与形式两个方面的因素。在思想内容与情感倾向方面，万斯同诗歌的情感格调较为低沉、抑郁，多痛楚语、愁苦语、幽怨语，却很难找到欢乐明快、慷慨激昂的内容。其痛楚愁苦和幽怨来自几个方面：一是明清鼎革的天崩地坼的巨大变化，使之有国破之痛。万斯同不是遗民而以遗民自居，他的父亲万泰与老师黄宗羲都是坚定的民族主义者，明王朝的灭亡使之一生不能释怀，一生不与清朝统治者合作。二是社会动荡对社会经济和人民生活造成了巨大的破坏，满目疮痍，使之为苍生而悲，也为自己家园的毁坏而痛惜。三是他的家庭遭遇不幸，兄弟离散。他的母亲早故，他的父亲又客死异乡，他不曾有一刻尽孝道，为此他内心十分不安。早失父母的万斯同最大的心愿就是兄弟们能够永远骨肉团聚，只要做到这一点，哪怕生活困难一点都不怕。可是，他与诸位兄长却不能不离散，这一点使他非常揪心。以上几个方面造成了万斯同诗歌内容上的愁苦格调。

在艺术表现方面也有其原因，如前所述，万斯同诗歌多用幽僻、荒寒之类的意象，这种表达方式把诗人的愁苦痛楚以一种含蓄、深幽、隐晦的方式表达出来，共同构成了其诗歌幽怨愁苦的风格。

四　查慎行：得宋诗之长而不染其弊

在清初宋诗热当中，成就最高的诗人是查慎行。

查慎行（1650—1727），初名嗣琏，字夏重，40 岁时更为今名，字悔馀，别字晦庵，号他山，又号查田。晚年取苏轼《龟山》诗句"僧卧一庵初白头"之意，号初白老人。浙江海宁人。其祖父查大纬，曾任明代兵部武库司主事。父亲查崧继（明亡后更名查遗），明诸生。

查慎行成年后的人生经历可分为四个时期。

第一时期：康熙十八年（1679）至康熙二十一年（1682），这个时期查慎行离开故乡追随同邑人贵州副抚杨雍建远征云贵，讨伐吴三桂残部。

第二时期：康熙二十二年（1683）至康熙四十年（1701），自云贵返乡后，长期远游，或任幕僚，并致力科举，七次入京，四次落第。康熙三十二年（1693）年届 44 岁才举顺天乡试，以后会试又屡次受挫。北游时投师王士禛门下。

康熙二十八年（1689）冬天，因为洪升《长生殿》案，以"国恤张乐大不敬"罪名受牵连。以后便改名"慎行"。其诗《送赵秋谷宫坊罢官归益都》云："竿木逢场一笑成，酒徒作计太憨生。荆高市上重相见，摇手休呼旧姓名。"

第三时期：康熙四十一年（1702）至康熙五十二年（1713），受恩得宠时期。康熙四十一年由大学士陈廷敬、直隶巡抚李光地等人推荐，召试并入直南书房，次年成进士，钦授庶吉士，又授翰林院编修，后充武英殿总裁纂述。三次随驾巡游，康熙帝钦赐"敬业堂"匾额。查慎行因为作有诗句"臣本烟波一钓徒"，被唤为"烟波钓徒查翰林"，一时传为康熙盛世的玉堂佳话。性不谐俗，当时有"文愊公"之号。康熙五十二年引疾告归。

第四时期：康熙五十三年（1714）至雍正五年（1727），屏居故里。其间远游福建、广东、江西。雍正四年（1726）十一月，三弟查嗣庭主考江西乡试，以"唯民所止"试题获罪，查慎行亦受牵连入狱。次年五月赦归，八月抑郁而卒。

查慎行堪称是清初宗宋诗人的代表。《敬业堂诗集》（据上海古籍出版社 1986 年第一版）存诗 5141 首，其中《敬业堂诗集》50 卷（后 2 卷为词）录诗 4354 首，《续集》6 卷录诗 726 首，补遗 61 首。诗集所录始于康熙十八年（1679）30 岁时。其诗集随所游历，各为一集，集各立名。

查慎行平生游踪极为广泛，有很长的时间是在旅途中度过的。故其所作诗大半为山水、纪游之作，其创作最得江山之助。对此，前人早有评论。

黄宗炎《敬业堂诗集序》云："四年间，水陆万里，往来楚黔之什，山川诡变，与江浙绝殊，苗蛮风俗与乡土扃判。加以乱离兵革之惨，饥荒焚掠之余，天宝诗人所不及睹，投荒迁客所未曾历者，聚敛笔端，供其驱使，宁藩篱鹦雀可望其项背哉。"[1]

《清史·列传·文苑》云：查慎行"游览群峒、夜郎以及齐、鲁、燕、赵、梁、宋，过洞庭，涉彭蠡，登匡庐峰，访武夷九曲之胜，所得一托于吟咏，故篇什最富。"

查慎行每到一地，凡旅途的所见所闻，必形之于诗，这从他的许多诗歌的标题便可窥见一斑：《游燕不果乃作楚行》、《晓发梁山》、《芜湖关》、《晓出获港》、《雨后渡拦江矶》、《小孤山》、《蕲州道中》、《汉口》、《汉江舟夜》、《渡百里湖》、《汉川道中纪所见》、《沔阳道中喜雨》、《公安道中》、《过龙阳县》、《舟发桃源》、《发辰州马上大雨》、《午日沅州道中》、《自沅州抵麻阳二首》、《辰溪县晚泊》……展读《敬业堂诗集》，每每使人感到就像与查慎行在一同游览，一同忧喜。广泛的游历，使查慎行的诗歌得以描绘祖国各地的奇山异水、旖旎风光，记录各民族的风俗民情，表现了那个时代的人们生活状况。所以山水纪游之作是其《敬业堂诗集》中最为突出、最为精彩的内容。

在艺术上，查慎行的诗歌被《四库全书总目提要》评为"得宋人之长而不染其弊"。取法宋诗而能扬长避短，这正是查慎行诗歌的成就与特色所在。

（一）查慎行诗歌的艺术特点

1. 大量运用白描手法

查慎行很重视读书，是饱学之士。但他不愿意在诗歌创作中逞才显博，堆砌学问，而是在诗中多用白描手法。他的诗歌以多用白描手法而著称。朱庭珍《筱园诗话》卷二谓查慎行诗歌"以白描为主"。[2] 袁枚《随

---

① 《敬业堂诗集》下，上海古籍出版社 1986 年版，第 1755 页。
② 郭绍虞选：《清诗话续编》四，上海古籍出版社 1983 年版，第 2358 页。

园诗话》云："查他山先生诗，以白描擅长，将诗比画，其宋之李伯时乎?"[1] 袁枚《仿元遗山论诗》之五云："他山书史腹便便，每到吟诗尽弃捐。一味白描神活现，画中谁似李龙眠?"[2] 运用白描法正是查氏的自觉追求。查慎行《东木与楚望叠鱼字凡七章，连翩传示，再拈二首以答来意》云："插架徒然万卷余，只图遮眼不翻书。诗成亦用白描法，免得人讥獭祭鱼。"[3] 从创作实际情况来看，运用白描手法确是查慎行诗歌的一个突出特点。如：

> 山田早插绿秧齐，小犊新生未架犁。闲背村童浮水去，牛栏只在岸东西。（《和竹垞沙溪铺》）
> 烟际露茅茨，田家正午炊。韭花秋迟味，枣实晚垂枝。放犊青芜岸，沤麻绿水池。地偏稀客过，篱落有人窥。（《汤阴县北村家》）
> 含烟含露一梢梢，花果禅扉锁合牢。野鸟不知园有禁，隔墙衔出紫葡萄。（《松林寺》）

这些诗歌的写景状物，不借助于比兴，也没有丽词藻饰，朴素得令人看不出什么技巧，只是像用墨线简单勾勒出来而不着水粉的简笔画一样，这正是查慎行擅长的白描方法。这种白描手法比较多地运用于山水诗的写作，这样做确有其合理性。因为用白描手法来写景状物，没有文字等外在形式的阻隔，最能突出景物的形象，使景物跃然纸上，让人有一种历历在目的感觉。读查慎行的山水诗有一种身临其境的感觉，与其白描手法产生的但见性情、不睹文字的艺术效果不无关系。而查慎行诗歌之所以因为运用白描手法而著称，恐怕与其诗歌题材多山水纪游之作不无关系，正是题材内容决定了艺术表现手法的选择。

2. 语言通俗浅显，自然质朴

查慎行诗歌的语言也是相当通俗浅显，质朴自然。这是他的自觉追求。查慎行《自题庐山纪游集后》云："诗成直述目所睹，老矣焉能事文饰。"因为他不事"文饰"，所以质朴；因为他是"直述"其所见，所以

---

① 顾学颉校点：《随园诗话》上，人民文学出版社1960年版，第258页。
② 《小仓山房诗文集》二，上海古籍出版社1988年版，第688页。
③ 周劭标点：《敬业堂诗集》下，上海古籍出版社1986年版，第1628页。

其语言出于"自然"。这种质朴而自然的语言必然是通俗浅显的。试看：

> 长鸣相和两仙禽，多在阳坡少在阴。偶向清池闲照影，被人插有
> 羡鱼心。(《池上双鹤》)
> 桥坏筏系绳，水浅牛可跨。牛背渡溪人，须眉绿如画。(《青溪
> 口号八首》其七)

这两首诗都是直寻之作。作者仿佛在现场口头描述其当时的所见所闻，所以他的语言是不假思索和文饰，脱口而出的，所以他用的是寻常口语或者口语化的浅易书面语。这种语言浅俗的例子在查诗中比比皆是。且看："隔岸闻钟知有寺，满川风浪放河灯。"(《七月十五日夜泊梗程》)"不知春过半，但觉日添长。"(《春分禁中雨》)"林峦行不尽，长在画图中。"(《行过青石梁》)"平生无梦想，今日到蓬莱。"(《二十八日召试南书房》)"孤城傍水开门早，一鹭如人导我前。"(《晓过南湖》)"野老岂知身入画，满田春雨自扶犁。"(《山阴道中喜雨》)"兰溪城外数钱女，月出未收青酒旗。"(《晚次汝步乘月抵兰溪城下》)"山花不知名，山鸟多聚族。"(《红林桥》)"身在云气中，不知山浅深。"(《连日风雨山行颇有寒色》)"他乡老兄弟，情到劝加餐。"(《留别吴梅梁表兄》)"一个草虫鸣似诉，故来纸上作秋声。"(《为翁景文题画》)"细雨听无声，初于叶上见。"(《池上看雨》)"忽听卖花声到耳，始知明日又清明。"(《北城寒食有怀南郊旧游寄呈朱大司空并索玉友荆州和二首》)"顿觉水乡风景好，一群野鸭踏波飞。"(《琉璃河次汤西涯壁间韵》)所有这些例子，都是非常接近口语的。它们所用的词汇大多是日常生活中的口语词汇，其句式也是口语化、散文化的句式，从语体风格上看这是非常口语化的语体。

3. 语言表现力强，尤善于即景状物

查慎行诗歌具有很强的语言表达能力，于各种表现手法如状物、叙事、抒情无不擅长。沈德潜《清诗别裁集》说查慎行诗歌"意无弗申，词无弗达"。[①] 杨钟羲《雪桥诗话》云："初白诗以透露为宗，肖物能工，用意必切，得宋人之长，而无粗直之病。"[②] 朱庭珍《筱园诗话》说查诗

---

① 沈德潜：《清诗别裁集》，上海古籍出版社 1984 年版，第 785 页。
② 钱仲联主编：《清诗纪事》六，康熙朝卷，江苏古籍出版社 1987 年版，第 3783 页。

"气求条畅，词贵清新，工于比喻，善于形容，意婉而能曲达，笔超而能空行，入深出浅，时见巧妙，卓然成一家言。"[1] 赵翼《瓯北诗话》云："细意熨贴，因物赋形，无一字不稳惬。""初白则随事随人，各如其量，肖物能工，用意必切。"[2] 姚鼐《惜抱轩诗文集·方恪敏公诗后集序》称赞方恪敏诗歌如同查慎行"述情纪事，直达胸怀，自能兼包古诗变态"。[3] 所有这些都肯定了查慎行诗歌运用状物、抒情、叙事等各种艺术手法的才能，尤其是"因物赋形"、"随人随事，各如其量"的即景状物能力。

查慎行的诗歌多写旅途见闻，所以其所写之人事，所状之景物，所述之情思，都是即时即事、即情即景，不同于宿构之作，也不同于那种没有特定情境的写景抒情之作，其难度是很大的。但是查慎行在这方面却表现出了高超的即景状物的本领。如《汉口》，诗歌首先叙述了汉口南控巴蜀、西连鄂郢、"弹丸压楚境"的水陆位置，再写其巨贾云集，富甲一方，商业繁荣之状：摩肩接踵的人流，骈行尾接的驴马，关押的猪，凶恶的狗，鸣叫的鸡，腥的鱼虾，香的药料，黄蒲包的官盐，青箬裹的茶叶，舟车辐辏，人声鼎沸，还有迂回连绵的楼阁，十万人家庐井。这首诗把作为水陆要道，商业中心的繁华状况极为形象生动地描绘出来了。它写出了汉口此时此地此景的特点，非他处可以移易，非身临其境、目睹其状者可以摹写。再看：

> 路微从鸟道分，半空鸡犬隔江闻。雨声飞过岩头砦，多少人家是白云。(《鸡冠砦》)
>
> 官舍周围带土墙，盆池新涨接方塘。归人已梦田庐好，只道蛙声是水乡。(《晚宿龙里县署》)
>
> 九陌纷纷路向歧，毛驴驮客立多时。一冬风力今朝横，吹折街南卖酒旗。(《晓出西华门逢吴震一》)

以上诸诗都是写诗人在旅途中亲身经历的某一特定情境。它们都写出了特定的时空环境中的人物活动与景物特点。《鸡冠砦》写白云深处有人

---

[1] 郭绍虞编选：《清诗话续编》四，上海古籍出版社 1983 年版，第 2358 页。

[2] 郭绍虞编选：《清诗话续编》二，上海古籍出版社 1983 年版，第 1315—1316 页。

[3] 《惜抱轩诗文集》，上海古籍出版社 1992 年版，第 265 页。

家，鸡犬之声相闻的雨中见闻。《晚宿龙里县署》写夜宿龙里县衙，值雨后池涨，蛙声入梦的情境。《晓出西华门逢吴震一》写出城时遇到朋友交谈多时，见到寒风肆虐吹折酒旗的经历。这些诗歌写即时景物、环境和诗中人物，表达了诗人当下的情感心理体验，而切时、切事、切情、切景，堪称作手。

由于这样的似乎具有"纪实"意味的写作难于没有特定表现对象的创作，所以尤为难能可贵。赵翼曾经就此拿查慎行与陆游的律诗做过一番比较论述。赵翼《瓯北诗话》云："以初白律诗与放翁相较，放翁使事精工，写景新丽，固远胜初白；然放翁多自写胸膈，非因人因地，曲折以赴，往往先得佳句而足成之。初白则随事随人，各如其量，肖物能工，用意必切，其不如放翁之大在此，而较放翁更难亦在此。"① 这里赵翼是专就律诗而言的，对查慎行亦不免有所偏爱，但是他的意见不无道理，即便将范围由律诗扩大到所有的诗歌。

4. 深于炼意，时取议论

查慎行的诗歌往往注意炼意，表现出深于人情物理的精辟见解。故《四库全书总目提要》说查诗"善运意"。汪佑南《山泾草堂诗话》也说他"善于用意，笔力足以达之……不独以白描见长也"。② 查诗深于运意的表现有两类：一是在寻常的叙事抒情和写景状物之中提炼出深刻的人生体验。如《敬业堂诗集》卷二《连下铜鼓鱼梁龙门诸滩》一诗，写诗人于康熙十九年由铜仁沿锦水下麻阳，途经铜鼓等三处险滩。诗歌写了激流险滩之惊险可怖，由于船夫御舟技巧娴熟，勇往直前，遂得以顺利通过险滩。于是得到启示："因斯悟至理，出险在闲暇。向来覆舟人，正坐浪惊怕。"再如《小箬驿榕树》：

> 古驿千年树，蟠根积水涯。细筋坚作骨，新叶嫩如花。绿处阴三亩，枯边画一桠。散材真自幸，剪伐几曾加。

这是一首状物诗，它描写古驿站旁边的一棵千年大榕树枝繁叶茂，生机勃勃，荫蔽三亩。诗人因此而感慨，散材（无用之材）因为无用，反

---

① 郭绍虞编选：《清诗话续编》二，第 1316 页。
② 钱仲联主编：《清诗纪事》六，康熙朝卷，第 3783 页。

而没有招致人们的砍伐，真是幸运。诗中包含着深刻的哲思，形象地诠释了《庄子·逍遥游》中关于樗树"无所可用，安所困苦"的道理。

这类诗歌还有《秋感六首》、《闸口观罾鱼者》、《瓶中红白莲花》、《鸦拾粒行》、《净几吟》，等等。这些诗歌都是在状物、叙事中提炼出一个深刻的道理或人生经验，使原本极寻常的人事、景物含蕴深厚，使普通的诗歌题材有了立意的高度和思想的深度。

二是直接议论说理。这类诗歌如《西厓自编修修改授刑垣三首》之三：

> 事外易持议，引喙多激昂。设身处局中，唯阿无一长。其或好生风，沽名事矜张。快心挟盛气，一往不自量。斟酌二者间，得失恒相当。语默固有道，因时蹈其常。先生熟古今，兹理固细详。蒭荛述所见，幸恕狂言狂。

局外人发发议论，乃至慷慨激昂很容易，但是真正置身局中往往就没有什么高招了。诗人之论真是切于人情物理。

又如《转应曲效乐天体秦邮舟中即目六首》：

> 浮沉岂必缘轻重，此理难从物性求。沙鸟羽轻偏善没，水牛蹄重独能浮。（之一）
> 后先岂必争迟速，此诀须从达者传。欲速马因失足后，开迟船为得风先。（之二）
> 富贵岂必关忧乐，此意须传处境谋。万户富平侯不乐，一瓢贫巷士忘忧。（之六）

这些诗纯粹议论，极富哲理：重物未必沉而轻物未必浮；迟速未必后而快速未必先；富人未必乐而贫士未必忧。诗人持论通达、辩证。这类诗歌都是以说理议论为主，以意为主，具有思想的深度。

（二）善于选择师法对象，使之能够趋利避害

查慎行诗歌特点的形成，与他对宋诗的学习有着直接的关系。查慎行是清初宗宋诗人的代表，他对苏轼、黄庭坚、陆游等宋代诗人很敬佩。如他的《初白庵诗评》评论黄庭坚："涪翁生拗锤炼，自成一家，值得下

拜，江西派中原无第二手也。"① 不过他的诗歌主要是学习苏轼、陆游，尤其于苏轼诗歌，用力最多。他是清代著名的苏诗注家。所著《补注东坡编年诗》50 卷，历经 30 年而成，是当时注释最为精审的一部苏诗集，也是苏诗注释史上不可多得的名作之一。查慎行对陆游诗歌偶有批评，如其《初白庵诗评》评论陆游："剑南诗非不佳，只是蹊径太熟，章法句法未免雷同，不耐多看。"但这并不能说明他不喜欢陆游诗歌，相反倒是证明他对陆诗的研究、了解比较深刻，知其病痛。

查慎行学习苏轼、陆游诗歌的最直接最明显的证据是，他的诗歌创作中多处取法苏、陆——化用、借用其诗句，或者效法其诗体创作，并且自己做了注释说明。如取法苏轼诗句：

> 四十九年羁旅恨（原注：东坡哭幹儿诗云：吾年四十九，羁旅失幼子。德尹今年五十矣），唤回残梦倍伤神。（《德尹止一子，初生时余名之曰阿愿，六岁而殇，三诗哭之》）
>
> 不随千树暗（原注：东坡梅花诗：江头千树春欲暗），只似一枝斜。（《盆中二咏吴元朗斋分赋》）
>
> 手中箸掷流光过（原注：东坡诗：流年已似手中箸。余今年四十九矣），老境犹弯寸寸弓。（《戊寅除夕》）
>
> 抟沙放手终同散（原注：东坡诗：亲友如抟沙，放手旋复散），敢向蘧庐认主宾。（《苑东移居，与同年汪紫沧同寓紫沧有诗，和答三首》）

取法陆游诗句：

> 若向画中论相法，可知扪腹有三壬。（原注：用刘梦得、陆放翁诗中语意）（《题张楚良扪腹图二首》之一）
>
> 一月阴寒惨不舒，风光也解转庭除。门开雾野三竿日，冰跃盆池二寸鱼。倾倒空箱旋晒药，揩摩涩眼试看书。吟成聊用龟堂格，犹记年当十七初。（原注：放翁有"常忆年初十七时"之句，乃其七十七时所作）（《二月二日晴效放翁体》）

---

① 张载华辑：《初白庵诗评》，上海六艺书局石印本。

龙钟曳杖忆归田，癸巳中秋两日前。便有邻人怜我老，不图又过十三年。（《中秋夕客散偶成末句用剑南成语》）

在上述诸多例证中，查慎行已经明确指出了自己化用、效法苏轼、陆游诗句的情形。这是他学习苏、陆的有力证明。

关于查慎行对苏、陆二人的继承、宗法，前人也有一些评论。

徐世昌《晚晴簃诗话》云："专取径于香山、东坡、放翁，祧唐祖宋，大畅厥词，为诗派一大转关。"①

朱庭珍《筱园诗话》云："诗宗苏、陆，以白描为主，气求条畅，词贵清新，工于比喻，善于形容，意婉而能曲达，笔超而能空行，入深出浅，时见巧妙，卓然成一家言。"②

昭梿《啸亭杂录》云："查初白慎行继以苏陆之调，著名当时，其诗句亦颇俊逸峭劲，视西崖、义门诸公自为翘楚。"③

沈德潜《清诗别裁集》云："所为诗得力于苏，意无弗申，词无弗达。"④

赵翼《瓯北诗话》云："初白近体诗最擅长，放翁以后，未有能继之者。"⑤

由上述材料我们可以看出：人们多认为查慎行师法苏轼、陆游诗歌。但是查慎行在哪些方面学习了苏陆二人呢？前人的说法是人言言殊。其实从他的诗歌创作特点不难看出，查慎行从苏轼、陆游那里学习了多方面艺术技巧：白描手法、浅近的语言、状物写景、议论说理与炼意，等等。

查慎行诗歌语言的通俗浅易就与学习苏轼、陆游有关。苏轼喜爱陶渊明、白居易，故其诗歌语言兼有陶渊明的自然平淡和白居易的浅近流畅。陆游虽然胸有万卷之富，但他从不掉书袋，从不以用典为能；即使用典也力求没有痕迹，故其诗歌往往比较平易，尤其是那些描写自然风光、农村生活的作品，多用通俗浅易的语言，正如刘熙载《诗概》所说："放翁诗

---

① 徐世昌著，傅卜棠编校：《晚晴簃诗话》，华东师范大学出版社 2009 年版，第 373 页。
② 郭绍虞编选：《清诗话续编》四，第 2358 页。
③ 昭梿：《啸亭杂录》"查初白"条，《近代中国史料丛刊》本。
④ 《清诗别裁集》下，上海古籍出版社 1984 年版，第 785 页。
⑤ 郭绍虞编选：《清诗话续编》二，第 1315 页。

明白如话。"① 查慎行诗歌的语言多是那种接近口语的浅易文言，这一点比较类似于苏轼、陆游。

查慎行诗歌深于运意、时取议论的特点，也是学习苏轼诗歌的结果。苏轼的一些诗歌以意为主，以议论为诗，往往表现出思辨的敏锐，识见的卓越，又常常能借助艺术形象来说理，富有理趣。查慎行多年注释苏诗，对此颇有体会。如查慎行《初白庵诗评》评论苏轼《和子由论书》云："直是以文为诗，何意不达。" 评苏轼《泗州僧伽塔》云："说理至透。" 评苏轼《泛颍》云："游戏成篇，理趣具足。深于禅悟，手敏心灵。"② 查诗重视对诗歌之"意"的经营，深于对物理人情的体察，实与苏轼诗歌神理相通。

查慎行诗歌擅长多种艺术技巧，也与苏轼、陆游有关。苏轼诗各体兼擅，诸法皆能，无论写景、抒怀、咏物，均能意到笔随，巨细必达。陆游广泛师法前人，兼容多种风格，众体俱工，具有集大成的意义。查慎行师法苏、陆二人，自然会受到其全面的熏陶，培养其运用多种表达手法的能力。

苏轼、陆游的诗歌代表了宋诗创作的最高艺术水平。但是，宋诗的一些特点和弊端在他们的诗歌中又不是最突出的。因此，查慎行师法苏、陆，大抵是得其优长，而不为宋诗弊端所累。故杨钟羲《雪桥诗话》云："初白诗以透露为宗，肖物能工，用意必切，得宋人之长，而无粗直之病。"③ 又，《四库全书总目提要》云："明人善称唐称，至国朝康熙初年，窠臼渐深，往往厌而学宋，然粗硬之病亦生焉。得宋人之长而不染其弊，固当为慎行屈一指也。"

查慎行宗宋而能够趋利避害，得宋人之长而不染其弊，从主观上说是因为他善于选择师法对象，而这又与清诗宗宋的历程以及当时诗坛的客观实际情况有关。查慎行虽然是宗宋诗人的代表，但是当时诗坛宗宋的氛围与后来浙派、秀水派、桐城诗派、道咸宋诗派、同光体诗派所处的环境是完全不可同日而语的。查慎行身处清初宗宋诗风刚刚兴起之时，在那个环境中，宋诗的价值尚未得到人们的普遍认可，宗唐派势力仍然比较强大，

---

① 《陆游资料汇编》，中华书局 1962 年版，第 350 页。
② 张载华辑：《初白庵诗评》，上海六艺书局石印本。
③ 钱仲联主编：《清诗纪事》六，康熙朝卷，第 3783 页。

诗坛上唐宋之争还相当激烈。宗唐派对宋诗的一些缺点冷嘲热讽，激烈批评，令宗宋派没有招架之力。因为在清初人们尚未完全真正认识到宋诗的独特价值，不少人虽曰宗宋，却还是喜欢近乎唐诗的宋诗，而不是自具面目的宋诗。宋诗代表诗人黄庭坚还不能得到最广泛的认可，他在清代的巨大影响要到道咸宋诗运动中才得以充分体现。清代诗坛对宋诗的接受是从苏轼、陆游这样的优秀诗人入手，进而学习宋调诗歌的代表诗人的。所以，当时即使是清初倡导宋诗最为激进的黄宗羲等人，在揭橥、宣传宋诗的时候，也往往不能理直气壮地揭示宋诗的独特价值，也多是从宋诗继承了唐诗艺术传统这一角度来肯定宋诗，流露出底气不足、讷讷自辩的尴尬与窘态。也因为这样，人们对宋诗的一些缺点多持比较客观和警惕的态度，他们崇尚宋诗大家却同时清醒地认识其不足。在这样的情况下，查慎行宗宋，就选择了苏轼、陆游这样艺术水平较高而且较少宋诗缺点的大家，而不是江西诗派代表人物黄庭坚、陈师道等最能体现宋诗特色的作家，而且对苏、陆诗中以文为诗、以学为诗、以议论为诗等最能体现宋诗特色却又为人所诟病的手法，也是尽可能用其所长，避其所短。查慎行因为时代的原因，较后世诗人更加能够谨慎地对待宋诗，选择其诗学路径，遂能去粗取精，得其所长而不染其弊。

（三）诗史意义

查慎行诗歌宗宋而不染其弊，在清诗史上具有重要的意义。

其一，其诗歌创作实绩证明了宋调诗的价值，证明了宗宋诗学路径的可行性。

在中国古代诗歌史上，明末清初是一个重要的时期。金、元、明数代的诗坛都以宗唐为主，而尤以明代为剧。明初高棅《唐诗品汇》标榜盛唐，影响极其深远，终明之世，馆阁宗之。其后，李东阳亦发扬了这一思想。再后来，李梦阳、何景明、李攀龙、王世贞等前、后七子派诗人更将推尊盛唐的思想推向顶峰，乃至于有"诗必盛唐"之说，并且否定唐代以后特别是宋代的诗歌创作成就，甚至对苏轼这样的宋诗大家也妄加贬斥、排拒。七子派思想的影响长久而广泛。其后又有名列"末五子"的著名诗论家胡应麟，他作《诗薮》，在理论批评上全面总结、弘扬了七子派的诗学思想。稍后又有诗论家许学夷作《诗源辨体》，也大抵以七子派为宗，推尊盛唐。明末又有胡震亨作《唐音统签》，辑录唐诗与诗评，介绍和传播唐诗，这是明人尊唐学唐的一个重要成果，后来成为清代编纂

《全唐诗》的蓝本。总之，有明一代尊唐思潮是一波接着一波，绵延不断。他们推重唐诗的同时，往往贬低宋诗，影响所及，许多追随者更是视宋诗如仇雠，肆意讥弹、排斥。

由于七子派后继者盲目宗唐而误入歧途，诗风日益浮滑、烂熟、俗滥，于是有公安派袁宗道、袁宏道、袁中道等人出而矫其弊。他们以性灵为标准，只要表现真性灵，则无论唐诗宋诗，皆无不可，为宋诗抬头创造了可能。他们自己也热烈地崇拜苏轼。在他们的影响之下，宋诗开始为人所注意。钱谦益就是一个这样的代表。钱谦益由明入清，在清初诗坛上具有很高的威望。他主张转益多师，将明代人独尊盛唐的思想拓展为学习全唐，并且又将学习唐诗拓展为学习宋元诸大家。钱谦益的思想直接启迪了清初诗坛宗宋的思潮。黄宗羲、吕留良、吴之振等人受其影响，欲以弘扬宋诗自任，遂一起编选了一部《宋诗钞》，让人们看到了久违的宋诗。于是以此为契机，人们开始重新认识宋诗，重新发掘宋诗价值。一时间，诗坛出现了一个学习宋诗的热潮。当然，尽管如此，也绝不可能一夜之间完全改变人们对宋诗的看法。此时此刻尊唐者仍然拥有极大的势力。唐宋诗之争依然是尊唐派占据上风。在这种情况下，急切需要有人出来从创作和理论，特别是从创作上证明，宗宋诗歌的价值和宗宋诗学路径的可行性。

查慎行就是在这样的情况下顺应时代需要而出现的杰出宗宋诗人。查慎行曾经受业于黄宗羲，其诗学思想自然要受其影响。因此他也卷入清初的宗宋思潮之中，并且成为其中取得重大成就的诗人。关于他的诗歌创作成就，赵翼有过很高的评价。赵翼著《瓯北诗话》，收录了古今 10 位伟大诗人，分为 9 卷进行专论，他们是唐宋时期的李、杜、韩、白、苏、陆，元明的元好问、高启，清代的吴伟业、查慎行。其中元、高二人合为一卷，其余诗人各占一卷。也就是说，赵翼是把吴伟业、查慎行与唐宋诗六大家相提并论的。赵翼还评价查慎行的诗歌创作"得心应手，几于无一字不稳惬……要其功力之深，则香山、放翁后一人而已"。① 由此可见赵翼对查慎行评价之高。当然，这个评价不免有所偏爱。但是，乾隆时期的纪昀是尊唐贬宋者，由他主事的《四库全书总目提要》也称道查慎行："得宋人之长而不染其弊，数十年来，固当为慎行屈一指也。"可见，查慎行的诗歌创作成就之高，得到了人们的广泛认可。从诗歌史上看，查慎

---

① 郭绍虞编选：《清诗话续编》二，第 1300 页。

行是入清以来诗坛宗宋而取得重大成就的第一个诗人，也是清诗史上为数不多的杰出诗人之一。他的诗歌创作实绩有力地证明了宗宋诗歌的价值，证明了宗宋的可行性。

其二，其宗宋具有方法论的意义，为后来宗宋者提供了可资借鉴的宗宋方法。

历来人们对宋诗褒贬不一，主要是因为宋诗的若干新质如以文为诗、以学为诗、以议论为诗等具有二重性，其优点也是其缺点，取决于诗人的运用。后世诗人学习宋诗，方法得当则能趋利避害，获得成功；否则就成为东施效颦。诗史上这方面的教训还是很多的。查慎行学习宋诗，得宋人之长而不染其弊，是宗宋的成功典范。他的宗宋诗歌创作具有方法论的意义。他转益多师，有选择性地学习宋诗，对于宋代优秀诗人的艺术长处能够尽量学习吸取而发扬光大，对于宋诗的一些有争议的手法特点，比如以意为主，以议论为诗，他能够辩证看待，吸取其优长，而在自己的创作中匠心独运地采用深于炼意、时取议论之法，既发挥了宋诗以意理见长的特点，又克制了枯燥的议论说理。查慎行的诗歌创作实践与实绩，率先为清代诗坛开辟了一条宗宋的诗学路径，探索了一套成功的学宋的方法。

第二章　浙派和秀水派：
　　　重建宋诗范式的努力

清初康熙时期，人们对宋诗与宋诗范式的认识发生了根本性的改变，其价值得到肯定。自京城开始形成了蔓延全国的宋诗热，完成了对宋诗的重新认识和价值发现。但这种认识仍然有一定局限性，人们对宋诗与宋诗范式的独特价值仍未有足够的肯定。到了雍正、乾隆时期，诗坛对宋诗的认识进一步深入，宋诗已经无保留地成为诗坛众多作家的学习对象。人们完全按照宋诗的审美理念和法则来进行创作，希冀再现宋诗之美，重建宋诗范式。

第一节　概说

这个时期是诗学流派林立，并且互相争奇斗艳的时期，宗宋派的代表是浙派和秀水派，他们诗学主张近似，影响巨大，以其坚定学习宋诗的理念和可观的实绩巩固了宋诗和宋诗范式在诗坛的地位。

一　雍正至乾隆诗坛的基本情况

浙派、秀水派主要活动于雍正至乾隆时期，这里我们以此为时间坐标，考察一下以这个时间段为起讫的各个诗派的情况。乾隆时期还新出现了若干诗派如桐城诗派、肌理派、高密诗派、毗陵诗派，等等，与浙派、秀水派并存于乾隆年间，但较之略晚出现，且基本上都是主要活动于乾嘉时期，则留到下一章论述。

浙派主要活动于雍正至乾隆前期，浙派的主要诗人有李邺嗣、郑梁、万斯备、万斯同、姜宸英、厉鹗、全祖望、杭世骏、金农、汪师韩、符曾、丁敬、吴颖芳、汪沆、吴锡麟等人。

　　浙派的形成缘起于黄宗羲、朱彝尊等浙籍先贤的影响、启迪。

　　黄宗羲较早倡导宋诗于举世不为之时，他在治史之余浸淫诗学，并且以其诗学主张影响生徒与追随者，其中不少人成为清初诗坛具有一定影响的宗宋诗人，如万斯同、万斯大、陈訏、万贞一、董道权、郑梁、查慎行。查慎行是这些诗人中成就最著者。他们可以视为浙派的滥觞，或者说，他们就是早期的浙派诗人。

　　朱彝尊与浙派也有一定的关系。乾隆年间吴树虚为浙派诗人翟灏《无不宜斋未定稿》作序云："吾浙国初衍云间派，尚傍王李门户。秀水朱太史竹垞出，尚根柢考据，擅词藻而驰骋彗衔，士夫咸宗之。俭腹咨嗟之吟，摈弃不取，风云月露之句，薄而不为，浙诗为之大变。"① 吴树虚认为，浙派就是接受了朱彝尊的影响而来的。这一说法不无道理，但由于浙派的特点是宗宋，而朱彝尊对宋诗不但没有推尊和倡导，反而多有批评，所以有学者并不认同朱彝尊为浙派开创者。实际上，虽然朱彝尊或许主观上确实没有倡导宋诗的意图，甚至对宋诗还存在一定的排拒心理，但是，仍然并不能排除他对宋诗的若干美学法则是接受的，如宋诗重学问，以学为诗等，他就是赞同的。到晚年，朱彝尊甚至对黄庭坚诗歌也比较喜爱了。这样一来，就不免影响一批追随者，渐成浙派之滥觞。

　　乾隆时期，继浙派之后，秀水派又崛起于诗坛。《晚晴簃诗汇》："篛石斋论诗，取径西江，去其粗豪，而出之以拗折，用意必深微，用笔必拗折，用字必古艳，力追险涩，绝去笔墨畦径，金桧门总宪名辈较先，论诗与相合，而万循初孝廉光泰、王毅原刑部又曾、祝豫堂典籍维诰、汪康古吏部孟銷、丰玉孝廉仲钤，相与酬唱，皆力求深造，不堕恒轨，一时遂有秀水派之目。"② 秀水派与浙派在诗学主张上大致相同，因此人们常常将其视为广义的浙派，它也可以说就是浙派发展的后期阶段。秀水派的代表人物是钱载（1708—1793）。此外主要诗人还有诸锦、王又曾、万光泰、朱休度、钱陈群、金德瑛、钱仪吉、钱泰吉、汪孟銷、汪仲钤等人。秀水派也与朱彝尊有一定的联系。朱休度是朱彝尊的玄侄孙。钱载的父亲跟随朱彝尊学诗，所以钱载是朱彝尊的再传弟子。钱仲联《浙派诗论》说："盖自竹垞晚年好为山谷，金桧门继之，遂变秀水之派，钱篛石出而堂庑

---

　　① 翟灏：《无不宜斋未定稿》，《续修四库全书》本，卷首。
　　② 傅卜棠编校：《晚晴簃诗话》，华东师范大学出版社 2009 年版，第 575 页。

益大……而秀水诗派盛极一时矣。"① 此言甚当。

格调派活动于雍正、乾隆时期，代表人物是沈德潜，其追随者最著者有王鸣盛、吴泰来、王昶、赵文哲、钱大昕、曹仁虎、黄文莲等"吴中七子"，沈德潜曾经汇刻《七子诗选》。其门生较著者还有陈魁、顾诒禄、法式善、褚廷章、张熙纯、毕沅等人。此外还有薛雪、李重华、乔亿、冒春荣、周春、胡寿芝、方世举等声气相同的格调派诗论家。沈德潜早年学诗于叶燮，是叶燮的弟子，而叶燮曾经以诗文请赞于王士禛，所以沈德潜是王士禛的再传弟子。沈德潜也曾得到王士禛的称赞，王士禛说"横山门下，尚有诗人"。② 沈德潜强调诗歌的社会功用，遵循儒家温柔敦厚的传统诗教，主张诗歌表达思想感情要避免采用过于激切、强烈的方式，必欲温和、柔婉、忠厚，而不可大喜大悲、愤激狂怒。为达到这样的效果，就提倡采用比兴之类的技巧，以委婉、含蓄的方式来表达，倡导含蓄蕴藉的艺术风格。他明辨各种诗体的界限，竭力从理论上指明各种诗体的特点。他重视"法"，但他反对拘泥于法；强调学古，在讲学古的同时，更强调变化。他明确反对七子派式的分寸不失地依遵古人成法，貌袭古人。

性灵派主要活动于乾嘉时期。袁枚是主要代表人物。此外，还有赵翼、蒋士铨、张问陶、宋湘、孙原湘、吴嵩梁、郭麐、王昙、席佩兰、金逸、严蕊珠，等等。袁枚的性灵说是性灵派的理论标志，袁枚标举真性情，反对传统思想教条对人与诗歌创作的束缚，强调诗人必须保持纯真的心灵，诗歌创作就是要表现诗人的真实思想感情，他视男女之情为性情中之尤为重要者，故其自己的创作中多有艳情之作。他要求"著我"，写出诗人自我的独特思想感情，表现诗人个性，追求创新。他重视作者才能、天分的发挥和灵感的作用，追求诙谐、平易、通俗的艺术风格，倡导真率的创作态度。袁枚坚决反对浙派用冷字僻典，反对肌理派以考据为诗。他认为，诗歌所要表达的应是人的性情，而非学问。历来的传世之作，都是性灵之作；历来优秀的作家，都是靠性灵来写作，而不是靠穷经读疏来取得成功的。该派诗歌常常遭到浅易与鄙俗之讥。

综观雍正至乾隆诗坛，这个时期浙派、秀水派宗宋诗歌的特点是以宋

---

① 钱钟联：《浙派诗论》，《学术世界》1935 年第 1 期。

② 沈德潜：《王新城尚书寄书尤沧湄宫赞，书中垂问鄙人，云"横山门下尚有诗人"，不胜今昔之感。末并述去官之由。云与横山同受某公中伤。此新城病中口授语也，感赋四章，末章兼志哀挽》，潘务正等编辑点校：《沈德潜诗文集》二，人民文学出版社 2011 年版，第 782 页。

诗经典作家为师法对象，以宋诗经典作品为范本，按照宋诗理念和美学规范进行创作。他们比较多地注重学问的意义，注重诗歌语言和表达方式的陌生化，试图通过用生僻事典、用冷字替代字等语言表达的生新硬拗方式来实现创新。

二　其时的诗学思想

经过康熙早期的宋诗风潮之后，人们开始重新认识宋诗的价值，顺应这个历史潮流，继康熙诗坛之后，雍正乾隆诗坛再次出现了一个编选刻印宋诗典籍的小高潮，一批宋诗选本应运而生，如顾嗣立的《宋诗删》（雍正二年），张世炜的《宋十五家诗删》（雍正二年），李国宋的《宋诗》（雍正三年），陆钟辉的《南宋诗选》（雍正九年），车鼎丰、孙学颜的《增订宋诗钞》（雍正十一年），曹庭栋的《宋百家诗存》（乾隆六年），厉鹗的《宋诗纪事》（乾隆十一年），张庚的《宋诗选》（乾隆二十五年），姚培谦、张景星、王永祺的《宋诗百一钞》（乾隆二十六年），汪照、姚坝的《宋诗略》（乾隆三十四年），严长明的《千首宋人绝句》（乾隆三十五年），熊为霖的《宋诗钞补》（乾隆五十一年），等等。据统计，雍正年间编纂的宋诗选本有 7 种，其中断代诗选 4 种，通代诗选 3 种；乾隆年间编纂的宋诗选本有 26 种，其中断代诗选 9 种，通代诗选 17 种。① 这批选本的问世，为人们了解、学习宋诗提供了文本，也指明了方向。

从这个时期的诗歌选本可以窥见当时人们学宋的一些趣味，这就是仍然更多地喜爱苏轼、陆游、杨万里、黄庭坚等人，聊举数例。

马维翰（1693—1740）《宋诗选》，收录宋代诗人 62 家 492 首，较多的是苏轼 39 首，黄庭坚 29 首，陆游 25 首，朱熹 22 首，范成大 20 首，秦观 18 首。

汪照、姚坝《宋诗略》，收录宋代诗人 432 家，诗歌 1201 首，较多的是苏轼 35 首，王安石 24 首，陆游 23 首，范成大 21 首，欧阳修 20 首。

吴翌凤（1742—1819）《宋金元诗选》，收录宋代诗人 109 家，诗歌 309 首，较多的是苏轼 44 首，陆游 40 首，欧阳修 16 首，其余都不足 10 首。

---

① 谢海林：《清代宋诗选本研究》，第 34 页。

刘大櫆《历朝诗约选》，收录宋人诗歌 1035 首，较多的是陆游 230 首，苏轼 183 首，黄庭坚 128 首。

可见，此时代表宋诗创作最高成就的苏轼、陆游、杨万里、黄庭坚是人们学习的主要对象。这也体现了当时诗坛的审美诉求与特点：以宋诗经典作家作品为范本，按照宋诗理念和美学规范进行创作，希冀复现宋诗之美。

与此同时，人们对宋诗美学原则进行了进一步探讨。他们尤为关注的一个问题就是学问与诗歌的关系。

厉鹗《绿杉野屋集序》："少陵之自述曰：读书破万卷，下笔如有神。诗至少陵止矣，而其得力处乃在读书万卷，且读而能破之……故有读书而不能诗，未有能诗而不读书。""夫黏，屋材也；书，诗材也。屋材富，而宗庙桴桷，施之无所不宜；诗材富，而意以为匠，神以为斤，则大篇短章，均擅其胜。"①

杭世骏《沈沃田诗序》："诗缘情而工，学征实难假。今天下称诗者什之九，俯首而孜孜丁学者，什曾不得一焉……《三百篇》中有诗人之诗，有学人之诗。……余特以'学'之一字立诗之干，而正天下言诗者之趋，而世莫宗也。"②

康熙时期人们已经对诗人要不要重视学养的问题进行了探讨，主要针对严羽别材别趣说造成的误解和不良影响，进行了辩驳，肯定了学问对于诗人与诗歌的必要性，起到了正本清源的作用。到雍正乾隆时期，人们继续进行理论廓清，如汪师韩所论，即延续了康熙时期的讨论，但此时人们对于学问与诗歌创作的关系认识更加深刻了。厉鹗认为，诗歌创作不仅需要学问，而且就像杜甫一样，学问还是其创作之所以取得巨大成绩的"得力处"，即关键。在厉鹗看来，学问是可以作为诗材的，就像房屋的屋材一样重要。以学问为诗材的观点，成为后来诗坛的普遍看法，产生了不好的影响。后来的诗人直接将学问作为诗歌的表现对象和内容，创作学问诗、考据诗，在诗歌中大谈学问，正是这种观点的实践和体现。

更值得注意的是，在重学的基础上，还提出了学人之诗的概念。虽然这并非杭世骏的发明，但是，在这个时候提出来，确实具有很强的针对

---

① 《樊榭山房集》中，上海古籍出版社 2012 年版，第 742 页。
② 《道古堂文集》卷十。

性、现实性和学术意义，杭世骏似乎已经感觉到了一种新的诗歌美学原则的出现，并且明确地以学来作为诗歌创作的审美追求。这已经开创了道咸宋诗派和同光体诗人标举学人之诗的先河。

此外，关于诗歌的创新，浙派、秀水派诗人们也有着自己的探索和思考。

桂元复《上湖纪岁诗编序》："堇浦（杭世骏）每曰：诗之道，熟易而涩难，韩门（汪师韩）诗有涩味，所以可传。"①

郭麐《灵芬馆诗话》："竹垞尝言生平作诗不入大家，文不如名家，差堪自信，盖有激而云然。近时作诗者肥皮厚肉，少知厌薄，而佻巧滑熟之习，又从而中之，非有生涩苦硬以救之，恐日益萎靡。朱梓庐先生休度，今之诗人之良药也，其诗不为俗语、熟语、凡近语、公家语，戛然以响，瀯然以清，篝石宗风，此其继别。先生自言极其分不过南宋、金元诸小家之一鳞半甲，虽其自谦，亦犹竹垞翁意也。"②

浙派、秀水派诗人不愿明七子以来尊唐派诗歌的滑熟俗滥，从而宗法宋诗，寻找诗歌发展的新路径，他们多如杭世骏所言，追求诗歌的艰涩，走的是韩愈因难见巧的路子。而朱休度继承朱彝尊、钱载的诗学传统，"不为俗语、熟语、凡近语、公家语"，走生新硬拗一路，对于道咸宋诗派和同光体诗人有导夫先路之功。

以袁枚为首的性灵派与浙派、秀水派同时活跃于乾隆诗坛，彼此争锋，成对峙态势，袁枚对这些浙派同乡给予了毫不留情的批评。

先生诮浙诗，谓沿宋习败唐风者，自樊榭为历阶。枚，浙人也，亦雅憎浙诗。樊榭短于七古，凡集中此体，数典而已，索索然寡真气，先生非之甚当。③

唐诗之弊，子既知之矣，宋诗之弊，子亦知之乎？不依永，故律亡；不润色，故采晦。又往往叠韵如虾蟆繁声，无理取闹。或使事太僻，如生客阑入，举座不欢。其他禅障理障，庾词替语，皆日远夫性

①　汪师韩：《上湖纪岁诗编》，《续修四库全书》本。
②　郭麐：《灵芬馆集》，嘉庆刻本。
③　袁枚：《答沈大宗伯论诗书》，周本淳标校：《小仓山房诗文集》，上海古籍出版社1988年版，第1502页。

情。病此者，近今吾浙为尤。①

亡友万柘坡，遗集若干……近体索索，殊少真气，说者谓为宋人所累。余按宋名家绝无此种。考厥滥觞，始于吾乡輇才讽说之徒，专屏彩色声音，钩考隐僻，以震耀流俗，号为浙派。一时贤者，亦附下风。不知明七子貌袭盛唐，而若辈乃皮傅残宋，弃鱼菽而啖豨苓，尤无谓也。②

吾乡诗有浙派，好用替代字，盖始于宋人，而成于厉樊榭。庾词谜语，了无余味。③

陆陆堂（陆奎勋）、诸襄七（诸锦）、汪韩门（汪师韩）三太史，经学渊深，而诗多涩闷，所谓学人之诗，读之令人不欢。④

袁枚的批评主要集中在用典用事太多，特别是用僻典，用替代字、叠韵繁声、禅障理障、考据入诗，没有真性情。袁枚所言均是事实，亦切中浙派要害。由于袁枚当时在诗坛上地位较高，其诗文论著一时间颇为流行，影响极大，故对浙派、秀水派的阵营扩张和诗学版图不可避免地产生了一些抑制作用。

第二节　浙派：师法江西派而显在野心态

浙派主要活动于雍正至乾隆前期。浙派的产生与黄宗羲等浙籍前贤的开拓有很大关系。黄宗羲是浙东学派的领袖，在学界地位崇高，影响广泛。他在治史的同时，也进行诗歌创作，倡导宋诗。门生好友亦多有受其影响者。清初宋诗热衷的杰出诗人查慎行、万斯同与万斯备兄弟都是他的弟子。与黄宗羲一起编选《宋诗钞》的吴之振、吕留良，都是浙江人，也与其关系密切。正是在这样的传统影响之下，浙派得以崛起。浙派的主要诗人有厉鹗、全祖望、杭世骏、金农、汪师韩、符曾、丁敬、吴颖芳、汪沆、吴锡麟等人。

浙派诗人的特点是：不少人性情耿介，在政治上秉持一种在野心态。

① 袁枚：《答兰垞第二书》，周本淳标校：《小仓山房诗文集》，第1507页。
② 袁枚：《万柘坡诗集跋》，周本淳标校：《小仓山房诗文集》，第1401页。
③ 袁枚：《随园诗话》，人民文学出版社1960年版，第320页。
④ 同上书，第118页。

在诗歌创作上，喜欢模山范水，喜欢写荒寒古物，具有野逸情趣。他们既学习江西诗派，但又不专宗江西派，或学江湖派，或学四灵派。以学为诗，多用典，特别是有关宋诗本事的稗官史乘，厌俗熟而喜生新。

一　厉鹗："不谐于俗"

浙派的代表人物是厉鹗（1692—1752）。厉鹗字太鸿，号樊榭，出生于世代布衣之家，康熙五十九年（1720）中举人，时年 29 岁，其后科场屡挫，未再上进。自雍正三年起，馆于扬州盐商马曰琯、马曰璐兄弟家的小玲珑山馆，几近三十年。厉鹗少孤贫，平生主要靠坐馆和朋友接济以维持生计，喜茶、嗜烟，体羸多病，博闻好学，尤精于两宋典实，性情孤峭，为人不谐世俗，又性耽山水。著述有《樊榭山房集》、《宋诗纪事》、《南宋院画录》、《辽史拾遗》、《湖船录》、《东城杂记》等。

厉鹗《宋诗纪事》100 卷，收录诗人 3812 家，该书仿宋代计有功编纂《唐诗纪事》旧例，以人系诗，诗人之下附以小传，再附录诗话、笔记，再列诗作，诗作之后又附以本事与评论。厉鹗编辑该书，自雍正三年至乾隆十一年，历时二十载而成此巨制。《四库全书总目提要》卷 196 谓之："裒集诗话，亦以纪事为名，而多收无事之诗，全如总集；旁涉无诗之事，竟类说家，未免失于断限。"于其体例固有讥评之意，但也指出了它的特点。尽管如此，由于厉鹗之前的清代宋诗总集往往着重收录名家大家，以及有专集行世者，收录文献多有局限，该书广泛辑录宋代诗人诗作，是清代最大的一部宋诗总集，也是清代最流行的宋诗总集之一，对于传播宋诗，厥功甚伟。晚清有陆心源（1834—1894）著《宋诗纪事补遗》100 卷，增补诗人 3000 余家，诗歌 8000 余首。

厉鹗的诗集有商务印书馆《万有文库》收录的《樊榭山房集》诗 8 卷、《樊榭山房续集》诗 8 卷、《樊榭山房集外诗》（含《外诗》卷上、中、下和《外诗》不分卷）。据厉鹗自己的《续序》说，《樊榭山房集》诗 8 卷收录自康熙五十三年甲午（1714，时年 23 岁）到乾隆四年己未（1739，时年 48 岁）一共 26 年间的作品，计 694 首；《樊榭山房续集》诗 8 卷收录乾隆四年己未到乾隆十六年辛未（1751，时年 60 岁）一共 12 年间的作品，计 691 首。《外诗》卷上、中、下收录《游仙诗》300 首，《外诗》（不分卷）收录诗歌 59 首。

厉鹗论诗重学养，尝云："诗至少陵止矣，而其得力处，乃在读万卷书，且读而能破致之。""故有读书而不能诗，未有能诗而不读书。"① 于此可见，厉鹗认为书卷、学问虽不等同于诗歌，能读书未必能作诗，但诗人不能不读书，不能不以学问为之根柢。而优秀的诗人也必是善于读书、善于借力于书卷者。在诗与学的问题上，厉鹗的看法是辩证而正确的。

厉鹗又标举"清"的意境风格。厉鹗《双清阁诗集序》云："昔吉甫作颂，其自评则曰：'穆如清风'。晋人论诗，辄标举此语，以为微眇。唐僧齐己则曰：'乾坤有清气，散入诗人脾。'盖自庙廊风谕以及山泽之癯所吟谣，未有不至于清而可以言诗者，亦未有不本乎性情而可以言清者。"② 在他看来，所谓清本之于诗人的性情，它是诗歌的普遍的美学原则，一切诗歌皆须清，不能至于清的境界就不能掌握诗歌的真谛，不能在诗歌的大厦中登堂入室。

厉鹗在雍正至乾隆前期诗坛上具有重要影响，尤为浙人所钦服，是浙派的领袖，洪亮吉《道中无事，偶作论诗截句二十首》之十二云："近来浙派入人深，樊榭家家欲铸金。"③ 厉鹗的影响与地位由此可见一斑。

据汪沆《樊榭山房文集序》载，厉鹗临终前对弟子汪沆说："予生平不谐于俗，所为诗文亦不谐于俗，故不欲向不知我者而索序。"④ 厉鹗此言，说出了自己为人与诗文创作的一个共同特点，就是"不谐于俗"。这里拟就这一角度进行初步探讨。

（一）厉鹗诗歌不谐于俗的表现

1. 借山水写孤情，远离社会生活

厉鹗诗歌从题材上说有两多：一是游仙诗多，有整整 300 首，为文学史上所罕见，故其《再续游仙百咏·序》不无得意地说："昔谢逸作蝴蝶诗三百首，人呼为谢蝴蝶；世有知我者，其将以予为厉游仙乎？"二是山水诗多，或谓之"十诗九山水"，其山水诗以写浙江名胜，尤其是杭州及其附近山水名胜者为多。其篇什之繁复，在历代描写杭州及其附近山水名胜的诗人中无出其右。其诗确以对自然风光的描摹而见长，往往能写出某个特定景物在特定时间的特色。

厉鹗的山水诗不是仅仅停留在山水风光的简单描摹之上，而是有所寄

---

① 《绿杉野屋集序》，《樊榭山房集》中，上海古籍出版社 2012 年版，第 742 页。
② 《樊榭山房集》中，上海古籍出版社 2012 年版，第 737 页。
③ 《洪亮吉集》三，中华书局 2001 年版，第 1245 页。
④ 《樊榭山房集》中，第 704 页。

托的。他常常通过对山水景物的描写来表达一种远离尘俗的清高孤峭情怀。

> 徂徕初在望，杳霭上朝暾。山雪中无路，松风下有村。孤怀六逸往，直节一诗存。欲去屡回首，遗踪伤客魂。（《徂徕山》）
>
> 平冈连筼杉，石栈下奔峭。幽林天光入，棱神历众妙。结茅但孤僧，启户延客眺。云此东峰半，微茫见海峤。涛声寒鼍答，烟色断雁叫。浩劫水仙琴，长往任公钓。挥手谢时人，与尔不同调。（《别峰庵》）
>
> 林峦幽处好亭台，上下天光雨洗开。小艇净分山影去，生衣凉约树声来。能耽清景须知足，若逐浮名愧不才。谁见石阑频徙倚，斜阳满地照青苔。（《雨后坐孤山》）

以上诗歌虽然都是描写山水景物，但都体现了厉鹗山水诗的一个共同特点，就是其诗中景物境地都是远离人们社会生活的人迹罕至的僻静之处。《徂徕山》写的是没有路的雪山，《别峰庵》、《雨后坐孤山》写的都是幽林，这些地方不仅人烟稀少，甚至连日光都不能充分照耀。在这里的只有"孤僧"，以及与"时人""不同调"和远离尘俗"浮名"的失意而孤独的诗人。在这些诗中，不谐于世的孤独者与荒远幽僻的环境、景物妙合无垠，绝好地体现了诗人超尘脱俗和清高孤峭的情感意绪，它们就是诗人人格精神的写照。诗人的这类思想情感还在不少诗歌中表露出来，如《广陵寓楼雪中感怀》、《西溪梅花已残，永兴寺绿萼二株正盛开》、《予赁居南湖上八年矣，其主将鬻它氏……》等，也都明确表达了诗人不求世俗荣利、寄身山水、高蹈世外的情怀。

厉鹗诗歌描写其山水游历的时候，有一个特点就是多写深藏于山水之中的佛道庵寺庙观与方外之人。所写到的佛寺道观有慧云寺、永寿寺、灵隐寺、妙行寺、蕃釐观、近溪庵、法螺庵、帆庵、白莲庵、净业庵、永兴寺、相国寺、秋雪庵、兴福寺、云楼寺、梵天寺、归云庵、迎风庵、永福寺、白衲庵、圣因寺、天竺寺、建隆寺、岳麓寺、新庵、集庆寺、天讲寺、仁王寺……以上还只是厉鹗诗歌题目中写到的佛道庵寺庙观中的很小一部分。除此之外还有许多宗教场所是诗歌中写到了，但题目中没有体现出来的。还要指出的是，厉鹗为上述的不少庵寺庙观作诗，不只是写一首，有的是写了一题多首的组诗；不只是写一次，有的是写过多次。佛道方外的庵寺庙观游历之作在历代诗人的山水诗中也并不少见，不过厉鹗山水诗中的这类诗歌数量之多，却仍是值得注意的现象。它们在厉鹗诗集中简直到了俯拾即是的程度，可见厉鹗对宗教场所的兴趣之浓厚，可以想见当年厉鹗是不肯放过任何一座庵寺庙观，在所必游，乐此不疲的。他的这些诗歌不仅记录了他的行踪，也深刻地揭示了他的精神风貌与心态。因为诗人游览这些宗教场所时领略的绝不仅仅是它的自然环境之美，而更多的是一种高蹈世外、寻求精神静穆与澡雪的宗教情绪和心灵的体验。这就是厉鹗山水诗的基本精神和重要主题。因此，厉鹗诗作具有一种非政教、超功利的性质。其诗歌数量虽达到 1000 多首，其中却极少触及社会、人生与现实生活的苦难，几乎与世无涉。诗中所有的只是清幽秀美的自然环境与景物，以及诗人的孤介情怀，于时代、社会、民生则不甚关心。

2. 喜用典，尤多用宋代典故

厉鹗论诗重学养，他认为杜甫诗歌能够取得极大成就而在诗史上登峰造极的秘诀"乃在读万卷书，且读而能破致之"。[1] 又尝云："故有读书而不能诗，未有能诗而不读书。"[2] 于此可见，厉鹗认为书卷与学殖厚薄虽不能对应创作水平高低，但诗人还是必须读书，诗歌创作必须根植于学殖修养。由于厉鹗重视书卷与学问根柢，这对于他的创作产生了深刻的影响。主要表现是其诗歌喜欢用典。由于用典的缘故，他的不少诗歌中就有自己做的注释。如：《西马塍》诗尾作者自注："宋姜尧章葬西马塍。苏石挽之云：'幸是小红方嫁了，不然啼损马塍花。'小红，范石湖所赠青衣也。见陆友仁《砚北杂志》。"

《频洲曲十首和鲍明府》之七："朝乘采菱艇，荡漾出湖趺。罗裙十二褶，褶褶似青蒲。"作者自注："宋章渊伯深居若溪，有《槁简赘笔》云：'《罗裙十二褶》吴中下里之曲也'。《谈钥志》：'湖趺菱色红而大'。"

《东园》："麂眼篱边豆叶零，机丝一半掩荒扃。旧游惯识东门菜，秋露秋风十里青。"作者自注："宋时，东门绝无民居，弥望皆菜圃。故土人有东门菜之谚。见周必大《二老堂杂志》，至今俗犹然也。"

---

① 《绿杉野屋集序》。

② 同上。

这一类的注释在厉诗中屡见不鲜。厉诗的用典颇有特色：一是在时间上以宋代典故居多，二是有不少典故是出自一些不太常见的典籍，属于僻典，所以离开了作者的这些自注，读者还真不容易完全正确地理解诗歌内容，而这恰恰是厉诗的重要特色。为什么厉鹗喜用典且喜用宋典呢？其同时代人认为这是他学问淹博和特别熟悉宋代典籍之故。如全祖望《厉樊榭墓碣铭》说：厉鹗"于书无所不窥，所得皆用之于诗，故其诗多有异闻轶事，为人所不及知"。① 沈德潜《清诗别裁集》："樊榭征士学问淹洽，尤精熟两宋典实，人无敢难者。"② 《四库全书总目提要》："生平博洽群书，尤熟于宋事。"清代人的这些解释是可信的，厉鹗的确学养深厚，尤熟知宋代典籍，并且编撰过《宋诗纪事》、《南宋院画录》等书，故在表现手法上，喜用典，特别是佛道典籍、野史笔记、说部丛书中的冷僻典故，以及一般人不常用的宋人遗闻逸事。

厉鹗用典既多，便招致了时人的一些非议，如袁枚云："樊榭短于七古，凡集中此体，数典而已，索索寡真气。"③ 袁枚认为用典太多就会淹没作者的真性情，故对此进行讥弹。袁枚的话不无道理。不过，厉鹗的有些诗歌虽用典而能如盐之入水，不露痕迹，写得空灵，这要具体分析。

3. 锻字炼词，喜用借代字

锻字炼词是古已有之的一种常见手法技巧，特别是从宋人开始讲究"句法"、"字法"之后，锻字炼词常常成为诗话、诗评中的美谈。但厉鹗在这方面表现得尤为突出。厉鹗作诗特别注意在用字、措词上下功夫，通过一字一词之巧凸显一种具有视觉冲击力的特别出人意料的艺术效果，给人留下深刻的印象。如厉诗《坐圣几秋声馆作》："屋头大叶自吟雨。"诗人听到雨打梧桐的声音，感到仿佛是梧桐叶在作诗吟咏秋雨，诗人坐在馆内体味着秋声、秋意，别有一番诗情画意。"吟雨"二字用得很独到，颇具匠心。又，《溪上巢怀去年与幼鲁同游》："坐听鸟声落。"诗人听到鸟的叫声自上而下传来，用一个"落"字来形容，真是妙极。又，《同少穆、竹田、敦复、南漪饮吴山酒楼，时桃始花，薄暮泛月归，诸君送予至西桥别去》："春入花枝烧客眼。"这里的一个"烧"字写出了人们看到春

---

① 厉鹗：《樊榭山房集》下，上海古籍出版社 2012 年版，第 1739 页。
② 沈德潜：《清诗别裁集》，上海古籍出版社 1984 年版，第 969 页。
③ 袁枚：《答沈大宗伯论诗书》，周本淳标校：《小仓山房诗文集》，上海古籍出版社 1988年版，第 1502 页。

花鲜艳夺目、灿烂照人的感受。又,《早秋夜坐怀蒋丈静山》:"夜轩杀明灯。"此处用一个杀字,写出荧荧灯火在夜轩中闪烁、湮没的情境。又,《岁暮自题南湖所居四首》:"又向张园挹早春。"岁暮时节预示了早春的气息,诗人在张园舀水,便感到一瓢之中的春意。又,《四月吴淞好二首》之一:"白鸟点山腰。"此处一个"点"字写出了青青山腰上白鸟点缀的情形。以上诸例都可以看出厉鹗在诗歌创作中对锻字炼词的重视,及其语言表达的功力。

厉鹗的诗歌创作还喜用借代字,喜欢用一些新鲜、生僻的字眼代替熟习常见的说法。如《清明日城东顾氏庄看花分得耕字》:"活东聚处芹争长,谢豹啼时笋尽生。"所谓"活东"就是蝌蚪;所谓"谢豹"就是杜鹃。《独游沧浪亭五首》之二:"略彴难通步屧缘"。又,《始游木桥,是梅花最盛处》:"略彴旧通舟。"其中略彴就是桥。《小雪初晴,访敬身于城南,同游梵天讲寺,延揽江山之胜,裴徊久之……》:"井泥堕军持。"其中军持即瓶子。《人日游南湖慧云寺七首》之三:"禅房鸭脚脱层阴。"《法云寺银杏诗》之二:"不见龙鳞近佛香,犹存鸭脚覆僧廊。"其中鸭脚就是银杏叶子。在以上诸例中,作者都是用一些生僻少见的字眼来代替熟悉常见的词汇,造成一种语言文字的陌生化效果。

4. 厉诗的主体风格:清幽

厉鹗的诗歌创作多写幽僻寂静的山水风物,其中颇多佛道的庵寺庙观。他除了描摹风物景观之美,还借远离世俗生活的山水表现其孤峭冲淡的情怀。因此,厉诗显示出一种清幽的独特审美风格,"清"与"幽"是厉鹗诗歌的基本元素。"清"与"幽"是指其景物、境界的清幽,也是指其心境的清幽。

厉诗中关于"清"的描写有不少。如:"当窗扬清音"(《拟古二首》之二)、"清辉在衣裳"(《月夜怀金绘卣游湖南三首》之一)、"梅冻得清愁"(《同南畹二兄游河渚,饮沈晴川书斋》)、"归时想清景"(《秋日同王菊存、汪清渠、杨开绪渡湖至鍪庵……》)、"清吟独绕寺"(《寄倪子珍读书仁王寺》)、"独立悟清晖"(《冷泉亭》)、"烟暖天清水寺春"(《二月二十七日皋亭山下看桃花二首》之一)、"清钟远更撞"(《雨夜述怀十三韵》)、"安得孤清一破除"(《次韵酬石贞石雪夜过访》)、"安得清言纷锯屑"(《十二月十二日大雪用东坡聚星堂雪韵》)、"俗士未许窥清襟"(《游洞霄宫》)、"留与他时策杖寻清秋"(《游洞霄宫》)、"清游宛

前事"（《水乐洞》）、"不辞清露湿杯盘"（《中秋对月怀都下故人》）、
"风竹发清机"（《汪清渠营土桥精舍，去予居二里许，雪中过之不值，题
壁二首》）、"清月出三更"（《广陵秋夜闻络纬》）、"山心本清虚"（《八
月十八日同丁敬身游龙华寺……》）、"清阴屡入游人酒"（《风氏园古松，
相传金源时物，近为人所伐，幼鲁有诗惜之，邀余同作》）、"清严况味在
晨兴"（《春雪密香斋拥炉同少穆耕民作》）、"全枝明玉最清妍"（《圣几
送漳兰二枝二首》之一）、"向寒人意转清疏"（《十一月十二夜月，同黄
松石、张情田散花滩闲步，用句曲外史马塍新居韵》），有关的例证还远
不止这些，但是限于篇幅不能继续罗列了。从上述诸例可知，在厉鹗诗中
"清"是无处不在的。"清"指向于自然景物，如清水、清月、清景、清
秋、清音、清露、清阴，也指向于人的行为举止与感受，如清吟、清虚、
清游、清襟、清机、清妍、清严、清疏等，总的来说，"清"是二者的结
合，是诗人对客观现实的一种感受、体验，是一种心情。它更偏重于主观
感受。它是对澄明、透彻、纯净、虚空、无所挂碍、超凡脱俗的感受。

　　"清"是厉鹗着意追求的境界、风格。厉鹗《双清阁诗集序》①　"昔
吉甫作颂，其自评则曰：'穆如清风'。晋人论诗，辄标举此语，以为微
眇。唐僧齐己则曰：'乾坤有清气，散入诗人脾。'盖自庙廊风谕以及山
泽之癯所吟谣，未有不至于清而可以言诗者，亦未有不本乎性情而可以言
清者。"在他看来，所谓"清"本之于诗人的性情，它是诗歌的普遍的美
学原则，一切诗歌皆须"清"，不能至于"清"的境界就不能掌握诗歌的
真谛，不能在诗歌的大厦中登堂入室。

　　其写"幽"者尤多，如：

　　　　故人罢官归，水月同襟期。秋声了不闻，如僧退院时。坐石鸟下
　　树，叩槛鱼出池。夕阳没荒城，归去无人知道。（《董浦归里，同诸
　　君过报国禅院，池上分得时字》）

　　　　南山三月暮，幽映此林阿。僧寂房犹在，潭空客再过。洗松看塔
　　小，坐石见湖多。卦剔扆颜字，吾今悟刹那。（《三月十八日同麋徵
　　瑶圃右阶苏门游南屏山》）

　　　　病眸愁鬓怯登临，古寺空山偶独寻。落叶满城迷磴道，片云穿塔

　　①　《樊榭山房文集》卷三。

下湖阴。多花佛地何妨住，无客禅关不厌深。日晚萧萧天籁起，微风吹作妙声音。(《独游云居寺》)

描写景物情境之幽的诗歌极多，这里再摘录若干诗句：《人日游南湖慧云寺七首》之三："最无人处叫春禽。"《西溪月夜怀大涤山二首》："夜泉孤月万松深。"《二月十七日重游洞霄宫探大涤洞天》："穿尽幽篁履苔石。"《次韵答石贞石雨中见怀》："幽花缘竹出墙间。"《和佩兮游冷泉亭》："香灯古洞幽。"《石笋峰》："洞泉幽修语，回头又无人。"

以上诗歌与诗句都描写和渲染了各种情境的幽：僻静的空山古寺，深闭的禅关，人烟稀少的林荫，幽篁苔石古洞，无人理会而自生自灭的墙间花竹，形影相吊不闻世事的幽人，等等。这是厉诗反复描写也是极为典型的诗境。除了创造各种幽的诗境，厉鹗还不厌其烦地用"幽"字来写景状物抒情，故其诗用幽字很多，到了俯拾皆是的程度，有幽人、幽梦、幽怪、幽意、幽兴、幽寻、幽怀、幽蔚、幽适等六七十个含"幽"的语词。古代汉语中有关"幽"的词条，厉鹗恐怕是大多数都用到了，而且是反复使用，故翻检厉诗，满纸皆"幽"，可以说，在厉鹗的笔下，无物不可幽，无境不可幽，无情不可幽。不过，厉诗之幽偏重于对景物、意境的描写，它是通过写幽景、幽境来寄寓幽人的幽情、幽意、幽趣的。厉诗之"幽"的内涵与表征是人迹罕至的僻静空间，常人不注意的景物，作为出世象征的方外场所，摒弃人事、远离社会和世俗生活的孤情。

"清"与"幽"是厉诗在意象描写、意境创造上的重要特点，也是其情感表达的主旋律，由此构成了厉诗风格的基本特点：清幽。

(二) 不谐于俗的原因

厉鹗诗歌"不谐于俗"，是主客观多方面的因素造成的，其主要原因如下。

1. 就食于人的生存状态与孤僻性格所致

厉鹗出身十分贫寒。他幼年丧父，其兄以卖烟叶为生，由于生计艰难，曾经想要把他托寄于僧寮，但是因为厉鹗不同意而作罢。不仅家境不好，从小缺少亲情的温暖与关爱，他还羸弱多病。这一切又导致了他我行我素的任性和孤僻的性格。

康熙六十年，厉鹗在京师春闱失利，礼部右侍郎兼翰林院掌院学士、浙江诗人汤右曾有意招他坐馆其家，但是第二天遣人接他时，他竟然出京了。其时，厉鹗不过是一个落第士子。在封建社会，青年士子为了求得科举时有人提携，往往不惜削尖脑袋，夤缘攀附，这在当时就是人之常情。厉鹗却毫不为其所动。如此也罢，他甚至不顾起码的礼貌、礼节，对于高看自己的同乡前辈和地位显赫的高官没有任何交代，就自顾自地一走了之。

　　乾隆十三年，57 岁的厉鹗入京师谒选，本来朋友们认为他没有簿书之才，并不赞成他去就选。全祖望还作诗《樊榭北行》阻止他，可他偏不听，以求俸禄为由坚持前往。但是，当他走到津门时，由于查为仁邀他同撰《绝妙好词笺》，于是他就前往查氏水西庄，在那里觞咏数月而归，竟然将前来谒选的初衷抛弃到了九霄云外。其率性如此。

　　厉鹗一生贫困潦倒而未能入仕，有人以为是他不屑于做官，或者没有好的机会。其实，由上可知，并不完全是没有机会，也不完全是厉鹗不想做官，而是其自小养成的我行我素的率意、孤僻性格和不谐于俗的为人处世方式，使他根本无法适应官场要求。其朋友杭世骏对此有着较为中肯的评价。杭世骏云："说者咸谓其乐迂习懒，才不可以为世用。以余观之，是谓不知樊榭者也……夫岂不知圭绶之可以荣亲，禄入之足以养老，而顾杜门却轨，甘寂寞而就枯槁者，诚以仕宦之难，唯县令为最……若以其鸿朗高迈之怀，肮脏磊落之志，屈而与今之仕宦者相习，譬之方枘圆凿，龃龉而不相入。"[①] 杭世骏讲得很对，就是厉鹗的性格使之根本无法做官。

　　由于不能入仕，因而生计成为厉鹗一生的大问题。他只能长期就食于人，靠坐馆为生。30 岁以前坐馆于汪沆兄弟的听雨楼五年。34 岁时他结交了扬州盐商巨富马曰琯、马曰璐兄弟，以后主要坐馆于马氏兄弟的小玲珑山馆，几近 30 年。晚年又就食于天津查为仁兄弟的水西庄，直到去世之前一年。如此谋生，只能勉强糊口。厉鹗 50 岁时作有《典衣》诗云："青镜流连始觉衰，今年避债更无台。可知子敬家中物，新付长生库里来。半为阃人偿药券，不愁老子乏诗材。蔽裘无恙还留在，好待春温腊底回。"厉鹗因为妻子得病而债台高筑，只好典当了自己的一些衣服，可他竟然还庆幸保住了"蔽裘"，没有把它也典当出去，可见其劳碌半辈子，却穷愁到了何等地步。

　　艰难的身世、贫穷的生活、从小缺乏家庭温暖和良好的家庭教育，以

---

① 《厉母何孺人寿序》，杭世骏：《道古堂文集》，《续修四库全书》本。

及多病的身体等诸多因素，导致厉鹗的性格孤僻、任性，而不良的性格又导致其谋生的艰难、平生的困窘，如此恶性循环，他就难以很好地融入世俗社会了。全祖望《厉樊榭墓碣铭》："其人孤瘦枯寒，于世事绝不谙，又卞急不能随人曲折，率意而行。"① 这是朋友对厉鹗一生性格、为人的盖棺论定，也印证了厉鹗自己关于"不谐于俗"的评价。像厉鹗这样率性的人，必然不谐于俗——必然不屑于迎合世俗，也必然不为世俗所接纳。

厉鹗的诗歌创作在很大程度上就是其孤僻而不谐于俗的人格反映。其诗歌中的"孤情"与"清幽"就是其心态的写照，性格的表现。

厉鹗因为不谐于俗，其才能难以得到社会的认可，他难以充分实现个人的价值，也不能融入世俗生活中去，又缺乏亲情，其社交圈非常有限，其内心是非常孤独的，所以他把自己的兴趣和关注点都投入到了自然山水之中，借以慰藉心灵，逃避现实，自我封闭。这也是那些不谐于俗的文人们的一种审美化生活方式。谢灵运、陶渊明都是这样。陶谢都是在现实生活特立独行的人，他们不满现实世界，与社会格格不入，鲜有知己，只能茕茕孑立，形影相吊，孤芳自赏，于是，他们走向自然山水，在那里找到心灵的寄托。厉鹗也是这样。他在现实生活中不谐于俗，于是走近自然山水，特别是人迹罕至的幽僻山水，在清幽僻静的山水中发现美，欣赏美，体会其孤僻、寂寞的心灵与寂静的山水相契合的那种安闲、宁静与舒缓，使其精神得到抚慰，愁绪得到释放。这就是为什么厉鹗山水诗中，其景物境地都是远离人们社会生活的人迹罕至的僻静山水，常人不注意的景物，或者是作为出世象征的方外场所。因为这样的情境正好寄托了诗人摒弃人事、远离社会和世俗生活的孤情。他在现实生活中的山水游历是如此，他的山水纪游的诗歌也是如此。所以厉鹗诗歌的孤情与清幽意象都是诗人内心的投射，性格的写照。

厉鹗的独特经历与不谐于俗的性格对其诗歌的艺术手法也具有不可忽视的影响。厉鹗平生的绝大部分时间和主要的生活来源便是就食于他人，虽然从实际情况来看，汪沆、马曰琯、马曰璐、查为仁等人都是厉鹗的好友，对厉鹗非常尊重，但是，就厉鹗而言，无论他人如何礼遇之，也不能否定其寄人篱下的本质。当然，他就食于人，也不是无条件地让别人供养

① 陈九思标校：《樊榭山房集》下，上海古籍出版社 2012 年版，第 1739 页。

他。他同时也是以其才华与学识坐馆，或者教授主人子侄，或者为主人撰著文字，或者陪主人诗文唱和，但不管怎么说，他都需要展示其独特的文才。这是万万不可大意的。没有这一本领，他就会使主人失去对他的赏识和敬重，失去供养他的理由和动机。为此，厉鹗必须努力将其诗词文写得尽可能精美，尽可能不同流俗，而有自己的独特面目。怎么做到这一点呢？最直接并且也是最简单可行的办法就是在文字表达上多下功夫。比如多用典，这可以证明作者的学识，特别是多用宋代典故，打破了古人用典多用唐以前典故的常规，而让人往往不知其出处，显得与众不同。还有就是锻字炼词，时常用一些借代字，造成陌生化的效果，同时又显示作者的学问。这些做法从审美角度来说，很难说都是好的。但是，它恰恰最能体现作者的创作动机。对此，袁枚曾经借董竹枝语讥讽厉鹗是"偷将冷字骗商人"①，话虽刻薄，但也符合事实，正是源于生存状态的某种程度上要"骗商人"的创作动机影响了厉鹗诗歌的艺术风貌。

2. 在野、避世心态与隐逸人格理想的表现

厉鹗诗歌的题材内容远离社会生活，而专门摄取清幽僻远的自然山水来表达自己的深幽心境与孤情，也与他的在野心态和隐逸人格理想密切相关。

厉鹗生活在康熙中期到乾隆前期，他生活的时代是清代文字狱最厉害的时期。在他生活的这段时间中，发生了多次大的文字狱，如康熙五十年（1711）的戴名世《南山集》案，雍正五年（1727）查嗣庭"维民所止"案，雍正六年（1728）吕留良《文选》案，雍正八年（1730）屈大均《翁山诗外》《文外》案。这些文字狱都是深文周纳，使人冤屈难辩，而又牵连甚广，处罚甚严，令人骇人听闻的。文字狱当然是针对文人士子的，浙江文人尤其在清代统治者打击之列。因为浙江自古以来不仅经济发达，而且文化繁荣，堪称人文渊薮，因而儒家文化传统中的民族主义思想和民族精神在这里得到了很好的传承，可谓根深蒂固。在清廷以武力野蛮征服中原的过程中，浙江人始终保持着不屈的民族主义精神。对此，清朝统治者也是心知肚明并且耿耿于怀的。《大义觉迷录》卷四载雍正皇帝多次指斥"浙省风俗浇漓，人怀不逞"、"浙省风俗恶薄"、"浙省人心风俗之害可忧者甚大"。其所谓"风俗恶薄"云云，并非生活习惯、生活方式

---

① 顾学颉点校：《随园诗话》上，人民文学出版社 2006 年版，第 320 页。

之谓，而是指民族思想、意识，以及夷夏之防的儒家传统观念等。从这里也可以看出清代统治者对浙江人可谓咬牙切齿、恨入骨髓。所以，清代前期的文字狱不少是针对浙江人的。在这样的情况下，不少文人就不敢、不愿过问现实。但他们也仍然始终保持一种傲岸人格和气节。以浙江诗人为例，浙江诗人黄宗羲、吕留良、吴之振、李郪嗣、全祖望等人都保持着一种与当局、与现实相疏离甚至相抵触、对抗的在野心态。他们的诗歌或眷恋故国，歌颂气节；或赏玩古物、徜徉山水；或表现出远离尘俗、绝意仕进的高蹈之情；或表现出傲岸孤僻、迥不犹人的独特人格。总之，他们的诗歌创作时时流露出一种疏离政治中心的孤介情怀。

厉鹗就是他们中的一员。他虽然生活在"康乾盛世"，但接连不断的文字狱让他知道自己所处的政治环境有多么恶劣，所以他始终抱持一种在野和避世的心态。他似乎从来没有指望在政治上修齐治平，致君尧舜，也没有去关注苍生社稷，总之没有任何崇高、远大的政治抱负。他不愿意向统治者献媚取宠，也不愿意去揭露、指责这个社会的黑暗。其经济状况也决定了他在这个社会中找不到自己的社会地位和角色，找不到自己的价值和自信，他的性格已经决定了他不谐于俗，尴尬的他只能在想象与联想中逃避世俗尘网。

他用诗歌创作在审美世界中去实现他的意愿。他写下来 300 首游仙诗，为文学史上所罕见。其自序云："但以俗缘羁绁，尘网撄缠，与其作白眼以看人，何如问青天而搔首。"[①] 他不谐于俗，将世俗生活视为羁绊。与其整天与世俗生活格格不入，何如羽化登仙呢？不过，这只能是艺术想象。

比较有现实性的是他寄情于佛道庵寺庙观，凡是有此类的宗教场所，必然前往观瞻礼拜。在过访中，他与方外人士倾心交谈、结交，进而体会到一种忘却俗务、心地澄明的愉快。所以，他游览所至，必定拜谒佛门道观。故其诗歌在描写其山水游历的时候，就必然多写佛道寺庙院观与方外之人。因为诗人从中领略到了一种高蹈世外，使精神得以澡雪与静穆的宗教情绪和心灵体验。其诗歌恰恰体现了这样的一种人格精神与心态。

厉鹗的避世之想，造就了他的一种隐逸人格理想。他敬慕历史上的隐士如陶渊明、林逋等人。这在他的不少诗歌中有所体现。如《五月晦日

---

① 《樊榭山房集外诗·自序》，《樊榭山房集》中，上海古籍出版社 2012 年版，第 837 页。

作》："食力慕徐稚，通隐羡何点。"徐稚是东汉人，家贫，自耕而食，但朝廷多次征召他，却不接受。何点是南朝时人，《梁书·何点传》载："点虽不入城府，而遨游人世，不簪不带，或驾柴车，蹑草履，恣心所适，致醉而归，士大夫多慕从之，时人号'通隐'。"这是一个遨游人世而率性自适的隐士。又如《正月八日城南纪游二首》："吾师谢无逸，扫地过平生。"僧惠洪云："谢逸，字无逸，临川人，胜士也……朱世英以德行荐于朝。当入学，意不欲行，不得已而诣之，信宿而返。所居一堂，生涯如庞蕴。余尝过之，少君方炊，稚子宗野汲水，而无逸诵书扫除。"①由此可知，谢无逸就是一个澹泊名利的高蹈之士。对于徐稚、何点、谢无逸，厉鹗"慕"之，"羡"之，"师"之，这就十分明确地表现出了他仰慕隐士、向往隐逸生活的人生态度和人格理想。厉鹗虽然不能真正做隐士，但是，他仰慕隐士人格，向往隐士生活，他隐然将此作为自己的一种生活态度和社会角色，他自己的日常生活、出处行止也确实带有某些隐士意味。因为他也宦情淡薄，他也有出世之想，他也不谐于俗。

厉鹗疏离政治中心的在野、避世心态和隐逸人格理想，决定了他的诗歌创作远离现实生活，不去表现康乾盛世的繁荣，鸣国家之盛，也不去关心百姓痛痒、社稷安危，甚至也不会过多地表达自己的怀才不遇和对于困窘生活的牢骚与不满，而是用心去描状人迹罕至的清幽山水，抒发自己内心的孤寂与对出世生活的向往，导致其诗歌满纸的"清"、"幽"与孤情。

3. 宗宋使然

厉鹗诗歌的不谐于俗，还与其师法宋诗有关。厉鹗是乾隆前期浙派的代表诗人。无论浙派还是厉鹗本人，其诗歌创作都以宗宋为主要特点。

宋诗的代表作家都比较重视诗品与人品的统一和脱俗。如黄庭坚在《书嵇叔夜诗与侄榎》中说："余尝为诸子弟言：士生于世，可以百为，惟不可俗，俗便不可医也。或问不俗之状。余曰：难言也，视其平居，无以异于俗人，临大节而不可夺，此不俗人也。士之处世，或出或处，或刚或柔，未易以一切尽其蕴，然率以是观之。"② 黄庭坚提出，做人最根本的一个原则就是要不俗，就是要有节操，有品节，在大是大非面前能够坚守自己的道德原则。这不仅是做人的原则，也是作诗的原则。他评价嵇康

---

① 《冷斋夜话》，《四库全书》本。
② 郑永晓：《黄庭坚全集辑校编年》下，江西人民出版社2011年版，第1587页。

的诗歌时就说："叔夜此诗，豪壮清丽，无一点尘俗气，凡学作诗者，不可不成诵在心，想见其人。虽沉于世故者，暂而揽其余劳，便可扑去面上三斗俗尘矣。"① 在这里黄庭坚是以"无一点尘俗气"也就是"不俗"来赞美嵇康的诗歌。由此可知，黄庭坚讲不俗既是诗人人品的不俗，也是诗歌的不俗，它是人品与诗品的统一。除了黄庭坚，苏轼也讲不俗。苏轼在《于潜僧绿筠轩》中说："无肉令人瘦，无竹令人俗。人瘦尚可肥，俗士不可医。"② 黄庭坚就认为苏轼的创作与人品都体现了不俗的品格。他曾赞赏苏轼在黄州时的词作："语意高妙，似非吃烟火食人语。非胸中有万卷书，笔下无一点尘俗气，孰能至此？"③ 所谓"胸中有万卷书"是人品不俗，而"笔下无一点尘俗气"则是诗品的不俗。苏黄是宋诗代表作家。但他们的诗学思想继承了韩愈。因为韩愈和杜甫一样都是启迪宋诗风气的先驱者。韩愈曾经说："仆为文久，每自则意中以为好，则人必以为恶矣：小称意人亦小怪之，大称意即人必大怪之。时时应事作俗下文字，下笔令人惭；及示人，则人以为好矣：小惭者亦蒙谓之小好，大惭者即必以为大好矣，不知古文直何用于今世也；然以俟知者知耳。"④ 韩愈提出了"不俗"的文学主张。其所谓不俗，就是不要按照"俗下"的要求来写作，其结果就是要不谐于俗，让别人不喜欢，这就是真正的不俗。反之，按照"俗下"的喜好来写作，讨别人好评，就是俗。韩愈在这里谈的是文学创作的不俗，然而，如果不是作家人品首先不俗，则是断不敢为此不俗文字的。宋诗学中"不俗"的思想传统在清代得到了很好的传承。何绍基更是以其在理论上旗帜鲜明地倡导不俗而著称。道咸宋诗运动、同光体诗派都是以不俗为其诗学主张的重要内容。厉鹗虽不及何绍基等后来者那样清晰地揭橥不俗的理论，但是他和以他为代表的浙派显然已经认识到宋诗代表作家不俗的审美追求，并且将其继承下来了。

　　厉鹗在人品与诗品两方面都体现了宋诗代表作家所要求的不俗。他的为人不谐于俗，自不必说。他的诗歌创作同样如此。在题材内容上，他写自己远离社会生活的孤情，体现出不俗。在艺术上，他喜用典，尤多用宋代典故；而且呕心沥血地锻字炼词，因难见巧，还喜用借代字，以增加诗

---

① 《书嵇叔夜诗与侄榎》，郑永晓：《黄庭坚全集辑校编年》下，第1587页。
② 王文诰辑注：《苏轼诗集》二，中华书局1982年版，第448页。
③ 《跋东坡乐府》，郑永晓：《黄庭坚全集辑校编年》下，第1526页。
④ 《与冯宿论文书》，《韩愈全集》，上海古籍出版社1997年版，第188页。

歌语言形式的陌生化效果，颇得韩愈、黄庭坚的风神，显示出迥不犹人的独特风貌。这都是宗宋而追求不俗的表现。

二　金农："尽取高车駟缨辈所不至之境、不道之语"

金农（1687—1763），字寿门，又字司农，号冬心先生。浙江钱塘（今杭州）人。金农赋性幽夐，喜与山林俊僧隐流、钵单孤笠之徒往还。喜漫游，足迹遍及全国。其诗集过去较为流行的有上海古籍出版社影印的清人别集丛刊本《冬心先生集》四卷，共收诗300余首；较为完整的有同治年间丁丙汇刻的《西泠五布衣遗著》本，其中收录《冬心先生集》四卷、《续集》一卷、《三体诗》一卷、《自度曲》一卷、《杂著》六卷、《随笔》一卷，共收诗600余首。今有侯辉点校的《冬心先生集》，西泠印社出版社2012年出版。

关于其诗歌创作，《冬心先生集》自序云：其所为诗"尽取高车駟缨辈不至之境、不道之语而琢之、缋之。"金农说他所追求的是常人罕至之境，不道之语。这就是一种迥不犹人的诗歌境界。这是金农诗歌创作的一个总体特色。

金农诗歌在思想内容方面有一个重要特点，就是通过咏物、写景来表现绝世脱俗、孤介幽僻的独立人格。如《春苔》："漠漠复绵绵，春苔翠管圆。日焦欺蕙带，风落笑榆钱。多雨偏三月，无人又一年。阴房托幽迹，不上玉阶前。"诗人描写了不为人所关注的春苔：一年又一年默无声息地生存于人迹罕至的幽僻之处，却甘于寂寞，不愿攀爬到豪门的玉阶上去。这是诗人人格的象征。又如《孤蝉》："已散青林乐，孤蝉送夕飙。露凉金雁驿，柳断赤阑桥。枵腹无全饱，枯形非一朝。遗荣守清节，不共侍中貂。"诗歌写寒蝉孤单落寞，形色枯槁，食不果腹，但是它却保持清节，不图荣华。《菖蒲》："菖蒲九节俯潭清，饮水仙人绿骨轻。砌草林花空识面，肯从尘土论交情。"该诗写菖蒲追慕清节，一尘不染，洁身自好。《冬雪》："稷稷冬雪深，即之在林表。噫气失暖威，顽寒出阴矫。正如客心苦，堕落无复蹻。相警保坚白，勿使不洁扰。"这首诗写白雪的纯洁自守。《画兰竹自题纸尾寄程五鸣、江二炳炎》："写竹兼写兰，欹疏墨痕吐。一花与一枝，无媚有清苦。掷纸自太息，不入画师谱。"这首诗写兰、竹的清苦、高洁，不同凡俗。诗歌是诗人思想感情的表达，是诗人精神品格的映射，只是在不同诗人那里表现方式可能有所不同而已。如上所述，金农的诗歌思想内容上的一个特点就是时常在写景状物之中看似不经意地荡开几笔加以发挥，将自己的思想、人格、情操寄寓其中。

金农诗歌在艺术上也有其个性特点，这就是刻意避俗——这也就是金农《冬心先生集·自序》中所说的表现"苦硬轻峭之思"与"高车影缨辈所不至之境、不道之语"。关于其艺术特点，陈衍《石遗室诗话》曾说："浙派诗喜用新僻小典，妆点极工致。其遗讥饾饤即在此。樊榭亦然，冬心尤以此自喜。"① 这话说得很对。这也正是他所谓"苦硬轻峭之思"与"高车影缨辈所不至之境、不道之语"的表现之一。但用新僻小典是浙派诗人的共同爱好，金农如此，正在情理之中，前人也已经讲得很清楚了，此处不作具论。除此之外，这里再就其硬峭之思与刻意避俗的特点还着重说明两点。

1. 清苦、幽僻、野逸、荒寒的意象

金农所谓"高车影缨辈所不至之境、不道之语"，非常明显地体现在诗歌的意象方面，故其诗歌多采用清苦、幽僻、野逸、荒寒的意象。这主要表现为以下三种类型的诗歌意象。

一是古寺、僧人、古经意象。金农写了不少记述与僧人交游以及描写寺庙景观的诗歌。未必是僧人们与金农有何特别亲近的关系，或者寺庙的景观如何美丽，而是这样的人、这样的景物与诗人的心灵极为切近。对于诗人来说，他从中能够体会到某种意味深长的东西。如《过济胜讲寺》："入寺戒坛古，远风吹塔铃。空廊且粗饭，净手独翻经。林瘦多病叶，鹤孤自长龄。连宵有山梦，梦见众山青。"这首诗的整个内容就是描写一座古寺，古寺的意象体现出这样的一些特点：古旧的戒坛，虔诚的诵经人，清苦简朴的生活，空寂荒凉的处所。这样的地方正体现出诗人一种远离世俗、清净修身的情怀。这一类的诗歌还有如《月夜叩禅师讲堂》、《石淙院与禅人茶话》、《过北碛精舍，得宋高僧手写涅磐经残本，即题其后》、《过茹柔仁者方丈蝉话》等，都是专门描写寺院僧人经书戒坛一类幽僻、荒寒、清苦意象而寄托诗人怀抱的。

二是漂泊、独处、病卧意象。金农喜游历，其足迹遍及全国，故其诗写山水纪游是不足为奇的。但他的山水纪游之作不时表现出一种漂泊、孤独之感。此外，还喜欢写自己的卧病。这些诗歌都表现出诗人内心孤独、

---

① 钱仲联编校：《陈衍诗论合集》上，福建人民出版社1999年版，第319页。

清苦的情怀。如《松陵雨泊》："依然襆被返句吴，踪迹荒凉似野鳧，一夕孤蒲打篷雨，声声引梦入江湖。"这首诗写诗人游历中的情景：泊舟于荒凉的水面，孤单得像野鸭子似的，百无聊赖之时，只好卧听雨打船篷。又如《秋来》："纨扇生衣捐已无，掩书不读闭精庐。故人笑比庭中树，一日秋风一日疏。"这首诗写了秋风萧瑟之时，诗人闭门不出，却又茕茕孑立，无所事事。这类诗还有《雨夜独步池上》、《双林晚景》、《曲江之上先人敝庐在焉，积疴初勒，杂书六首》之一、之二，等等。这些诗歌中的意象都以诗人的清苦、野逸表现出诗人远离尘嚣的心态。

　　三是幽僻而不为常人所注意的景物。金农的诗歌中有好些意象是在其他人的诗作中不常见的，如《春苔》、《松花》、《白鹇词》、《菖蒲》、《孤蝉》、《兔垸之阴有野花，色如退红，每迎朝阳而开，惜未及日昃则飘谢矣，因成二首》等，仅从诗歌的题目上就可以看出，其意象即其所咏之物是一般诗人极少描写的物象。这些景物，或者其存在的环境比较幽僻，或者它们本身过于平凡，或者它们似乎不具备美感，总之，历来的诗人们并不关注它们。可是，金农却乐于捕捉这种意象。因为这些幽僻、野逸的意象，恰是诗人脱俗绝尘、清苦自处的人格精神的象征。对此，他自己有过很好的说明。且看《白鹇词》小序："萧颖士之言曰：'白鹇，羽族之幽奇也。'神貌闲暇，不杂于众鸟，人莫得之而驯狎之。若继乎笼樊之中，殊可嘅已。兹睹其碧翾拘囚之状，似类予者，因成短歌，珍禽有知，能弗引吭悲鸣一和予耶。"显然，金农之所以喜爱极少被人们摄入诗歌审美领域的白鹇，就是因为它是飞禽中的"幽奇"者，它不为世俗所喜爱，但它不与众鸟为伍，不肯拘束于樊笼之中，不可为人所驯狎，它是"似类"诗人自己者。由此我们就很清楚诗人描写诸多为他人所不注意的事物作为诗歌意象的原因了。

　　2. 散文化

　　金农的诗歌中存在散文化现象的不很常见，但是却很突出，很有特点。如《宣城沈丈廷瑞画松歌》："我家万松岭下松已无，烟煤扫迹天水愁模糊，却于宣城老子画中见，绿髯绀发拱揖如丈夫。昔闻张璪员外最奇古，手握双管齐运与众殊。纸上一为生枝一枯柿，落落之状未肯容齁驹。今君远追遗法自森别，硬笔有同割飞鬼国铁。何假鬼氏大火来锻成，直干强立焉能遭错折。要我作诗赠我长幅好携归，挂壁终日坐叹绝。癣琴闷雨仿佛是尔声，此声荒凉可听不可说。"

又如《阙里逢华阳蒋三丈衡》:"君言抱经载橐来此圣人之邦偿夙志,愿为净本一一列入两庑青瑶镌。我聆斯语猥襟增叹息。""轩窗开拓得以正心执管摩点画,六十五万二百五十二字毋颇偏。惜我濩落鲜用将乘秋风放归溜,胡能快睹群书功毕奏真鲁壁累禩争流传。"

由上可见,金农诗歌的散文化现象是非常突出的。它主要表现为诗歌语言的散文化,并且它不是像某些同样有散文化倾向的诗人一样,只限于在诗歌中偶尔间杂一些散文句式,而是可以通篇地使用散文语句。以上所引《宣城沈丈廷瑞画松歌》就是著例。限于篇幅,《阙里逢华阳蒋三丈衡》一诗未能全引,其实这首诗也同样是通篇的散文句式。还要指出的是,它不仅运用散文的句式,而且还使用了不少长句子,乃至一句话还要经过停顿才能读得完。这在诗歌散文化现象中是颇具特色的。

关于金农的诗学路径,自云:"乃鄙意所好,常在玉溪(按玉溪生李商隐)、天随(按天随子陆龟蒙)之间。玉溪赏其窈眇之音而清艳不乏,天随标其幽遐之旨而奥衍为多,然宁必规玉溪而范天随哉?予之诗,不玉溪、不天随,即玉溪、天随耳。"① 金农说他喜爱李商隐和陆龟蒙的诗,尤其喜欢李商隐诗歌的窈眇而不乏清艳,陆龟蒙诗歌的幽遐而奥衍,但他并不企求规范于他们的格局。从创作情况来看,金农对李商隐、陆龟蒙确是都有所接受的,如李商隐诗歌的窈眇以及用典;陆龟蒙诗歌的幽遐而奥衍,还有以赋法为诗即以文为诗,触处成诗,刻画琐细微小景物,发掘琐细事物中的新奇,等等。除此之外,陈衍《论诗绝句三十首》之一还以"贾岛、林逋留派别"评论金农之诗。金农诗歌与贾岛也确是不无相似之处。比如贾岛诗歌的"僧衲气",即多写僧人、禅院、青灯、佛影,这些就与金农诗歌颇为接近。不过,在艺术趣味上对金农影响最为直接的,恐怕还是要算厉鹗。厉鹗是浙派领袖,与金农关系密切,他们时常在一起诗酒唱和。金农的宗宋即与厉鹗的号召有关。金农也因此而成为厉鹗麾下的浙派主将。

三 全祖望:带有政治疏离意味的民族意识

全祖望(1705—1755),字绍衣,号谢山,浙江鄞县人,雍正十年(1732)举顺天乡试,乾隆元年(1736)32岁进士及第,任翰林院庶吉

---

① 《自序》,侯辉点校:《冬心先生集》,西泠印社出版社2012年版。

士。乾隆二年（1737）返乡，自此家居十载，专心著书立说。乾隆十三年（1748）任蕺山书院山长。乾隆十七年（1752）任广东肇庆天章书院（又名端溪书院）山长。全祖望为人耿介、刚正，是浙东学派中的著名史学家。他的著述很多，今有上海古籍出版社 2000 年版的《全祖望集汇校集注》，内含《鲒埼亭诗集》（十卷）、《句余土音》（上、中、下卷）等诗集。

　　全祖望的诗歌在题材选择和思想内容方面较有特色，就其题材来说，他的诗歌多为咏物、感怀、题咏、赠答等内容，而最为引人注目的是一部分以浙江本土的历史人物、历史遗迹与特产为题材的诗歌，这在《句余土音》中表现尤为明显。就思想内容来说，其诗歌充满着强烈的民族主义意识，极力弘扬民族气节与道德精神，而少见个人的风情与闲情逸致。他写得最多的是遗民、节义之士。如《临桂伯锦归曲》："临桂相公何精忠，侧身蛮瘴矢匪躬。汉家九鼎自岌岌，孤臣浩气自熊熊。"这首诗热烈地歌颂了"精忠""汉家"的"浩气"。又如《碣石行》一诗，其小序云："故都御史华亭徐公孚远乘桴廿年，从亡道梗，由安南入觐。安南要以臣礼，不屈而归，所传《交行集》者也。归而同延平入台。延平亡，台军渐削，乃复入中土，栖遑无所就，至碣石，依宫保总戎吴君六奇，竟以完发终……吾独壮吴君之出自贱微，自草窃而能为天下留贞臣之命，使得以无恙威仪入地，是亦绝世之奇也。"从以上小序可知，这首诗就是歌颂徐孚远，原因是他在安南，保持了国格；明亡后，他矢志抗清；直至恢复无望了，仍然保持民族气节，以完发终身。《瘗孤山》一诗，据题下作者自注："杨职方卜兆。职方兄弟四人先后死敌国，而职方为殿。其临刑赋绝命词，愿葬孤山，卒瘗湖上。已而苍水张煌言、雪窦魏璧相继卜邻，不殊脊令之同穴矣。"显然，这首诗歌颂的是为抗清而捐躯的志士杨职方。《愿从明公死》一诗，据题下作者自注："王扬州辞檄。王大司空庄简公佐之孙缵爵以同知监军扬州，围急，史阁部欲以公事遣南京，使之避兵。对曰：'下官世受国恩，愿从明公死，不愿从马、阮生。'"这首诗显然是缅怀和赞扬誓死抗清的王缵爵。《歌木公》一诗，据题下作者自注："倪大理坐囚。倪评事端卿，名元楷，同钱太保起甬上，军溃，以不肯剃发被囚，与华职方连床，歌'木公不肯屈魔鬼'，音节嘹亮。"该诗讴歌英勇抗清、绝不剃发，被囚后视死如归的壮士倪元楷。

　　纵观全祖望的诗集，我们可以看到：全祖望写了大量关于遗民和抗清殉国志士的诗歌，他极力搜罗、择取众多保持民族气节、不屈服于外邦异族的仁人志士为题材来进行创作，有的还是组诗，而且还常常以注释与小序的方式加以说明，借以揭橥主题。这就清楚地显示出他的创作意图——以诗存人，为气节之士立传，补史书之阙，宣扬民族主义精神，带有政治疏离的意味。这是全祖望诗歌的一个十分突出的特点。

然而，实际上全祖望生活在康熙、雍正、乾隆年间，他出生时已经距离清朝开国半个多世纪了。他何以如此关注遗民、何以具有如此强烈的民族主义情感呢？这个问题需要辩证地看待。一方面，全祖望具有强烈的民族主义思想，这是无可否认的事实。但是，另一方面，他的这种思想又不同于那种建立在夷夏之大防基础上的绝对化的民族主义思想，一个有力的证明是他在青壮年时期是积极地求取科举仕途的，而并不拒绝清政府——他也确实没有理由拒绝他所生活的清王朝而去缅怀与之迥不相干的明王朝。因此，其原因应该是：在接受清廷前提下对清廷怀有某种不满和疏离心态。全祖望并不以"夷夏之大防"的极端民族主义心态来拒绝清王朝，因为他毕竟对清王朝是寄予过希望和幻想的，但是，他对清王朝心怀不满，于是，就以这种歌颂遗民和节义之士的方式，发泄其忧愤，表现其在野心态与政治疏离心态。就像厉鹗、金农等人一样，并不以极端民族主义来抗拒清王朝，却在政治上与之隔膜，以寄情山水体现其疏离心态。所不同的是，全祖望是以歌颂遗民与气节之士的方式来表达，而非山水。

全祖望诗歌在艺术上也有着鲜明的特色，这就是：

1. 主意，多叙述，多议论，而较少抒情与意象、意境的创造

全祖望的诗歌具有很突出的主意的特点，他大量采用叙述的手法，而这种叙述不是对人、事、物的形象描述，而是一种概括性较强的叙说，其目的也不在于以生动的画面与形象示人，而是讲述一种事理。它不是以意象与意境的创造为主，而是以意理的含蕴与表现为主。因此它有时比较接近于说理。如：

> 廿载忘年友，相知此寸心。谈经多妙契，觅句有清吟。自我成萍梗，劳君念竹林。茫茫天壤大，落落几知音。(《哭郑侍讲丈筠谷》)
> 壮节思长公，高风爱仲理。古人岂可希，窃向往之耳。是谁纷狐疑，谯我空冻馁。晨鸡未肯鸣，尚亦守所耻。(《读陶公饮酒诗》六首之六)

湘东老子传故纸，涂乙长留妙墨香。想当讲堂孤坐日，膏肓废疾细商量。于今述朱遍天下，经师心气阋不扬。谁知琐琐黄门笔，尚落鄞江蠹鼠旁。(《郝仲舆九经稿，今藏吾乡张氏》)

先看《哭郑侍讲丈筠谷》一诗，该诗讲述郑筠谷与自己二十年来是志同道合的忘年交，一起谈经作诗，彼此牵挂，是难得的知音。但诗中作者只有近乎抽象的笼统的概述，并没有具体形象的场景描写。《读陶公饮酒诗》六首之六讲述作者自己的志向是成为古代贤人高士那样的人，可是偏偏无人赏识，只落得个不免饥寒的境地，但仍然要恪守廉隅。这首诗也是叙述的手法，罕有意象的描写，而说理的意味颇浓。《郝仲舆九经稿，今藏吾乡张氏》一诗说郝仲舆当年呕心沥血写下的九经稿只落得虫啮鼠咬的结果。这首诗也是用叙述的笔法。这几首诗的共同特点是以叙说的方式明确传达出某个思想和意见，却缺少形象描写与意象。它们不像优秀的唐诗那样，以鲜明的形象展示给读者，而将作者的思想情感含蕴于形象之中——形象是鲜明可感的，而思想与意见是隐藏。这些诗歌刚好相反。

然而，全祖望还有不少诗歌是纯粹的以议论为诗。如《蕺山诸生来讯》："多师未必真求益，不若归求自有余。试到十年养气后，更参斯语定何如。"在这首诗中作者指出，自身养气比求师更加重要，求学者应该长期养气。这是很独到的见解，包含了深刻的哲理。又如《家讯至，知昭儿已就塾》四首之四："从来名父子，强半成碌碌。汝父负虚声，抚躬渐凉薄。干蛊在儿郎，类我则已羞。"父亲有名气而儿子多碌碌无为，诗人以此警饬他的儿子，语浅意深，颇具识见。这类诗歌还有《同人以予今年四十生辰，共谋称祝，予谓古无庆年之礼，况荼苦余生乎？诗以谢之》、《明司天汤若望日晷歌》、《儿未浃月而病，医家言其体甚孱，漫作以解妇忧》、《感怀》三首，等等。这些诗歌完全是说理议论，往往脱离艺术形象，也少有情韵。唯以用意的精辟见长，思致的深邃取胜。

2. 喜用历史人物、事件为诗材，尤多关于南宋朱明之事

在全祖望的诗歌中有不少是以历史人物、历史事件为题材进行创作的。这些历史人物与事件多与浙江相关，多是宋、明两朝末年的遗民、气节之士及其相关活动。如其诗《天湖之称，不知所出，近从独漉诗，方知以桂王得名也》："当日小朝廷，湖上别署名。尚传亡国痛，敢为望蓝

荣。浩劫幸垂尽,慈云庆永清。遗民诗史在,莫罄吁天情。"此诗中的桂
王即南明永历帝朱由榔。该诗由天湖的得名,写到遗民诗史与亡国之痛。

《思旧馆》:"嵇(康)吕(安)良堪悼,山阳是管江。垒犹称复楚,
路已断穷庞(涓)。一饭难为别,寸心不可降。凄凉亡国恨,溪涧水淙
淙。"这首诗是写明末王石雁旧事,王石雁曾经到管江拜访过赠公,一饭
而去,次日被执,遂殉国。诗中歌颂其"寸心不可降"的气节。

《百尺西楼》:"端公画马处,湖海气英英。恨绝鸥波叟,觑焉燕市
行。别传神骏骨,长作不平鸣。毅魄还难泯,登楼百感生。"这里是以南
宋旧事为题材写的,美闲从师赵承旨学画,因为赵承旨仕元,美闲遂不肯
承认与他的师承关系,而别认有高节的龚圣予为师。诗中作者对此抱赞赏
的态度。

《万竹山中,访故少参梦章罗公避地寓》:"剡源清绝处,传是使君
居。辛苦画江后,章皇蹈海余。周黎犹被荫,蜀道竟何如。合有甘棠祀,
同招海岸车。"这首诗是为明末少参梦章罗而作,梦章罗在亡国之后,衣
冠不改,而且能为寄居剡中的诸遗民提供庇护之所。由于他的事迹鲜为人
知,故作者写此诗以传之。

此外还有《陈参议允平西麓》写的是晚宋陈西麓,作者作小序说陈
西麓是"遗民之不忘故国者也",由于旧志不为立传,故作者特作此诗。
《王尚书应麟汲古堂》为南宋末年王应麟而作,王应麟是当时的重要政治
人物和经史学家,宋理宗尝为之书"汲古传忠"四字,又书"竹林"二
字赐之,遂以名堂。

大量的事实证明,选取历史人物与事件作为诗歌题材确是全祖望诗歌
的重要特点。这种题材特点的形成与他弘扬道德气节与民族主义精神的创
作意图有着内在的必然联系。大凡此种题材的诗歌往往都表现出了这样的
思想倾向。

3. 以史家笔法作诗,喜考据史实,喜坐实,呈现出质实的特点

文学创作不同于学术研究,它不拘执于表现对象的本真状态,也不拘
执于表达的真实性。诗人的写作在诸体裁文学样式中尤能体现这个特点。
它往往不太考虑对象的真实面貌,比如它说赤壁时不管它所说的是不是三
国赤壁,甚至为了抒情的需要,明知不是也可以当成三国赤壁来写,而且
也并不会因此减少它的艺术价值。诗人也不必太在意其表达的准确性,即
使有明确具体的描写对象,也无须考虑其描写是否逼真,他完全可以把本

来并不高大的建筑说成"危楼高百尺，手可摘星辰"。这是诗歌创作的一般情况，也是常识。可是，全祖望作诗却别有一番讲究。他对表现对象喜欢做历史的探讨，也喜欢将描写对象进行坐实。如《赤堇山堇》：

> 《礼经》养老物，濯濯柔枝新。冬葵与夏堇，接叶夸兼珍。在昔欧冶子，亦豫尝真醇，阿谁伪传伪，曾参乃杀人。

这首诗的题下有作者小序云："以茇堇之堇，为堇荼之堇，始于孔颖达，正所谓读《尔雅》不熟也。《延佑庆元志》辨之甚详，而《成化宁波志》复沿《诗疏》之谬。"在这首诗中，诗人的兴趣不在写景，不在抒情，也不在状物或纪游，却在于考据这座山的山名。实在是别具一格。

又如《韩太守昌黎泉》：（小序云：宋时吾乡西湖之酒务，在偃月堤上，而南湖之酒库在是泉）

> 白龙神宫深蛰处，太守于此酿廉泉。旧闻棠阴古亭茂，（作者自注：唐殷太守有棠阴亭）更喜酒坊相参连。泉香酒冽多乐事，太守来观竞渡船。其乐不减藏春园，（作者自注：湖西官酒务，有藏春园）莲花漏下太守归。（作者自注：太守重作莲花漏）白龙窃出湖上眠，风流转盼成昨梦，威果营尘涨满天。沙虫猿鹤亦一瞬，胡瞻有禾三百廛。（作者自注：宋季为威果第三十营，元为广盈仓，而泉遂塞）何人好事追芳躅，昌黎之胜反平复，谁其云者两黄鹄。

在这首诗中，题下有小序，诗中有多处注释，都是考据史实，以证明诗歌所言之不诬，其诗歌内容就是建立在严谨考据的基础之上的。如此言之有据，在诗歌创作中是并不多见的。

又如《青毛金文龟》：（小序云："宋祥符间有之，深宁以为仁庙太平之兆，亦见《至正庆元志》。"）

> 神龟负洛书，良亦我所疑。但考古箓人，神物实所稽。欧公持论高，未免过贬讥。其在四灵中，瑞应诚有之。（作者自注：欧公不信洛书，是也。竟以龟为秽，则谬）祥符圣天子，治与成康齐。韩范文富杜，鸣鸟遍彤墀。降而蔡余辈，五彩亦陆离。句余钟黑精，金文

烂青眉。遂登汴京来，光照汴水湄。今我生太平，是龟满荷池。昨夜
藜床倒，思取老骨支。卧听嘘灵气，晨看产丛著。

这是一首咏物诗，但作者不是以状物、抒情为中心，而是以据史议论
为主。

要之，全祖望的诗歌创作喜爱考证史实，探寻描写对象的历史面貌与
真相。他追求将笔下的描写对象写得实实在在，言之有据。这是一种史家
笔法，与其史学家的身份有直接关系。如此作诗，则使诗歌呈现出一种质
实的特征，真可补史传之阙矣。

第三节　秀水派：趋近江西派而多馆阁之气

秀水派极盛于乾隆时期。秀水派与浙派并没有根本的不同。因此人们
将其视为广义的浙派，或者是浙派发展的后期阶段（参见张仲谋《清代
文化与浙派诗·绪论》，东方出版社 1997 年版），不无道理。秀水派的主
要诗人有钱载、诸锦、王又曾、万光泰、朱休度、钱陈群、金德瑛、钱仪
吉、钱泰吉、汪孟铸、汪仲鈖。

秀水派诗人的特点：较之浙派，秀水派诗人更加趋近江西派诗风。较
之浙派的野逸之气，他们更具有馆阁气。句法拗折险怪，呈现出生硬
特点。

一　钱载：乾隆盛世的台阁诗人

钱载（1708—1793），字坤一，号箨石，浙江秀水（今嘉兴）人。乾
隆十七年进士，选庶吉士，授编修，累迁内阁学士、山东提学使，官至礼
部侍郎。数次跟随乾隆皇帝出巡。乾隆四十八年（1783）致仕归里，家
居十年卒。曾经师从金德瑛，并与同乡万光泰、王又曾、汪孟铸、祝维诰
交游，互为师友。钱载是秀水派的代表人物。诗学杜甫、韩愈、黄庭坚一
路。著有《箨石斋诗集》（录诗 2628 首）、《文集》，见于《续修四库
全书》。

钱载诗歌的题材内容较为广泛，多山水纪游、感物抒情、题咏唱和以
及描写农村生活的诗作。其诗歌在思想内容和情感表达上有这样一些
特点。

1. 反映了乾隆时代的社会生活

钱载诗歌注意描写和表现社会生活，因此从一个侧面记录了乾隆时代的社会风貌，具有鲜明的时代特点。

钱载诗歌为人们展示了乾隆时期中国农村的生活图景。举凡农村生活中的种桑、缫丝、绩麻、采茶、种树、摘果、制菜、捕鱼、插秧、收割、晒谷等农事，在其诗歌中均有表现。如《打麦》、《缫丝》、《摘茶》、《潋浦绩麻曲十首》、《扳罾》、《插秧》、《合酱》、《罱泥》、《贮水》、《种桑秧》、《见拾麦穗》、《看采橘》、《行江夏作农歌四首》、《江浦见收早稻四首》等诗歌，从多个视点展示了乾隆时期的农业劳动内容和农村生活场景。

在描写农村生活的同时，也表现了乾隆时期政治稳定、物阜民丰的社会特点。如《江浦见收早稻四首》之二："晒稻复打稻，心欢忙亦闲。黄铺万顷田，碧映一围山。"这首诗写收稻子的情景。四围青山中，万顷稻田丰收了，一片金黄的喜人景象。农民们在那里打稻、晒稻，辛勤劳作。但是，面对这样的丰收景象，诗人感到农民们虽然劳累也一定是满心欢喜，视辛劳如等闲。再如《阜城晚行》："东柳黄于菊，碱畦白似霜。棉花大车捆，烟叶独轮装。村远声多静，人归意不忙。江淮达畿甸，可爱是丰穰。"这首诗写农民们将收获的棉花、烟叶打捆，装车，通过水陆运输，销往四面八方。人们在劳作忙碌，却内心恬静安闲，丰收的景象使人们觉得一切都是那么可爱。

钱载出生于康熙四十七年，卒于乾隆五十八年，青少年时期生活于康雍两朝而中晚年生活于乾隆时期。从钱载现存的《箨石斋诗集》来看，其诗集收录的时间始于乾隆丁巳即乾隆二年（1737），另外附录有雍正戊申、壬子年创作的诗歌各一首；终于乾隆癸丑即乾隆五十八年（1793）。其诗歌基本上创作于乾隆年间。钱载生活的年代正值中国历史上所谓的"康乾盛世"，其创作基本上就是乾隆时期社会生活的写照。从其诗歌来看，确实反映了乾隆盛世的社会风貌。其诗歌描写当时人们安居乐业，从容地从事各种农事劳动，并且享受着收获的喜悦。其内容迥别于清初与晚清、近代诗歌中常有的战乱、匪患、酷吏、灾荒、饥馑、流民。它们所展示的乾隆社会是一个国家安定、百姓富足的繁荣盛世。尽管诗人主观上完全可能有着某种粉饰太平的意图，然而从其对当时农村社会生活的具体描写来看，也是具有相当的写实性的。

2. 大量的山水纪游诗描绘了各地风光

钱载平生的游踪很广，每到一地则作诗纪游，因此他的诗集中有大量的山水纪游之作，描绘了各地风光与名胜。如乾隆己卯年（1759）到湖南就写下了《入湖南》、《岳州》、《并洞庭东岸行》、《渡汨罗》、《长沙》、《夜渡湘江》、《七月十五日夜祁阳对月》、《渡黄牯岭》、《永州》、《游朝阳岩》、《零陵二绝句》等诗。这类诗歌很多，它们不仅仅是写摹景状物，往往还联系各地的历史事件与人物来写，全面介绍各处的自然景物与人文胜迹，读者不仅可以通过诗歌了解诗人的行踪履迹，而且可以随着诗人对那个时代中各地的风貌、风俗与文化心理作一番巡礼。这些诗歌多具有记录诗人游踪的性质，其表现内容往往具有概括性。对自然风光的介绍也多是从大处着眼，粗略勾勒。

钱载还有一些写景状物的诗歌，也是以山水景物为描写对象的，但它们不是以记录诗人行踪为目的，而主要是表现诗人的即时所见所闻，比较注意介绍其局部与细处特征，更能够精细地描绘各地四时风光。

3. 表现了浓浓的亲情、友情

钱载最感人的诗歌是那些真切地表现了浓浓的亲情、友情的篇什。钱载老年时，他的孙子、孙女夭折好几个，夫人也先他而逝，使他深感悲痛，他长歌当哭，一再作诗抒发自己的深哀巨痛。其中充溢着真情和血泪，令人感动。如《寄（善元）榇于南滢僧屋，过而抚之，杂写五首》之三：

> 常时见汝好，敬父而爱母。动辄告母知，归房欢笑走。怀果必与母，欢走唯恐后。母时或鞭扑，劝母哭且受。我常与祖母，赞叹羡新妇。孝顺得是儿，新妇福应厚。日前汝来问我字，我曰此字当读某。汝疑恐我错，谓母教则否。却走告母来改之，依依成诵在窗牖。

此诗乃为哭孙子善元而作。孙子突发疾病夭亡，令诗人无法接受，痛定思痛，回想起孙子生前的种种天真乖巧、聪明可爱，以及长辈对他的深切期望，更加反衬出诗人的悲痛。诗人对小孙子的描述，一字一句无不浸染着祖父的浓浓爱意、亲情。

又如《（善元）小衣》："见汝常规矩，胜衣独往来。领围红浅拥，带束翠低开。微汗熏犹染，清躯塑或回。如何不烧却，卷叠使心哀。"诗歌作于孙子善元夭逝一段时间之后，诗人见到了孙子生前穿过的衣服，于是睹物思人，悲从中来。诗人回想起孙子生前的音容笑貌，字里行间饱含怜爱的深情，饱含痛惜与哀婉。

这类表现亲情的诗歌还有《哀（善元）》、《哭善元樾南》、《晚饭哭（善元）二首》之一、《哀女孙（善安）》、《哭第五孙》、《再哭善初》、《怀妇病》等。此外还有表现友情的诗歌如《梦陈明经向中》、《僮仆十七首》、《重哭王五秋曹》等。这些诗歌都是性情结撰，情真意切，感人肺腑，是钱载诗歌中的佳作。

4. 对君主的歌功颂德，表现自己的台阁生活

钱载身居高位，是乾隆皇帝的文学侍臣，其诗歌创作体现了这一特点。首先，其诗作大量记录了自己的台阁生活。钱载诗歌中有不少题材是为皇帝、皇太后等祝寿贺节，给皇帝迎驾、与乾隆和诗、侍奉乾隆筵宴、陪乾隆祭祀或者记录乾隆皇帝的活动。还有不少诗歌则是记录自己在皇宫当值的经历、见闻与感受，或者是与朝廷高官的交往、唱和的内容。从其题材内容上看，就给人一种堂皇、富贵的台阁气象。

其次，其诗作非常鲜明和突出地表现了对君主的感戴之情和歌功颂德之意。这从钱载的一首诗中可以看出他的心迹。《归舟述四首》之一：

> 圣拔于众被恩休，以老微躯盍堪胜。迅暑徒自保，帝德大日新。
> 化成隆久道，晚达受鉴知。阳春备小草，报答宁有待。科名虽不早，
> 今犹叨雨露。未即就枯槁，徒叨主上恩。七闰十九岁，一日十二时。
> 岂无一刻心，岂无一事知。迂疏偃仰谢，薄弱蹉跎随。古贤伤不遇，
> 遇矣今何辞。不能由自弃，自弃难有为。

钱载认为他之所以能够出人头地，为朝廷高官，享受荣华富贵，纯粹是乾隆皇帝"圣拔"的结果。而他到致仕退养还能得到恩惠，更是皇恩浩荡。朝廷之于自己，简直是阳光雨露之于小草。乾隆帝犹如古代的圣贤，自己对朝廷与皇帝充满了强烈的感戴、报答之心。正因为如此，在诗歌中他时不时地站出来对皇帝赞美几句。不光是那些专门写宫廷生活或者纪恩之类的诗歌如此，甚至在极普通的诗歌体裁中他也忍不住要伺机颂扬皇帝。如《喜雪》："仰惟苍昊穆，以答紫宸诚。"仅仅是老天下了一场及时雨，结果他也要将其归功于皇帝求雨爱民的诚意感动上苍。在古代作为

封建官吏的诗人对当朝统治者歌功颂德是很寻常的事情，但也不是人人都像钱载这样强烈感戴，虔诚至极。之所以如此，是因为在封建社会并非所有的官员都能一生亨通，如果遇到一些委屈、挫折，那么这种感戴之情恐怕就会打点折扣。再则，有的人即使际遇不差，但是个人的期望值太高，内心仍旧不满意，也不会那样对朝廷诚惶诚恐、莫名感戴。所以钱载诗歌的这个特点仍然很突出。

应该说，钱载对于清王朝的感戴是非常明显的，也是发自内心的。这是其诗歌的基本情感倾向。但是，近来有学者更强调钱载诗歌沉潜其不满情绪或不符合清王朝文治要求的内容即"变徵"之音，而形之于歌功颂德或符合文治要求的"正声"。① 这似乎是尚可商榷的。

钱载诗歌在艺术表现上也具有鲜明的特点。

1. 题材广泛而不避琐屑

钱载诗歌在艺术上有一个重要特点就是题材广泛，且不避琐屑。他像浙派代表人物厉鹗那样，多摹写山水。可是他并不像厉鹗那样只是以摹写山水为能事。写山水之外，他写了广阔的农村生活，也写了宫廷贵族的生活，还写了文人学士的唱酬、题咏的风雅生活。其诗歌题材的广泛，还体现为不避琐屑，兼收并蓄，一些极为寻常和不为人所注意的事物，也往往被他摄入诗歌之中，如他所作《豆花》、《葡萄》、《葫芦》、《柿子》、《萝卜》、《姜》、《蝶》、《虫声》、《牵牛花》、《柳条筐》、《线络》、《锡水壶》、《矮凳》、《号板》、《号灯》、《黄油帘》、《酒花》、《霜花》、《风花》、《灯花》、《木瓜》、《水仙》、《槐花》、《水碓》、《蓆草》、《蓆帽》、《松花蕈》、《缲丝》、《打麦》、《摘茶》、《木棉叹》、《竹鸡》、《药臼》、《扳罾》、《插秧》、《合酱》、《罱泥》，等等，写的都是一些习惯上被认为没有多少审美价值而不能作为或者极少作为诗歌题材的事物。钱载将这些事物作为诗歌表现的内容摄入笔端，不仅开拓了诗歌的题材范围，而且使诗歌更加贴近人们的日常生活，而且也使诗歌变得清新、鲜活，别开生面。

2. 善于情景描写

钱载诗歌既多写山水和四时景物，也善于情景描写。如前所言，其诗

---

① 程日同：《"变徵"与"正声"的融通——钱载诗歌诗心沉潜的形态及其成因和普适性》，《齐鲁学刊》2014年第4期。

歌的情景描写有两种情况：一种是带有纪游性质的对于某个新到之处的描写。这样的描写以一个地方景物的总体风貌为主，多是从地理位置、山脉河流、地形地势等大处着眼，常用俯瞰式观察取景，做概括性描述，较为粗略。有时还要对那个地方的历史人文加以铺写。这种写法的优点是能够对一个地域做一个总体的介绍。如《武昌》："望望岷峨势陡回，东流水乍入江来。出城楼阁连山起，对岸人家两郡开。文物于今镇清气，甲兵几代废雄才。海门直下秋风急，夏口高危浊浪豗。"这首诗首、颔二联由外而内描写武昌的地势地形、城市格局，颈联则着眼于武昌的历史——它是历来兵家必争之地，也留下多少英才俊杰的文化遗迹。尾联风急浪高的意象意味深长。这首诗写得大气磅礴，又很有历史感。

　　另一种是普通的写景状物，其特点是对某个较为具体的山水景物的描状，不同于前者描写的城市乡镇等较大目标。在写作上主要是表达出诗人的所见所闻和即时感受，对描写对象做较为细致的刻画，不同于前者仅仅勾勒出描写对象的轮廓而已。如《咸宁至蒲圻山行二首》之二："楚俗勤生活，山家率妇姑。刈禾阴处坐，撩鬓日中趋。港自游蝌蚪，林还叫鹁鸪。可怜忙两手，莫必雨来无。"诗歌描写山行路上所见情景：农户全家出动搞收割，妇姑也下田割稻。劳作之余就在阴凉处休息，烈日之下撩起鬓发行走。山中鹁鸪鸣叫，像是担忧晚间有雨，农民两手忙碌不停。该诗的情景描写生动具体，人物的心理、动作刻画逼真，人物描写与环境描写很好配合。情景描写使人有身临其境的感觉。又如《楚稻》："楚稻香弥野，楚山碧映空。既怜山不断，尤爱稻常丰。杨柳影边水，鹭鸶飞处风。清歌方未起，又见出渔翁。"该诗写楚地山水与稻田景象，碧野、稻香、歌声、鹭鸶、渔翁，动静结合，色香俱全，写景历历分明而充盈着一种田园牧歌式的恬静、愉悦情感，情景交融。

　　钱载诗歌中的情景描写较多，这是其诗歌中的精华部分，成功的情景描写使他的诗歌具有鲜活生动的形象，深长的意蕴，为读者展示出一幅乾隆时代的真实动人的图卷。

　　3. 散文化

　　钱载诗歌有以文为诗，即诗歌语言散文化的特点。具体表现为两种情况。

　　(1) 使用散文句式

　　只需举一个例子，足可说明钱载诗歌语言使用散文句式的情况与程度。《主簿厅作》：

> 苏州程童塾师，名以皋。皋年十八，父住梅家桥。其年六月，母袁病不疗。（一解）姊家桥南，近皋。避姊家，割股肉，作汤，进母桥北。（二解）七月、八月、九月、十月、十一月，股创合。稚弟九岁，告母知。母惊呼皋，哭。夺视其臂，婉转释他辞。十二月，母殁。今难追思。（三解）皋年十五，嫂聒翁析箸。父析与皋百金，使随舅贾去。尝买卖走浙江东西。十九，自武昌归。明年舅死。皋失提携。独贩酒三百瓮、薄荷六十担，斤江船摇摇，病且达汉口，薄荷湿烂。甕甕生菌，无一氤氲，弃归。父怜，慰劝留之。傍家门。（四解）奈何妇翁挈之入京，教之为傔从，初役于我，百不更中庭花，所手植。召皋锄土，见皋臂雨风。九月晦斋宿主簿厅，问皋，皋泣述母病，皋泣不止，语忍聆。（五解）

从这首诗中我们可以清楚地看到，整首诗几乎全部采用散文句式写成。而且其语言是一种简古、朴实的古文语言，语句简短、精练，长则数字，短则只有一字，没有节奏，不讲求音韵，初看起来，还使人以为是误收编入诗集中的散文。但是诗人自己在诗歌中分明标注了"一解"、"二解"等文字，说明诗人确是把它作为诗歌来写的。这是典型的散文句式，也是典型的以文为诗。以文为诗的情况在宗宋诗人中屡见不鲜，但是像这种完全以散文句式来写作长篇的情况却并不常见。即使钱载本人的创作也不多用这种写法。他的诗歌中运用此法的情况是，以简古、质朴和凝重的语言来表达一种沉重的内容。他的另一首诗《南陵辞》写一个节烈女性李氏，在丈夫去世后，悲伤过度，不食不药而死，终与丈夫合葬。该诗也是使用相同的句式和写法。因此，钱载运用散文句式作诗，实与内容相关，并非简单地追求形式的变化与标新立异。从其实际效果来说，这种写法也确实比较有利于表达一种哀婉、沉痛的情感，形成一种庄重的格调。

（2）运用叙述手法

钱载诗歌散文化的又一个表现是运用散文的叙述手法来进行写作。如《怀妇病》，诗人讲述我从外地归来，不意夫人竟然卧病在床了。仲春我将要奉命出使外地时，夫人还为我备办行装。夫人患病是从清明开始的，病了百日之久，未得彻底康复。我还京又接连出使，还到江南典试。夫人一直患病，我却不得不越走越远，连音信也不通。回想起当年的离别和艰苦生活，难以忘怀。不料夫人匆匆永别了。诗歌作于钱载夫人去世后的第十一日，诗人以一种叙述的方式讲述自己离家的经历和夫人得病的过程，回忆夫人与自己的生活情况与言语，林林总总，娓娓道来，不避琐细，也没有叙述的中心，以及重点刻画的形象，内容不免有点散碎，或可以说完全是一种零碎的絮语。全然没有诗歌的凝练。这就是散文化的叙述手法。

4. 议论说理

钱载诗歌有议论说理的特点。如《寒夜作四首》之四："道同天不变，世故随虚盈。物各有其理，人各有其情。心心动与觌，而常绝私营。方员亦何定，必若规矩成。惟叹为呻吟，闻者或之惊。我思吕新吾，抱此济世诚。"这首诗说，道是永恒不变的，世俗生活是道的体现。理存在于万物之中，万物各有其理，人也各有其情，情要符合理。人之动心，需要经常绝除其私念，人的行止必遵循规矩。有纯正的心性修养才能实现济世的抱负。《动静交相养》："静如星拱极，动若卦生爻。道贵存于养，心常察所交。狷应充屑屑，狂亦敛嘐嘐。执两中宜择，随时一莫胶。行云元必返，止水岂难淆。鸟刷风前羽，花含露下苞。物情参自爱，人性谨先教。"诗人强调人的立身行事和所作所为，需要善于处理动与静的关系，其原则是执两用中，不要胶着和拘执。大自然中饱含着为人处世的道理，人的性情修养实可参悟其理。钱载不是理学家，但他的诗歌包含着理学思维。其说理议论有哲学的深度，但思辨性太强的地方实际上有损于诗歌的情韵与审美价值。

5. 诗歌语言自然平易而又追求形式创新

钱载诗歌的语言很有特色。一方面，他的很多诗歌都是自然平易的。这从前面的许多例证中可以窥见一斑。还要更为典型的如：

　　京口为北府，姑孰为南州。大江黄花水，直到阁下流。（《观音阁》）

　　雨后鹅黄树，风前粉白人。风风还雨雨，各自爱腰身。（《题唐子畏画扇》）

　　涨得西陵水，茅篷分外轻。船头双打桨，自在学鱼行。（《聂口二首》）

　　上述诸诗在语言上都是非常直白、朴实、平易的，没有典故，其词汇全部是日常生活语汇，没有书面语，更没有生僻字眼，意义明白浅显，内涵确定，一气单行，上下句意脉贯通，逻辑联系明显，而没有意义的断续、跳跃，仿佛是不假思索地从胸臆中喷薄而出，自然得好像全不费功夫，毫无雕琢痕迹，语气非常接近口语。这是钱载诗歌的一个重要特点。

　　另一方面，钱载诗歌又竭力追求语言形式的创新。这种创新主要表现在句式、句法的变化出新，而不是字词的奇崛生僻，也就是追求句法的生新和陌生化效果，却不似宋调诗的先驱者韩愈等人那样喜用生新字眼，而是喜用通俗平易的字词语汇。故陈衍《石遗室诗话》卷四云："箨石斋诗，造语盘崛，专于章句上争奇，而罕用僻字僻典，盖学韩而力求变化者。"[①] 钱载诗歌语言形式的创新表现如下。

　　一是诗歌句法的改变，即改变诗歌句式的构建常态，创造出新异的句式形态与整体面貌。例如《甕水行》：

　　　　甕水甕水女心女身我不知，甕之如井为澜为沦，乃沈张氏女于天津。王家郎将昏疾耗来，女啼先夕缝我白弓鞋。耶娘兄嫂小妹知，窃窃防护，左右不离。三月二十日，其日女蚤起，妆饰事事新。兄嫂问所以，答云天后宫赛神处，我当作午饭，便去逐耶去。女入厨，釜水乾甕空，独走空屋看，呼仆担水满甕手注釜，呼婢执爨手切蔬，磓几有声，俄顷无言。弓鞋换著急疾恐，不令婢闻门扇动。婢呼釜水已沸，寻女西东，白弓鞋见，大呼来救，女身倒入空屋水釜中。其时母惊寝，嫂妹弃女红，父兄出未归，厨火日下舂。呜呼甕兮非兰芝清池，非上虞之江水兮，非水使三年而化碧，又何必化鸳鸯双。

　　这首诗的语言颇为独特，具体表现为句式的新异，主要有几个方面。

　　其一，节奏和谐而又非韵非散的句式，如"甕水甕水女心女身我不知，甕之如井为澜为沦"、"王家郎将昏疾耗来，女啼先夕缝我白弓鞋"、"呼仆担水满甕手注釜，呼婢执爨手切蔬"，这些句子既不是诗歌中常见的那种韵文句式，也不是普通的散文句式。它们比通常的诗歌语言明显要长，较之散文句式则又不似其自然。这种句式的特点是有内在的节奏，如

---

　　① 钱仲联编校：《陈衍诗论合集》上，福建人民出版社 1999 年版，第 50 页。

"甕水甕水"、"女心女身"、"为澜为沦"，利用词语的重复构成了一种节奏。而且前后两句彼此构成了一种音韵、节奏上的配合与和谐。

其二，多形态句式的互相配合，形成诗歌语言整体上的新异面貌。从语言形式上看，这首诗的句式有长有短，长到十几个字，短则只有三两个字，长短句式互相掺杂。有句式整齐的，如"其时母惊寝，嫂妹弃女红，父兄出未归，厨火日下舂"，更多的则是有单行散句，整齐与参差句式错落配合。有押韵的有不押韵的，互相呼应。整首诗成了一个各种句式的大杂烩。

二是利用多种修辞手法改造诗歌句式。主要有：

其一，用叠字。叠字，又名"重言"，系指由两个相同的字组成的词语。用叠字可以使诗歌在语音上和谐悦耳，节奏明朗。如《酌第二泉》："飕飕殿角回，淅淅帽檐落。"《毗陵晓望》："戚墅平平岸，横林远远村。"《水乡二首》："柳榆围段段，螺蚬捉家家。"《尹儿湾》："野蓼疏疏雨，烟杨寂寂村。"《咏水仙》："渺渺自清浔，昭昭月在襟。"《集陈舍人独树轩赋秋声》："人寂寂知天籁迥，雨潇潇及月华明。"《八日雨》："仰看瓦打浪浪著，拱立衫飘侧侧分。"《渡洧》："隐隐城边月，摇摇马后灯。"《郾城晓行》："依依杨柳阴，阁阁蛤蟆鸣。"《德安北山行》："隖隖浅深云气曲，��高下水声间。"《内邱》："坦坦冈势合，浓浓林阴循。"《明道山房》："深深祀木主，霭霭开山房。"《饮望湖亭》："萧萧闻木叶，渺渺见君山。"此类的例子在钱载诗歌中随处可见，不胜枚举。说明钱载确是在刻意运用这种手法。这种手法的运用也的确使其诗歌语言在形式上有一种新鲜感；在音韵上使上下句之间彼此增加其乐感，并且和谐呼应，更加突出了一种节奏的美感。

其二，使用反复手法，就是将一个词语放在诗句反复出现。如《黄陂》："刈稻复刈稻，插秧复插秧。鹭飞白水白，酒卖黄婆黄。"《宿州晓行》："淡月淡如此，凉风凉渐深。"《八月十五夜》："何夕如今夕，三秋又一秋。"《题王雅宜券后》："长券短券礼昉诸，左券右券法令俱。官券私券势难已，折券焚券仅有无。"《借明无名氏溪山晚照卷作小影而自题》："儒冠儒服愧非儒，可道今吾胜故吾。"这种手法的运用，使诗歌有一种回环之美，同时也更加强了诗歌的节奏感，并且在内容表达上具有强调的作用和意义。如"刈稻复刈稻，插秧复插秧。"刈稻、插秧二词的重复，更加突出了这种行为的反复多次和连续不断的特点。而在"长券短券礼昉诸，左券右券法令俱"中，长券短券、左券右券的反复出现，也同样强调了"券"的包含范围的广泛性。

其三，使用顶针手法。如《春游曲六首》之二："高粱桥西西复西，绿杨万树覆长堤。堤边时有红亭子，亭下新开水稻畦。"《宜亭新柳六首》之五："二月月圆圆不能，千行雨湿湿难胜。"《德安北山行》："早禾渴雨雨而雨，修树藏山山复山。"《喜雪》："祈雪雪方降，先春春遍生。"《散木庵茶话》："庵前有木木无阴，木上唯闻啄木音。"这种手法使诗歌内容意脉连贯，将诗歌画面线性展开，而且也能突出其节奏感和音韵美。

二　金德瑛："鸣国家之盛"

金德瑛（1701—1762），字汝白，一字慕斋，号桧门，安徽休宁人，商籍浙江仁和。雍正四年举顺天乡试。乾隆元年进士，廷对初置第六，高宗亲擢第一。授翰林院修撰，南书房行走。历任福建、江苏、江西考官，提督江西、山东、顺天学政，并由侍读学士、内阁学士，迁任礼部侍郎、都察院左督御史。乾隆二十七年卒于官。著有《桧门诗存》四卷，存诗401首。有《续修四库全书》本。

金德瑛诗歌在题材内容上特色鲜明，主要表现如下。

1. 醉心于山光水色

金德瑛好游历山水，蒋士铨为《桧门诗存》所作《后叙》云：金德瑛"性了佳山水，凡使节经过胜区古迹，无寒暑雨雪，必命驾登览，至则流连领挹，吟啸久之"。所以他的相当一部分诗歌是山水纪游之作。这些诗歌体现了他对自然山水的审美态度与精神活动。他非常善于发掘大自然的美，并且通过其诗歌描绘了各种各样的山水美：有的秀丽明媚、婀娜多姿，有的烟水朦胧、惝恍迷离，有的嶙峋怪异、曲折回环，有的恬静安闲、清幽脱俗。《狮子庵》、《郊西柳枝词八首》、《九月中旬舟中玩月次张于晖韵》、《游麻姑山出谷未哺，续作从姑之游》、《陆行绝句》、《每薄暮泛大明湖……》、《游九峰寺》、《登龙兴寺阁》等大量诗歌从不同角度表现了动人的山光水色之美。

金德瑛诗歌中的山水景物描写不仅着意表现出自然风光与景致之美，而且也体现出了诗人的一种积极乐观的情感心态。他的诗歌大都色彩明艳，画面鲜明，富于美感，情感豁达、开朗，诗人以一种审美而兼享乐的态度，醉心于自然美，其心态是入世、乐世的。这有别于浙派诗人如厉鹗山水诗，厉鹗的山水之作往往是以山水写超尘脱俗的幽怀，远离尘俗，而金德瑛诗歌表现出对现实生活的享乐与满足。

2. 官宦生活与台阁气息

金德瑛在乾隆朝历任侍读学士、内阁学士、礼部侍郎、都察院左督御史，是朝廷要员。他与乾隆皇帝也接触颇多。其诗歌创作也反映了他的那种官宦生活与思想情感，表现出浓厚的台阁气息。

其诗歌中最扎眼的是那些与乾隆皇帝唱和之作，如《恭贺御制新月元韵》、《恭贺御制恭谒永陵元韵》、《恭贺御制萨尔浒元韵》、《恭贺御制出古北口元韵》等，数量众多，不胜枚举。这些诗歌在内容格调上正大堂皇，雍容典雅。金德瑛还有一些诗歌是奉旨而作，如《奉旨送礼部侍郎沈德潜予告归里，即次其谢恩元韵四首》，这样的诗歌纯粹是为应酬而应酬，既是应酬乾隆皇帝，也是应酬沈德潜，作这样的诗想必是很为难的，但是他也写得面面俱到。还有一些是题御画的诗歌，如《恭题御画仿苏轼竹》，《恭题御临唐寅事茗图》，《恭题御临钱选观鹅图》等，因为是题御画，所以情感格调深雅雍容。还有一些诗歌是诗人记录自己的随驾经历，如《南苑大阅恭纪二首》，诗人以亲历目见者的身份、视角记录乾隆皇帝的文治武绩，歌功颂德，堂皇气派。还有一些诗歌记录自己的官宦经历，如《西苑春日呈同值诸公》、《戊午典试闽中出都作》，《辛酉典试江南出都呈李临川先生四首》等，其中有奉旨出使的自豪与得意，也有对皇上信任的感戴，还有不辜负朝廷的决心，尽显朝廷重臣气度。

总的来看，金德瑛诗歌与其为官做宦的生平经历密切相关，深深地影响到了其诗歌创作的题材内容和情感表达。钱陈群为《桧门诗存》所作序云：金德瑛"与予寻入直内廷，同趋禁御，依日月之光，鸣国家之盛，亲近宸章，耳濡目染，作为诗歌，和平大雅"。以此之故，其诗歌时不时地表现出对乾隆盛世的赞美，对乾隆皇帝恩德与功业的称颂，也有对自己官宦生活的描述，其总的情感倾向是雅正、平和、典则、堂皇，有富贵气，台阁气。

金德瑛诗歌在艺术上自具特色。

1. 善于写景叙事

金德瑛诗歌多山水纪游之作，由此表现出了写景叙事的高超技巧。这里聊举数例加以说明。

（1）善于抓住事物的变化

大自然是无时无刻不在变化发展的。但是，很多景物在一般人的眼中是熟视无睹，不会予以关注的。这样也就没有美的发现，没有诗意了。金德瑛则善于观察到自然景物的变化，从中发现美，捕捉诗意。如《郊西柳枝词八首》之五："御沟婀娜自舒腰，隔岸楼台酒旆飘。浮萍一夜齐铺绿，衬出红阑小板桥。"诗人看到御沟中浮萍一夜之间生长出来，给水面铺上了一层新绿，并且与御沟上的红阑小板桥相映衬，甚有美感。于是以诗笔描画了这样一幅美的图画。这首诗的妙处不仅在于它的诗中有画，尤其在于它写出了一夜之间景物的变化。

（2）动静结合

大自然风光无限，美景无限。其中有静有动。诗歌对自然风光的描写要善于将静景与动景结合起来。诗歌写静景易，写动景难。原因是静景的美容易为诗人所发现和捕捉，而许多动景则不易引起人们的美感和注意。金德瑛善于将二者很好地结合起来。如《郊西柳枝词八首》之七："行到西堤影不分，千条万缕拂湖纹。黄莺宿处常千啭，白鹭飞过忽一群。"这首诗前三句写静景，很美，但这也是一般人不难发现的。真正难写的是第四句，一群白鹭闯入了这个美的情境之中，不仅又添一景，更使得整个画面充满了无限生机，大大提升了诗歌的艺术感染力。

（3）善于铺叙

诗歌写景叙事的一个重要手段是铺叙。非铺叙不能展示景物，陈述原委，还原情境。金德瑛于此法颇为老到。《游九峰寺》："略彴度八九，泉水流琤淙。一峰复一峰，引入九峰中。石桥三涧合，虚亭四面通。老僧七十余，耳目殊清聪。徒众自耕食，山柴足野供。水势犹出谷，僧杖无疑踪。笑语留贵客，小住亦从容。"该诗主要运用铺叙的手法，逐次交代了九峰寺及其周遭环境情况，以及老僧与其他众僧的生活，将一座深隐于群山中的寺庙以及僧人们的日常起居与精神面貌生动地展示出来了。

（4）意境营造

好的诗歌往往有深邃的意境。金德瑛很懂得这一点，其诗歌善于营造意境。如《狮子庵》："茂竹掩行径，高柯早鸣蝉。山僧闭关坐，篱落犬有声。客到剥啄响，徐徐启轩楹。清风时一吹，衣袂皆飘轻。茶水自采汲，此外何营营。"诗人写狮子庵，绝不是仅仅简单地记录其景致风物，而是通过营造意境来传达出诗人的情感与思想。诗歌着意写了狮子庵的幽——藏在茂竹丛中；静——人迹罕至，偶有客至即可听到剥啄之声；还写了人的自在无为——僧人闭关静坐，自己采水煎茶享用，此外无复他求。全诗中的环境、人物，都表现出超尘脱俗的意蕴与格调，而这又尽在意境中。

2. 突出主观感受的表达

诗歌是诗人的主观情感与客观表现对象的统一体。诗歌要写景状物，再现客观世界，但这不是全部，诗歌创作还要表现诗人的情感体验与思想。这两者是相辅相成和辩证统一的。不过，这两者也不是同样的比例。在唐代以及此前的诗歌艺术传统中，诗歌的客观描写更多一些，抒情则是隐含于诗歌的形象世界之中的。有的诗歌有一些直接抒情，但在诗歌中的比例较小，往往只是作为形象描写基础上的发挥和点染、升华。宋诗则有明显的改变。宋诗中常常可以看到对诗人主观感受的直接表达，主观的成分经常超过了再现的成分。所以常有人说，宋诗是内敛的，它更多地观照诗人的内在体验和心理精神世界。金德瑛的诗歌创作虽有不少善于描状自然景物、山水风光的佳作，但同时也可以看到，在其诗歌中有不少作品突出了诗人主观感受的表达。且看：

> 七载风云往复还，光阴讵放客身闲。举鞭且向东南去，不忍多看获鹿山。（《赴栾城道中》）
> 主人耕作客人渔，说向先秦惝恍余。好是碧溪红树里，不传数卷未焚书。（《桃源》）
> 苍茫一气九州同，海市何偏见海东。直我有求神弗应，令人不敢信苏公。（《海市》）

此类的诗歌还要很多，如《飚轮》、《江西诸郡建昌府风景致为可爱》、《汾阴行六首》、《望中条山》、《望华山》、《清江浦渡河》、《退翁亭》，等等。就以上所举数例来看，它们都是以山水景物为题材的。按照一般人的写法，这些诗歌应该以客观景物的描写为主，诗人的情感则应该寄寓于景物的描写之中，至多也就是有一句直接抒情的话来揭橥主题。可是，上述诸例显示，这些诗歌在整体上主要是表现诗人的思致意绪的，虽有若干形象描写，却是包含于诗人意绪的理路当中。因此，这些诗歌突出了诗人主观感受的表达。

3. 散文化

金德瑛诗歌有散文化的倾向。聊举两例如下。《神树诗》："惟长白之毓秀，积千里而蜿蜒。泻珠江之浩淼，纷琪琼以芊绵。是以天作其宅，帝卜其埏。瞻仰川岩见龙形之拱抱，攀援陵树得美荫之团栾……"该诗题目之下有作者说明，谓乾隆皇帝写有神树赋，然后让大臣们继和，乃作此诗。乾隆帝写的是赋，这是介于诗与文之间的文体，更接近于文。而金德瑛作诗以和，也摹拟了赋的语言形式，将诗歌写成了有韵的散文。金德瑛与乾隆帝唱和很多，其诗歌风貌也常常有意地效仿之，接受其影响，包括诗歌语言的散文化。

再如《八月九日对月》一诗："……我思周天三百六十度，万古躔次无改移。望舒不停辗转只陈迹，强被天公督促应烦疲。孰如人生踪迹变耳目，诞幻到处添惊奇。何事苦摇落，往往嗟别离。不知明年此夜在何地，定然兹月皎皎与我还相随。"这都是散文化句式，只是它们在节奏上还隐然在前后相邻的两句之间两两照应，并且也押韵。但是其句子的舒缓纡徐，其字数的任意性，语意的连续性、单行性，都明白无误地说明了它们的散文化特点。

以上是金德瑛诗歌语言较为明显的散文化现象。此外，其诗歌还有运用赋法进行陈述、叙说的情况，也是一种隐性的散文化表现。

4. 说理议论和以学为诗

金德瑛诗歌的说理议论很多，几至于俯拾即是的程度。这里列举两个比较典型的例子。如《秋怀十首》之九："读书师其意，约取不贵多。精锐堪陷阵，乌合终倒戈。事耻一不知，百代须网罗。但如腹背羽，警策非关他。"此诗讲述读书之法，在于得其意，贵精约而不必贪多，知识面宜广，但是要抓关键。再如《秋怀十首》之十："古人去我久，卷上存其诗。胸中所欲语，往往先道之。触目生兴象，体物肖妍媸。我生非喑默，虽拙宁无辞。今既异昨日，明更非今时。叹昔后来者，遗之将语谁。"此诗论述诗人如何学古的问题。诗人们常常感到自己每有所得时，却发现原来自己想要讲的话早已被古人讲过了。这使人感到后世诗人似乎难有作为。实际上今天的世界与生活已经不同于从前，今后也将不同于今天。每个人站在自己的时代与生活中去体物、抒情、言志，则必有可观之处，必有其自具价值的诗作。从上述例证中我们不难看出，金德瑛诗歌的说理议论表现了他思想、见解的深刻与敏锐，故其所作每每能够给人以有益的启迪和教益，虽今天的人们读来，仍觉得其具有非常重要的借鉴意义，闪烁着智慧与思想的光辉。

金德瑛诗歌还具有以学为诗的特点。上述两诗也是他以学为诗的很好证明。一般人的以学为诗常有两种表现：一是掉书袋，借大量用典来展示学问。二是在诗歌中讲述学问。用典的情况在他这里也有，但并不太突出，他的用典并没有比常人有明显的不同，大抵属于诗人用典的正常范围。金德瑛的以学为诗主要表现为在诗歌中讨论学问和学术问题。这同时也是说理议论。

5. 语言自然朴实

金德瑛诗歌语言是比较朴实自然的，这里试举两个例子加以说明。

> 三度重阳节，连年在吉州。好山看不到，小院试登楼。微雨含轻雾，新霜冷暮秋。一声闻雁过，今夕宿何州。（《九日》）
> 行役古战场，其地名符离。宋室南渡后，十万溃熊罴。孝宗愤前耻，慷慨欲刷之。忠义争吐气，恢复此一时。有臣曰张浚，岿然先朝遗。开阃授旄钺，鹰扬尚父师。浚也不自量，大任臣能为。军贵事权一，两雄无俱栖……（《过符离作》）

从上述例证中可以看到金德瑛诗歌语言的朴实自然。其表现为：

第一，诗歌语言的词汇主要是古代书面语和日常生活用语的常见语汇，没有生僻、生涩的字词，也较少用典用事。

第二，从句法层面上说，这些诗句也是遵循普通书面语和日常生活用语的语法规则，甚至没有诗歌语言允许使用的倒装、省略等特殊语法规则，更没有刻意追求语言的拗折。

第三，从语言的意脉和逻辑关系上说，诗歌的前后语句意义连贯，没有一般诗歌语言的间断、跳跃，意脉连贯，逻辑关系紧密，符合一般人的思路和思维习惯，仿如从胸臆中自然流出。

三　朱休度：盛世循吏与诗人

朱休度（1732—1812），字介裴，号梓庐，浙江秀水（今嘉兴）人。乾隆十八年举人，历任嵊县训导、江西新喻知县、山西广灵知县。为官有政声。诗学南宋、金元小家，师法朱彝尊、钱载。有《小木子诗三刻》

（包括《梓庐旧稿》154 首、《壶山自吟稿》593 首、《俟宁居偶咏》401
首，合计 1148 首，部分重复），见《续修四库全书》第 1452 册。

朱休度诗歌在思想内容方面有几点值得注意。

1. 反映民瘼

朱休度在其诗歌中有少数诗歌真实地表现了那个盛世之中的社会
惨象。

> 荒沟乱石不成村，頹土墙边破板门。怪道春来东作废，十家能有
> 几家存。(《过小关村问农事恻然伤之口占二首》之一)
>
> 逃丁弃地无人种，也有人存地复荒。借问山农何太懒，卖牛都已
> 纳官粮。(《过小关村问农事恻然伤之口占二首》之二)

这两首诗写了当时一个小村庄破败荒废的惨象：墙塌了，门坏了，地
荒了，牛卖了，人逃了，村子空了。原因是官粮逼得太狠，老百姓活不下
去了。这是乾隆盛世的实录。又如《拟古诗为满洞了妻作》，首先交代了
时代背景："乾隆五十有二年，雁门关以北岁大饥。父鬻其女，夫鬻其
妻，三陌五陌得钱便相随。彼略卖人者，官禁弛，连车累载驱之驱之南出
三关北出口。"接着，诗歌讲述广灵县羊圈村有满洞子夫妻，穷困潦倒，
无以为生。年轻漂亮的满洞子妻为"彼略卖者"所觊觎。满洞子妻不愿
被卖，又没有活路，最终夫妻俩双双上吊于家中。真是人间惨剧。这样的
诗歌虽然数量有限，但是，对于认识那个时代和社会的真实面貌，很有
价值。

2. 写亲情

朱休度诗歌中有一些写亲情的作品，甚为感人。如《抱孙》："幼女
孙多慧，老妻故后生。人云肖王母，活脱画双睛。向我投怀喜，教伊学语
清。饴甘只余苦，含却不胜情。"该诗写年幼的孙女聪明可爱，目光灵
动，口齿清楚，亲近诗人。诗人十分喜爱。又因为别人说小孙女长得像祖
母，诗人想到孙女是老妻故后所生，她不曾见过孙女，高兴之余又不免有
点遗憾和惆然。这首诗透露出浓浓的亲情，感人至深。这种写亲情的佳作
再如《送女声安之山阴省姑二首》，写女儿声安归省年迈的父母，又逢婆
婆病重，女儿虽然自己体弱多病，却总是不得不顶风冒雨地奔波。想到女
儿自幼聪慧，然而命途多舛，出嫁后为妯娌所猜忌，她则含辛茹苦，支撑

家庭，孝敬婆婆，闻婆婆病讯而色变，喃喃自语求菩萨保佑，沉重的生活压力使她未老色衰。女儿将去，诗人依依不舍，不知有生之年能否再见，内心极为酸苦。这两首诗所写不只是父亲对女儿的疼爱，还有对女儿遭遇生活苦楚而爱莫能助的心酸，读此诗能够感受到一个父亲的深爱与巨痛。

3. 情感平和，没有大悲大喜

朱休度生活在乾嘉时期，这是一个封建社会的昌盛时期，社会经济相对繁荣，社会政治相对稳定，而社会矛盾相对缓和。因此，其诗歌创作中表现出来的思想情感，总的来说是比较平和与惬意的，对于当下的生活比较满足，安然、恬静地享受日常生活和自然风光，尽管生活中总有一些不尽如人意之处，也能够通过调整自己心态予以化解，而不会怨天尤人。所以，朱休度诗歌中没有强烈的愤世嫉俗，没有深邃的悲天悯人，没有太多的叹老嗟卑，没有逃世隐逸，较少大喜大悲的情绪表达。他的一些诗歌透露了他的这种心态。《纷纷》："万物静观皆自得，纷纷扰扰有何凭。无端饶舌草间蛤，强欲出头窗孔蝇。寒夜鲸鸣应霜动，春雷龙借如云腾。天然顺受花开落，未要虚名没世称。"这首诗中，诗人表现出"天然顺受"的思想，不要追求没世之名，不要对世事饶舌多嘴，不要强欲出头。总之就是顺应自然，无名利之欲，也无怨怼愤激之情，澹泊自处。又如《偶次仇山村韵咏怀十首》之五："自推消息自知年，百算无如守我元。因仕更贫囊如洗，积劳成疾药为缘。虎威吏子假装面，鼠技奴儿工数钱。谁耐周防到渠辈，早衙发鼓且高眠。"诗人主张，人生在世不需要推算今后的命运，任随未来如何，只要守住自己做人的基本准则，自己的生活有诸多的不如意，周围些小更是防不胜防，但是根本不必在乎，尽可以无忧无虑地安心高眠。这也是一种顺其自然的态度。正因为诗人对世事人生采取这样的一种无可无不可的态度，所以，他在生活中尽管有着这样那样的不如意，也没有太多的牢骚和不平之鸣，因为他并不强烈地追求什么，所以情感也就相对平和了，有一些负面情绪也自我化解了。

朱休度诗歌在艺术上有一些鲜明的特点。

1. 善于写景状物

朱休度诗歌中有不少记录旅次风光和描状四时景物的诗歌，这些诗歌往往写景逼真传神，表现出了诗人高超的技巧。

路入江乡野趣饶，一川新碧酿新醪。牛毛细雨蓑衣重，鸭嘴船轻

橹唱高。漠漠生云山戴帽，青青依岸草连袍。此时北地乾风起，眯眼飞沙聒耳涛。(《春归舟次作》)

这首诗写春日乘舟的所见所感，描写景物不仅鲜明如画，更写出了诗人的具体感受，一江春水像"新醅"一样令人倾心品味和陶醉。笼罩的白云就像是山头戴上了白帽子，依岸连绵的青草就像是青山穿上了绿袍子。牛毛细雨让流连忘返于江中的诗人渐渐感到蓑衣变得越来越重，诗人感叹此时此刻的北方还是风起沙飞，而南方竟是如此醉人的美景。景物、情感尽在诗中。

朱休度的有些诗歌表现出很强的捕捉画面的能力。如《过火烧岭三首》之三："有鸟生山无树依，石间鸣跃得生机。草根也宿小黄蝶，蓦起一双掠面飞。"这首诗本来写的是一座秃山的情景，山上没有树，鸟儿无枝可依，只能在石头间跳跃、鸣叫，而小黄蝶也是在草丛中栖身、飞舞。这样一个荒凉的地方，被诗人用写实的诗笔一描画，竟然使人感到声色具备，动感十足，生意盎然，有了美感。

朱休度长于铺叙描写。《信宿蒙古界值大风漫赋》一诗非常生动具体地描写了沙尘暴。他用博喻之法描述沙尘暴的情形与威力："昏如千鲸吐雾黑，轰若万炮腾烟张，猛如深林众虎阚，旋若大海群龙翔。"他这样描写沙尘暴发生时人们的感受："况乃客行颠且僵，不辨人形不辨语。白昼索灯灯灭光，对面如鬼捉迷藏。"他这样描写沙尘暴对人们生活的巨大破坏："沙飞落罅穿屋梁，喷满几席盈衣裳。冥冥灰洞填五窍，几乎鼻息出入妨。"诗歌通过对沙尘暴所做的具体细致的描述，使读者对这种可怕的自然现象有了十分深刻的认识，有了一种仿佛是身经目历的感性认识。

朱休度还有很多写景状物的优秀诗作，如《游晋祠得六绝句》之四、《山轩咏雨》、《饮水轩偶得二绝》、《次半坡口号》、《题玉河桥》、《夕阳》、《散步》、《锡山道中》、《暮投小关村宿》等，这些诗歌都能形象生动地表现大自然的风光与景物，表现诗人的审美发现。

2. 突出主观感受的表达

朱休度诗歌在写景状物方面颇见功力，同时又体现出一个明显的特点就是突出主观感受的表达。本来，诗歌的基本内容就是抒情写景，就是包含主客观两方面内容的。但是，我国古代诗歌传统和唐以前绝大多数诗歌的最高境界就是情景交融，即以写景状物为主，而将诗人的情感寄托于其中。展示给读者的是物象、事象，情感则常常被隐藏于艺术形象之中。因此，诗歌中的客观因素往往比主观因素更为明显和突出。这个特点被认为是唐诗的传统。可是宋诗中出现了新的艺术特质，就是诗人更加重视主观情感的表达了，或为之诗人情感的内敛。诗人更加重视内在情感的表达，相对减少了对外部世界的描绘。朱休度的诗歌也体现出这样的特点。概括起来说，表现在两个方面。

一是大量出现直接抒情言志的诗作。朱休度有不少诗歌较少写景状物，较少意象的创造，而是较多地直陈意见，直接抒怀，诗歌中虽然也有少量的意象，但是这些诗歌不以意象创造为目的，意象往往是作为陈述意见和抒情的一个附属的单元，没有独立的意义可言。如《不眠》：

> 不眠排闷强裁诗，骨髓干如灯尽时。待写百年辞世帖，只留三岁盖棺期。官同敝屣真堪弃，身类残巢莫自支。亟返南胡亲卜冢，雪心未可付痴儿。

这首诗就是一个典型的例子。全诗旨在表达诗人在不眠之夜的一些人生感触，诗人感到自己余生无多，身体几如灯干油尽，难以硬撑，官职于己已经毫无意义，直可弃如敝屣，诗人所需的是打理自己的余事了。全诗就是表达这样一种落寞与幻灭的思想情感。诗人的创造完全是将自己的内心感受作为观照对象的，与外部环境没有直接的关系。虽然其中亦有灯尽的意象，但它仅仅是表现自己意绪的一个工具，诗歌全然不以意象的刻画为目的。这类的诗歌很多，它们非常鲜明地体现了朱休度诗歌重主观表达的特点。

二是在诗歌的写景状物中加入较多的主观表现的内容。朱休度有许多诗歌是有感于四时风物景致的触景生情之作。一般来说，在这类作品中古人多喜欢对自然景物与风光进行摹写、再现。朱休度也有不少这样的诗作。这是古人进行诗歌创作的常态。但是，不同于常人的是，朱休度还常常在写景状物的同时，加入较多的主观情绪与体验的内容，使得诗歌的主观抽象成分增加。如《立冬前四日同人郭氏楼对雪作》：

> 寻幽过北郭，望远失南山。暝色寒遮目，霏花冷拂颜。云痴愁不散，风歇意俱闲。浮蚁同人乐，悬鹑念物艰。身衰催短景，才拙滞边

关。几度吟羌雪，何时匹马还。

这首诗是诗人对雪有感而作，因此，诗歌中对雪景作了描摹，写了暝色、霏花、云、风等景物，但是，诗人并不着意于对眼前诸种景物做精细、逼真的描写，以再现和还原当时的情境。诗人的创作目的是表达此时的心境，也就是他那长时间滞留边地的失意与愁情，他的写景是以自己的感受为切入点的。他是从"拂颜"而感受到"霏花"，从"遮目"感受到"暝色"，他是以自己无法驱散之愁来体味到"云痴"，以自己的闲散之意来体味"风歇"，景语与情语合一，意象融入到了主观情绪的诉说之中了。

3. 多说理议论

朱休度诗歌由于重主观表达，也就不免有较多的议论说理。他往往在写景抒情之际，就发起议论来。有的诗歌则是通篇议论说理，较少艺术形象的创造，从而也就缺少情韵。不过，朱休度的议论多有深于人情物理者，可以给人以思想启迪。

> 蚩人无远虑，近忧不可支。一朝临渴死，始悔掘井迟。纪妇有心人，连纺以奔之。凡是豫则立，目不自见眉。早知灯是火，饭熟已多时。（《杂诗》）

这首诗告诉人们，为人处世务必有远见，没有远见则必有近忧，万万不可临渴掘井。凡事预则立，要掌握先机，争取主动。诗歌所言，确是人们生活中的重要经验和原则。朱休度以诗歌的形式表现出来，显得更加精辟和警策，对人们叮咛告诫，入人也深。

> 生心而起如其面，此事分明不易窥。见果知因通妙解，积多成少忌常师。巧余力外谁能与，意尽言中未是诗。书卷仍教舍筏了，性情讵是刻舟为。（《答客问诗》）

这是一首论诗诗，通篇讲述诗歌创作的道理。诗人认为，每个人的诗心如其面孔一样是各有特色的，故其诗歌创作也不应雷同。学习诗歌不要拘囿于一家，自设藩篱，应该转益多师。诗歌要追求意内言外，言有尽而意无穷。诗歌以表现诗人的性情为职志，书卷、学殖与诗歌创作是筏与岸的关系，诗歌创作需要有学问修养和功底，以开拓自己的胸襟、眼界，提高自己的表达能力，但是在写作中又必须抛开学问与书本，不可以学为诗。这首诗虽然篇幅不长，却从多方面讲述了诗歌创作的道理，而且甚为正确和通达，给人们以深刻的教益。

这类诗歌还有很多，如《不能饮叹》、《阅世》、《古意示友》、《自嘲三韵恒麓道中戏占》、《试院弥封所杂成六首兼柬内帘诸分校》之五、《同人志馆夜话分韵得堂字》等，这些诗歌都以说理见长，通过讲述生活与人生、社会的道理，给人启发与教益。

4. 以学为诗

朱休度诗歌存在以学为诗的现象。这主要是在诗中谈论学问和学术问题。如《漫成答客问》诗："一二三四五，水火木金土。五位相得各有合，图以此开畴亦叙。独阳不生阴不成，甲已乃浮车依辅。又以干阳支为阴，支逢奇阳偶阴取。一阴一阳之谓道，直揭大原此一语……"这首诗主要阐述阴阳五行的道理。又如《读易二首》之二："先圣所谓道，一阴一阳耳。大原二生三，三生万为委。冬穷春自来，贞下元自起。气本无绝续，位则有终始。其间继之者，易云善而已……"这首诗主要阐述易经的哲学思想。这些作品都是把诗歌用于学术思想的阐释，讲解儒学义理。

如果说上述情况主要是谈论义理的话，他的另一些诗歌则是表现考据。如《考得壶泉为呕夷川源志以一绝》："祁夷川即是呕夷，名在周官迹弗疑。郑注班书有明证，向来纂笔竟谁知。"诗后作者又作长篇自注，引用《周礼》郑注等材料以及实际地形进行考证，指出郦道元以滱水当呕夷的说法是错误的，郑注所言为是。这是典型的考据诗。他的考据诗还有一种表现形态是，以考据作为诗歌的补充，与诗歌相照应。如《题官奴帖》，引言为考据内容，考证指出：历来人们以为官奴帖为右军所书的说法是错误的，它应该是唐太宗所书。帖云官奴小女玉润，是指官奴的女儿名玉润。诗歌正文则是在考证的基础上发表自己的感想："读古人书要辨疑，世间耳食最堪嗤。流传一纸官奴帖，李戴张冠未可知。"该诗引言的长篇考证是诗歌内容的基础，诗歌本体则是考据内容水到渠成的感想、结论。

5. 散文化

朱休度诗歌也有散文化的倾向，表现有二：一是使用散文句式。《续孤儿行为汪进士辉祖赋》、《拟古诗为满洞子妻作》、《续断研歌》、《古意示友》等诗都大量乃至通篇使用了散文化的句式。如《续孤儿行为汪进士辉祖赋》：

> 孤儿苦，孤儿十岁丧父，才知名与数。儿今成进士，不见父者三十六年所。孤儿苦，招魂南海海水有时干，儿恨何时补。一解。孤儿苦，孤儿不苦。儿有两母，昔之儿，负薪行汲水；今之儿，饥母哺，寒母翼。儿何苦之有。昼出塾，夜归覆读昼之书，籝灯莹莹两母俱，或舍而嬉，欲答不答，泪应声落如走珠，思古之人扣足而号，其痛有何如。二解。蜂虿之毒，母则处之。荼蓼之甘，母则茹之，嗟儿懵懵其何知。三解。儿举于乡，念我出腹之母不在堂，儿出身于殿廷，我嫡母之讣又骤至乎我旁，母兮母兮上有高高者天，下有沉沉之渊，孤儿哭，行人戚。四解。萧山县东门外四十里有大义村，村中双节坊，白石如礬，大书特书姓氏不刊。慈乌提提群飞千百集于斯。村之人，黄发童齿来观斋咨，吁嗟母子其知之。五解。

这首诗虽然也讲求押韵，也注意到了节奏的和谐，但单独看它的句式则几乎全是散文化的。这首诗总体上给人的印象就是一篇散文。

二是采用赋法，就是像散文那样的陈述、铺写。如《登岳一首同黄刺史照作》，该诗极尽铺叙之能事，详细描写登岳所见的复杂的山形水势。再如《代书诗答武陟王明府复》："来书百有十日到，开箴一幅高丽牋。淡红茧纸浓墨字，行押笔势何翩翩。从头至尾读了读，曲曲折折情联绵。上言今春接我札，顿慰饥渴六七年……以诗代书信笔下，语粗词曼无贯穿。终如吃人口艾艾，莫能达我心拳拳。别写数篇寄君览，劳者有歌多愤悁。君其拉杂摧烧之，勿使苦语人间传。"这首诗完全是以诗歌来代替书信，只不过是采用了诗歌的韵文形式，其内容和结构乃至口吻语气都是书信体，其陈述的语言更是体现出书信体的散文特征。

6. 通俗自然的语言

朱休度诗歌大多比较通俗易懂、自然平易，其原因如下。

一是朱休度诗歌用典不是太多，极少生僻字眼，极少拗折生硬的句式，基本上就是普通的文言语体。

二是他的有些诗歌有意吸收口语的特点，或者说就是将口语加工成为诗语。且看：

> 一年十二月，一日十二时。人亡遗手迹，何日不哀思。(《书亡女声安摹月仪帖后》)
>
> 七年坐卧三间屋，八口添多双幼孙。临去婆娑空院里，榆阴故故可怜人。(《自官舍移居民舍口占三绝句》之一)
>
> 不见海之宽，不见野之旷。一派紫烟中，邱垤成波浪。(《陪钱学使箨石先生暨公子百泉、陈梅轩两孝廉同登泰山聊短述七绝句》之三)

以上诸例，其语气口吻都非常近似口语，可以说，它们就是由口语提炼而成的浅显文言，故其意脉连贯，没有内容与思维的跳跃，按照常人的思维逻辑来述说，故显得是从胸臆中自然流出，而且明白如话。

在吸收、提炼口语的同时，朱休度甚至还化用谚语入诗。如《蚕开门行》："做天难做四月天，豆要温和麦要寒，秧要日晒麻要雨，看蚕娘子又要无雨不晴天。此是禾中谚，农家儿女脱口传……"又如《顷途间听舆人之谚曰……》："八月秋忙，绣女下床，下床看天天未霜，日出团团鸡子黄。"这都是化用谚语的典型例子。谚语本来也是存在于人们的日常语言当中，属于口语的范畴，但谚语往往比一般的口语更加具有俗的特点，不容易采入诗中。朱休度的这一做法使其诗歌更加通俗浅易，自然流畅。

7. 诗歌体式的多样性

朱休度追求诗歌艺术形式的多样性和创新。他保留下来的诗歌虽然数量有限，却体现了多种多样的艺术尝试。他尝试用各种体式来进行诗歌创作。如《戏为俳谐体》、《晚轩效长庆体二首》、《代书诗答武陟王明府复》、《积雨辘轳体》、《出古北口马上口占进退格》，这里仅从诗歌标题即可看出这几首诗各是由不同的体式写成，它们分别是俳谐体、长庆体、代书体、辘轳体、进退格，等等。

他还有一些拟古之作，摹拟效仿不同的古诗，如《拟自君之出矣二首》、《戏拟短歌行》、《拟古诗为满洞子妻作》、《戏拟古辞题邻初砚》等。还有拟楚辞体：《双轮曲》。还有拟民歌之作，如《采莼曲二首》、

《姑嫂饼谣》。

除此之外，他还有联句、集句、分韵、次韵、叠韵等形式的创作，如联句诗：《冬日山轩联句》、《霁夜与阿廉联句》。集句诗：《集杜五首寿家明府怀远公七十即送还里》等。

所有这些都说明朱休度在刻意追求多种多样的艺术形式的尝试。

第三章 "义理、考据、辞章"：
宋诗范式的新变(上)

乾嘉时期的诗坛，对宋诗的学习进一步发展和深入，并且将学习宋诗而创作出来的宋调诗歌深深地扎根于清代社会文化的土壤之中，融入了清代社会文化特别是乾嘉学术文化的审美精神，使宋调诗歌完全符合清代社会的审美要求。于是，宋诗范式开始体现出了清代的特点，开始当代化了。这就意味着宋诗范式发生了适应性的改变。

第一节 概说

这个时期的宗宋派主要有肌理派、桐城派，其代表人物本来都不以诗歌创作为主业，但他们对宗宋诗歌特别是诗学理念的发展产生了深远影响。这是乾嘉学术的鼎盛时期，其诗学主张也打上了时代的烙印。宋诗范式的法则体系因此具有了清代诗坛的个性特征。

一 乾嘉诗坛的基本情况

肌理派、桐城派主要活动于乾嘉年间，其时并存于诗坛的诗派还有高密诗派、毗陵诗派等，这些诗派与主要活动于雍乾年间的浙派、格调派、性灵派有较大一段时间共存。

肌理派的主要代表人物是翁方纲，其他还有谢启昆、张埙、翁树培、夏敬颜、张廷济、冯敏昌、刘台拱、凌廷堪、梁章钜、阮元、吴重憙等。肌理派以翁方纲的肌理说为标志。翁方纲所谓肌理的理就是文理的理，也就是义理的理，而这理也是万事万物所共有的无所不在的理，它体现于各种具体事物之中。翁方纲所谓的"理"、"肌理"，既是为诗之理，又远远超出了诗的范畴。从它作为天地万物之理的意义来说，它与宋明理学之

"理"没有什么区别。翁方纲提出义理、考据、词章相结合，把义理、学问看成诗歌（词章）的表现对象，把当时风行的考据作为表现内容，把学术的重要性放到了极其重要的位置上。翁方纲的诗歌创作中，充斥着不少关于金石文字、经籍史传的考据内容。翁方纲推崇宋诗，他说由宋诗可以考证出宋代的政治、经济、军事、学术文化等各方面的历史情况，补史传之不足，他认为这种质实之美就是宋诗超越唐诗之处，所以翁方纲特别推崇"质实"之美。

翁方纲早年受业于王士禛的弟子黄叔琳，所以翁方纲与沈德潜一样，是王士禛的再传弟子。翁方纲肌理说与王士禛神韵说、沈德潜格调说有着某些理论联系。翁方纲的肌理说消解了神韵、格调说的特定内涵，继而以肌理将格调、神韵统一于一体："格调即神韵"，"肌理亦即神韵"。① 神韵说和格调说本来都是一种独立自足、自成一体的诗学理论，自然是有其特定的含义和价值取向的。神韵说的基本含义是：依本司空图所谓"味在咸酸之外"、"不著一字，尽得风流"，以及严羽所谓"羚羊挂角、无迹可求"，"言有尽而意无穷"诸诗学理论，推崇和倡导清远冲淡的审美趣味，要求诗歌含蓄、蕴藉。它是以王、孟、韦、柳等人的山水清音为创作基础的诗歌美学理论。神韵说与其他诗论判然有别，界限分明。可是翁方纲却有意对它进行了别出心裁的"误读"与阐释。他说："神韵无所不该，有于格调见神韵者，有于音节见神韵者，亦有于字句见神韵者，非可执一端以名之也；有于实际见神韵者，亦有于虚处见神韵者，有于高古浑朴见神韵者，亦有于情致见神韵者，非可执一端以名之也。"② 又说："神韵乃诗中自具之本然，自古作家皆有之，岂自渔洋始乎？"③ 按照翁方纲的解释，神韵是一切诗歌都具备的质素，自古以来的作家都是神韵诗人，神韵在诗歌中无所不在。这样，翁方纲虽然没有正面否定神韵说，但神韵说的独特意义和审美价值系统已被彻底消解了，它已经失去了审美判断能力和审美个性。

沈德潜格调说的基本内涵是：要求诗歌在体制上合乎规格与声调韵律，重视诗歌艺术技巧，从体格声调上学习古人，强调含蓄蕴藉的手法，

① 《神韵论上》，《复初斋文集》，《近代中国史料丛刊》本，卷八。
② 《神韵论下》，《复初斋文集》卷八。
③ 《坳堂诗集序》，《复初斋文集》卷三。

恪守儒家"温柔敦厚"的诗教原则。显然沈说也有其质的规定性。只有合乎以上审美要求的诗才能成为格调诗。但是翁方纲却同样给予了格调以全新的解释。他说："夫诗岂有不具格调者哉？《记》曰：'变成方，谓之音'。方者，音之应节也，其节即格调也。又曰：'声成文，谓之音'。文者，音之章也，其章即格调也。是故噍杀、啴缓、直廉、和柔之别，由此出焉。是则格调云者，非一家所能概，非一时一代所能专也。"① 按照这种解释，所谓格调也就是一般意义上的诗文的声调节奏。如此说来，自然就没有无格调的诗歌，格调就成为一切诗歌不可或缺的质素了。既然所有的诗都是格调诗，格调说也就不成其为诗家一派了。就这样，翁方纲运用阐释的手法，使神韵、格调的含义无限扩大，从而失去诗学主张的独特性和审美趣尚的规定性，不再成为独立的诗学门户了。

翁方纲把神韵、格调等概念普泛化之后，就用肌理将它们统摄起来。翁氏指出，王士禛的神韵说是针对明代复古派李梦阳、何景明、李攀龙、王世贞等人的格调论而来的。这些人拘泥于秦汉散文与盛唐诗歌的格调，亦步亦趋地师法古人。他们既如此拘泥于模仿前人的格调，自然就很容易丧失自己的个性表达，难以展示作家自己的真情实感和才性，所以，他们"泥于格调而伪体出焉"，泥于格调而没有了"所以君形者"。然而神韵恰恰就是"君形者"。所以，神韵就是对李、何、王、李等人所讲格调的匡救和发展。二者是一脉相承，只是各自处于不同的阶段罢了。在这个意义上，翁方纲认为，格调就是神韵，神韵就是格调。如果一定要将其有所区别的话，那就是格调实而神韵虚，格调呆而神韵活，格调有形而神韵无迹。如此而已。

翁方纲认为，神韵说在矫正格调说弊端的同时，本身也有不足。这就是神韵的虚，空灵，难以捉摸，无法把握。特别是发展到翁方纲那个时代，人们"误执神韵，似涉空言"。所以翁方纲欲以一种"实"的理论来弥补神韵的不足。这种"实"的理论就是肌理。《神韵论中》云：

> 诗必能切己切时切事，一一具有实地，而后能几于化也。未有不有诸己，不充实诸己，而遽议神化者也。是故善教者必以规矩焉，必以彀率焉。神韵者以心声言之也。心声也者，谁之心声哉？吾故曰先

----

① 《格调论上》，《复初斋文集》卷八。

于肌理求之也。知于肌理求之，则刻刻惟规矩彀率之弗若是惧，又奚
必其言神韵哉？①

翁方纲的"实"，就是诗歌内容要切实、真实，要切合具体的时空环
境、切合人物的情感经验。也就像他评价宋诗所说的但凡宋代一切茶马、
盐法、河渠、市货、用人行政、武林遗事、汴土旧闻、故老名臣之言行、
学术，"莫不借诗以资考据"。② 像这样切己切时切事的"实"，就是肌
理。神韵过于虚空，但可以从实处着手，以实救虚。这种肌理说也就是对
神韵说的匡救。肌理也就成了神韵，神韵也就是肌理了。又因为神韵本来
也是格调，自然，格调也是肌理了。这样，通过理论阐释与推演，神韵、
格调、肌理变成三位一体的东西了。

翁方纲深受桐城文论的影响，姚鼐与翁方纲关系密切，他们往复论
诗，姚鼐写有《答翁学士书》。翁方纲关于义理、考据、文章相结合的思
想实际上是桐城派文论。

肌理派与秀水派的联系：法式善说翁方纲"于近人中颇许樊榭、箨
石二家"。③ 翁方纲与钱载交往很多。

桐城派由方苞开创，经过刘大櫆的拓大，到乾嘉时期姚鼐而集大成，
进入鼎盛阶段。继而有桐城派后学方东树、姚莹、梅曾亮、管同、刘开
等。曾国藩被称为桐城派中兴人物，曾国藩又有弟子张裕钊、吴汝纶、黎
庶昌、薛福成等，该派绵延至清末民初的严复、林纾、马其昶、姚永朴、
姚永概等人。桐城派不满袁枚性灵派，注重道德人品，标举雅洁，反对凡
俗，唐宋兼取，重视学力，认为诗文之道相通，以古文之法论诗。

高密诗派以该派成员主要出自山东高密而得名。代表人物是李宪噩、
李宪乔，另外还有王克绍、王克纯、王子夏、王万里、王宁暗、单襄荣、
单可惠等。其人大多贫寒而狷介。该派反对媚俗，反对肌理派以学为诗，
反对神韵派的矫饰，反对性灵派的闲荡。他们宗法中晚唐，认为中晚唐诗
人既得盛唐之精髓，又无宋人之流弊。主要师法张籍、贾岛。其诗歌创作
多写寒士的清苦生活和冷落萧索情怀，以及荒寒景物，刻意苦吟和炼字炼

---

① 《复初斋文集》卷八。
② 《石洲诗话》，郭绍虞编选：《清诗话续编》三，上海古籍出版社 1983 年版，第 1428 页。
③ 张寅彭等编校：《梧门诗话合校》，凤凰出版社 2005 年版，第 55 页。

句，又注意捃书为诗，语言真朴，诗风清寒瘦削。

乾嘉时期出现了洪亮吉、黄仲则、孙星衍、赵怀玉、杨伦、吕星垣、徐书受等"毗陵七子"，是谓毗陵诗派。毗陵诗派的代表人物是洪亮吉、黄仲则。该派指斥神韵派为伪体、假王孟诗；批评格调派貌袭古人、剽取声调；讥讽肌理派以考据入诗，没有性情；抨击浙派气局太小，意取尖新；其诗学主张与袁枚性灵派略似，但又不满于性灵派的轻佻、淫艳。他们重视诗人的性情、品格与学识，强调写真性情，强调读书，主张奇而入理，反对俚俗与熟滑，多写个人际遇、人情世态。

乾隆诗坛，肌理派、桐城派与浙派、秀水派等一度并存，康熙时期的宗宋思潮终于发展成为了声势浩大的诗学流派，宗宋思潮与诗派阵营壮大，尊唐派不再是独霸诗坛的主宰，宗宋派在诗坛上取得了主导地位，宋诗范式成为与唐诗同等重要的创作范式。如果说，浙派、秀水派主要是按照宋诗范式和宋诗美学规范来进行创作的话，那么，肌理派、桐城派已经按照自己的方式来理解宋诗和学宋。桐城派以文法通诗法，将诗歌与义理、学问相结合，肌理派更是明确地将其移植于诗歌理论来倡导，肌理派的诗歌创作也大量地融入金石考据内容，呈现出了一种连宋人也没有的学问诗，这是顺应清代社会的学术、文化环境要求而做出的一种新的变革，它在有意识地探索一条让宋诗美学规则走向清代化的路径。由此，清代人的宗宋诗歌迥不同于宋人之宋诗，清代诗坛宗宋而有了自己的特色。

二　诗学理论

这个时期人们对于诗歌的宗宋问题，在理论上进行了进一步的探讨。比较突出的问题有：

（一）关于读书与学问

学殖对于诗人和创作的意义，一直是人们议论的话题，桐城派认为，作文必须根柢于学问，而诗文相类，所以诗歌创作同样需要学问。戴名世记述方苞之父方仲舒（号逸巢）之语云：

> 诗之为道，无异于文章之事也。今夫能文者，必读书之深而后见道也明，取材也富，其于事变乃知之也悉，其于情伪乃察之也周，而后举笔为文，有以牢笼物态而包孕古今。诗之为道，亦若是而已矣。吾未见夫读书者之不能诗也，吾未见夫不读书者之能为诗也。世之人

不于读书中求诗，而第于诗中求诗，其诗岂能工哉！①

　　余尝闻先辈之论制义者矣，曰："制义之为道，无所用书，然非尽读天下之书，无所由措思也；无所用事，然非尽更天下之事，无由措字也。"吾以为诗之为道亦若是而已矣。②

　　方苞之父方仲舒与戴名世的意见很相近，都是根据为文必须多读书，从而证明作诗也当如此。学养对于诗歌创作的意义在于，使诗人见道明理，提高认识水平，为诗人提供思想资源、语言资源。因此，真要有志于诗歌创作，就不能只是在诗中求诗，而要通过学养来增进诗歌创作水平。

　　在强调学问重要性的同时，一些人又能辩证地看待诗与学的关系。梅曾亮是一个典型例子。梅曾亮《刘楚桢诗序》：

　　国初以诗鸣者，王渔洋、施愚山皆不以考证为学；其以是为学者，如阎百诗、惠定宇、何义门于学各有所长，而诗非其所好；兼之者，惟顾亭林、朱竹垞而已。亭林不以诗人自居；竹垞于诗则求工而务为富者矣，然其诗成处多而自得者少，未必非其学为之累也。尝谓诗人不可以无学，然其方为诗也，必置其心于空远浩荡，凡名物象数之繁重丛琐者，悉举而空其糟粕。夫如是，则吾之学常助吾诗。于言意之表而不为吾累，然后可以为诗。③

　　梅曾亮不是简单地强调诗歌创作需要学问或者不需要学问，而是理性地加以辨析，并且指出，诗人不能无学，而诗歌创作不能填塞故实、掉书袋。这是非常正确的。

　　（二）关于人品与诗品

　　桐城派继了韩柳古文运动的精神传统，在致力于文章的同时，以道统自任，追求道统与文统相统一。因此，他们特别重视人品，也要求诗品与人品相统一，而且认为做人比作诗更重要。

----

① 戴名世：《方逸巢先生诗序》，《戴名世集》卷二，中华书局 1986 年版。
② 戴名世：《野香亭诗序》，《戴名世集》卷二。
③ 梅曾亮：《柏枧山房诗文集》，上海古籍出版社 2005 年版，第 153 页。

古之善为诗者，不自命为诗人者也。其胸中所蓄，高矣，广矣，远矣，而偶发之于诗，则诗与之为高广且远焉，故曰善为诗者也。曹子建、陶渊明、李太白、杜子美、韩退之、苏子瞻、黄鲁直之伦，忠义之气，高亮之节，道德之养，经济天下之才，舍而反谓之一诗人耳，此数君子岂所甘哉？志在于为诗人而已，为之虽工，其诗则卑且小矣。①

诗文与行己，非有二事。以此为学道格物中之一功，则求通其词，求通其意，自不容己。②

宋之诗人如苏子瞻、黄鲁直、陆务观，今学者薄之以为非古矣，然其诗俱在，其学问志节载之以出者，读其诗如见其人，读其诗可知其世，又安在其不古也！③

姚鼐认为，历来第一流的诗人都有第一流的人品，他们胸次广阔，品格高尚，就是第一流的道德人品和经济之才。他们并不甘心仅仅做一个诗人。但是由于他们胸次广阔，所以他们只要偶一抒怀言志，就是佳作。在这里，姚鼐强调人品的重要性。他也强调诗品的高尚脱俗。他说："欲作古贤辞，先弃凡俗语。"④ 因为古贤人品脱俗，故其文辞也是脱俗的，想要学习古贤文辞，就要屏弃"凡俗语"。方东树等人发挥了姚鼐的思想，强调诗品与人品的统一，诗品要反映人品，诗人必须首先是高尚的人，必须涵养道德，所以，要把作诗人与学道格物结合起来。

（三）诗文相通

历来诗论家多强调不同文学体裁的区别和界限，不容混同。但是，桐城派既是文派又是诗派，他们认为，诗文之道相通。方东树《昭昧詹言》云："故尝谓诗与古文一也，不解文事，必不能当诗家著录。"⑤ 姚莹《复杨君论诗文书》："诗文者，艺也，所以为之善者，道也，道与艺合，气斯盛矣。文与六经，无二道也；诗之与文，尤无二道也。"⑥ 吴汝纶之子

① 姚鼐：《荷塘诗集序》，姚鼐：《惜抱轩诗文集》，上海古籍出版社1992年版，第50页。

② 方东树著，汪绍楹校点：《昭昧詹言》，人民文学出版社1961年版，第2页。

③ 孙衣言：《俞荫甫诗集序》，贾文昭编著：《桐城派文论选》，中华书局2008年版，第337页。

④ 《与张荷塘论诗》，姚鼐：《惜抱轩诗文集》，上海古籍出版社1992年版，第485页。

⑤ 方东树著，汪绍楹校点：《昭昧詹言》，人民文学出版社1961年版，第376页。

⑥ 贾文昭编著：《桐城派文论选》，中华书局2008年版，第238页。

吴闿生《诗说》云："诗者文章之一体，凡外乎文而言诗皆不知诗者也。"
"是故有欲学诗者，敢谨对之曰：请自学问始。"① 诗文相通是桐城派普遍
的看法，其哲学基础是，诗文皆艺，而艺又与道相通相合，是道的承担
者，也是道的体现。所以诗文在道的层面上也是相通的。故方苞的父亲方
仲舒（字逸巢）云："诗之为道，无异于文章之事也。"② 既如此，人们
当然就可以从文法中求诗法，反之亦然。

基于这样的认识，桐城派往往是将文章之法用之于诗，即以文法为诗
法。最有代表性的是方东树，所作《昭昧詹言》极大地借鉴了文章之法
来论诗。如：

> 凡作诗之法：……五曰文法，以断为贵。逆摄突起，峥嵘飞动倒
> 挽，不许一笔平顺挨接。入不言，出不辞，离合虚实，参差伸缩。六
> 曰章法，章法有见于起处，有见于中间，有见于末收。或以二句顿上
> 起下，或以二句横截……迨于杜、韩，乃以《史》、《汉》为之，几
> 与《六经》同工。欧、苏、黄、王，章法尤显。此所以为复古也。③

在方东树看来，杜甫、韩愈诗歌就是用《史记》、《汉书》的章法写
成，几乎与六经同工。至于欧、苏、黄、王等人的诗歌，更体现了古文章
法。方东树论诗法，也是运用文章的离合、断续、虚实、顿起、逆摄、倒
挽、伸缩之类的方法。

以上是宗宋派诗论家的若干诗学思想。还必须注意的是，这个时期性
灵派代表人物袁枚对当时宗宋派诗人以学为诗风气的批评。如：

> 人有满腔书卷，无处张皇，当为考据之学，自成一家。其次则骈
> 体文，尽可铺排，何必借诗为卖弄。自《三百篇》至今日，凡诗之
> 传者，都是性灵，不关堆垛……近见作诗者，全仗糟粕，琐碎零星，
> 如剃僧发，如拆袜线，句句加注，是将诗当考据作矣。虑吾说之害之
> 也，故续元遗山《论诗》末一首云："天涯有客号诡痴，误把抄

① 贾文昭编著：《桐城派文论选》，第 456 页。
② 戴名世：《方逸巢先生诗序》，《戴名世集》卷二，中华书局 2000 年版。
③ 方东树著，汪绍楹校点：《昭昧詹言》，人民文学出版社 1961 年版，第 10 页。

书当作诗。抄到钟嵘《诗品》日，该他知道性灵时。"①

近日有巨公教人作诗，必须穷经读注疏，然后落笔，诗乃可传。余闻之笑日："且勿论建安、大历、开府、参军，其经学何如；只问'关关雎鸠'、'采采卷耳'，是穷何经何注疏，得此不朽之作？陶诗独绝千古，而"读书不求甚解"，何不读此疏以解之？"②

袁枚未明言是针对何人，但从上述文字所谓"巨公"以及所描述的现象来看，矛头当是指向翁方纲一派的。袁枚所言，切中要害，对翁方纲肌理派的以学为诗、以考据为诗，确有救偏补弊的功效，也是宗宋派诗人必须思考和面对的问题。

第二节 桐城派：以文法济诗法

桐城派既是散文流派，又是具有一定影响的诗歌流派。作为桐城诗派的代表人物有刘大櫆、姚鼐、方东树、梅曾亮等。桐城派的基本特点是：唐宋兼取，受到明代七子派诗论的一些影响，而主要学习黄庭坚、韩愈、李商隐。强调道德气节和人格修养。重视思想内容。重视学养，但主张化学为才，反对卖弄学问。以古文之法论诗，诗歌有层次跌宕之妙，重视诗歌的气势与阳刚之美，标举雅正、雅洁，反作对凡俗语。

一 刘大櫆：以古文法入诗

刘大櫆（1697—1780），字才甫，又字耕南，号海峰，安徽桐城人。其祖与父亲，均为秀才。刘大櫆平生主要以教书为业。33 岁、36 岁时两次应顺天乡试皆中副榜，未考上举人。39 岁再应顺天乡试，被黜。40 岁时经方苞举荐，参加乾隆元年丙辰博学鸿词科考试，为同乡大学士张廷玉所黜。后来张廷玉悔，又于十五年庚午荐举经学，终不录用。63 岁乃得黟县教谕。后被聘为歙县问政书院山长，又主讲安庆敬敷书院。刘大櫆诗文集今有《刘大櫆集》，上海古籍出版社 1990 年版。

刘大櫆诗歌在题材上的特点是多写景抒情、送别题咏之作。清代不少

---

① 袁枚：《随园诗话》上，人民文学出版社 1960 年版，第 146 页。
② 袁枚：《随园诗话》下，第 567 页。

学者型诗人、宗宋诗人的创作往往比较质实，其诗歌往往是为了某一个实际的事情、为了某个现实的需要而作，而刘大櫆的诗歌更显得是为艺术而艺术，大量诗歌只是为了抒情而作。其诗歌在思想内容上值得注意的有以下几个方面。

1. 建功立业的雄心

刘大櫆年轻时即已展露才华。据姚鼐的《刘海峰先生传》记载：康熙末年方苞已经名重于京师。其时二十多岁的刘大櫆来到京城，方苞对他立即赞赏有加。方苞对别人说："如苞何足言邪！吾同里刘大櫆乃今世韩、欧才也！"① 由于方苞的推许和奖掖，"自是天下皆闻刘海峰"。② 也正因为刘大櫆才华横溢，早有文名，他不免对自己期许很高，雄心勃勃，志向远大。其诗《赠汪宝书》云："丈夫那得为身谋，古圣常先天下忧。"这里正表达了他的崇高志向：效法古圣，以天下为己任，忧天下而不忧身。为此目标，他希望像历史上很多积极进取的豪杰义勇之士，建立不世之功，万古之业。其诗歌就表现了这种渴望建功立业的雄心。

> 义士有本性，结念扶皇纲。忽遇边烽起，捐身赴敌场。头戴曼胡缨，身著铁裲裆。臂弓弯繁弱，腰剑佩含光。雕鞍汗血马，挺出万夫行。杀人如剪草，血溅戎衣装。不惜微躯殒，但令王气彰。生则为国干，死当为国殇。岂学凡夫辈，徒牵儿女肠。（《感怀六首》）

> 少年负勇气，志在立功勋。悬旌蔽白日，挥剑摩青云。边疆苦未靖，愤义切仇冤。朝驰汗血马，薄暮到河源。一举定獫狁，再举灭乌孙。勒铭燕然石，长揖返丘园。谁知今失路，厕足更无门。（《感兴十首》之五）

以上两首诗歌都塑造了一个挥剑驰骋疆场，为国奋不顾身、浴血奋战的少年义士的形象。这个义士不图个人名利，为国家建立奇勋之后，便功成身退。这个形象是虚构的，是诗人自己的理想人生的写照，是诗人的自我想象。或者说，这就是他所希望扮演的人生角色。这完全是按照儒家政治理想与价值观设计的人生目标。

---

① 姚鼐：《惜抱轩诗文集》，上海古籍出版社 1992 年版，第 308 页。

② 同上。

2. 怀才不遇

尽管刘大櫆渴望一展才华，实施自己建功立业的人生理想，可是，现实生活中他却是很不得志。他虽然很早就有文名，却在乡试中屡试屡败，连一个举人的名头都捞不到。满腹诗书而全不济事，他不可避免地产生了怀才不遇、人生苦短的牢骚与哀怨。这在其诗歌中多有表现。如《归家》："长安城中生计微，束载裹粮徒步归。城里小儿竞蛮触，庙堂老翁多是非。自叹萧萧病叶坠，仰看落落明星稀。丈夫蹭蹬不得志，愧尔溪边双鹭飞。"诗歌写自己科举仕途不利，只好狼狈不堪地束载裹粮徒步而归，有如萧萧坠落的病叶。"不得志"三字是全篇的主旨所在，是所谓"诗眼"。通篇都是诉说自己科举与仕途蹭蹬、怀才不遇的哀伤。这样的思想在许多诗歌中都有表现。如《感怀六首》之一："素抱未及展，华发已盈颠。"《秋日思归》："壮节未能酬，流光倏将逝。"这些诗句也都是表达自己不为世人与朝廷所重，壮志难酬，而年华易逝的忧愁。此外还有《天马》一诗说天马虽有杰出才能，但是不为人们所重，才能得不到施展。该诗具有明显的暗喻特点，作者以天马自比，抒发了怀才不遇、壮志难酬的愤懑。《金台行》一诗怀念筑黄金台招贤，千金买得骏马骸骨的燕昭王。感慨燕昭王死去之后，明君不再，良驹无存，只有满地蒿莱，徒见鸱鸦、狐狸与废冢。"燕昭至竟不可见，双泪迸落难摩揩。"这首诗表面上怀古而实际上是自我言说。总之，怀才不遇是刘大櫆诗歌中一个反复吟唱的主题。

3. 怀乡思归

刘大櫆科举、仕途皆不利，多年奔波终无所获，只落得个以教书为业，或者入学幕谋生，地位卑下而经济拮据，生活清贫。这样的经历使其诗歌中时常表现出怀乡思归的情绪。如《归思》："幽燕寒事早，雨雪已霏霏。游子感物候，沈忧结心脾。越鸟既南巢，代马亦北嘶。孰云人最智，而乃长不归。遥遥望乡井，涕下谁能挥。"诗人感慨自己为了谋求仕途功名，而长年漂泊，岁暮之际，思乡之情油然而生，不能自已，反思自己何苦淹留他乡。《客舍不寐》一诗中，诗人写自己于客舍不寐之际，感慨自己"半世空流水，余生合杖藜"，从而反问自己"如何苦驰逐，南北复东西"。《人生》一诗感叹："人生不称意，岁月费消磨。"既然长年的奔波只是白白地耗费光阴，于是，决然"欲作归家计"。《薄暮》一诗表示对名利的决绝，和还乡归老的态度："浮荣辞尔辈，生计老江乡。肯效

穷途哭，愁来独尽觞。"《月夜同丁学正静者小步》表达了对外出谋求功
名生涯的否定："旅食徒为尔，归心只浩然。"《卧病思归》表达了不愿漂
泊，欲回乡躬耕的想法："我独胡为久漂泊，荷锄归去南山村。"《秋日思
归》亦坚定地表示"浩然今欲归。"总之，怀乡思归是刘大櫆诗歌中的一
个鲜明的主题。这是他失意与辛酸的谋生经历的结撰。

4. 田园生活

刘大櫆诗歌的又一个重要内容是描写田园生活。这类作品很多，如
《归家述怀》、《田居杂诗二首》、《怀田舍》、《夏日田间》、《雨后》、《田
居诗》、《借酒》、《晓望》、《始归》等。在这些诗歌中，表现了两个方面
的思想内容，其一是表现乡间村老与民风的淳朴，人际关系融洽，没有尘
世的奔竞趋走。如《怀田舍》："生长在乡野，足不出闾里。男女议婚嫁，
半为耕田夫。岁时偶燕集，腰镰仍荷锄。其间识字者，抗言陶唐虞。不知
有贵势，安识走与趋。菽麦味何永，衣冠奚所须。优哉乐复乐，庶以忘簪
裾。"村民们足不入城市，唯以农事是务，衣冠简古，心地淳朴，彼此和
睦，不图尘世的功名利禄，唯以田园生活为乐，恍如世外桃源。又，《田
居杂诗二首》之二："寰区总万类，争夺互嚣喧。唯有田舍老，不闻尘世
言。农谈止菽粟，社集无衣冠。"写田舍老只关心菽粟，没有杂念，不知
道尘世的喧嚣与烦恼。《归家述怀》写自己与村氓交往的乐趣："新交共
言笑，古制同衣裳。佳辰值伏腊，一室罗酒浆。彼此更勤酬，各惊须鬓
苍。欢乐至深夜，穷居殊已忘。"村老淳朴善良，与之交往，令人忘记忧
愁，忘记贫困，忘记时间。

还有一个思想内容是写农事劳动快乐，《雨后》、《夏日田间》、《晓
望》、《田居诗》等均属此类。如《雨后》："夜闻雨声喧，晓望皆春水。
荷锸向方塘，堤防使之止。新苗满阡陌，风吹何靡靡。青霞到空尽，白鹭
低仍起。伫立一欣然，到此是生理。"写自己参加劳动，看到雨后田间的
春景，感到无比欣慰。刘大櫆诗歌写农事劳动的欢乐，与陶渊明的田园诗
不一样，陶诗多是在劳动中预期到了收获，所以有一种收获的满足。而刘
大櫆的乐趣，往往是来自于田间美景。大概是因为陶渊明实实在在参加劳
动，并且以它谋生，靠它糊口；而刘大櫆主要是教书为主，并非全力务
农，只是有限地干了些农活。

以上四个方面的诗歌我们不能确定它们的创作时间，但从思想内容的
内在关联中我们却可以看到它们非常合乎逻辑地反映了诗人的思想感情的

发展脉络：始而雄心勃勃，当理想不能实现时便感到怀才不遇，为生计奔波的疲惫使之怀乡思归，回归田园后在精神上感到彻底解脱。这是诗人的理想在现实面前碰壁之后，通过诗歌创作来进行自我救赎的过程。其诗歌创作也是诗人在精神上遭受困顿、煎熬之后的升华。

刘大櫆诗歌近体多学唐，尤其是绝句，颇得唐人神韵，但律诗则多少沾染宋风；古体诗学宋的特点较为明显。具体来说，其艺术特点如下。

1. 长于五绝，描写细腻

刘大櫆诗歌以五绝最为擅长，有唐人气象。在艺术上最善于描写即时即景，捕捉细微的生活感受，把眼前的情景，当下发生的事情，细致入微地表现出来。且看：

> 江村黄叶飞，独掩萧斋卧。时有捕鱼人，橹声窗外过。（《独宿》）
>
> 江干送故人，月黑风色暮。遥听挂帆声，萧萧渡江去。（《送客》）
>
> 山寺多白云，青松复盘互。犬吠隔花阴，为问门开处。（《山寺》）
>
> 梧桐高百尺，叶落似枯树。山鸟立移时，凌空忽飞去。（《桐径》）

这些诗歌都有一个共同的特点，就是景真、情真，构建了一个逼真的艺术情境，或者说，还原了诗人当初的生活场景和艺术体验。这是唐诗所擅长的，也是其重要的艺术特点。刘大櫆能够做到这一点，在于他笔触的细腻。他所描写的都是生活中极为平常、琐细的场景，细小到不为常人所注意或者熟视无睹。可是，刘大櫆极其敏锐地将其摄取为诗材，而且细致逼真地把它们描写出来。这种描写的细致逼真体现在两个方面：一是写景状物的精致，写出了景物、环境的特点。限于体裁规定，五绝的篇幅都极其短小。诗人往往是以前两句交代事件发生的场所、情境，而这个场所、情境就写得很逼真，很有特点，因此也就很有现场感。读其诗，便觉得此情此景如在目前。二是极其细腻地写出了诗人在当时情境下的所见所闻和心理感受、思想活动。刘大櫆五言绝句的重点和出彩之处往往都在后面两句。后面的两句往往写诗人观察和体验事物的一个心理、情感活动过程。这个过程往往很容易唤起一般读者的类似的生活经验，使读者感到很亲切。如《桐径》写山鸟站立于树枝上良久，突然又腾空飞去。这是人们常见的一个现象。诗人以简笔细腻逼真地记录这一过程，重构了人们的审美经验。再如《独宿》诗写江村深秋掩门独卧的诗人，听到窗外传来的摇橹声，于是知道有打鱼人从这里经过。后两句写出了一个心理活动过程：诗人卧床听到了摇橹声，然后根据以往的生活经验判断，那是打鱼船经过这里。这样的由一种声音而推知所发生事件的心理体验和生活经验是人人都有的，诗人细腻逼真地写出了人人心中所有，令人颇感亲切。总之，笔触细腻，工于描状叙写，是刘大櫆诗歌特别是其绝句的一个重要特点，唯其如此，故其诗歌擅长表现眼前身后的景物与当下发生的事件，景物鲜明，情景交融，具有唐诗气象。

2. 善于营造意境

刘大櫆诗歌善于营造意境，常常在其诗歌中通过具体细致和多角度、多层面的刻画，创造出一个画面鲜明可感而又意蕴丰富、意味隽永的艺术空间，令人遐思、回味。如《宿山寺》诗："古寺一僧住，空山孤客来。禅扉悬绝壁，夜月上荒台。地迥星辰大，霄深鹳鹤哀。忽闻清磬发，欲去重迟回。"这首诗写了诗人某一次借住山寺的经历与感受。这是一座极其普通的小山寺，但是诗人把这次住宿山寺的体验写得极有诗意，极有意境，意味深长。首先，诗人从多角度非常真切地刻画出了山寺及其周遭环境的基本情况：山寺规模很小，今有一名僧人；也很偏远僻静，建立于悬崖峭壁之上；而且十分冷清，访客除了诗人之外别无他人；环境清幽，处于高山之巅，仿佛距天近而离地远，唯闻云霄中的鹳鹤鸣叫，不知尘世间的熙熙攘攘。诗歌创造了一个具体可感、触手可及的艺术世界。其次，在诗中诗人渲染了一种清幽、僻静、孤寂的环境氛围，借以表达自己绝尘脱俗的人格精神和理想。诗人所至是除了他之外谁也不去的偏远山寺，连僧人也只有绝无仅有的一个，然而他不仅不惜克服重重困难攀援到那个处于绝壁之上的小小山寺之中去，而且要住下来，临到要离开时还依依不舍，"欲去重迟回"。为什么呢？诗人虽然没有明言理由，但我们从诗人对山寺的叙说中却不难理解：那里的幽静、僻远、寂寞、孤单正符合诗人意欲摆脱尘世纷扰，高蹈绝俗的思想情怀。这种思想情怀寄寓在诗歌的描写叙述和艺术境界的创造当中，这就是诗歌的意，两者相互交融，使诗歌的写景状物充盈着思想感情的灵魂和感染力，从而也完成了意境的创造。总之，刘大櫆诗歌多写景抒情之作，而他也确实善于写景，善于将景物描写与主观情感、心态相融合，创造一种主观与客观、意与境相统一的艺术情境与境界，即意境。因此，他的不少诗歌往往富于意境美，也因此而意涵丰富，耐人寻味。

3. 语言明白、流畅

读刘大櫆诗歌，不需要太费力气。因为其诗歌语言较为浅易、明白，不难理解，而且较为流畅、轻倩，绝不像有些人的诗歌那样，佶屈聱牙。究其原因，主要有这样几个方面。

一是较少用典。诗人在创作中用典是常事，而清代尤其如此，因为清代学术昌盛，人们崇尚学问，以学自高，加之，清代学者型的诗人和学殖深厚的诗人较多，诗坛宗宋风气较浓，掉书袋更是成为一时风气，有的人不仅要用典，而且尽量用生僻典故，以显示学问的卓绝，导致诗歌艰深难懂。在清代就有不少诗论家对此进行过猛烈批评和辛辣讽刺，如袁枚就是其中态度最激烈的人物之一。但是，刘大櫆的诗歌却较少受到诗坛风气的影响，较少用典。这使其诗歌较为浅易好懂。

二是极少使用拗折句式和僻字。清代不少宗宋诗人继承韩愈因难见巧和追求生新变化的传统，喜爱采用一些生僻的文字、词汇，或者语法关系紊乱、词序颠倒的句式，使诗歌生涩、拗折，让读者为之眼花缭乱。刘大櫆的诗歌则全无此种毛病。其诗歌很难找到生僻的字词，语言基本都符合语法规范和人们的使用习惯，所以明白流畅，好懂好读。

三是多用单行句式，意脉连贯，少跳跃。诗歌语言不同于日常生活语言，也不同于散文语言，因为这种体裁要求语言高度凝练，在不少情况下它的思想内容具有跳跃性，意脉不是连贯的，句与句之间，甚至词与词之间，存在着巨大的意义空白，需要读者运用联想的方法，并且调动自己既有的审美经验和生活经验将空白予以填充，才能理解诗歌的情感与思想。诗歌语言还追求形式与音韵美，它的近体诗讲究对仗，有的古体诗当中也有较为宽松的对仗。但是，刘大櫆的诗歌语言较少跳跃性，它的意脉也多具连贯性，原因是他特别喜爱使用一气单行的句式，上下句之间在意义上一脉相连，或者具有内在的逻辑联系，即使是近体诗中的颔联、颈联，按照体裁要求必须对仗，他在很多情况下也是写成流水对，使其意义贯通，没有跳跃感。故其诗歌语言显得轻倩流畅。

4. 重意理，多议论

从题材内容来看，刘大櫆诗歌多写景抒情之作，与此同时，在诗中他的不少作品又重意理，具体表现为将议论与写景抒情相结合，使议论带情韵以行，或者纯粹以议论为诗。

（1）写景抒情与议论相结合

刘大櫆诗歌在表现手法上有相当多的情况是写景抒情与议论相结合。其中包括两种情况：一是将写景抒情与议论的组合运用，诗中的写景抒情议论独立存在，面目分明，而又互相配合。如《忆山居》："清泉流不息，朗月意相亲。永夜空山静，青灯梦古人。浮生皆欲贵，吾道在居贫。莫谓躬耕苦，前修是有幸。"诗歌的前四句写景，后四句议论。《冬夜书怀》："文章只末技，有底不相容。策足输前哲，低头愧市佣。酒阑银烛换，风急缊袍重。舍北邻萧寺，遥闻戒夜钟。"诗歌的前四句议论，后四句写景写人。以上诗歌中写景写人与议论是不难区分的，它们共同组合在一起，相互补充，议论点化了写景抒情的意旨，而写景抒情为议论做出了形象的阐释说明。

二是抒情与议论水乳交融，水乳难分。如：

> 未遂平生志，空山寄此身。诗书方入梦，老病已侵人。一息谁能懒，千秋未可论。从今凭懒漫，高卧过三春。（《病中书感》）
> 卿相不相识，长歌莘毂傍。文章空后世，事业想前皇。使酒情凄断，称诗气激扬。如何当此际，独自听寒螀。（《遣意》）

以上诗歌采用直接抒情，较少借重于形象描写，而较多意理的成分——实则就是议论，或者说，这就是抒情与议论的交融，彼此不分。这种方式，将诗人的思想情感淋漓尽致地倾泻出来，情理交融，一吐为快，但缺少含蓄、韵致，一览无余。

（2）直接以议论为诗

刘大櫆诗歌中还有一些作品几乎完全是以议论为诗的。

> 人生如逝水，一往不复回。前者汩汩去，后者悠悠来。奄忽了一世，富贵等浮埃。何况贫且贱，忧苦百相摧。不知造物意，安以我为哉。愿从南郭子，冥心若死灰。（《感兴十首》之四）

端居念往事，天道何所凭？随风偃蔓草，与波逐流萍。当其意所注，人力固难争。人力屹已定，天心无脆真。哀哉周之季，东鲁圣人生。汲汲强奔走，终然无所成。（《杂诗二首》之一）

以上诗歌基本上就是以议论为诗。诗歌中，物象、事象、人物、意境、情感等都极其贫乏或者完全没有，诗歌几乎通篇都在议论，它所表达的主要就是思想意理。虽有比喻，却仍在说理。这种诗歌，其上者揭示了诗人对世事人生的深刻认识，如以上作品。但是，毕竟缺乏形象与韵致。

5. 散文化

刘大櫆诗歌明显存在散文化的倾向。主要表现在以下几个方面。

（1）将散文的章法运用于诗歌之中

由于体裁差异，散文与诗歌的章法是很不相同的。散文在内容安排上自由度较大，可以任意挥写，只要不脱离本文主旨即可，是谓"形散神聚"。又，散文最忌平铺直叙，崇尚纡徐委曲。而诗歌由于其篇幅短小，一般只能摄取生活中最精彩的片段来写，难以追求章节的层层转折以及内容的随意铺展。但是刘大櫆的诗歌创作却明显融合了散文章法，如《述旧三十六韵送张闲中之任泇河》：先写在康熙辛丑年间我与张闲中偶然认识，张家诸兄弟均与我相好，同时还与方氏、姚氏等朋友密切往来。然后，写我当时居住在勺园，那里环境优美，朋友们常常来此相会，一个个充满雄心壮志，远大抱负，希望建立千秋不朽的功业。可是，朋友们最终却风流云散了，叶氏很早离走千里之外，张闲中滞留淮右三年，张氏的兄弟到七闽做宦，我只能与方氏、姚氏交往，后来我也迫于衣食而奔走他方了。再写到去年我过淮上，与张闲中以及叶氏仓促见面，饮酒叙旧，曩昔之事还历历在目。最后勉励张闲中说，张家世代受国恩，你要竭力尽忠。又如《赠方文之》：首先说我从前到长安访友，你的祖父于我是前辈，对我赞不绝口；我与你的父亲情同兄弟，我们分别后我一直想念着他。然后说，你的祖父才高学富，名德冠乡里，然而时乖运蹇，半生憔悴；你的父亲才华出众，也只能屈为县令。你们兄弟中，你最有才干。我到你家，你对我殷勤接待，使我非常感动。最后，发表自己的感叹与期望，你家祖父垂德泽，父亲留风范，子孙个个都优秀，希望你们努力上进，兴旺门庭。

从以上两例可以看出：首先，刘大櫆诗歌在内容上自由、随意，有散文"形散"的特点。如《述旧三十六韵送张闲中之任泇河》一诗的开头，先从诗人与朋友张闲中如何认识写起，还写到与方、姚等朋友的相识与交往、友谊，以及他们的性情、抱负，等等，笔触撒得很开，仿佛与送别张闲中这个题目关系不大了。《赠方文之》一诗亦是如此，首先说自己从前到长安访友，写方文之祖父对自己的评价，以及自己与方文之父亲的友谊。诗歌的落脚点和主旨是对方文之的勉励，但诗人却从其他地方远远道来，最后在进入主题。这是典型的散文章法。

其次，他的诗歌层次丰富，委婉曲折。其诗本来篇幅不长，但他力求尺水兴波，把篇幅较短的诗歌写得层次繁复，层层变换，山移水转，移步换景，《述旧三十六韵送张闲中之任洳河》一诗中分别写了与诸友相识、勺园会友、诸友离散、老友重逢、告诫张闲中等主要层次，这些主要层次中又还包括一些小的层次，如勺园会友还包括对勺园环境的铺写，以及诸友的性情抱负，等等。《赠方文之》一诗分别写了诗人与张闲中祖、父的交情，张闲中祖父的才学与命运，张闲中父亲的仕途，张闲中与诗人的交往，诗人的感慨与嘱咐。这两首诗层次如此丰富繁杂，内容如此曲折变化，全然是散文章法，因为诗歌大多局限于篇幅，很难表现过于复杂的内容，较少采用过于曲折的结构，而散文则是文似看山不喜平，以曲折为美，层次越多，越能曲折变化，也就越美。刘大櫆诗歌正是运用了散文的这种结构谋篇法。

（2）使用散文化的叙述手法

诗歌与散文都使用叙述手法。但是诗歌的叙述与散文不一样，诗歌中的叙述特别讲究精练，往往具有较大的跳跃性，多用于叙述特别重要的内容，难以在有限的篇幅中叙说一些过于平常的内容。而散文则不同，散文的内容可以极散，可以娓娓道来，不必思维跳跃。刘大櫆诗歌多用散文化的叙述手法。

> 我昔游京师，举目五相知。骑驴觅冷炙，徒使衣尘缁。东武窦公文章伯，访我一见心莫逆。论交海内空无人，谓当置我前贤之一席。（《寄跂三兼简沈浴鲸》）

> 我昔长安访交友，君家祖父皆我厚。乃祖者年丈人行，逢人称我不离口。我视乃祖犹弟兄，风雨连床岁时久。其后分离各异方，梦中时或一携手。（《赠方文之》）

以上两例原诗较长，为节省篇幅，各举该诗的第一自然段。从所举例子中可以看到，刘大櫆以叙述的手法介绍自己过去的一些经历以及他与别人的交往情况，从头至尾讲来，思路连贯，没有跳跃性，全然是散文的写法，好像这些诗歌就是散文改成的韵文。

（3）散文句式

刘大櫆诗歌还使用一些散文化的语句。如：

> 钱君公理者，乃是先生之兄五世孙。园今久芜没，君乃独请当代之名人，为文纪事图传真。（《桃花园图为钱公理题》）
>
> 补溪有草堂，乃在虞山之东四十里。（《补溪草堂歌为顾学正备九作》）
>
> 君不见，东家老翁夸析薪，而其子不能负荷。（《教子图为许翠和题》）

诗歌语言讲究节奏、韵律，要求凝练，句子长度也有限，与散文语言是明显不同的。但是，刘大櫆诗歌中就杂入了地道的散文语言。字数参差，句子较长，没有节奏，也不押韵，完全是散文句式而不是诗歌句式，这种散文句式给他的诗歌造成了一种新鲜感和陌生化的效果。

6. 诗风豪迈、雄健

刘大櫆诗歌每每悲歌慷慨，淋漓激昂，气势充沛。故其风格豪迈、雄健。这种豪迈、雄健的诗风与其诗歌内容有关，亦与其艺术表现手法有关。

在诗歌内容方面，刘大櫆诗歌表现了一种建功立业的雄心，一种积极进取的强烈愿望，一种自信、自强的人生态度，一种驰骋疆场、勒铭燕然的理想，这在诗歌中都自然而然地表现出一种豪迈、慷慨的气概，雄健的气势。实际上，刘大櫆的人生并不得意称心，他的才华没有使他在科举和仕途上如其所愿。所以，他也有许多的怀才不遇的牢骚，乃至后来有怀乡思归和田园生活之想。然而，尽管他如此，他依然豪气不减，虽有壮志难酬的扼腕，却毫无消沉之意，有的只是对人生理想的执着与向往，以及乐于终老田园的豁达。

> 昔登合明顶，凉风吹素秋。青天九万里，日照江海流。白云足下

起，清梵林端浮。题诗上石镜，被酒窥龙湫。回首已陈迹，高怀不可
求。何时一挥手，长此卧林丘。（《怀合明山》）

这首诗中，诗人眼见自己的"高怀不可求"，理想不能实现，平生的
努力与奋斗"回首已陈迹"，可是他没有绝望，没有哀怨，甚至也没有表
现过多的痛楚，只是豪爽、豁达地表示"何时一挥手，长此卧林丘"。全
诗充满豪迈之气。

在艺术表现方面，刘大櫆诗歌意象雄伟，境界阔大，想象奇伟，超绝
时空，也表现出一种雄健、雄壮的美。如《怀合明山》中写的"青天九
万里，日照江海流"，景物、境界极其伟大、壮阔。"白云足下起，清梵
林端浮"，写诗人在高山之巅、白云之上俯瞰万物，眼界不凡，气象
卓绝。

刘大櫆能够通过想象、联想、夸张的方式把本来很平常的东西写得壮
美、雄健。如《题朱子颖画像》开头写："修竹千竿拔地出，摩霄贯日腾
云烟。翩然独立者谁子，无乃瀛洲沧海仙。细看是我旧相识，眸子炯然须
一尺。光芒百丈喷长虹，磊落胸中负奇画。"诗人只是为一幅人物画像题
诗，但他想象背景是千竿高耸九霄、穿云贯日的修竹，而人物则是"光
芒百丈喷长虹，磊落胸中负奇画"，普通的题画诗被写得气势如虹，豪情
万丈。

还有的诗歌主要是依靠奇伟的想象体现出雄健与豪迈风格。如《题
吴西玉青崖放鹿图》：

　　　人身与天地，一气相回环。秽浊沉埋入地底，清气直上浮天关。
罡风溅急不可以，驻足乃栖嵩衡泰华诸名山。琼台玉宇高且寒，日与
古来贤豪圣智相往还。浮游蚁垤看尘寰，山中所有唯鹿豕，安得斯人
与游盘。鸟兽同群亦乐事，况乃瑶光星彩长斓斒。乘奔六马不能及，
浮水逾冈生羽翰。仙人何必在天上，且放白鹿青崖间。

诗人想象人的身体与天地轮回转化，人化为清气上浮天关，驻足于
嵩、衡、泰、华等名山之上，在天界的琼台玉宇中与古代的圣贤交友往
还，俯瞰尘寰，则渺小如蚁垤和浮游之细物。托身于高山之中，每天与鹿
豕同群，与瑶光星彩为伴，即是羽化登仙。这样的大胆想象，超绝了时

空、生命的局限，驰骋于宽广无垠的宇宙，神交往圣古哲，睥睨天地万物，表现出诗人宽广博大的胸次与豪迈的气度。

二 姚鼐："诗之与文，固是一理"

姚鼐（1731—1815），字姬传，安徽桐城人，乾隆二十八年（1763）进士，任礼部主事，迁刑部郎中，任四库纂修官以病归，其后主讲安徽敬敷书院、南京钟山书院、扬州梅花书院等书院凡四十年。嘉庆二十年卒，享年八十五岁。

姚鼐性情狷直，学问渊雅。他服膺程朱，笃信宋学，反对汉学而不废考据，认为"天下学问之事，有义理、文章、考证三者之分，异趋而同为不可废"。① 诗学思想深受其伯父姚范的影响，主张熔铸唐宋。部分继承了明代前后七子一派的诗学主张。其《与陈硕士书》甚至说："学诗不经明李、何、王、李路入，终不深入。"② 又较多取法韩愈、黄庭坚。姚鼐是桐城派的代表人物，对桐城派的发展起到了至关重要的作用，桐城诗派至姚鼐出而规模始大。

姚鼐诗歌有《惜抱轩诗文集》，上海古籍出版社 1992 年版。其中有惜抱轩《诗集》10 卷，《后集》、《外集》不分卷。

姚鼐是古文家而兼诗人，他的文学思想主要是古文理论或者说是立足于古文的，专门论诗的并不多，但是他又认为诗文是可以相通的，其《与王铁夫书》说到"诗之与文，固是一理"。③ 他本人以及桐城派作家也大抵持这种观点，因而他们往往以古文之法论诗、作诗。姚鼐的古文理论是他进行诗歌创作与评论的基础，也深刻地影响了桐城派的其他作家，这里不能不加以关注。概括起来，姚鼐的古文理论主要有以下几个方面。

一是主张义理、考据与文章相结合。其《述庵文钞序》："鼐尝论学问之事，有三端焉：曰义理也，考证也，文章也。是三者苟善用之，则皆足以相济。"④ 又其《复秦小岘书》云："鼐尝谓天下学问之事，有义理、文章、考证之分，异趋而同为不可废……必兼收之乃足为善。"⑤ 要之，

---

① 《复秦小岘书》，《惜抱轩诗文集》，上海古籍出版社 1992 年版，第 104 页。
② 《姚惜抱尺牍》，上海新文化书社 1935 年版，第 71 页。
③ 《惜抱轩诗文集》，第 290 页。
④ 同上书，第 61 页。
⑤ 《惜抱轩诗文集》，上海古籍出版社 1992 年版，第 104 页。

姚鼐就是主张作家要兼具义理、考证与文章之长，并且将这三者融会互补，方臻妙境。他所说的义理，主要就是宋明理学之理。他将义理、考证与文章三者并称，实际上谈的还是文章的问题。他是从写好文章的角度来要求义理、考证功夫的。义理是文章的思想内容，考证则使文章材料、内容确凿可信，论证严谨。义理、考证之说体现了乾嘉时代学术风气对文学创作的深刻影响。

二是以阴阳刚柔论文。这是中国古代文论史上的一个重要创建。其《复鲁絜非书》云：

> 鼐闻天地之道，阴阳刚柔而已。文者，天地之精英，而阴阳刚柔之发也……其得于阳与刚之美者，则其文如霆，如电，如长风之出谷，如崇山峻崖，如决大川，如奔骐骥。其光也如杲日，如火，如金镠铁。其于人也，如冯高视远，如君而朝万众，如鼓万勇士而战之。其得于阴与柔之美者，则其文如升初日，如清风，如云，如霞，如幽林曲涧，如沦，如漾，如珠玉之辉，如鸿鹄之鸣而入寥廓。其于人也，漻乎其如叹，邈乎其如有思，暖乎其如喜，愀乎其如悲。观其文，讽其音，则为文者之性情形状举以殊焉。①

这里姚鼐指出，阴阳刚柔是天地之道，而文章是天地之道的体现，所以文章必然体现为阴阳刚柔之美。人的性情也有得于阴阳刚柔，文章又是人的性情的体现，所以从其文章也可以看出人的性情。姚鼐还概括地描述了阳刚与阴柔的种种表现形态。又其《海愚诗钞序》云："吾尝以谓文章之原，本乎天地；天地之道，阴阳刚柔而已。苟有得乎阴阳刚柔之精，皆可以为文章之美。阴阳刚柔，并行而不容偏废……其在天地之用也，尚阳而下阴，申刚而绌柔，故人得之亦然。文之雄伟而劲直者，必贵于温深而徐婉；温深徐婉之才，不易得也。然其尤难得者，必在乎天下之雄才也。"② 在这里姚鼐指出，阴柔与阳刚同样重要，不可偏废。但是，相比之下，姚鼐实际上还是更加崇尚阳刚之美。

三是提倡神、理、气、味、格、律、声、色。姚鼐《古文辞类纂

---

① 《惜抱轩诗文集》，上海古籍出版社1992年版，第93页。
② 同上书，第48页。

序》云：

> 凡文之体类十三，而所以为文者八：曰神、理、气、味、格、律、声、色。神、理、气、味、者，文之精也；格、律、声、色者，文之粗也。然苟舍其粗，则精者亦胡以寓焉？学者之于古人，必始而遇其粗，中而遇其精，终则御其精者而遗其粗者。①

其所谓神，就是精神、风神，指文章的叙事描写生动传神；所谓理，就是文理、条理，指文章具有条理脉络；所谓气，就是气势、生气，就是要求文章要生气贯注；所谓味，就是韵味、滋味、余味；格，就是格局、结构、格调，指文章总体的布局谋篇；律，就是法则，如字法、句法、抑扬顿挫之法；声，就是声调节奏，指声音的长短高低；色，就是文采，属于修辞范畴。以上八字是姚鼐论述文章的基本艺术原则。其中格律声色属于外在的形式层面，比较容易掌握，而神理气味则比较玄虚，令人难以捉摸，但它们更能体现文章的艺术性，所以姚鼐谓之"文之精"者。

以上几个方面是姚鼐文学思想中较有特色和代表性的，它们是姚鼐与桐城派作家进行古文创作的理论基础，也深刻地影响着他们的诗歌创作活动。

姚鼐的诗歌从题材内容上来看，主要就是三个方面：一是写景、纪游；二是友朋赠答；三是题咏。除此之外的题材不多。一般人诗歌创作中常见的表现爱情、亲情，表现个人生活内容与身世遭遇，表现社会现实之类的题材内容，在姚鼐的诗歌中却很难见到。因此，不妨说，姚鼐诗歌的题材内容是比较狭窄的。这大概与理学思想对他的影响不无关系，理学束缚了他的艺术思维，使得他在创作中循规蹈矩，不屑于表现个人荣辱休戚，更不愿涉笔风情风月。所以始终以一个理学信徒、谦谦君子的心态作诗。考察姚鼐的诗歌，可以看到，他的诗歌体现了义理与词章相结合的特点，在诗歌内容和思想倾向上体现了理学色彩。

一是以理学家的眼光和价值观来审视历史。姚鼐喜欢用诗歌来谈古论今，其持论的尺度则是理学家的思想观念，如《漫咏》三首之一：

---

① 贾文昭：《桐城派文论选》，中华书局2008年版，第105页。

　　周道既已敝，儒术犹未沦。暴君方代作，孟子戒思申。得国容有
之，天下必以仁。秦法本商鞅，日以虏使民。竟能威四海，诗书厝为
薪。发难以划除，藉始项与陈。刀笔吏相汉，法令唯所遵。王霸杂用
之，叔孙为圣人。盛衰益隆汙，治道何由醇。焉知百世后，不有甚于
秦？天道日且变，民生弥苦辛。所以佛法来，贤知皆委身。超然思世
外，闻见同泯泯。

　　诗人认为周王朝虽然衰落，但由于有儒术存在，有圣人孟子教诲，所
以天下依然有仁道。秦朝铲除儒学，施行暴政，导致灭亡。汉代治道不
醇，民生涂炭，乃使佛法昌盛。姚鼐评价历史的角度，就是儒学盛衰的情
况，一以儒学为圭臬，完全是一副理学家的忧道心肠。

　　二是强调儒士的道德承担和道德气节。理学深入到了姚鼐的骨髓，他
俨然以理学自任，要像理学家那样担当起社会责任。如《感春杂咏》八
首之一："晨坐执书策，惘焉思古人。勋业建九州，民德在一身。一身尚
不治，九州安能仁。积水必成渊，何患贱且贫。苟非秋实坚，孰为春木
苌……"他认为，人的立身处世，要以古代圣贤为榜样，要为国家建立
盖世功勋。为此目标，先要修身，要有崇高理想，要从点点滴滴逐渐涵养
自己的道德情操，忧道不忧贫。这是儒家修齐治平思想的体现，也体现了
宋明理学对人们修身养性、涵养道德的要求。作为理学信徒，姚鼐在兢兢
于道德修养的同时，总有一种失节之虞，总是保持一种对于操守不保的警
惕。如：

　　中谷多雨寒，丛兰蔽幽阻。托身万物表，英华与谁睹。既荷春阳
气，柔芳冒寸土。处有不自矜，养节故难侮。虽无桃李蹊，岂失松桂
伍。葆真复其根，甘与此终古。（《感物杂咏》八首之四）
　　第恐日失足，尽隳平生守。松桧晚弥荣，所以异蒲柳。修短未足
论，请勿丧吾有。心与逝者宁，道与存者寿。（《感衰》）

　　诗人愿为寂寞无闻的幽兰，虽有美德而不自矜，虽然寂寞无闻而终无
所悔，唯一担心的是丧失自己的美好情操，他的人生理想就是像松桧一样
经得起风雨，美德相伴生命的全部过程。

　　三是维护宋明理学，批评汉学。汉学在清代乾嘉时期获得极大发展，

简直炙手可热，因而严重地威胁到了理学的生存环境，汉宋之争颇为激烈。身居这个时代的理学信徒姚鼐也不能自外，他借一切机会来抨击汉学。如：

　　门有吴越士，撟首自言贤。束带迎入座，抗论崇古先。摽举文句间，所守何戋戋。诽鄦程与朱，制行或异斿。汉唐勤笺疏，用志诚精专。星月岂不辉，差异白日悬。世有宋大儒，江海容百川。道学一旦废，乾坤其毁焉。寄语幼诵子，伪论乌足传。(《述怀》二首之一)

　　兢言能汉学，琐细搜残余。至宁取谶纬，而肆诋河图。从风道后学，才杰实唱于。以异尚为名，圣学无乃芜。言多及大人，周乱兆有初。彼以不学敝，今学亦可虞。(《题外甥马器之长夜校经图》)

　　立人同天地，斯足为大儒。多闻阙其疑，慎言而非迂。两汉承学者，章句一何拘。硁硁诚小哉，贤彼不学徒。奈何魏晋间，放弃以恣谀。靦然无汗颜，诞说作伪书……(《漫咏》三首之二)

　　姚鼐对汉学的批评，一是指责汉学家拘泥于章句之间，其学问琐屑，格局小，其下者甚至有取于谶纬之学，即使其有所成就者，其光辉较之宋学家也有星月与太阳的差距。二是指责汉学家诽谤程朱、诋毁理学，姚鼐认为程朱等宋儒倡导理学，极其有益于世，一旦废弃他们的圣学，简直就会天塌地陷、毁坏乾坤。

　　由上我们可以清楚地看到姚鼐诗歌在思想倾向上的理学色彩和保守性。

　　姚鼐诗歌的艺术特点如下。

　　第一，气象宏大，气势磅礴，表现出阳刚之美。姚鼐的诗歌往往格局很大，视野非常开阔，从而体现出一种磅礴的气势，体现出一种劲健与阳刚之美。这在他的写景、纪游诗和题画诗中尤多体现。如：

　　鼓楫凌惊波，连山缺东隅。飘飘天门上，千里见全吴。(《过天门山》)

　　"百里见卓锥，震旦仰雄最。" "矫立长风巅，万里散秋气。"(《景州开福寺塔》)

　　泰山出青云，天半苍然独。梁宋暨东溟，万里环其足。(《九月

八日登千佛山顶》)

　　泰山到海五百里，日观东看直一指。万峰海上碧沈沈，象伏龙蹲呼不起。夜半云海浮岩空，雪山灭没空云中。(《岁除日与子颖登日观观日出作歌》)

　　一峰掘起天当中，撑拄元气开鸿蒙。左右阊阖两巨壑，径路各绝风云通。(《题张篁村万木奇峰图》)

　　万林围一岭，古寺仰白日。山颠长风起，鼓荡四萧瑟。(《岳麓寺》)

　　诗人写景状物，总是以一种独特的眼光、角度来描状，就是努力去寻找描写对象的特出、卓立与气势，因而即使是很普通的山水景物也往往被他写得大气磅礴。即如景州开福寺塔，实际上绝不会有多高，但是诗人却写出了寺塔超绝百里的雄姿。岳麓寺也不是何等高大宏伟的建筑，然而诗人却让人感到它气势雄健。在写作上，诗人确实有些手段：一是诗人写景多是从大处着笔，作俯瞰式描写。姚鼐的写景之作很少描写景观的局部，很少对景物做细致具体的刻画，很少近距离或者深入景观内部去观察。他多是从高处、远处做鸟瞰，将广袤的空间尽收眼底。因而全诗格局极大，全诗极大。如《九月八日登千佛山顶》、《岁除日与子颖登日观观日出作歌》、《过天门山》等诗歌都是用的这种手法。二是喜用烘托手法。为了突出景物的雄伟壮观，诗人将它旁边的景物做参照物，用参照物来烘托其高大、雄壮。《九月八日登千佛山顶》一诗就非常典型。为了写出千佛山之高，诗人以万里河山景物环绕其足下（"万里环其足"）作为陪衬，烘托出千佛山的高大超绝。三是注意数字的运用。数字本身可以精确地表示巨大，同时又可以无形中夸张。它可以给人以清晰的概念和具体的感受。姚鼐最喜欢也十分善于运用数字。"千里见全吴"、"百里见卓锥"、"万里环其足"、"万里散秋气"、"万林围一岭"、"泰山到海五百里"、"万峰海上碧沈沈"，所有这些，数字都起到了非常重要的夸张性描述作用。四是使用想象、夸张的手法。想象与夸张的手法能够让诗人突破现实的局限，根据情感表达的意图与需要创造意象，所以姚鼐在诗中也注意使用这种方法。《题张篁村万木奇峰图》一诗中，诗人想象画中的山峰刺入云天，开辟鸿蒙，又设想要在高峰的左右开凿两条巨壑，作为风云通畅的径路，使之免于被高峰隔绝。虽然这一切全是虚拟，却让人真切地感到这奇峰的气势不凡。

第二，喜议论说理，或用叙述性语言来寄寓、阐述义理。在诗中议论说理，姚鼐可算是比较突出的，他不仅可以在叙事、状物时顺便发表一番议论，阐述义理，而且可以通篇议论说理。如《咏七国》、《康熙间无为州僧曰修学死而其身不坏，其徒涂以金，奉于所居三官庙，舟过瞻之作诗》、《题汾州张太守墓庐图》、《书乐志论后》、《漫咏》、《青华阁帖三卷，绍兴御刻，皆二王书，后有释文，余颇辨其误，复跋一诗》、《怀朱竹君》、《题外甥马器之长夜校经图》这些诗歌都是几乎全篇以议论为诗的。这些诗作，完全以阐述义理为目的，而不甚注意其艺术性，缺少意象与情韵，简直就是改写成为韵文形式的说理散文。

姚鼐的有些诗歌是运用叙述的方式来写的，但它不是叙述故事情节或者描状物体，而是用一种具有概括性的叙述语言来讲述事理，在叙述中寄寓或阐述义理，所以它虽然没有直接议论说理，却仍然是以意为主，类同议论说理。如《读史》诗：

> 古来江海人，抗怀天下事。阅历多激情，沈冥有余志。贾生洛阳子，梅福抱关吏。流涕复上书，言之岂不义。贤者与道隆，儒林恶言肆。愿从君子游，寡学当默识。

这首诗概述自古以来的志士仁人以天下为己任，表示自己应追步这样的君子。全诗都是叙述语言，但它不是叙事，不同于叙事诗的叙述，它是概述一种事实，而这种概述很少有意象，倒是寄寓一种事理、义理，完全以意为主，如同说理议论。又如《夜读》诗：

> 簚镫每夜读，古人皆死矣。而我百代下，会其最深旨。吟讽至往复，欲罢不可已。安得与之论，谓我能知彼。今世缀文者，异世亦如此。念此衷凄恻，泪下如铅水。顾思文载道，筌蹄徒寄耳。陋哉执此爱，束缚作文士。汝闻天籁乎，飘风满空起。

这首诗叙述诗人灯下夜读，感到对古人思想有会心之处，联想到当今的一些拘执不通的人，不懂得文以载道，兢兢执着于文，反而失去自然天籁之美。诗人将叙述与议论融会在一起，而以叙述为主，叙述中实则包含义理。

第三，诗歌体现出较强的学理性，但较少直接表现学术内容，也并不堆砌文史典故。清代宗宋者多以学为诗，而一般人以学为诗，多是在诗歌中讨论考据问题，堆砌典故。姚鼐主张词章与考据合，所以也确有在诗歌中直接讨论学术问题的现象，如《孔㧑约集石鼓残文成诗》从石鼓文、小篆、钟鼎文等一一道来，讲述石鼓文的辨识及其意义："日在茻中会意莫，背私公乃韩非语。岂如石鼓坚可信，乃谚胡为讥厥父。"下有作者自注："《说文》：'莫，日且冥也。从日，在茻中。'《石鼓文》从早不从日。按，《说文》载自芥至蓟五十三字大篆皆以从艸，莫固草名，见《诗》，安知非本草名而假借以为蚤莫之莫，亦犹蚤之借蚤虱也。以假借言之，亦不必取日在艸中矣。又《说文》'公，平分也，八犹背也。'韩非曰：'背私为公。'《石鼓》公字下从口，不从厶，亦不合背厶之说；而《说文》载古文讼字下正从口，故知石鼓可信。必以徐氏所解六书义难之，则反失之矣。"显然，在诗中作者是把讨论文字学问题作为一个极为严肃的事情来对待的，他将自己认真研究、缜密考辨的成果置于诗中来表达。这首诗就是一篇被高度凝练和压缩的文字学论文。但总的来说，姚鼐并不经常像他自己宣称的那样，将考据与词章相结合，在诗歌中表现考据内容。同时他也没有像许多宗宋诗人那样，在诗歌中饾饤典故，炫耀学问，以学为诗。他虽然也使事用典，但基本属于正常的现象，因为用典是各时代诗人惯常的艺术手段，非宋人独有——他们只不过是特别喜好此道罢了，姚鼐也只是像各时代的多数诗人那样用典，并非刻意为之。

姚鼐的以学为诗，更多的是进行以理学为知识背景的相关问题的讨论，即根据理学精义与历史阐述道理，辩论是非，这种诗歌以学理性见长，体现出博大渊懿的学问、深邃精密的思致，他的议论说理一类的诗歌往往同时也是这类以学为诗的诗歌。因此，姚鼐并非有意识地在诗歌中直接和生硬地展示学问，而是将其深厚的学殖修养通过对有关问题的讨论，自然而然地表现出来。这是一种化学为才的表达方式。

第四，其诗歌创作散文化现象突出。姚鼐诗歌的散文化，虽然也有采用散文句式的现象，但并不多。其主要表现是按照散文创作的构思方法和思路来创作诗歌，使诗歌呈现出散文的章法形式，在结构上类似古文之层次繁复、跌宕。如《钱詹事座上观沈石田画桧歌》：诗歌首先评价沈石田的绘画水平，继而描述沈石田所作画卷的内容，然后介绍常熟萧梁的三株古桧，说沈石田曾经游观了这些古桧之后把它绘成图画。又说诗人家住在舒州，距离镇江不远，曾经听说过这些古桧，却未曾看到，但有一年在建康看到了一棵六朝古松，这棵奇特的古松与古桧遥遥相望。可是，古松后来没有了。诗人感叹：人间贵贱难测，古树终究成为柴薪。这首诗由画家写到画卷，再到古桧实物与画家经历，再到诗人自己见到的古松，再产生联想与感叹。其叙述委曲，内容跌宕，层次繁复。尤其是，诗人不仅从画中之桧写到现实之桧，而且还由此处的桧联想到彼处的松，真是所谓形散神聚，典型的散文笔法。《与王禹卿泛舟至平山堂，即送其之临安府》：这首诗首先写从前与王禹卿游览扬州时的情景；继而说王禹卿后来做官了，诗人与老朋友再次相逢是在凤城；后来诗人回到了乡县，又与故人在扬州重逢，诗歌着力描绘了那里的美丽景致；最后因为故人即将出守临安府，诗人鼓励他前往，而不要图处士的虚名。这首诗不算长，但诗人从他与老朋友的交往离合说起，把它写得曲折往复，这种构思与写法带有浓厚的散文色彩。《题外甥马器之长夜校经图》：这首诗开头称赞传承圣贤思想的宋儒学说，并说清朝百年来一直秉承宋儒学说；接着转而说汉学家诋毁宋学，令人堪忧；然后说自己才力有限，幸而外甥马器之用志校经有成；最后诗人勉励用志不渝，圣人之学必将昌明。这首诗的思想内容在总体上给人一种感觉，它完全就是一篇散文改写而成的诗歌。诗人完全是按照散文的构思方法来创作这首诗的，仅仅是采用了韵文的形式而已。《吊朱二亭》：这首诗先写朱二亭是自己七十年中少有的好朋友，然后讲述自己当初通过朋友朱子颖了解了朱二亭，接下来写自己与朱二亭交往，再往后写两人分别二十年，最后写朱二亭病危而从容逝去，以及自己的吊唁。这首诗也完全是散文的思路和结构方法。这类诗歌还有《岁除日与子颖登日观观日出作歌》、《于朱子颖郡斋值仁和申改翁见示所作诗题赠送一首》、《寄仲孚应宿》。

姚鼐诗歌艺术风貌的形成与其坚持理学立场和宗宋都有关系。姚鼐学诗是从七子派入手学习唐人，进而唐宋兼师的。由于他笃信理学，在学古的问题上，他特别注意学习那些不仅诗学成就很高，而且道德、气节很好的诗人，如姚鼐《荷塘诗集序》所云：

> 古之善为诗者，不自命为诗人者也。其胸中所蓄，高矣，广矣，远矣，而偶发之于诗，则诗与之为高广且远焉，故曰善为诗也。曹子

建、陶渊明、李太白、杜子美、韩退之、苏子瞻、黄鲁直之伦，忠义
之气，高亮之节，道德之养，经济天下之才，舍而仅谓之一诗人耳，
此数君子岂所甘哉？志在于为诗人而已，为之虽工，其诗则卑且小
矣。余执此以衡古人之诗之高下，亦以论今天下之为诗者。①

　　姚鼐将曹、陶、李、杜、韩、苏、黄等人作为诗艺与道德俱佳的榜
样，作为评价诗歌与诗人的标杆，自然，其本人的诗歌创作不能不受到这
些人的影响。姚鼐诗歌在思想内容上表现出的道德气节和道德承担，在艺
术上表现出的种种宋诗化特征，如以学为诗、散文化、议论说理，等等，
都与学习杜甫、韩愈、苏轼、黄庭坚等人有关。

三　梅曾亮："以文为诗古有之，拟经拟子斯尤奇"

　　梅曾亮（1786—1856），字伯言，江苏上元（今南京）人，18 岁见
姚鼐于钟山书院，两年后正式拜姚鼐为师。29 岁为吴蕙聘入扬州唐文馆。
35 岁，举顺天乡试。36 岁，中进士。授县令，以父母年高未赴任。道光
六年赴安徽巡抚邓廷桢幕府，道光十一年又赴江苏巡抚陶澍幕府。道光十
四年 49 岁时纳赀为户部郎中，至道光二十九年 64 岁时离京。其后又主讲
扬州梅花书院，直到咸丰二年回上元。次年，太平天国攻占南京，梅曾亮
举家逃难，后移居淮安。咸丰四年，馆于同年江南南河总督杨以增的清宴
园，至寿终。梅曾亮与管同、方东树、姚莹同为姚鼐的四大弟子。其著述
有《柏枧山房诗文集》，上海古籍出版社 2005 年出版。

　　梅曾亮"论诗以真为贵"（杨钟羲《雪桥诗话》引温明叔语）。这很
明显地体现在他的诗歌评论当中。如梅曾亮《朱尚斋诗集叙》、《黄香铁
诗序》等文章中都表达了这个思想。《李芝龄先生诗集后跋》云："然则
诗恶乎工？曰：肖乎吾之性情而已；当乎物之情状而已。审其音，玩其
辞，晓然为吾之诗，为吾与吾之诗，而诗之真者得矣。"② 由此可以看到，
梅曾亮把真作为一个评价诗歌的重要艺术标准。其所谓真，就是真实地表
达人的性情感受，准确地描状景物的情状特点。从诗歌表现对象来说，要
写出其区别于其他人、其他事、其他物的独特性；从诗歌创作主体来说，

---

① 《惜抱轩诗文集》，上海古籍出版社 1992 年版，第 50 页。
② 彭国忠等校点：《柏枧山房诗文集》，上海古籍出版社 2005 年版，第 123 页。

诗歌要体现诗人的创作个性，我的创作必不同于他人的创作，我的诗歌定当有异于他人的诗歌。

梅曾亮还强调诗人加强学养的重要性。其《刘楚桢诗序》云："尝谓：'诗人不可以无学。'然方其为诗也，必置其心于空远浩荡。凡名物象数之繁重丛琐者，悉举而空其糟粕。夫如是，则吾之学常助吾诗于言意之表，而不为吾累，然后可以为诗。"① 梅曾亮的意见非常明确：诗人必须多读书，有学问。但是，他仅仅是从加强诗人的修养和根柢来说的，仅仅是把读书治学作为诗歌创作的基础和有利因素。他认为诗歌与学问是有根本区别的，并不认为可以把学问直接当成诗歌。所以他指出，作诗的时候，必须把书本、学问统统抛置一边，这样方能不为书本所累，而能得学问之助。

梅曾亮《柏枧山房诗文集》所收录诗歌凡 12 卷，其中《诗集》10卷，《诗续集》2 卷。诗歌按时间顺序编排，收录自嘉庆九年（1804）19岁至咸丰四年（1854）69 岁时的作品。题材内容主要为即事抒情、赠答唱酬、纪游写景之类，此外还有题画、咏史、状物、悼挽等诗歌。在梅曾亮的诗歌中，最有震撼力的是那些与民生疾苦、个人磨难相关的内容。特别是《诗续集》2 卷，是梅曾亮于咸丰三年（1853）以后避乱异乡时所作，是诗人在社会动荡之时颠沛流离中的切身体验，因而其所写之事件、境况、感情，都是诗人身经目历的准确记录，具有描写的纪实性和体验的深刻性，最能体现其以真为尚的诗学主张，也最具有动人的力量。梅曾亮自己也将此时诗歌自比于杜甫诗篇。其《悲辛》诗云："悲辛曾话少陵诗，身世苍茫每自疑。岂料吾生百年内，竟逢空谷七歌时。龙蟠虎踞连营隔，马粪乌衣折屋炊。福地洞天今在否，欲从何处访仇池。"梅曾亮从自己流离失所的悲辛生活经历中，深刻体会到了杜甫诗歌的情感内容，仿佛自己回到了杜甫生活的那个时代，自己就生活在杜甫诗歌的情景之中。所谓"空谷七歌"是指杜甫诗歌《乾元中寓居同谷县作歌七首》，后人多称为《同谷七歌》。蒲起龙《读杜心解》说："七首皆身世乱离之感。"梅曾亮体验的正是身世乱离的滋味。他用自己的诗歌具体记录了这种身世乱离的感受。比如《漫兴》二首之二云："村南村北如鸡栖，青衫破帽行步迟。相逢俱是无家客，同话天寒缩手时。"又《借衣叹》云："九月欲霜

---

① 《柏枧山房诗文集》，第 153 页。

风骤寒，夏葛可借冬裘难。残年射虎叹衣短，长夜饭牛怜布单。少年岂不重然诺，相看各自身凄酸。式微式微归未得，已而已而岁既殚。忧来如天那复醉，泪洒近土何时干。"这两首诗都写了诗人背井离乡之后过着冻寒难忍的痛苦生活。此外，他写了《村居无书无墨无笔无砚无纸无衣作六无歌》，述说自己在避乱中的窘迫。还写了《当昼》，述说自己的姻亲借贷巨债嫁女，可是嫁女不足 5 个月，金陵城破，女儿女婿都生死不明，却还要卖田产还债。梅曾亮的诗写出了动荡岁月中自己亲历的民众生活物资缺乏，忍饥挨饿，担惊受怕，朝不虑夕，度日艰难。诗歌的时间、地点、人物都是实录。实可作为那个特定时代下人们的生活画卷，补史传之不足，类似杜甫的诗史之作。

梅曾亮的诗歌体现了文人学士的儒雅生活情趣。他的诗歌中题画诗和赠答诗都不少，多出一般诗人所作。题画诗本身就是文人儒士高雅生活的表征。梅曾亮的这些题画诗使他的诗集随处透露出诗人儒雅生活痕迹。他的赠答诗也多言及诗文书画与饮酒宴集等文人生活内容。如《赠李莲舫》云："且学陶潜除酒巾，那计刘歆拟酱瓿。绿垂红绽春又来，更约屠苏岁同守。"《赠冯鲁川移居》："东去瓦南街咫尺，借书应许卜邻不？"《赠冯鲁川》："清酒一升书一握，醒时即饮醉还读。吟安一字脱口难，百转千缫丝在腹。"《赠朱伯韩》："常从草市摊书买，懒向花砖奉笔趋。"《赠陈薮叔》："结友竹林上，著书槐市中。遗经从我好，佳句喜人工。穷巷肯相过，唯惭尊酒空。"《赠项几山》："校书勤扫叶，得意胜看花。"《赠胡圣基》："腹有诗书面有垢，古人古人终在口。扬眉欲陈二三策，低头不知椽八九。"从以上诸例中，我们可以清楚地看到诗人的社交生活内容与情趣。梅曾亮把友朋赠答作为其诗歌的重要题材，而它最主要的内容就是记录其作为文人儒士的生存状态和心态。这就是流连诗酒，在文人的审美化生活中自得其乐。有一点读书人的淳厚，又有一点读书人的迂腐。

梅曾亮诗歌艺术特点如下。

1. 白描手法与浅近平易语言

梅曾亮虽然重视学问对于诗歌创作的重要性，但是他却反对在诗中卖弄学问，因此其诗歌较少引经据典，往往多采用白描手法。如：

> 急风回雪避炊烟，屋角墙坳断复连。平野忽从回望合，行人如雁点青天。（《半千阁望雪》）

晨过杏花村，晚来桃叶渡。何处好停舟，前头邀笛步。(《秦淮夜泊》)

夜晴犹未觉，乾鹊喜先闻。扫地延新日，看天送断云。车声初阁阁，市语渐纷纷。静数蜗牛壁，添成几篆文。(《喜晴》)

大堤上，昔作行人路，今作居人室。男女持茅登屋极，龙骨牛衣支四壁。儿女怆怆日中立，人与鸡猪共牢湢，破甑短檗皆露集。回头却望田中居，空房无人水出入。(《宣城归舟书所见》)

以上诸诗代表了梅曾亮诗歌艺术的一个重要特点：不借助于比兴寄托、铺垫烘托、用事用典等诗歌常用的艺术手法，只是平实朴素地叙述、描写，按照时间顺序线性地展开事件与画面，而使诗中艺术形象历历在目，令人很难看到诗人的叙写技巧。这正是白描手法。又由于诗歌语言力避典故，也不曾使用有些宗宋诗人喜用的生涩字眼、拗折语句之类陌生化的语言形式，只是采用一种浅近的文言，故其语言雅而不深、浅而不俗，较为平易。

2. 善炼意，用意深婉、含蓄

梅曾亮善于炼意，他的一些诗歌尽管是描写很寻常的内容，但是他却能发掘和提炼其中的意义，并且以一种含蓄的方式表达出来，让读者体会出其中的深意，具有隽永的意蕴。如《酒车》："酒车不用牛，乃用肩舆手。邪许者何人，一滴不入口。"诗人写挑酒人付出牛一般的力气运酒，自己却不能尝一滴酒。诗歌的这一表现角度把寻常的生活现象写得意味深长。《谭菊农且泊图》："芦丛鸣鯆亦何为，且坐江头看钓丝。破浪风帆君莫羡，当年曾有泊舟时。"这本来是题画诗，诗歌的写作受到图画内容的很大制约，从本诗也可推知图画的内容就是有人在江头垂钓。可是诗人推想垂钓者羡慕乘风破浪，进而说出了一个深刻的人生哲理：人生有得意时也有失意时，失意时不妨耐心等待。《归舟至江东门》："野老无船踏破扉，一篙欹侧傍墙隈。石头城上人如海，袨服新装看水来。"这首诗写水灾中的场景。诗人写了一个"野老"在洪水中靠一扇破门板自救，他依傍着墙隈，岌岌可危。可是石头城上的人们不仅无动于衷，反而像是过节一般的观赏这水灾危情。诗歌一写水中野老，一写城头看客，而将深意寓于冷静的白描之中。《中山店》："纸窗竹屋静风沙，小驻奔车便是家。遮莫乡心诉明月，月明犹自在天涯。"这首诗写诗人奔波于旅途，不免思念故乡。他的乡情只能向月亮述说，可是月亮自己还在天涯。全是构思曲折而独特。《题画江上芦雁》："芦花枫叶影扁舟，一雁声传两岸秋。能与人间报寒暑，迢迢不为稻粱谋。"在这首诗中，诗人由画中的芦雁发挥联想，说芦雁千里迢迢南来北往，为人间报告时令消息，而不是为自己谋取食物。诗人从画中提炼出了深刻的含义。《咏史》："文武衣冠拱庙堂，荆轲窃发竟仓皇。岂忘平日持兵法，却赏无且掷药囊。"这首咏史诗也寓意深刻。一些人平日熟读兵法，可是真正到了实际需要的时候就一筹莫展了。该诗虽然是就荆轲刺秦王的史实发表议论，但写出了一种普遍的生活经验和人生体验。

3. 散文化

梅曾亮是散文家，他是以散文家的身份而兼诗人和进行诗歌创作的。自然，他很熟悉散文作法，于此也不免偏爱，因此，他对有些人援散文写作之法以入诗，持赞赏态度，所作《题桐城张之道诗稿》云："以文为诗古有之，拟经拟子斯尤奇。"这话中兼有替以文为诗辩护的意思，以及对张之道诗歌的赞美。他自己的诗歌创作，也常在其诗歌语言中杂入古文句式。且看：

> 官鸡一只民钱五百，官鸭一只民钱二千。呜呼县官今六年，至死未收鸡鸭钱。官有事借民马，借马数百家。百姓无不愿者，官养如我自养肥。(《栾城谣为故邑令朱承澧作》)
>
> 既不能轻车重马为良贾，散尽黄金佩清组，又不能《孝经》、《论语》通十通，出取公卿如拨鬶。(《放歌行示植之、异之、韦伯、彦勤弟》)
>
> 阿母生乌子时，得食亦甚崎岖。(《寒士篇》)
>
> 过家告大人，言衰麻百日毕，当从夫地下黄泉，不得顾黄口小儿。(《节妇吟为桂云酣作》)
>
> 河南商州人王女，媵张室，嘉庆二十五年生，死乃道光二十七年十月十五日，有欲详之视吾笔。(《光州烈妇吟》)

从上述诸例来看，梅曾亮诗歌语言的散文化确实很明显，就是地地道道的散文句式。特别是《光州烈妇吟》中的句子，简直令人怀疑是不是别人将其注释文字误植到他的诗歌中去了。作为散文家在诗歌创作中顺便捎带点散文句式，是不足为奇的。除此之外，梅曾亮的以文为诗有时还体现为以古文章法作诗，如《宣城水灾行，时邑令为朱锦琮，海盐人》一诗，先介绍宣城周遭都是以堤防围田而居，自六月以来，雨多成灾。然后通过一位来自金宝围的客人描述那里的水灾情况；继而有通过一位来自华阳的客人描述那里的灾情。最后，诗人送走两位客人，去东乡，又描述了东乡的水灾，抒发自己的感慨。这首诗一以灾情为线索，通过自己所见、客人所言来表现水灾，它不是按照诗歌讲求凝练的原则来选取典型的意象与生活片段入诗，而是以散文的写作方式进行多个场景的自由转换，以各处境况来体现水灾这一中心，是可谓形散神聚，恰是散文笔法。

尽管如此，梅曾亮诗歌的以文为诗，较之乃师姚鼐还是有所区别，姚鼐诗歌的散文句式并不多见，但他是整个的以散文章法、散文的构思方法来经营诗歌，在骨子里就是散文家作诗；而梅曾亮以散文章法作诗的不多，主要是在诗歌中杂入散文句式，散文化只是他进行诗歌创作的陌生化方法，是他的艺术手段之一。他作为诗人来说，似乎比姚鼐显得更加纯粹。

4. 议论

喜议论是梅曾亮诗歌的一个显著特点。他的不少诗歌都杂有议论，还有不少通篇议论的诗歌。诸如：

> 儒者贵名实，敷纳言为先。晁贾二三策，施行见当年。推书发啸歌，岂无时世贤。大哉圣人言，以为得鱼筌。禽犊取公相，恩施丧其权。恍惚杳冥中，搜求令人怜。(《咏古二首》之二)
>
> 我闻治河无上策，兼中下策未十全。涪翁老去不解事，有器不知能濬川。(《漫书》四首之三)
>
> 开府论兵玉帐中，谁教横海失英雄。杜侯何致声难辨，杨仆多因约未同。未必妖凶终续命，最怜飞将竟无功。监军休仗幸毗节，持重军容有数公。(《开府》)
>
> 何者非廉吏，谁能隐羡缗。尝思天下富，不在长官贫。共治须良守，分忧忆古人。由来先六计，却献本君身。(《咏史》)

这些诗作都是通篇议论，是典型的以议论为诗的作品。梅曾亮诗歌的议论，到了脱口而出的地步。这与他的散文家身份也有很大关系。议论是散文的常用手法技巧，专以议论说理为主要功能的议论文是散文的主要体式之一。梅曾亮的散文创作非常多并且非常熟练地运用议论手法。因而在诗歌创作中也不免顺手写来，滔滔不绝。

梅曾亮是姚鼐的高足。自然，他继承了姚鼐的衣钵。由姚鼐他又上溯宋人。他尤其钦佩苏轼、黄庭坚。其诗集中多有和苏轼诗歌的篇什，又说自己是"稍参涪翁变诗派"（《澄斋来，讶久不出，因作此并呈石生明叔》），还于道光二十六年六月十二日黄庭坚生日时与曾国藩等人专门举行聚会进行纪念，并作诗云："我亦低首涪翁诗。"（《六月十二日山谷生日，邵蕙西舍人招吴子叙编修、张石舟大令、朱伯韩侍御、赵伯厚赞善、曾涤生学士、冯鲁川主政、龙翰臣修撰、刘蕉云学政及曾亮凡十人集于寓斋，舍人有诗属和》）梅曾亮诗中散文化句式可说是他学习黄庭坚诗的最明显的标志。

第三节　肌理派：义理、考据与辞章相结合

清代乾嘉时期，在诗坛上与桐城派同时出现的另一个诗学流派是以翁方纲为代表的肌理派。这两个流派在理论上是有着渊源关系的。翁方纲诗论的基本思想多来自桐城派理论家刘大櫆、姚鼐。

翁方纲（1733—1818），字正三，号覃溪，晚号苏斋，直隶大兴（今属北京）人。乾隆十七年（1752）年方二十即中进士，选庶吉士，授编修，官至内阁学士。曾经主持江西、湖北、顺天乡试，又曾督广东、江西、山东学政。精于考据、金石和经史之学，又擅长书法。著有《石洲诗话》、《苏诗补注》、《经义考补正》、《通志堂经解目录》、《十三经注疏姓氏考》、《春秋分年系传表》、《两汉金石记》、《汉石经残字考》等多种著作，其诗歌创作有《复初斋诗集》，录诗5100余首，《续修四库全书》本。另有《复初斋集外诗》，录诗2100余首，实为从其诗稿中辑录者，见于嘉业堂丛书。

翁方纲是肌理说的倡导者和肌理派的主要代表人物。翁方纲肌理说的核心概念就是"肌理"。究其原始，翁氏则自言取自杜甫诗句"肌理细腻骨肉匀"，此处肌理即人的肌肉纹理。这里具有一种喻义。古代诗评家论诗，常近取诸身，以人作比，以便深入浅出和简单明了地说明问题，如神韵本来指人的风神韵致，格调本来指人的体格声调等都是此类。如果说神

韵说论诗以人的风韵为美，格调说论诗以人的体格为美，那么肌理说论诗则是以人的肌肉为美。肌肉之美何在？在其"肌理细腻"，翁氏亦称之为"细肌密理"。

什么是诗歌的肌理？从其论述的重点来看，关键在一个"理"字。翁氏《杜诗熟精文选理理字说》云："天下未有舍理而言文者"。① 翁氏认为离开了理来谈诗是不可想象的。翁氏是通过对理的说明来阐述其肌理说的。其《志言集序》云：

> "在心为志，发言为诗"，一衷诸理而已。理者，民之秉也，物之则也，事境之归也，声音律度之矩也。是故渊泉时出，察诸文理焉；金玉声振，集诸条理焉；畅于四支，发于事业，美诸通理焉。义理之理，即文理之理，即肌理之理也。②

在翁方纲看来，肌理的理就是文理的理，也就是义理的理，而这理也是万事万物所共有之理，它体现于各种具体事物之中，也是一个无所不在的理。翁方纲所谓的"理"、"肌理"，既是为诗之理，又远远超出了诗的范畴。从它作为天地万物之理的意义来说，它与宋明理学之"理"没有什么区别。可见，翁方纲是把诗歌之理与天地万物之理打通来论说的。由此可以说，它遵守一切事物的共同规律。这是从形而上层次来说的。这还没有触及诗学理论的具体问题。

翁方纲提出了一个重要主张，就是义理、考据、词章相结合。翁氏《吴怀舟时文序》说："有义理之学，有考订之学，有词章之学……果以其人之真气贯彻而出之，则三者一原耳"。③ 其《蛾术集序》也说："考订训诂之事与词章之事未可判为二途"。④ 翁氏讲得很清楚，义理、考据与词章三者是相通的、一体的和不可分离的。本来，诗歌（词章）之道与学问、说理也并非冰炭不容。但彼此的界域是非常清楚的。诗人需要学问的涵养，但学问不等于诗，学问不是诗歌的表现对象和内容，学问的深浅与诗歌艺术的高下也没有必然的联系。诗人也需要理论涵

---

① 《复初斋文集》卷十，《近代中国史料丛刊》本。
② 《复初斋文集》卷四。
③ 同上。
④ 同上。

养，诗歌也可以说理，但这也是有条件的，即便说理，也得按照诗歌的艺术规律、表达方式来实现，反之就是败笔。这是一般人的看法。可是翁方纲恰恰是反其道而行之。他强调诗与学问、义理的联系与一致性。这就是把义理、学问看成诗歌（词章）的表现对象，让诗歌成为义理的讲义，让诗歌饾饤学问，成为有韵的学术论文。翁方纲自己也正是这么做的。在他的诗歌创作中，充斥着不少关于金石文字、经籍史传的考据内容，有些作品纯粹是论学诗、学术韵文。因此，它是一种学人之诗理论。

肌理说作为一种诗学理论，它是建立在宋诗的创作经验的基础之上的，因此，它的一个重要特点，就是宗宋。翁方纲对宋诗非常喜爱。故其诗论体现了宋诗的审美趣味，这就是：

1. 主理

以江西诗派为代表的宋诗，有一个重要特点就是主理。为此遭到以严羽为代表的众多理论家的批评。严羽《沧浪诗话》针锋相对地提出了"诗有别趣，非关理也"的著名论断。其后一直为人们所认同和继承。但翁方纲因为推尊宋诗，便为宋人主理大作翻案文章，并作为其肌理说的重要主张。翁氏著有《杜诗"熟精文选理""理"字说》、《韩诗"雅丽理训诰""理"字说》等文章，专论诗歌之"理"。目的即是从杜甫、韩愈等伟大诗人那里寻找诗歌主"理"的理论依据。真是用心良苦。通过论证，他得出了"天下未有舍理而言文者"的论断。在其《志言集序》中，他还说：

> 昔虞廷之谟曰："诗言志，歌永言。"孔庭之训曰："不学诗，无以言。"言者，心之声也。文辞之于言，又其精者。诗之于文辞，又其谐之声律者。然"在心为志，发言为诗"，一衷诸理而已。①

翁方纲对言志说做了"六经注我"似的解释。他把言志归结为"理"的诉求。理将志取而代之，成为诗歌表达的中心意义。在这种诗学观念之下，他的诗论文章、诗话和诗歌创作都十分拘谨，不涉绮语风情，鲜见恣意放纵乃至饮酒等内容。这正是"理"的要求。因为他所要表达的理，

_____

① 《复初斋文集》卷四。

与理学家之理是相通的。

2. 重学

翁方纲主张义理、考据与词章相结合，就把学术的重要性放到了极其重要的位置上。可以说，从未有过哪种诗学理论像肌理说这样强调学问对于诗学的重要性。翁方纲之所以如此，一是因为他总结宋人的成功经验在于其读书多，他赞叹"宋人精诣，全在刻抉入里，而皆从读书学古中来，所以不蹈袭唐人也"。① 二是时代风气使然，清代学术极其繁荣，一般文人都以读书和富学相标榜。即便被人们斥为"不学"的袁枚，实际上也藏书甚多，手不释卷。三是翁方纲本人长于治学，他本来就是金石考据学者，而且作为学者的翁方纲比作为诗人的翁方纲在当时影响更大。经翁氏考证和题跋的碑帖能身价倍增。这种角色意识也是他重学的原因。

肌理说体现了以下几种美学原则。

1. 细密

翁方纲非常推崇宋诗，其肌理说就是对宋诗审美创作经验的理论总结。他总结的宋诗美学原则之一便是细密。即如其《石洲诗话》所说："宋人之学，全在研理日精，观书日富，因而论事日密"。② "谈理至宋人而精，说部至宋人而富，诗则至宋而益加细密。"③ 他所谓细密，就是肌理的细密，其理想的境界是"细肌密理"。这是翁氏诗学的一个美学原则。所以他论诗，常常以此为准绳。肌理细密者为佳作，肌理粗疏者为败笔。如《石洲诗话》评诗："逢原诗学韩、孟，肌理亦粗。"④ "李庄靖诗，肌理亦粗。"⑤ "遗山虽较之东坡，亦自不免肌理稍粗"⑥ 那么怎样才算肌理细密，或者说，细密的具体内涵是什么呢？所谓肌理细密，就是指诗歌的法度严密。因为肌理即文理，文理的体现即有序，有法度。具体来说，就是"大而始终之条理，细而一字虚实单双，一音之低昂尺黍，其前后接笋，乘承转换，开合正变"⑦ 等篇章结构之法、措词造句之法，要严格遵守，精密讲求。以此之故，翁方纲虽非格调论者，却对诗歌的格调

---

① 《石洲诗话》，郭绍虞编选：《清诗话续编》三，上海古籍出版社 1983 年版，第 1427 页。
② 郭绍虞编选：《清诗话续编》三，上海古籍出版社 1983 年版，第 1428 页。
③ 同上书，第 1426 页。
④ 同上书，第 1422 页。
⑤ 同上书，第 1447 页。
⑥ 同上书，第 1448 页。
⑦ 《诗法论》，《复初斋文集》卷八。

诗法技巧用力颇勤。他专门撰有《诗法论》探讨诗法，还将诗法分为"正本探原"之法，即诗文的一般规律，亦即儒家六经等根本原则；以及"穷形尽变"之法，即诗文的具体创作方法，亦即篇法、句法、字法之类，由此体现诗歌的细密。他还撰有《小石帆亭著录》六卷，其卷一为《新城县新刻古诗平仄论》，卷二为《赵秋谷所传声调谱》，卷三为《五言诗平仄举隅》，卷四为《七言诗平仄举隅》，卷五为《七言诗三昧举隅》，卷末附翁氏《渔洋诗髓论》。大旨都是关于诗歌格调技巧的论述。在具体的诗歌评论中，翁氏关于诗歌法度的考求也是非常注意乃至非常严格的。如其《石洲诗话》：

> 徐仲车《大河》一篇，一笔直写，至二百韵，殊无纪律。诗自有篇法节制，若此则不如发书一通也。①
>
> 《答任师中家汉公五古》长篇，中间句法，于不整齐中幻出整齐。如"岂比陶渊明"一联，与上"闲随李丞相"一联，错落作对，此犹在人意想之中。至其下"苍鹰十斤重"一联，"我今四十二"一联，与上"百顷稻"、"十年储"一联，乃错落遥映，亦似作对，则笔势之豪纵不羁，与其部伍之整闲不乱，相辅而行。②

翁方纲认为，诗歌创作倘若不讲求法度，没有"纪律"，就没有存在的价值。所以他彻底否定徐仲车的《大河》。他对苏轼的《答任师中家汉公五古》予以充分肯定，则是因为该诗句法非常高超，做到了参差中寓齐整，笔势豪纵而错落有致，笔法谨严，肌理细密。这正体现了肌理说的美学要求。

2. 渊雅

翁方纲的肌理说追求一种渊雅美。这主要体现在他以学为诗的写作策略上。在诗歌创作中饾饤学问，乃至以学为诗的做法在诗史上由来已久。齐梁时代颜延之已开先河，钟嵘的《诗品》也进行过讥评。但到宋代江西诗派，这种风气却大行其道，一时称盛。"以文字为诗，以才学为诗，以议论为诗"，成为江西诗派的显著特征。元明以来，诗坛普遍尊唐抑

---

① 郭绍虞编选：《清诗话续编》三，第 1421 页。

② 同上书，第 1410 页。

宋，江西诗派的这种做法多受到批评。至翁方纲又祭起了这个法宝，因为他偏嗜宋诗，并且认为，"宋人精诣，全在刻抉入里，而皆从读书学古中来。"① 所以他强调诗歌创作要熔铸学问，认为"考订训诂之事与词章之事，未可判为二途"，② 而是二而一的东西。翁氏的创作也完全实践了自己的主张。《清史稿》卷四八五本传评价他："所为诗，自诸经注疏以及史传之考订，金石文字之爬梳，皆贯彻洋溢其中，论者谓能以学为诗。"按翁氏的"以学为诗"，有一个突出特点，就是把学问作为诗歌内容，如其所作《未谷得宋铸铜章曰山谷诗孙，以赠仲则，诸公同赋》、《山谷诗孙印，未谷来索诗，又赋此》、《汉石经残字歌》、《汉建昭雁足灯款拓本，为述庵先生赋》，等等，诗中多考据内容，使其诗歌如同韵文体学术著作。以往诗人以学为诗，较多的情况是用事用典，堆砌学问，把典故作为表现材料。而翁方纲并不满足于此，而是干脆把考据作为表现内容，这样他比江西诗派走得更远了，把以学为诗发展到了极致。翁氏肌理说的以学为诗，体现的是一种渊雅的美学原则。因为它把学问与诗歌混同起来，使学术内容成为诗歌表现内容，并且大量用事用典，采撷古籍语言材料作为诗材和表现手段。这样，诗歌从形式到内容都沉淀着厚重的文化知识的积累，如果不是有相当学养和知识水平的人，根本就无法理解。诗歌的这种文化品质，使其具有超凡脱俗的渊雅特点，翁方纲正是追求这种渊雅的美。

　　3. 质实

　　翁方纲推崇宋诗，最根本的一点是他认为宋诗具有"质实"之美。翁氏认为，这是宋诗的独特风貌和本质特征，这是宋诗有别于唐诗之处。他以虚实来区分唐宋诗风，所谓"唐诗妙境在虚处，宋诗妙境在实处"。翁氏标举质实的诗学风格。这是他与王士禛最主要的分歧所在。因为王士禛推崇唐诗，其神韵说主要是盛唐山水田园诗派的理论总结。因此其美学趣味在于表达一种空灵玄远的美，所谓"空中之味"③。其门人后学"误执神韵，似涉空言"，因此翁方纲就想要以肌理之实来救神韵之虚。总之，质实是宋诗的妙境，也是肌理说的美学原则、美学趣味。翁氏倡导的

---

① 《石洲诗话》，郭绍虞编选：《清诗话续编》三，第 1427 页。
② 《蛾术集序》，《复初斋文集》卷四。
③ 《复初斋王渔洋诗评》，缪荃孙辑：《烟画东堂小品》本。

质实美，主要含义是，诗歌要真实准确地写景状物和表现人物的思想感情，要具有历史真实性，符合生活逻辑。他所赞叹的宋诗质实之美，即"如熙宁、元祐一切用人行政，往往有史传所不及载，而于诸公赠答议论之章，略见其概。至如茶马、盐法、河渠、市货，一一皆可推析。南渡而后，如武林之遗事，汴土之旧闻，故老名臣之言行、学术，师承之绪论、渊源，莫不借诗以资考据。而其言之是非得失，与其声之贞淫正变，亦从可互按焉"。① 由宋诗可以考证出宋代的政治、经济、军事、学术文化等各方面的历史情况，补史传之不足。宋诗之所以能够补史，就是因为它真实地反映了宋代社会的方方面面，因而可以利用其有关内容作为可靠材料以资考证。因此，真实是翁氏质实美的基本内涵。为什么质实美要强调真实性呢？这是因为真实的内容具有实证性，人们能够看得见、摸得着、感受得到，它比较实在和有质感。所以翁氏对此非常重视。

与诗歌真实性相关的是，它还必须准确、贴切。因为任何表现对象，如果不能根据其特点进行准确描写的话，无论诗人本意如何真诚，其结果也是势必失实的。所谓"真切"，真与切是未可截然分开的。因此，翁氏也强调准确、贴切，以此作为质实的基本要求。《神韵论中》云："诗必能切己、切时、切事，一一具有实地，而后渐能几于化也。"② 这里提出的"三切"，就是要求诗人的创作，要切合于所咏之事、所咏之情。从这个要求出发，他对王士祯的诗歌创作进行过批评。翁方纲说：

> 人之相别，必有因时因地悲愉欣戚之殊，而诗之词气因之……乃渔洋先生之诗，则不问何人、何时、何情、何事，率以八寸三分之帽子付之，尚复何诗之有？③

翁氏多次批评王士祯的诗歌不能贴切地表现人情物理。因为诗歌若是不能切合于表现对象，那么它就势必失实、不真，而变得虚假、空泛了。针对这种弊端，翁氏所以要强调一个"切"字，救空泛而归诸质实。

总之，质实的基本内涵，就是真实和真切，这是肌理说最重要的美学

---

① 《石洲诗话》，郭绍虞编选：《清诗话续编》三，上海古籍出版社 1983 年版，第 1428 页。
② 《复初斋文集》卷八。
③ 《复初斋王渔洋诗评》，缪荃孙辑：《烟画东堂小品》本。

要求。

　　翁方纲肌理说的提出，很明显地受到了清代桐城派文论的影响。具体来说，它主要受到了方苞和姚鼐的影响。清初的方苞是桐城派的先驱，他提出了著名的"义法"说。其《又书货殖传后》云："《春秋》之制义法，自太史公发之，而后之深于文者亦具焉。义即《易》之所谓'言有物'也；法即《易》之所谓'言有序'也。义以为经而法纬之，然后为成体之文"。① 方苞指出，义法是古昔圣贤之法，是后世操觚为文者务必遵循之法。义即言之有物，法即言之有序，两下结合方为可观之文。

　　关于"有物"，即"义"的问题，方苞《杨千木文稿序》还有过具体阐述："戋戋焉以文为事，则质衰而文必敝矣。古之圣贤，德修于身，功被于万物；故史臣记其事，学者传其言，而奉以为经，与天地同流。其下如左丘明、司马迁、班固，志欲通古今之变，存一王之法，故纪事之文传。荀卿、董傅，守孤学以待来者，故道古之文传。管夷吾、贾谊，达于世务，故论事之文传。凡此皆言有物者也。"② 在方苞看来，为文者如果一心以文为事，而不注意质，即内容，只能导致文的衰败。但凡弘扬经典，通达世务，辨析事理，绍述古学，记录史实，有裨圣教的内容，都是"有物"之言，都合乎"义"的要求。

　　方苞的这些思想完全为翁方纲所接受。他在《杜诗"熟精文选理""理"字说》中说：

　　　　《易》曰："君子以言有物。"理之本也。又曰："言有序。"理之经也。天下未有舍理而言文者。且萧氏之为《选》也，首原夫孝敬之准式，人伦之师友，所谓师出于沉思者，惟杜诗之真实，足以当之。而或仅以藻缋目之，不亦诬乎？③

从这段话我们可以看出：

　　第一，翁方纲完全从方苞那里移接了本之于《易》的"有物"、"有序"说，作为自己的理论依据，用以与其肌理之"理"相链接，对其进

---

① 　贾文昭编著：《桐城派文论选》，中华书局 2008 年版，第 37 页。
② 　同上书，第 59 页。
③ 　《复初斋文集》卷十。

行支持和阐释。因之，"有物"、"有序"说也成为肌理说的有机组成部分。

第二，翁方纲像方苞一样强调内容的决定意义。方苞反对专一以文为事，从而要求言之"有物"；翁方纲则反对"舍理而言文"，而"理之本"即是"有物"。

第三，对于内容，即"物"的理解，翁氏也与方苞非常接近。翁氏之谓理，包括人伦道德之理、客观事物之理等，而又本乎宋儒所讲之理。方苞义法之说，也是本于经学，故二者同源。

姚鼐（1732—1815）长翁方纲一岁而较其早逝三年，他们是同龄人，并且有交往。姚氏是桐城理论的集大成者，对桐城一派的扩大，功劳尤著。翁方纲在与姚氏的往还中，也接受了他的文论思想。姚鼐有一个著名的理论主张，就是"义理"、"考证"、"文章"相结合。其《复秦小岘书》云：

> 鼐尝谓天下学问之事，有义理、文章、考证三者之分，异趋而同为不可废。①

又其《述庵文钞序》云：

> 余尝论学问之事，有三端焉，曰：义理也，考证也，文章也。是三者，苟善用之，则皆足以相济……夫天之生才，虽美不能无偏，故以能兼长者为贵。②

姚鼐认为天下的"学问"有三，即义理、考证、文章。这三者，各有其价值而不可偏废，要以三者兼济为贵。翁方纲也有"义理"、"考据"、"词章"统一说。翁方纲说："有义理之学，有考订之学，有词章之学……果以其人之真气贯彻而出之，则三者一原耳"。"士生今日经学昌明之际，皆知以通经学古为本务，而考订诂训之事与词章之事未可判为二

---

①　贾文昭编著：《桐城派文论选》，第 94 页。
②　同上书，第 91 页。

途。"①《杜诗熟精文选理理字说》："天下未有舍理而言文者。"② 将二者稍加比较即可发现，翁方纲关于义理、考据、词章综合考察的理论思路，三者相统一而无可偏废的主张，都是本乎姚鼐文论的。这是一个非常重要的启示。因为历来的理论家们都不仅不愿将三者予以整合，而且往往是将此三者视若冰炭的。传统的观念是，理学家反对和轻视词章，认为它于心性修养无益。文学家反对在诗词文中说理，因为它不符合文艺的基本规律。文学家也反对在创作中饾饤学问。姚鼐作为古文家在文统与道统相统一的传统理论的基础上，结合当时考据学昌盛的时代趣尚，将三者熔铸、统一起来，成为桐城派的理论旗帜。这种三合一的理论在散文创作中既为大家取得共识，成为公认的法则，翁方纲于是就将其移植到诗坛中来，仿佛也有些道理了。否则，直接在诗歌领域提出这样的理论，是需要特别的胆量，也是颇难为人所接受的。义理、考据、词章三者整合的思路，为翁氏肌理说提供了一个基本的理论框架。

肌理说是总结宋诗创作经验、以宋诗美学原则为基础而建构的诗学理论。在宋诗中翁方纲又是以黄庭坚作为标准和阐释基点的。《石洲诗话》说，黄庭坚"会粹百家句律之长，究极历代体制之变，搜讨古书，穿穴异闻，作为古律，自成一家，虽只字半句不轻出，遂为本朝诗家宗祖"。"非仅江西派以之为祖，实乃南渡以后，笔虚笔实，俱从此导引而出。"③翁方纲高度评价黄庭坚的诗学成就，认为他不仅是江西诗派的代表，而且也对宋诗产生了深远的影响，所以翁方纲实则是把黄庭坚作为宋诗代表来看待的。因此，他总结宋诗创作经验和探讨诗歌理论问题时，便向黄庭坚那里去探讨诗法，并以黄庭坚为阐释对象。《渔洋先生精华录序》中，翁方纲说："愚在江西三年，日与学人讲求山谷诗法之所以然，第于中得二语，曰：以古为师，以质厚为本。"④ 翁氏每天都在与人探讨黄庭坚的诗法，并且确实从中得到了二条诗学原则，由此可知黄氏诗法对于翁方纲诗学的重要意义。事实上，翁氏的诗学理论也完全体现了这两条原则。关于学古，翁氏强调宋人的诗学成就"皆从各自读书学古中来"⑤，后人须

---

① 《复初斋文集》卷四。
② 《复初斋文集》卷十。
③ 郭绍虞编选：《清诗话续编》三，第1426页。
④ 李毓芙等：《渔洋精华录集释》下，上海古籍出版社1999年版，第1979页。
⑤ 《石洲诗话》，郭绍虞编选：《清诗话续编》三，第1427页。

"以通经学古为本务"①。就诗法而言，他说诗法有"正本探源"者，有"穷形尽变"者。正本探源之法"必求诸古人"，穷形尽变之法还是"必求诸古人"。关于质厚，黄庭坚视之为"本"，翁方纲的全部诗学都体现了这个原则。肌理诗熔铸义理、学问，正是为了追求一种质实丰厚的美学趣味。翁方纲认为南宋人诗法均出自黄庭坚，他特地作有《黄诗逆笔说》来阐释黄氏诗法。中云：

> 逆笔者，戒其滑下也。滑下者，顺势也，故逆笔以制之。长澜抒写中时时有节制焉，则无所用其逆矣。事事言情，处处见提掇焉，则无所用其逆矣。然而胸所欲陈，事所欲详，其不能检摄者，亦势也。是以山谷之书卷典故，非襞绩为工也；比兴寄托，非借境为饰也，要亦不外乎虚实乘承阴阳翕辟之义而已矣。②

翁方纲认为，诗歌的叙事抒情倘若一气滑下，毫无滞碍，未为佳境，应在倾泻中有所节制、约束。就像作书法，要顺中有逆一样。黄庭坚诗歌中掉书袋用典故、比兴寄托等手法，正以其形式因素、叙写方式造成了意义表达的涩与曲，避免了顺势直下。翁氏称这样的手法为逆笔。翁氏的这种阐释很难说有多么合理，但他在对黄诗的阐释中，为肌理诗创作的用典、掉书袋找到了很好的理论依据。

翁方纲诗歌在题材上主要包括以下几个方面：（1）以金石碑拓等古物为题材，此类诗歌很多，在古代诗人中堪称特色。（2）次韵唱和、题咏、寄赠，其中有不少是他与其夫人的唱和之作。这在古代诗人中也并不多见。（3）写景抒情之作，其中一些描写岭南生活与风光的诗歌颇有特色。从思想内容来看，翁方纲诗歌有两个特点。

一是文人、学者生活的写照。翁方纲大量的诗歌都是以古代的钟、鼎、石刻、碑拓、铜鼓、书画、印章、砚池、善本书籍等文物古董为题材来进行创作的。翁方纲是金石学家，于书法亦造诣很深。他长期热衷于搜集那些古代的金石作品，并进行赏玩与学术研究。他的大量诗歌就是描述获得文物的经历，讲述文物的历史，考辨文物的真伪，阐释文物的内容

---

① 《复初斋文集》卷四。
② 《复初斋文集》卷十。

等。他还有许多诗歌写的是次韵、唱酬、题咏之作。这是文人之间的风雅之举。这些诗歌占据了翁方纲诗歌的绝大部分，真实地记录了他的这种文人、学者生活。

二是对苏轼的狂热崇拜。翁方纲有许多的诗歌与苏轼有关，它们或者是表达对苏轼的缅怀之情，或者是记录文人们聚会纪念、祭祀苏轼的活动情况，或者是按照苏诗来次韵创作与唱和，或者是凭吊苏轼的遗迹，或者是考辨苏轼的事迹与文物，或者是使用与苏轼有关的事典和语典作诗，或者是研讨苏轼的画像，或者是谈论苏轼的诗文集与苏诗注释。在中国文学史上很少看到古代哪位诗人有如此多的诗歌与苏轼密切相关，大量的诗歌中表现了诗人对苏轼的无比崇敬之情。翁方纲是苏轼的狂热崇拜者。他将自己的书斋命名为"宝苏斋"，每年十二月十九日苏轼生日那一天，他都要与朋友们一起举行纪念活动。翁方纲还是清代重要的苏诗注家之一。他的《苏轼补注》一书，以宋刊施元之、顾禧、施宿等人的《注东坡先生诗》残本，与清代邵长蘅等《施注苏诗》和查慎行《苏诗补注》进行对刊，纠谬补缺，成就《苏诗补注》8卷。这是清代屈指可数的苏诗注释本之一。因此，翁方纲的许多诗歌都自然而然地表达了自己对苏轼的热烈尊崇与景仰。

翁方纲诗歌在艺术表达上有着十分鲜明的特色。这就是：

1. 写景记事真切生动

翁方纲早期创作的诗歌较多写景、记事、抒情之作。这些诗歌中有一些善于写景记事的佳作。如《即目》之二："近水居人本善泅，自怜赤日喘吴牛。倒骑冲入凫鹥队，半亩空塘稳似舟。"这首诗是诗人的即兴之作。赤日炎炎的夏天，天气热得使人喘不过气来，居住在水塘边的人家善于游泳，有人倒骑着水牛冲入水塘中，惊跑了浮游的野鸭和鸥鸟们，牛背上的人惬意地坐着，就像坐在船上一样安稳。诗人直寻写景，以寥寥数语将其情景生动真实地再现于纸上，使人有身临其境之感。再如《舒城至大关道中重和钱香树司寇秋日山行韵》：

山风吹山云，变灭无定觐。山亦随转旋，揖左而让右。山从庐州来，巨斧劈众皱。龙舒到龙眠，分合屡往复。围如马合群，厉如狮怒斗。快如纵去蛇，峻如飞来鹫。一一撑晴空，层层削坚瘦。数折淡如痕，万绿补其瘢。夕照随浅深，秋声答前后。山田映人家，山居依斥埃。似识重来客，于今五载又。壁间前辈题，灿若文章囿。庶乞笔锋劲，得共山灵寿。行滕裹诗去，满袂烟岚秀。

　　这首诗写诗人从舒城到大关道中所见景物。诗人不是静止地描写某一处风光，而是将一路所见动态地摄入诗中，所以，其中的景物随着人的行踪而转旋变幻，风景长卷随着时间顺序而渐次展开。诗人写景，重视主观感受的表达，将联想、想象、比喻相结合，把一路复杂险峻的地形地势极为生动地刻画出来了。在描写了群山间雄奇的景物之后，接着又刻画田园风光，诗人用另一副笔墨又勾画出了秀丽、宁静而又让人怀旧、流连的村庄图景。整个这首诗，能写形，能传神，描写生动，景真情真，客观再现和主观表现都很好地结合起来了。

　　如上述诸例，翁方纲的诗歌创作确实有一些写景状物、记事抒情的佳作。他确实能把一些景、事、情写得灵动而富有生机，充满才情。可是，历来的研究者对翁方纲诗歌极力贬抑，认为他的诗歌都不外乎金石考据之类的学问诗，这是不符合翁方纲诗歌的实际情况的。究其原因，很可能与人们没有认真阅读、研究其诗作有关。既未见其真相，就只能矮子观场，随人短长了。翁方纲的诗学理论已经研究渐多，而于其诗歌却仍付阙如，应该引起人们重视。

　　2. 长于铺叙描写

　　翁方纲诗歌在艺术技巧方面长于铺叙描写。他善于细致地描写事物，详尽地陈述事件、现象，能够把事物的方方面面和纷繁复杂的现象有条不紊地交代清楚，如《蜃气诗》描写海市蜃楼的景象：

　　海岸平如掌，万里天一碧。晴空面初仰，俄而一缕白，直起可万丈。云气与水气，相错相摩荡。非复山泽间，鱼鳞与草莽。青或黛几斛，赤乃锦千緉。紫才振纶组，素又披鹤氅。七华绚开翠，百宝烂出帤。顷刻以千变，难遽一二仿。所谓楼与市，大略已可想。其借青暝气，岂亭结惚恍。斯为华盖居，可听钧天响。其借云汉气，飘渺架轩敞。斯为五云阁，可勒少霞榜。然后为街衢，为城郭闾党。屋鳞鳞翼翼，人熙熙攘攘。农贾之所陈，鸡犬之所放。胥自嬴蛤间，孕蓄凌莽苍。

这首诗描写了海市蜃楼发生的全过程：先是风平浪静，水天一色；然后一缕白色水雾直起，高达万丈；继而化为五彩斑斓的云物，瞬息间千变万化；接着又化为楼台轩阁、街衢城郭、闾里屋宇，唯见人群熙熙攘攘，繁华的集市农贾云集，鸡、犬之类的农产品陈列街市。诗歌将海市蜃楼产生和衍变的几个阶段交代得很清楚，同时对每个阶段中的情形和变化情况，都做了具体细致的描写，将海市蜃楼这一大自然中的奇异而罕见的现象清晰地展示到了读者的面前。虽然海市蜃楼变幻莫测，难以言表，但诗歌的描述层次清楚，有条有理，特点鲜明，历历在目，洵善于铺叙者。

再如《连州峡中山势奇诡，入粤以来所未见也，即目成篇》也是善为铺叙的佳作。该诗起首描写："一峰缒若猿猱升，前有穹龟俯渔罾；一峰黠若鼪鼯腾，后有狡兔避黑鹰；一峰如缴如缠藤；一峰如叟如枯僧；一峰仰卧一跪兴。"诗歌一开头，便对连州峡中奇诡莫测而且复杂纷繁的山势，做了形象的轮廓勾画，既从俯瞰的总体把握，又分头逐项陈述，将连州峡中奇异的地形地貌描写出来了。接下来着力刻画绝壁奇景："转瞬一壁尤崚嶒，横空烂漫铺缭绫。重斑叠翠绮与缯，织为芝菌蘘荷菱，璎珞垂结流速缯。又如凹厂如豆登，如蚍蜉挂鼍房承。然后折落泉千层，砰訇乱洒珠玉冰。或萦林杪穿石稜，晶廉雪浪数不胜。是时新雨决沟沟塍，满江翁匐云合蒸。少焉斜阳叠冈陵，远近飒拉树鬅鬙。万窍响籁相然譍，船窗目接左右凭，以诗代画我未能。"诗人描状峭壁的奇景，刻画了由它上面附着滋生的植物交织成的奇形异状的图像，继而又描写了乱洒的泉水，满江的水雾，窍间的风声。诗歌由静态描写到动态记叙，绘声绘色绘形。

要之，翁方纲诗歌善于运用铺叙手法来表现需要重点描述的事物，他能够将表现对象精细刻画，条陈缕述，使表现对象完整清晰地再现于字里行间，故其诗歌具有很强的表达能力。

3. 议论

翁方纲诗歌非常喜欢发议论。他的不少诗歌选题就是以议论为主旨的。即使一些在一般诗人笔下都只会写景抒情而不会议论说理的题材，在翁方纲这里也可能议论说理。《送罗台山还瑞金得愈字》、《峄山怀古》、《闵子庙十六韵》、《朱邑墓和象星韵》、《高要舟中与诸子论文作》、《浯溪中兴颂碑》等都是通篇议论，这类以议论为诗的例子在其诗集中可谓比比皆是，不胜枚举。如《送罗台山还瑞金得愈字》：

> 至幻则禅律，至真则训诂。先生独兼之，借问义安取。彼宗扫文字，吾学精听睹。二家正相反，譬若敌之树。今君安归乎，归乎曰将父。天伦乐家庭，竭力在俯仰。大道元象初，空在形声谱。顾以幻例真，训诂不犹愈。君当春晖爱，难得光阴补。岂合更有暇，参禅问初祖。经术培其根，仓雅导之辅。莫以汉学专，辄骂宋儒腐。往来不可咎，来者敢轻侮。君非今之人，眼有万万古。从来观妙门，反作伐性斧。谁忍为此言，握手泪如雨。

本来是一首送别诗，但诗人却大发议论：佛禅主幻而训诂求真，但罗台山兼擅二者，罗氏折中儒禅，以经术培其根本，笃行孝道。作此诗的目的在于送别，但翁方纲以讲述诸学问关系为中心，称赞和勉励罗台山的道德学问，以此为之送行。诗歌充满议论，说理深刻。

议论说理的现象在翁方纲诗歌中俯拾皆是，屡见不鲜，形成了翁方纲诗歌一个非常明显的特点。其诗歌有不少是以解说、阐述某个道理为目的的，说理议论充斥于全篇，而不是与写景叙事相结合，作为级景、物、事的补充与升华，所以其诗歌的议论往往缺少形象、情韵。但另一方面，其诗歌的议论往往有一定的深度，体现诗人的学养、识见。

4. 散文化

翁方纲诗歌还具有明显的散文化的倾向，主要有两种情况。

一是多用赋法。翁方纲诗歌时或运之以赋法。其特点是，如同散文那样直言其事，以意为主，很少形象的刻画，虽有意象也是包含于意理的链条和意义的表达之中而没有独立的审美意义；前后语言的意脉相连，逻辑联系分明，没有跳跃性和意义的间隔。如《见镇堂读庄之作二首》：

> 借庄以自寓，达士时有之。读庄奚不可，独子非其宜。子上有高堂，堂构需子治。子身虽未归，心已勤所思。男儿克努力，正在思亲时。弟又附书至，妻又待米炊。子家多兄弟，长者已岐嶷。其余诸弱小，视子以为师。况子富仁义，自昔培根基。盛举未得路，更要勤书诗。入奉慈母训，出与良朋随。文词逐班马，道德追孔姬。寸阴复分阴，并力尚恐迟。奈何事堕黜，听彼荒唐词。不见林夫子，有集名意而。岁月坐已逝，到今悔可追。

　　诗人读了朋友镇堂在读《庄子》之后所写的两首诗，不能同意镇堂诗歌中所表现的消极思想，遂作此诗加以规劝。诗人说，镇堂上有高堂需要赡养，下有妻室需要养家糊口，还要为家中年幼的弟弟们树立榜样，重任在肩，未可有出世之想。况且，镇堂自小发愤学习，尽管暂时没有获得功名，更要加倍努力，加强道德、文章的修养，不要听信庄子的荒唐言辞，徒费光阴，嗟叹何及。全诗的内容就是朋友之间或者长者对后学的谆谆告诫之词。诗歌就像是将写给朋友的一封信，改写成了韵文。也可以说，这首诗本来就是以诗歌体裁来承担一篇书信体散文的任务。诗歌采用的是一种叙述语言，主要是意理的陈述，几乎没有意象的刻画，也不借助于比兴。

　　二是使用散文句式。翁方纲诗歌中时或杂用一些散文句式。如：

　　　　昔人出城十里目为海，而我渡海二日行李犹攀跻。到此不知与海接，但见势若摇动青玻璃，亦不知雷州城近远，但见东南日脚倒插如虹霓。(《南渡》)

　　　　"刺桐虽粤产，雷琼乃有之，桐名非桐类，或云即古苍梧。""雷人指树向我说，二月三月来看真一奇。""人家一株不知暖，而况此屋前后七树交华滋。然而此花俗弗贵。"(《七本刺桐书屋歌》)

　　　　昨日曾盛郑宅之香茗，今日却贮乐昌之白毫。白毫叶大不受贮，仍以粗篾加缠包。(《同杨钝夫咏竹茶篓》)

　　这些句子长短参差，音顿随意，没有节奏，也不押韵，都是比较地道的散文句式。这些散文句式掺杂在诗歌中，打乱了惯常的语音节奏，在形式上造成了一种新颖和陌生化。

　　5. 以学为诗

　　作为艺术样式之一的诗歌有其特定的表现内容和选材范围，换言之，并非任何题材内容都适合诗歌创作，比如学术问题就不适宜作为诗歌题材内容，这是诗歌之所以为诗歌而不同于散文，诗歌之所以为艺术而不同于学术的根本所在。其界限是不容混淆的。否则就可能破坏诗歌的艺术特质。但是，翁方纲在其诗歌创作中也极力将此二者结合起来。因为翁方纲是以著名学者而兼作诗人，他在学术上的成就更大于其诗歌创作成就。即使是在诗歌理论、苏诗集注上的成就便超过了他在诗歌创作上的影响。这样的一个学者身份和他的学术生涯不能不影响到他的诗歌创作。最直接而且最深刻的影响就是以学为诗了。具体表现如以考证入诗。翁方纲的诗学理论主张义理、考据、词章相结合，而他又精于考据学，因此，这个学术专长被他有意带到了诗歌创作中。他时不时地在诗中表现其考据成果，甚至直接进行考据。如其诗《南海神庙韩碑予既辨为唐刻作此记之》：

> 南海碑载广州志，云宋陈谏重书丹。我来东郭拂尘网，字画已浅幸尚完。书者循州刺史谏，异哉刺史非宋官，书其无岁刻有岁。元和十五年冬刊，谏初刺封复刺循。其时正在元和间，公然唐人移作宋，谁造此语茫无端。或疑公文必公字，文成破体追鼎盘。岂知其年夏气至，公蚤度岭移于袁。九月还朝碑十月书上石者不必韩。事神治民孔公政，一一皆出事后言。古人去任乃颂德，不比属吏承上欢。此意都非后人识，区区考误何足删。楷法娟娟亦古逸，摩挲暮雨苍苔斑。

该诗考证：（1）广州志所记载的南海碑由宋代陈谏重新书丹的说法是错误的，因为陈谏是唐人而非宋官，元和年间陈谏曾经做过循州刺史。（2）南海碑上的文章是韩愈所作，但文字不是韩愈所书，元和十五年韩愈已经去做袁州刺史了。（3）碑文所写时间，为孔公（孔戣）离任之后。碑文中赞扬孔戣的德政都是事后之言。这首诗通篇以考据作为诗歌的题材和表现内容，俨然是一篇考据学论文。也完全可以说，它就是以诗歌的形式隳栝了一篇考据学论文。

翁方纲不仅仅以考据入诗，他还在诗歌中谈论各种学术问题。举凡古籍版本、碑刻、古文字、名物、地理、书学、历史、诗学等方面的问题，他都喜欢予以探讨。如《韶州试院同钝夫读苏诗补注》：

> 长帽翁集嘉泰本，傅穉楷书久不传。近者施宿注，乃有商丘镌。幕中邵冯为删补，旧注十倍梅溪贤。初白庵主复手编，如与元祐人周旋。王施只字不假借，五十卷可收其全。即如补录元之旧注语，未见岂不心茫然。犹惜舛讹未详校，沈杭邵审皆虚焉。

按，诗中所谓嘉泰本是吴兴傅穉所书。翁方纲自注：《苏诗补注》"每卷末有沈德潜、杭世骏、邵嗣宗复审字，予尝问之邵蔚田，初不知也"。该诗评论《苏诗补注》的版本和注释问题。翁方纲认为，邵长蘅等人编纂《施注苏诗》和冯应榴编撰《苏文忠诗合注》之功，远在王十朋之上。翁方纲对查慎行所作的《苏诗补注》50卷，给予了肯定，认为他不因袭王十朋、施元之、施宿等人的注释而自出机杼。对沈德潜、杭世骏、邵嗣宗等人的审校工作不细致，导致书中舛讹较多，表示不满。翁方纲在诗中谈论苏诗诗歌的诸位注家的注释问题，充满学术意味，非专业人员不能读懂。像这样以学为诗的情况，在翁方纲诗歌中屡见不鲜，以此形成了翁方纲诗歌的一个突出特色。

6. 语言明白、流畅，少用典故

许多宗宋和以学为诗的诗人，其诗歌往往都会比较艰涩。然而，翁方纲的诗歌语言却较为明白流畅、平易好懂。究其原因，乃是他并不掉书袋，少用典故。尽管其学问淹博，腹笥丰厚，倘欲逞才露学，必能左右逢源，得心应手，但他显然无意这样。他绝没有一般人用典更多。所以其诗歌较为好懂。相反，他倒是尽量把诗歌写得平易通俗，不少诗歌语言比较接近人们的日常生活语言。如《韩山流杯亭二首》之二："苏子碑中语，喻言水在是。作亭者谁欤？观水真于水。四山合泉来，一曲绕咫尺。我立数沙砾，俯映江之沚。莽莽万里去，泠泠一杯底。山头到山下，一片秋吹起。"像这样的诗歌语言，无论其用字措词抑或句式句法，都接近于白话书面语，是以成其平易。

尽管如此，翁方纲在诗歌语言方面还是努力创新，还是很有特色的。比如他很喜欢使用连绵词：

> 疏疏雾夹濛濛雨，曲曲桥遮短短亭。(《赋得柳暗花明又一村》)
> 碅碅峰峰合，濛濛暖暖然。(《龙川岭三首》之一)
> 处处波光带银汉，条条云气接昆仑。(《渡河》)
> 旧路梦来阴历历，前江合作气濛濛。(《题大庾岭三诗》之三)
> 蛇蛇百弓堤，鳞鳞跨万亩。(《唤渡亭》)
> 识取壶中处处天，涓涓随地有廉泉。(《望石耳峰用苏韵》)
> 峒峒排茶户，山山起火耕。(《连上杂事诗八首》之一)

连绵词在翁方纲诗歌中俯拾即是，成为翁氏诗歌的一个鲜明特色。这些连绵词的使用，或写形，或摹声，或绘色，各有其妙；有的单用，有的连用，有的对偶，尽其变化。它们不仅增强了诗歌的表现力，也增强了诗歌的节奏感、韵律感，也使诗歌语言变得新颖、生动、活泼。

翁方纲诗歌还喜欢运用回环的修辞手法：

“小海大海渺万里，内洋外洋同一家。”“日出而作日中市，市估市舶日有加。”“波恬千帆万帆出，晷无十里百里差。”（《浴日亭歌》）

芃芃芑堂芑，濯濯藕塘藕。（《丁敬身书赠施竹田句二芑堂得之赠藕塘倩予为摹一通题此邀二君和》）

五岭五羊今踏遍，一琴一鹤本君家。（《送赵瓯北观察贵西和定圃中丞韵四首》之一）

半转篁茆半隐汀，一围红紫一层青。（《赋得柳暗花明又一村》）

村村樵童随壤童，歙得豳风续粤风。（《春耕行》）

未应密守嘲徐守，竟说黄楼胜白楼。（《次韵东墅燕子楼二首》之二）

这种回环的修辞手法使诗歌语言音韵和美动听，同时也使句式变化多姿。此类的情形在翁方纲诗歌中使用非常频繁，亦是其一大特色。

翁方纲的诗学渊源有以下几个方面。

其一，学习苏轼。翁方纲对苏轼极其崇拜、仰慕，而且是清代注释苏轼诗歌的名家，对苏诗下过很大很深的功夫，非常熟悉。以此其诗歌创作学习苏轼是自然不过的事。考其诗作，其中次韵、和作苏诗、引用苏轼典故的作品很多，都是效法苏诗的有力证明。

其二，学习查慎行。清初六大家之一的查慎行是宗宋诗人，也像翁方纲一样是注释苏轼诗歌的名家。翁方纲的《苏诗补注》8卷利用了查慎行《苏诗补注》的成果。查慎行的补注补录了被邵长蘅等删去的施元之等人的注释，但其所补仍有少数文字缺漏，翁方纲则对其做了增补。所以翁方纲与查慎行声气相通。翁方纲对查慎行是有所继承的。《复初斋集外诗》卷五末尾有翁方纲自记云：“五古恐有太似学初白处。”可见，他自己也觉得其五古学查慎行而过于近似。

第四章 "学人之诗与诗人之诗合"： 宋诗范式的新变(下)

道光至清末，清代诗坛的学宋进入高潮。清代诗人在学习宋诗的过程中，也融入了自己的思考与探索。他们在将宋诗范式与清代学术文化精神相结合的基础上，创造性地提出了"学人之诗与诗人之诗合"的诗学理念，体现了对宋诗范式的独特理解，使宋诗范式有了全新的内涵，这是清代诗坛学宋的结穴。

第一节　概说

这是宗宋诗歌发展的鼎盛时期，相继出现的宋诗运动、同光体诗派绵延整个晚清近代，将学习宋诗推向了高潮。在诗歌创作学习宋诗的同时，他们又提出了自己的诗学理念，实现了对宋诗范式的创新。

一　概况

道光至清末诗坛出现了宋诗运动、同光体诗派、湖湘诗派、中晚唐诗派、诗界革命派、南社等诗派、诗社。其中宋诗运动与同光体诗派是宗宋派。

宋诗运动出现于道咸年间，其代表人物是程恩泽、祁寯藻、何绍基、郑珍、莫友芝、曾国藩、邓显鹤等。其中，程恩泽是具有特殊地位和意义的人物。王逸唐《今传是楼诗话》云：

> 有清一代诗体，自道咸同而一大变，开山之功首推吾皖歙县程春海侍郎。君以巍科官华下，崇尚朴学，风采隐然，为一时重。诗宗昌黎、双井，所诣遄可方驾箨石斋。海内推儒林祭酒者，阮仪征外，辄

首及侍郎。年未中寿遽卒。然其流风余韵，固已沾溉不少矣。典黔试时，得人最盛，郑子尹珍及其门……何道州子贞亦侍郎门下士，光大师说，与有力焉。先后其间者，则为祁寿阳、曾湘乡诸公，遂开有清诗体之变局。①

可见，程恩泽在人们的心目中是开宗创派的人物。在创作上，"程恩泽倡导尊韩学宋，首在叙议一途，'句调变化'见之，是即以文为诗；次在考据入诗，要归想象、学问，而经籍难僻字之用，最为标识。"② 除程恩泽之外，祁寯藻历来也被认为是与程恩泽齐名，同为道咸宋诗派的开创者。在确立诗人之诗与学人之诗相结合，以及诗宗杜、韩、苏、黄的基本倾向上，他们是相同的。细微区别在于，程恩泽是从温李入手，转而为杜、韩、苏、黄；祁寯藻则是基于李、杜、白、苏、黄、元，侧重于韩、苏、白。③ 此派多是饱学之士。如领袖人物程恩泽、祁寯藻都是学殖深厚之人。关于程恩泽，何绍基曾说：

> 呜呼，京师才士之薮，魁儒硕生，究朴学能文章者，辐辏鳞比，日至有闻，至于纲罗六艺，贯串百家，又巍然有声名业，使天下士归之如星戴斗，如水赴海，在于今日惟仪征（阮元）及司农（程恩泽）两公而已。④

关于祁寯藻，陈衍曾说：

> 祁文端为道咸间钜公工诗者，素讲朴学，故根柢深厚，非徒事吟咏者所能骤及。常与倡和者，惟程春海侍郎，盖劲敌也。⑤

此外，何绍基是著名学者、书法家而兼诗人，学问渊雅。他是宋诗运动的理论代表。论诗主"不俗"，要求诗人具有高尚人格，在创作上不落

---

① 张寅彭：《民国诗话丛编》三，上海书局出版社 2002 年版，第 62 页。
② 易闻晓、张剑主编：《道咸宋诗派诗人研究》，第 42 页。
③ 孙之梅：《程恩泽、祁寯藻诗学异同》，《近代文学与文化》2014 年第 2 期。
④ 何绍基：《龙泉寺检书图记》，《何绍基诗文集》，岳麓书社 1992 年版，第 784 页。
⑤ 陈衍：《石遗室诗话》，福建人民出版社 1999 年版，第 161 页。

凡俗，做到诗品与人品相统一。郑珍是宋诗运动最优秀的诗人，擅长经学与小学，以学人而兼诗人，才从学出。论诗贵读书、养气、砥砺人品。莫友芝是擅长音韵、考据的学者，论诗重视学问、人品。曾国藩也是学问与经济俱佳之人，诗学杜甫、韩愈、李商隐、苏轼、黄庭坚，而特别倡导宗尚黄庭坚。其诗学主张影响诗坛甚广。宋诗运动的特点是主要学习杜甫、韩愈、苏轼、黄庭坚，特别是经过曾国藩大力鼓吹之后重点学习黄庭坚。

程恩泽是宋诗运动的领袖人物，何绍基、郑珍都是出自程门。而程恩泽又是凌廷堪的弟子，也是翁方纲的再传弟子，受到了翁方纲的一些影响。同时，程恩泽也受到钱载的影响。由此可知，宋诗运动与翁方纲肌理派、钱载秀水派都有着一定的联系。在诗学思想上他们的确胼骴相通。此外，宋诗运动还与桐城诗派渊源很深。汪辟疆《近代诗派与地域》云："至于近代诗家，渊源两宋，最早则姚姬传之提倡山谷，而程春海、祁春圃、何子贞、郑子尹、曾国藩继之。"① 程恩泽、何绍基、曾国藩都与梅曾亮关系密切。祁寯藻的岳父兼老师陈用光还为姚鼐整理了《惜抱轩尺牍》。宋诗运动主将曾国藩既是宋诗派的重要代表人物，又是桐城派的中坚。正如王镇远《论翁方纲的肌理说》一文所说："嘉道以后兴起的宋诗运动，溯其源流，也以乾嘉时的翁方纲、钱载、姚鼐等人为其滥觞，而其中以翁氏的诗论最为系统。"②

同光年间又出现了同光体诗派。关于同光体诗派，陈衍《沈乙庵诗序》说："同光体者，苏堪与余戏称同光以来诗人不墨守盛唐者。"③ 同光体诗派与宋诗运动在诗学主张上一脉相承，继承并发展了宋诗运动的诗学思想。同光体诗人主要学习以杜甫、韩愈、黄庭坚为代表的开元、元和、元祐时期的诗歌。他们继承了宋诗运动的诗学思想，自觉于学人之诗与诗人之诗的结合。该诗派的特点就是宗宋。该派主要诗人有陈三立、沈曾植、陈衍、郑孝胥、陈宝琛、沈瑜庆、林旭、李宣龚、陈衍恪、陈曾寿、夏敬观、华焯、胡朝梁、王易、袁昶、金蓉镜、范当世等。该派根据地域与风格特点又可分为赣派、浙派和闽派。陈三立是同光体赣派的代表人物，亦堪称整个同光体诗派的代表。他取法韩愈、黄庭坚。艺术上恶俗恶

---

① 《汪辟疆文集》，上海古籍出版社1988年版。
② 《文学遗产》增刊第十七辑，中华书局1997年版，第300页。
③ 《陈石遗集》上，福建人民出版社2001年版，第507页。

熟，不肯作习见语，所作诗歌艰涩难懂。沈曾植是同光体浙派的代表人物。在诗学主张上，于陈衍的"开元、元和、元祐"三元说之外，又提出"元嘉、元和、元祐"的新三元说（又称"三关说"），其目的是在学习黄庭坚、韩愈的基础上进而上溯晋宋。诗风生涩奥衍。陈衍是同光体闽派人物，也是同光体的理论代表。他提出了标举上元开元、中元元和、下元元祐等三个时期诗歌的"三元说"，又提出了"合学人、诗人之诗二而一之"的理论。这些理论既是对宋诗派创作经验的总结，同时也是同光体诗派的创作主张。他还反对诗歌浅俗，体现了同光体派学人之诗的审美取向。郑孝胥是同光体闽派的代表人物。诗学路径大抵师法颜延之、谢灵运、柳宗元、孟郊、梅尧臣、王安石、黄庭坚等人。诗风清幽苍峭。

宋诗运动和同光体的出现不是偶然的，金天羽《答苏堪先生书》云：

> 诗至嘉道间，渔洋、归愚、仓山三大支，皆至极敝散，文散而反于质。曾文正公以回天之手，未试诸功业，而先以诗歌振一朝之坠绪，毅然宗师昌黎、山谷，天下向风。①

又，陈衍《近代诗钞》云：

> 嘉道以来，则程春海侍郎、祁春圃相国。而何子贞编修、郑子尹大令，皆出程侍郎之门，益以莫子偲大令、曾滌生相国。诸公率以开元、天宝、元和、元祐诸大家为职志，不规规于王文简之标举神韵，沈文愨之主持温柔敦厚，盖和学人诗人之诗二而一之也。②

可见，宋诗运动主要是对神韵派、格调派、性灵派的反动，主要是因为不满王士禛神韵派、沈德潜格调派兴起以来诗坛上流行的专尊唐诗的风气，以及袁枚性灵派的轻佻、率意、浅俗，如同光体诗人们自称是"同光以来诗人不专宗盛唐"者，就隐然以明代七子派以来专宗盛唐诗学主张的反对者自居。因为诗坛长期的学唐，早已导致诗风的滑熟与俗滥，袁枚性灵派虽不专重唐诗，然亦不免浅俗、俚俗。因此，他们标举不俗，就

---

① 《天放楼诗文集》，上海古籍出版社 2008 年版，第 796 页。
② 《陈衍诗论合集》上，福建人民出版 1999 年版，第 879 页。

是要求诗歌和诗人的不俗，实现诗品与人品相统一。诗人的"不俗"，表现为诗人有气节和人格；诗歌的不俗，表现为诗歌追新求奇，表现为以学人之诗与诗人之诗相结合，所以他们崇尚学养和读书，主张以考据为诗，以议论为诗，以才学为诗。所以他们的有些诗歌生涩难懂。在师法对象上，学习杜甫、韩愈、苏轼、黄庭坚，特别是经过曾国藩大力鼓吹之后重点学习黄庭坚。

宋诗运动与同光体诗派由秀水派、桐城派与肌理派而来，继承了他们重学问、以学为诗的特点，并且进而提出了自己标举不俗和学人之诗诗人之诗相结合的诗学理念。

在咸丰至民国早期，诗坛上还活跃着湖湘诗派。汪国垣《近代诗派与地域》将近代诗派按地域分为六派，他们是湖湘派、闽赣派、河北派、江左派、岭南派、西蜀派。湖湘派即以王闿运为代表的汉魏六朝派，因其代表人物多为湖南人士，故又称为湖湘派、湖湘诗派或者湖南诗派。诗派的代表人物主要有李寿蓉、龙汝霖、邓辅纶、邓绎、彭玉麟、释敬安、杨度、杨庄、杨钧、陈锐、曾广钧、谭延闿以及不产于湖湘而诗学汉魏六朝的高心夔（江西）、刘光第（四川）等人。湖湘诗派推尊汉魏六朝，推崇《楚辞》与《文选》，特别钟爱汉乐府和汉代文人五言诗，其创作则多作古体而少作近体诗，其诗歌审美趣味贵尚绮丽。他们对韩愈以下的中晚唐诗人和宋代诗人均表现出不满，体现出一种与宋诗运动、同光体诗人截然不同的诗学路径。

湖湘诗派与同光体诗派在诗学主张上颇为不同，王闿运倡导汉魏六朝诗歌，不喜唐代以后的诗歌，尤其反对宋诗，甚至株连到宋人所师法的杜韩等唐人。而同光体则以宗宋为宗旨。随着同光体的兴起，湖湘诗派逐渐走向了衰落。但是，同光体诗人与湖湘派诗人交往很多。陈三立早年从王闿运游，郑孝胥、沈曾植也与王闿运有过来往。陈三立还与陈锐、寄禅等湖湘派诗人唱和。易顺鼎与杨锐也有交往。

与同光体诗派同时的还有以樊增祥、易顺鼎为代表的中晚唐诗派。樊增祥是李慈铭的执业弟子，又是易顺鼎的老师，他与王闿运多有唱和。易顺鼎早年曾经从王闿运学诗。因此，中晚唐诗派与汉魏六朝诗派关系密切。樊增祥诗歌首先师法袁枚、赵翼、吴伟业，后又专门学习韩愈、白居易、温庭筠、李商隐。易顺鼎多学李贺、卢仝，特别是温庭筠、李商隐。他们的诗歌创作都工于用事、用典，巧于对仗，风格绮丽流美，又喜为艳体诗。他们反对同光体诗歌的僻涩、用冷字。中晚唐诗派一直延伸到民国早期。中晚唐诗派与同光体诗人有着非常密切的联系，陈三立、沈曾植、郑孝胥、陈衍、沈瑜庆都与樊增祥、易顺鼎过从密切。在诗学主张上，他们并无根本的冲突，甚至有共同的师法对象。

在甲午战争之后又出现了诗界革命派。梁启超是清末诗界革命的发起者和理论家，"诗界革命"是他于 1899 年 12 月 25 日在《夏威夷游记》中提出的一个主张：

> 余虽不能诗，然尝好论诗，以为诗之境界被千余年来鹦鹉名士（余尝戏言词章家为鹦鹉名士，自觉过于尖刻）占尽矣，虽有佳章佳句，一读之，似在某集中曾相见者，是最可恨也。故今日不作诗则已，若作诗，必为诗界之哥伦布、玛赛郎然后可。犹欧洲之地力已尽，生产过度，不能不求新地于阿米利加及太平洋沿岸也……要之，支那非有诗界革命，则诗运殆将绝。虽然，诗运无绝之时也。今日者，革命之机渐熟，而哥伦布、玛赛郎之出世，必不远矣。①

后来他又在《饮冰室诗话》中谈到过这个思想。诗界革命派的代表人物还有黄遵宪、谭嗣同、康有为、夏曾佑、蒋智由、丘逢甲、丘炜萲、麦孟华、狄葆贤等。他们以口语、俗语和新名词入诗，表现近代自然科学新事物如火车、轮船、电报、照相等，描写异国风光，提倡史诗式的长篇巨制。诗界革命派与同光体诗人交往密切。陈三立与梁启超是维新变法的同志，有着深厚的友谊。梁启超对陈三立其人其诗都给予了高度评价。梁氏《饮冰室诗话》谓陈三立"其诗不用新异之语，而境界自与时流异，醲深俊微，吾谓于唐宋人集中，罕见伦比"。② 郑孝胥、陈衍与梁启超也有过交往。梁启超曾经请陈衍为之删诗达三次以上。1912 年梁启超主编《庸言》杂志创刊，陈衍的《石遗室诗话》因此得以连载。而且，该杂志还大量刊载了同光体诗人的诗作。陈三立与黄遵宪是莫逆之交。陈三立高度评价黄遵宪的诗歌，黄诗运用新语汇等特点对陈三立的创作也产生了一定影响。而黄遵宪对陈三立诗歌也极为欣赏。黄遵宪手批陈三立诗稿说

---

① 转引郭延礼《中国近代文学发展史》二，高等教育出版社 2001 年版，第 177 页。
② 舒芜校点：《饮冰室诗话》，人民文学出版社 1982 年版，第 10 页。

道："唐宋以来，一切名士才人之集所作之语，此集扫除不少……义理无穷，探索靡尽，公有此才识，再勉力为之，遵宪当率后世文人百拜敬谢也。"①

清末还有一个重要的文学社团就是南社。南社是一个以诗歌创作为主而又带有浓厚反清政治色彩的文学团体，光绪三十四年由陈去病、高旭、和柳亚子发起，宣统元年在苏州虎丘成立。代表诗人还有苏曼殊、马君武、于右任、黄节、诸宗元、徐自华、徐蕴华、吕碧城、张光厚、王德钟等。南社成员中多同盟会会员。他们总体上往往崇尚气节，以人论诗，弘扬民族主义，标举布衣之诗，推崇龚自珍，重视性情表达，率性而为，倡导浪漫主义，喜慷慨激昂风格，多提倡唐音，批判宗宋的同光体。但是，南社内部的诗学宗尚不是完全统一的，曾经发生过唐宋诗之争。其中，姚锡钧、傅熊湘、姚大慈、诸宗元、胡先骕、朱鹓雏、朱玺等都是主张宗宋的。有些宗宋的诗人与同光体诗人有渊源关系。宗宋诗人与尊唐诗人公开辩驳，由诗学趣味争论最终变成意气之争，最后导致了南社的解体。

综观道咸以来的晚清至民初诗坛，十分热闹，学汉魏六朝，学唐，学中晚唐，学宋，或者另辟蹊径搞诗界革命，诗学思想极为活跃，但是，论影响之大，持续时间之久，还要数宋诗运动、同光体诗派这一脉宗宋诗派，这一诗派贯穿自道光年间开始直至民初的宗宋思潮，并且一直占据诗坛的主导地位。而且，宗宋诗歌已经不是简单地学习宋诗，按照宋诗范式的美学法则来进行创作，而是由学习宋诗走向创新宋诗范式，在他们的宋调诗歌创作中已经形成了自具清代特色的诗学理念，是清代诗坛宗宋的结穴。故其宋调诗歌绝不同于宋人的诗歌，而是完全清代化的崭新的宋调诗歌，他们的创作与思想大大丰富了宋诗范式的美学内涵，是宋调诗歌发展的新阶段。

二 诗学理论

这个时期诗论家关于宗宋诗歌的讨论，还是以学问、人品与诗品、诗文相通等问题为中心，但更加深化了。

（一）学问、考据、学人之诗

从道咸宋诗派到同光体诗人，一直坚定不移的信念就是诗歌必须根本

---

① 陈正宏：《新发现的陈三立早年诗稿及黄遵宪手书批语》，《文学遗产》2007 年第 2 期。

于学问。程恩泽是宋诗运动的领袖人物，他言之凿凿地强调学问的重要性。

> 诗骚之原，首性情，次学问。诗无学问则雅颂缺，骚无学问则《大招》废。世有俊才洒洒，倾倒一时，一遇鸿章巨制，则懵然无所措——无它，学问浅也，学问浅则性情焉得厚?①
>
> 健笔入无间，万卷成厥大。才识生于学，学生于不懈。②

程恩泽论诗极其看重学问，他讲到学问与才识的关系，认为才识乃至于学问；讲到学问与性情的关系，虽然说首性情，次学问，却又说"学问浅则性情焉得厚"，实则还是学问决定性情。而且，在他看来，凭性情只能创作小篇短什，鸿篇巨制必须依靠学问根柢乃可。在这一点上，同光体诗派理论家陈衍与程恩泽有近似的说法。陈衍《李审言诗序》说："余屡言诗之为道，易能而难工。工也者，必有以异乎众人之为，则读书不读书之辨已。"③ 陈衍认为，作诗的门槛不高，但是好的作品必须有赖于学问的支持。关于学问与性情的关系，陈衍还有较大的发展，那就是他明确地提出学人之诗与诗人之诗相结合的主张。陈衍《聆风簃诗叙》："余生平论诗，以为必具学人之根柢，诗人之性情，而后才力与怀抱相发越。"④ 所谓学人之诗与诗人之诗相结合，实质上就是强调学问的重要性。学人之诗概念由来已久，但是，从其内涵的明确、主张的鲜明，以及创作实践的广泛性来说，这是一个前所未有的理论创新。它表明，清代诗坛的宗宋已经有了自己的理论范畴，自己的理念。

自肌理派开始，以考据为诗成为诗歌创作中以学为诗的一种特别引人注目的形式，但是颇招诟病，特别是性灵派主将袁枚，对此冷嘲热讽。道咸宋诗派继承了翁方纲肌理派这一传统。何绍基公然站出来为之辩护。何绍基说："故诗文中不可无考据，却要从源头上悟会，又谓作诗文不当考据者，由不知读书之诀，因不知诗文之诀也。"⑤ 何绍基明确肯定了诗中

---

① 程恩泽：《金石题咏丛编序》，《程侍郎遗集》，中华书局 1985 年版，第 143 页。
② 程恩泽：《赠王大令香杜兼呈邓湘皋学博》，《程侍郎遗集》，第 27 页。
③ 陈步编：《陈石遗集》上，福建人民出版社 2001 年版，第 681 页。
④ 《陈衍诗论合集》上，福建人民出版社 2001 年版，第 688 页。
⑤ 《题冯鲁川小相册论诗》，《何绍基诗文集》，岳麓书社 1994 年版，第 815 页。

掺杂考据的合理性。其主张为后人所继承和发挥。何绍基的门生林昌彝（1803—1876）云：

> 世谓说经之士多不能诗，以考据之学与词章相妨，余谓不然。近代经学极盛，而奄有经学词章之长者，国初顾亭林炎武也，朱竹垞彝尊也，毛西河大可也；继之者朱竹君筠也，邵二云晋涵也，孙渊如星衍也，洪稚存亮吉也，阮芸台元也，罗台山有高也，王白田懋竑也，桂未谷馥也，焦里堂循也，叶润臣名澧也，魏默深源也，何子贞绍基也；吾乡则龚海峰景瀚也，林畅园茂春也，谢甸男震也，陈恭甫寿祺先生也。诸君经术精湛，其于诗，或追踪汉魏，或抗衡唐宋，谁谓说经之士，必不以诗见乎？①

林昌彝历数入清以来诸位经术精湛而兼擅词章的大家，以证明说经之士、考据之学无妨于诗。其实这里有偷换概念之嫌。说经之士兼擅诗歌是完全可能的，正如他所列举的一些人物。但这并不能说明，考据之学无害于诗歌创作。这样的论说只能说明诗论家用心的良苦。

（二）诗品、人品与积理养气

人们对诗人人品一直以来都给予足够的重视。认为诗品与人品应该相统一。如龚自珍《书汤海秋诗集后》："人以诗名，诗尤以人名。唐大家若李杜韩及昌谷、玉溪；及宋元，眉山、涪陵、遗山，当代吴娄东，皆诗与人为一，人外无诗，诗外无人，其面目也完。"② 这是诗坛比较普遍的看法。

道咸宋诗派与同光体诗人对此尤为强调。

> 诗文不成家，不如其已也；然家之所以成，非可于诗文求之也，先学为人而已矣。……于是移其所以为人者，发见于语言文字，不能移之斯至也，日去其与人共同者，渐扩其己所独得者，又刊其词义之美而与吾之为人不相肖者，始则少移焉，继则半至焉，终则全赴焉，是则人与文一，是为人成，是为诗文之家成。伊古以来，忠臣孝子、

---

① 《射鹰楼诗话》卷七，《续修四库全书》本。
② 《龚自珍全集》，上海古籍出版社1975年版，第241页。

高人侠客、雅儒魁士，其人所诣，其文所见。人之无成，浮务文藻，
镂脂剪楮，何益之有！①

何绍基强调，诗文创作欲有所成就，不能只在诗文上下功夫，要先学
为人，也就是高尚品格情操的培养。将诗人的品格——"所以为人者"
移之于诗，便是诗品与人品相统一。品格高尚者，必然会在其诗歌中体现
出来，使诗歌展示出人格的魅力；如果其人的人品无足观，则无论怎样在
诗文上下功夫都是徒劳无益的。
　　郑珍也持有相同的意见。郑珍《邵亭诗钞序》云：

　　余谓作者先非待诗以传，杜、韩诸公苟无诗，其高风峻节，照耀
百世自若也；而复有诗，有诗而复莫逾其美，非其人之为耶？故窃以
为古人之诗非可学而能也，学其诗，当自学其人始。诚似其人之学所
志，则性情、抱负、才识、气象、行事皆其人，所语言者独奚为而不
似？即不似犹似也。②

郑珍说得更为彻底：人格高尚者，不要诗也能照耀百世而不朽，而诗
歌不能超越人格之美，诗美源自诗人人品之美。所以，古代优秀的诗歌不
是单纯学诗可以得来的，学诗必须首先学习做人，学到了古圣先贤的性情
抱负与才识胸襟，就能学到他们诗歌的精髓。
　　为此，诗论家们提出来诗人人格修养的方法。何绍基《与汪菊士
论诗》：

　　凡学诗者，无不知要有真性情，却不知真性情者，非到做诗时方
去打算也，平日明理养气，于孝弟忠信大节，从日用起居及外间应
务，平平实实，自家体贴得真性情；时时培护，字字持守，不为外物
摇夺，久之，则真性情方才固结到身心上，即一言语一文字，这个真
性情时刻流露出来。③

---

① 何绍基：《使黔草自序》，《东洲草堂文钞》卷三，《续修四库全书》本。
② 《莫友芝诗文集》下，人民文学出版社 2009 年版，第 1128 页。
③ 《东洲草堂文钞》卷五，《续修四库全书》本。

郑珍云：

> "固宜多读书，尤贵养其气。气正斯有我，学赡乃相济。""从来立言人，绝非随俗士。"①

朱庭珍《筱园诗话》云：

> 诗人以培根柢为第一义，根柢之学，首重积理养气。②

曾国藩云：

> 杜韩诗文所以能百世不朽者，彼自有知言养气工夫，惟其知言，故常有一二见道语，谈及时事，亦甚识当世要务，故无纤薄之响。③

以上诸说体现了宋诗派对于诗人人品修养的探索。他们高度一致的看法就是，诗人必须明理养气或谓积理养气，具体内容则是，多读书，了解圣贤之道，明晓天地万物之理，培养自己的浩然正气、高尚情操，并在日常生活的方方面面践行孝悌忠信等儒家伦理准则，使自己成为品行端正、廉隅自守的君子贤人。

第二节 宋诗运动：追求"不俗"

宋诗运动出现于道咸年间，其代表人物是程恩泽、祁寯藻、何绍基、郑珍、莫友芝、曾国藩。

宋诗运动的特点：他们大抵学习杜甫、韩愈、苏轼、黄庭坚，特别是经过曾国藩大力鼓吹之后重点学习黄庭坚。他们以"不俗"相标榜，主张诗品与人品相统一，诗人要有气节和人格，诗歌要追新求奇。他们力求以学人之诗与诗人之诗相结合，如陈衍《近代诗钞》所说以开元、天宝、

---

① 《论诗示诸生时代者将至》，白敦仁：《巢经巢诗钞笺注》上，巴蜀书社 1996 年版，第595 页。

② 郭绍虞编选：《清诗话续编》四，上海古籍出版社 1983 年版，第 2331 页。

③ 道光二十三年一月十八日日记，《曾国藩全集》，岳麓书社 1987 年版，第 152 页。

元和、元祐诸大家为职志，"盖合学人诗人之诗二而一之也"。他们主张多读书，主张以考据为诗，以议论为诗，以才学为诗。所以他们的有些诗歌生涩难懂。但是他们的多数诗歌还是自然晓畅的。在描写具体生活方面取得了重要的艺术成就。

一　何绍基：标举"不俗"

何绍基（1799—1873），字子贞，号东洲居士，自号蝯叟。湖南道州（今道县）人。出生于书香簪缨之家。道光十六年进士，选庶吉士，授编修，历任文渊阁校理、国史馆总纂、武英殿总纂等职，历典福建、贵州、广东乡试。咸丰二年（1852）授四川学政。去蜀后，纵游名山胜地，以诗酒著述为乐。主讲山东泺源书院三年，长沙城南书院八年。主持苏州、扬州书局，校刊《大字十三经注疏》。生平于诸经、《说文》、考订之学，用功最深。又是著名书法家。其诗歌创作今有《东洲草堂诗集》，上海古籍出版社 2006 年版。

他是宋诗运动的理论代表。其最有代表性的论诗主张见于以下两段话。

《与汪菊士论诗》：

> 余尝谓山谷云："临大节而不可夺，谓之不俗。"此说不俗两字最精确。"俗"不是坏字眼，流俗污世，到处相习成风，谓之"俗"。人如此，我亦如此，不能离开一步，谓之"俗"。做人如此，焉能临大节而不夺乎？……行文之理，与做人一样。①

《使黔草自序》：

> 顾其用力之要何在乎？曰：不俗二字尽之矣。非必庸恶陋劣之甚也。同流合污，胸无是非，或逐时好，或傍古人，是之谓俗。直起直落，独来独往，有感则通，见义则赴，是谓不俗。……前哲戒俗之言多矣，莫善于涪翁之言曰："临大节而不可夺，谓之不俗。"欲学为

---

① 《东洲草堂文钞》卷五，《续修四库全书》本。

人，学为诗文，举不外斯旨。①

由此可见，何绍基十分推崇黄庭坚的"不俗"论。所谓不俗，即要求大节不可夺，品德高尚，独立特行。这是何绍基对于诗歌创作的美学追求的艺术原则，也是对诗人人品的要求。他要求诗人必须做到诗品与人品相统一，既要具有高尚的人格，又要在创作上不落凡俗。他还说过："是诗是我，为二为一。"② 他说：　"人与文一，是为人成，是为诗文之家成。"③ 所以他的诗歌创作摒弃"一切豪诞语、牢骚语、绮艳语、疵贬语"④，以体现为人与为诗均"不俗"的要求。

他重视读书，甚至说："人可一日不读书乎！"⑤ 朱琦《使黔草叙》亦云："子贞平日既肆力于学经史百子、许、郑诸家之学。其所为诗，不名一体，随境触发，郁勃横恣，非积之厚而能达其意，所欲出者不能尔也。"⑥ 可见何绍基是身体力行的。他同时又喜言性灵。其诗《次韵答梅根居士》："能发性灵方近道，漫矜涂饰共趋风。"《题符南樵半亩园订诗图》："诗人诗自性情出，有时自有无时无。温柔敦厚乃宗旨，矫揉涂泽皆非夫。"又其《与汪菊士论诗》云："诗是自家做的，便要说自家的话，凡可以彼此公共通融的话头，都与自己无涉。"⑦

由此可见：（1）他是主张诗写性灵的。（2）像所有性灵诗人一样，他也强调个性化写作，这本来也是性灵主张的题中应有之义。（3）与写性灵原则相关的是，反对矫揉造作和雕刻涂饰。

值得注意的是，在上述引文中，何绍基讲到了"温柔敦厚乃宗旨"的话，这不是一般的门面语，或者简单的人云亦云，这是何绍基"不俗"论在为人处世方面和诗歌创作方面的体现。为人能够温柔敦厚，就符合儒家思想传统对士人的基本道德规范，从而"不俗"；作诗能够如此，就能杜绝一切偏颇、过分的言辞，合乎中庸之道，体现"不俗"的要求。

何绍基诗歌的题材内容有着十分鲜明的特色，就是多题画诗，多唱酬

---

① 《东洲草堂文钞》卷三，《续修四库全书》本。
② 《祭诗辞》，《东洲草堂诗集》上，上海古籍出版社 2006 年版，第 76 页。
③ 《使黔草自序》，《东洲草堂文钞》卷三，《续修四库全书》本。
④ 《自序》，《东洲草堂诗集》上，第 1 页。
⑤ 《与汪菊士论诗》，《东洲草堂文钞》卷五，《续修四库全书》本。
⑥ 《东洲草堂诗集》下，上海古籍出版社 2006 年版，第 889 页。
⑦ 《东洲草堂文钞》卷五，《续修四库全书》本。

次韵赠答诗，还有就是多纪游之作，这几类诗歌在《东洲草堂诗集》中占有很大的比例，这些诗歌就是封建时代正统文人的日常生活与儒雅活动的写照，表现了封建士大夫的思想情趣与精神风貌。其诗歌记录了诗人的吟诗、赏画、书法等艺术活动，以及游历、雅集、社交、日常生活，等等，情感格调雍容平和，完全摒弃"一切豪诞语、牢骚语、绮艳语、疵贬语"，符合温柔敦厚诗教与中庸之道，体现了诗人追求"不俗"人格与诗品相统一的诗学主张。

何绍基的有些诗歌比较鲜明地体现了他倡导的"不俗"人格精神，值得注意。如《有马不饮沂州水》写良驹天性不喜沂州水，诗人借此赞美了"龙非大海不得息，凤非竹实不肯食"的高贵品格。《船头菊》写放置于船头的菊花迎风开放，面对霜寒天气当众多草木纷纷失却本色时，仍然保持"晚节"，故诗人感叹："伟此独立菊！"《橘》由橘子的特点联想到"志节孤介"的"古志士"。《文信国看云遗照》一诗歌颂文天祥："一任狂风动林壑，爱它突兀岁寒枝。"《湘皋丈命题贤祖松堂读书图》说到人的处世原则："立身如此松，寒坚出奇苍。"所有这些，都从思想内容层面上直接地揭示了何绍基诗歌的"不俗"的美学内涵。

何绍基诗歌的艺术特色如下。

1. 重审美主体

多表达审美主体的意见、思想、认知，以意为主，理性色彩较浓，客观景物世界的描绘退居次要。

何绍基平生的游踪是极广的，同治元年（1862）何绍基64岁时所作诗歌《行笥》自注云"足迹未至者，今止云南、甘肃矣"。因此他也写过不少的纪游诗，写景之作。其中也确实有一些写景状物之佳作如《登舟》："渔舟散尽暮江空，渐入茫茫夜气中。寒雁几声吾未睡，霜华来炉一灯红。"《夜起》："雷雨收声天旷然，几星渔火照鸥眠。月明风软波如席，半夜披衣看放船。"这些诗作描写景物，鲜明如画，生动鲜活，令人读之有历历在目之感。但是，必须指出的是，这样的写景状物在何绍基的诗歌中却不具有代表性。何绍基诗歌恰恰是以表达主体意见、看法、认识等理性化的内容为特色的，是以意为主的，因此那种感性的写景状物反而降到了次要的地位。且看：《登封县署日日大风》："风从何处来，又从何处去。登封小城邑，真是风所铸。中岳岂不尊，四面崇岭护。圣人测土中，乃是最低处。"这首诗以"大风"命题而并不通过描状风中景物来切题，而是写诗人面对大风作出的思考与判断。充斥于诗中的不是景物、意象，而是思绪、意理。

> 佳色虽分紫白黄，居然一例耐清霜。人心易厌希斯贵，天意偏钟晚更香。真有性情如遁士，肯矜风骨殿群芳。若非寂寞萧闲惯，谁识东篱气味长。（《次韵和黄月厓留菊二首》）

这首诗以菊花为题材，诗人却无意去仔细刻画菊花的颜色、气味、形态等外部的感性特征，而是对它做理性的判断：菊花经得起寒霜的考验，不与群芳争艳，有如性情高洁的隐士，如果不是安于澹泊寂寞生活的人，恐怕是难以欣赏菊花的。该诗具有丰富的理性内涵，远不止摹写菊花那么简单。

> 非秋能有菊，唯菊实有秋。所以秋去远，金英气方遒。连夜霜候肃，稍令刚情柔。屈伸亦任运，造化本同流。孤枝尚自豪，寒节不敢雠。娓婉诗人心，欲挽临去辀。或云此花性，不随人去留。援之亦可止，琴酒与由由。何必柴桑隐，不与柳下侔。（《留菊柬熊雨胪、陈海洋两君，即日别去，故有次首》）

这首诗写菊，不是从它的外在形态着笔，而是以一种理性判断和人格化的方式写菊的独特品格，借写菊说理明志，写菊亦是写人。

> 高怀绝尘襟，随缘发奇赏。溶溶半庭月，兀兀千载想。莹然冰雪性，坐对天宇朗。沉吟缅先哲，感激在里党。庭花寒更妍，妙资秋气养。揽芬有余寄，抚迹重逡仰。佳节迎重阳，清飚倍肃爽。前山正瞩秀，杖策羡孤注。（《惕吾文出示陈公祠下中秋玩月之作奉和元韵》）

这首诗的中心内容当是中秋玩月，但诗人主要不是写月，而是写自己的"高怀绝尘襟"、"兀兀千载想"，写自己的"沉吟"、"感激"，诗人的意绪、思致占据诗歌的主要空间，而客观物象的摹写却变得不怎么重要了。

必须指出的是，以上诸诗例，通常都被认为属于写景状物的题材，在绝大多数的诗人那里都会着力去选择意象，描状景物，创造意境。但何绍基则在这些通常被人们认为应该刻画客观景物与环境的作品中，写了很多主观性的东西：诗人的知觉、思考、意见，诗歌以表现意理、思致为主，理性判断压倒了感性再现。这就是何绍基诗歌的特点。尽管何绍基游历甚多，但他的山水游历写景状物之作不突出。又，他的题画之作很多，也不着力于画中情景的再现。原因都是一个，他的诗歌创作重在主体意理、思致的表达，而不是客观世界的描摹，对自身知觉的重视超过了对外部世界的关注。这与宋诗向内转的特点倒是合若符契。

2. 散文化

何绍基诗歌的散文化现象很突出。这主要体现在以下几个方面。

一是如上所言，诗歌内容多意理、思致的表达，而淡化、减少了写景状物，削弱了意象与意境的营造，因而诗味减弱；加之，他的部分诗歌因为主要是表达思想，以意为主，而且有些诗歌所言之意拉拉杂杂，层次繁复，从内容上、结构上都类似于散文，给人的感觉是他是用诗歌来代替信、柬、小品、札记等承担的功能，就像是韵文化了的散文，可以说是以文为诗，也可以说是以诗为文，诗文的界限模糊了。

比如《罗研生见示荷池度岁诗次韵答之》一诗，首先写自己岁末外出作客又回到长沙，次写自己在长沙的讲学生活，然后回忆自己在京师做官时勤勉贺岁以及因之与朋友相聚寻宝的情景，诗末安慰、鼓励对方应该奋发有为。诗歌完全以意为主，内容繁杂，而信手写来，意随笔至，宛如一封写给朋友的书信。

《蓬樵仿董北苑潇湘图第二十四幅为白兰言学使作，并柬杨海琴》一诗，先写潇湘地理环境、人文环境，继而写舅氏蓬樵经历，舅氏走遍诸省又回到故乡，喜爱作画，接着又写蓬樵摹写古潇湘图，然后又分别寄语白御史、杨太守，最后写诗人自己题诗之意。从内容来说，这显然不是适合于诗歌这种体裁的，因为它内容多，而且杂，没有中心，也不凝练，也没有诗意、诗味，它倒是很适合用散文来写。给人的感觉是，它就是散文改写而成的诗歌，就是韵文化的散文。

《将出都呈吴兰雪丈》一诗，先写吴兰雪的才华与文采等，继而有吴氏自述其经历，再写陶公向我说吴氏情况，最后写自己的志向和出都的原因。这首诗的内容完全是散文的内容，古人往往喜欢用"序"这种文体来表达其内容，可是何绍基偏偏用诗歌来写，不知该算是以文为诗还是以诗为文。

《恭送王春绥师观察蜀中，兼颂四十有一华诞》一诗，首先概说王氏情况，其次说他的政绩，继而讲到他的仕途受挫，又转而叙说自己与王氏的师生之情，最后表示对王氏去蜀中任职的祝福。该诗包含多层意思，婉转委曲，完全是散文章法。

综上所述，何绍基的部分诗歌多思想、意理的表达，多关注诗人的主体知觉与思维活动，相对淡化、削弱了对外部客观世界的艺术再现，而且有的诗歌内容意蕴繁复、层次跌宕，近似散文，甚至具有散文的功能。

二是语言表达上多散文句式。何绍基诗歌在句法上也表现出了散文化的倾向。如：

> 王先生，安化人，字汇泉，隐居行义于其乡。家香炉峰之麓，资江之阳，崇山吉崆，水流汤汤。彼族者，云在上之中，而雨于其庄。（《王先生诗》）
>
> 不经险路来，不识平途妙。不由平路行，安知险中奥。秦山接蜀山，万险不同貌。至此转徘徊，焉能足目到。它年出蜀时，从容领其要。（《送险亭》）
>
> 然则罗浮之松，不雪而刚，虽生炎荒，何异于中山之英。先生盖有感而言，望孺子益植介节，以固内而洗瘴。（《题偃松屏赞即用坡韵伍紫垣藏物》）
>
> 我笑仙人桥，飞来复飞去。不如磐泉山，泉声万年铸。（《飞来桥巳圮》）

以上诸例都具有明显的散文化特征，它们的特点是：

第一，一气单行，而且上下句之间具有明显的逻辑联系，这是比较典型的散文句式，如《王先生诗》中的语句使人乍一看还以为是诗歌的序言或者注释，反而不太像诗句。

第二，有的句子还是由复句构成，如"不经险路来，不识平途妙。不由平路行，安知险中奥"。就是两个复句。这也是比较典型的散文句式。"然则罗浮之松，不雪而刚，虽生炎荒，何异于中山之英。"也是复句。

第三，有的诗句是将一个单句分拆成上下两句，如"我笑仙人桥，飞来复飞去"。就是如此，显然也是散文句式。

三是多叙述。由于何绍基诗歌以意为主，多表现思致、意理而削弱了写景状物，所以其诗歌多用赋法，多叙述。上文中的不少例证都能说明这一点，此处从略，不再赘述。

3. 议论

何绍基诗歌喜欢议论说理，这与其诗歌的以意为主有直接关系。其议论可以在诗歌中随时冒出来，有的甚至是通篇议论。如：

> 敢将躯壳等微尘，天地精英畀付人？真有性情为孝子，能倾肝胆是贞臣。龙山风水知何据？岳降崧生定有神。渺论吾思箴雪叟，漫随杨蒋眩齐民。（《黄南坡席间见示与陈雪鑪唱和四律，酒后次韵，前二首柬南坡，后二首柬雪鑪》之四）

> 人人有肉身，金漆可不朽。此佛今安在，何为无量寿。十年楚粤交，烽火莽纷纠。栋宇亦颓倾，法力竟何有。军书日夜过，民气尚难守。重修宜少待，兵销岁康阜。（《全州寿佛寺，时方募化重修》）

> 尘中扰扰人，孰云达观者。何况吾与子，身世多缠惹。翩然示佳什，能自宽陶写。得失几蕉鹿，福祸等塞马。柳州贺元参，退之慰东野。未免强设词，益令信者寡。唯宜勤保艾，高吟破瘖哑。（《登岱至五大夫松，遇大雪返，适嵇春源赠诗二篇，次韵答之》）

这都是通篇议论的例证。何绍基诗歌的议论有两种情况，一种是以讲述道理为目的的，如上述诸例；还有一种情况是以议论作为诗歌的开头，诗歌起首发一通议论，由此引发后面要叙述的内容，前面的议论往往具有概括性，而后面的叙述则是比较具体的事情，前后之间互相呼应。这种情况屡见不鲜，这里不再举例。

何绍基议论说理的诗歌中最有特色的是那些探讨书法、绘画、刻石等艺术的诗歌。

论书法，如《题坐位帖》："模楷得精详，传自张长史。莫信墨濡头，颠草特喜耳。欲习鲁公书，当从楷法起。先习争坐帖，便堕云雾里。未能坐与立，趋走伤厥趾。乌乎宋元来，几人解道此？"这首诗论述学习书法的门径，从书法艺术史的视角立论，强调习书者必从楷书始，犹如人需先需学会坐与立，才能学习趋走一样。他批评宋元以来学书者，多不解此道。何绍基本人是书法名家，又悉心揣摩并精熟古名家书帖，其书法论自然精当。这类诗在其探讨艺术问题的诗歌中最多，也最有价值。

论刻石，如《与张受之论刻石用坡公墨妙亭诗韵》一诗，论刻石的学问。诗歌首先讲述了书法创造的道理：退笔如有丘陵，心志集中，下足气力，悬臂，凝眸，用笔要像用剑锋一样正，杀纸有声，笔锋有棱角。继而"因书颇悟刻石理，大异削脂与镂冰。刀尖所向石魄碎，吾气正直神依凭。锋宜方锐精紧稳，邪入怯出皆所憎"。

论画，如《为潘星斋题戴醇士画册》一诗，以"涩"与"不涩"论画，首先讲述了一个艺术通则："涩楮必涩墨，涩笔兼涩思。万事涩胜清，此语学道资。"此语谓涩是绘画之道。然后又以潘氏画册却能以不涩而见长，对此加以赞赏。何绍基不以绘画著称，但他对画学却很自信，他说："我性盖有画，才分苦不随。"因此他热衷于作题画诗，并且所作数量很多，其中不少诗歌论述作画之道。

总之，议论是何绍基诗歌的重要表达方式，而对艺术问题的讨论是其诗歌议论说理的一个特色。

4. 学问对诗歌的渗透

何绍基的诗歌创作在一定程度上受到学问的影响，但是与同时代其他人的以学为诗有很大的不同。

他的诗歌有以考据为诗者，如《刘耽名印诗为陈寿卿同年作》一诗，对陈寿卿的"刘耽"印进行考证，诗人根据印章上文字的写法、笔画的避讳等，认为印章的所有者不是鲁国官吏，有可能是晋刘惔的孙子。不过，像这样完全以考据为内容的诗歌，在《东洲草堂诗集》中并不多。何绍基诗歌与考据相结合的主要形式是，在诗歌前面或者中间，以小序和注释的形式进行一番考据，诗歌本身却不作过多的考证，小序和注释的考据意义在于为诗歌的内容提供一个坚实的事实依据，成为诗歌内容的佐证，如《题竟宁雁足镫款识拓本为潘玉泉作》、《晋孙夫人碑书后》、《竟宁铜雁足镫诗用厉樊榭韵三首寄六舟上人》等诗歌皆是如此。

何绍基重视读书，甚至说："人可一日不读书乎！"① 其所谓读书，首重经史，而他认为，读经是离不开考据的，但考据之学于文学创作有妨，因为它不是从道理识见上用心，而仅仅是钩稽繁琐，既不能获得圣贤真

---

① 《与汪菊士论诗》，《东洲草堂文钞》卷五，《续修四库全书》本。

意，又闭塞了自家灵光。所以，他的诗歌创作以读书、学养为根柢，但很少像同时代的某些人那样，直接以考据作为诗歌内容，考据往往只是以小序的形式出现，作为诗歌内容的印证、补充。

5. 语言雅致而不深奥，力求变化

何绍基诗歌的语言上是比较通行的文言书面语，因此，它在总体上呈现雅致的风貌，但是，又并不深奥。何绍基很少用典用事，绝无卖弄学问的意思，他自己也并非学问家。然而，何绍基在语言的变化创新上，似乎是花了一点心思的，这主要体现在句法方面，如：

《牟珠洞》："有横有斜多是直，有眠有行多是立。有楼有梁多似塔，亦龙亦象多似佛。"这几句连续用了好几个"有"字构成的词组，并且反复出现，罗列牟珠洞中岩石的种种形态，既很好地表现了洞中景物的丰富，而且又以其独特的句式给人以一种新鲜感。

《渡沅》："今日渡沅江，明日渡沅江。一日一回渡，风横雨不降。五里渡沅水，十里渡沅水。一日渡两回，雨歇风不止。"这里采用了复沓的手法，"渡沅江"／"渡沅水"、"今日"／"明日"、"一日一回"／"一日两回"等相近似的句子重复出现，写出诗人"渡沅"次数之多，以及风吹不止的天气。这也是很特别的写法。

《水云篇》："人从山下上，水从山上下。足力逆水力，飞湍人面泻。人从山上下，云从上下上。入云复出云，元气湿泱漭。"诗中"从"字句式反复出现，"上"字与"下"字交替出现，显示出不同的视角和景观。句式则有游戏意味，很少见。

《铁索桥》："五里一铁索桥，十里一铁索桥。一摇一步一凝视，桥实不摇人自摇。"诗中"桥"、"一"、"摇"回环出现，这一点表达方式极为独特。

《圣灯》："一灯乍起一灯堕，一灯离立一灯妥。十十五五断续来，悬岩倒瞰明细琐。"诗中以"一灯"反复出现，写出了峨眉山"圣灯"的千姿百态、变化万状，而句式极有节奏感。

以上种种句式显然都不是诗歌语言的常态，具有陌生化的意义，因其陌生和不寻常，故具有生新感，也显示出它的独特性，这是诗人在语言方面进行创新的一些尝试。这种对诗歌语言的生新和陌生化的追求，是宋诗的传统，但这些做法是不能重复的，否则就失去了它的意义。所以，何绍基没有滥用。

6. 题画诗艺术的探索

这里所说的题画诗包括题画、题碑拓、题书等，但何绍基诗歌中数量最多的还是传统意义上的题画诗。何绍基不以绘画见长，但其书法在清代是十分杰出的，于是有的人拿一些画卷去请他题写文字，这样使画作陡然增色和增值。何绍基就因此写下了不少的题画诗。

何绍基的题画诗在写法上与传统的题画诗不完全一样。传统的题画诗在写作技巧上如沈德潜《说诗晬语》所言：

> 其法全在不粘画上发论。如题画马、画鹰，必说到真马、真鹰，复从真马、真鹰开出议论，后人可以为式。又如题画山水，有地名可按者，必写出登临凭吊之意；题画人物，有事实可拈者，必发出知人论世之意。本老杜法推广之，才是作手。①

沈德潜对题画诗的艺术技巧做了很好的总结，这就是由画上的形象指向客观世界中真实存在的对应物，将艺术世界中的形象当成现实世界中的实体来进行咏写。它的特点是以画中的艺术形象为根本，紧扣图画来做文章。

但何绍基则不囿于这一法则。他的题画诗的写法多种多样。如前引《为潘星斋题戴醇士画册》一诗，该诗的核心就是论画、评画。评论是题画诗的一种特殊写法。

又如《题张虎头自写佛图照，应次郎仲虎之嘱》："佛图即虎头，豪气压中州。自写盘陀了，便为天外游。（自注：画成不久即逝）"这首诗是诗人为张虎头去世前不久画的一幅佛图（佛塔或佛寺）题写的，何绍基从画的作者着笔，说人亦兼说画，谓张虎头就是画中形象。这样写，切合了作者作画之后便去世（"天外游"）的经历。

再如《题朱茮堂丈东湖草堂图为建卿作》："我读东湖别思诗，白桦慈竹有余悲。宦成不觉霜双鬓，归梦空萦柳万丝。铅椠喜传遗集富，糟彝无复古欢追。弄珠楼畔佳风物，扇底寒梅赆几枝。"这首题画诗主要是怀念画作者，由作者东湖别思诗，想到了作者的生平遭际，并对作者有丰富的遗集流传而感到欣慰。该诗的内容与画卷联系不甚紧密。

---

① 《原诗·一瓢诗话·说诗晬语》，人民文学出版社 1979 年版，第 245 页。

还有《题王子梅顾祠听雨图》，主要是写自己与顾（炎武）祠的关系，以及他的一些感慨。诗歌说，起初我构建顾祠的目的是以此召集喜好朴学的朋友们一起读书，一些前辈曾经为之写祠记、访求顾炎武年谱，大家年年在此集会和举行祭祀活动，我是其中的主要人物，我后来回湖南，又去了四川，加之兵荒马乱，顾祠就颓落了。现在顾祠得以修葺，王子梅作画寄示，令人感叹。显然该诗内容也不是围绕"顾祠听雨图"画意来写的。

总之，何绍基的题画诗以其数量之多，写法之多样，成为他的诗歌创作的一个重要特点。

7. 性灵的抒写

何绍基认为诗歌是应该表现作者性灵的，他多次表达过这个意见。在其创作中，确实也写下了不少性灵诗。比如《独游》：

> 独游休怪性情偏，藉草眠云意适然。既免儿孙多细碎，又无宾从苦流连。寺藏复径须探奥，岭有千盘必造颠。今日雪堂成小憩，江山满眼如新年。

这首诗写自己喜好游历，而且喜欢一个人独来独往，这样既可摆脱儿孙们的喧闹和细碎事务的拖累，也能避免宾朋的客套、应酬，自己可以随意地安排行程，因此无论怎样幽深僻静的地方，或者曲折高峻之处，自己都游玩过了。这首诗是诗人自己的内心感受、内心直白，完全是诗人的真性情，也完全是性灵诗的率性写作、直抒胸臆的表达方式。

又如《空馆》诗：

> 儿孙别我去，倏忽已逾旬。老翁坐空馆，兀然惟一身。屋宇既寂閴，花竹少精神。读书声已寂，啼笑俱不闻。萧闲到僮仆，亦罕来朋宾。命酒孰酬和，校文增苦辛。宜静不宜孤，老性惟慈仁。尤念泺曾小，堕地甫百晨。见字即咿唔，咸云有凤根。风霜慎乳抱，行路宜逡循。填膺时事多，块垒不可扪。心魂竟夜悬，但与晨鸡亲。

这首诗写儿孙们离开自己之后面对空馆的感受，没有了喧嚣吵闹，也没有应酬，内心感到孤孤单单、空落落的，读书、校文也倍感辛苦，此时特别思念出生仅有百日的孙子涿曾，他生性有灵气，令诗人格外想念。让诗人萦怀的事情本来很多，在此孤单寂寞的环境下，他更是寝食难安。诗歌所言确实是人之常情，虽然琐碎，却是真性情。

何绍基的诗歌中，那些写自己经历、感受和亲情的作品最能体现他的性情，还有一些写景状物之作，也包含了诗人的真切、独特的感受，同样堪称性灵诗。但在他的诗歌中，那些宗宋之作才最能体现宋诗运动的特点，也最能代表他的诗歌创作风貌，而性灵诗对于何绍基来说，尽管他颇为欣赏并且身体力行地进行创作，却不是他的所长。而且，他的高官身份，他的正统思想意识，乃至他对于为诗、为人的"不俗"的追求，都与袁枚式的性灵诗存在一定的矛盾。因此，尽管他很向往性灵诗，但他的创作中对性灵的表达必定是有限的。他很难成为地地道道的性灵诗人。但是，实事求是地说，他的诗歌中最有可读性和动人力量的还是那些性灵诗。

何绍基的诗学路径是主要学习李杜韩苏诸大家，特别是苏轼、黄庭坚。他之所以特别喜爱他们，是因为他们都是诗歌与书法兼擅，而这两方面都是何绍基所追求的。何绍基对苏轼非常崇拜，从他的《东洲草堂诗集》可以看出，他多次和一群志同道合的朋友在苏轼生日那天去祭祀和纪念苏轼，并且写诗唱和。何绍基的诗歌中，还有不少作品是拿苏轼诗歌来次韵写作的，由此可以看出他对苏轼诗歌的喜爱和追慕。何绍基的有些诗歌也化用了苏轼的诗意。如《秋海棠》："不解海棠意，秋花娇过春。山深风露冷，烧烛更何人？"这首诗的末句就化用了苏轼《海棠》诗意："只恐夜深花睡去，故烧高烛照红妆。"又，何绍基《重安驿》诗："来时见凤山，去时见凤山。凭栏忽不见，身在凤山间。"该诗后两句暗用了苏轼《题西林壁》诗的第三、第四句诗意："不识庐山真面目，只缘身在此山中。"总之，何绍基对苏轼是非常崇敬的，苏轼对何绍基的诗歌创作产生了十分重要的影响。

黄庭坚对何绍基影响最深刻的是他的"不俗"论，"不俗"论从根本上影响了何绍基的文艺美学观念，成为他的诗歌和书法的基本美学原则。何绍基诗歌的题材和思想倾向以表现文人的儒雅格调与精神气质为主，最深刻地体现了"不俗"的审美趣味。而且这也成为道咸宋诗派乃至同光体诗派的共同倾向。从宋诗运动中的何绍基倡导"不俗"，郑珍说"从来立言人，绝非随俗士"①，莫友芝主张"儒行绝特"②，到同光体诗派的陈衍"求免俗"③，陈三立"论诗最恶俗恶熟"、④"避俗避熟"⑤，等等，都是这一思想的体现。

从根本上来说，何绍基的不俗思想，更是理学文化在诗学领域中的体现。黄庭坚本人常常强调人品与诗品的一致性，思想品格修养对于诗歌创作的重要性，就是儒家理学精神的体现。理学文化是清代主流意识形态、主流文化，理学对清代诗坛有着广泛的影响，所以，黄庭坚在清代有着异代知己，他的不俗论在清代得以发扬光大。

二 郑珍："从来立言人，绝非随俗士"

郑珍（1806—1864），字子尹，自号柴翁、巢经巢主、子午山孩，晚号小礼堂主人、五尺道人。贵州遵义人。道光五年（1825）拔贡，受知于贵州学政程恩泽，听其教诲而钻研文字音韵训诂之学。道光十七年（1837）时中举人，其后多次会试不第。历任贵州古州厅（今榕城）训导、威宁学正、镇远训导。先后主讲过榕城书院、湘川书院。擅长诗文以及经学与小学，有《巢经巢全集》，含《巢经巢诗钞前集》9卷、《后集》6卷、《外集》1卷，以及《巢经巢文集》4卷、《仪礼私笺》8卷、《周礼轮舆私笺》3卷、《说文逸字》2卷、《说文新附考》6卷。其诗歌今有巴蜀书社1996年版《巢经巢诗钞笺注》。

郑珍是宋诗运动最优秀的诗人，但他没有留下多少专门诗歌理论，只是从他的一些诗作和谈诗的零碎文字中可以窥见其一些诗学思想。如《书柏容存稿》：

> 不废读书真有益，尔来自比少作厚。知君学养再十年，定视今兹又刍狗。⑥

---

① 《论诗示诸生，时代者将至》，《巢经巢诗钞笺注》上，巴蜀书社1996年版，第595页。
② 《巢经巢诗序》，《巢经巢诗钞笺注》下，巴蜀书社1996年版，第1505页。
③ 陈衍：《书沈翂墨藻诗卷端》，《陈石遗集》上，第636页。
④ 陈衍：《石遗室诗话》，《陈衍诗论合集》上，福建人民出版社1999年版，第16页。
⑤ 钱基博：《现代中国文学史》，《散原精舍诗文集》下，上海古籍出版社2003年版，第1255页。
⑥ 白敦仁：《巢经巢诗钞笺注》上，巴蜀书社1996年版，第511页。

《往摄古州训导别柏容邵亭三首》其三：

> 即以文字论，外形诚自中。①

《邵亭诗钞序》：

> 窃以为古人之诗非可学而能也。学其诗，当自其人始，诚似其人之所学所志，则性情、抱负、才识、气象、行事皆其人，所语言独奚为而不是？即不似犹似也。②

《论诗示诸生，时代者将至》云：

> 言必是我言，字是古人字。固宜多读书，尤贵养其气。气正斯有我，学赡乃相济。李杜与王孟，才分各有似。羊质而虎皮，虽巧肖乃伪。从来立言人，绝非随俗士……文质诚彬彬，作诗固余事。③

从以上诸例中我们可以看出：

第一，郑珍非常重视读书与学养。他直言"读书有益"，"宜多读书"，还认为多读书将会提高诗人的鉴赏水平。所以他对柏容说，柏容现在创作的诗歌等到他读书十年以后来看，就会很不满意了。

第二，他强调诗品与人品的统一，强调砥砺人品与养气。郑珍强调诗歌与诗人应该是"外"与"中"的统一，"文"与"质"的统一。如果要学习古人诗歌，首先就要学习其人品，即抱负、性情和立身行事。学到了古人的人品，则其创作也必然不似犹似。否则，古人的诗歌是学不来的，纵然巧似亦是伪作，不免于俗。与此同时，郑珍强调砥砺人品，其关键是养气。通过养气，与学养相济，形成自己的内在美质、高尚品格，然后与外在的诗歌相表里，达到文质彬彬的境界。

第三，他强调诗歌创作必须有自己的个性。虽然诗人必须学习古人，

---

① 白敦仁：《巢经巢诗钞笺注》上，第543页。
② 《莫友芝诗文集》下，人民文学出版社2009年版，第1128页。
③ 白敦仁：《巢经巢诗钞笺注》上，第595页。

也必须使用与古人相同的语言文字，但是他必须说自己的话，表达自己的思想感情，是所谓"言必是我言"。因为诗歌是诗人人品的外在表现，每个人都要表达自己的这种人品个性，不能巧肖他人。

从总体上来说，郑珍的诗学理论本质上也是追求诗人之诗与学人之诗的统一，从诗材即表现内容来说也就是性情、学问的统一，而这归根结底是做人即人品的问题，所以，诗人必须砥砺人品，必须养气。看似只言片语的零散诗论中，体现出宋诗派诗学主张的内在逻辑。

郑珍诗歌的题材内容主要集中于两类：（1）山水游览；（2）写景抒情。其他，则还有咏物、怀古、赠答、题识、谈艺、考订等方面的题材。郑珍诗歌最有特色与价值的内容则是以下几个方面。

1. 贵州山水风貌与风土人情

郑珍生长于贵州，并且一生主要在贵州做官、讲学，因此他平生主要的活动范围就是贵州。其诗歌创作中大量的山水景物描写和游历之作，也是以贵州为表现对象的。他的诗歌题材内容中一个突出的特点，就是鲜明生动地刻画了贵州山水的独特风貌，以及那里的风土人情。如：

> 牢江驱白云，流入苍龙门。门高一千仞，挂天气何尊。荡荡百步中，水石互吞吐。阿房广乐作，巨窌洪牛犇。余波喷青壁，震怒不可驯。眉水若处女，春风吹绿裙。迎门却挽去，碧如千花村……（《云门墱》）

> 南洞更奇崛极，壁立千丈厓。谁将顾陆画，挂向苍江隈。嶄嶄丹翠间，错落金银台。石扇敞云顶，画檐飞嵬嵬。路缘屋脊上，僧出蜂孔陪。高空来鬼神，中天风雨回。凭阑望晴霄，天门如可阶。（《两洞诗·南洞》）

郑珍的这类诗歌很多，它们集中描写了西南边陲的山水风貌，让世人心往神驰，与之神游体验，赏心悦目。郑珍对贵州山水景物的表现，很注意选取那些有特色的景致来写，于每个景观必写出其独特个性。其诗《飞云岩》有云："造化之手信幻极，四海不作雷同文。"他说山水没有雷同之处，这正是他的自然美学观，故其笔下的山水诗绝无雷同，各有奇崛之处。

郑珍诗歌还多写贵州的地方民族风情，展示了那里人们的独特生活方式和生存状态。如《荔农叹》一诗,写荔波农民"年年立夏方下种","水要从天倒田内,誓不巧取江与溪",四月还未开始耕作,又于牛的生日不耕田,有雷日不耕。《四月八日门生馈黑饭,谓俗遇是节,家家食此,莫识所自,余曰:此青精饭也,作诗示之》一诗,从题目就可以看出,这首诗讲述了贵州民众食用青精饭的一个古老风俗。《送瓜词六首》组诗,写的是贵州民俗:想要生育小孩的人家,其亲友于中秋之夜偷小瓜,用彩布包裹,偷偷地送到他们家里,有的就放到他们的被窝里。在城里,则是让小孩背上瓜,骑上马,前面有灯烛箫鼓开路,如此热热闹闹地送到别人家里。从中秋的前三日就这样了。

这些诗歌都记录了贵州人民的原生态生活,展示了一幅幅贵州民俗风情的生动画卷,题材内容颇为独特,不仅具有很高的审美价值,而且也具有很高的民俗文化学价值。

2. 时代的真实写照,堪称诗史

郑珍《巢经巢诗钞》前、后集起于道光六年(1826),迄于同治三年(1864)。他的诗歌真实准确地描写了清代道光、咸丰到同治初年的社会生活。特别是《诗钞》后集,收录咸丰二年(1852)至同治三年郑珍去世前的诗歌,那是清代社会由强盛而急转衰败的年代,内忧外患,战火连绵,社会动荡,郑珍的诗歌就从一个底层文人的角度记录了当时贵州社会民众的生存状态和心路历程。其诗歌写得尤为真切动人和具有震撼力的要数那些描写兵火、酷吏、苛捐和灾荒的作品。

反映兵灾的诗歌有:《闻初十日贼据禹门寺纵烧诸村》写战乱中古寺与多个村庄被纵火焚烧;《哀陴》写战乱中城市民众为了守城,每家每户派人去城头值守,"山风吹破裳,夜雨湿单衣。旌竿映灯火,下有十岁儿。最怜极下户,日或无一炊。"《闻望山堂以十七日为贼毁书示儿》写于战乱中自己家里场屋被毁之后,诗人安慰他的儿子,"火尽村居何况此,但求冢木免焦枯。"《闻郡东门外街肆尽毁》写遵义二百四十多年的街市为战乱尽毁:"二百余年成望郡,数千毛贼致空圜。"《十三日官军败于板桥贼遂趋郡》写战事,官军逡巡不前而致惨败。《闻破阆牛坎诸贼营》、《廿八日前开泰令陶实卿履诚出北门攻贼,与参将宝玉泉山同死》、《闻八月初六日桐梓九坝贼入据其城》诸诗,从题目即可知道它们都是描写战乱的作品。在这些诗作中,郑珍作为封建文人,立场不免过于正统和保守,但也真实揭示了战乱频仍给广大民众带来的疾苦,揭示了下层百姓所处的永远被奴役、被宰割的悲惨命运，恰如元人张养浩散曲《山坡羊·潼关怀古》所言："兴，百姓苦；亡，百姓苦。"

连绵不绝的战乱势必加重广大百姓的经济负担，郑珍笔下许多反映苛捐和酷吏的诗歌对此做了非常生动具体的描写。《抽釐哀》，写农民和商人到市场出售农产品，遭遇过多的盘剥，"东行西行总抽取，未及卖时已空手。"苛捐杂税使得民不聊生，一些万般无奈的老百姓不得已只好走上了绝路，可是这不仅不能引起官吏们的同情，反而遭到了他们的进一步加害。郑珍的诗歌就记录了这样惨绝人寰的一幕。《经死哀》：

> 虎卒未去虎隶来，催纳捐欠声如雷。雷声不住哭声起，走报其翁已经死。长官切齿目怒嗔："吾不要命只要银。若图作鬼即宽减，恐此一县无生人"。促呼捉子来，且与杖一百。"陷父不义罪何极？欲解父悬足陌生。"呜呼北城卖屋虫出户，西城又报缢三五。

酷吏们明知老百姓已经走投无路，乃至于如果对走上绝路之人宽减赋税，就会导致全县没有生人，可是他们不仅不稍稍减轻民众负担，反而残酷地惩治死者的遗属，继续追缴税款，真可谓狼心狗肺，丧尽天良。除此之外，郑珍诗歌对贪官污吏们压榨并私吞民脂民膏也做了尽情的揭露。如《南乡哀》：

> 提军驻省科军粮，县令鼓行下南乡。两营虎贲二千士，迫胁富民莫摇指。记口留谷余助官，计赀纳金三日完。汝敢我违发尔屋，汝敢我叛灭尔族。旬日坐致银五万，秤计钗钿斗量钏。呜呼南乡之民苦诉天，提军但闻得七千。

县令打着征收军粮的旗号，以拆房、杀人、灭族为高压手段，威逼百姓交粮捐钱，可是，征得老百姓的血汗钱之后，他却中饱私囊了。

战乱和苛捐杂税破坏了民众的生活与生产，将民众驱向了贫困与饥荒的深渊。郑珍诗歌对此做了详细的描述。《饿四首》写百姓在饥荒中不顾后果地借高利贷："一石偿五石，惟图过目前。"（其二）更为骇人听闻的则是"处处人相食，朝朝耳骇闻"（其三）。又，《疫》其三："亲邻垂丧尽，屈指一潸然。欲活真无地，何辜只叫天。自春餐夏草，撑命待秋田。

空及高低熟，无人荐墓前。"自家好不容易盼来了秋熟，但亲邻因饥饿已
丧失殆尽。

郑珍在诗歌中描写了乱世中人们以及他自己的生活遭遇。《除日至家
八首》其七："谁子忽惊告，贼临溪上头。团丁呼什伍，号火接林邱。岁
尽原宜备，民讹亦孔忧。独怜心一寸，悲恐几时休。"乱世中，谣言四
起，人心惶惶，生民如惊弓之鸟。这首诗生动地写出了兵荒马乱岁月中民
众风声鹤唳的恐惧心理。《六寨》写战乱中夜投旅店，可是店主人也准备
逃难去了，拒不接客，诗人一番好话，才使店主答应收留他们，并准备一
有风吹草动就一同逃跑。《槁里》写诗人逃亡槁里住店，听店主讲述前一
天这里发生的众人避兵逃难的情形，庆幸诗人不是前一天到达此地。《月
李》写诗人全家摸黑逃难到月李，在一家条件极差的地方住下，庆幸他
们不要走夜路了。

郑珍的大量诗歌忠实地记录了清代道光至同治初年，尤其是咸丰、同
治年间动荡不安的社会现实，记录了那个时代中人们的生存状态和心路历
程，极为深刻而形象地展示了那个特定时代的历史风貌，足可与正史互
参，庶几弥补正史之不足。谓之诗史，当之无愧。从它反映时代社会的深
度与广度来说，堪比杜甫诗史之作。惜乎郑珍诗歌流传未广，至今鲜为人
知，假以时日，其诗歌价值必将为人所重，在文学史上大放异彩。

3. 亲情

郑珍写了不少关于亲情、友情的诗歌，以其真挚、深婉，具有十分动
人的力量。特别是咸丰、同治年间，在贵州社会日益动荡的艰难岁月中，
郑珍的亲人也屡遭不测。咸丰四年（1854）端午次日，郑珍 17 岁的三女
赟于因疟疾误诊病亡。同年底，孙女如达以痘殇。次年正月，孙子阿庞又
以痘殇。咸丰九年（1859）郑珍季弟珏病亡，年仅 43 岁。同治元年
（1862）孙子玉树殇。在这样的不幸中，郑珍饱含深情写下了许多泣血的
诗篇。先看早年怀念母亲的诗歌：

> 墓门此隔不二里，时去时还日几回。在日眼穿无我到，而今脚破
> 见谁来。（《自望山堂晚归垚湾示两弟二首》）
>
> 当墓横修眉，种梅密无路。一株常默对，是母搭衣树。（《梅
> 屺》）

诗人想到自己年轻时常常外出求科举功名与谋生，母亲在家企盼儿子归来，望眼欲穿却见不到儿子的身影，而今自己每天到母亲的坟头来看望几次，却再也不能见到母亲了。诗人思念母亲，乃至常常默默地面对着当年母亲劳动时曾经挂衣的梅树发呆。这两首诗把诗人思念母亲的细微举止和深情极其真切、生动地表现出来了。

郑珍与其弟妹们感情甚笃。其季弟珏（二苕）病逝，他写了《二苕季弟哀词二十首》组诗，可谓声泪俱下，感人至深。其六："鸡鸣呼我屋西头，永诀空余息在喉。目指三儿含哽付，一生兄弟片时休。"其九："伤心吾道老尤非，长饿何由手足肥。致汝苦生还苦死，敛时犹是阿兄衣。"诗歌写到季弟临终托孤的情景，写到季弟贫苦的一生，入殓还是穿着阿兄的衣服，不仅让人感到兄弟情深，更让人为之鼻酸。

郑珍关于其女儿、孙子的哭挽诗写得尤为痛楚、感人。他的女儿簪于死后，他写了组诗《三女簪于以端午翼日夭，越六日葬先妣兆下，哭之五首》。其三有句云："细数劳生宁早脱，时忘已死尚频呼。雏孙不解酸怀剧，啼绕床前索阿姑。"他完全不能接受女儿已经死去的事实，还时不时地呼唤她的名字。尤其是他那不懂事的小孙子竟然到床前去哭喊阿姑，此情此景怎不叫人悲从中来。纵然铁石心肠也不能不为之动容。又，《还山》其四："黄土一堆新，悲端万重赴。使人情何已，地下埋玉树。老妻临哭恸，一掷不再顾。我乃未能然，入林即视墓。目拟九泉底，秀眉只如故。安得呼之出，抱随阿翁去。世物无大年，百龄亦朝露。爱根宁有穷，默念无乃误。"这首诗表达了诗人在孙子玉树死去后的锥心之痛。郑珍的妻子在孙子坟前恸哭之后，再也不忍心前来看望，郑珍的悲痛自然不亚于此。但他却是另一种表达方式，只要走进了林间，就要去看一看孙子的坟茔，在那里痴情地想象，地下的孙子一定还会像生前一般模样，说不定还能把他喊醒，抱回家去。伤心之人情到深处，致有此幻想，乖乎理，却合乎情。

郑珍的这些抒写亲情的诗歌，都是伴着心酸与眼泪，泣血写成，都是真情结撰。没有那种亲身经历和切肤之痛，是写不出来的。生活的苦难成就了郑珍的诗篇，使之无论经过多少岁月的冲刷，都永远具有感人的力量。

郑珍是宋诗运动中成就最高的诗人。其诗歌体现了道咸宋诗派宗宋的实绩，在艺术上具有鲜明的艺术特点。

1. 直寻纪实，生活气息极为浓厚

郑珍诗歌的重要特点之一就是即景即事即情，所写都是亲历之事、亲履之地、亲见之人，景是真实见到的景，情是真实体验的情，往往可以坐实，这与文学史上许多诗人诗作是很不相同的。以往的很多诗人诗作都是因情设景，具有艺术真实而非事实真实。读者断不可据此去挖掘其人其事其时其地的真相。即如被称为诗史的杜甫诗歌，尽管其生活场景与内容都是写实化的，但也还是很难确定诗中某个具体的人物与事件是否确实合乎历史真实。郑珍诗歌所写则往往是他自己身经目历、亲见亲闻的，虽然进行了艺术化提炼，仍旧表现出鲜明的纪实性。他的大量山水游历之作，往往都是他在某个时间亲身游历之后所作。其中的景物风光、地形地貌、风土民俗都是某个地方确实存在和特有的。当时的读者甚至是可以按迹循踪，去加以印证的。他的不少描写社会现实的诗歌，也是讲述特定时间地点发生的事件，符合实录的原则，其真实性足以与史传互相参证，弥补史传之不足。至于他的那些抒写亲情与个人遭际的诗歌，其真实性那是自不必说的了。

与郑珍诗歌多写实相关，它也具有浓郁的生活气息，具体表现为描写日常生活中的细节琐事，以及世俗化的思想情感。如《湿薪行》写了雪夜用湿柴生火时的情形："竹筒吹湿鼓脸痛，烟气塞眶含泪辛。小儿不耐起却去，山妻屡拨嗔且住。"生火人鼓起腮帮子吹火，把吹火筒都吹湿了，可湿柴老是点不着火，浓烟熏得人眼泪直流，小儿子起身不干了，妻子多次拨弄不成也生气了。这真是一幅生动的家庭生活图景。《初到荔波二首》其二："蛾群扑扑争灯火，蝠子啾啾满屋梁。粗粝了饥供睡事，折花当帚拂尘床。"诗歌很逼真地写出了诗人初到荔波时的情景：生活条件非常简陋，飞蛾、蝙蝠肆虐。可诗人旅途疲惫，时间也不早了，只能匆匆吃一点粗食充饥，卫生都顾不上打扫，只是折取花枝当扫帚简单地拂拭一下床铺就睡下了。《治圃》写诗人在荔波住下之后开始做长远打算："买锄事翻垦，分畦通往旋。草秽肯轻掷，待炊腊墙边。向来瓦砾场，数日眼忽鲜。觅子先乞栽，市蔬必连根。隔种各数席，居然成菜园。"诗人购买锄头开垦废弃已久的菜园，将其划块，锄去杂草放置墙边晒干以便做柴火。又教儿子去买菜秧子来栽种，为了获得菜苗，买蔬菜时必选有根的。由于自己的努力，废园变成了菜圃。《夜诵》："女孙屡至催烘火，内子时言恐中寒。"诗人夜读，妻子时不时地提醒他要提防感冒，孙女也不时来喊他去烤火。《寒夜读书》："雪意宵严逼岁除，缩肩睁案似蟾诸。信知冷卷真冰手，何怪儿曹不好书。"诗人雪夜读书，冻得缩成一团，由此理解儿辈不喜读书的原因。《读书牛栏侧三首》其三："闰岁耕事迟，一牛常卧旁。齝草看人读，其味如我长。"诗人在牛栏边读书，耕牛齝草看着，饶有兴味。以上诸例，都是诗人日常生活中最常见的琐事，都是一些看起来无足轻重和似乎并没有什么深刻意蕴和审美价值的东西。但是，郑珍的诗歌创作忠实地记录生活，细致地捕捉和表现生活的点点滴滴，通过这些琐事细节还原生活，使其诗歌具有浓郁的生活气息。

2. 平易通俗与奥衍生涩兼取

郑珍诗歌有两种截然不同的风格，一是平易通俗，二是奥衍生涩。前一种诗风的诗歌占多数，后一种诗风的诗歌也为数不少。

平易通俗主要表现为一种语言特征。这类诗歌的语言多采日常口语白话和俚语俗谚以提炼、熔铸其中。如《病中绝句二首》其二："已过春中间，看看到粽子。""到粽子"是一种方言土语的说法，意为到端午节。《家馈至》："书儿怨孔子，贫儿怨闰年。"这里是用的俗语。《牯牛船歌》："人言盐两四两力，牛腹受盐十五石，力厚故足与滩敌。"这里用的也是俗语。《二苕季弟哀词二十首》其二："衰门人物总堪怜，磊落无人及汝贤。纵有后生能似得，庙成老鬼待何年。"末句化用俗语："修得庙来鬼老了"。其十八："从此哥哥行不得，米盐凌杂要亲撑。""哥哥句"，俗谓鹧鸪鸣叫声为"行不得哥哥"。以上都是以俚俗语入诗的例子。

郑珍诗中还有许多语句是化用、提炼口语而成的。如《经死哀》："吾不要命只要钱，若图作鬼即宽简，恐此一县无生人。"这是经过提炼的人物语言。此外，《追和程春海先生"橡茧十咏"原韵》其三："谁能妻不衣，谁能儿不哺。都仰蚕腹钱，那避山中露。得不辛苦得，即得神亦妒。"《和渊明饮酒二十首》其二："种豆不得豆，蒿藜满秋山。生无一日乐，便死何足言。"其五："念我盖棺时，汝曹扛入山。风雨一堆土，有酒岂得还。今日及舌在，用饮莫用言。"这都是提炼口语入诗的典型。从这些诗句的语体风格来看，它们近似口语；从它们所表达的思想情感来看，更是十分典型的世俗口语。

平易通俗的诗风与作者运用白描手法进行写作也有很大关系。郑珍诗歌善用白描手法，其诗歌多用此法。如：

明月上冈头，绿堕一湖影。来往不逢人，露下衣裳冷。(《桐冈》)

石林裏曲径，上下绿苔湿。啾啾无母雏，饥守竹根泣。(《紫竹亭》)

尺五疏欐对圃开，豆藤瓜叶舞青来。群雏嬲罢须臾静，风度瓶花坠酒杯。(《夏山饮酒杂诗十二首》其一)

这些诗歌运用白描的方式来写，不用比兴，也没有用事用典，仅仅是直截了当地客观描状景物，没有文字上的障碍，所以呈现出平易通俗的风貌。

奥衍生涩的风格源于两个方面：一是用典用事。郑珍的不少诗歌多融注古籍典故，这样就造成了语言内容的深衍、深奥，以及阅读中的生涩感。如《寒夜百感交集，拈坡公"籀米"诗语为韵，成十首》其六："圣时鬼不神，匪是固难拗。太虚中何物，恨来直须鲛。吾生更有几，欲止心苦绞。青青北山薇，摘得与谁饱？"第一句中"鬼不神"，化用《老子》语句："以道莅天下，其鬼不神。非其鬼不神，其神不伤人也。"第二句中的"固难拗"，化用韩愈《答孟郊》诗："古心虽自鞭，世路终难拗。"第四句中的"直须鲛"，化用韩愈《答孟郊》诗句"见倒谁肯扶，从嗔我须鲛。"第七句中的"北山薇"，化用杜甫《秋野五首》诗中的"秋风吹几杖，不厌北山薇。"一首诗歌中使用了如此多的典故，其内容自然就随着典故的运用获得扩展延伸，诗歌的内涵、意蕴就丰富、深奥了。读者不能仅仅就诗歌本身来理解诗歌，还必须知道有关典故的含义。读者在审美阅读过程中，首先就要逐一克服语言表达上的障碍，才能进入其隐藏的意蕴，这样也就不能不感到生涩。

二是用语典雅。郑珍诗歌时常使用一些文雅而不常见的词汇，从而也增加了诗歌的阅读难度和生涩感。如《闰八纪事》中："我县彫敝余"中的"彫敝"，疲弊之意。《三国志·蒋济传》："彫敝之民。""微尔识忕要"中的"忕"字，《集韵》："忕，微也"。"官吏殊震虩"中的"虩"字，恐惧貌。《易·震》："震来虩虩，笑言哑哑。""巨劫蛊伤心"中的"蛊"字，伤痛之意。《周书》："民罔不蛊伤心。"又如《岁暮有感》诗句"茫茫洚水望无津"中的"洚水"，意为洪水。《孟子·滕文公》："《书》曰：'洚水警余'。洚水者，洪水也。"《避乱纪事》诗句"沿回迹其远"中的"远",《方言》:"远,迹也。"《杀二首》其二诗句"稍违视军法,偏苦必颛民"中的"颛民",即良民。颛,善。《淮南子·览冥》:"猛兽食颛民。"《夜罗寨垣》诗句"四野秧林罨罨香"中的"罨罨",覆盖。《竹王墓》诗句"曶曶荒荒知几叶"中的"曶曶",迅疾之意。《楚辞·九章·悲回风》:"岁曶曶其若颓兮,时亦冉冉而将至。"以上诸例,用词颇为雅致,属于典型的文言书面语词汇,而且并不常用。运用这样的词汇已经接近使用语典了。理解其意义要到词典和古籍中去找答案。这也在很大程度上造成了诗歌的生涩感。

3. 议论为诗

郑珍喜发议论。其诗歌中时不时地要发表一通议论。如《宿颍桥》:"我行古颍谷,慨怀颍封人。当日君臣直儿戏,许以纯孝殊不伦。郑庄能使祭足射中肩,岂有见生母,必欲及黄泉。人臣格非有正道,教君遂过乌得贤?寤生既不孝,考叔复不忠。不忠遗母羹,不孝将毋同……"此诗所议论的是《左传·隐公元年》"郑伯克段于鄢"的史实。郑庄公出生时寤生,因此他的母亲很不喜欢他,而偏爱其弟弟共叔段。郑庄公继位后,其母亲武姜支持共叔段谋反,郑庄公大败共叔段于鄢,并将其母武姜安置到颍,发誓说:"不及黄泉,无相见也。"颍考叔是颍谷封人,有一次他为了劝说郑庄公,故意将郑庄公赐给他吃的肉留下来,说是要给母亲尝一尝。由此感动了郑庄公。庄公于是按照颍考叔的主意,挖地道与母亲相见并和好如初。诗人对这个历史上的美谈不以为然,借诗歌发表了对历史人物与事件的见解,诗歌从忠孝二字出发来说理议论,认为郑庄公与颍考叔的所作所为都不恰当,是不忠不孝之人。再如《樾峰次前韵见赠兼商辑郡志奉答》:"男儿生世间,当以勋业显。埋头事章句,小夫已窭窭。何况夸文词,更卑无可善……"诗人认为有志者不应该陶醉于雕章琢句,而应该以建功立业为人生目标。又如《题周春甫继煦〈判花吟馆图〉》:"世喜盆花卑且缪,可惜根株一生囚。当年若出置平地,至今观之皆仰头。世喜奇花竞新丽,桃花寻常不省记。岂知香色随水空,何似冰盘荐圆脆……"该诗借生活现象来议论说理,所论深刻而发人深省。在郑珍诗歌中,议论说理的情况还有很多,如《寒夜百感交集,拈坡公"糯米"诗语为韵,成十首》其六、其八、其九,《往摄古州训导,别柏容、邵亭三首》其三,《黎平木赠胡生子何》,《残腊无以忘寒,借〈测圆海镜〉十日夜呵冻本,校讫示儿》,《瘿木诗》,《胡子何来山中喜书此》,《书明孙文正公五律四首墨迹后》，《完末场卷，矮屋无聊，成诗数十韵，揭晓后应续成之》，《子何自黎平相从古州，余西归有日，子何以事先还，送之》，《论诗示诸生，时代者将至》，《次昌黎〈符读书城南〉韵示同儿》所有这些都不乏议论的情形。议论说理是郑珍诗歌的一个重要特点。它或者置于诗歌的开头，通过议论引领全篇，如前面诸例皆是如此。亦有置于篇中、篇末，于叙事写景之余适时发表评论，点化、提升诗歌思想情感内容。议论说理内容增添了诗歌之中的理性成分，其中不乏精深透辟之论，使郑珍诗歌闪烁着思想与智慧的光芒。

4. 以学为诗：用典、考据

郑珍是饱学之士，于经学、小学造诣颇深。莫友芝所撰《巢经巢诗钞序》说：郑珍"平生著述，经训第一，文笔第二，诗歌第三。而惟诗为易见才，将恐他日流传，转压两端耳"。①今天看来，事情正被莫友芝所言中。但亦可见郑珍学问之深厚。正由于他学问渊博，所以在诗歌创作中他也就很可能左右逢源、随心所欲地驱使经史百家学问融入其诗篇中。所以如前所言，他的诗歌就出现了不少用事用典、用语典雅艰深的现象，从而导致其诗风的奥涩深衍。《送翁祖庚同书中允毕典黔学入觐四首》之二，《二苕季弟哀词二十首》其四、其十二，《书子何藏明周东村臣"竹林七贤图"卷后》，《阑干曲》，等等，都很典型。这样的例子还有很多，不胜枚举。从另一个角度来看，这就是以学为诗，是宗宋的表现。

郑珍诗歌的以学为诗还更加直接地表现为在诗歌中谈论学术问题。如《与赵仲渔婿论书》，该诗的基本内容就是讨论书学问题。该诗所表达的基本观点是，书为心画，书如其人。从其书法来看，佻怪侧頔的是金人，刚方浑重的是端士。当然也有羊质虎皮者，但是那种人与书必定艺随身败，是不足挂齿的。接下来又讨论种种笔法问题，其中涉及多种书学论著和书学思想。从内容来看，这首诗通篇讨论书学，实则就是一篇用诗歌写成的书学论文。再如《郡教授独山莫犹人与傅先生七十六寿诗》是一首给莫友芝祝寿的诗作，郑珍在诗中详细地讲述了莫友芝的学术渊源。

郑珍诗歌表现最多的学术内容是考据问题。如《玉孙种痘作二首》其二，作者在诗中详细考证"痘"的产生时间与名称的由来，以及历来医家关于"痘"成因的重要观点，还有痘的危害性和防治方法等。这首

---

① 白敦仁：《巢经巢诗钞笺注》下，巴蜀书社1996年版，第1506页。

诗的专业性颇强，俨然一篇医学论文或医学科普文章。《四月八日门生馈黑饭，谓俗遇是节，家家食此，莫识所自，余曰此青精饭也，作诗示之》一诗就门生所赠青精饭，进行了详细考证，揭示了它的由来、做法与作用。《腊月廿二日遣子俞季弟之綦江吹角坝取汉庐丰碑石，歌以送之》、《安贵荣铁钟行》二诗都是关于金石考据的，显然是以学为诗。

5. 散文化

郑珍诗歌也存在明显的散文化现象。主要表现为诗歌中掺杂、运用一些散文化的句式。如：

> 烘书之情何所似？有如老翁抚病子，心知元气不可复，但求无死斯足矣。书烧之时又何其？有如慈父怒啼儿，恨死掷去不回顾，徐徐复自摩抚之。（《武陵烧书叹》）
>
> 《埋书》："人之所以贵，不在七尺躯，则贵乎书者，又岂故纸耶？然人道之器，书亦道之舆。"
>
> 《腊月廿二日遣子俞季弟之綦江吹角坝取汉庐丰碑石，歌以送之》："洪娄著录汉碑二百七十六，至今三十九在余俱亡。其中阴侧匿别刻，实止廿八之石留沧桑。后虽新增三十种，已少娄录四倍强。"
>
> 《与赵仲渔婿论书》："吾尝谓人号君子，考其言行而已矣。天赉学力各不同，揆以孔孟惟其是。而是之中亦有别，与评金玉正相似。"

以上都是郑珍诗歌中散文化的例子。郑诗很多散文化诗句简直就是将散文语言直接移植到诗歌中。但郑诗的散文化并不使人觉得讨厌。总的来说是比较成功的。原因是，一则其十分典型的散文化诗句数量有限，郑珍并非无节制地使用这样的句式，而诗歌创作中有限地使用散文化句式能使诗歌语言形式产生有益的变形，给人以陌生化与新鲜的感觉。

再则郑珍注意使用散文句式的场合，注意散文句式与诗歌内容的配合。他运用散文句式的时候，或者是说理议论的时候，如《与赵仲渔婿论书》、《埋书》、《腊月廿二日遣子俞季弟之綦江吹角坝取汉庐丰碑石，歌以送之》等，都是将散文句式用于议论或叙述较为复杂的内容。那么这样的语句形式与其表达内容应该说是十分契合的。还有一种情况，就是抒情时，用来表达一种长歌当哭的浩叹，有一唱三叹之致，如《武陵烧书叹》，书籍是郑珍一生中花费巨大精力与财力获得的财富，是他常年处于贫困与偏僻处境中聊以自慰和自豪的寄托所在，他和一般文人一样也是将其视为传家宝的。然而在兵荒马乱的动荡年月中，这些宝贝疙瘩竟然毁于兵火了，这对于他来说岂止是锥心之痛。他自己也确实是把丢书比作死去儿子了。如此巨大的痛苦，最恰当的办法就是用散文化的长句来叙说、抒发，庶几能产生这种长歌当哭的艺术效果了。

三　莫友芝："儒行绝特，破万卷、理万物"

莫友芝（1811—1871），字子偲，号郘亭，贵州独山人。其父莫与俦为嘉庆进士，以朴学著称。莫友芝于道光十一年（1831）中举，咸丰八年（1858）选授知县未就。后入胡林翼、曾国藩、李鸿章幕府。以诗名，与郑珍并称郑莫。又工书法，精于训诂、考据、目录学。其诗作今有《郘亭诗钞笺注》，三秦出版社 2003 年出版。莫友芝论诗重视学问、人品。他在《巢经巢诗钞序》中说："古今所称圣于诗，大宗于诗，有不儒行绝特、破万卷、理万物而能者耶？"① 莫友芝诗歌的题材内容主要有三：一是写景抒情，包括纪游；二是寄赠答酬；三是悯时忧乱。在思想倾向和情感表达上最值得注意的是：

1. 表现了晚清动荡不安的社会现实，具有强烈的时代感

莫友芝主要生活在道光、咸丰、同治年间，这是清王朝开始走向衰落和多灾多难的年代。西方列强入侵，各地民变不断，特别是太平天国运动让清王朝风雨飘摇，朝不虑夕。晚清的兵燹和动荡不安，给普通百姓带来了极大的痛苦。乱世之中生灵涂炭，命薄如纸。莫友芝身经目历了这个时代的剧变，用诗笔记录了那个时代的风貌，以及人们的生存状况。且看《围城九日》："城上风光无限愁，但看千堞坐貔貅。军单仍怕凶门出，贼益几如落叶稠。十日元戎期不至，万家悬釜渐无谋。名园竹树樵薪尽，白酒黄花何暇求。"这首诗写民众被困围城中，柴米俱空，军情紧急，虽然适逢九月九日重阳节，却绝无可能饮酒赏菊，登城眺望徒增惆怅。《甲浪书事》："甲浪市头讹贼锋，居人十户九户空。扶携负载满山谷，问之不答驰匆匆。市人已无百金产，贼胡为来我能断。仆夫健绝行且疑，冷月横

---

①　白敦仁：《巢经巢诗钞笺注》下，巴蜀书社 1996 年版，第 1505 页。

空尚余喘。"该诗写城中市民听到军情告急,纷纷出门逃难,他们负载各种行李匆匆逃跑,问之亦不回答,山谷中挤满了难民。再如《雨宿青崖》:"群盗连乡邑,迁行避烽燧。"到处是兵火,难民只能迂回相避。《再宿青崖》:"烽传邻县急,谍语隔宵乖。"邻县军情告急,各种小道消息不断传来,人心惶惶。这样的诗歌还有《遵乱纪事》二十六首、《松桃厅、印江县、思南府相继失守》、《闻都匀陷二首》,等等,都写出了社会动荡之中的百姓生活。

莫友芝的这些诗歌准确地记录了晚清特别是咸丰、道光年间社会的真实面貌,以及人们的生存状态、心路历程,是一部晚清西南边陲民众的苦难史、心灵史,其具体形象与丰富的内容可以与史传相印证,补史家之不足。钱仲联《梦苕盦诗话》云:子偲"忧时悯乱之作,传之他年,足当诗史。"① 洵为定评。

2. 表现亲情、乡情

莫友芝诗歌中一些表现亲情、乡情的抒情之作数量上不算太多,却是比较突出和具有感染力的。如写亲情:

《灯节过儿墓》:"妄思长大速兰芽,随我松楸送岁华。岂料香灯还到汝,似闻梨枣尚呼爷。魂依大母应长惯,伴有庚兄可当家。独苦老来双眼泪,不缘春望已昏花。"这首诗写道光二十九年(1849)灯节时诗人去四子绍孙的坟头探视,在绍孙之前有莫友芝次子庚孙及其祖母李氏亡故并葬于此地。绍孙死时年仅 3 岁。诗人对聪慧的四子绍孙疼爱有加,寄予厚望,站在他的坟前似乎还听到他向父亲索要梨枣的呼叫声,诗人想象绍孙在地下有祖母和哥哥作伴,应该有所依靠,庶几可以自慰。诗人的深情溢于言表。

《悼女珏四首》其二:"辛苦慈娘手,春来急嫁衣。有行愁遽远,无命复何希。草饭徒生事,杉袍即送归。那堪纴素小,尤念惠芳饥。"莫友芝的女儿莫珏病逝于咸丰八年(1858)六月二十五日,年仅 19 岁,莫珏死前想吃鲜果,莫友芝从外地买得鲜藕走寄到家,而女儿已经先此一日死去了。故诗人写下了组诗四首寄托哀痛。这首诗中诗人想到好不容易培养成人的女儿,本来眼看着就要出嫁了,却突然病逝。她短暂的一生在艰苦的生活条件下走过,死后也只能以杉木棺材简单殡葬。诗人的内心充满内

---

① 《历代名家论莫友芝诗摘录》,《邵亭诗钞笺注》,三秦出版社 2003 年版。

疚和遗憾。

莫友芝的亲情诗多写于生活的苦难中，常常带着辛酸，多因生活的不如意而使亲情变得沉重。《悼女珏四首》所表达的不仅仅是失去女儿的人伦之痛，更包含着不能让女儿活得幸福的歉疚。再如《哭五妹》有句："贫家缺食宁论药，病骨长眠或胜生。惭愧同怀丧奠薄，针余搜尽藉经营。"诗中哭的绝不只是胞妹的死，诗人伤心的更是妹妹活着的艰难：贫病交加，连饭都不能吃饱，更谈不上服药治病了，她只能饱受疾病的折磨，其实纵然活着也是受苦受难，死去也许反倒是一种解脱。所以诗人哭的不只是妹妹的死，更是她的苦难的生；哭的不只是妹妹，哭的还有自己因贫困拿不出一份像样的祭品。生活的苦难使莫友芝的亲情诗格外沉重。

莫友芝一些抒发乡情的诗篇也写得真挚动人。《缺题》："渐觉兵戈远，翻令归思浓。揩头霜落掌，系缆月当峰。水宿经三五，山环更几重。铁衾愁不寐，卧听隔溪钟。"诗人在兵荒马乱的岁月中，漂泊流离，备尝艰辛，一旦获得片刻的平静，便格外思念故乡。此类诗歌如《四五两月中经高枧者数四，此来三日，夏苴村如春、树听乘春诸侄始以菽乳相饷，饱食酣卧，起而有作》、《新店雨至郑家》等都表现出了动人的乡思之情。

莫友芝描写亲情、乡情的诗歌是其诗集中比较具有感染力的，因为它们都是诗人亲身体验与感受的真挚表达，饱含着那个苦难时代中人们的颠沛流离、生离死别的热泪和辛酸，是那个时代的折光，所以格外具有震撼力和动人的力量。

在艺术上，莫友芝诗歌表现出鲜明的个性：以学为诗，喜好考证、用典和旁征博引，又喜用古奥生僻文字，追求句式的新变和散文化，还多议论。

1. 关注学问，与考据相结合，追求内容的质实和确切可考

陈衍《石遗室诗话》云："郑、莫并称，而子偲学人之诗，长于考证，与子尹有窠不相同者，如《芦酒诗后记》一二千言，《遵乱纪事》廿余首、《哭杜杏东》亦有记千百言附后，皆有注，可称诗史。"① 这段话中，宋诗派理论家陈衍明确指出了莫友芝诗歌的重要特征是"学人之诗"、"长于考证"。

清代的学人之诗往往都喜爱以考据为诗，其表现则多为在诗歌中谈

---

① 钱仲联编校：《陈衍诗论合集》，福建人民出版社 1999 年版，第 382 页。

论、涉及考据问题，也就是把考据当成诗歌题材、内容。莫友芝诗歌正是如此。莫友芝诗歌时或涉及一些学问意味非常浓厚的考据问题。如《湘乡相公命刊唐写本说文残帙笺异且许为题诗歌以呈谢》，该诗讲述了唐人写本《说文》的来历，版本形貌、文献学价值、笺注刊刻过程，等等。《甘薯歌》一诗，广泛涉及甘薯的来历、种植史、栽种情况以及在现实生活中的作用等，诗歌内容浓缩了作者的考证成果。如诗中"珠崖兴古牂江隅"句下，作者自注："嵇含《南方草木状》言甘薯，珠崖产。贾思勰《齐民要术》引之，又谓出交趾、武平、九真、兴古。今贵州兴义府，即蜀晋所分牂柯治之兴古地，然则甘藷本黔南旧产。徐光启《农政全书》乃谓番薯自海外窃取薯藤绞入汲水绳中，渡海分置闽、广境者，盖诬也。"作者的考证内容全包含在他的一句诗中了。《郑君生辰，敬赋二十四韵（并序）》纪念汉学家郑玄，诗前有序，考证了郑玄的生辰，简要地介绍了郑玄的学术成就。诗歌则评价了郑玄的深远影响和贡献。《红崖古刻歌并序》一诗评论红崖古刻，据诗人介绍，红崖位于贵州安顺府永宁州西北的诸葛营后山上，共计刻有四十余字。诗人对此发生了极为浓厚的兴趣，乃作此诗，并在诗前写下了长篇序言，详细考证红崖古刻。而诗歌的内容则是与序言一韵一散相互印证。《巢经巢释跋汉人记右扶风丞武阳李君永寿未完褒斜大台刻字而系以诗》一诗为郑珍注释题跋古石刻而作，体现了莫友芝对金石学浓厚的学术兴趣。此诗之外，莫友芝还写了《汉李事改褒斜大台刻记跋》一篇考据文章。这首诗中，诗人亦不忘考据，诗句不足以表达清楚，则补之以注释。如"楗斜事士证行诂"一句下，诗人自注："楗为字，从木，与《石门颂》同，是正字。名事字季士，训诂话相应。书事作□（'木'字下为'一'字），与《唐公房碑》同。褒斜不借用，余与《郙君》、《石门》两刻异，亦见渐变。褒斜谷亘扶风、武功、汉中、褒中间，故扶风丞亦得治汉中道。"《芦酒三首》，诗人在诗歌之外专门写作了《芦酒考》一文，对芦酒的名称、酿造方法、原料以及相关的文献等，进行了详细的考证。这一类的诗歌还有《公孙橘二首（并序）》、《哭杜杏东及其子云木三首》等。

除了直接在诗歌中融入考据之外还有一种情况，就是在诗歌创作之外，对诗歌的描写、表现对象进行详细的考证，以追求诗歌内容的质实和准确性，使诗歌具有史书般确切可考的特点。如《遵乱纪事》二十六首的创作，都以考证为基础。《遵义纪事》二十六首都是为特定时间、特定地点的真实历史事件而作，事件的前因后果、来龙去脉，以及涉及的人物都历历可考，没有虚言。这些诗歌，虽然在诗中没有直接的考证内容，但是，诗歌的创作却借助于考证来认知表现对象。其目的是为了让诗歌内容准确无误，符合客观事实，类似于史传，也就是着意追求诗史价值。

2. 以议论为诗

莫友芝诗歌喜欢议论。如《补屋咏》："一瓦失其覆，一椽受其病。浸淫及榱栋，倾坏生咳嚏。补苴乘忽微，费省功易竟。古来大德伤，孰不轻细行。赁居非吾庐，亦蔽风雨横。但吾一日住，完缮可旁听。苍茫身世间，补屋聊自咏。"这首诗以补屋为例，讲述人的道德修养也像房屋一样，要防微杜渐，不要忽视细行。该诗虽然从补屋这一具体的事物入手，却通篇说理议论。又如《自反，示舍弟》："自厚薄责人，唯圣有名教。安得人尽非，我乃百不挠。纷纷云作雨，无理诚取闹。多尤岂无因，强项已足召。君子谢周防，纤儿习欺枭。柳下得其工，入世亦稍稍。但勿决吾闲，徇俗趋媚灶。"此诗讲述为人处世要按照圣人的教导，严于律己、宽以待人，不可自以为是，得理不饶人。此类作品随处可见，还有《继殇，慰子厚弟》、《甲辰生日，伯荃兄来遵省先墓，述呈，兼示诸弟侄六首》之六、《寄答王个峰介臣上舍》、《寄答万丙熙全心表兄》、《杂感》；《和答子尹古州见寄》、《送芷升弟选贡北上三首》等都是此类之作。莫友芝的这些诗都是通篇说理，纯粹议论，不借助于意象，也不包含情感因素，一味追求义理的深刻性和透彻表达。

3. 语言古奥，多用典，字忌习见，句式求新求变

莫友芝诗歌的语言既具有古奥生涩的特点，又具有求新求变的特点。这表现在：

（1）语言古奥雅致，多用典，字忌习见

有人说，读莫友芝诗歌如观三代彝鼎，古色斑斓。此话不无道理。原因是莫诗语言比较古奥，给人以生疏、艰涩之感。其原因是：

其一，使用古籍典故和不常见字词。

莫诗多用典故，这自然会增加阅读的困难，不需多说。除此之外，莫友芝还喜欢在诗中使用一些古籍中存在而平时不多见的事物、器物名称之类的词汇。如《移居八首》之八："好风如远籁，相和如韶䕞。"韶䕞：传说中的古乐名。《留别外舅夏辅堂先生五首》之三："岁科续乡会，偕若卭岠恃。"卭岠：古代传说中的动物。《澄怀园，呈座师贾筠堂先生二

首》之二："树接蓂阶翠，花分药省香。"蓂，又叫蓂荚，古代传说中的一种瑞草。上述诸词语都是古代传说中的东西，人们只能在古书中才能见到，而且也不常见，故往往感到比较生疏。

另外一种情况是，本来在现实生活中是寻常的事物，但是诗人偏偏使用一些偏僻的古汉语词汇来表达，也令人感到懵然难懂。如《杨季涵驾部彝珍先后寄示"乱定草"两刻……》："廉访淬选锋，彭湖靖葭葰。"葭葰，即芦苇。《次子尹韵，赠晓峰》："细故留裂蒯。"裂蒯：即刺鲠。《贵阳岁暮杂感》："况为审户耕莱计，更问偿官傲费充。"耕莱，耕田。莱，古时郊外轮休的田，如《周礼·县师》郑玄注："莱，休不耕者，郊内谓之易，郊外谓之莱。"虽然"考试"、"芦苇"、"刺鲠"、"耕田"都是极为寻常的事物，但是诗人使用古籍中的一些偏僻的词汇来表达，就显得古奥难懂了。

还有一种情况是，使用一些较为罕见的乃至一般中型的古汉语字典、词典都没有收录的文字；或者是本来并不算偏僻的文字，但使用其罕见的异体字、假借字，结果使人难以辨认或者不易理解。如《和丁雨生日昌大令〈除夕〉用东坡〈除夕赠段屯田〉韵》将"蹢戾"写成"zhi（左边为'足'字旁，右边为'炙'字）躄"；又如《甘薯歌》将"欢娱"写成"驩虞"。《郑君生辰敬赋二十四韵》诗将"烬"写成"jin"（"聿"字下加"火"字）。这样的情形不少，给人增加的困难也很多。

其二，使用一些不常用的别称。

莫友芝时不时地使用一些名物的别称——借代字，以求得诗歌语言的生新感和陌生化效果。如《十一日姑园夜坐，前韵再送郑大》："老仆躺躺僵触屏，伴人尚有梅花弟。""龙标左右足树鸡，为割千头佐馋醉。"梅花弟，即是水仙。树鸡，木耳别名。《高枧除夕》："散策梅花林，薰香檐葡室。"檐葡，即栀子花。《秋葵，用元遗山韵》："眼前那得赵昌手，为我细貌中心檀。"中心檀，即浅红色。《舒舒觉罗芝龄太守佛尔国春小葺听莺轩成，饮以落之》："彴略几时更旧径，空明一片讶新开。"彴略，即桥。以上诸例中的水仙、木耳、栀子花、浅红色、桥等词汇，本来都是生活中常用和熟知的，但是莫友芝在诗中使用一些别称，就让一般读者如堕十里迷雾之中，不知所云。

（2）句式求新求变

莫友芝追求诗歌句式的变化创新，主要表现有二：一是使用散文句式，如《春官报罢，国子学正刘椒云传莹招同曾滁生学士国藩小饮虎坊寓宅，歌以为别》："刘子之肠灿若万花谷，曾子之度汪如千顷波。长安城中有二子，使我鄙吝俱消磨。"《澧州阻水，城上遇杨性农彝珍孝廉》："杨侯杨侯，尔家此去不及二百里，枉渚可消摇，霞山亦清美，胡为悒郁久居此。"这些句子无论在字数、节奏、音韵上都是典型的散文句式。这种句式偶尔夹杂于诗中，不仅能够增强诗歌的表现力，而且也使得诗歌语言形式摇曳多姿，富于变化。

二是使用叠字来造成句式变化。如《十八夜月》："十五十六不见月，十七十八又不圆。路长路短只由路，天湿天干休问天。"《遵乱纪事》其五："稀稀朗朗天上星，密密挼挼城头灯。街街巷巷铃铎紧，门门户户刀枪明。"《怀远》："悠悠还汲汲，琐琐复纷纷。"叠字的反复出现，使诗句的语言形式呈现出一种别具一格的新鲜感。

四　曾国藩：读书积理

曾国藩（1811—1872），原名子城，字伯涵，号滁生，湖南省湘乡县荷塘（今属双峰县）人。道光十三年（1833）中秀才。次年中举人。道光十八年（1838）中进士，改庶吉士，散馆授翰林院检讨，历任翰林院侍讲、侍读，迁内阁学士、礼部侍郎。咸丰二年（1852）丁母忧回乡，年末奉旨操办本省团练，次年与招募湘勇迎战太平军。咸丰十年（1860）任两江总督。同治三年（1864）攻克太平天国都城天京，封为一等侯爵。同治六年（1867），授体仁阁大学士。同治七年（1868），授武英殿大学士，调任直隶总督。同治九年（1870），调两江总督。同治十一年（1871）卒于任。追赠太傅，谥文正。

其诗歌创作主要见于《曾国藩诗文集》（上海古籍出版社2005年版），内含诗集四卷，收录道光十五年乙未（1838）至同治十年辛未（1871）年间所作诗歌，共计存诗316首。据彭靖统计：曾国藩五古诗最多，有90首；七律次之，约80首；七古又次之，近70首；五律更次之，约40首；七绝30余首；五绝仅1首。（见《曾国藩的诗论和诗》，《求索》1985年第2期）

曾国藩是桐城派后期的代表人物，他与桐城派主将姚鼐有着很深的渊源。他的学术思想和古文理论都肇自于姚鼐，其诗学思想也师承姚氏。此外，曾国藩与何绍基关系密切，何绍基对曾国藩产生过一定的影响。曾国藩写于道光二十四年三月初十日的家书《致温弟沅弟》云："通一艺即通众艺，通于艺即通于道，初不分而二之也。"① 这个"艺通于道"的思想就可以在姚鼐、何绍基那里找到渊源。姚鼐云："诗文皆技也，技之精者必近道，故诗文美者命意必善。"② 姚鼐"技之精者必近道"说，与曾国藩"艺通于道"说就是肸蚃相通的。又，道光二十二年十一月十八日曾国藩《日记》云："何子贞来，谈诗文甚知要，得'艺通于道'之旨。子贞真能自树立者也。余通言多夸诞。"③ 此处又可以看到，曾国藩对何绍基"艺通于道"思想的直接继承。

曾国藩强调读书积理。他说："文章之事，以读书多、积理富为要"④ 又说："凡作诗文，有情极真挚，不得不一倾吐之时，然必须平日积理既富，不假思索，左右逢源，其所言之理，足以达其胸中至真至正之情，作文时无镌刻字句之苦，文成后无郁塞不吐之情，皆平日读书积理之功也。"⑤ 综上可见，曾国藩认为，在诗文创作中，情感固然是创作的源泉与原初动力，也是诗文的表现对象，但是，要自由地表达情感，就必须以读书积理为前提，通过读书多、积理富来实现。由此看来，在曾国藩的诗学思想中，情、理、学是互相依存和统一的。他既肯定情在诗歌创作中的最高价值，又极力主张理和学对于表现情感的作用。这一点具有鲜明的宗宋特征。

关于诗学途径，道光二十五年（1845）三月曾国藩《致诸弟》云："吾于五七古学杜韩，五七律学杜，此二家无一字不细看。外此则古诗学苏黄，律诗学义山，此三家亦无一字不看。五家之外则用功浅矣。"⑥ 又，同治三年（1864）三月十七日曾国藩《日记》云："余既抄选十八家之诗，虽存他乐不请之怀，未免足已自封之陋。乃近日意思尤为简约，五古拟读陶潜、谢朓两家，七古拟专读韩愈、苏轼两家，五律专读杜甫，七律专读黄庭坚，七绝专读陆游。以一二家为主，则他家参观互证，庶几用志不纷。"⑦ 这两则材料说明，曾国藩的诗学途径先后有所不

---

① 《曾国藩全集·家书》，岳麓书社 1985 年版，第 81 页。
② 《答翁学士书》，贾文昭编著：《桐城派文论选》，中华书局 2008 年版，第 99 页。
③ 《曾国藩全集·日记》，岳麓书社 1987 年版，第 131 页。
④ 同上书，第 67 页。
⑤ 同上书，第 131 页。
⑥ 《曾国藩全集·书信》，岳麓书社 1990 年版，第 108 页。
⑦ 《曾国藩全集》，岳麓书社 1987 年版，第 996 页。

同，但是大体一致。前期较严，后期较宽。五七古先后学习陶、谢、杜、韩、苏、黄，五七律先后学习李商隐、杜、黄。曾国藩学习的对象主要是宋诗作家和对宋诗的形成具有重要影响的作家，但不是拘囿于一家，而是转益多师。

值得注意的是，曾国藩以倡导学习黄庭坚而著称。陈衍说："坡诗盛行于南宋、金、元，至有清几于户诵。山谷则江西宗派外，千百年寂寂无颂声。湘乡出而诗字皆宗涪翁。"① 陈衍说，苏轼自南宋至清代，一直都受到人们的重视，而黄庭坚则长期以来备受冷落。直到曾国藩出而鼓吹，遂使诗坛风行学习黄庭坚了。曾国藩自己对此也很得意，其《题彭旭诗集后即送其南归二首》之二云："杜韩去千年，摇落吾安放？涪叟差可人，风骚通肸蚃。造意最无垠，琢词辨倔强。仲文揉作缩，直气摧为枉。自仆宗涪翁，时流颇忻响。"② 此说可以和陈衍的说法相印证。曾国藩确是倡导学习黄庭坚而有功者。但是，如前所述，他的诗学途径是转益多师，他并非专学黄庭坚一家。从其创作来看，也不是专门体现黄诗特色。

曾国藩诗歌的题材内容主要有三类：一是记事写人；二是赠酬送别；三是题咏。题咏诗包括题画、题诗文书稿、题砚等内容。这类诗歌随着图画内容或者题咏对象的不同，所表达的意思差别很大。有的阐释图画的内容，演绎画中意境；有的咏叹所画人物；有的则对画作者发表议论；还有的则是诗人借题咏表现自己的心境、思想。这类诗歌内容繁杂。这里着重论述前二类诗歌。

1. 记事述怀

这一类诗歌的内容成分较为复杂。其中最值得注意的有二：一是述怀言志，抒发年华易逝的感叹和追求功名的强烈愿望。曾国藩是一个精研理学和深受儒家传统思想熏陶的文人，他的最重要的人生追求和处世准则就是修齐治平和入世济世。因此他的诗歌中常常流露出一种对功名事业的追求。如：

> 太华山顶一虬松，万龄千代无人踪。夜半霹雳从天下，巨木飞送

---

① 《近代诗钞述评》，钱仲联编校：《陈衍诗论合集》，福建人民出版社 1999 年版，第882 页。

② 王澧华校点：《曾国藩诗文集》，上海古籍出版社 2005 年版，第 80 页。

清渭东。横卧江干径十里，盘坳上有层云封。长安梓人贼一见，天子正造咸阳宫。大斧长绳立挽致，来牛去马填坑缝。虹梁百围饰玉带，螭柱万石搅金钟。莫言儒生终龊龊，万一雉卵变蛟龙。（《感春六首》之六）

　　屋后一枯池，夜雨生波澜。勿言一勺水，会有蛟龙蟠。物理无定姿，须臾变众窍。男儿未盖棺，进取谁能料。（《小池》）

在前一首诗中，诗人把自己比作掩藏于深山老林中而尚未被人了解的参天巨木，坚信自己不会长久地湮没无闻，总有一天要成为朝廷的栋梁。在后一首诗中，曾国藩借屋后枯池雨后涨水，表明自己必有进取之日的信念。这两首诗，都表达了诗人对自己建功立业的自信心与志气。

在功名事业上，自然不可能完全按照自己的意愿，时时刻刻都那么称心如意，一帆风顺的。因此，曾国藩诗歌也表现了他功业未成的苦闷。如《三十二初度次日书怀》："男儿三十殊非少，今我过之讵足欢。龊龊挈瓶嗟器小，酣歌鼓缶已春阑。眼中云物知何兆，镜里心情只独看。饱食甘眠无用处，多惭名字侣鸩鸾。"诗人过三十二岁生日，却没有一点喜悦的感觉，相反却为自己年岁日长而没能够有较大作为，感到郁郁寡欢。

还有的诗歌则表现了诗人迫切为世所用的心情。《杂诗九首》之九："谁能烹隽燕，我愿燎桑薪。谁能钓巨鼋，我愿理其纶。南涧芼萍藻，可以羞鬼神。大材与小辨，相须会有因。嗟余不足役，岂谓时无人。"诗人希望有伯乐来了解和起用他。为了有机会施展自己的才能，他甘愿以"小材"自处，居人之下。心情是何等的急迫。

另有一些诗歌则在自己暂未获得机会一展才华的时候，勉励自己要奋发努力，不可蹉跎岁月。如《杂诗九首》之八："谁谓百年长，仓皇已老大。我迈而斯征，辛勤共粗粝。来世安可期，记今生勿玩愒。"诗歌中，诗人告诫自己对未来要充满信心，不可自暴自弃，玩物丧志。

曾国藩的诗歌中多方面地表现了对功业的追求，这是他个人心态、思想的真实写照。联系到他的一生出处和行止来看，曾国藩正是这样的一个人。这些内容是曾国藩诗歌中最值得注意的地方。

二是抒发亲情。曾国藩与其弟关系很好，而他又与弟弟们聚少离多，因此他常常借诗歌表达对乃弟的思念或者期望。这些诗歌情深意笃，令人感动。如《寄弟三首》："去年长已矣，来日尚云赊。身弱各相祝，家贫倘有涯。乡心无住著，望眼久昏花。寂落音书阔，多疑驿使差。"（之一）"梦里携予季，亭亭似我长。三年不相见，一变安可量。神骏初衔辔，牵牛肯服箱。朝朝偷芋栗，知尔足奔忙。"（之三）这两首诗非常生动地写出了对弟弟的思念：梦中与弟弟相见，醒来揣测弟弟的情况，深情地回忆弟弟儿时的往事。平时与弟弟互相祝福身体健康，一段时间不见书信便翘首盼望，猜疑邮差耽搁了投递。此外，还有的诗歌或者对弟弟谆谆教诲做人的道理，或者为弟弟取得功业感到兴奋，或者为弟弟的处境牵挂，都表现出浓浓的亲情。

2. 赠酬与送别

曾国藩作为传统封建文人，非常注重个人修养和品格的砥砺。他的交友与用人，也往往看重人品。这也体现在他的诗歌创作中。从他的诗歌内容来看，他的许多诗歌都是关于友朋交往的，其中固然不乏人情、友谊，但也完全可以看出，他们绝非寻常庸俗的酒友利害关系，他们往往是志同道合之人，在一起常常是谈诗、论文、赏画、议政、讨论学问、砥砺人品。所以在诗中经常可以看到诗人与友人砥砺共勉。如《送陈岱云出守吉安》："报恩不在他，立德乃可尚。丈夫要努力，无为苦惆怅。"当朋友将要从京城放逐到吉安任知府的时候，诗人鼓励朋友"立德"、"努力"，不要"惆怅"。

《送孙芝房使贵州二首》之一："定有新诗传万口，归来吾与解奚囊。"之二："君今岩壑搜群玉，自有光芒照百蛮。不似老夫徒碌碌，昆冈一网手空还。"朋友孙芝房将要出使贵州，在一般人看来，去那样一个偏远的地方，是一件苦差事。于是，诗人告诫孙氏，此去可以看到许多奇山异水、古战场和民族风情，正可激发自己的诗歌创作，丰富自己的诗囊。

《送黄絮皆使秦中》："归来谢天子，亦用夸吾曹。为己辨夔辅，与世置夔皋。"按，《曾国藩诗文集》笺云，黄絮皆于道光二十九年奉旨任陕西乡试副考官。诗人鼓励黄絮皆认真为国选拔人才，报效朝廷。

《送黎樾乔侍御南归六首》之四："事往一回首，人各发旧蒙。所贵中无疚，焉计达与穷？"友人黎樾乔于道光二十八年告病开缺，其"告病"的原因，从组诗中可知，是黎樾乔看到"逆夷"危害甚剧，于是向朝廷建言献策，却未得认可。于是，黎樾乔愤而告病还乡。因此，诗人安慰他，不必在乎穷与达的问题，只要自己问心无愧就行。

《酬李生三首》之三："文章不是救时物，扬雄司马乌足骄。男儿万事须尝胆，讵肯侥幸呼卢枭。女曹报国好身手，看我蹉跎已老丑。"诗中李生名春甫，是曾国藩典试蜀中时选拔的人才。曾作百韵长诗赠给曾氏，曾氏作此诗酬答，并且勉励李生，无为自己的文才而骄傲，要想想如何报效国家。

《题彭旭诗集后即送其南归二首》之一："男儿要身在，百忤宁足摧。"之二："要当志千里，未宜局寻丈。"这两首诗鼓励彭旭树立远大理想，不怕困难，不要故步自封。

此外，还有《赠梅伯言二首》赞美梅曾亮甘于寂寞，不图虚名，不羡荣华，潜心学问和创作。

总之，曾国藩的赠人送别之作，往往带有明确的道德意义，诗人勉励友人励志，进取，修身，济世。这些诗虽然是写给别人的，却也正是诗人自己人品、心声的体现，也是其诗歌中较有意义的部分。

曾国藩的诗歌创作多学杜、韩、苏、黄而转益多师，具有宗宋特点和自己的个性，这就是：

1. 多用赋法，多叙述

曾国藩诗歌有一个明显的特点就是较少写景状物，不追求对客观世界做生动、精确描写，即使是一些看起来应该写景状物的题目，往往也很少细致的描摹，所以他的诗歌中鲜有生动传神的意象，鲜有历历在目的画面感。他的诗歌比较多的是叙述（或者说讲述、陈述）、描述，往往是简要地叙述一种经历、过程，陈述一种看法、性质，描述一种状态、现象。他常用的是一种传统的赋的手法。如：

> 人间骯髒一毛生，与子交期如弟兄。忽出国门骑瘦马，去看东海掣长鲸。放歌一吊田横岛，酾酒还临乐毅城。并入先生诗句里，干戈离别古今情。（《读吴南屏送毛西垣之即墨长歌，即题其集二首》之二）
>
> 昨来殊不适，日落独登楼。西北看辽沈，东南望海陬。苍茫怀百代，浩荡足千愁。画肚思长策，嗟余肉食谋。（《得郭筠仙书并诗却寄六律》之五）
>
> 翻从官宿得闲时，仙掖深深昼掩帷。静向古人书易入，寒偏今日酒堪持。浓馤说献宫中佛，晴雪看分禁里墀。日暮武英门外望，井阑

冰合柳枯垂。(《腊八日夜直》)

以上第一首诗说吴南屏和毛西垣的友谊甚笃，毛氏将要出京远去，吴南屏把毛氏的行踪都写入了自己的送别诗歌之中，情深义重。第二首诗说自己昨天以来精神不爽，日落时分登楼远望，想得很多，愁绪万千，却没有好的办法。第三首说自己在腊八日值夜班，宫掖深深，静谧寂寞。这几首诗都是采用叙述（也就是赋）的手法来写，而这种叙述具有高度概括的特点，它不是叙述某个事件的详细经过，也不对叙述对象做细致的刻画。它只是通过叙述来传达一种思想、意见，所以，它是以意为主的，虽然其中也有意象，但诗人不以创造意象为目的，这些意象也并不鲜明突出，因为它们是服务于意义的表达的，完全熔铸到了意义表达的过程之中去了。

2. 体现"积理"之富，多议论说理

在诗歌史上，诗歌创作向来是以抒情为目的，以言情为主，当然也并不排斥说理。不过，理的表现是有限度也是有条件的。宋诗言理较多，虽然言理的佳作也不少，但还是招致非议不断。曾国藩诗歌宗宋，公然标榜"积理"。他不仅说至真至正之情必须以积理为基础，而且把诗歌作为检验积理的工具。道光二十二年十二月初七日曾国藩日记自言"每月作诗文数首，以验积理之多寡，养气之盛否。"[1] 他所谓的理，就是道理、识见、理性精神和理性思维等。在曾国藩看来，自己积理几何，诗歌创作就是一把尺子，从诗歌内容就可以看出积理的多少了。从这样的观念出发，曾国藩诗歌创作体现出了鲜明的主理的特点，突出表现为议论说理，表现为对人生、事理的深刻认识。

如《送梅伯言归金陵三首》之三："文笔昌黎百世师，桐城诸老实宗之。方姚以后无孤诣，嘉道之间又一奇。碧海鼍呿鲸掣候，青山花放水流时。两般妙境知音寡，它日曹溪付与谁。"这首诗说桐城派继承了韩愈的文统，方苞、姚鼐等人取得了很高的成就，而梅伯言（曾亮）又是他们之后，在嘉道年间的重要人物。其创作有碧海鼍呿与青山花放两种风格，知音难觅。曾国藩的这首诗完全是以诗歌的形式做诗评，将梅曾亮的诗歌放到桐城诗派和诗歌史的背景下进行考察，评价十分精当、深刻，以理

---

① 《曾国藩全集·日记》，岳麓书社 1987 年版，第 138 页。

取胜。

又如《送黎樾乔侍御南归六首》之三："万岁行滔滔，后水逐前水。今古数达官，河沙不可纪。生存势熏天，死去饱蝼蚁。达人计深长，誓不就糠秕。"这首诗说人们在时间的长河中只是匆匆过客，古往今来的达官贵人不知凡几，皆被时光的流水冲刷去了。纵然他们生前气焰熏天，死后也难免为蝼蚁所唼的结局。这是对世事人生、对功名富贵的深刻洞察。

又如《兹晨》："兹晨曷不乐，端念良自尤。自吾有爪牙，半啄匪躬谋。俯视见后土，仰视见光浮。关门赫婢仆，雄长如诸侯。专精事羹饭，余政及乾糇。兵后物力绌，平世生齿稠。人人似我饱，实重黄屋忧。吾皇惕昧爽，彼相争前筹。圣者自危厉，愚者自悠游。大哉六合内，人类难等俦。"诗人晨起想到自己虽然生活在动荡的年代，却是衣食无忧，婢仆随从，关起门来仿如诸侯，自己应该知足了，六合之内人类不是能够平等的。这首诗表现出诗人对知足常乐这一哲理的感悟。

《送凌十一归长沙五首》之二："皇天陶钧造万器，罋盎瓶雷巧安置。颇怪君材无不能，胸中多藏如列肆。刀光刺眼瞬不摇，小事痴呆大事智。吁嗟世事安可知，干将补履不如刺。"万物皆有所用，但如果用非所长，则虽有良才亦于事无补。曾国藩善于用人，他对用人之道确实有着深刻的认识。

《寄弟》："生世非一途，处身贵深窈。万众奔恬愉，圣贤类悄悄。二陆盛掞张，鹤唳悲江表。夷齐争三光，岂不在饿殍？"这首诗说到为人处世之道，立身行事要低调、谦逊为好，古来圣贤能够成就不世之功，却都是甘于寂寞的。

总之，曾国藩诗歌中的议论说理很多，这是他的诗歌中常用之法。除此之外，他的一些以叙述、描写为主的诗歌中也常常寄寓着理的成分。他把理作为诗歌创作的基础。所以其诗歌创作往往都或隐或显地包含着某种理：有事理，即客观规律、万事万物之理，也有社会生活与人生的道理，而归根结底，往往都会指向对人生哲理的领悟，指向正心诚意、修齐治平之理。他的理在根本上都是程朱理学之理的体现。其诗歌创作是以一种体道见性的方式，表现其对理和理学的领悟。正因为这样，所以他才能够通过作诗来检验"积理之多寡，养气之盛否"。

3. 以散文章法作诗

作为桐城派后期重要代表人物的曾国藩，首先以文章著称，他是以散文家身份而兼做诗人。因而其诗歌创作也不可避免地打上了散文的烙印。这主要表现为以散文章法作诗。如《寄怀刘孟容》一诗，首先说与刘孟容分别已有四年了，思念刘氏；继而回忆与刘氏初结交的情景；然后又写当年分别之后的遭遇，刘氏"遭官长刵"，而诗人自己"作燕山囚"，两人互相牵挂；接着又写分别的次年两人在长沙相会的情况，并说到另一个人——郭生；接下来，又写分别，郭生与我去了"长安"，我入朝做官了，而刘氏未能，我虽然做了官，但不会因此而改变自己的本性；最后，表达对刘氏的思念和羡慕之情。

《太学石鼓歌》一诗，先写我见到了石鼓，徘徊深思；次写石鼓的来历，从周宣王写到战国七雄、秦嬴、刘邦，写石鼓流落一千载；然后写重获石鼓的复杂经历——国子先生竭力寻找，宣和天子诏移汴水，后又北徙至于燕台；再写道园诗翁如何安置石鼓；最后写自己作歌的缘由。

《送陈岱云出守吉安》一诗，先从诗人与陈岱云初相识写起，写了两人意气相投，关系密切。然后写两人各自回湖南，诗人去长沙拜访陈家。继而又写回京后两人来往密切。接着又写两人心气相同，彼此互相理解，互相扶持。接下来，写了陈岱云得重病，诗人想方设法予以帮助。再往下，写了陈氏丧妻，诗人给予帮助。最后，写陈氏贫病之中，幸得出守吉安之任，勉励陈氏努力有所作为。

从上述诸例可以看出，曾国藩的部分诗歌内容比较零星、散碎、琐屑，不是集中描写一个具有表现力的中心情节，也不是集中刻画一个艺术形象，他是以意为主，采用一种散文式的叙述方式，向读者进行复杂意义的讲述，而非形象的凸显、画面的展示。在结构的安排上层次丰富跌宕，峰回路转。所有这一切都说明，诗人是以散文的手法表达散文的内容，仅仅在语言形式上是韵文而已。

4. 以学为诗

曾国藩非常重视读书，重视学殖对于诗歌创作的重要性。这是宋诗的传统，也是桐城派的传统。曾国藩继承了这两个传统。其诗歌创作也带有以学为诗的烙印。如《题俞荫甫群经平议、诸子平议后》：

> 圣徂旷千祀，微言久歇绝。六籍出燔余，诸老抱残缺。尚赖故训存，历世循旧辙。从宋洎有明，轨涂稍歧别。皇朝褒四术，众贤互摽揭。顾阎启前旌，江戴绍休烈。迭兴段与钱，王氏尤奇杰。大儒起淮

海，父子相研悦。子史及群经，立训坚如铁。审言明假借，课虚释症
结。旁证通百泉，清辞皎初雪。

这是该诗的前半部分。这里，诗人历数清代著名学者，对清代学术进
行了一个简要的评价，俨然就是一篇学术简史。《题苗先麓寒灯订韵图》
一诗论述音韵学的发展，从永明四声说讲到唐宋明清，"圣清造元音，昆
山一鸿儒。中天悬日月，堂堂烛五书。上追召陵叟，千载若合符。斯文有
正轨，来者何于于。江戴扬其波，段孔入其郛。苗髯最晚出，汇为众说
都。"诗歌评述了音韵学在清代的发展与成就。《题唐本说文木部应莫邸
亭孝廉》一诗就所见唐代刻印的说文解字残本进行评论，说它与清代学
者的一些研究暗中契合，"古辙正合今时轮"，纠正了"诒误几辈空因循"
的错误。《太学石鼓歌》一诗讲述石鼓的来历，考证石鼓历史身份，论学
的意味非常浓厚。总之，重学的传统和时代风气对曾国藩诗歌产生了深刻
影响。他的诗歌以学术问题为内容，谈论学者、学术著作、学术史，体现
出诗人深厚的学术修养和深邃的学术眼光。

5. 诗风刚健雄壮

关于诗文美学风格，曾国藩深受姚鼐的影响，推崇其阳刚与阴柔之
说。他说："吾尝取姚姬传先生之说，文章之道分阳刚之美，阴柔之美。
大抵阳刚者气势浩瀚，阴柔者韵味深美。浩瀚者喷薄而出之，深美者吞吐
而出之。"① 曾氏将阳刚与阴柔并举，其解释也并无轩轾之意，但是，他
实际上还是偏好阳刚之美的。他曾经说过："平生好雄奇瑰伟之文。"② 这
也是受到姚鼐的影响所致。姚鼐《海愚诗钞序》云：

> 文之雄伟而劲直者，必贵于温深而徐婉。温深徐婉之才不易得
> 也，然其尤难得也，必在乎天下之雄才也。夫古今为诗人者多矣，为
> 诗而善者亦多矣，而卓然足称为雄才者，千余年中数人焉耳。甚矣其
> 得之难也。③

---

① 《曾国藩全集·日记》，第 475 页。
② 《复吴南屏》，《曾国藩全集·书信》，岳麓书社 1990 年版，第 1154 页。
③ 《惜抱轩诗文集》，上海古籍出版社 1992 年版，第 48 页。

　　由此我们不但可以清楚地看到曾国藩与姚鼐的理论渊源关系，也能更好地理解曾国藩的文学思想了。从这种观念出发，曾国藩的诗歌创作也呈现出刚健雄壮的风格，体现出阳刚之美。如《次韵何廉昉太守感怀述事十六首》之四："沧海横流泽有鸿，微生独出一当熊。千艘梭织怒涛上，万幕筛吹明月中。屠罢长鲸波尚赤，战归骄马汗犹红。谁知春晚周郎老，更与东皇乞好风。"这首诗中，意象雄健刚劲，"沧海横流"、"千艘梭织"、"怒涛"、"屠罢长鲸"以及战罢归来的骄马、不服老的周郎等，都表现出一种豪气、斗志，表现出一种慷慨激昂、奋发向上的精神，格调刚健。

　　又如《秋怀诗五首》之二："蟋蟀吟西轩，商声方兹始。小人快一鸣，得时亦如此。大泽藏蛰龙，严冬卧不起。明岁泽九州，功成返湫底。吾道恶多言，喧嚣空复尔。"这首诗作于诗人自感不太得意而小人猖獗之时。在这种情况下作诗，一般的文人学士很容易表现自己的遭遇与苦楚，嗟叹命运多舛，怀才不遇，发泄种种不满和幽怨。可是，诗人在这首诗中，却以严冬暂时蛰伏于大泽的卧龙自比，不顺心时静静等待，坚信"明岁"必能腾起而大有作为，泽被九州。诗歌悲怨中更体现出一股奋发有为的雄心壮志。

　　曾国藩诗歌的刚健雄壮风格主要是由于两个方面的因素造成。一是弥漫于诗歌中的奋发向上、努力进取的精神。在他的很多诗歌中都可以看到其不甘平庸、立志建功立业的豪言壮语。如：

　　　　丈夫贵倔强。(《杂诗九首》之四)
　　　　大夏正须梁栋拄，先生何事赋归田。(《失题四首》)
　　　　从古精诚能破石，熏天事业不贪钱。(《次韵何廉昉太守感怀述事十六首》之十一)
　　　　豪气思屠大海鲸。(《岁暮杂感十首》之四)
　　　　匣里龙泉吟不住，问予何日斫蛟鼍。(《岁暮杂感十首》之七)

　　这些诗句都表明了诗人不屈服于困难，志存高远，奋发图强的精神，具有一种刚健的风格。

　　二是高度自信心的表达。他毫不隐讳地表明自己不是平庸之人，即使暂时困顿，也必不久居人下，定有大展宏图的时候。如：

《送淩九归》："丈夫生世会有适，安能侧身自跼蹐。"

《秋怀诗五首》之一："终然学黄鹄，浩荡沧溟飞。"

《沅圃弟四十一初度》之三："一剑须臾龙变化，谁能终古老泥蟠。"

《次韵何廉昉太守感怀述事十六首》之十一："巨海茫茫终得岸，谁言精卫恨难填。"

这种自信心也是一种激发人进取的力量。它使诗歌表现出一种刚健的人格精神。

最后要说的是，其诗歌的刚健雄壮风格也离不开刚健、雄壮、倔强、勇猛的意象。前面所居诸例中的龙泉宝剑、大海鲸、黄鹄、浩荡沧溟、精卫、梁栋等，都是这种刚健雄壮风格的载体。

第三节　同光体：揭橥"学人之诗"

同光年间又出现了同光体诗派。重要诗人有陈三立、沈曾植、陈衍、郑孝胥、袁昶、俞明震、陈宝琛、沈瑜庆、陈曾寿、范当世、林旭。同光体诗派中又分为三派：赣派，以陈三立为代表；浙派，以沈曾植为代表；闽派，以陈衍、郑孝胥为代表。陈三立是整个同光体诗派的领袖。陈衍是整个同光体诗派的理论代表。

一　陈衍：学人之诗的理论代表

陈衍（1856—1937），字叔伊，号匹园，又号石遗，福建侯官（今福州市）人。光绪八年壬午（1882）举人，光绪十二年（1886）入台湾巡抚刘铭传幕。光绪十六年（1890）入江南制造局幕，兼广方言馆教席。旋入张之洞幕，任官报局总纂兼两湖书院教习。宣统元年（1909）入京官学部主事，兼礼学馆纂修，主持京师大学堂经学讲席。1923 年任厦门大学教授。1931 年任无锡国学专修学校讲席。著有《石遗室诗话》、《近代诗钞》、《宋诗精华录》、《元诗纪事》、《辽诗纪事》等。他的《石遗室诗话》是同光体诗派的代表性理论著作。其要旨如下。

1. 揭橥三元说

陈衍最有代表性的诗歌理论主张是他提出的三元说。其《石遗室诗话》卷一云："盖余谓诗莫盛于三元：上元开元，中元元和，下元元祐也。"① 开元是王维、孟浩然、高适、岑参和李白、杜甫等诗人生活的时代；元和是韩愈、柳宗元、孟郊、元稹、白居易等诗人生活的时代；元祐是苏轼以及黄庭坚、陈师道、陈与义等江西派诗人生活的时代。陈衍标举三元，其意即学习杜甫、韩愈、黄庭坚，以及以他们为代表的开元、元和、元祐时期的诗歌，主要着眼点是杜、韩、黄。由于杜、韩是启迪古代诗歌由唐转宋的先驱者和关键人物，黄庭坚是宋诗的代表人物，杜、韩、黄三人体现了宋诗发展的总体进程和脉络。因此，三元说在体现唐宋融合的同时，更透露了宗宋的美学趣向。

2. 提倡"学人之诗"与"诗人之诗"的结合

学人之诗的思想萌发由来已久，但作为一个诗学概念而正式提出是在清代。杭世骏《沈沃田诗序》："《三百篇》之中，有诗人之诗，有学人之诗"，还指出学人之诗"特以'学'之一字立诗之干"。② 杭世骏认为《诗经》中就有了学人之诗，显然他对学人之诗是持肯定态度的。与之不同的是，袁枚不喜欢所谓学人之诗，但他也同样使用了这个概念："陆陆堂、朱襄七、汪韩门三太史，经学渊深，而诗多湿闷，所谓学人之诗，读之令人不欢。"③ 可见，在陈衍之前的清代诗坛，学人之诗的概念已经存在，并且为人们所接受了。但是，这一概念的使用还不够普遍，带有偶然性，而且其内涵也尚不十分明确，更没有谁把它作为一种诗学主张来加以倡导。

到陈衍这里，开始正式揭橥学人之诗理论，大大丰富了这一概念的美学内涵。

> 张铁君侍郎（亨嘉）素不以诗名，然偶为之必惨淡经营，一字不苟，所谓学人之诗也。《苇湾泛舟》……二诗不过数百字，凡用经史十许处，几于字字有来历。④

---

① 《陈衍诗论合集》，福建人民出版社1999年版，第9页。
② 《道古堂文集》，《续修四库全书》本，卷十。
③ 袁枚：《随园诗话》，江苏古籍出版社2000年版，第118页。
④ 《石遗室诗话》，《陈衍诗论合集》上，福建人民出版社1999年版，第87页。

　　"郑莫并称，而子偲学人之诗，长于考证，与子尹有窘不相同者。"祁春圃相国诗"证据精确，比例切当，所谓学人之诗也。而诗中带著写景言情，则又诗人之诗矣。"①

　　余亦请剑丞评余诗，则谓由学人之诗作到诗人之诗。此许固太过，然不先为诗人之诗，而径为学人之诗，往往终于学人，不到真诗人境界，盖学问有余性情不足也。②

　　余生平论诗，以为必具学人之根柢，诗人之性情，而后才力与怀抱相发越，三百篇之大小雅材是也。③

　　由上可见：（1）陈衍所谓学人之诗主要是指向诗人的学问，而诗人之诗主要是指向诗人的性情。两者是一种相互对应、彼此区别，其界限非常清楚。（2）他所说的学问，就是诗人具有深厚的经史学问根柢和朴学功夫，体现于诗歌创作中，就是多用经史典故，长于考证，证据精确，讲究字有来历。（3）陈衍认为诗人应该性情与学问兼备，学诗必须先为诗人之诗，学人之诗必须以诗人之诗为基础，诗歌创作不应该终止于学人之诗，否则就未达到真诗人的境界。陈衍倡导学人之诗，是对诗人之诗的补充，但不是对它的否定。学人之诗不是诗歌创作的终极价值所在，所以，它必须与诗人之诗相结合，最终向诗人之诗回归。

　　从上述诸例来看，到陈衍这里，学人之诗概念的内涵开始变得丰富、明确了。必须指出的是，陈衍的学人之诗说，主要是用于阐释道咸宋诗派以及同光体诗派的创作特色，以此来说明这两个诗派一脉相承的传统，为同光体诗派树立一面理论旗帜。其《近代诗钞》谈到自嘉道年间宋诗运动重要诗人程恩泽、祁寯藻、何绍基、郑珍、莫友芝直到曾国藩等，"诸公率以开元、天宝、元和、元祐诸大家为职志，不规矩于王文简之标举神韵，沈文悫之主持温柔敦厚，盖合学人诗人之诗二而一之也。"④ 又其《近代诗钞述评叙》云："文端学有根柢，与程春海侍郎为杜、为韩、为苏、黄，辅以曾文正、何子贞、郑子尹、莫子偲之伦，而后学人之言与诗

---

① 《石遗室诗话》，《陈衍诗论合集》上，福建人民出版社1999年版，第382页。
② 同上书，第197页。
③ 《聆风簃诗序》，《陈衍诗论合集》下，第1076页。
④ 《陈衍诗论合集》上，第879页。

人之言合。"① 道咸宋诗运动的诗人们在诗歌创作中体现出了学人之诗的特点，但是并未以学人之诗为标榜，陈衍则极力揭示宋诗派诗人的这个特色，指出学人之诗与诗人之诗的结合是嘉道宋诗运动以来的传统，其目的就是证明同光体诗派的学人之诗创作渊源有自，并以此作为同光体诗人的自觉追求。

3. 不俗论

陈衍提出了"不俗"的诗学主张。他说：

> 诗最患浅俗。何为浅？人人能道语是也。何为俗？人人所喜语是也。②
>
> 张元奇（君常）学苏轼，盘硬而不入于生涩，流宕而不落于浅俗。③
>
> 作诗第一求免俗，次则意足，是自己言，前后不自雷同。此则根于立身有本末。多阅历、多读书，不徒于诗求之者矣。④

上述诸例中，陈衍鲜明地提出了"不俗"的诗学主张。概括起来，可知其内涵如下。

（1）诗歌的俗或谓之浅俗，包括浅与俗两个方面，其含义就是指人人都能说、人人都喜欢说的陈词滥调，其特点：一是肤浅、浅陋；二是迎合时俗，司空见惯，了无新意，因而俗滥。

（2）苏轼诗歌的盘硬、流宕诗风是免俗的药石。这就意味着，陈衍的不俗论是希望以苏轼为代表的宋诗风格来起到救赎浅俗诗风的作用。

（3）陈衍认为，诗歌要免俗，不能仅仅在诗歌创作上下功夫，功夫在诗外，必须在立身和读书上找出路，也就是说，诗歌的不俗源自作者人品的不俗，人格超拔脱俗则诗品自然不俗。同时，要多读书，丰富自己的涵养。

关于人品与读书，陈衍还有比较具体的论述。陈衍强调人品与诗品的统一：

---

① 《陈衍诗论合集》上，第 875 页。
② 《石遗室诗话》卷二十三，《陈衍诗论合集》，第 317 页。
③ 《知稼轩诗叙》，《陈石遗集》上，福建人民出版社 2001 年版，第 522 页。
④ 陈衍：《书沈蜺墨藻诗卷端》，《陈石遗集》上，第 636 页。

> 有工为诗者，非独其诗不屑乎众人，必其人之不屑乎众人也。仁先……能为经济家言、性理家言，公卿大臣多器之，稍有甘利达乐高职之意，与同时年少之子并驱先登矣，皆弃不顾，独肆力为凄婉雄挚之诗。①

陈衍认为，真正工于诗者，不光是诗歌创作不同于凡俗，而且其人也一定出类拔萃，不同于众人。他以陈仁先为例加以说明，陈仁先首先就是不图名利与荣华富贵的品行高洁的人，一心汲汲于诗歌创作与学问，所以其诗有过人之处。

关于读书与诗歌的不俗，陈衍也有明确的论述。陈衍云：

> 余屡言诗之为道，易能而难工。工也者，必有以异乎众人之为，则读书不读书之辨也。②

陈衍认为，诗歌创作是否能够"异乎众人之为"——也就是脱俗或谓之不俗，关键是诗人自己的学养根柢，即读书多少。也就是说，只有多读书才可能作诗不俗。

由上可见，不俗论作为陈衍的重要诗学主张，就是要求诗歌避免浅俗的陈词滥调，而实现诗歌不俗的途径则是人品的修炼，人品与诗品相统一，此外则需要多读书，腹笥丰裕则诗歌不俗。

陈衍的不俗论是对黄庭坚和何绍基等人的不俗论的继承。苏轼、黄庭坚、陈师道等人都有过不俗论，尤以黄庭坚最为典型。黄庭坚《书嵇叔夜诗与侄榎》云："或问不俗之状，余曰：难言也。视其平居无以异于俗人，临大节而不可夺，此不俗人也。"③ 又其《题意可诗后》："宁律不谐，而不使句弱；宁用字不工，不使语俗。"④ 黄庭坚的不俗论既是对诗人人品的要求，也是对诗歌的要求。诗人应该具有高尚的品格，不凡的节操，要能够特立独行。作诗也不能人云亦云，要有自己的面貌。

---

① 《陈仁先诗叙》，《陈衍诗论合集》上，第1054页。
② 《李审言诗叙》，《陈石遗集》上，第681页。
③ 《黄庭坚全集编年辑校》下，江西人民出版社2008年版，第1587页。
④ 同上书，第1529页。

何绍基继承了黄庭坚的不俗论。他的《使黔草自序》云：

> 顾其用力之要何在乎？曰不俗二字尽之矣。所谓俗者，非必谓庸恶陋劣之甚也；同流合污，胸无是非，或逐时好，或傍古人，是未至俗。直起直落，独来独往，有感则通，见义则赴，是谓不俗……前哲戒俗之言多矣，莫善于涪翁之言，曰"临大节而不可夺，谓之不俗。"欲学为人，学为诗文，举不外斯旨。①

何绍基对黄庭坚的不俗论明确表示赞赏，说明了两者一脉相承的关系。他关于不俗的论述就是对黄庭坚不俗论的阐释、发挥。

陈衍的不俗论远绍黄庭坚而近接何绍基，在同光体诗派中弘扬了宗宋诗人追求不俗的诗学传统，并且做了进一步的强调和细化、开拓，体现和强化了同光体诗派的这一美学追求和艺术特点。这是陈衍诗论的核心，也是同光体诗派诗学思想的核心。陈衍乃至整个同光体诗派自觉于学人之诗与诗人之诗的结合，强调根柢经史和朴学功夫，以学为诗，在艺术表达上刻意避俗避熟，一意在字句上翻新求奇，致使其诗歌语言佶屈聱牙，艰涩难懂，追求清苍幽峭诗风和生涩奥衍诗风，都是这种不俗诗论在诗歌艺术上的体现。

总而言之，陈衍的诗学理论代表了同光体诗派的创作理念和审美追求，是我们认识同光体诗人及其创作的一把钥匙。它在当时产生了较大影响，在清诗史上也具有重要地位。它标志着清代诗坛历经对宋诗价值的重新认识，到重建宋诗范式，再现宋诗之美，进而实现了对宋诗范式的清代化与创新。

陈衍诗歌创作的成就与影响显然不逮其诗学理论，但陈衍作为同光体诗派的主要代表人物，其创作仍值得加以考察。归纳起来，其诗歌创作特点主要有：

1. 诗歌题材以流连光景与抒情为主

陈衍诗歌在题材内容上的一个突出特点是，多流连光景与抒情之作。关于这一点，陈衍在其《石遗室诗集叙》中有过一段夫子自道："余作诗三十年……乃分为三卷刻之。第一卷凡八年，多闲居及游览之作；第二卷

---

① 《东洲草堂文钞》卷三，《续修四库全书》本。

凡十有三年，多行旅之作，有歌劳之思焉；第三卷凡八年，有悲伤之作。"① 实际情况也正如陈衍自己所说的那样，多写闲居情事与游览风光之类。就这一点来说，颇有些耐人寻味。因为陈衍诗歌起于光绪三年（1877），迄于1927年。这是中国历史上风云变幻极为剧烈的时期，其中历经甲午战争、戊戌变法、义和团运动、庚子事变、慈禧新政、宣统帝登基、辛亥革命、张勋复辟、新文化运动、五四运动、北伐战争等重大历史事件，所有这些都是关系到国家兴衰与民族命运的大事，往往都为这个时代的士人所关注。然而，陈衍虽处于近代中国这个社会大变革时期，却仿佛与世隔绝，不食人间烟火，其诗歌却没有对此做出丝毫的反映，没有一点时代气息。

但是，陈衍这些流连光景与抒情的诗作，在艺术上却表现出了诗人写景抒情的功力。如《看黄叶寄怀沧趣老人》："独坐看黄叶，西山忆旧游。霜风残照里，秋望白人头。"这首诗描写秋风残照中独坐，并且看着黄叶而忆旧的白头老人，人在景中，景寓人情，情景交融，韵味绵长，引人遐思。

再如《竹根生笋喜作》："栽竹能生弱不禁，春来老翠转萧森。几根细笋频频数，胜过衰年望子心。"这首诗写老人看到竹根生长出细笋的喜悦心情，甚为细腻。老人三番五次地清点细笋的数目，倍加珍视，爱惜之情宛如老年得子。这是言情写心的佳作。

又如《滩行二首》之一："猛听刀枪铁骑声，一舟知向乱滩行。卧龙侧想排奇阵，李广如斯将散兵。下水船穿突鹊去，健帆风作饿鸥鸣。不知呜咽流泉意，定为何人鸣不平。"诗人描写乘舟过险滩的经历，不是直接去描写水急滩险，而是以主观感受描状客观景物，借助联想、想象，将视觉感受与听觉感受相结合，实景虚写，传神地表现出了滩行之险恶，使读者有身临其境之感。

就题材内容来说，陈衍诗歌这种以流连光景与抒情为主的特色，显示出诗人对唐诗艺术传统的继承，这一点与道咸宋诗派和同光体诗派的其他许多诗人是有区别的。

2. 以学为诗

陈衍旗帜鲜明地倡导学人之诗，在创作中也确实实践了这一诗学主

① 《陈石遗集》上，福建人民出版社2001年版，第44页。

张。其《题医隐所藏蜀石经左传残本》云："医隐请题蜀石经，谓我能作覃溪诗。""覃溪焉能创体格，钞书当诗宁足訾。"陈衍的朋友请他为蜀石经左传残本题诗，理由是陈衍善于写作覃溪诗。覃溪即翁方纲，翁氏诗歌多以金石碑帖鼎彝考据入诗，是以学为诗和学人之诗的典范。熟知陈衍的朋友医隐认为，陈衍诗歌与翁方纲的创作相类似，医隐之说是极具眼光的。而陈衍在诗中也公然为翁方纲诗歌"钞书"做辩护。由此也正可看出两人之见肸蠁相通的关系。从创作上看，亦是如此，即如其诗歌《代题北宋石经残本长句三十三韵》、《题北宋石经礼记册残本七言十八韵》等，全诗谈论石经的版本问题，涉及版本源流、研究诸家，多有考辨，完全是采用韵文形式的学术论文，非专业人员不能理解。又其《题松月居士集印后三十韵》一诗，完全是讨论印学问题。诗歌论及印石的种类，产地，历代著名的印学派别、印学家等，全然是一篇印学论文。陈衍的这些诗歌，在艺术上十分接近翁方纲诗风，表现出了鲜明的以学为诗和学人之诗特征，可谓对其诗学理论的实践。

3. 多以文为诗

在陈衍诗歌中，以文为诗的特点非常明显。其表现有二：一是诗歌语言运用散文句式，如《美夹竹桃》："叶美至于竹，花美至于桃。此花兼两美，如风流人豪，以彼息夫人，而有松筠操。无言李将军，而有夷叔高。骄阳花不断，穷冬寒不号。先生作此诗，以为奇才褒。"这首诗的语言没有像一般诗歌那样节奏紧凑，乃至省略重要的句子成分，而是像散文语言那样舒缓；也没有一般诗歌语言的凝练，而是像散文语言那样将作者意思彻底地表达出来；也没有一般诗歌语言的意思跳跃、断续，而是像散文语言那样意脉贯通，逻辑严谨，有的甚至上下两句只是一个散文句式，如"无言李将军，而有夷叔高"，这实际上就是将一个句子分拆成两句。甚至，诗歌中还有虚词的运用，如"以……，而有……"，这是诗歌中罕见而散文中常有的情形。

再如《赵崛兴先生輓诗三十韵》："赵叟荣县人，讳亮龙云字。孝弟而力田，一生识大义。厥弟名曰熙，於衍久兄事……"又如《鹤亭招集夕照寺拜其族祖巢民先生生日余未至》，诗歌开头云："古者佳人及名士，皆是男子之美名。学人年长若致仕，弟子尊礼称先生……后人能诗即名士，名士即以先生称。"这一些句式更是典型的散文句式，与散文语言毫无差异。

二是采用散文的铺叙笔法。铺叙并非散文专利，诗歌中也可以用铺叙。但是，由于诗歌的篇幅局促，及其对凝练、含蓄的要求，诗歌的铺叙远不及散文之详尽，也远不及散文之使用比例之大。但陈衍诗歌则不惜通篇运用铺叙的手法来作散文似的陈述。其诗歌《赵崛兴先生轶诗三十韵》、《鹤亭招集夕照寺拜其族祖巢民先生生日余未至》、《胡诗庐诗存题后》、《悼顾印伯》等，都是以一种陈述、叙述的方式来表达。由于以上两种方式的运用，使得陈衍的一些诗歌成为诗体散文。

4. 多以议论为诗

陈衍在诗歌创作中很喜欢发议论，或在诗中包含若干说理议论语句，或通篇议论，总之在其诗集中俯拾即是。如：

> 人生不百年，夜寝去其半。所以周元公，披衣坐待旦。即论赏心事，炳烛足把玩。日出可出游，日入可据案。岂有无病人，而来朽木叹。（《读书杂感十七首》）
> 一世蹉跎尽，宁须计一春。连旬敧枕病，明日别筵新。粉黛皆黄土，精华亦软尘。毋将垂老泪，儿女效沾巾。（《病中闻明日春尽作》）

陈衍诗歌的议论有一个特点，就是有相当多的诗歌是针对日常生活中的人情事理，而非那种远离社会人生的玄言哲思，因此，其议论比较生活化，比较平易近人。唯其如此，其议论也往往是其人生感悟的表达，在议论中，蕴含着诗人的一种人世沧桑的体验，故近乎情。所以，有时其议论就是抒情的一种替代。

5. 语言自然平易，很少用典，间有拗折句式

陈衍诗歌语言有其特色，这就是，总体上来说通俗自然，但同时也间有一些拗折的句式，努力造成一种对习常句式的突破。其通俗自然者如：

> 无事日苦短长，有事日苦短。造物如人意，千变犹恐缓。何如逢酒人，相对但引满。日长醉亦休，事大未挂眼。（《戏作饮酒和陶》）
> 一色菜花十里黄，好风斜日送微香。分明触起童时景，只有髭须换老苍。（《郊行见菜花》）

陈衍诗歌很多都像这些诗句一样，采用平易直白而接近日常语言的浅近文言，使用常见语汇，极少用典，语序和语言的结构方式也合乎日常语言的习惯，没有人为的斧凿痕迹，以及由此带来的生硬、滞涩感。故可谓自然平易。

但陈衍诗歌语言也时常有一些拗折句式：

> 因呼不起纸窗西。（《十一夜宿抚署西轩呈伯兄二首》）
> 两面又千万里别，二人早十五年知。（《三次韵答曾重伯太守》）
> 赑屭请看何物戴。（《再次韵答冒鹤亭刑部》）
> 体格唐三十六齐，更将五十六评题。（《得爱苍书有寄》）

诗歌语言本来就有别于散文句子，为了押韵和平仄的需要，完全可以使用一些超越日常语言习惯与规范的句式，但那种情形是很少的，属于不得已而为之的特殊情况。从陈衍诗歌的实际情况来看，却往往属于有意为之，其目的是在通俗平易的总体风格之下，掺杂一些超常规和出格的句式，求得一种陌生化效果，打破审美疲劳。他也确实达到了这样的目的。

二　陈三立：避俗避熟，树义高古，字句精深

陈三立（1853—1937），字伯严，号散原，江西义宁（今修水县）人。光绪八年（1882）举人。光绪十五年（1889）中进士，授礼部主事。其父陈宝箴于光绪二十一年至光绪二十四年任湖南巡抚，推行新政，颇有建树，陈三立曾经尽力襄助。戊戌变法失败后，父子均被革职。光绪三十年参与创办铁路。1933 年迁居北京。郑孝胥等人劝其赴伪满洲国任职，遭其坚拒。1937 年日军派人游说他出任伪职，乃拒绝进食与就医而终。

他是同光体赣派的代表人物，亦堪称整个同光体诗派的代表。有《散原精舍诗文集》（上海古籍出版社 2003 年版）、《散原精舍诗文集补编》（江西人民出版社 2007 年版）。

陈三立诗歌在思想内容方面较有特色的是：

1. 其诗歌内容关注时世、国运

陈三立的诗歌《上元夜次申招坐小艇泛秦淮观游》有句云："百忧千哀在家国。"确实真切地道出了其诗情感内容上的一个重要特点。陈三立的一生几乎贯穿了中国近现代的历史，经历了太平天国运动、第二次鸦片

战争、甲午战争、戊戌变法、辛亥革命、五四运动、九一八事变、卢沟桥事变，等等。陈三立身处乱世，目睹了清王朝遭逢内忧外患，动荡不安，日益沉沦，于是，他以传统儒家知识分子的责任感和使命感，开始思考国家自强之路，并且帮助其父亲施行维新图强举措。尽管后来失败而且因之获罪，可是他对国家社会命运的关注与思考始终没有停止。这在其诗歌中化作了浓浓的忧时、忧国之情。如《得熊季廉海上寄书言俄约警报用前韵》："满纸如闻呜咽辞，看看无语坐衔悲。黄云大海初来梦，白月高天自写诗。已向蒿莱成后死，拼供刀俎尚逃谁。痴儿只有伤春泪，日洒瀛寰十二时。"该诗写作的时代背景是 1900 年义和团运动爆发，沙俄趁机出兵占领了中国东北全境。诗人得知了其中的一些情况，悲恸不已，"满纸如闻呜咽辞，看看无语坐衔悲。"诗句形象地表现了诗人看到朋友来信时的沉痛心情。"已向蒿莱成后死，拼供刀俎尚逃谁。"诗句表现了诗人痛不欲生，为国家不惜一死的决心。

《小除后二日闻俄日海战已成作》："万怪浮鲸鳄，千门共虎狼。早成酣卧榻，弥恐祸萧墙。举国死灰色，流言缩地方。终教持鹬蚌，泪海一回望"。1904 年 2 月 8 日（农历癸卯年十二月二十三日），正是中国民间的小除日（过小年），这一天日本为了与俄国争夺在中国的殖民地和势力范围，其海军偷袭了停泊在旅顺港外的沙俄太平洋舰队，掀开了日俄战争的序幕，2 月 10 日两国同时正式宣战。诗人听到日俄海战爆发，对于这场发生在中国境内的侵略者之间的可耻战争，万分忧虑，他感到这场家门口的豺狼之争，绝不可容忍，绝不可以鹬蚌相争视之，然而清政府对此却无能为力，只能受其屈辱，此举必将导致萧墙之祸，诗人不满痛心疾首。

陈三立这种关注时事的诗歌还有很多，如《近感六次前韵》感叹日俄战争中，中国"恩仇新旧仍千变，合纵连横已两穷"。《崝庐雨坐戏为四绝句》："昨逢里老谈蒙学，苦问朝廷变法无。"借村愚里老之言表达诗人对国家变法的企盼。《感春五首》忧心当时的局势并且对民众的不觉悟极为痛切："国民如散沙，披离数千载。""日责爱国心，反唇笑以鼻。""吾尤痛民德，繁然滋朋伪。"他提出开启民智与自强之法："曰举国皆兵，曰无人不学。"

陈三立身处万方多难的时代，他不能不对风雨飘摇的国势忧心忡忡，然而他很难为国家的图强做一些实实在在的事情，他协助其父亲在湖南才干出了一些成绩，就受到父子皆罢官的处罚，再也难有作为了。因此，他唯一能做的就是在诗歌中寄托自己对时政、国运的关注，由此成就了他的诗歌最突出的闪光点。

2. 哭墓之作

哭墓之作是陈三立诗歌中又一个动人的内容。这些哭墓之作主要是哭挽、思念其父陈宝箴的。陈三立曾经大力协助其父在湖南推行新政，倡导实学，却于戊戌政变后被革职，永不叙用。不久（1900 年）发生了庚子事变，陈宝箴闻八国联军践踏北京，遂忧愤而卒。陈宝箴的死与其个人和国家的遭际都有着密切的关系，他试图为国走出一条富强之路，却断送了父子俩的仕途，而国家也旋即遭到奇耻大辱。陈宝箴当年施行新政，陈三立是有力的支持者，可是当陈宝箴去世之后，检视父亲受处罚乃至抑郁而死的原因，陈三立又相当的自责，他甚至认为是自己把父亲推向了灾难的深渊。其诗《崝庐述哀诗五首》之一云：

> 昏昏取旧途，惘惘穿荒径。扶服崝庐中，气结泪已凝。岁时辟踊地，空棺了不賸。犹疑梦恍惚，父卧辞视听。儿来撼父床，万唤不一应。起视读书帏，蛛网灯相映。庭除迹荒芜，颠侧盆与甑。呜呼父何之，儿罪等枭獍。终天作孤儿，鬼神下为证。

在这首诗中，陈三立不仅对其父亲的死悲痛欲绝，哭天抢地，非比寻常，而且他还说"儿罪等枭獍"。所谓枭獍，是传说中食母的恶鸟（枭）和食父的恶兽（獍）。可见他把父亲的死归咎于自己，认为是自己害死了父亲。因此，他对父亲怀着万分的愧疚，其悲痛亦超乎寻常。因此之故，他的一生总是在愧疚与哀思中追念亡父，不能自拔，由此写下了许多动人的诗篇。

《长至墓下作》："衰草延清照，深松蓄乱飙。千山寒自献，孤鬓暝相摇。惊耗排天入，（作者自注：时得各国协议警报）奇哀迸酒浇。沈泉定张目，云叶答萧萧。"诗人思念父亲，感慨时事，想到国家处于危难存亡之际，平生心系国事的父亲必定在九泉之下不能瞑目。忧国与思亲融为一体。与之类似的还有《壬寅长至抵崝庐谒墓》："国家许大事，长跽难具陈。端伤幽独怀，千山与嶙峋。"诗人在父亲墓前，虽然知道父亲最关心国事，却由于国事日非，感到难以启齿，使他格外忧伤。

诗人自己和亲人的不幸遭遇也是他哭墓的重要内容。《墓上》："短松过膝草如眉，绵丽川原到眼悲。丛棘冲风跳乳雉，香花摇雨湿蟠螭。岁时仅及江南返，祸乱终防地下知。弱妹劳家今又尽，茫茫独立墓门碑。"时世动荡，祸乱频仍，种种惨象都是让心系家国的亡父不能瞑目的，然而弱妹的早逝更使他无颜面对父亲的亡灵，在父亲墓前诗人像一个怀着愧疚又隐瞒着实情的伤心的小孩。

陈三立的哭墓诗还有很多，《别墓绝句》写到九泉之下的父亲定会思念自己；《崝庐雨坐戏为四绝句》写到祭扫亡父的坟墓有一种还家的感觉；《咏阶前两桂树》有父亲生前手植的两株桂树睹物思人。《夜雨》由春雨夜坐想起了父亲。总之，哭墓是陈三立诗歌中一个重要的内容，也是他最重要的精神寄托。其中包含了深厚的家国之思，对亲人的思念与对国家命运的担忧融为一体，是饱含着浓情与血泪的佳作。胡先骕《四十年来北京之旧诗人》一文说："散原集中为崝庐而作者无一不佳，言为心声，固当尔也。"① 杨声昭《读散原诗漫记》："集中扫墓之作，多而且工，几于篇篇动心魄，字字感鬼神。"② 洵不虚言。

陈三立的诗歌在艺术上有着鲜明的个性与特色，主要表现如下。

1. 恶俗恶熟：刻意在文字上翻新求奇，生新奥涩，意境奇创

陈三立诗歌创作的特点可以用"恶俗"、"恶熟"四个字来概括。其表现：一是刻意在文字上翻新求奇。这首先表现为字句的锤炼。陈三立诗歌创作在措词用字上可谓雕肝镂肾，刻意推敲，煞费苦心。如《泊九江怀烟水亭旧游》："冷月自浸一湖水。"诗人描述湖水倒映着明月，这本是极其寻常的景物、意象，但是诗人用"自浸"二字，就把这个场景写得很不平常了。一个"浸"字把原本虚无的水中之月写得极有质感，一个"自"字则把原本没有生命的月写得有了生命和行为意志。《十一月十四夜发南昌月江舟行》："露气如微虫，波势如卧牛。"这两个比喻十分新颖。常人眼中的露气如雾、如烟，那其实是与之距离较远或者观察不细致的缘故。诗人可谓心细如发，看出了露气其实是由极为细小的水珠颗粒构成的，遂状其如飘忽的微虫，真是妙极。而将波势比作卧牛，也真是匠心独具。倘若不是有实地观察的经验，且能准确描绘，何能如此新鲜动人。《月夜独步》："万瓦浮新月，孤城落晚钟。"诗人看到的景象是一轮新月

① 张大为等编：《胡先骕文存》上卷，江西高校出版社 1995 年版，第 484 页。

② 《散原精舍诗文集》，上海古籍出版社 2003 年版，第 1237 页。

刚刚上升到了屋顶上方，城市在晚钟声中进入了夜晚。这是十分寻常的景色。可是，由于诗人匠心独具的文字表达，给了读者一种极为新鲜的体验与感受：屋顶上鳞次栉比的瓦片像粼粼波涛，把那一弯新月漂浮在水面上；孤立的城市在晚钟声中沉落在夜色之中。诗中一个"浮"字、一个"落"字用得极好。《由九江之武昌夜班羁邮亭待船不至》："庐峰长影插江流，涛白烟青咳唾秋。"庐峰的倒影就像是一把刀，插入了水流之中。诗中的"插"字真是用得奇绝。

陈三立还在句式上求变化，主要是使用拗折的句式，或者打破诗歌语言的固有节奏，代之以散文句式等。如《真长晓瞰见过》："黄鸡啄影女墙隈，酝酿晴秋绣石苔。"诗句的本意是"黄鸡啄女墙隈影，晴秋酝酿石苔绣。"这里以倒装句式造成了诗句的拗折。《雨晴偶书》："蹄齧才闲辕下驹，低昂晴色烂梅株。千枝细鸟韵簧笛，长昼移来娱老夫。"按诗意，句子的正常语序应该是"辕下驹蹄齧才闲，低昂梅株晴色烂。细鸟千枝簧笛韵……"诗人故意颠倒正常的语序，造成句意的拗折。再如《王义门陶宾南两塾师各有赠答之什次韵赘其后》："佳子弟何预人事，好家居果属伊谁。"正常的诗句节奏应该是2—2—3式，或者4—3式，但是此诗句却是3—4式，显得比较独特。又如《抱冰宫保七十赐寿诗》用排比："于世有砥柱，于国有干城。于民有袵席，于士有津梁。于古保纯粹，于今辟康庄。"这里的句子使用了排比的修辞手法和散文化句式，这于诗而言是特殊情况。

二是追求诗歌意境的新奇。陈三立在诗歌意境的营造上刻意求新求奇。而这种新奇不是景物本来有多么新异奇特和超乎寻常，而是诗人将一些平常的景物通过想象、联想的方法，创造出一种新奇的审美理解方式，给人一种新奇的体验。其诗作《十一月十四夜发南昌月江舟行》："一笑对千涡，细鳞衔月去。指点白沙湾，梦痕所挂树。"该诗的意境：水中有鱼，有月亮的倒影，诗人想象小鱼叼走水中的月亮；诗人找到了挂在树上的梦的痕迹。意境真是奇特。《淮舫玩月次伯弢韵时袁编修嘉榖同游》："龟鱼依棹泼明月，乌雀投枝飘夕凉。"这里的意境是，龟鱼随着船棹将水泼向明月，乌雀投向树枝时扇动了凉风。虽然是极其平常的景物，经过诗人这样一点染，便独创奇境。《渡湖望庐山口号》："谁掷青天卧作湖，晴云嫋嫋镜中呼。"本是水天一色湖水如镜的情景，但是诗人把这种情境描写成谁人将青天掷于地上倒卧成了湖泊，朝里望去，又像是一面巨大的镜子，可以看到其中的晴云娴娴。这样的意境真是新异非凡。《立春夕对月》："鸦衔缺月在檐端。"诗人看到月下屋檐上端有一只乌鸦，他状之以"鸦衔缺月"，便成妙境，极有想象力、表现力。

陈三立因为恶熟恶俗，遂努力翻新求奇，独创异境，在艺术上苦心孤诣，多有成功之处。然而，也由此导致了其诗歌硬拗晦涩的毛病。聊举数例：

> 鬐底轮蹄喧叠浪，镜中楼观护纤埃。（《中秋对月》）
>
> 万屋钲鸣弹裂空，旧依巫史走儿童。（《十六夜月食》）
>
> 呼牛应马更谁同，一笑三山吾欲东。（《日本故相菅原道真建祠大阪……》）
>
> 木榻邀灯语，瓶枝写镜看。（《雨夜》）
>
> 灯扶桨担去，埃杂海光流。（《除夜》）
>
> 海云悬啸咮，春服压轮蹄。（《元旦夜同李道士步驰道观游》）
>
> 飘歌寒不落，抱古技终穷。（《晚楼》）

以上诸例，在一定的程度上体现了陈三立诗歌硬拗晦涩的特点。其内容就不是那么通俗易懂的。陈衍《陈遗石先生谈艺录》说："《散原精舍诗》专事生涩，盖欲免俗免熟，其用心苦矣。"[1] 李渔叔《鱼千里斋随笔》说：《散原精舍诗》"贪于字句精深"，"有时至极奥衍不可读"。[2] 关于陈三立诗歌这个特点的形成，有一个传说，谓三立曾经将一些新奇生斩的字词，抄录成一册，然后每作一首诗成，就将诗中的平常字眼换成册中的生新字词，有的甚至是一换再换。[3] 不管此说是否属实，陈三立诗歌的硬拗晦涩与生新确是事实。

2. 以议论为诗，思想新锐而深刻

陈三立的诗歌创作喜发议论。他本是很有思想的人。加之他处在那样一个万方多难的时代，国家、民族的命运危在旦夕，这使他不能无动于衷，促使他去不断思考一些问题，探求一些新知识。而他的这些思考和思

---

① 《陈衍诗论合集》上，福建人民出版社 1999 年版，第 1020 页。

② 《散原精舍诗文集》，上海古籍出版社 2003 年版，第 1247 页。

③ 李渔叔：《鱼千里斋随笔》，《散原精舍诗文集》下，上海古籍出版社 2003 年版，第1248 页。

想观念也时不时地融入其诗中，使其诗歌的议论更有思想深度和新意。即如他的诗作《读候官严氏所译英儒穆勒约翰群己权利界论偶题》，陈三立读了严复翻译的英国著名学者穆勒·约翰的著作《群己权界论》（原名《论自由》），深有感触，乃作此诗。冯友兰《中国哲学史新编》第六册对该书有介绍："严复翻译《群己权界论》，其中所谓群就是社会，所谓己就是个人。这个书名表示社会和个人都有自己的权，但他们的权力又都有其界限。每个人都有权行使他的自由，其界限是不侵犯他人的自由。如果妨碍别人的自由，社会有权制裁他，但其制裁的目的是保护别人的自由，不能超过这个目的，社会的权不能超过这个界限。所以个人和社会都有自己的权，但其界限却是一致的。"① 对于《群己权界论》的思想，诗人深表赞同。他痛感中国古代纲纪"侵寻纽糟粕"，称颂"卓彼穆勒说，倾海挈众派。砭懦而发蒙，为我斧天械"。"萌芽新道德，取足持善败。"由此可见，陈三立不仅善于学习新思想，而且对于中国的旧思想有着清醒的认识，具有可贵的批判精神，他在那个时代可说是比较开明进步和认识深刻的。

《日本嘉纳治五郎以考察中国学务来江南既宴集陆师学堂感而有赠》一诗写中国在丧败之余，欲行新政，倡办学校，却不得要领。日本嘉纳治五郎创设师范，卓越成就。他来中国考察教育，帮助我们分析问题症结，对中国的教育颇有启迪作用。可是，有人却存有偏见。诗人则十分重视嘉纳的意见，对嘉纳的帮助表示感谢。该诗作于 1902 年，自 1894 年甲午海战日本重创中国以来，日本侵略者对中国日益野心膨胀，国人对日寇恨入骨髓。由此，对于一些友好的日本人士也难以平心静气。陈三立对日本侵略者是非常痛恨的，甚至最后因为不肯与日本人合作而死。但他对友好人士的批评意见却十分感激。这不能不说是很有见地的思想认识。

陈三立诗歌表现了许多新的思想观念，如《次韵答黄小鲁观察见赠三首》："主义侈帝国，人权拟天赋。"《视女婴入塾戏为二绝句》："安得神州兴女学，文明世纪汝先声。"《题寄南昌二女士》："家庭教育谈何善，顿喜萌芽到女权。"这都是较早接受西方近代民主思想的结果。他对国家政治也进行了许多思考，如《除夕被酒奋笔书所感》一诗，论及内乱、外国入侵、变法、政治腐败、地方自治、开启民智，具有近代意识和眼

---

① 冯友兰：《中国哲学史新编》第六册，人民出版社 1989 年版，第 167 页。

光，达到了那个时代的较高水平。

　　3. 情感格调忧郁悲沉，意象荒寒萧索

　　今存陈三立的诗歌起自光绪辛丑年（1901），其时他已经 49 虚岁，之前业已经历了政治上失意、父亲含恨去世等对于他来说算是平生最大的打击。反映在其诗歌中则是内容上多写忧时、哭墓之作，诗歌的情感格调上则是忧郁悲沉。陈三立诗歌的抒情之作很多，然而读者从其诗作中看到的诗人绝大多数的时候都是闷闷不乐的情感，高兴的时候较少，很少有尽情欢乐的时候，读者完全可以感觉到诗人的情感是非常压抑、忧郁的，甚至是悲沉的。如《雨中楼望》："残秋如恋别，写雨作啼痕。柳气吹初聚，车声咽更奔。盖头鸿雁字，落笔蠹鱼魂。可了非人世，潇潇媵一尊。"该诗写诗人于楼中观秋雨，对于这种寻常的景物，他感觉到，雨水如啼痕，车声如哽咽，自己恰在如此残秋中了却"非人世"。诗歌情感十分凄惨、悲怆。《园居看微雪》："初岁仍微雪，园亭意飒然。高枝噪鹊语，欹石活蜗涎。冻压千街静，愁明万象前。飘窗接梅蕊，零乱不成妍。"本来已经是"岁初"的早春季节，虽有微雪，毕竟生机已经萌动，万象即将更新，可是诗人却看不到孕育的生机和希望，只是感到一片死气沉沉，愁绪与惆怅填塞胸臆。《楼望》："嫋嫋高云过雁残，满楼山色酒杯寒。墙西合抱数红树，膡倚斜阳带泪看。"诗人看到高云、大雁、山色、红树、斜阳，竟然悲从中来，不禁泪眼婆娑。《月夜》："纤月亭亭履迹新，九霄风露在流尘。独看楼阁还明灭，初有江湖属隐沦。覆水年华灯下泪，改弦琴瑟镜中人。闲情自爱机丝夜，惆怅墙梅报早春。"诗人面对亭亭可爱的月色，报春的墙梅，也悲从中来，不胜惆怅，流泪。不但如此，甚至其《移居》一诗，本来写自己搬了新房，诗中却也毫无乔迁新居的高兴之意，却是感到十分伤心："径自携家就佳处，不成辟世倍潸然。"以上诸例都是一般的写景抒情之作，并非哭墓怀人之篇，但是，诗人面对极为平常的自然景物却感受到悲戚忧伤之情，摄之于诗，使之皆带上了极为浓烈的主观情感的色彩。

　　陈三立诗歌的这种悲情伤感往往是通过种种荒寒萧索的意象来表达的。上述诗歌中的残秋、啼痕、咽声、蜗涎、冻街、噪鹊、蠹鱼、寒杯、泪眼等都是。类似的例子还远不只这些。如《夜雨》："月出墓门石，应多蜗篆痕。"《园夜和答姚叔节陶宾南》："书壁蜗牛灯自静，移床蟋蟀夜还喧。"《雨》："怀人江海断，灯火诉寒螀。"《园望》："老藤僵壁蛇留蜕，余粒抛泥鹊觅粮。"《宿嶒庐夜坐》："虫龁万松成秃鬓，鼠窥孤钵脧零餐。"《枕上》："暗灯摇鼠鬣，疏雨合琴声。"《同实甫游莫愁湖樊山过访不遇次答见诒韵》："火云烹雁万啼浮，看取荷湖作茗瓯。"《正月十七日坐雨》："瓦鼠饥仍窜，枝鸟晚更投。"《寒花一首》："蛛网井栏窥客散，茧丝岁月倚人怜。"这样的例子在陈三立诗中比比皆是。俯拾皆是的这类荒寒意象，使诗歌形象地表现出忧郁悲沉的情感。

4. 以古文之法谋篇，诗意曲折

陈三立诗歌时常采用古文章法来谋篇，其特点是诗歌内容不很集中和凝练，而是像散文那样繁复而多层次，因而也显得纡徐曲折。如《黄泽生忠浩承诏以候选道改授狼山镇总兵喜故人始膺殊典怅触今昔述为斯篇》一诗，诗人首先从自己与黄泽生相识写起，描写了黄泽生的体形、精神状态，讲述了黄泽生喜爱文学，喜好谈兵等特点，又讲述了诗人与黄泽生的亲密关系——时常在一起做菜下酒，酒酣耳热之时就得意忘形地手舞足蹈。黄泽生经常烂醉如泥，然后睡在作者家，诗人则为之备办姜茶供其醒酒。然后又讲到黄泽生与杜云秋驻兵于入蜀，皆有知兵之名。继而又讲述黄与杜的军功：先平定广西的搆乱，又弹压叛军，转战湘黔，六个月披甲裹粮越崎岖，建立奇功，获得朝廷的奖励，命守重镇。最后诗人发表议论：国政之弊端在于文武分途，国家临危之时儒吏束手无策，将帅则鲁莽睢盱，黄杜两人精通兵学，率先打破了这个藩篱。希望他们应运而兴，能够洗雪国耻。这首诗以叙述的手法讲述了很多内容，层层铺叙，娓娓道来，委婉曲折，大有散文形散神聚的特点。

再如其诗《抱冰宫保七十赐寿诗》：首先从多角度概述抱冰宫保的学术成就和文才：撷取百家，兼综汉宋，绍述儒学，长于治水，学习外国，发展教育，善为章奏，擅作书法，等等，再写宫保抵御外侮的贡献，接着写宫保治鄂的成就——兴农商，育人才，末了赞扬宫保谦虚守拙、敢于担当的优秀品质，讲述朝野万众对宫保的赞扬。这首诗的结构是：以概括人物的多方面成就总领全篇，再重点写人物的军政业绩，最后评价人物。这完全是散文章法。

又如《哭顾石公》一诗，诗人首先概括顾石公不谐于俗的个性：以酒狂，以诗显，愤世傲俗。再写诗人对顾氏的评价：隐居于清幽美丽之处，与知交诗酒往还，风雅旷达。最后感叹顾氏自抒忠款，因为新法遭贬，今人不再有顾氏那样的倔强刚直性格。这首诗在内容上随意点染，而又尺水兴波，曲折有致，就是散文笔法。

从上述诸例可以看出，陈三立的一些诗歌在内容上以意为主，层次繁复曲折，有多层意思，不断转换，不是普通诗歌的写景抒情或者专门叙述一个事件，没有绝大多数诗歌那种凝练性、概括性，整首诗就像是用韵文写成的散文，或者说就是用韵文来表达散文的内容。

关于陈三立的诗学路径，人们多认为他取法韩愈、黄庭坚等人，属于江西诗派一路。比如：

> 散原诗树义高古，扫除凡猥，不肯作一犹人语，盖原本山谷家法，特意境奇创，有非前贤所能囿耳。①
>
> 李渔叔《鱼千里斋随笔》："《散原精舍诗》，其得力固在昌黎、山谷，而成诗后，特自具一种格法，精健沉深，摆落凡庸，转于古人，全无似处。"②
>
> 钱基博《现代中国文学史》："盖三立为诗学韩愈，继而肆力为黄庭坚，避俗避熟，力求生涩……而荒寒萧索之境，人所不道，写之独觉逼肖，而壹出自然，可谓能参山谷三昧者。"③
>
> 钱仲联《论同光体》："陈三立被近代宋诗派诗人推为一代宗师，等同于宋代的黄庭坚。"④

人们之所以认定陈三立诗歌学习韩愈、黄庭坚，属于宗宋和江西诗派一路，主要是因为其避俗避熟，硬拗生涩，这正是韩、黄诗歌的艺术特色。在这一点上谓之继承了韩愈、黄庭坚的艺术传统是完全可以成立的。但是，陈三立自己对这一说法却不以为然。张慧剑《辰子说林》："先生（按陈三立）不喜人称以西江派，尝与其门故胡翔冬教授谈：'人皆言我诗为西江派诗，其实我四十岁前，于涪翁、后山诗且未尝有一日之雅，而众论如此，岂不冤哉？"⑤ 可见，陈三立是否认自己属于江西诗派的。至

---

① 杨声昭：《读散原诗漫记》，《散原精舍诗文集》，上海古籍出版社 2003 年版，第 1235 页。

② 同上书，第 1247 页。

③ 同上书，第 1255 页。

④ 同上书，第 1267 页。

⑤ 《散原精舍诗文集》，第 1214 页。

于说宗宋，似乎也不符合他的诗学主张。陈三立论诗曾经说道："应存己。吾摹乎唐，则为唐囿；吾仿夫宋，则为宋域。必使既入唐诗之堂奥，更能超乎唐诗之藩篱，而不失其己。"① 陈三立主张诗歌要体现自己的个性，而不要有分唐界宋的观念，无论有意去学唐或者学宋都是错误的。怎样来看待这个问题呢？客观地说，陈三立未必有意去宗法韩愈、黄庭坚与江西诗派，但是他学习过他们，在创作上与之胎骔相通也是事实，他是无意于做江西社里人而偏偏与之相仿佛。但是，又必须看到，他的创作有自己的特色，他虽然学习韩、黄，学习了江西诗派，却又难以简单地说类似于何人。其诗歌特色较之任何人都难以确认何处学习了他人。正如李渔叔《鱼千里斋随笔》说的"自具一种格法……转于古人，全无似处"。② 陈三立诗歌之于前人是不似而似，似而不似。这正是大家之不可及之处。郑孝胥《散原精舍诗序》："大抵伯严之作，至辛丑以后，犹有不可一世之概。源虽出于鲁直，而莽苍排奡之意态，卓然大家，未可列之江西社里也。"③ 这个评价是比较恰当的。

三 沈曾植：沈博奥邃，雅尚险奥

沈曾植（1851—1922），字子培，号乙庵，晚年自号东轩、寐叟，祖籍浙江嘉兴，生长于北京。光绪六年（1880）中进士，授刑部主事，迁郎中，兼总理各国事务衙门章京。光绪二十四年，主讲两湖书院史席。历任江西广信府知府、南昌知府、江西督粮道员、盐巡道员、江西按察使、安徽提学使、安徽布政使、护理安徽巡抚。宣统二年（1910）辞官居上海。1916 年参与溥仪复辟。沈曾植是著名学者。《清史稿》本传云："曾植为学，兼综汉宋，而尤深于史学掌故，后专治辽金元三史及西北舆地、南洋贸迁沿革。"其诗歌有钱仲联整理校注的《沈曾植集校注》（中华书局 2001 年版）。

他是同光体浙派的代表人物。在诗学主张上，于陈衍的"开元、元和、元祐"三元说之外，又提出"元嘉、元和、元祐"的新三元说（又称"三关说"）。他在《与金潜庐太守论诗书》中说："吾尝谓诗有元祐、

---

① 吴宗慈：《陈三立传略》，《散原精舍诗文集》，第 1198 页。
② 《散原精舍诗文集》，第 1247 页。
③ 同上书，第 1216 页。

元和、元嘉三关，公于前二关均已通过，但着意通过第三关，自有解脱月在。元嘉关如何通法？但将右军《兰亭诗》与康乐山水诗，打并一气读。"① 又说："在今日学人当寻杜韩，树骨之本；当尽心于康乐、光禄二家。"② 其目的是在学习黄庭坚、韩愈的基础上进而上溯晋宋，学习康乐（谢灵运）、光禄（颜延之）。

《沈曾植集校注》收录了沈曾植自 1880 年 30 岁至 1922 年 72 岁的诗歌。沈曾植诗歌主要包括抒情、寄赠、唱酬、题咏等几类题材。其中抒情诗多为作者感物起兴和人生感怀之作；寄赠、唱酬、题咏诗则是作者与友朋交往之什。其诗歌题材囿于文人生活圈，大抵是作者文人生活的写照。

沈曾植诗歌的艺术特点如下。

1. 用典极多，意涵深隐、曲折

沈曾植学殖深厚，所以在诗歌创作时，他可以随时从经史百子、佛典道藏、诗词文赋、稗官小说中找到诗材熔铸其中，可谓得心应手，左右逢源。所以其创作用典极多，几乎到了每首诗必用典，甚至一句诗用到几个典故的地步。正如张尔田《海日楼诗注序》所云："嘉禾沈寐叟邃于佛，湛于史，凡稗编脞录、书评画鉴，下及四裔之书，三洞之笈，神经怪牒，纷纶在手，而一用以资为诗。"③ 虽说古人用典的不少，但沈氏用典密度之大，在古代诗人中，如果不是首屈一指，也可以说是罕有其比的。钱仲联说："（沈曾植）诗中佛典浩博，为前此诗家所未有。"④ 沈氏用典还有一个特点就是喜用佛典。佛典在其诗集中比比皆是，占了相当大的比例。有些诗歌甚至通篇谈佛。这是因为沈氏"邃于佛"的缘故。这一点在古代诗人中大概也是鲜有人能够匹敌的。

沈曾植诗歌还有一个特点就是多化用前人成句。如《姚埭东轩晓望拈陶诗起句》："吾亦爱吾庐，屡空真晏如。"前句借用陶渊明诗歌成句。《长啸》："长啸宇宙间，斯怀吾谁与？"前句借用杜甫成句。《题潜楼图为刘幼云》："海日生残夜，危楼望北辰。"前句借用王湾成句；后句借用杜甫成句。《超社第十五集樊园为节庵饯行》："忠义我所安，东阿有悲诗。"前句借用曹操成句。《此夕》："此夕复何夕，黄天别有天。"前句借用杜

①　郭绍虞主编：《中国历代文论选》四，上海古籍出版社 1980 年版，第 291 页。

②　同上，第 292 页。

③　《沈曾植集校注》上，中华书局 2001 年版，第 1 页。

④　《发凡》，《沈曾植集校注》，第 10 页。

甫成句。这种借用成句的现象在沈曾植诗歌中很多，可算是其诗歌用典的一个特色。

当然更多的情况是改用前人诗句。如《雪塍提刑招同天琴古微艺风完巢诒书黄楼积余诸君饮于醉沤》："花须柳眼睛无赖，趁起东风各放颠。"前句改用李商隐诗句："花须柳眼各无赖。"《简若海》："春色来天地，春心窈若何。"前句改用杜甫诗句："锦江春色来天地。"《登高丘而望远海》："登高丘，望远海。"此两句改用李白诗句："登高丘而望远海。"《门前日有卖花者》："霜郊寒菜色，深巷卖花声。"后句改用陆游诗句："深巷明朝卖杏花。"《偶成》："翻书原不读，得句已旋忘记。"后句改用苏轼诗句："清吟杂梦寐，得句已旋忘。"改用的方式比使用成句更加方便、灵活，所以运用得更多。从沈曾植对前人诗句的大量借用、改用，可见他对前人文学作品的熟悉，文学功底之深厚，确实令人赞叹。

沈曾植诗歌大量用典，自然就带来了一个问题，那就是使得诗歌的思想内容变得深奥、隐晦、曲折。凡是用典较多的诗歌都可能出现这种情况。但这个问题在沈曾植诗歌中更是特别突出，显得非同寻常。因为他多"用典多不取原义，而别有所指。即使尽得其出处，而本义终不可知"。[1] 此外，沈曾植诗歌的用典，"恒喜融两典或数典为一"。[2] 这样的用典方法，使得其诗歌的思想内容就显得十分深隐、奥博和艰深了。想要弄懂其诗歌主旨意涵，往往颇费心思，而且终究不甚了了，难有确解。

2. 重意理，多议论

沈曾植诗歌重意理的表达，多议论。他的诗歌很少纯粹的描写，也很少纯粹的抒情，较多的是议论或者包含意理的叙述。古代诗歌中常见的情景交融的手法，在其诗歌中很难见到。如：

> 一瞬不可揽，非指而喻指。一照而两存，俱非亦俱是。天真日觌面，堂堂不容避。今者吾丧我，南郭偶然耳。（《杂书》）
> 思是无明思，怒亦无明怒。身到鹫峰头，那不解佛语，夕阳闻西去。（《倚装答石遗杂言》）

---

① 夏承焘：《天风阁学词日记》记张尔田语，钱仲联《沈曾植集校注》前言，中华书局2001年版。

② 《发凡》，《沈曾植集校注》，第10页。

这两首诗都是说理议论，没有什么艺术形象，没有意境，也没有情感表达，完全是以议论的方式表达自己的意见与思想，以意为主。沈曾植大量的诗歌都是这样以意理的表达为主，即在诗歌中表达思想与意见，而不是写景抒情。

由于他不追求对客观世界的逼真再现，因此，在他的诗歌中，很难找到一首纯粹的写景状物的诗歌。有不少诗歌从题目来看，应该是咏物或者写景之作，但是实际上他并不致力于对客观物象的摹画，也不着力于意象与意境的营造，而是叙述、议论，表达出丰富的理性内容。如《再题山茶》："牡丹杨子华，山茶滕昌祐。丹青齐蜀始，赏咏唐宋富。乃知一隅贵，及时九州凑。孤愤一何褊，韩非诚溝瞀。"这首诗在一般诗人的笔下，往往会描绘山茶花的形、色、香等外部特征，在此基础上再做寄托比兴，写出山茶花的精神品格与寓意，使山茶花的形象与诗人的情味、思想水乳交融。然而，沈曾植的这首诗完全没有对山茶花外形的描述，也没有多少情感抒发，主要是关于山茶花的理性认知。

在许多宗宋诗人笔下，以意为主、以议论为诗是屡见不鲜的。但沈曾植诗歌较之其他宗宋诗人有鲜明的个性，那就是别人诗歌的议论往往是病在抽象；而沈曾植诗歌的议论每每令人晦涩难解。

3. 语句求生新拗折

沈曾植诗歌有意在语言上尝试创新。

沈曾植诗歌语言经常使用一些在节奏上有悖常规的特殊句式，以造成语言的生涩。如《若海过谈言正月得诗数十首》："潘道遥穷昌其诗，蓬蓬春在吟哦时。"《清明日云门泊园过谈，泊园言今碧桃即唐人所谓绯桃也》："花婵娟好春宜画，钟大小鸣声入诗。"《和伦叔韵》："过去身宁非故鬼，庄严诗与驻精魂。"《赵文敏书天台赋卷》："天台山古谁所开？仙耶释耶纷诞诙。"七言诗句正常的语言节奏多是二、二、三，而以上诸例却是三、一、三节奏。

有的诗句则故意破坏正常的语法关系，造成语言的拗折，如《和伦叔韵》："月圆五十回经过，白发三千丈不论。"从逻辑上看，诗句的本意应该是"经过月圆五十回，不论白发三千丈。"但诗人故意将它做了颠倒，突出时间和白发，同时也使得诗歌产生意义上的顿挫。

有的诗句则是通过词汇的重复等方式来造成句式的新奇，如《病起自寿诗》："亦元亦史亦畸民，亦宰官身长者身。"这里用一个"亦"字反复出现，让诗句变得新异，并且颇有节奏感。

沈曾植诗歌语言的种种创新的尝试，使其部分诗句产生了一种新鲜感、陌生化效果，同时也产生了一种拗折、生涩感，使人们在阅读时感到佶屈聱牙。

4. 以学问为诗

沈曾植是以学问家而兼诗人，腹笥丰裕，以这样的身份和条件作诗，很自然地将学问融入了他的诗中，使之成为以学为诗的著例。他的以学为诗体现在两个方面：一是大量堆砌典故，掉书袋。这个问题在前面已有专论，这里不再赘述。二是以学问为诗材，在诗歌中谈论学问。如《还家杂述》："非树非台说本无，机缘撰集定何如？北宗至竟无文字，或契西来不立初。"这首诗纯粹谈论佛理，把佛学问题作为诗歌题材，是典型的以学为诗。沈曾植还有不少诗歌如《宋二体石经》、《六月十二日山谷生日超社第七集会于泊园观余所藏宋本山谷内集任注各和集中七古韵一首用浯溪诗韵》、《傅沅叔得北宋本广韵于厂肆，泽存堂祖本之祖也，为题四绝》等，把碑拓、版本、金石文字等学术性很强的东西作为诗歌题材，并且在诗中时或涉及学术内容。这令一般读者感到很生疏、很隔膜。

5. 风格生涩奥衍、奇诡

沈曾植的诗歌风格具有生涩奥衍的特点。他是同光体诗人中与陈三立同属于生涩奥衍诗风代表。不过，他的诗歌较之陈三立，在生涩奥衍方面更是有过之而无不及。陈三立评价其诗说："其诗沈博奥邃，陆离斑驳，如列古鼎彝法物，对之气敛而神肃。"[①] 陈衍评价说："君诗雅尚险奥。"[②] 这些说法都体现了生涩奥衍的特点。其诗歌的生涩奥衍，完全是由饾饤典故、句式新奇拗折以及谈论学问等方面的原因所致。

生涩奥衍是沈曾植诗歌的主要风格特点，但不是全部，除此之外，还有奇诡脱俗的风格。这一点过去未有人注意，其实是不应该忽视的。且看其诗《遨游在何所行》：

遨游在何所？乃在弇州之首，河出昆仑墟。骖乘海人餐海间，前马策大丙，后骑钳且。摽然高驰气乘舆，径超凉风帝下都。四百四

---

① 陈三立：《海日楼诗集跋》，《沈曾植集校注》上，第18页。

② 陈衍：《沈乙庵诗序》，《沈曾植集校注》上，第12页。

门，列仙所居。问讯西王母，揖东王公。地二气则泄藏，天二气成虹。人寿无百年，阴阳错其中。理乱迭代乘，孰哉不从容。目不两视明，耳不兼听聪。悲矣乎！世间朝食三斗醋，暮饮一石冰。越人责之射，胡房操朦朣。悲矣乎！巨蟹八跪蹄，鼫鼠五技穷。南走且北驰，画方复有圆，当西而更东。悲矣乎！世间曷不角者补以齿，翼者倍其足，日乌重轮地双轴，人口歧舌面四目，蒿任栋梁木生谷？遨游乎归来，沧海却西流，人头化为鱼。鱼羊食人不可居，精卫衔石徒区区。城头有鸟尾毕逋，汝南雄鸡暗不苏。风雨晦且阴，啾啾来鬼车。

这首诗运用虚构、想象的手法，结合神话、传说故事，把读者带进了一个奇诡、诞幻的艺术之旅。仙都、神鸟、巨蟹、鬼车、西王母、东王公、日乌重轮、沧海西流、人头化鱼、鱼羊食人、人面四目……怪异的意象充满诗歌，奇特的神话思维让读者徜徉于忽今忽古、忽仙忽凡、忽山忽海、忽天忽地、忽人忽兽的艺术境界，奇诡莫测。这就是所谓浪漫主义的创作方法。这是沈曾植的另一种诗风。像本诗这样通篇以浪漫手法写成的作品在沈曾植诗歌中较少，所以此前人们未加注意。但是，此类手法、意象在其诗歌中却是运用很多的。原因是沈曾植喜欢用典，而他的典故中有很多佛教故事、道教故事、神话故事，而且他还时常用一些庄子、离骚的典故，所以使得他的诗歌中到处蕴含着奇诡与浪漫，即使不是直接的描述与刻画，也重视通过众多的典故把读者引入奇诡的艺术想象与境界之中。

四 郑孝胥：幽人深致

郑孝胥（1860—1938），字苏戡，号太夷，别号海藏。福建闽县（今福州）人。光绪八年（1882）举乡试第一。光绪十五年（1889），考取内阁中书，又以中书改官同知。光绪十七年（1891），任清政府驻日使馆书记官。次年，升任驻日神户、大阪总领事。光绪二十四年（1898），以候补道员衔在总理各国事务衙门章京上行走。光绪二十五年（1899），任京汉铁路南段总办，兼办汉口铁路学堂。光绪二十九年（1903），任江南制造局总办。旋以四品京堂候补督办广西边防事务。宣统三年（1911），任湖南布政使。1923 年，入清故宫任总理内务府大臣。1932 年，任伪满洲国国务总理，并历任伪军政部总长，伪文教部总长，伪满日文化协会会长等职。郑孝胥是同光体闽派的代表人物。与陈三立齐名。然以其投靠日寇而为世所不齿。

郑孝胥的诗学路径大抵师法颜延之、谢灵运、柳宗元、孟郊、梅尧臣、王安石、黄庭坚等人。其诗集传世者今有《海藏楼诗集》①。

郑孝胥诗歌在内容上有值得研究的地方。他写过一些崇尚节操和表现高蹈避世思想之类的堂皇正大的诗歌，但就其全人来看，这人虽至耄耋之年，仍不安分，一心追慕荣华，乃至投靠日寇，洵所谓寡廉鲜耻，其秽在骨。对这类诗歌是不必取信的，绝不可以拿不因人废言之类的理由来辩护。但是，从另一个角度来看，郑孝胥诗歌确实反映了神州陆沉之际的国际国内情势和一些人的末世心态，也真实地揭示了郑孝胥失节堕落的原因与过程。

1. 末世心态：忧患、焦虑与绝望

郑孝胥《海藏楼诗集》主要收录从光绪十五年（1889）直到1936年，亦即从他30岁到77岁之间的创作。少数辑佚之作更早或更晚一些。这段时间正是清政府走向灭亡的最后岁月和日本帝国主义全面侵华的前夜。郑孝胥身经目历了清王朝一步步趋于"陆沉"的过程，于是也从一个特定角度真实地记录了那个时代的一隅，非常典型地反映了他和一些人面对动荡时局的末世心态，成为那个时代的一些人的写心之作。即如《冬日杂诗》：

> 运会今何世，更霸起西方。谁能安士农，唯闻逐工商。贾胡合千百，其国旋富强。此风既东来，凌厉世莫当。日本类儿戏，变化如疯狂。天机已可见，人心奈披猖。诚恐时无人，礼义坐销亡。豪杰皆安在，俗佞空张狂。

这首诗最为典型地表现了他对那个时代的复杂心态，即对时世的忧患、焦虑与绝望。他的忧患主要在于社会政治。他担忧的是，使外国迅速富强的工商业得不到重视，并且清代社会把压抑工商作为安定士农的手段。除了该诗所及，他还担忧鸦片问题始终不能解决。另一首诗《焚鸦片十余篑及吸器百许具于署之东隅仍洒灰于坎以灭其迹》就表现了他的这种忧患。

---

① 郑孝胥：《海藏楼诗集》，上海古籍出版社2003年版。

他尤其担忧世道人心。随着西方社会风气的东渐，日本社会发生了"如疯狂"的变化，郑孝胥忧心中国也会人心不古，道德沦丧。他的其他不少诗歌都表现出了对礼义泯灭的担忧和不满，如《吊日本大将乃木希典诗》："中原今何世，谁复识名节。纲常既沦丧，廉耻遂渐灭。"《续海藏楼杂诗》其三十八："举世轻忠义，苟全为高流。"《续海藏楼杂诗》其四十二："功名与节义，时论方背驰。名教已扫地，何人能维持。"从这些诗歌也可以看出，其时的清代社会确实已经有相当一部分人是不忠不义、寡廉鲜耻、名教纲常为之扫地了。

他还担心外患，因为西方已经试图霸占中国。他尤为清楚日本对中国的狼子野心。其诗《纪对南皮尚书语》："彼族治战具，其端讵难阔。""中朝实久弛，文武苟以嬉。"《海藏楼杂诗》其三十四："强邻久阻兵，跨海置遮逻。吾民被迫逐，待毙但僵坐。其锋诚难争，善守抑犹可。"郑孝胥对日本的罪恶用心是看得清楚的，也为国家的安危担忧。他希望国家采取措施来避免危机，也寄希望于变法图强。但令人沮丧的是中国的变法实在太艰难。《天津入都车中》："举朝议变法，不动犹拔山。"郑孝胥看到了危机，却看不到希望。这就使他徒增忧患。

众多的内忧外患萦绕于他的心中，凝铸了郑孝胥诗歌的主题词之一：忧患。"忧患"在其诗歌中反复出现。《海藏楼杂诗》其三十一："吾民如寄生，覆巢在旦暮。"《夜起庵》："枕堪待旦天难晓，薪已将然卧岂酣。"《高松保郎诗》："人生历情劫，忧患深相缠。"《日枝神社晚眺》："少年心事行看尽，忧患人间待此身。"《八月六日携炳垂二子登晴川阁》："端令忧患满人间。"《呈栗兄》："忧患如山容一罅，聊凭佳酿醉阿兄。"《陈弢庵过谈》："十年忧患谢欢场。"《枕上》："忧患磨人转畏名。"《刘聚卿属题文征明石湖画卷卷中有张文襄乙未十月题诗翁文恭庚子四月和文衡山诗》："展览历忧患。"《入都车中和病山韵》："忧患万端天正醉。"《青厓雨山竹雨香城夜饮》："漆身吞炭都经过，忧患余生亦等闲。"《正月廿一日进呈》："忧患相琢磨。"这里只是部分用到"忧患"一词的例证，而更多的情况是，虽然写忧患而并未使用这一词汇。然而这样已经足以让人清楚地看到郑孝胥诗歌充盈的忧患了。本来，对国家社会民族充满忧患意识，是中国知识分子的一个基本特点。尽管如此，像郑孝胥诗歌这样忧患满纸，也还是并不多见。毕竟，郑孝胥生活在那样一个极为独特的时代，社会政治腐朽，朝廷颠顸无能，道德信仰崩溃，经济每况愈下，民变此起彼伏，列强虎视眈眈，无休止地割地赔款，一个曾经自鸣得意的中华帝国眼看着就要分崩离析了。这是中国历史上不常有的，也是那个时代所有读书人不能不正视和担忧的事情。唯其如此，作为对国内外情况都有较多了解的知识分子、封建官僚，郑孝胥才有着比常人更多的忧患。

除了忧患，郑孝胥还表现出极大的焦虑。这种焦虑来自朝廷无人的尴尬局面。《劳人》："边事将谁语。"《海藏楼杂诗》其十五："惜哉无大臣，独立济时艰。"《哀东七三首》："中原适无人。"《移居绵侠营》："物望谁云国有人。"《十一月十二日出京道中杂诗》："中原虚无人，唾手真可袭。"《十九日又作》："中朝不省筹边策。"对于清王朝种种危机的忧患，转化成为对济世救国人才的企盼。这个时候的人们只能幻想有杰出人物出现，能够重整朝纲，富国强兵，守边御侮，救济时艰，除此之外，就别无他法。然而普天之下就看不到这种人才的踪影，这就不能不使郑孝胥之辈万分焦虑与惶恐。

清政府面临的问题成堆，而又无人可以挽狂澜于既倒，扶大厦之将倾，于是，郑孝胥产生了事不可为、必然亡国的绝望。《和陶乞食》："时事岂可为。"《十月十七日奏辞督办边防》："事急适无人"，"颓波既难挽"。《天津入都车中》："国势决难挽，将相岂足为。"《七月二十日召对纪恩》："积弱非一朝，无兵决难支。"《重九雨中作》："东海可堪孤士蹈，神州遂付百年沉。"《十一月十八日出山海关》："危邦空叹吾为虏，浩劫终愁谷作陵。"在诗中郑孝胥一遍遍地发出了事不可为、国家必亡的哀鸣。这种哀鸣是那个时代的人们的噩梦，是那个时代中人们心态的写照。

为晚清社会的诸多问题和危机而忧心忡忡，为朝廷无人而焦虑不安，最后对神州陆沉的大势而绝望。这就是郑孝胥的心路历程，也是其诗歌的基本思想倾向，也是郑孝胥最终何以堕落为日本人走狗的根本原因。

2. 顾影自怜的忧伤与哀叹

郑孝胥在其诗歌中常常表现出自我哀叹与感伤的情绪。照理说，郑孝胥的一生虽然说不上大富大贵，春风得意，但也谈不上怎么坎坷，毕竟是为官作宦，衣食无忧。然而郑孝胥自己不这么看。他本来就是不甘寂寞甚至很有野心的人，总想有朝一日干出一番惊天动地的事情来，这在他的一些诗歌中也可以隐隐地看到一些端倪。或许这正是有人称其诗歌有"伉爽"之气的缘故吧。或许这也正是他为什么在垂暮之年还要腆颜去委身日寇的原因吧。但在很长的时间里他迟迟没有找到这个机会，因此感到自己很委屈，又觉得举世皆醉唯我独醒，虽有超人的睿智、才华却不为世用，浑浑噩噩一生又实在不甘，满腹牢骚又无处倾诉，眼看着年华逝去徒呼奈何，因此，他在诗中处处流露出自我伤感与哀叹之情。很典型的例子是《世已乱，身将老，长歌当哭，莫知我哀》：

> 驻颜却老竟无方，被发缨冠亦太狂。归死未甘同泯泯，言愁始欲对茫茫。孤云万族身安托，落日扁舟世可忘。从此湖山换兵柄，肯教部曲识蕲王。

这首诗的题目就揭示了郑孝胥这一类诗歌的主旨。在这首诗中，他吐露了自己的心态：生不逢时，有志难伸，不愿就此碌碌无为而泯灭，还厚颜地将自己比拟为宋代爱国名将蕲王韩世忠，似乎自己像韩蕲王丧失了兵权那样，空有满腔的报国热情，却无法施展。以此之故，愁绪茫茫。郑孝胥的诗歌大抵都是表达此类的忧伤与哀叹之情。

郑孝胥为自己的不甚得志耿耿于怀，时常要长歌当哭，借诗言志，但他不是每首诗都明确地表达叹老嗟卑的意旨，从而招人厌憎。在更多的情况下，他只是在写景状物和叙事的同时稍加点染。且看：

> 人日梅花空满枝，闲愁细雨总如丝。临江官阁昼如暝，隔岸楚山阴更宜。逋客偶来能自放，翔鸥已下又何之？凭阑可奈伤春目，不似江湖独往时。（《人日雨中》）
> 近水生惆怅，看天抱苦辛。一闲成落魄，多恨失收身。又作江南客，还逢白下春。春风太轻别，无地著愁人。（《残春二首》）

这两首诗都是诗人触景生情，产生无穷的愁绪与伤感。至于伤感的具体原因是什么，诗歌没有明言，只是让人觉得诗人哀愁、忧郁之深。然而，这种哀感无端，比具体的某种忧伤情感的表达，更使人能够体会到诗人的忧伤、哀怨无处不在，弥漫于整个诗中。

郑孝胥诗歌相当多地表达自己那种顾影自怜的忧伤，发出哀婉、凄苦的慨叹，甚至连五十岁生日之际，或者大年三十之夜，他也写出诸如《哀五十诗》、《除夕》这样悲伤苦楚的诗歌来，比比皆是的哀叹使其诗歌形成了一种忧伤、悲概的情感基调。

3. 哭挽

郑孝胥诗歌中有许多哭挽之作。这是因为他的一生中经历了多位亲人的离世。同治六年（1867）其母卒。光绪二年（1876）其父郑守廉卒。光绪二十年（1894）其三子东七殇。光绪二十七年（1901）兄孝思及其子友荃相继猝死于瘟疫。未几，长兄孝颖自沉于河。未几，妹妹伊薆也因为痛兄二殒。光绪三十四年（1908）次女惠病卒。1918年四子胜病卒。1928年吴夫人卒。1933年长子垂病卒。亲人的逝去是郑孝胥痛切骨髓的事情。他往往把这种锥心之痛用诗歌表达出来，长歌当哭。这类诗确是性灵之诗，血泪之作，有些诗写得极为沉痛、真切，富有感染力。如《哀东七三首》，东七为郑孝胥第三子，卒于光绪二十年（1894），年仅两岁。作为父亲，诗人不胜悲痛，其诗句记录了当时的情景与感受："纸钱送汝去，遗烬那忍扫。今宵我不寐，窗下灯皎皎。后房汝啼处，絮泣剩婢媪。"又如《伤女惠》诗，悼女惠之亡。次女惠生于光绪二十二年（1896），夭亡于光绪三十四年（1908），时年仅十三岁。女儿去世后，诗人沉痛之极，作诗回忆女儿惠的聪明可爱，并哭诉"我欲执汝手，汝手何从牵；我欲抚汝面，空想悲啼颜；我欲拭汝泪，却觅衣上痕；我欲抱汝身，唯有三尺棺"。真是如泣如诉，长歌当哭。

郑孝胥的这些哭挽亲人的诗歌，情到深处，每觉纸短，往往一发而不可收，写成组诗，如《哀小乙》6首、《述哀》7首哭兄与侄子之死、《哀垂》6首、《伤逝》等13题15首悼念其夫人吴氏。这些哭挽之作，大抵都是真情结撰。

以上是郑孝胥诗歌内容方面的主要特色。还需要指出的是，郑孝胥晚年卖身求荣，对侵略者奴颜婢膝，很是无耻，这在他的诗歌中也有所体现。他的《万国公墓》，挽悼葬身于中国的德国、日本侵略者；《使日杂诗》歌颂日本皇权："聪明睿智唯神武，德化二千六百年。今日日光辉万国，苍生还赖旧山川。"《寄汪衮甫》一诗竟说："甲午一战曲在我。"真是无耻之尤。我们今天本着实事求是的态度，研究其人其诗，对此不能不加以揭露。

郑孝胥诗歌在艺术方面也甚有特色。

1. 描写对象的主观化

从总体上来说，诗歌是一种抒情性较强的文学体裁，带有较多的主观色彩，特别是那些抒情诗，就更是如此。但是，诗歌中的写景、状物之作相对来说主观性就不一定很突出，有的诗比较重视描写对象的形貌刻画，为描写对象作写照，就具有较强的客观性。但是，郑孝胥诗歌总体上非常注重主体感受、主观情感体验的表达，其诗歌虽是写景状物之作，他也常常是以我观物，按照我的主观感受来抒写，具有明显的写意特点，至于客观表现对象的形状、颜色、大小之类的外在特征，则不甚关心，不在乎是否形似。这里以他的几首咏月诗为例试作说明。

　　霏霜蚀月月魂寒，可奈当头隔雾看。宫阙天高归已晚，江湖夜永梦将残。未斜何碍悬银汉，自转休疑失玉盘。白发丹心人渐老，绕枝乌雀待谁安。(《咏月当头》)

　　月是钓愁钩，钩来无数愁。月愁有密约，相见五更头。(《月》)

　　凄清月色无今古，寂寞人间有死生。雾阁云窗忽今夕，只将涕泪送西倾。(《十月十五夜落月》)

　　千金不换今宵月，历劫难销往日心。不道人生不如梦，人生是梦苦难寻。(《月下》)

　　郑孝胥的《咏月当头》由所见之月写自己关于月的联想、想象，"月魂寒"是一种主观化的描写，"宫阙晚归"是化用苏轼《水调歌头》"我欲乘风归去"词意，与"休疑"句均是诗人借月做自我言说。《月》以月亮的外形似钩发生联想，表达诗人五更之时令他不能入眠安睡的万千幽隐愁绪。《十月十五夜落月》借月色的凄清写自己的寂寞凄凉之感，客观景物浸染在诗人的主观情感之中。如果说以上几首诗还是从月亮的外形、颜色出发来写的话，那么，《月下》就不太怎么扣紧月亮来写了，月亮在诗中只是提供了一个诗人所处的环境而已。诗人不顾所咏之月，自说自话，直抒胸臆，一吐内心情愫。诗歌的主观化达到了无以复加的程度。类似的诗作还有很多。总之，高度的主观化是郑孝胥写景状物之类诗歌的一个鲜明特点。它们揭示出郑孝胥诗歌创作心态的一个特点：内敛——诗人重在自我的内在情感体验与感受的表达，而将外在表现对象的再现置于次要地位。

　　2. 以幽人意象出现的抒情主人公

　　在郑孝胥的诗歌中有一个"幽人"的意象经常出现，这个幽人就是诗歌的抒情主人公，即作者本人。这个意象出现时，有的明确使用了"幽人"这个词汇，也有的并没有使用这个词汇，但实际上也与写幽人的内容并无二致。即如：

> 林杪春江月上时，楼中清影久参差。四更欲尽五更转，犹有幽人恋夜迟。(《夜起》)
>
> 晓色微茫雾未收，夜珠郁郁对银钩。残霄谁待东方白，只有幽人独倚楼。(《十月二十六夜》)
>
> 峰明月未上，流碧满庭除。空山独吟人，百虫来和余。夜色不可画，画之以残月。幽人偶一见，复随清景没。(《二十夜待月二首》)

此外，写幽人的还有《磨墨》："宜与幽人伴夜分"；《樱桃花下作》："一春又去云为泥，难遣幽人楼中意"；《雨中宿子朋斋临乌龙潭》："幽人默相感，冲雨命蓝舆"；《八月十一日夜雷雨》："幽人独卧意殊适，江声入梦含苍茫。"郑孝胥诗歌中的幽人都是写实。这些诗歌记录了诗人在某些特定时刻的具体活动。但是，并不只是仅仅写实而已。郑孝胥以幽人自居，确是反映了他的某种心态，那就是一种深深的孤独感。幽人在郑孝胥诗中出现的情境不尽相同，其中比较典型的一种情境是深夜或者夜阑时分，月色当头，万籁俱寂，四野清旷，幽人夜起，独自面对夜色苍茫。这个幽人茕茕孑立、形影相吊，在他的周围没有一个人相伴，只有无边无际的巨大夜幕。他是孤独的。但他的孤独还不只如此。他是一个思考者。面对黑洞洞的夜幕，当众人沉醉于黑甜与温柔乡中的时候，他在倚楼张望、思索、等待、独吟，然而除了百虫的唱和之外，并没有谁来与之应答，并没有谁知道他，所以他陷入了孤独的深渊。这个孤独的幽人实则就是郑孝胥深层心理的外现。郑孝胥是清末官僚中少数比较了解国内外形势与赞成变法的人物之一，然而他自认众皆沉醉唯我独醒，知道清政府腐败无能，事不可为，只能像伍子胥那样，眼看着神州陆沉，所以他是深夜的独行者。这些幽人意象就是郑孝胥心理、人格的象征与投射，也是其诗歌主题形象体现。

3. 喜议论而多有深致

郑孝胥诗歌创作喜议论，不少诗作通篇议论说理。一般地说，议论如果太多的话，往往有损于诗歌的形象性和韵味，但郑孝胥诗歌的议论不太招人厌恶，究其实，乃是因为他的议论说理往往有见解，有深致，能给人以启迪。

他的有些议论表现出了对世事人生的深刻洞察。如《答夏剑丞》一诗说道："深人何妨作浅语，浅人好深终非深。观人以此得八九，能辨深浅真知音。"有着深刻思想和丰富内涵的人说话作文自然可以深入浅出，而腹笥俭陋、思想贫乏的人要故作高深也是徒劳无益的。这是知人之言，知言之言。

有些议论精警、堂皇。《题吴江叶天寥画像》："薙发令方严，是翁独不屈。何必慕生天，饿夫自成佛。"叶天寥（叶绍袁，字仲韶，号天寥道人）是明遗民，明亡之后，他保持民族气节，义不薙发，并且弃家为僧。该诗题叶氏画像，十分精辟地写出了叶氏的不屈精神，赞扬了叶氏的义举，笔力千钧。

有的议论深于艺道学理。郑孝胥诗歌多次论述书法问题。《杂诗》说书法的学习，不应满足于临摹古人，而要在学习古人的基础上，"冥追愈向上"，在这一点上，作楷书比作草书更难以避免古人面目，书法应该表现自己的精神气质。郑孝胥精于书法，故其所论确实精当。

有的议论表现了对人生哲理的深刻体悟。《孔子生日》第三首：

> 熟计老将至，时时欲息肩。不如有营者，汲汲常忘年。尼山不知老，劬学遗忧煎。犹云乐忘忧，其忧固难捐。孜孜毙乃已，治易姑勉旃。孔颜何所乐，寿夭从其天。老学若炳烛，吾意殊不然。多能实鄙事，作茧真自缠。颓然且放浪，如鱼跃于渊。毋为学所役，益智滋可怜。无忧岂非乐，至乐还随缘。纵老乐不改，以此得终焉。

生老病死是人生的大问题。有的人想到年事已高就要歇息养老，实则不如忘年而工作。孔子老而劬学，忘记老之将至。高人一筹。不过，其忧并不能真正抛开。诗人认为，孔子真正的乐趣在于不计寿夭，任其自然。这样，连忘年捐忧的措施、想法都没有了，就能无忧无虑，无拘无束，得到真正的乐趣。诗人所言，深得人生真谛。该诗第一首也讲述了一个深刻的道理，就是道不远人。孔子的伟大超绝于历代圣贤，似乎令常人不可企及。但他将深邃的社会人生的大道理，出以寻常浅易的言语道之。世间万物奥妙无穷，但其理就在日常生活之中，并非遥不可及。对圣人的理解也应作如是观。否则就如人们天天饮食而不知味，永远都难以懂得真正的道。这首诗是对圣贤之道的深刻体味。

郑孝胥诗歌的议论往往表现出对人生与社会的种种问题的深刻理解，意涵深蕴，以理取胜。这也充分体现了学人之诗的特点和学殖的作用。郑孝胥诗歌是学人之诗与诗人之诗很好融汇的结果，但作为学人之诗，他较少堆砌典故，其诗歌语言大都平易晓畅。他也较少以学问为诗材，虽有少量诗歌把学术性的内容作为表现内容，却并不具有代表性。他的学人之诗主要表现为诗人具有良好的学养，深刻的思想和洞察力，从而在诗歌创作中体现出过人的识见与思想，较高的理性思维水平。

4. 以文字为诗：散文笔法、散文句式和虚词入诗

郑孝胥诗歌明显具有"以文字为诗"的特点。这表现在以下几个方面。

一是采用散文笔法来进行写作。他的《赠林赞虞侍郎》、《严氏三耄耋图》、《十月初十日贵州丸舟中夜起》、《黎受生遗郑子尹书四种及巢经巢诗钞》、《赠丁叔珩》、《从母罗母诗》等诗歌都是很典型的例子。如《赠林赞虞侍郎》：

> 我朝二百年，未尝用闽士。闽人入军机，有之自公始。公虽负清望，峭直素难比。特擢由圣明，此外更何侍。孤立固甚危，诡随吾亦耻。愿先收人心，以此立宗旨。用人与行政，切忌犯不韪。但令识轻重，缓急差可倚。亦莫太矫激，徐徐布条理。朋党兆已萌，勿使祸再起。时艰至此极，任重宁足喜。连宵语月下，含义深无底。唯将忧国涕，珍重付江水。

这首诗从内容上看，完全是散文。它以意为主，逻辑性很强，没有诗歌应有的意象与意境，前八句以清廷开国以来第一个成为军机大臣的闽人说明林赞虞受到皇帝的特别恩宠与赏识；继而由林赞虞的峭直性格表达自己的看法与愿望，希望他注意争取人心，用人行政都不要犯众怒，处事不要过于激烈，要防止朋党之祸，等等。全篇主要是对林赞虞的叮咛告诫，包含多层意思，内容上远比普通诗歌复杂。而且诗歌一气贯通，没有一般诗歌的思维跳跃。它是用散文笔法来写的诗歌，或者说它用诗歌形式来承担了古文中"序"这种文体的任务。

二是其诗歌多用散文句式。通常情况下，诗歌语言与散文语言有着明显的区别：诗歌语言凝练，语意断续、跳跃，句子成分可以缺省，词序可以颠倒，与日常语言——无论是口语还是书面语都有着较大差别。而散文语言往往就是一种普通的书面语。郑孝胥诗歌常常采用一些超越了诗歌语言常规的散文化语言。诸如：

> 天荒荒而非云，月团团而无色，海兀兀而不波，楼迢迢而将白。
> （《六月十八日未明望海》）
> 一惭之不忍，而终身惭乎？（《三月初十日夜直》）
> 海上有孤月，流光遍人寰。（《十月初十日贵州丸舟中夜起》）
> 其父百二十，名曰杨叔连。子云仁者寿，岂非人事焉。养气兼积善，可使生命延。（《严氏三耄耋图》）

上述诸例都是典型的散文句式，如"天荒荒"四句就是并列关系的复句，"一惭"句是转折关系的复句，而"养气"两句，就是以主谓结构做主语。这都是十分典型的散文句式。又其句子成分较为完整，词序排列规范，语意顺畅，语气单行、贯通，一切都显示出散文语句的风貌。

三是多采用虚词进入诗句。诗歌语言由于其字数有限，且要求高度凝练，一般尽量不用虚词，特别是连词、助词、感叹词等，而散文则无此禁忌。郑孝胥诗歌使用虚词的现象比比皆是。例如：《送樨弟入都》："吾今之所行。"《冬日杂诗》："乃于瞥然际，而作攫取想。"《述哀》之五："其故独何欤"。"畏疾而冯河，哀哉岂此愚。"《三月初一晓》："亡者果已矣，何用期遐龄。"《陆文烈公（钟琦）文子遗墨卷书后》："事败成忠孝，而亦能感人。"《述怀》："国侨以治郑，葛亮以治蜀。"《寄弢庵》："太公归乎来，避纣岂长策。"《与立村谈沈文肃事》："《鲁论》不熟乃至此，哀矜勿喜岂忘之。""滥刑则不仁，近名则不义。奈何以儒生，而欲为酷吏。"《石遗卒于福州》："石遗已矣何所遗，平生好我私以悲。""勇哉子曾子，得正斯可毙。"由上述诸例，我们可以清楚地看到，郑孝胥诗歌大量使用虚词如连词、语气助词、结构助词、衬音助词、感叹词、副词等虚词，使得诗歌的前后两句之间意脉更加连贯，语气、音调更加顿挫多变，摇曳多姿，打破了诗歌语言的常规，呈现出散文化特点。

5. 风格清苦幽寂

郑孝胥诗歌呈现清苦幽寂的总体风格。这首先是由其内容特点决定的。如前所言,郑孝胥诗歌表现了晚清人的一种末世心态,在兼济与治平的层面上,对内外交困的国势感到担忧,对朝中无人、回天乏术感到焦虑,对日渐陆沉感到绝望。在独善与修齐的层面上,亦多壮志难伸、老大迟暮的自伤与哀叹,以及挽悼亲人的长歌当哭之作。由此,形成了郑孝胥诗歌内容上清苦的特点。在艺术上,郑孝胥诗歌意象孤独、幽寂,而且主观色彩非常浓厚,常常是以我观物,将其末世心态与顾影自怜的哀伤投射到写景状物之中,写心的成分甚至超过客观描写,这样,也更加凸显其诗歌的情感色彩。内容与艺术的完美结合造就了郑孝胥诗歌的清苦幽寂风格。

关于郑孝胥的诗学路径,学者们多有揣测,如谢灵运、杜甫、孟郊、韦应物、柳宗元、韩偓、吴融、唐彦谦、姚合、梅尧臣、王安石、苏轼,等等。① 总体来说,他的诗歌熔铸唐宋,但很难确指他学习何人。不过,有两点应该是没有疑问的:一是他学习中晚唐,其诗歌中的那种冷落寂寞与忧郁哀伤情感与中晚唐诗歌确有几分相似。二是他学习宋诗,其诗歌的艺术风貌体现了鲜明的宗宋特色。

---

① 参见郑孝胥《海藏楼诗集·前言》,上海古籍出版社 2003 年版。

结　　语

本书主要揭示了宋诗范式在清代诗坛被重新认识，并得到重建，以及发生新变的过程。下面对本书内容加以简要回顾和总结。

一　内容回顾：宋诗范式在清代的重建与创新

宋诗与唐诗是中国古代诗歌中的两种基本范式。宋诗范式的特点是题材内容上向日常生活倾斜，选材世俗化；重内省，情感表达温和、内敛，尚节制；以意为主，多说理议论，以筋骨思理见长；多用赋法，散文化；重学问、喜用典；多拗律和险韵；风格上以平淡为美。金元时期，人们多学唐而宋诗亦有一定市场。到明代则逐渐形成了扬唐抑宋的风气，宋诗被否定和彻底边缘化。

宋诗范式在清代被重新认识、得到重建以及发生新变的过程如下。

1. 清初宋诗热——清代诗坛对宋诗范式与价值的重新认识

钱谦益等人总结明诗，启迪人们由尊唐而广师唐宋。在钱谦益的影响下，清初诗坛开始重视宋诗。康熙初年，吴之振、黄宗羲、吕留良等人选编了《宋诗钞》一书，产生了很大影响，在全国范围内迅速形成了一股宋诗热。这是宋诗范式与价值经过诗坛长期尊唐抑宋之后在清代的重新认识。

2. 浙派与秀水派——清代诗坛重建宋诗范式的努力

浙派诗人主要活动于雍正至乾隆初年，他们既学习江西诗派但又不专宗江西派，而比较趋近江湖派和四灵诗人。乾隆时期还有秀水派，其诗学主张略近乎浙派。较之浙派，秀水派诗人更加趋近江西派诗风。较之浙派的野逸之气，他们更具有馆阁气。尽管浙派与秀水派各有特点，但基本上都是按照宋诗范式进行诗歌创作，其创作理念是欲重建宋诗范式。

3. 桐城诗派与肌理派——宋诗范式在清代的新变：当代化的尝试

乾隆、嘉庆时期出现了以刘大櫆、姚鼐、方东树、梅曾亮为代表的桐城派和以翁方纲为代表的肌理派。桐城派标举道德气节，标举学力与雅洁，以古文之法论诗，重视诗歌的气势与阳刚之美。翁方纲的肌理派移植了桐城派的文论以论诗，主张义理、考据与辞章相结合，即以义理、考据入诗。桐城派和肌理派的诗学主张较多地体现出了乾嘉学术的影响，这是宋诗范式在清代的新变和当代化。

4. 宋诗运动与同光体——宋诗范式的新变：清诗理念与创作特色的形成

道咸年间出现的宋诗运动以程恩泽、祁寯藻、何绍基、郑珍、莫友芝、曾国藩等人为代表。他们主张诗人要有气节，诗歌要追新求奇，是为不俗；他们力求以学人之诗与诗人之诗相结合，主张多读书。同光体诗派是宋诗运动的继续。同光体诗人的代表作家有沈曾植（浙派）、陈三立（赣派）、郑孝胥（闽派）、陈衍（闽派）等人。陈衍提出三元说，即学习盛唐开元、中唐元和、北宋元祐亦即杜甫、韩愈、黄庭坚所代表的三个时期的诗歌。他还正式提出了"合学人、诗人之诗二而一之"的理论。同光体诗语言佶屈聱牙，艰涩难懂，一意在字句上翻新求奇。宋诗运动和同光体派，都追求"诗人之诗与学人之诗合"，这说明清代人在长期学宋之后有了自己的诗学创获与诗歌特色，宋诗范式又获得新变。

二　重建宋诗范式的深远影响与独特意义

宋诗范式在清代被重新认识、重建以及发生新变，具有重要的意义和深远的影响。具体来说：

1. 这是古典诗歌在数百年宗唐之外，走出了一条新的诗学道路，对宗唐末流具有救偏补弊之效，改变了诗歌发展的方向

宋代以后，金、元、明诗坛都纠结于宗唐还是宗宋的问题，其主流则都是宗唐的。宗唐的同时还往往排斥宋诗，尤其以明代为著。仿佛宗唐才是诗歌发展唯一正确的道路。而在宗唐风气最盛、取得成就也颇为可观的明代诗坛，其弊端也暴露最为充分。明末诗坛对宗唐诗风的各种责难群起，公安派、竟陵派等开始了救偏补弊的尝试。但是，他们的成就有限，并未能够拦阻和改变宗唐的汹涌洪流。尽管如此，他们启迪人们，宗唐不是唯一选择，宋元诗坛诸大家都可以效法。于是，在钱谦益等人的引导下，人们通过逐步探索，逐步走上了学习宋诗的道路，改变了数百年来诗

坛陈陈相因的旧习和诗歌发展的固定轨迹。这是中国古典诗歌发展的重大转向，影响极为深远。无论其优劣成败，都是值得重视。

2. 重新认识了宋诗价值，再现了宋诗之美，从文学接受的角度真正确立了宋诗范式的意义

自南宋严羽批评江西诗派，倡导学习盛唐诗歌之后，人们就开始以唐诗为正轨，视宋诗为畏途。长期以来，唐诗作为一种范式在古代诗歌史上一直被人们遵循，从而创造出了大批的"唐音"或曰"唐型诗歌"，源远流长，如大河奔流。而宋诗只能说是涓涓细流，被排斥在诗坛主流之外，其范式价值被漠视，甚至被歪曲，在诗歌审美领域被当成了违反艺术规律的另类。明代人甚至固执地认为"宋无诗"。因此，他们不读宋诗，乃至肆意地贬斥宋诗。由于宋诗声名狼藉，无人问津，所以在书市上，宋诗典籍甚至到了难觅踪影的地步。当清初吴之振等人编刻的《宋诗钞》问世时，人们才发现新大陆般惊喜地看到宋诗，感叹"从今宋有诗"！于是，人们开始学习宋诗，用整个有清一代重新认识宋诗价值，发现宋诗之美，重建宋诗范式，同时又在自己的创作实践中创新了宋诗范式。从文学接受理论的角度来看，文学的价值和意义在于读者的阅读、接受，在于对读者和文学史发生的影响，那么，我们就有理由认为，宋诗的文学价值是到了清代才得到最充分的体现。就诗歌"范式"的意义来说，它不仅应该是创造者自己践行的理论与创作模式，还应该是为众多的诗人们所遵循的规则体系与模式，那么，我们甚至也有理由认为，宋诗是到了清代才在真正意义上取得了"范式"的意义。

3. 在宗宋的同时表现了强烈的探索精神，形成了自己的诗歌面貌与创作理念

清诗学宋，明诗学唐，都是学习古人。但是，他们并不能等量齐观。明人学唐，是纯粹以再现唐诗之美为目标。前后七子派的作家们甚至认为，假如把自己的诗歌放在唐人诗歌中让人无法分辨出来就是佳作。所以，他们学习诗歌不惜像学习书法那样一笔一画地模拟古人。这样的结果，就只能学得唐人的形貌，却没有自己的性情和个性，所以被时人和后人斥为"衣冠土偶"、"瞎盛唐"，等等。清人则不同，他们学宋并不要求自己在诗歌创作上变得同宋人一样。清初人甚至对宋诗的弊端保持一定的警惕，有所取舍，从而使其诗歌"得宋人之长而不染其弊"。他们学宋，不是简单地复制宋诗，而是根据时代的某些要求和特点，对宋诗范式有所

改造，追求"诗人之诗与学人之诗合"，有了自己的诗学创获，适应了当代文化环境，进而形成了独特的清诗理念与创作特色，实现了宋诗范式的新变。因此，可以说，清代人重建与创新宋诗范式，表现出了强烈的探索精神，具有重要意义。

三　清代诗坛宗宋的局限和不足之处

毋庸置疑的是，在清代诗坛对宋诗范式的重建过程中，也存在诸多问题和不足之处。具体来说，主要有：

1. 发展了宋诗以学为诗、以议论为诗、以文为诗的缺点

严羽曾经斥责"近代诸公乃作奇特解会，遂以文字为诗，以才学为诗，以议论为诗"。① 所谓"近代诸公"，人们都认为指的是江西诗派。于是，这段话就被当成了江西诗派乃至整个宋诗的特点与弊端，历来受到人们的诟病，尽管这个评价并不能概括宋诗的全部特点。清代诗坛在学习宋诗之初，尽量避免这些做法。但是，到后来，人们不再将其视为缺点，而是当成学习宋诗应有之义，理论上为之辩护，创作上有意为之。而且越是往后，这些特点就越突出，并且不断地变本加厉，愈走愈远，较之宋诗有过之而无不及。今天来看，宗宋派诗歌无论是以文为诗、以学为诗、以议论为诗，都超过了审美创作与欣赏的合理程度。

2. 不论学杜学韩学苏黄陆，只学了技巧却未师法诗人精神

从前面我们对多个诗派、多位诗人诗作的考察论析可以看出，他们的创作在学习宋代诗人诗作时，无论学习苏轼、黄庭坚、陆游或者宋代其他诗人，或者上溯到作为宋诗艺术源泉的杜甫、韩愈，往往都是在一些艺术技巧方面师承前人，如散文化，以议论为诗，以学为诗，生涩硬拗或者平淡的语言，日常化描写，人文内容，等等，在这些方面他们的确学得很像，其手法之娴熟堪与宋人比肩，甚或有过之。然而，杜甫、韩愈、苏轼、黄庭坚、陆游等诗人之所以伟大，其诗歌的精髓，却并不在于或者主要不在于这些方面。这些伟大诗人的创作，具有强烈的现实主义精神，悲天悯人的伟大情怀，爱国主义的高尚品格，超凡脱俗的人格理想，激发人进取的动人力量。所有这些，都是其诗歌的灵魂与核心，都是其魅力与感人力量的根源。学习其诗歌艺术形式和创作范式，而完全置其精神内容于

---

① 《沧浪诗话校释》，人民文学出版社1983年版，第26页。

不顾，可谓得其形貌而遗其精神，令人十分遗憾。在这个问题上，桐城诗派代表人物姚鼐有精辟的看法。其《荷塘诗集序》云："曹子建、陶渊明、李太白、杜子美、韩退之、苏子瞻、黄鲁直之伦，忠义之气，高亮之节，道德之养，经济天下之才，舍而仅谓之一诗人耳，此数君子岂所甘哉？"① 姚鼐所言极是。可惜的是，不少诗人都没有意识到这一点。

3. 在诗歌与时代的关系上，对于时代提出的历史任务，诗中没有很好回应、体现

清代有很多反映时代历史与风云的诗歌，宗宋派也是如此。因为诗歌总是在一定的时代历史环境中下产生的，总是以一定的时代历史事件为诱因和对象的，也总是特定时代历史的产物，因此，诗歌创作无法脱离时代。但是，从总体上来说，清代宗宋诗歌与时代的联系仍嫌不够紧密，这些诗人诗作往往与时代有着一定间隙，或者隔着一层。他们虽然都反映了时代与现实生活，但真正直接描写重大题材与时事的诗歌有限。而清王朝作为少数民族建立的大一统政权，又处于封建末世，其各方面的矛盾比其他时代更为突出。其重大事件和题材更多。比如明清更替大变局中的社会民生，征服者的暴行和抗清事业；民族矛盾与民族压迫；高压政治与文字狱；鸦片战争以后社会的动荡，太平天国、义和团等重大事件；洋务运动、西学东渐和救亡图存的思考；社会变革与改良，等等。这些重大事件与题材在诗歌中不是没有表现，但是，就其深度与广度，就其规模与数量来说，还是不太令人满意的。宗宋派诗人虽云学宋，其实不如宋人宋诗的那种时代精神与担当。究其原因：

一是清代的政治高压使然。清朝统治者以十分野蛮和残酷的手段，包括常常采用的屠城方式，征服全国，夺取了政权。在国家治理上，依然采取高压政策，特别是历史上少有的文字狱，深文周纳，使士人动辄得咎，不寒而栗，时刻担心犯忌，更不敢轻易触及时政，指点江山。在政治文化上，清朝历代皇帝大都勤奋学习，对中国传统文化往往有较深的造诣，甚至在不少汉族士人之上。他们以孔孟之道和儒家文化的继承者自居，牢牢掌握文化话语权，并且明确表示自己是治统与道统合一，不容士人对国家政治予以置评。清代士人失去了道义担当和社会文化批判精神，绝无宋代士人那种以道统为担当和以帝王师自期、指点江山的精神气质，所以不能

① 《惜抱轩诗文集》，上海古籍出版社1992年版，第50页。

太多地以诗歌创作来观照、干预社会生活。

二是理学的影响，强调心性修养，而不是美刺和兴观群怨，诗歌的社会功利性减弱。清代是理学的式微时期，没有多大的创新和发展。但是，这并不意味着理学在清代失去了影响力。事实上，理学在清代始终是官方哲学，为统治者所倡导，占有意识形态话语权。即使后来乾嘉学术达到极盛之时，虽然也曾使得理学失色不少，然而终究不能废黜理学，理学还是被认定为考据的指归，考据之学必得以获得义理为追求。理学对诗歌创作的影响非常明显，那就是要求诗歌有利于人们的心性修养，让人们正心诚意，获得道德的涵养与提高。宋诗派多受到理学的影响。他们多用中正和平、温柔敦厚、清真雅正等符合理学要求的创作观念来要求诗人创作，而不是以《毛诗序》和汉儒传统的美刺、兴观群怨等诗学观来指导创作。他们强调诗歌的内省功能而不是诗歌的社会功用。职是之故，宗宋诗歌对现实的干预程度就不是那么直接，甚至显得软弱。

诗歌历来被认为是正宗的文学形式，是文学的主流，相对于小说戏剧来说，似乎具有天然的优越性和更高的地位。可是，尽管清代诗歌也取得了较大的发展，但是，其成就与光芒却往往被小说、戏剧所掩盖。《聊斋志异》、《儒林外史》、《红楼梦》等小说，《桃花扇》、《清忠谱》等戏剧表现出来的时代特色与批判精神为其思想与艺术价值增色不少。总体上讲，清代诗歌虽然在思想上、艺术上也是成就斐然，但它在艺术上的瑕瑜互见，思想上又不如小说、戏剧那么杰出，使之为清代小说、戏剧的光焰所掩盖，乃至很长一段时期以来，未能受到应有的重视，乃至公正的评价，令人感慨系之。

参考文献

脱脱等：《宋史》，中华书局1977年版。

张廷玉等：《明史》，中华书局1974年版。

赵尔巽等：《清史稿》，中华书局1977年版。

仇兆鳌：《杜诗详注》，中华书局1979年版。

钱仲联集释：《韩昌黎诗系年集释》，上海古籍出版社1994年版。

屈守元、常思春：《韩愈全集校注》，四川大学出版社1996年版。

王文诰辑注，孔凡礼点校：《苏轼诗集》，中华书局1982年版。

王文诰辑注：《苏轼诗集》，中华书局1982年版。

刘尚荣校点：《黄庭坚诗集注》，中华书局2003年版。

郑永晓：《黄庭坚全集辑校编年》，江西人民出版社2011年版。

钱仲联校注：《剑南诗稿校注》，上海古籍出版社2005年版。

邵晶、柯弘祚编：《宋诗删》，康熙二十三年刻本。

陈訏编：《宋十五家诗钞》，《四库存目丛书》本。

吴绮：《宋金元诗永》，《四库存目丛书》本。

方回选评，李庆甲集评校点：《瀛奎律髓汇评》，上海古籍出版社2005
　　年版。

叶适：《水心文集》，《四部丛刊》本。

顾嗣立：《元诗选》，中华书局1987年版。

姚奠中主编：《元好问全集》，山西古籍出版社2004年版。

狄宝心校注：《元好问诗编年校注》，中华书局2011年版。

郝经：《陵川集》，《四库全书》本。

戴表元：《剡源戴先生文集》，《四部丛刊》本。

袁桷：《清容居士集》，《四部丛刊》本。

方孝孺：《逊志斋集》，《四部丛刊》本。

高棅：《唐诗品汇》，上海古籍出版社 1982 年版。

李梦阳：《何大复先生集》，《四库全书》本。

申涵光：《聪山集》，《四库存目丛书》本。

黄宗羲：《黄梨洲诗集》，中华书局 1959 年版。

黄宗羲：《黄宗羲全集》，浙江古籍出版社 2005 年版。

吴之振等：《宋诗钞》，中华书局 1986 年版。

吴之振撰，徐正点校：《吴之振诗集》，浙江古籍出版社 2012 年版。

吕留良著，徐正等点校：《吕留良诗文集》，浙江古籍出版社 2011 年版。

万斯同：《石园诗文集》，见张寿镛主编《四明丛书》。

王士禛：《王士禛全集》，齐鲁书社 2007 年版。

王士禛编纂，张明非译注：《唐贤三昧集译注》，上海古籍出版社 2000
　年版。

宋琬：《宋琬全集》，齐鲁书社 2003 年版。

杭世骏：《道古堂文集》，《续修四库全书》本。

汪懋麟：《百尺梧桐阁集》，上海古籍出版社 1980 年版。

陈维崧：《陈维崧集》，广陵书社 2006 年版。

沈德潜：《沈德潜诗文集》，人民文学出版社 2011 年版。

厉鹗：《樊榭山房集》，上海古籍出版社 2012 年版。

金农：《冬心先生集》，上海古籍出版社 1979 年版。

金农著，侯辉点校：《冬心先生集》，西泠印社出版社 2012 年版。

汪师韩：《上湖纪岁诗编》，《续修四库全书》本。

全祖望撰，朱铸禹汇校集注：《全祖望集汇校集注》，上海古籍出版社
　2000 年版。

钱载：《箨石斋诗集》，《文集》，《续修四库全书》本。

金德瑛：《桧门诗存》，《续修四库全书》本。

朱休度：《小木子诗三刻》，《续修四库全书》本。

翟灏：《无不宜斋未定稿》，《续修四库全书》本。

刘大櫆：《刘大櫆集》，上海古籍出版社 1990 年版。

姚鼐：《惜抱轩诗文集》，上海古籍出版社 1992 年版。

姚鼐：《惜抱轩尺牍》，安徽大学出版社 2014 年版。

姚鼐：《姚惜抱尺牍》，上海新文化书社 1935 年版。

梅曾亮：《柏枧山房诗文集》，上海古籍出版社 2005 年版。

袁枚：《小仓山房诗文集》，上海古籍出版社 1988 年版。

赵翼：《赵翼诗编年全集》，天津古籍出版社 1996 年版。

翁方纲：《复初斋诗集》，《续修四库全书》本。

翁方纲：《复初斋集外诗》，《嘉业堂丛书》本。

翁方纲：《复初斋文集》，《近代中国史料丛刊》本。

林昌彝：《射鹰楼诗话》，上海古籍出版社 1988 年版。

程恩泽：《程侍郎遗集》，中华书局 1985 年版。

莫友芝：《邵亭诗钞笺注》，三秦出版社 2003 年版。

郑珍：《巢经巢诗钞笺注》，巴蜀书社 1996 年版。

何绍基：《东洲草堂诗集》，上海古籍出版社 2006 年版。

何绍基：《东洲草堂文钞》，《续修四库全书》本。

何绍基：《何绍基诗文集》，岳麓书社 1994 年版。

曾国藩：《曾国藩全集·日记》，岳麓书社 1987 年版。

曾国藩：《曾国藩诗文集》，上海古籍出版社 2005 年版。

郑孝胥：《海藏楼诗集》，上海古籍出版社 2003 年版。

沈曾植著，钱仲联整理校注：《沈曾植集校注》，中华书局 2001 年版。

陈三立：《散原精舍诗文集》，上海古籍出版社 2003 年版。

陈三立：《散原精舍诗文集补编》，江西人民出版社 2007 年版。

陈衍：《陈石遗集》，福建人民出版社 2001 年版。

陈衍：《近代诗钞》，商务印书馆 1923 年版。

金天羽：《天放楼诗文集》，上海古籍出版社 2008 年版。

昭梿：《啸亭杂录》，《近代中国史料丛刊》本。

张戒：《岁寒堂诗话》，丁福保辑《历代诗话续编》，中华书局 1983 年版。

严羽著，郭绍虞校释：《沧浪诗话校释》，人民文学出版社 1983 年版。

揭傒斯：《诗宗正法眼藏》，《续修四库全书》本。

李东阳：《麓堂诗话》，丁福保辑《历代诗话续编》，中华书局 1983 年版。

谢榛：《四溟诗话》，丁福保辑《历代诗话续编》，中华书局 1983 年版。

瞿佑：《归田诗话》，丁福保辑《历代诗话续编》，中华书局 1983 年版。

都穆：《南濠诗话》，丁福保辑《历代诗话续编》，中华书局 1983 年版。

胡应麟：《诗薮》，上海古籍出版社 1979 年版。

许学夷：《诗源辨体》，人民文学出版社 1983 年版。

朱彝尊：《静志居诗话》，人民文学出版社 1990 年版。

王士禛：《带经堂诗话》，人民文学出版社 1982 年版。

叶燮、沈德潜等：《原诗·一瓢诗话·说诗晬语》，人民文学出版社 1979 年版。

毛奇龄：《西河诗话》，吴江沈楙德世楷堂刻本。

顾嗣立：《寒厅诗话》，《清诗话》，上海古籍出版社 1978 年版。

宋荦：《漫堂说诗》，《清诗话》，上海古籍出版社 1978 年版。

张谦宜：《现斋诗谈》，郭绍虞编选：《清诗话续编》，上海古籍出版社 1983 年版。

乔亿：《剑溪说诗》，郭绍虞编选：《清诗话续编》，上海古籍出版社 1983 年版。

翁方纲：《石洲诗话》，郭绍虞编选：《清诗话续编》，上海古籍出版社 1983 年版。

叶矫然：《龙性堂诗话初集》，郭绍虞编选：《清诗话续编》，上海古籍出版社 1983 年版。

朱庭珍：《筱园诗话》，郭绍虞编选：《清诗话续编》，上海古籍出版社 1983 年版。

贺裳：《载酒园诗话》，郭绍虞编选：《清诗话续编》，上海古籍出版社 1983 年版。

赵翼：《瓯北诗话》，郭绍虞编选：《清诗话续编》，上海古籍出版社 1983 年版。

方东树著，汪绍楹校点：《昭昧詹言》，人民文学出版社 1961 年版。

林昌彝：《射鹰楼诗话》，《续修四库全书》本。

张寅彭等编校：《梧门诗话合校》，凤凰出版社 2005 年版。

陈衍：《陈衍诗论合集》，福建人民出版社 1999 年版。

梁启超：《饮冰室诗话》，人民文学出版社 1982 年版。

湛之：《杨万里范成大资料汇编》，中华书局 1964 年版。

张寅彭：《民国诗话丛编》，上海书局出版社 2002 年版。

杨钟羲：《雪桥诗话三集》，《丛书集成续编》本，台北新文丰出版社 1988 年版。

郭绍虞：《中国历代文论选》，上海古籍出版社 1979 年版。

钱仲联主编：《清诗纪事》，江苏古籍出版社 1987 年版。

王大鹏等：《中国历代诗话选》，岳麓书社 1985 年版。

贾文昭：《桐城派文论选》，中华书局 2008 年版。

周裕锴：《宋代诗学通论》，上海古籍出版社 2007 年版。

缪钺：《诗词散论》，上海古籍出版社 1982 年版。

程千帆：《古诗考索》，上海人民出版社 1984 年版。

萧华荣：《中国诗学思想史》，华东师范大学出版社 1996 年版。

钱锺书：《谈艺录》，中华书局 1984 年版。

杨萌芽：《清末民初宋诗派文人群体活动年表》，河南大学出版社 2008
　年版。

杨萌芽：《古典诗歌的最后守望：清末民初宋诗派文人群体研究》，武汉
　出版社 2011 年版。

赵娜：《清初唐宋诗之争流变研究》，内蒙古大学出版社 2012 年版。

赵园：《明清之际士大夫研究》，北京大学出版社 1999 年版。

冯友兰：《中国哲学史新编》第六册，人民出版社 1989 年版。

金元浦：《接受反应文论》，山东教育出版社 1998 年版。

张健：《清代诗学研究》，北京大学出版社 1999 年版。

张仲谋：《清代文化与浙派诗》，东方出版社 1997 年版。

朱则杰：《清诗史》，江苏古籍出版社 2000 年版。

严迪昌：《清诗史》，浙江古籍出版社 2002 年版。

郭延礼：《中国近代文学发展史》，高等教育出版社 2001 年版。

刘世南：《清诗流派史》，人民文学出版社 2004 年版。

陈伟文：《清代前中期黄庭坚诗接受史研究》，中国人民大学出版社 2012
　年版。

王英志：《清代唐宋诗之争流变史》，人民文学出版社 2012 年版。

蒋寅：《清代诗学史》第一卷，中国社会科学出版社 2012 年版。

张丽华：《18 世纪唐宋诗之争流变研究》，中国社会科学出版社 2012
　年版。

易闻晓、张剑：《道咸宋诗派诗人研究》，中国社会科学出版社 2012
　年版。

郭前孔：《中国近代唐宋诗之争研究》，齐鲁书社 2010 年版。

谢海林：《清代宋诗选本研究》，上海古籍出版社 2011 年版。

王兵：《清人选清诗与清代诗学》，中国社会科学出版社 2011 年版。

宁夏江：《晚清学人之诗研究》，暨南大学出版社 2011 年版。

王友胜：《苏诗研究史稿》，岳麓书社 2000 年版。

胡迎建：《一代宗师陈三立》，江西高校出版社 2005 年版。

吴淑钿：《近代宋诗派诗论研究》，台北文津出版社 1996 年版。